Die Abmachung

Wynn Bryant, Politiker, und die Detektivin Jackie Havilland sind Neulinge in der Welt internationaler Finanzbosse und Devisenhändler. Als sie einer Verschwörung auf die Spur kommen, geraten Bryant und Havilland in tödliche Gefahr. Wer versucht den Schuldenerlass für die Dritte Welt zu stoppen? Jemand will um jeden Preis verhindern, dass die Wahrheit ans Licht kommt. Ein Thriller von beklemmender Realitätsnähe und Aktualität.

T. Davis Bunn, wuchs in North Carolina auf, er arbeitete als internationaler Finanzexperte unter anderem in der Schweiz, in Afrika und im Nahen Osten. Heute lebt Bunn als freier Schriftsteller mit seiner Frau in Oxford, England.

Unsere Adresse im Internet: www.fischerverlage.de

T. Davis Bunn

Die Abmachung

Roman

Aus dem Amerikanischen von
Rainer Schmidt

Scherz

Veröffentlicht im Scherz Taschenbuch,
ein Verlag der S. Fischer Verlag GmbH,
Frankfurt am Main, April 2004

Deutsche Erstausgabe
Die amerikanische Originalausgabe erschien 2001
unter dem Titel «Drummer in the Dark»
im Verlag Doubleday, New York

Gesamtherstellung: Ebner & Spiegel, Ulm
Printed in Germany
ISBN 3-502-51990-0

Für Mason und Mary Williams,
die so anmutig auf dem Boden des Gesetzes wandeln.

Wenn Geschäftsleute aufeinander treffen, kommt das Gespräch unweigerlich auf die Frage nach dem Wachstum der amerikanischen Wirtschaft, wie lange es anhalten und was darauf folgen wird. Phasen der Hochkonjunktur wie die gegenwärtige werden immer von einem Phänomen begleitet. Es gibt stets einen bemerkenswerten Prozentsatz von Leuten, die glauben, dass die Phase der Hochkonjunktur nie enden, dass es nie eine Panik oder eine Depression geben wird. Sie irren sich. Sie werden sich auch diesmal irren.

New York Herald, 27. November 1925

Einleitung

Im Jahr 1993 verursachten gewisse Hedgefonds und Investmentbanken, die im Devisengeschäft tätig sind, einen Run auf das britische Pfund. Ein Hedgefonds allein erzielte in sechzehnstündigem Handel einen Gewinn von mehr als drei Milliarden Dollar.

1998 attackierten Devisenhändler die Währungen von sieben asiatischen Ländern. Fünf dieser Länder gerieten daraufhin an den Rand des wirtschaftlichen Zusammenbruchs. In einer Rede vor den Vereinten Nationen verurteilte der malaysische Staatspräsident danach die internationalen Devisenhändler und Hedgefonds-Manager und bezeichnete sie als «marodierende Piraten».

Im Jahr 2000 erfolgte ein Angriff auf die neue paneuropäische Währung, den Euro. Offiziellen Berichten zufolge hat die Stützung des Euro gegen die Attacken der Devisenhändler die europäischen, japanischen und amerikanischen Zentralbanken und Steuerzahler bereits mehr als neunzig Milliarden Dollar gekostet.

Kürzlich erklärte ein ehemaliger Direktor der deutschen Zentralbank, ein nachhaltiger Angriff auf den US-Dollar sei nur «eine Frage der Zeit».

Weil der internationale Devisenmarkt und der Handel mit Währungsderivaten an allen wichtigen Börsen kaum reguliert sind, lassen sich exakte Zahlen nicht angeben. Aber nach weitgehend akzeptierter Einschätzung liegt das derzeitige Marktvolumen oberhalb von drei Trillionen Dollar.

Pro Tag.

Prolog

Liberty Park war ein von Palmen und mickrigem Gras bewachsener, blockbreiter Streifen, der vom Melbourne-Krankenhaus bis an den Rand des Flughafenareals reichte. Der Park lag eine Meile weit von der teuren Wohngegend am Intracoastal Waterway entfernt, und an seinem Rand residierten jene Florida-Rentner, die sich die hohen Mieten direkt am Wasser nicht leisten konnten. Den Anwohnern war der Park ein Gräuel. Tagsüber schmorte er leer in der Sonne. Am Abend übernahmen ihn Junkies und Prostituierte. Zeitungsberichten zufolge war der Lärm unmenschlich. Vor zwei Jahren hatte Wynn Bryant sein Geschäft verkauft, seine Unternehmensanteile versilbert und sein Haus weiter nördlich, auf Merritt Island, gebaut. Seitdem hatte er es vermieden, auch nur einen Blick auf den Park zu werfen.

An diesem schwülheißen Märznachmittag beobachtete Wynn seine Schwester aus seinem klimatisierten Audi heraus. Sybel Bryant Wells, Gattin des Gouverneus von Florida, Grant Wells, stand neben Tischen, die sich unter einem Buffet für Obdachlose bogen. Auf der anderen Straßenseite lungerte eine Gruppe Reporter und fotografierte, wie die Gattin des Gouverneurs ihren Geburtstag feierte.

Als seine Hightech-Firma sechs Jahre zuvor ihren ersten größeren Deal ergattert hatte, hatte Wynn seiner Schwester angeboten, ihr einen Herzenswunsch zu erfüllen. Damals war er achtundzwanzig und völlig berauscht von seinem ersten Erfolg. Es waren ziemlich wilde Jahre gewesen, die dort hingeführt hatten, und sein Durchhalten verdankte er zu einem großen Teil Sybel. Das Geburtstagsangebot war Wynns Versuch, seinen Dank auszudrücken. Sybels Ehemann war damals ein kleiner Abgeordneter mit hochfliegenden Ambitionen und wenig Geld gewesen. Wynn hatte sich erboten, ihr in diesem und jedem weiteren Jahr einen Wunsch zu erfüllen, wenn er es sich leisten konnte. Sybels Reaktion hatte ihm die Sprache verschlagen.

Wynn schloss seinen Wagen ab und überquerte die Straße. Sein Angebot hatte ihm zu jedem von Sybels Geburtstagen eine Reise eingetragen, mit Ausnahme des Jahres, in dem seine Frau tödlich erkrankt war. Er war nach Guatemala, El Salvador und Haiti gereist. In einem winzigen Dorf in Niederkalifornien, wo San Diego ein ferner Mythos war, irgendwo hinter Wolken von Staub und Dieseldunst, hatten sie ein Waisenhaus erbaut. Sie hatten eine bitterkalte Reise nach Kanada an die Hudson Bay unternommen, wo die Alkoholikerquote der winterlichen Arbeitslosenrate entsprach: Fünfundsechzig Prozent der erwachsenen Bevölkerung.

Aber nicht diese Erinnerungen waren es, was das schlichte Überqueren der Straße jetzt zu einem Sprung in den Ring werden ließ. Einen Monat zuvor hatte Sybel angerufen und das Unmögliche verlangt. Wynn hatte wortlos aufgelegt. Seitdem hatten sie nicht wieder miteinander gesprochen. Letzte Woche hatte Sybel ihm eine Postkarte geschickt, auf der nur gestanden hatte: Liberty Park, Melbourne, vierzehn Uhr. Sybel konnte sehr wortkarg werden, wenn nicht alles so lief, wie sie es wollte.

In diesem Augenblick sprach Sybel mit einem schlanken Priester im dunklen Anzug und weißen Stehkragen. Sie und Grant waren zwar Baptisten, aber sie unterhielt enge Beziehungen zu vielen Kirchen, die mit Obdachlosenhilfe und Krisenzentren befasst waren. Zudem war sie standhafte Anhängerin einer katholischen Bewegung namens Sant'Egidio, an deren Messen und Abendandachten sie teilnahm, wann immer sie konnte. Dies erweckte den Zorn der Konservativen zu beiden Seiten der Trennlinie, die sich durch die Christenheit zog, eine Tatsache, die Wynn mit bitterer Genugtuung erfüllte. Solche Munition war nützlich, wann immer sie ihn bedrängte, weil er an nichts glaubte außer an die ärgerlichen Unwägbarkeiten des Lebens.

Sybel blickte auf, als er sich näherte. Sie nahm zwei leere Müllsäcke und kam herüber. «Hilf mir mal, ja?»

Er ließ die Arme hängen. «Ich gehe nicht noch einmal nach Kairo.»

«Nimm den Sack, Wynn.»

«Ich fahre da nie mehr hin. Gerade du solltest wissen, dass du mich darum nicht bitten darfst.»

«Die Reporter schauen zu.» Sie drückte ihm den Müllsack in die Hand. «Außerdem habe ich dich heute nicht deshalb hergebeten.»

«Es war trotzdem nicht richtig. Du hättest nie davon anfangen dürfen.»

Sybel ging auf drei bärtige Männer zu, die unter einer Florida-Eiche lagerten. Ihre Hände waren knorrig wie die Äste des Baumes, ihre Gesichter gezeichnet vom Leben auf der Straße. «Haben Sie genug zu essen bekommen, Gentlemen?»

Jetzt vernahm Wynn den Unterschied. Normalerweise blühte Sybel bei solchen Gelegenheiten auf. Sie hatte eine besondere Art, mit denen umzugehen, die ihre Stimme verloren hatten. Sie konnte jedes Herz zum Schmelzen bringen und Leuten ein Lächeln entlocken, die hart wie Stein waren. Sogar die jungen Mädchen, die das Leben unter Junkies und Freiern alt gemacht hatte, krochen manchmal aus ihren Panzern hervor und offenbarten die Spuren ihres rasenden Schmerzes. So bezwingend war Sybels Anwesenheit, so sanft ihr Wesen.

Aber nicht heute.

Sybel stopfte schmutziges Papier in ihren Müllsack und ging weiter. Zwischen den einzelnen Gruppen fragte Wynn: «Was ist denn los?»

«Alles.»

Sybel war ein ebenso dunkler und gut aussehender Typ wie Wynn, und meistens nahmen die Leute an, dass der Altersunterschied zwischen ihnen sehr viel kleiner war als die elf Jahre, die tatsächlich zwischen ihnen lagen. Sybel hatte einen schlanken Hals und eine Flut von dunklen Haaren, die jetzt zu einem Zopf geflochten waren, so dick wie Wynns Handgelenk. Aber während er wolkengraue Augen hatte, waren Sybels kohlschwarz und ihr Blick so geradlinig wie ihre Ansichten. Normalerweise war sie selbstsicher, entschlossen und von wilder Unabhängigkeit. Ihr Lächeln verschenkte sie selten, aber wenn sie es tat, war es immer echt. Ihre angespannte Besorgnis war etwas Neues und Beunruhigendes.

«Geht es um Grant?» Als sie weiteren Müll in ihren Sack stopfte, statt zu antworten, fragte er: «Was ist es diesmal?»

«Vielleicht hat es etwas mit dem Alter zu tun. Vielleicht hat er nicht mehr die Energie, an Lügen festzuhalten.» Sie warf einen Blick durch den sonnenbeschienenen Park. «Nein, nicht Lügen. Nur, dass die Dinge nicht so wichtig sind, wie er immer vorgegeben hat.»

«Warum kannst du nicht ...»

«Bei unserem Treffen heute geht es nicht um mich und Grant.» Sybel zog ihn hinter eine Gruppe von Palmen, wo sie vor den neugierigen Augen an den Tischen verborgen waren. «Es geht um dich.»

«Mir geht es ausgezeichnet, Sybel.»

«Du vergeudest dein Leben. Du bist schlimmer dran als diese Penner.» Sie schüttelte den Müllsack wie eine Plastikpeitsche. Bei solchen Gelegenheiten erschien ihm Sybel der Inbegriff der Ungeduld. «Seit zwei Jahren lebst du dein Leben im Abseits. Deine größte Sorge besteht darin, deiner neuesten Flamme beizubringen, wie man die Espresso-Maschine bedient.»

«Ich bin keins von deinen Kindern, Sybel.» Seine Nichte ging in Charleston zur Schule. Sein Neffe, ein halbwüchsiger, schlaksiger Baseballfan, betrachtete die Residenz des Gouverneurs als seine höchstpersönliche Mädchenfalle. Sybel hatte nie viel Glück mit ihren Männern gehabt.

«Da irrst du dich.» Sie las weiter Müll auf, aber ihre Bewegungen waren langsamer, und ihre Stimme klang älter. «Du warst es immer. Und wirst es immer sein. Ich mache mir Sorgen um dich.»

«Mir geht's gut. Irgendetwas wird sich schon ergeben.»

«Das ist bereits passiert.» Sie richtete sich auf, schaute ihn aber nicht an. «Bekomme ich immer noch mein Geburtstagsgeschenk?»

«Ich gehe nicht noch einmal nach Kairo. Weder jetzt noch sonst wann.»

Sie wischte seine Worte beiseite. «Etwas anderes. Sagst du immer noch, ich kann haben, was ich will?»

Jetzt war er auf der Hut. «Was ist es?»

«Ja oder nein, Wynn?»

«Also gut. Ja. Aber...»

«Geh zu Grant. Erklär dich bereit zu tun, was immer er sagt. Das wünsche ich mir zum Geburtstag.» Der Horizont schien ihre Aufmerksamkeit weiter zu fesseln. «Er ist in Orlando. Im Grand Floridian. Hat eine Lunchrede gehalten, trifft heute Nachmittag ein paar Wahlkampfspender, und heute Abend haben wir ein kleines Familientreffen. Und dann fliege ich für achtzehn Tage nach Ecuador. Allein.»

«Ich könnte mitkommen, Sybel.»

«Du bist aber nicht eingeladen. Grant erwartet dich um fünf. Also hast du noch Zeit, nach Hause zu fahren und eine Krawatte umzubinden.»

«Wir haben dreißig Grad, und ich habe seit fast zwei Jahren keine Krawatte mehr getragen.»

«Und ein Jackett. Ein dunkles am besten.» Sie erstickte weitere Proteste im Keim, indem sie sich endlich zu ihm drehte und ihn auf ihre ganz eigene Art ansah. «Das ist ein Teil der Abmachung, Wynn. Geh jetzt. Du musst pünktlich sein.»

Die Fahrt nach Orlando war die übliche Reise in den Albtraum. Die Ausfahrt Winter Park kroch vorüber wie in Zeitlupe, weckte die Erinnerungen an die vier Jahre, in denen seine Frau an rheumatischer Arthritis gestorben war. Ein seltsamer Mörder ist diese Krankheit, hatte der erste Arzt gesagt, und seine Stimme hatte so unbeteiligt geklungen, dass Wynn ihn mit seinem Stethoskop hätte erwürgen können. Sie attackiert die Lunge und erstickt den Patienten langsam wie ein Python. Fast, als schlafe man ein. Nach Winter Park kam University Science Park, wo Wynn und seine beiden Technopartner in sieben Jahren fünf Mal beinahe untergegangen wären, bevor sie groß rausgekommen waren. Seit dem Buyout hatte Wynn mit keinem der beiden mehr gesprochen. Der eine hatte ihm vorgeworfen, er sei zu früh an die Börse gegangen, und der andere, er habe zu billig verkauft. Jetzt werkelten sie in riesigen Privatlabors vor sich hin und träumten von einem neuen Augenblick des Ruhms. Aber ohne ihren alten Ehrgeiz und ohne Wynn, der sie vorantrieb, waren sie nichts als zwei verbitterte Millionäre, die zu viel Zeit hatten.

Das Grand Floridian war ein Hotel nach Grants Art. Die Lobby bestand aus einer Serie breiter Stufen, wie eine Bühne mit ansteigenden Ebenen. Die Sicherheitsleute des Gouverneurs hatten die obere linke Plattform abgesperrt, und dort thronte Grant Wells jetzt auf einem gestreiften Seidensofa unter grellen Fernsehscheinwerfern.

Wynn entdeckte die obligatorische Referentin, eine hinreißende Brünette mit Clipboard, Knopf im Ohr und Business-Kostüm mit Minirock. Sie stand nicht ganz abseits und liebte die öffentliche Aufmerksamkeit offensichtlich ebenso wie Grant. Wynn trat an sie heran, nannte seinen Namen und nahm ein strahlendes Lächeln und die Neuigkeit entgegen, dass Grant in seinem Zeitplan ein bisschen zurückliege. Daraufhin zog er sich in die gegenüberliegende Ecke der Lobby zurück.

Unwillkürlich vertrieb Wynn sich die Zeit mit Erinnerungen an das, was vorher gewesen war. Seine Eltern hatten an der American University in Kairo unterrichtet. Wenige Tage vor seinem sechsten Geburtstag waren beide gestorben, an einer Krankheit oder einer Vergiftung. Vielleicht hatte Sybel herausgefunden, was der Fall war, aber sie war klug genug, über diesen Ort und diese Zeit nicht zu reden. Neunzehn Monate nach ihrer Rückkehr nach Amerika war Grant Wells von Sybels Schönheit und Temperament völlig hingerissen gewesen. Sybel hatte Grants Heiratsantrag unter zwei Bedingungen angenommen: Sie würde ihr Studium fortsetzen, und Wynn würde zu ihnen ziehen. Grant hatte damals das Elektronikgeschäft seines Vaters in Ocala geführt, im Stadtrat gesessen und seinen Ehrgeiz nur schwer bändigen können. Was Grant davon gehalten hatte, dass eine achtjährige, schwer traumatisierte Rotznase sich in sein junges Eheglück drängen sollte, hatte er nie gesagt. Schon damals hatte Grant die Fähigkeit des Politikers besessen, seine Gedanken zu verbergen.

«Mr Bryant?» Die Brünette schenkte ihm ein weiteres, höchst öffentliches Lächeln. «Der Gouverneur empfängt Sie jetzt.»

Wynn blieb einen Schritt hinter ihr, um die Bewegungen dieser gemusterten blauen Strümpfe zu beobachten. Grants neue Referentin hatte einen Gang wie eine Schlange. «Wann hat Grant Sie denn aus dem Schreibzimmer gefischt?»

«Vor drei Monaten.» Sie warf den Kopf in den Nacken. «Und zwar aus Emory.»

Als sie die oberste Stufe erklommen hatten, stand Grant auf und verabschiedete seinen letzten Gesprächspartner. Präzise wie eine Stoppuhr. Grant kam grinsend und mit ausgestreckter Hand auf ihn zu. «Wo hast du dich versteckt, Sportsfreund?»

«Hier und da.» Wynn deutete zu den Presseleuten, die in ihrem Pferch warteten. «Solltest du dich nicht erst mal um die da kümmern?»

«Kann ich nicht.» Er führte Wynn zu seinem Diwan. «Außerdem essen und trinken sie auf meine Rechnung. Das wirst du lernen in diesem Geschäft. Immer die Presse füttern und tränken, sonst hacken sie auf dir herum wie die Geier.»

«Danke, aber auf solche Lektionen kann ich definitiv verzichten.»

Grant lächelte. «Ich nehme an, Sybel hat dir nicht gesagt, weshalb ich wollte, dass wir uns treffen?»

«Du hast das arrangiert?»

«Oh, sie hat mich auf die Idee gebracht, das muss ich zugeben. Ehre, wem Ehre gebührt. Vor drei, vier Monaten, als der alte Hutch seinen ersten Schlaganfall hatte.»

Eine leise Unruhe stieg in Wynn auf – wie ein Feueralarm in einem fernen Zimmer. «Congressman Hutchings hat einen Schlaganfall gehabt?»

«Sie hat dir wohl überhaupt nichts erzählt, was? Du hast keine Ahnung, was auf dich zukommt.»

Grant war sehr direkt, groß, fleischig und nicht besonders attraktiv. In jüngeren Jahren hatte er eine so schlichte Ehrbarkeit besessen, dass die meisten Leute über seine offenkundigen Mängel hinweggesehen hatten. Heutzutage indessen legte er eine schmerzhaft unechte Leutseligkeit an den Tag. Sein Blick war der eines präparierten Fisches an der Wand – glasig und starr. Wynn hatte dennoch nicht aufgehört, seinen Wahlkampf zu unterstützen, aber seine Spenden galten nicht Grant, sondern Sybel. Da Sybel nie etwas für sich selbst hatte haben wollen, war Wynn noch immer einer von Grants größten Sponsoren. «Du hättest das alles nicht arrangieren müssen, nur weil du noch Geld brauchst, Grant.»

«Darum geht's nicht. Diesmal nicht.» Grant beugte sich vor. «Ich möchte, dass du für mich arbeitest. Sozusagen.»

«Kommt nicht in Frage.» Ein solches Angebot konnte Wynn nur ablehnen. «In Tallahassee gibt's mehr heiße Luft als in einem Hochofen. Ich bin zufrieden, wo ich bin.»

«Geht nicht um Tallahassee. Hutch hatte vorige Woche einen zweiten Schlaganfall. Einen echten Killer. Er ist fertig, er ist erledigt, er ist Geschichte.» Grant legte den Arm auf die Sofalehne. Seine Neuigkeit erfüllte ihn mit großer Genugtuung. Die Schlachten, die er mit Graham Hutchings geschlagen hatte, waren legendär. «Die Presse hat eben Wind davon bekommen, dass Hutch offiziell zurückgetreten ist. Wir müssen einen Kandidaten und einen Nachwahltermin anbieten können. Der Kongress ist gespalten, und wir dürfen keine Zeit verlieren.»

Wynn hätte gern kategorisch abgelehnt, aber das Versprechen, das er Sybel gegeben hatte, hielt ihn zurück.

Grants Lächeln wurde breiter. «Sie hat dich eingefangen, was? Dich an den Haken genommen, an Land gezogen und im Sand zappeln lassen.»

«Ich kann Washington nicht ausstehen.»

«Natürlich nicht. Aber du hast es auch noch nie als Mitglied des Clubs gesehen. Ein Unterschied wie Tag und Nacht. Diesmal bist du kein Tourist, der sich die Nase am Fenster platt drückt. Du bist ein Insider. Washington ist deine Stadt.» Er wurde immer mitteilsamer in dem machtvollen Bewusstsein, dass die Schlacht praktisch schon gewonnen war. «In groben Zügen geht's um Folgendes: Du kandidierst ohne Gegner, genau wie der alte Hutch bei der letzten Wahl. Unsere Partei hat diesen Distrikt fest im Griff, und das weiß jeder. Unsere Wahl ist die Wahl des Volkes, und damit hat sich's. Ich werde der Opposition ein paar Knochen hinwerfen, damit sie sich weder über das Tempo noch über die Auswahl beklagt.

Ich habe mit ihrem Häuptling schon gesprochen; er ist wegen einer Gewässernutzungserlaubnis hinter mir her. Er braucht sie dringend genug, um zuzulassen, dass wir die Wahl vorverlegen. Die einzigen Wähler, die dann aufkreuzen, sind die Parteigetreuen.»

«Ihr manipuliert die Wahl?»

«Das zeigt, wie wenig du von Politik in unserer Zeit verstehst. An diesem Deal ist nichts manipuliert. Nur gut geschmiert. Diese Wahl wird nicht mehr als ein, zwei Schlagzeilen im Lokalblättchen hervorbringen. Du machst deine Runden, schüttelst ein paar Hände, isst ein paar Gummiadler zum Abendessen, lächelst am Wahltag in die Kameras – und ab mit dir in die Großstadt.»

Die Arglist seiner Schwester hatte ihn festgenagelt. «Ich habe keine andere Wahl.»

«Nicht, wenn du zu deinem Wort stehst, wie ich es von dir kenne.» Grant winkte jemandem zu, den Wynn nicht sehen konnte. «Schnell noch zwei Punkte, bevor wir uns der Presse widmen. Erstens, ich werde bei der nächsten Wahl für den Senat kandidieren. Ich möchte deine Unterstützung.»

Wynns Ohren füllten sich mit tosendem Brandungsrauschen, als habe der Ozean sich siebzig Meilen landeinwärts verlagert. Er sah, wie die hübsche Referentin bedrucktes Papier unter der versammelten Presse verteilte, und konnte die Flut nicht aufhalten.

«Zweitens – und ich hoffe, du hörst gut zu, denn es ist außerordentlich wichtig –: Hutch hat ein Gesetzesvorhaben betrieben, bei dem sich Leuten im ganzen Staat die Haare sträuben. Den so genannten Jubilee-Ergänzungsantrag. Wir möchten, dass du unser Mann vor Ort bist und diese Sache abwürgst.»

«Das kann ich nicht.» Es bereitete Wynn leise Genugtuung, wenigstens einmal etwas ablehnen zu können. «Eins muss gleich klar sein. Ich bin nicht euer Mann. Ich gehe hin, ich sehe mir alles an, ich treffe meine Entscheidungen.»

Grant zwang sich zu einer gutmütigen Miene. «Ich mag dich. Schon immer. Für einen hart arbeitenden Jungen siehst du zu gut aus, aber mit dem, was du hattest, bist du nicht schlecht gefahren. Deshalb hatte ich eigentlich nicht vor, dir etwas davon zu sagen, Freundchen. Es gehen Gerüchte durch die Stadt – über ein paar verzwickte Finanzgeschäfte. Insiderhandel, vertrauliche Informationen zum Verkauf deiner Firma, Banken auf den Bermudas, der ganze Kram.»

«Ein bemerkenswertes Timing.»

«So liegen die Dinge nun mal. Das ist kein Gewitter, das ist ein Hurrikan.» Grant klopfte Wynn aufs Knie. «Ich sage dir, wie es laufen wird. Du stürzt dich für achtzehn Monate ins Highlife von Washington. Wenn ich für den Senat kandidiere, wirst du mich mit voller Kraft unterstützen. Und dann kannst du dich in deine süße kleine Villa am Wasser zurückziehen und dich für den Rest deines Lebens mit ‹Congressman› anreden lassen.» Wieder klopfte er ihm aufs Knie. «Und bis dahin wirst du dafür sorgen, dass der Jubilee-Ergänzungsantrag abgewürgt wird.»

Wynn hatte darauf nichts zu sagen, und Grant sah es mit ungeheurer Befriedigung. Er stand auf und zog Wynn mit sich hoch. Dann winkte er seiner Referentin und lächelte, als die Presse heranwogte. Wynn verzog schmerzlich das Gesicht, wich aber nicht zurück. Stumm stand er da und ließ seinen Schwager verkünden, wie verdattert und geehrt Wynn ob seiner Nominierung sei. Den Vorwurf der krassen Vetternwirtschaft konterte er mit Wynns Erfolg als Geschäftsmann und seiner unerschütterlichen Unterstützung für die Partei. Die Fragen, die viereckigen schwarzen Augen der Kameras, die Scheinwerfer – das alles brandete über Wynn hinweg. Dann schüttelte er Grant die Hand, starrte dem Mann in die Augen, wusste, dass er besiegt war, in der Falle saß, und empfand Angst wie seit Jahren nicht mehr.

Grant klopfte ihm auf die Schulter, umarmte ihn für die Kameras und sagte: «Morgen fängst du an.»

1

Montag

Jackie Havilland nahm den Kopfhörer ab, strich sich das Haar zurecht und erhob sich langsam. Nach neun Stunden auf dem Stenographinnenstuhl war sie steif wie eine Puppe mit zusammengeleimten Gelenken. Sie war eine von neun Frauen, die an dem langen Tisch arbeiteten, voneinander getrennt durch hüfthohe Abteilwände, die Privatsphäre vortäuschen sollten. Die Frau zu ihrer Rechten hob den Kopf und sagte: «Haben heute einen Junggesellinnenabschied. Gibt nichts Besseres als das Märchen vom neuen Anfang, wenn man 'ne Party feiern will.»

«Kann nicht.» Nachdem sie den ganzen Tag lang im Auftrag des Gerichts aufgenommene Überwachungsbänder abgehört hatte, fühlte Jackies Gehirn sich an wie Mus. «Hab zu tun.»

«Ja, klar.» Neva hatte ein schnaubendes Lachen, das ihren ganzen Körper erschütterte, nur nicht ihr Gesicht. «Ich werde dir zu tun geben. So viel zu tun, dass du nicht mehr weißt, wo oben und wo unten ist. Tagelang nicht.»

Jackie erkannte den Ton wieder, mit dem Neva am Telefon mit ihren Kindern schimpfte. Drei Stück, und alle unter zehn. Ohne Daddy. Der Mann war ein erstklassiger Automechaniker gewesen, bis er im vorletzten Jahr auf der I-95 um einen liegen gebliebenen Wagen herumgegangen und von einem regenblinden Trucker fünfzig Meter weit mitgeschleift worden war. Eben noch eine Familie, und im nächsten Augenblick ein schwarzes Loch. Jackie warf sich die Tasche über die Schulter und wollte den Gang zwischen ihrem und dem nächsten Tisch hinuntergehen.

«Glaub's mir, Mädchen. Du bist zu oft allein. Dagegen gibt's bloß ein Mittel, und das findest du nicht, wenn du vor deinem Fernseher hockst.» Neva legte ihren dicken Arm auf die Trennwand und deutete auf Jackies Tisch. «Sieh doch. Hast bloß das eine Bild da, und der Junge ist seit über 'nem Jahr weg.»

«Mir geht's gut.»

Jackie ging hinunter ins Erdgeschoss, verfolgt von dem Geplapper und den schmutzigen kleinen Geheimnissen, die sie mit angehört und transkribiert hatte. Die Agentur präsentierte sich gut hier unten. Der Name war in einen kristallenen Turm graviert, der von einem Springbrunnen beplätschert wurde. Eine große Lobby, eine reizende Empfangsdame, Wachmänner, rotierende Kameras, Ölgemälde und indirekte Beleuchtung in den Räumen, die für Gespräche mit Kunden benutzt wurden. Das Unternehmen war spezialisiert auf Hightech-Überwachungen, Industriespionage und tief gehende Personenüberprüfungen. Zwischen den Räumen im Erdgeschoss und Jackies Bereich klaffte ein himmelweiter Unterschied. Sogar die Musik war anders – Klassik unten, Softrock oben, wo fünfzig Teilzeitkräfte dicht an dicht in einem fensterlosen Saal von dreißig mal dreißig Metern saßen. Jackie hatte den Job angenommen, als ihr Bruder das letzte Mal krank geworden war. Der einzige Vorteil war die flexible Arbeitszeit; solange sie fünfzig Wochenstunden abstempelte, kümmerte es niemanden, wann sie kam oder ging. An diesem Wochenende war es vierzehn Monate her, dass Preston gestorben war, auch er ein Opfer des Lebens auf der Überholspur. Seitdem hakte Jackie praktisch nur noch die Tage ab.

Indem sie am Hier und Jetzt festhielt, konnte sie zumindest so tun, als gebe es noch eine letzte Verbindung zu dem einzigen Mann, den sie je geliebt hatte.

Der Parkplatz der Firma lag glutheiß in der Aprilsonne von Orlando. Der Nachmittag stank nach Diesel und Asphalt und dem bleiernen Sommer, der bevorstand. Nichts am Horizont deutete auf Wind, nichts gab einen Vorwand ab, die Stürme zu jagen, nach denen Jackie sich sehnte. Sie ging zu ihrem spritsaufenden Z-28 mit dem Surfbrett-Dachträger und dem Kennzeichen WND-DANCR. Ein Geschenk von ihrem Bruder, ein Überbleibsel aus jenen Tagen, da das Geld unerschöpflich schien. Damals, als das Bezahlen ihrer Studiengebühren ein Quell des Stolzes und der Freude für sie beide gewesen war. Damals, bevor Preston alles verloren hatte – Job, Zukunft, Geld, Gesundheit, Leben.

Im Wagen war es heiß wie in einem Backofen. Jackie ließ den Motor an, schaltete die Klimaanlage ein und schaltete den lokalen Sender ein, um die Stimmen in ihrem Kopf zu übertönen. Jeder, der da oben im Dampfkesselraum der Agentur arbeitete, hörte diese Zeitschleife in die siebziger Jahre. Nicht, dass der Blick zurück irgendwie heiterer gewesen wäre als der nach vorn. Er brachte nur weniger Überraschungen.

Ein Arm in einem Nadelstreifenhemd und mit einer goldenen Rolex am Handgelenk langte herab und klopfte ans Beifahrerfenster. Jackie nahm an, dass es ein Boss sei, und fing an, sich eine unverbindliche Entschuldigung zurechtzulegen, was immer sie falsch gemacht haben mochte. Der Mann beugte sich herunter, und sie sah eine Sonnenbrille und ein nervöses Lächeln. Sie öffnete die Tür, Jeff rutschte herein und fragte: «Ist dir heiß genug?»

«Was machst du denn hier?»

«Eher wie im August als in der Woche vor Ostern. Wie ich höre, sollen es morgen siebenunddreißig Grad werden.» Jeff trug eine schmale Insektenaugen-Sonnenbrille, wie sie beim Stamm der Großverdiener populär war. «Wie geht's dir, Jackie?»

«Ganz okay.» Jeff war Anwalt in Orlandos größter Kanzlei, ein engagierter, hart arbeitender, tollkühner Überlebenskünstler. Sie waren gelegentlich miteinander ausgegangen, als die Zeiten noch leichter gewesen waren. Bevor sie mit ihrem Ex-Verlobten angefangen und sich das Verlangen nach männlicher Gesellschaft chirurgisch hatte entfernen lassen. Jeffs Kanzlei nahm die Dienste ihrer Firma oft in Anspruch, und hin und wieder sah sie ihn noch, wenn er in den unteren Räumen ein- und ausging. Wenn er sie mit knappem Lächeln und kurzem Geplauder daran erinnerte, wie tief sie gefallen war. «Hast du einen Klienten hier draußen?»

«Sozusagen. Hör mal, in meinem BMW ist es sehr viel kühler als in diesem Ofen hier. Warum wandern wir nicht aus?»

«Mir macht das nichts aus.»

«Natürlich. Ausgezeichnet.» Ein kurzer Blick nach hinten. «Tatsächlich bin ich hier, weil ein Klient dich engagieren will.»

«Sag ihm, er soll den Vordereingang der Agentur benutzen.»

«Nicht die Agentur. Dich. Und es ist eine Sie.»

«Wer?»

«Eine Klientin. Sie hat ausdrücklich nach dir gefragt.» Nicht nur die Hitze ließ Schweißperlen auf seine Stirn und seine Oberlippe treten. «Es muss unter der Hand passieren. Keine Papierspuren, keine Mitteilung an deine Bosse.»

«Dann geht es nicht. Ich habe keine Lizenz.» Sie hatte nach Prestons Tod für ihre Privatdetektivlizenz gebüffelt, aber nie die Prüfung abgelegt – hauptsächlich, weil ihr nach und nach klar geworden war, wie sehr sie diese Arbeit verabscheute. Das Gespräch machte ihr deutlich, wie wenig Fortschritte sie an irgendeiner Front gemacht hatte.

«Das macht nichts. Ich vermute, sie weiß es.»

«Ich bin nicht daran interessiert, nebenher zu arbeiten. Sorry.»

«Sprich mit ihr. Okay?» Er zog einen Umschlag aus der Tasche. «Tausend Dollar, wenn du nach Boca Raton fährst und mit ihr redest.»

«Mach, dass du rauskommst.»

«Auf die Hand. Tausend Dollar. Du brauchst nur zum Boca Beach Club zu fahren und dir anzuhören, was sie zu sagen hat. Machst du's?»

Das Geld war schon ausgegeben, ehe sie danach griff. Zum Teufel mit den überfälligen Rechnungen. Tausend Dollar waren ein Drittel des Weges zu einem Wave Jumper der nächsten Generation. «Wer ist die Klientin?»

«Das erfährst du, wenn du da bist. Sag dem Türsteher deinen Namen und geh hinein. Sie wird dich finden.»

Jackie widerstand dem Drang, den Umschlag aufzureißen. Einen Rest von Klasse hatte sie immer noch. «Das ist mehr als schräg.»

«Wem sagst du das?» Die schnelle Drehung seines Kopfes ließ fast übersehen, wie aufmerksam er nach beiden Seiten spähte. «Ich werde von einem großen Fall abgezogen, bekomme die bizarrsten Anweisungen meines Lebens und soll hier vor deinem Büro campieren und warten. Kein Telefon, nichts Schriftliches, und achten Sie darauf, dass man Ihnen nicht folgt.»

«Was kannst du mir über…»

«Nichts. Ich weiß nichts weiter.» Jeff öffnete die Tür und vergewisserte sich, dass niemand sie beobachtet hatte. «Wir sehen uns.»

Der Boca Beach Club war einer jener Orte, von denen jeder gehört, die aber kaum einer je gesehen hatte. Gewiss niemand in Jackies derzeitigen Kreisen. Ein Strandpalast aus Sandstein und unechter Koralle mit Sechshundert-Dollar-Zimmern. In den drei Restaurants hatten nur Clubmitglieder und Hotelgäste Zutritt. Jackie hielt am steinernen Torhaus an und nannte dem scharfäugigen Wachmann ihren Namen. Die Zufahrt hinter dem Tor war von Plumerien und Hibiskus gesäumt. Jenseits des smaragdgrünen Rasens ragten die Masten von Segeljachten höher als die Königspalmen. Das kraftvolle Grollen des Z-28 klang aufdringlich, als sie vor dem Säulenportikus anhielt. Der Hausdiener näherte sich zögernd; wahrscheinlich fragte er sich, weshalb die Torwache eine Stellenbewerberin zum Haupteingang hereingelassen hatte.

Jackie überprüfte ihr Spiegelbild im Wagenfenster. Sie war zu Hause vorbeigefahren, um sich in ein Outfit aus glücklicheren Zeiten zu werfen: eine graue Seidenhose, Magli-Pumps, eine ärmellose Baumwollbluse, um eine Schattierung dunkler als die Hose, und eine schwarze Leinenjacke, deren Ärmel sie über die Ellenbogen hochgeschoben hatte. Sie reichte dem Hausdiener die Wagenschlüssel und den erforderlichen Dollar und ging hinein.

«Ms Havilland?» Eine ältere Frau in weißer Tenniskleidung und Cashmere-Strickjacke erhob sich von einem Sofa neben dem Eingang. «Ich bin Esther Hutchings. Danke, dass Sie gekommen sind.»

«Ihre Einladung war überzeugend.»

«Ich habe einen Tisch auf der Veranda reserviert.»

Jackie folgte ihr durch die Empfangshalle, einen gewölbten Saal mit fünfzehn Meter hoher Kuppeldecke, gotischen Bögen und Kronleuchtern. «Nicht schlecht.»

«Mizner hat es entworfen.» Als Jackie nicht wie erwartet reagierte, fügte sie hinzu: «Das ist der Architekt, der den Florida Spanish Style entwickelt hat. Sie finden davon sehr viel hier in Boca und in den älteren Gemeinden rund um Miami.»

Perlen. Die Frau sollte Perlen tragen, und eins von diesen Rüschen-Outfits, die für Teepartys und Zierdeckchen und Diener in dunklen Anzügen gemacht sind. Esther Hutchings hielt sich unglaublich gerade, und wenn sie sprach, klang es, als sei jeder Vokal einzeln poliert worden. «Ich bedaure nur, dass meine Familie das alte Anwesen in Boca nicht behalten hat. Mizners Erbe hat es entworfen. Mein Vater hat es zu einem lächerlichen Preis an einen Baulöwen verkauft. Bis zu seinem Tod hat er behauptet, er habe nicht gewusst, dass der Mann die Absicht hatte, es abzureißen und eins dieser grässlichen Strandhotels auf das Grundstück zu bauen.»

Jackie blinzelte, als sie das hintere Atrium betraten – sowohl wegen der plötzlichen Helligkeit als auch wegen des Blicks, den die wandhohen Fenster eröffneten. Die Bucht funkelte in einem Millionen-Dollar-Blau, die Oleanderblüten akzentuierten einen manikürten Rasen, und verglichen mit den Jachten, die dahinter lagen, war ihr Apartment winzig. Die riesige Veranda war leer, verspiegelte Säulen und mannshohe orientalische Vasen verliehen ihrem Tisch eine intime Atmosphäre.

«Ich habe uns Tee bestellt; ich hoffe, das ist Ihnen recht.» Esther Hutchings blieb bei dem mit Leinen und Silber beladenen Tisch stehen. Zwei Stühle waren dem Jachthafen zugewandt. «Ich glaube, dieser Stuhl bietet die schönere Aussicht.»

Aus der Vase neben dem Tisch fluteten Orchideen in violetten Kaskaden. Durch das königliche Gewucher erblickte Jackie ihr Spiegelbild. Ihr Haar, tiefblond und gesträhnt von Salz und Sonne, ließ erkennen, dass es seit mindestens drei Monaten nicht mehr geschnitten worden war. Das hastig aufgetragene Make-up konnte nicht verbergen, wie sonnenverbrannt Nase und Stirn waren. Und ihre Augen, immer das Beste an ihrem Gesicht, standen weit offen vor Staunen.

«Soll ich einschenken?»

Jackie streifte die Jacke ab und hängte sie über die Stuhllehne. «Es ist Ihre Show, Mrs Hutchings.»

«Ja. Also gut. Zum Geschäft.» Esther Hutchings lehnte sich auf ihrem Stuhl zurück, ohne ihren Tee anzurühren. «Mein

Mann ist Kongressabgeordneter der Vereinigten Staaten. Besser gesagt, er war es. Er hat kürzlich den zweiten Schlaganfall erlitten. Einen verheerenden. Ich bin herunter gekommen, um hier meine dringend benötigte Ruhe zu finden. Das ist zumindest der Grund, den ich dem Rest der Welt erzählt habe.»

Esther Hutchings schwieg, als ein Ehepaar das Atrium betrat. Die Frau war ein Traum aus pastellfarbener Seide, der Mann ein Produkt chirurgischen Designs. Wie durch Zauberei erschien ein Kellner, teilte dem Paar mit, dass die gesamte Veranda für eine private Gesellschaft reserviert sei, und verschwand ebenso lautlos, wie er gekommen war.

Als sie wieder allein waren, fuhr Esther Hutchings fort. «Vor seinem Schlaganfall führte mein Mann einen Feldzug mit dem Ziel, der Wall Street und den internationalen Banken gewisse Beschränkungen aufzuerlegen. Jetzt läuft eine Schmutzkampagne zur Vernichtung seines Namens und all dessen, wofür er stand. Ich möchte, dass Sie herausfinden, wer dahinter steckt.»

«Das ist ein Scherz, nicht wahr?»

«Wirke ich komisch auf Sie, Ms Havilland? In der letzten Woche hat der Nachfolger meines Mannes die Sonderwahl gewonnen. Sein Name ist Wynn Bryant. Ein wahrhaft verachtenswerter Mann. Ich wäre nicht im Geringsten überrascht, wenn er hinter dieser Schmutzkampagne stünde.»

«Mrs Hutchings, das mit Ihrem Mann tut mir Leid.» Jackie wählte ihre Worte sorgfältig. «Aber alles dies gehört in eine Welt, die völlig anders ist als die, in der ich mich betätige.»

Esther Hutchings schaffte es, höhnisch dreinzusehen, ohne von ihrer vornehmen Höflichkeit abzuweichen. «Vielleicht hat Ihre derzeitige Beschäftigung etwas an sich, das Sie über die Maßen faszinierend finden?»

«Zumindest ist sie real.»

«Das hier ist es auch.» Esther Hutchings gehörte einer versunkenen Ära an, einer Zeit der großen Damen und der strengen Autorität, in der die Leute auf ihr Geheiß gesprungen waren. «Ich habe darauf bestanden, dass wir uns hier treffen, weil dieser Club privat ist. Es gibt wenige Orte, an denen ein Mensch, der im öffentlichen Leben steht, Besuch empfangen und gleichzeitig vor neugierigen Augen sicher sein kann. Ich werde aufmerksam beobachtet, Ms Havilland. Die Feinde meines Mannes sind entschlossen, sein Lebenswerk zu Asche werden zu lassen.»

Tausend Dollar, ermahnte Jackie sich. Sie griff nach ihrer Tasse, nahm einen lauwarmen Schluck. Zumindest die Aussicht war hübsch.

«Ich habe mich sehr sorgfältig erkundigt und bin davon überzeugt, dass Sie die Richtige für diesen Auftrag sind. Mit siebenundzwanzig, als Ihr Bruder sich leisten konnte, Sie beide zu erhalten, haben Sie an der University of Florida mit dem Studium des internationalen Finanzwesens begonnen. Ihr Bruder, ein Hedgefonds-Händler und erfolgreicher Makler auf dem Devisenmarkt, wurde schwer krank. Sie brachen Ihr Studium ab, kehrten nach Hause zurück und pflegten ihn während eines Jahres, das alle Ihre gemeinsamen Ersparnisse aufzehrte, eher er schließlich …»

«Das reicht.» Dass diese Fremde in dieser absurden Umgebung alle ihre Geheimnisse ausplapperte, war mehr, als Jackie ertragen konnte. «Ich gehe.»

Esther Hutchings hielt sie mit starrer Hand fest. «Niemand würde je auf die Idee kommen, dass zwischen uns eine Verbindung besteht. Was von entscheidender Bedeutung ist, wenn wir Erfolg haben wollen.»

«Lassen Sie meinen Arm los.»

«Und noch etwas. Mein Mann war davon überzeugt, dass Pavel Hayek mit seiner Gruppe die treibende Kraft hinter der Opposition gegen seine Finanzreform war.»

Jackie blieb stehen. «Was?»

Esther Hutchings zog einen braunen Umschlag aus ihrer Tennistasche. «Erweisen Sie mir nur die Freundlichkeit, sich diese Unterlagen anzusehen. Ich habe einen Vertrag dazugelegt. Wenn Sie einverstanden sind, mir zu helfen, unterschreiben Sie ein Exemplar und leiten es an meine Anwälte weiter. Die erste Rate Ihres Honorars wird Ihnen dann sofort überwiesen.»

Als Jackie keine Anstalten machte, den Umschlag entgegenzunehmen, drückte Esther ihn ihr in die Hand. «Ich bitte Sie dringend, dies als eine Angelegenheit von äußerster Wichtigkeit zu betrachten.»

«Diese Besprechung ist zu Ende.» Jackie verließ die Veranda und ging durch die Lobby hinaus in die Wirklichkeit eines tropischen Nachmittags.

Sie reichte dem Autojungen ihren Zettel, atmete zweimal hart durch und starrte über die Palmen in den glühenden Himmel. Anders als in diesem Märchenschloss mit seinen smaragdgrünen Rasenflächen und den Bergen aus duftenden Blüten gab es in der wirklichen Welt zerbrochene Träume, Männer, die logen, und Familien, die zerbrachen und nie wieder heilten. Mit welchem Recht verhöhnte Esther Hutchings sie mit einer so schmerzhaften Erinnerung an all das, was sie nicht hatte?

Jackie trat vor bis an die Linie, wo der Schatten des Portikus von der Sonne abgeschnitten wurde. Langsam öffnete sie den Umschlag und zog einen Stoß Unterlagen hervor. Der Vertrag lag zuoberst.

«Ma'am? Entschuldigung, ist das Ihr Auto?»

Verwirrt blinzelte sie den Jungen an, der neben der offenen Tür des Camaro stand. Sie reichte ihm einen Geldschein, ohne nachzusehen, was es war, und setzte sich ans Steuer ihres Wagens. Dann las sie die Zahl in der Honorarzeile des Vertrages noch einmal. Sie blickte zu dem Jungen auf, der darauf wartete, die Tür zu schließen, und erklärte: «Das kann nicht stimmen.»

2
Mittwoch

Der neu gewählte Congressman Wynn Bryant sah auf die Uhr. In genau neun Minuten würde er den längsten Tag seines Lebens fortsetzen. Und es war noch nicht einmal ein Uhr mittags.

Auf seinem Schreibtisch lagen die Überreste eines Sandwichs, das seine Sekretärin ihm heraufgebracht hatte, und Positionspapiere zu vierzehn dringenden Angelegenheiten, von deren Existenz er gestern noch nichts geahnt hatte. Er leckte sich die Mayonnaise von den Fingern und blätterte durch die sieben, die er noch nicht gelesen hatte. Die letzten Wochen waren wie ein Wirbelwind gewesen: Kameras, Meetings, Leute, Geplapper. Wynn hatte über dreitausend Meilen zurückgelegt, ohne je den Distrikt zu verlassen, immer begleitet von einem Stabsmitarbeiter der Partei. Am Wahltag war er so betäubt gewesen, dass ihn nichts mehr kümmerte – nicht einmal, dass die Lokalpresse ihn als einen der zahllosen austauschbaren Lakaien des Gouverneurs bezeichnete.

Nach dem gestrigen Meeting mit dem Stab seines Regionalbüros in Melbourne hatte Wynn den letzten Flug zum National Airport erwischt und war dann geradewegs ins Willard gefahren – nach Auskunft seines Reisebüros das beste Hotel in fußläufiger Entfernung zum Capitol Hill. Es war ein prunkvoller alter Laden: föderalistische Eleganz, luftige Höhen und viel Blattgold. Und so gut geeignet wie nur sonst irgendein Ort, um es eine Weile sein Zuhause zu nennen.

Heute Morgen war seine gesamte Washingtoner Mannschaft da gewesen, um ihn zu begrüßen. Alle machten einen hochintelligenten Eindruck: motiviert, engagiert und mit einem schärferen Gespür für das Geschäft der Politik ausgestattet, als er es je sein würde. Sogar seine Sekretärin hatte in Princeton studiert. Nach einer kurzen Zusammenfassung der anstehenden Geschäfte, von der Wynn das meiste nicht verstanden hatte, war ein Mitarbeiter mit ihm durch das unterirdische Tunnelsystem zum Capitol gegangen. Auf dem Weg durch das Betonlabyrinth hatte Wynn Dutzende von Gesichtern gesehen, die ihm aus den Fernsehnachrichten irgendwie bekannt vorkamen. Aber er konnte an nichts anderes denken als daran, dass er über kurz oder lang alle seine neun Mitarbeiter wieder nach ihren Namen würde fragen müssen. Der Referent hatte ihn ins Kongressbüro geführt, ihm Hutchings' Schreibtisch gezeigt und war wieder verschwunden.

Die Vereidigung war schnell vonstatten gegangen. Ein paar andere Abgeordnete waren an seinem Schreibtisch stehen geblieben, hatten ihm die Hand geschüttelt und ihn im Club willkommen geheißen. So nannten sie es, manche wenigstens: den Club. Alle schienen sich unglaublich heimisch zu fühlen in dieser Umgebung mit allem, was hier vorging. Einer hatte sogar erwähnt, dass sein eigener Schreibtisch Samuel Adams gehört habe. Abgesehen von dem pompösen Aufwand und dem Meer der Gesichter auf der Besuchergalerie hatte Wynn kaum etwas wahrgenommen. Er saß da und ließ die Vorgänge ungefähr eine Stunde lang über sich hinwegrollen; dann erhob er sich, wechselte ein Kopfnicken mit dem Präsidenten und ging zu ebener Erde zurück in sein Büro. Er bezweifelte, dass er die Tunnel wieder finden, geschweige denn sich in ihnen zurechtfinden würde. Frühling in Washington, das bedeutete Tulpen und Kirschblüten, minzgrüne Bäume und einen viel zu kalten Wind für eine angeblich südlich gelegene Stadt. Die Blumen waren offensichtlich für die Touristen da. Niemand sonst beachtete sie.

Als er in seinem Büro im zweiten Stock angekommen war, hatte er Telefone klingeln hören. Anscheinend hörten sie nie auf. Er hatte neun Anrufe nacheinander angenommen; der letzte war vom Handelsminister gekommen, und es war dabei um ein Gesetzesvorhaben gegangen. Wynn hatte sich brav Notizen gemacht und dann den Zettel verloren. Dann hatte er an zwei Unterausschusssitzungen teilgenommen. Gottlob schien man von ihm nicht mehr zu erwarten, als dass er dort auftauchte, seine Unterlagen durchsah und ein paar Hände schüttelte. Er war in sein Büro zurückgekehrt und hatte sich eine Pause für einen einsamen Lunch ausbedungen. Sofort hatte sein Stabschef ihm den Stapel Positionspapiere zum Durchsehen gebracht. Eine leichte Lektüre zu seinem Chicken-Caesar-Sandwich.

Zwei Minuten.

In seinem Büro herrschte ruhige Effizienz, doch es war niemals still. Im Fernseher lief C-Span, das politische Äquivalent von Aufzugmusik, ein beständiges Murmeln im Hintergrund. Das Vorzimmer war intensiv mit einer Arbeit befasst, von der er nicht genug wusste, um sie in Frage zu stellen. Vielleicht war es ihre Art, ihn willkommen zu heißen: alle waren mit etwas entscheidend Wichtigem beschäftigt. Aber Wynn glaubte es nicht. Die Botschaft war deutlich genug: Er war ein austauschbares Zahnrädchen. Ganz gleich, wer in seinem Ledersessel mit der hohen Lehne saß, der Betrieb der Macht würde immer weiterlaufen.

Die Anspannung summte wie die Leuchtstoffröhren an der Decke. Das Mobiliar im Büro war eine bunt zusammengewürfelte Mischung aller Stilarten und Perioden. Seine Sekretärin hatte einen winzigen Alkoven hinter der Empfangstheke. Sein Stabschef, ein ziemlich unattraktiver Mann namens Carter Styles, war der Einzige außer Wynn, der ein Büro für sich allein hatte; es lag hinter dem Empfangsbereich und hatte immerhin ein — wenn auch schmutziges – Fenster. Ein weiteres Zimmer der Bürosuite teilten sich noch einmal fünf Mitarbeiter.

Wynns eigenes Zimmer war vergleichsweise luxuriös. Es hatte einen dicken blauen Teppich, zwei Wände waren holzgetäfelt; es gab Einbauvitrinen und einen weniger abgenutzten Schreibtisch. Über der Tür hing ein blitzendes Staatswappen. Rechts und links von dem großen Fenster hinter ihm standen die Staats- und die Nationalflagge. Von den Fotos an der Trophäenwand blickte Hutchings mit sorgenvoller Miene auf den Mann herab, den der Senator zu seinem Nachfolger auserkoren hatte.

Wynn studierte Hutchings' Gesichtsausdruck, als das Telefon klingelte. Er sah auf die Uhr. Pünktlich auf die Sekunde. Er salutierte vor dem ehemaligen Kongressabgeordneten.

«Ja?»

«Jackson Taylor ist auf Leitung drei.»

«Wer?»

Eine ungläubige Pause. «Mr Taylor, Congressman. Der Vorsitzende der Partei.»

«Oh. Ja.» Ohne Zweifel wieder eine kleine Anekdote, die im Büro die Runde machen würde. Ein weiterer Beleg für seine absolute Ahnungslosigkeit. «Gut.»

«Und Senator Trillings Büro hat noch einmal angerufen. Zum dritten Mal heute. Sie sagen, es sei unerlässlich, dass Sie für die Senatorin fünfzehn Minuten erübrigen.»

«Kann ich es dazwischenschieben?»

Diese Frage war offensichtlich besser angebracht. «Für die Sitzung heute Nachmittag ist keine Abstimmung angesetzt, Congressman.»

«Dann notieren Sie es.» Er warf einen Blick auf den Stapel der geprägten Karten neben seinem Telefon. «Sind diese Einladungen alle für mich?»

«Ja, Sir.» Ihre Stimme bekam einen amüsierten Ton. «Anscheinend hat sich Ihre Ankunft herumgesprochen.»

Der Stapel war einen halben Zoll hoch, die geprägten Karten wirkten teuer und die Titel und Orte, die darauf standen,

Ehrfurcht gebietend. «Ist etwas dabei, dem ich besondere Aufmerksamkeit widmen sollte?»

«Die oberste bezieht sich auf einen Empfang, der heute Abend stattfindet. Die Begrüßung des neuen britischen Botschafters.»

Sicher besser, als in die leere Hotelsuite zurückzukehren. «Würden Sie anrufen und sagen, dass ich komme?»

«Ja, Sir. Und das Weiße Haus hat eben angerufen. Sie wollten wissen, ob Sie gegen sechzehn Uhr vorbeikommen könnten.»

«Passiert das jeden Tag?»

«Sir?»

«Schon gut. Leitung drei, haben Sie gesagt?» Er drückte auf den Knopf, ehe sie antworten konnte. «Bryant.»

«Wynn Bryant, so wahr mir Gott helfe. Wahrscheinlich erinnern Sie sich nicht an mich. Ich wette eine ganze Bootsladung Tarpon, dass Sie nicht die leiseste Ahnung haben, mit wem Sie reden.»

«Der einzige Jackson Taylor, den ich kenne, würde einen Tarpon nicht mal mit Radar und einer Stange Dynamit fangen. Wenn dieser Jackson Taylor auf diesem Job gelandet ist, dann wird es Zeit, dass ich meine Sachen packe und nach Hause gehe.»

«Nein. das tun Sie nicht, mein Sohn. Das tun Sie nicht. Dazu brauchen wir Sie zu nötig hier oben.» Die Stimme eines Profis, gepflegt wie ein Golfrasen. «Haben Sie zehn Minuten Zeit für mich?»

«Okay.»

«Lassen Sie sich von Ihren Leuten den Weg hierher erklären, aber lassen Sie die Wachhunde zu Hause. Zeit für ein Gespräch unter vier Augen.»

In der Parteizentrale herrschte die gleiche intensive Hektik wie in seinem eigenen Büro. Mitarbeiter hasteten mit wichtiger Miene umher. Wynn nannte seinen Namen und wurde ins Vorzimmer des Vorsitzenden geführt. Er hatte kaum Zeit, sich zu setzen, als schon eine vertraute Stimme ertönte. «Wynn Bryant. Ich muss schon sagen, die Politik schafft manchmal seltsame Bettgenossen, nicht wahr?»

Jackson Taylor trat ihm entgegen, die Hand so weit ausgestreckt, dass die Finger sich nach hinten zu biegen schienen. «Als ich hörte, dass Grant Sie für den Posten ausgesucht hat, dachte ich zunächst, oha, ich weiß nicht, ob ich es schaffe, noch einmal fünfzehn Runden gegen diesen Mann durchzustehen.» Seine Hand umfasste Wynns mit fleischigem Griff. Er roch nach einem teuren Duftwasser und besaß die strahlende Sonnenbräune des passionierten Golfspielers. «Dann erinnerte ich mich an das Gesicht und die Geschichten, und ich dachte, verflixt, da hat Grant sich einen Siegertyp geschnappt.»

Taylor wandte sich zu zwei Leuten um, die aus seinem Büro kamen, einem eleganten älteren Gentleman und einem jungen Referenten. «Als ich diesen Mann das letzte Mal gesehen habe, spazierte er gerade mit achtundfünfzigdreiviertel Millionen von meinen Dollars davon.»

«Sie sind gut weggekommen.» Wynn konnte die unguten Erinnerungen nicht ganz verhehlen. «Der Richter wollte Sie drankriegen.»

Dem eleganten Mann in der Tür zugewandt, fuhr Taylor fort: «Eine kleine Krauterfirma unten in Orlando – das Erste, was ich von ihnen hörte, war, dass sie uns vor dem Bundesgericht verklagten. Der alte Wynn hier warf uns unlauteren Wettbewerb vor.»

«Zu Recht.» Durch Bestechung und geschäftliche Erpressung waren die Kunden daran gehindert worden, Wynns neuere Produkte zu verwenden, von der Verletzung seiner Patente gar nicht zu reden. Im Rahmen der Einigung war Wynns Firma übernommen worden.

«Schnee von gestern, mein Lieber.» Jackson Taylor umfasste Wynns Arm und verabreichte ihm eine Power-Massage. «Sie sind dabei reich geworden. Stimmt's, oder hab ich Recht?»

«Wir haben keinen Nickel bekommen, der uns nicht zustand.»

Der ältere Gentleman sprach mit dem gelangweilten Näseln alten neu-englischen Geldes. «Hört sich an, als hätten Sie beide ein paar alte Schlachten zu erörtern, Jackson.»

«Dafür haben wir keine Zeit. Haben zu viele Kriege in der Gegenwart zu führen. Nicht wahr, Wynn?»

«Dann wollen wir Sie nicht weiter stören.» Der Gentleman setzte sich in Bewegung, und sein Referent folgte ihm. «War nett, Sie wieder zu sehen, Jackson. Congressman.»

«Danke für den Scheck, John. Sie ahnen nicht, was es bedeutet, dass wir in der Stunde der Not auf Leute wie Sie zählen können.»

Wynn sah zu, wie Taylor sich verabschiedete, und ließ sich dann in das Büro führen. Zu seiner Linken befand sich die erstaunlichste Power-Wand, die Wynn je gesehen hatte. Es mussten hundert Fotos sein, darunter fünf verschiedene Präsidenten. «Ich glaube, ein paar von diesen Leuten sind tot.»

«Verraten Sie's niemandem.» Taylor deutete auf einen Sessel. «Kaffee?»

«Nein danke.» Eine Vitrine auf der rechten Seite enthielt sämtliche der Menschheit bekannten Partei-Erinnerungsstücke, die meisten davon vergoldet. Zuoberst landete mit gespreizten Schwingen ein Adler in Sterlingsilber. «Nicht schlecht, was Sie hier haben.»

«Ja, das ist alles Washington.» Jackson Taylor war früher CEO eines Fortune-Twenty-Konzerns gewesen, und eines seiner Unternehmen war der Hauptkonkurrent für Wynns eigene Firma gewesen. «Was sagt man dazu. Da sitzen wir beide hier und plaudern wie zwei alte Kameraden, die bereit sind, die ganze Welt auf die Hörner zu nehmen.»

«Hätte ich nie erwartet», sagte Wynn zustimmend. «Nichts von all dem.»

Taylor beugte sich vor. «Wir sind doch Verbündete, nicht wahr, mein Lieber?»

Wynn spürte mehr Wärme im Blick des Rehschädels, der an der Wand hing. «Wie Sie sagten, Jackson, ich bin in dieser Schlacht reich geworden.»

«Da haben Sie's.» Zufrieden lehnte Taylor sich zurück. «Meine Sekretärin hat Ihnen eine Liste der wichtigsten Angelegenheiten gemacht, die in nächster Zeit anstehen. Und ein paar dazugehörige Akten zusammengestellt. Soll ich sie Ihnen per Kurier hinüberschicken?»

«Gern. Weiß aber nicht, wann ich das alles lesen kann.»

«Ja. Man wird Sie hier unter Akten begraben, wenn Sie es zulassen. Geben Sie's Ihren Leuten, lassen Sie sich die wichtigsten Punkte zusammenfassen.» Das Lächeln kam wieder zum Vorschein. «Habe mit den Jungs gesprochen. Wollte Ihnen sagen, dass wir bereit sind, Ihre nächste Wahl zu finanzieren.»

«Ich bin nur der Amtsverwalter, Jackson. Rein und raus in achtzehn Monaten.»

Das Grinsen wurde breiter, und die braune Haut rings um die toten Augen legte sich in Fältchen. «Geben Sie der Stadt ein paar Wochen. Diese Art Macht hat etwas Ansteckendes. Außerdem sind Sie ein Mann nach unserem Geschmack.»

«Inwiefern?»

«Ein Kämpfer, ein Sieger. Ich habe gehört, wie Sie sich im Wahlkampf geschlagen haben. Sind ins kalte Wasser gesprungen und losgeschwommen. Ich habe genug gesehen, um zu wissen, dass Sie eine natürliche Begabung für die Politik haben.»

«Wollten Sie darüber mit mir sprechen?»

«Zum Teil. Vor allem lag mir an einem kleinen persönlichen Gespräch, damit ich sehe, wie wir miteinander zurechtkommen.» Die Augen bemühten sich, Wärme zu zeigen. «Ich glaube, wir verstehen uns ausgezeichnet. Meinen Sie nicht auch?»

«Natürlich.» Wynn erhob sich. «Danke, dass ich Sie besuchen durfte, Jackson.»

«Nicht der Rede wert.» Der Vorsitzende erhob sich ebenfalls. «Sagen Sie, Wynn, haben Sie schon Pläne für den Jubilee-Ergänzungsantrag?»

«Ich weiß nur, dass Grant ihn abgewürgt sehen will.»

«Nicht nur Grant, mein Lieber. Längst nicht nur Grant.» Er streckte die Hand aus. «Das heißt, dass Sie dagegen stimmen werden?»

Wynn ergriff die fleischige Hand und wählte seine Worte mit Sorgfalt. «Der Gouverneur hat mir nachdrücklich ans Herz gelegt, wie wichtig es ist, dass dieser Antrag verhindert wird.»

«Trampeln Sie mit beiden Füßen drauf, treten Sie diese Schlange in den Staub.» Taylor führte Wynn zur Tür und massierte dabei seine Hand so hart, dass die Knochen sich aneinander rieben. «Haben Sie schon Pläne für einen Hausputz in Ihrem Büro?»

Wynn befreite seine Hand mit einem Ruck. «Ich bin gerade erst angekommen, Jackson. Lassen Sie mir ein wenig Luft.»

«Wenn ich Ihnen einen Rat geben darf: Niemand hier wird es bedauern, Carter Styles gehen zu sehen. Der Kerl war schon zu Hause Hutchings' Busenfreund, und er hat von Anfang an gestört. Von Geschäftsmann zu Geschäftsmann sage ich Ihnen: Carter ist eine Verbindlichkeit, auf die Sie verzichten können. Er hat bei zu vielen Leuten Anstoß erregt, und das ohne guten Grund.»

3
Mittwoch

Es war Mittwochmorgen. Jackie trank ihren Tee aus einem Wasserglas; das Wildblütengelb war zu schön, um es in einer Keramiktasse zu verbergen. Sie war so lange auf, dass sie keinen Kaffee mehr herunterbrachte, aber einer Antwort war sie noch nicht näher gekommen. Sie trat vor die Haustür und genoss den Wind, der stark genug schien, um sie von der Stelle zu blasen.

Das Klingeln des Telefons holte sie wieder ins Haus. Es war Neva, die Einzige ihrer Kolleginnen, die fast so etwas wie eine Freundin war. «Ich muss gestern ein Dutzend Mal versucht haben, dich zu erreichen. Ich und der Boss. Dein Telefon war die ganze Zeit besetzt.»

«Sorry, ich war im Internet.» War ins Netz getaucht und hatte nach Hinweisen gesucht. Und zwar, nachdem sie den größten Teil der Nacht zuvor damit verbracht hatte, die Informationen durchzuarbeiten, die Esther Hutchings ihr gegeben hatte. Der erste Eindruck war skizzenhaft, aber faszinierend gewesen. Als Kongressabgeordneter hatte Graham Hutchings zahlreiche Untersuchungen in Bezug auf die unkontrollierten und zunehmend zügellosen Aktivitäten internationaler Devisenhändler und Hedgefonds angestellt – ein Gebiet, mit dem sich Jackies unvollendete Dissertation befasst hatte. Hutchings hatte Fälle dokumentiert, bei denen die Fonds ganze Staatswirtschaften ruiniert hatten. Er nannte mehrere große Fonds beim Namen, die mit Währungen gespielt hatten wie mit Chips am Roulettetisch. Die Liste der Investmentbanken und Hedgefonds verschwand fast unter einem Wust von handschriftlichen Notizen, aber der oberste Name ließ Jackie das Blut gefrieren.

Hayek.

Sie war ins Netz gegangen und hatte nach Daten zu spezifischen Aktivitäten gesucht. Dabei war es weniger darum gegangen, Antworten zu finden, als vielmehr darum, ihre Hände zu beschäftigen, während ihr Verstand versuchte sich mit dieser neuen Wendung in ihrem Leben zurechtzufinden. Sie benutzte verschiedene Suchmaschinen, deren Namen ihr aus der Vergangenheit entgegensprangen und ihr ins Herz schnitten: all die Arbeit, die sie in ihre eigene Forschung gesteckt hatte, all die Hoffnungen, all die Verzweiflung, als sie die Arbeit zurückstellen musste, weil Preston krank wurde und das Geld ausging.

Die letzte Website, die sie gefunden hatte, war mit elektronischen Barrieren versperrt gewesen; sie hatte den Zugang beantragen und zunächst einen Fragebogen herunterladen müssen. In den Fragen hatte sich eine Gruppe widergespiegelt, die entweder von großer Ernsthaftigkeit oder von ernsthafter Öffentlichkeitsscheu geprägt war. Bevor sie sich um ein Uhr nachts schließlich ausgeloggt hatte, hatte sie eine vorläufige Antwort abgeschickt und sich vorgestellt.

«Ich hätte anrufen sollen», sagte sie jetzt zu Neva. «Aber um ehrlich zu sein, ich wusste nicht, was ich dir sagen sollte.»

Das war nicht Nevas Problem. «Hoffentlich handelt es sich um eine lebensgefährliche Krankheit, Mädchen. Denn sonst soll ich dich fragen, wohin wir deinen letzten Gehaltsscheck schicken sollen.»

«Man hat mir einen anderen Job angeboten.»

Nevas Stimmung besserte sich. «Hab immer gesagt, du bist zu gut für diese Tretmühle. Was ist es?»

«Ermittlungen.»

«Hast du deine Lizenz gekriegt, ohne mir was zu sagen?»

«Dazu brauche ich keine.»

«Erzähl.»

«Eine reiche alte Lady bietet mir eine Tonne Geld. Sie hat mir einen schicken Vertrag angeboten, in dem ich als unabhängige Beraterin bezeichnet werde. Ich soll etwas recherchieren, was mit meinem Studium zusammenhängt.» Neva war die einzige Arbeitskollegin, die die ganze Geschichte von Jackies früherem Leben und ihrem Bruder kannte. Nicht zu reden von ihrem Ex-Verlobten Shane, der ihre letzten Träume zerstört hatte. «Ich wünschte, ich wüsste, was ich tun soll.»

«Moment, lass mich hier erst mal durchsteigen. Jemand kommt vorbei, bietet dir einen Job an, der dich aus diesem Loch rausbringt, und will dir einen Haufen Geld bezahlen. Und du musst dir den ganzen Tag überlegen, was du machen sollst?» Sie gab Jackie Gelegenheit zu einer Antwort. Als sie keine bekam, fragte sie: «Hab ich hier was übersehen?»

«Komm schon, Neva. Wie oft passiert so etwas, ohne dass ein Haken an der Sache ist?»

«Andauernd, Mädchen.»

«Aber nicht bei mir. Anscheinend will mir das Leben schon wieder etwas unter die Nase reiben, was ich sehen, aber nicht haben kann.»

«Du willst also ablehnen?»

Jackie wünschte sich in die Sicherheit eines Daseins ohne Ehrgeiz zurück. Andererseits langweilte sie dieses Leben zu Tode, und sie lechzte nach einer Veränderung. Wie sehr, hatte sie nicht gewusst, bis sie sich in den Stunden vor dem Morgengrauen schlaflos im Bett gewälzt hatte. «Weißt du, was mein Problem ist? Es gibt zu viel, was ich allzu sehr begehre. Ich brauche nur einen winzigen Blick auf all das zu werfen, was ich nie gehabt habe, und schon gehe ich in Flammen auf.»

«Was ist denn das für eine Antwort?»

Ein Klopfen an der Tür bewahrte sie davor, weitere Geständnisse ablegen zu müssen. «Warte einen Augenblick.» Sie legte den Hörer neben das Telefon und öffnete. Ein UPS-Bote stand vor der Fliegentür. «Kann ich Ihnen helfen?»

«Ja, wenn Sie Ms Havilland sind.» Er hielt ein Päckchen in die Höhe, und sie hörte, dass es darin klingelte. «Das macht es seit 'ner halbe Stunde. Vielleicht ist es 'ne Bombe.»

«Okay.» Sie entriegelte die Tür, quittierte den Empfang auf seinem elektronischen Clipboard und nahm das Päckchen entgegen. «Da wäre die Welt um zwei wirklich wichtige Leute ärmer.»

Sie riss das Päckchen auf, griff hinein und zog ein ultraflaches Handy heraus. Sie drückte auf den Knopf und hielt es ans Ohr. «Hallo?»

Es war die eiskalte Matrone aus Boca Raton. «Wo sind Sie?»

«Ich stehe in meiner Haustür und betrachte die Jacketkronen eines UPS-Kuriers.»

«Sie haben die Zustellung für neun Uhr garantiert. Jetzt ist es fast halb zehn. Wenn ich eine Leistung bezahle, erwarte ich die präzise Ausführung.»

«Hier unten in Florida gehen die Uhren anders. Daran kann alles Geld der Welt nichts ändern. Warte Sie eine Sekunde.» Sie ging ans andere Telefon und sagte zu Neva: «Ich muss Schluss machen.»

«Ich sag dir was. Ich werde mit dem Boss reden und ihm erklären, dass du auf Wasser wandeln kannst. Mal sehen, ob er dir nicht ein bisschen Zeit lässt, dir über diese Sache klar zu werden.»

«Ich weiß nicht, wie ich dir danken kann.»

«Sieh zu, dass wir beide mal ein bisschen Glück haben. Und melde dich, hörst du?»

Sie legte auf und griff nach dem Handy. Wog es einen Augenblick in der Hand. Wünschte sich mehr Klarheit, als dieser Tag zu bieten hatte. Draußen vor dem Fenster schwankten und bebten die Bäume im zunehmenden Wind. «Ich höre.»

«Ich habe gestern den ganzen Tag versucht, Sie zu erreichen.»

«Ich habe nur eine Telefonleitung. Die habe ich benutzt, um wegen Ihres Problems zu recherchieren.»

«In dem Päckchen ist noch ein verschlossener Umschlag. Machen Sie ihn bitte auf.» Während Jackie den Umschlag aufriss, redete Esther weiter. «Die erste Rate Ihres Honorars, wie versprochen.»

So viel Geld. Das bisschen Papier hätte eine Tonne wiegen müssen, so schwer wog die Versuchung.

«Haben Sie den Vertrag unterschrieben?»

«Noch nicht.»

«Zeit ist hier ein entscheidender Faktor.»

«Ich werde mich heute entscheiden.»

«Gut. In dem Umschlag ist noch ein handgeschriebener Zettel.»

«Ich habe ihn.» Ein ausländisch klingender Name und eine Telefonnummer. Die Vorwahl von Washington.

«Ein zweiter Kontakt für den Fall, dass ich nicht zu erreichen bin. Nur bei äußerster Dringlichkeit zu verwenden.» Nach einer Pause fügte sie hinzu: «Ich schlage vor, dass Sie handeln, solange Sie noch können.»

Jackie trödelte noch eine Weile herum und räumte ihre drei engen Zimmerchen auf, während sie mit dem bereits stürmisch gewordenen Tag kämpfte. Ihr Garagenapartment war mit einem Zottelteppich in schrillem Orange ausgelegt. Die Klimageräte in der Wand ratterten und keuchten, die Wasserleitungen dröhnten, und der Kühlschrank war museumsreif. Aber ihre winzige Veranda an der Rückseite war ein Refugium, eine Zuflucht in ihrer ausweglosen Welt. Sie kehrte zu ihrem Küchentisch zurück. Die verschrammte Tischplatte verschwand unter Hutchings' Papieren. Aber sie hatte keine Lust mehr, weiterzuarbeiten – nicht, solange die Entscheidung über ihr schwebte wie ein Damoklesschwert. Ihr Blick fiel auf einen Computerausdruck, den sie am Abend zuvor gemacht hatte. Der lose verbundene Clan der Windsurfer aus der Umgebung hatte eine Karte des einsetzenden Sturms samt Zeit und Ort für ein Treffen in Umlauf gebracht. Jackie stand auf und zog sich an. Der Tag würde vielleicht doch noch einen Sinn bekommen.

Jackie fuhr den Beeline Expressway von Orlando zur Küste, überquerte die I-95 und die Brücken zwischen dem Festland von Florida und Merritt Island und hielt auf einer schmalen Landzunge. Eine halbe Meile weiter im nördlichen Gewässer erhoben sich die Kreuzfahrtschiffe in Port Canaveral wie schwankende Berge. Dahinter war ein Shuttle zu sehen, das aus dem Vehicular Assembly Building von Kap Kennedy gezogen worden war und jetzt auf die dem Intracoastal Waterway am nächsten gelegene Startrampe gesetzt wurde. Die Stummelflügel des Shuttles spreizten sich in gelassener Entschlossenheit, bereit, allen Elementen zu trotzen.

Sie lud ihre Ausrüstung ab, und eine Gruppe Storm Jumpers schrie Einladungen zu ihr herüber. Jackie kannte sie alle mit Vornamen, wusste aber darüber hinaus nur, welche Autos sie fuhren und welche Bretter sie benutzten. Die Piraten unter ihnen hatten sie ein- oder zweimal angemacht und ihre Zurückweisungen mit Korsarengrinsen und dem Achselzucken derer akzeptiert, die ohnehin mehr Chancen als Zeit haben. Man respektierte sie, weil sie bei den meisten starken Winden hier war und dabei den Fanatismus eines Menschen an den Tag legte, der für solche Augenblicke lebte. Jackie winkte der Gruppe zu, ging aber nicht hinüber. Heute war kein Tag für Clubstimmung und besessene Geschichten vom Fliegen. Sie wollte nichts als Selbstvergessenheit.

Sie riggte das Segel auf, zurrte den Gabelbaum sturmfest und setzte den Mast ein. Dann ging sie noch einmal zum Wagen und holte ihr Trapez. Sie band sich das Haar straff mit einem Gummi zusammen, nahm das Streckschwert aus dem Kofferraum, schloss den Wagen ab und schleifte das Brett über den Strand.

Sie lächelte über das Johlen derer, die schon zurück waren und erschöpft am Straßenrand standen, während sie ihr Brett in das aufgewühlte Wasser der Bucht zog. Das Wasser war warm wie ein Solebad, und obwohl es hier nur knietief war, trieb der Wind funkelnden Schaum darüber hin, sodass Adrenalin wie Champagner durch ihr Blut strömte. Sie schob das Schwert ein, packte den Gabelbaum, prüfte die vordere Fußschlaufe. Sie hüpfte ein paar Mal und spürte, wie ungeduldig der Wind darauf wartete, sie fortzureißen. Sie überließ ihr ganzes Gewicht dem Brett, erhob sich dann so schnell, dass sie schreien musste, und sie wusste, dass dies ein Tag voller Verheißung und Tempo werden würde. Sie schob den Fuß in die hintere Schlaufe, spürte den jähen Rausch und überließ sich dem Vergessen, das sie immer nur auf diese Weise finden konnte.

Das Brett war nicht mehr klobig und ziemlich altmodisch. Es war ein Triumphwagen, von prachtvollen Hengsten gezogen, und sie eine Frau, die keine irdischen Bande mehr kannte. Sie flog so schnell, dass das Brett die Wellenkronen kaum noch berührte, und ihre einsame Schwinge streckte sich dem letzten, winzigen Schub entgegen, der sie endgültig befreien und sie pfeilschnell forttragen würde von all den Unmöglichkeiten eines Lebens, zu dem sie gezwungen war.

Mainland zur Rechten, Merritt Island zur Linken, beschleunigte sie immer mehr, bis die vorüberziehenden Häuser und grünen Uferbepflanzungen zu Schattierungen der Geschwindigkeit verschwammen. Sie hakte den Gurtring des Trapezes ein und lehnte sich noch weiter zurück, bis ihr Körper gewölbt war wie das Segel, zwei Bögen, die ein unmögliches Gleichgewicht miteinander verband. Jeder kleine Wellensprung durchtränkte sie von neuem mit Wasser, das wärmer war als der

Wind. Sie spürte, wie ihre Fingerspitzen und das Ende ihres Pferdeschwanzes über die Wellenspitzen strichen und die Verbindung zu ihrem Partner in diesem Tanz wurde noch inniger. Windabwärts, wo die Insel endete und das Wasser breiter wurde, wurden die Wellen zu schäumenden Sprungschanzen. Jackie richtete sich wieder auf, hakte den Gurt los und begann, mit Körperbewegungen und winzigen Korrekturen des Segels zu steuern. Ihre geballten Fäuste erspürten im Baum das leise Beben nahender Böen. Sie taxierte jeden neuen Ansturm, streckte sich der unsichtbaren Faust entgegen. Unvermittelt spürte sie neue Kraft wie eine Feder an Segel und Wange. Sie drehte leicht nach Osten, nahm Kurs auf die höchste der Wellen vor ihr, duckte sich, schätzte die Geschwindigkeit ab und sprang dann. Die Anstrengung ließ sie aufschreien, und der Wind stimmte in ihren Schrei ein, wurde um fast eine Oktave schriller und zog sie in den wilden grauen Himmel.

Sie flog. Die Zeit blieb stehen. Ihr Schrei war ein silberner Faden. Mit der rauen Kraft eines Möwenrufs schlängelte er sich ins Herz des Sturms, ein Schrei der Hoffnung, der Erregung und des Schmerzes. Mit der Kraft ihres Willens zwang sie den Augenblick, ewig zu währen und sie niemals auf das Wasser zurückzudrücken. In einer harten Landung klatschte sie herunter, das Segel senkte sich herab und wurde nass, und das bedeutete, dass sie lange genug segeln musste, um das Gewicht des Wassers loszuwerden, ehe sie wieder anfing zu suchen. Dann fand sie eine neue unsichtbare Faust und nahm Kurs auf die Wolken und das Universum des ewigen Sturms.

Jackie flog bis zum nächsten Causeway, was bedeutete, dass sie auf dem Rückweg zwei Stunden gegen den Wind würde kreuzen müssen. Das Wasser war fast leer; nur wenige andere blitzschnelle Storm Jumpers waren unterwegs, ein paar Segelboote mit Sturmsegeln und gischtendem Kielwasser und ein einzelnes Motorboot. Hinter einer der unbewohnten Marschinseln kehrte sie um und suchte Schutz in einer von Palmettos und wilden Palmen beschirmten Bucht. Ein staksendes Reihertrio beobachtete sie vom weißen Sandstrand her; alle drei drehten die grauen Köpfe und starrten sie voller Abneigung an. Sie senkte das Segel aufs Wasser und setzte sich, um zuzuschauen, wie der Wind die Wellen trimmte und auftrieb. Ihr Blick fiel auf das Brett, und sie inspizierte die zerfransten Nähte am Schwert entlang und die rostigen Schrauben, die sie selbst eingedreht hatte, um die Fußschlaufen zu verstärken. Der Scheck auf ihrem Esstisch war das erste Geld seit dem Tod ihres Bruders, das nicht schon vor seiner Ankunft für den täglichen Lebensunterhalt verplant war. Aber hier in diesem Hafen voller Wind und Licht wusste sie, dass es nicht das Fehlen von Antworten war, was ihr Sorgen bereitete. Es war die Angst davor, nichts weiter zu finden als eine neue falsche Freiheit.

Eine Herde Delfine kam in die kleine Bucht geschwommen. Die Vegetation ringsum säumte ein schmales Stück ruhigen Wassers, nicht mehr als fünf Meter breit. Die von Mangroven, Palmettos und Silberpalmen abgeschwächte Brise kräuselte das geschützte Wasser in leisem Frösteln, das hinauswehte bis dahin, wo die Bucht sich mit dem schaumbedeckten Meer vereinte. Die Delfine knäulten sich zusammen; ihr sanfter Atem ging leise keuchend, und sie umkreisten zwei winzige Flossen, die erkennen ließen, dass Babys dabei waren. Die Tiere in der Bay waren kleiner als ihre Verwandten draußen im offenen Meer und eher an die Menschen gewöhnt. Sie schnüffelten herum, rieben ihre Bäuche auf dem weichen weißen Sand des Grundes, pfiffen schüchtern zirpend und sandten kurze Erkundigungen aus dem Wasser. Wie geht's dir? Bin verwirrt, war die Antwort. Habe Angst vor der Aussicht, wieder aufzuwachen. Versinke in Erinnerungen an frühere Zeiten.

Es hatte tatsächlich schon andere Chancen gegeben, die ihr aber nur geboten worden waren, um ihr gleich wieder entrissen zu werden. Ein Vater, der sich von seiner Frau hatte vertreiben lassen, während die kleine Jackie kreischend flehte, er möge bleiben oder sie mitnehmen. Dieses Flehen hatte ihr die jahrelange, bösartige Folter durch eine übereifersüchtige Mutter eingebracht, die ihre Verletzungen zur Schau trug, als wären es Orden. Jackie hatte überlebt, indem sie ihr Leben dem Schutz ihres kleinen Bruders gewidmet hatte, eines Engels mit goldenen Haaren, zu empfindsam für die beste aller Welten und desto weniger fähig, dieses Zerrbild einer Mutter zu überleben. Preston war durchgekommen, weil Jackie ihn abgeschirmt und gestützt hatte. Er hatte nie viel für Menschen und Worte übrig gehabt, aber sein Verstand hatte sich an der Mathematik gemästet, wie andere Kriminalromane verschlingen. In der Schule war er aufgeblüht bei Algebra und Wahrscheinlichkeitstheorie, Themen, die Jackie gänzlich kalt gelassen hatten.

Als Preston einen Job bei der Hayek Group angenommen hatte, war sie besorgt gewesen, ohne zu wissen, warum. Als das Geld zu strömen begann, hatte sie richtig Angst bekommen. Aber Preston hatte einen Platz gefunden, der seiner Begabung gerecht wurde, und einen, der ihn so sehr in Anspruch nahm, dass er die ihnen beiden verhasste Vergangenheit ignorieren konnte. Sein Aufstieg unter den Börsenhändlern war so steil gewesen, dass sie gegen seine Entscheidung nichts mehr vorbringen konnte, und so hatte sie sich schließlich in seinen Enthusiasmus gefügt, sein Geld angenommen und ihren eigenen Traum von einer Rückkehr zum Studium neu belebt. Aber die ganze Zeit dachte sie mit Sorge an das Wasser, in dem Preston jetzt schwamm. Sie studierte internationales Finanzwesen in der Hoffnung, damit in Fluten und Strömungen eintauchen und die Haie identifizieren zu können, ehe sie ihn verschlingen konnten.

Und dann hatte Preston sie mit Shane Turner bekannt gemacht.

Jackie war dabei, diese spezielle Erinnerung in den Wind zu schlagen, als sie das Motorboot bemerkte. Es war das gleiche, das sie schon kurz zuvor gesehen hatte, und als sie jetzt wirklich Notiz von ihm nahm, hatte sie den Eindruck, dass es ihre Insel nicht zum ersten Mal umkreiste. Der Mann am Steuer hatte ein Fernglas auf sie gerichtet, angesichts des aufgewühlten Wassers ein drolliges Unterfangen. Jackie belohnte ihn mit einer entsprechenden Geste und erhob sich dann unsicher, als das Boot den Kurs änderte und geradewegs auf sie zukam. Die Delfine stießen warnende Pfiffe aus und verschwanden.

Beunruhigt zog sie den Mast aus dem Wasser. Ihre Position in der kleinen Bucht war plötzlich äußerst riskant: unsichtbar für die anderen Sturmsegler, in einem Wind, der stark genug war, um ihr Schreien zu übertönen.

Jackie packte den Baum, schwenkte das Segel herum und suchte nach einem Windstrom, der sie forttragen würde. Aber die Bäume und das Dickicht waren ein allzu wirkungsvoller Windschutz. Sie wollte schon aufgeben und sich ins Wasser stürzen, als das Motorboot beidrehte und der Mann herüberrief: «Sind Sie JackieH at Juno.com?»

Die Frage war so absurd, dass sie den Baum fallen ließ, ohne nachzudenken. «Was?»

«JackieH at Juno.com!» Er war jung, und seine Stimme klang hoch. Mehr konnte sie durch das Leerlaufdröhnen des Motors nicht ausmachen. Er war lächerlich vermummt: ein schlapper Anglerhut, tief ins Gesicht gezogen, eine Sonnenbrille und eine Windjacke, deren Reißverschluss bis unters Kinn hochgezogen war. Das Einzige, was sie deutlich erkennen konnte, waren die blasse Nase und der Mund. Und knochenweiße Hände, die keine Ahnung hatten, wie man ein Boot ruhig hielt. «Sind Sie das?»

Als sie mit offenem Mund nickte, stellte er den Motor ab und ließ das Boot weiter mit der Breitseite im Wellengang liegen. Es war ein teures Mietboot mit einem überzüchteten Motor, und es lag so weit außerhalb der windgeschützten Bucht, dass die nächste Welle ihn beinahe kopfüber ins Wasser gestürzt hätte. Jackie sah seinen offenkundigen Schrecken mit Erleichterung. «Starten Sie den Motor, ziehen Sie ihn einen Strich über Leerlauf hoch und steuern Sie direkt in den Wind.»

Während er mühsam fummelnd ihre Anweisungen befolgte, setzte sie sich wieder auf ihr Brett. «Und jetzt fahren Sie rückwärts in die Bucht – nein, nicht drehen, legen Sie einfach den Rückwärtsgang ein.»

Aber der junge Mann hatte offenbar kein Verlangen danach, noch näher heranzukommen. Er ließ den Motor laufen, drehte zu weit und geriet von neuem ins Schaukeln. Durch Wind- und Motorenlärm rief er: «Warum interessieren Sie sich für bestimmte Leute und Firmen?»

Wieder konnte sie ihn nur sprachlos anglotzen. Der junge Mann hatte nichts anderes erwartet. «Sie sind bereits in Gefahr! Es gibt nur eine Möglichkeit, zu überleben! Haben Sie gehört, JackieH?»

«Ja.»

«Suchen Sie weiter unter Ihrer jetzigen Mailadresse, und finden Sie nichts. Nehmen Sie einen zweiten Namen bei einem anderen Serversystem an, und benutzen Sie einen anderen Namen als ID und Bezahler.»

Ihr war, als hörte sie einen Akzent in seinen Worten, aber sie war nicht sicher. «Warum?»

«Benutzen Sie ein sicheres Telefon, wenn Sie sich einwählen. Ihr Telefon zu Hause ist bereits angezapft, oder wird es bald sein. Wenn Sie alles eingerichtet haben, gehen Sie zur Website Trastevere.» Er buchstabierte den Namen. «Können Sie das behalten?»

«Wer sind Sie?»

«Es ist wichtig!» Sein Schrei ließ einen Druck erkennen, der nicht nur mit dem Sturm zusammenhing. «Trastevere. Hinterlassen Sie mir eine Nachricht.» Er machte eine kurze Pause und schob sich die Sonnenbrille fester auf die Nase, ehe er fortfuhr. «Adressieren Sie sie an Boatman.»

«Warten Sie. Ich muss wissen …»

Aber der junge Mann ließ den Motor aufbrüllen und raste so schnell davon, dass er beinahe rückwärts über die Sitzlehne gepurzelt wäre. Jackie blieb zurück in der Einsamkeit eines verwirrenden, stürmischen Tages.

4
Mittwoch

Als Wynn in Senator Trillings Büro ankam, war seine Wut über das Gespräch mit Jackson Taylor immer noch nicht verraucht. Es besserte seine Stimmung nicht, als er sah, dass die angesehene Senatorin aus Kalifornien in Räumen residierte, die sich im Vergleich zu seinen wie ein Palast ausnahmen.

«Congressman Bryant?»

«Ja.»

«Kay Trilling. Sind Sie allein?»

«Ist das ein Problem?»

«Was mich betrifft, nein. Aber es gibt hier nur wenige Abgeordnete, die allein irgendwo hingehen. Es besteht immer die Gefahr, dass man ertappt und kompromittiert wird oder dass die Presse behauptet, man habe etwas gesagt, was man dann nicht dementieren kann», sagte sie knapp.

«Mit anderen Worten, ich habe schon wieder einen Anfängerfehler gemacht.» Er machte sich nicht die Mühe, seinen verbitterten Tonfall zu unterdrücken.

Sie senkte den Kopf, vielleicht, um ein Lächeln zu verbergen. «Hier entlang, bitte.»

Kay Trilling war schwarz, spindeldürr, extrem gut gekleidet und knallhart. Sie führte ihn in ihr Büro, schloss die Tür und fuhr fort: «Ich vermisse Graham Hutchings schrecklich. In persönlicher ebenso wie in politischer Hinsicht. Wir waren zusammen in einem Gebetskreis. Ich nehme nicht an, dass Sie interessiert wären, zu uns zu kommen?»

«Wie bitte?»

«Schon gut.» Sie deutete auf ihren Mitarbeiter, einen gut aussehenden, schweigsamen Mann mit den adlerhaften Zügen eines Arabers oder Nordafrikaners. «Das ist Nabil Saad. Er ist von der Weltbank zu meinem Büro abgeordnet.»

Offensichtlich verfügte die Senatorin über höherrangiges Personal als ein einfacher Kongressabgeordneter. «Ich hatte den Eindruck, Sie wollten mich in einer dringenden Angelegenheit sprechen.»

«Das ist richtig. Hutchings und ich sollten in einem Beratungsausschuss zusammenarbeiten. Ich nehme nicht an, dass Sie darüber informiert sind.»

«Überhaupt nicht.»

Feine Sorgenfalten durchdrangen das polierte Äußere. «Das ist nicht gut. Dieser Ausschuss ist ein gemeinsames Gremium von Kongress und Senat, das die Aufgabe hat, zwei widersprüchliche Versionen des gleichen Gesetzesvorhabens miteinander zu vereinbaren. Es steht ein großes Bewilligungsgesetz bevor, äußerst kritisch für beide Seiten, über tausend Blatt Akten sind da durchzuarbeiten.»

Wynn spürte, wie sich die Anspannung um ihn herum zusammenzog. Zwei Augenpaare, ein weibliches, amerikanisches, ein dunkles, sehr arabisches, beobachteten aufmerksam seine Reaktion. Trilling fuhr fort. «Eins der Probleme, mit dem wir uns zu befassen gedenken, ist der so genannte Jubilee-Ergänzungsantrag.»

«Ja.» Es ging also wieder um dasselbe. Alle sondierten, alle wollten einen Deal machen. Dafür sorgen, dass er gekauft und bezahlt war. «Natürlich.»

«Sie haben also davon gehört.»

«Ich weiß nur, dass es eine Menge Leute gibt, die dieses Ding tot und begraben sehen wollen.» Wynn stand auf. «Wer immer als Nächster auf Ihrer Liste steht – sagen Sie ihnen, ich hab's bereits mitbekommen.»

«Ich verstehe nicht.»

«Oh, ich glaube doch. Wenn Sie mich jetzt bitte entschuldigen wollen – ich habe im Büro genug nachzuholen.»

Sie erhob sich nicht, sie richtete sich auf wie eine Schlange, und ihre Lippen waren so fest zusammengepresst, dass die Falten sich bis zu den Nasenflügeln hinaufzogen. «Offen gesagt, Congressman, ich finde Ihr Verhalten enttäuschend. Die Angelegenheit ist von entscheidender Wichtigkeit.»

«Sind sie das nicht alle?»

«Wollen Sie nicht einmal wissen, wo wir stehen?»

«Das ist mir völlig egal.»

Mit einer schnellen Bewegung versperrte sie ihm den Weg zur Tür und zischte: «Ich weiß nicht, für wen Sie sich halten, Mister, aber ich muss Sie warnen. Vorwitzige Neulinge aus beiden Häusern fresse ich seit Jahren zum Frühstück.»

Wynn riss am Türknauf und ließ ihr die Wahl, beiseite zu gehen oder umgestoßen zu werden. Beim Hinausgehen sagte er: «Politiker, die so schleimig wie Basarhändler geworden sind, habe ich immer schon verachtet.»

«Ich werde dafür sorgen, dass Sie Ihre Einstellung und Ihre Worte noch bedauern.»

«Nicht annähernd so sehr», sagte Wynn und war schon im Vorzimmer, «wie ich es bedaure, überhaupt hier gewesen zu sein.»

Er trat hinaus in den Sonnenschein, immer noch kochend vor Wut. Nach kurzem Wühlen in seinen Taschen zog er sein Handy hervor, und wurde noch wütender, als er merkte, wie natürlich diese Bewegung immer noch war. Er hatte so ein Telefon nicht mehr benutzt, seit seine Frau tot war, nicht seit dem Verkauf seiner Firma, nicht seit seinem letzten Tag im Gericht. Alle drei Schicksalsschläge hatten ihn im selben Monat getroffen, und zwar in dieser Reihenfolge.

Er und Dianne waren dabei gewesen, die Scheidung einzureichen, als sie krank geworden war. Wynn war nach Hause gekommen und hatte elf zermürbende Monate lang den aufopferungsvollen Ehemann gespielt. Esther Hutchings, Diannes beste Freundin, war eine der wenigen gewesen, die sein Handeln nicht gebilligt hatten. Natürlich hätte nichts von dem, was Wynn tun konnte, in Esthers Augen jemals Gnade gefunden. Sie hatte ihn verabscheut, und bei Diannes Beerdigung hatte sie ihn öffentlich beschuldigt, den Tod seiner Frau verursacht zu haben. Zwei Wochen nach der Beerdigung hatte Jackson Taylor schließlich ein Angebot zur Übernahme seiner Firma gemacht. Wynn hatte nie gedacht, dass es so schwer sein könnte, Geld zu machen, hatte die Warnungen vor dem Preis des Erfolgs nie verstanden. Nicht bis zu dem Tag, an dem er die Dokumente unterzeichnet hatte und dann im Gericht erschienen war, um zu hören, wie seine Anwälte erklärten, dass sie die Klage in sämtlichen Punkten zurückzögen. Wynn hatte sich unversehens eine Möglichkeit gewünscht, seinen Widerspruch hinauszuschreien. Er hatte das Gericht als freier, einsamer Mann verlassen, und nichts war da gewesen, was seine Tage ausfüllen oder seine klaffenden Wunden hätte schließen können. Damals hatte er sich geschworen, dass ihm nie wieder etwas ans Herz wachsen sollte.

«Congressman Bryants Büro.»

«Ich bin's. Wynn.» Er trat zurück in den Schatten der Senatsbüros. «Wer ist bei uns mit dem Jubilee-Ergänzungsantrag befasst?»

«Ich glaube, die Akten hat Carter.»

«Vorzüglich.» Er sah auf die Uhr. «Ich gehe jetzt rüber zum Weißen Haus.»

«Ihr Meeting ist ins OEOB verlegt worden.»

Wynn wollte schon fragen, was das OEOB war, zog es dann aber vor, seine Unwissenheit lieber einem Taxifahrer zu offenbaren. «Carter soll sich in der Lobby mit mir treffen.»

Er beendete die Verbindung und wählte dann eine weitere Nummer. Er hatte immer noch Dampf abzulassen, und seine Schwester sollte an diesem Vormittag aus Ecuador zurückkommen. Dass sie während des ganzen Wahlkampfes praktischerweise abwesend geblieben war, schwärte immer noch tief in ihm.

«Die Residenz des Gouverneurs.»

«Ist Sybel Wells schon zurück?»

«Wer spricht da?»

«Ihr Bruder, Wynn Bryant.»

«Selbstverständlich, Congressman. Sie ist vor etwa drei Stunden gekommen. Ich glaube, sie ist in ihrem Arbeitszimmer. Einen Augenblick bitte.»

Es klickte zweimal. «Wynn? Ich wollte dich heute Abend anrufen ...»

«In was hast du mich hier reingebracht?»

«Moment.» Sie sprach leise mit jemand anderem und sagte dann: «Also – was ist los?»

«Ich sitze hier oben in Washington in der Falle. Ich ertrinke in bürokratischem Müll. Jeder hier ist ein Feind, dessen Absichten ich nicht verstehe.»

«Nicht jeder.»

Ihre ruhige Beherrschtheit war ihm zuwider. «Jackson Taylor ist hier, Sybel.»

«Natürlich. Er ist der Vorsitzende deiner Partei.»

«Er wollte mich sprechen. Nur um sicherzugehen, dass ich den Jubilee-Ergänzungsantrag fallen lasse. Du weißt, was das ist?»

«Selbstverständlich.»

«Wusstest du auch, dass Grant mir befohlen hat, ihn abzuwürgen?»

«Das hat Grant dir gesagt?» Nach einer kurzen Pause fuhr sie fort. «Deshalb also hat Grant sich nicht heftiger gegen meine Idee gesträubt.»

«Warte, es wird noch besser. Grant hat mir gedroht, Sybel. Er hat gesagt, er geht mit unserem Kapitaltransfer an die Öffentlichkeit ...»

«Hör sofort auf.» Jetzt war sie es, die in Panik geriet. «Du bist jetzt Kongressabgeordneter, verstehst du? Du telefonierst mit der Residenz des Gouverneurs.»

«Okay. In Ordnung.»

«Ich kümmere mich um Grant. Kümmere du dich um Washington.»

«Ich glaube nicht, dass ich das kann.» Ein qualvolles Geständnis.

«Kümmere dich darum, Wynn.» Sie klang plötzlich eisig. «Ich muss Schluss machen.»

Der Fahrer stammte aus der Äußeren Slombonei, und sein Taxi roch wie ein importiertes Kamel. Aber sogar er wusste, was OEOB bedeutete – jedenfalls fuhr er gleich los, als Wynn ihm die Buchstaben genannt hatte. Aber wenig später standen sie in einem langen, siedenden Verkehrsstau auf der Pennsylvania Avenue. Wynn warf einen Blick auf die Uhr und sah, dass er bald zu seiner ersten Begegnung mit Mitarbeitern aus dem Weißen Haus zu spät kommen würde. Er beugte sich vor und wiederholte: «OEOB?»

«Ist Old Executive Office Building. Da drüben.» Ein dunkler Finger deutete auf einen Anbau an der rechten Seite des Weißen Hauses. «Sie vielleicht zu Fuß gehen, ja?»

«Unbedingt.» Er bezahlte und galoppierte den Gehweg entlang. Jemand sollte allen neuen Politikern ein Handbuch überreichen, dachte er, irgendetwas mit dem Titel «Willkommen in der Stadt, die Sie bei lebendigem Leibe fressen wird». Er schaute auf die Uhr und fing an zu rennen.

Carter Styles erwartete ihn in der Lobby, und ausnahmsweise sah der Mann aus, als sei er genau am richtigen Platz. Die Lobby war ganz ohne jeden Charme, ein Monument dessen, was Bürokraten an Grässlichem anrichten konnten. Man nehme ein unglaublich schönes Gebäude und gestalte die Eingangshalle neu – mit einer Sperrholztheke für das Wachpersonal, stahlverstärkten Türen und grau-grüner Anstaltsfarbe. Man erfülle die steingemauerte Halle mit dem Echo wichtigtuerischer Stimmen, fiepender Metalldetektoren, klingelnder Telefone und lärmender Sicherheitsschlösser. Und man beleuchte sie trübe mit Leuchtstoffröhren im Stil einer Irrenanstalt. Willkommen in der Maschine.

Carter Styles verströmte einen ebenso kargen Charme wie diese Lobby. Er zeigte dem Wachmann seinen Führerschein, nannte ihm den Namen ihres Gastgebers, ließ seinen Aktenkoffer durch die Sicherheitskontrolle laufen und führte Wynn dann einen Korridor hinunter. Das alles, ohne ein Wort mit seinem neuen Boss zu sprechen.

Die Abgesandten des Präsidenten waren zwei Angestellte der mittleren Ebene, ein Paar von stiller Intensität. Ein junger Mann in einem schlecht sitzenden Anzug mit einer karierten Wollkrawatte erwartete sie in einem Vorzimmer, das ebenso voll gestopft war wie Wynns, und führte sie von da in ein zweites, ebenso enges Kämmerchen – nur, dass dieses einen höchst eindrucksvollen, von frischem Laub schraffierten Blick auf das Weiße Haus bot. Wynn bestaunte es mit offenem Mund, und das Trio wechselte ein schmales, spöttisches Lächeln.

«Wir sind Ihnen sehr dankbar, dass Sie uns ein paar Augenblicke Ihrer Zeit erübrigen konnten, Congressman. Nehmen Sie doch hier vorn Platz.» Die Sprecherin, Harriet Soundso, war eine strenge, reizlose Erscheinung mit glühenden, nussbraunen Augen und einem klobigen Strickkostüm. «Dürfen wir Sie fragen, was Sie für das Wochenende und die darauf folgende Osterpause geplant haben?»

«Ich muss mich ein bisschen einarbeiten.»

«Dürften wir Sie wohl bitten, die Regierung auf zwei internationalen Finanztagungen zu vertreten?» Mit ihrem arroganten Tonfall gelang es der Frau, die Bitte wie eine Kränkung klingen zu lassen. «Anscheinend war Congressman Hutchings offiziell Schirmherr beider Veranstaltungen. Die erste findet diesen Samstag in College Park statt, ungefähr eine Autostunde von hier. Congressman Hutchings hat den Präsidenten bedrängt, daran teilzunehmen. Aber das muss Ihnen ja bekannt sein.»

Wynn widerstand dem Drang, sich umzudrehen und Carter anzufunkeln. «Und kommt der Präsident?»

«Leider hat er mehrere Meetings in Camp David. Der Finanzminister ist ebenfalls unabkömmlich. Der Präsident meinte, Sie wären vielleicht ein nahe liegender Ersatz.»

Der junge Mann ergriff das Wort. «Über die Osterkonferenz sind Sie zweifellos auf dem Laufenden. Die Jubilee-2000-Versammlung in Kairo gehörte über ein Jahr lang zu Hutchings' Lieblingsprojekten.»

«Er hat die ganze Stadt mit Abhandlungen zu diesem Thema überflutet», bestätigte die Frau.

«In Kairo», sagte Wynn langsam.

Die Frau zeigte sich überrascht. «Sie wussten nichts davon?»

«Der Congressman hat heute seinen ersten Tag», erläuterte Carter.

«Es ist keine große Sache, Congressman», sagte der junge Mann. «Wenn Sie nicht hingehen, verursachen Sie keine internationale Krise.»

«Was diese Regierung angeht, ist das Thema Schuldenerlass mausetot», pflichtete die Frau bei. «Das haben wir Hutchings nie begreiflich machen können.»

«Selbstverständlich erwartet der Präsident nicht, dass jemand, der ganz neu in der Washingtoner Szene ist, sofort alles stehen und liegen lässt und ans Ende der Welt fliegt», fügte der junge Mann hinzu. «Erst recht nicht, wenn es um einen Rohrkrepierer wie das Thema Schuldenerlass geht. Wir sollen Sie nur fragen. Weiter nichts.»

«Die Tagung in College Park ist auch eher nebensächlich», sagte die Frau. «Unserer Einschätzung nach werden die Teilnehmer wohl zu den Leuten gehören, auf die es nicht ankommt.»

«Wir bezweifeln sogar, dass die überregionale Presse überhaupt Kenntnis nehmen wird.»

«Und was die Presse unterhalb des Ereignishorizonts sieht, wird die Regierung ganz sicher nicht hinter dem Ofen hervorlocken.»

Wynn erhob sich. «Das war überaus informativ.»

«Wir können dem Präsidenten also sagen, dass Sie nicht dabei sein werden?», fragte der junge Mann.

«College Park ist okay.» Und sei es nur, um das Gegenteil dessen zu tun, was dieses arrogante Paar erwartete. Er wandte sich zur Tür, ohne sich darum zu kümmern, ob Carter ihm folgte oder nicht. «Kairo kommt nicht in Frage.»

Wynn durchquerte die triste Lobby und tauchte wieder in die Touristenhorden ein – einer von tausend Anzügen in Washington. Als Carter ihn einholte, fragte Wynn: «Wann genau hatten Sie vor, mir das alles zu erzählen?»

Sein Hauptreferent schoss zurück. «Sie haben eben einen großen Fehler gemacht. Das kostet uns was.»

«Wäre es allzu viel verlangt, wenn Sie mich aufklärten?»

«Ein großer Fehler.» Auf einem halbwegs ruhigen Abschnitt des Gehwegs blieb Carter stehen und funkelte seinen neuen Boss wütend an. Er war unattraktiv auf eine Weise, die unverkennbar auf Florida schließen ließ: Schweinsäuglein, krauses, rötliches Haar, das stellenweise schütter wurde, und ein beträchtlicher Bauch. Nach Washington passte er jedenfalls nicht mit seinem knautschigen blauen Blazer, dem Oxford-Hemd mit Buttondown-Kragen, der fleckigen Krawatte und den gebügelten Chinos. «Sie haben sich die Chance entgehen lassen, Punkte zu machen, indem Sie eine Gegenleistung verlangen.»

«War es das, was dahinter steckte? Wollten die mich taxieren?» Die leise Wut nahm zu. «Nächstes Mal mache ich's besser.»

Carter wandte sich schnaubend ab. «Das war Ihr erster und einziger Versuch. Jetzt hat man Sie abgehakt als einen, der weg sein wird, bevor er wichtig werden kann.»

«Ich bin noch nicht fertig mit Ihnen.» Wynns Ton war scharf genug, um Carter zu veranlassen, stehen zu bleiben. «Was ist mit diesem Jubilee-Ergänzungsantrag los?»

«Was kümmert Sie das? Sie sind bloß der Amtsverwalter, oder?»

«Ich will es wissen.»

«Sparen Sie sich die Mühe. Das ist zu hoch für Sie.» Carters Verachtung trat jetzt deutlich zutage. «Achtzehn Monate auf Botschaftspartys und im Bett mit den Power-Groupies, und dann gibt es Sie nicht mehr.»

Wynn schaute staunend zu, wie der Mann davonging und seinen eigenen Boss hinter sich ließ wie einen schlechten Geruch. Unglaublich. Wynn kümmerte es nicht mehr, ob der Parteivorsitzende Carter Styles aus unlauteren Motiven loswerden wollte oder nicht. Dieser Mann war auf jeden Fall erledigt.

Aber bevor er ihn ein zweites Mal rufen konnte, klingelte sein Handy. Er sah Carter nach, während er sich meldete. «Bryant.»

«Guten Tag, Congressman. Dürfte ich Sie fragen, wo Sie heute Abend sein werden?»

Es war eine Männerstimme, aber sie klang sanft und fremdländisch in den Vokalen. Und gänzlich unbekannt. «Wer ist denn da?»

«Libretto ist mein Name. Pater Libretto. Ich überbringe Ihnen beste Grüße von Ihrer Schwester.» Er sprach mit der munteren Fröhlichkeit eines Menschen, der in Wynns neuer Welt völlig fremd war. «Ein eben an die Macht gekommener Mann wie Sie hat doch sicher die Absicht, sich heute Abend hier oder dort in die Washingtoner Society zu stürzen.»

«Ich weiß nicht ...»

«Betrachten Sie es als eine Bitte um Aufklärung, die ich Ihnen von Ihrer lieben Schwester Sybel übermittle.»

Wynn war wie betäubt. «Ich gehe in die britische Botschaft.»

«Eine ausgezeichnete Wahl. Bis heute Abend also.» Es klickte, und die Leitung war tot.

5

Mittwoch

Colin Ready loggte seinen Hauptcomputer aus, was er nur tat, wenn er Feierabend machte oder nach oben ging. Eine Dimension der Realität musste weichen, um Platz für eine andere zu machen. Colin zögerte eine Weile und kam dann zu dem Schluss, dass es zur Vorwärtsbewegung keine Alternative gab. Er verließ sein sicheres Kabuff, tappte durch die lange Serie von fluoreszierenden Höhlen, wedelte mit seinem Ausweis vor elektronischen Türen und begab sich in die Höhle des Löwen.

Orlando, einst nur ein Magnet für Kinder auf der Jagd nach Mickymaus-Ohren und Dornröschenmasken, erlebte nun eine rasende Expansion und das schnellste Wachstum auf dem Dienstleistungssektor der Vereinigten Staaten. Viele große New Yorker Unternehmen verlegten entweder ihren Sitz nach Süden oder siedelten ihre Peripheriebetriebe dort an. Billige Grundstücke und Löhne, die um sechzig Prozent unter denen in New York lagen, erwiesen sich als unwiderstehliche Verlockung. Schwab war der Letzte, der aus New York desertiert war; die Firma unterhielt jetzt einen großen campusähnlichen Betrieb in der Nähe von Winter Park mit über zweitausend Beschäftigten, überwiegend Technikern.

Weiter südlich, im ehemaligen Niemandsland zwischen dem Flughafen und dem Stadtgebiet von Kissimmee residierte die Hayek Funds Group in einer ähnlichen Ansammlung von collegeartigen Bauten. Verglichen mit Schwab war Hayek mit seinen weniger als neunhundert Angestellten eher klein. Aber Hayek hatte nicht nur seine Zentrale, sondern alle seine Geschäftsbereiche hierher verlegt: das Fondsmanagement, den Handel mit Wertpapieren, Derivaten und Devisen, internationale Unternehmensbeteiligungen, alles. Der Umzug beherrschte mehr als einen Monat lang die Schlagzeilen des *Wall Street Journal*, denn die Hayek Funds Group war der erste in den USA beheimatete Hedgefonds, der seine umfassende Präsenz in Wall Street nicht mehr für notwenig hielt. Manche betrachteten dies als Zeichen für Hayeks Macht: Der Mann war so gut in seinem Beruf, dass das Geld ihm auch nach Patagonien folgen würde, wenn er es wollte. Was immer der Grund sein mochte, die Hayek Group war jetzt der größte Hedgefonds- und Devisenhändler südlich der Mason-Dixon-Linie.

Der starke Zustrom computerabhängiger Firmen nach Orlando hatte unvermittelt zu einem hohen Bedarf an Spezialisten geführt. Hightech-Headhunter kreisten überall wie Geier über frischem Aas. Die Gehälter waren gestiegen. Die Suche erstreckte sich über immer größere Bereiche. Nur deshalb war Colin überhaupt hergekommen

Das Handelsparkett der Hayek Group war ein fensterloser Kasten von dreitausend Quadratmetern. Dreihundert Schreibtische. Die Wanduhren zeigten an, dass die Schlussglocke in der Wall Street vor einer halben Stunde geläutet hatte, und der Raum stank nach Anspannung, Geld und deodorantgezähmtem Schweiß. Kuriere hasteten umher. Händler schrien und gestikulierten und fluchten und bearbeiteten ihre Clipboards. Der Boden war übersät mit Papierfetzen, den Überresten der Tagesbeute. Normalerweise wirkte die Energie in diesem Raum belebend auf Colin. Die spannungsgeladene Atmosphäre war so sehr wie das Geld ein Grund, dass er hier blieb. Sie wirkte unglaublich berauschend – fast wie das Arbeiten in einer Kriegszone, aber ohne Flak. Zumindest war es so gewesen, ehe sein Privatleben auf eine dunkle, tödliche Bahn geraten war.

Zahllose Blicke folgten ihm, als er an der Rückseite des Saales entlangging. Er war eine rätselhafte Figur: der Techniker, der Zugang zum Handelsraum und auch zu den Leuten im oberen Stockwerk hatte. Man rief ihn immer, wenn die Hardware der Händler fehlerhaft arbeitete, und fast immer hatte er eine schnelle Lösung anzubieten. Man kannte ihn als sanfte, beinahe geisterhafte Gestalt, die immer da war, wenn man sie brauchte. Eines Tages war er aus dem Nichts aufgetaucht, und am nächsten Tag war er unentbehrlich gewesen. Und sein Akzent – gerade noch ein Südstaatensingsang und im nächsten Augenblick so fremdländisch wie warmes, rotes Bier.

Colin betrat den Aufzug und benutzte seinen Ausweis, um Zugang zum Penthouse zu erhalten. In Wahrheit hatte Hayeks Angebot ihn aus dem riskanten Reich des halblegalen Elektronikdiebstahls errettet, wo er sein Geld gelegentlich als

Game Designer ergaunert, meistens aber für den verbotenen Rausch gelebt hatte.

Colin Ready war ein genialer Programmierer, ein ehemaliger Hacker, der jetzt für die Leute arbeitete, bei denen er früher einzubrechen versucht hatte. Er betrachtete sein Spiegelbild in den blanken Messingtüren des Aufzugs und sah einen Mann Ende zwanzig von schmächtiger Gestalt und glatten, alterslosen Gesichtszügen, einem kraftlosen Mund, mausbraunem Haar und den Augen eines Toten. Äußerlich war seine Technomanie nicht zu erkennen. Kein Pager, kein Palm-Pilot, keine Brille mit dicken Gläsern. Er zitterte jetzt ein bisschen, aber extreme Nervosität gehörte zur Routine bei Ausflügen ins Penthouse.

Colin betrat Hayeks Vorzimmer und blinzelte im grellen Licht. Sein eigenes Kabuff war zwei Korridore weit von jedem Fenster entfernt, und hier versengte ihm das Nachmittagslicht die Augäpfel. Die Chefsekretärin kannte ihn inzwischen so gut, dass sie nicht einmal mehr fragte, ob sein Anliegen dringend sei. Nichts anderes würde Colin nach oben führen. Er setzte sich und wartete mit der unterdrückten Anspannung eines Mannes, der weiß, dass er entscheidend wichtige Daten zu überbringen hat.

Colins Vater war Brite, seine Mutter ein waschechtes Temperamentsbündel aus Georgia. Nach jahrelangen legendären Schlachten hatten sie sich schließlich getrennt, als Colin acht gewesen war. Danach hatte er seine Sommer in Leeds verbracht und die Winter da, wo seine Mutter gerade verheiratet war. Jahrelang hatte er mit dem Wissen gelebt, dass er für die Einsamkeit geboren war; seine einzigen Freunde verbargen sich hinter elektronischen Barrieren, die er selbst geschaffen hatte. Einmal hatte es jemanden gegeben, Lisa, eine wahrhaft keusche Frau, was Computer anging. Die unmögliche Liebe. In diesem Frühling hatte er sie verloren, sein Herz hatte den Verlust noch nicht verkraftet.

«Mr Ready?» Die Chefsekretärin war eine schmalgesichtige Frau, die durch die Arbeit alt geworden war. Ihre Augen täuschten Gefühle nur vor, und das nicht einmal gut. «Mr Hayek empfängt Sie jetzt.»

Jetzt, da er hier war, jetzt, da der Augenblick gekommen war, fand Colin nur mit Mühe die Kraft, aufzustehen und den palastartigen Raum zu durchqueren. Aber die Sekretärin hielt ihm bereits die sechs Meter hohe Tür auf. Also atmete er tief durch und zwang sich, vorwärts zu gehen und das Allerheiligste zu betreten. Im Geiste überprüfte er noch einmal die Rüstung, die er für diesen Augenblick angelegt hatte – ein Ritter, der sich anschickte, gegen Riesen zu kämpfen und den Preis zu erringen.

Hayek saß hinter seinem blanken Konferenztisch. Um die Konferenznische zu erreichen, musste man zwei seidene Isfahans überqueren und passierte dann den schiffsgroßen Edelholzschreibtisch, die beiden Ölgemälde von Monet und die Bronzenymphe von Rodin, die neben der seidenbezogenen Sofagruppe in der Ecke tanzte. Der Konferenzraum war vom eigentlichen Büro durch verschiebbare Shoji-Wandschirme abgeteilt, die aber nicht aus Papier, sondern aus Perlmutt waren. Er hatte gläserne Wände, die einen Blick auf Seen und grüne Landschaft boten. Überall leuchteten Computermonitore, lautlose Displays, die so aufgestellt waren, dass der Vorsitzende, wo immer er saß, nur aufzublicken brauchte, um sofort über den beständigen Auswurf der Märkte unterrichtet zu sein.

Colin blieb am Eingang zum Konferenzraum stehen und wartete darauf, dass Hayek aufschaute und ihn hereinwinkte. Die Atmosphäre hier war sehr viel gedämpfter als auf dem Handelsparkett, doch weit intensiver. Am Konferenztisch saß eine Gruppe Leute aus dem Handelsraum, unter ihnen Eric, jener Händler, den Colin noch am ehesten als seinen Freund bezeichnet hätte. Sie saßen um den mit Papieren übersäten Tisch wie eine Meute Pumas um ihre frisch erlegte Beute.

Pavel Hayek war nicht attraktiv, aber seine animalische Ausstrahlung ließ die äußerlichen Attribute des Mannes bedeutungslos erscheinen. Heute trug er einen zweireihigen blauen Blazer mit einem fantasievollen Wappen auf der Brusttasche. Pavel Hayek war ein sportlicher Endfünfziger, makellos gepflegt und mit ebenmäßigen Gesichtszügen. Er sprach Englisch mit leichtem Akzent. Sein goldener Ring zeigte ein Wappen, das auch an der Wand und an der Tür hinter Colin prangte: ein goldener Phönix entstieg einem lodernden Feuer. Colin hatte ein paar Nachforschungen über Hayek angestellt, so weit er es gewagt hatte – und genug erfahren, um zu wissen, dass die Gerüchte über die königliche Abkunft des Mannes der Wahrheit entsprachen. Der Kerl war tatsächlich ein Prinz. Was bedeutete, dass sein Spitzname, der «King», in mehr als einer Hinsicht zutraf. So zumindest nannten ihn hier die meisten Leute. Nur außerhalb des Hayekschen Reiches hörte man seinen anderen Spitznamen, «Elvis». Doch keiner, der mit Hayek geschäftlich zu tun hatte, hätte gewagt, diesen Namen zu benutzen, nicht einmal im Scherz.

«Eine halbe Milliarde Dollar in neuem langfristigem Kapital, das ist ein ziemlicher Brocken.» Das war Alex, der Chefdevisenhändler der Firma. «Wie viel Zeit haben wir, um es aufzubringen?»

«Nicht viel.» Hayek war geizig mit seinen Worten; er wog sie ab, als wären sie aus Gold. Der Mann war dafür bekannt, dass er keinerlei Fähigkeit zum Smalltalk besaß. Nicht die geringste.

«Sie wollen, dass wir eine halbe Milliarde hinlegen, nur in Devisen-Derivaten?»

«So ist es.»

Alex hatte die Fähigkeit eines Börsenhändlers zu schnellen Urteilen. «Sie wollen, dass der Markt die Ohren spitzt und Notiz nimmt. Ist es das?»

Hayek war anscheinend erfreut über diese Einschätzung, aber er sagte nur: «Dies könnte der Anfang eines sehr umfangreichen neuen Zuflusses sein.»

«Wie umfangreich?»

«So umfangreich, dass wir in Erwägung ziehen könnten, einen zweiten Fonds aufzulegen.» Mit erhobener Hand erstickte er weitere Kommentare im Keim. «Darum werden wir uns später kümmern. Ich danke Ihnen allen.»

Hayek wartete, bis seine Untergebenen gegangen waren. Nur Jim Burke, sein Stellvertreter, blieb sitzen. Hayek bot Colin keinen Stuhl an. «Ja?»

«Da ist wieder jemand auf der Jagd. Ich dachte, das möchten Sie wissen.»

«Auf der Jagd?»

«Benutzt Congressman Hutchings' Daten, wie es aussieht. Stellt die gleiche Sorte Fragen.»

King und Kanzler wechselten einen viel sagenden Blick, bevor Hayek fragte: «Sind Sie sicher?»

«Ja.»

«Woher wissen Sie das?»

«Ich habe ein Zielobjekt eingefügt, eine Quelle, die jeder neue Jäger anzapfen würde. Dabei müssen sie sich aber zwangsläufig offenbaren.»

«Sie reden vom Internet?»

«Vom Netz, ja.»

«Weiter.»

«Die Website überspielt automatisch ein verdecktes Programm in das Computersystem des Jägers. Ich kann dann dort hineingehen und nach Daten suchen.»

Der Vorsitzende wandte sich an seinen Stellvertreter. «Verstehen Sie, was er meint?»

Jim Burke war Börsenhändler und Computerfreak zugleich, eine ernst zu nehmende Kombination. In den Augen derer, die für Hayek arbeiteten, war er außerdem ein Verrückter. Es gab eine Menge schräge Persönlichkeiten in der Welt der Hedgefonds. Das Geschäft wirkte anziehend auf Leute mit beschränkten sozialen Fähigkeiten, aber bei Jim Burke ging dieses Manko weit über alle logischen Grenzen hinaus. In Hayeks Truppe nannte man Burke den «Unabomber».

«Ich denke schon», sagte er.

Colin reichte ein Blatt hinüber und bemerkte mit Abscheu, dass man sein Zittern sah. «Das ist von meinem ersten Scan.»

Burke streckte die Hand aus. «Ich nehme es.»

Hayek wartete, während sein Knappe das Blatt überflog. Burke blickte auf und sagte: «Das könnte ein Warnsignal sein.»

«Dann überprüfen Sie es gründlich.» Hayek sah wieder Colin an. «Und Sie auch. Können Sie noch einmal in sein System eindringen?»

«In ihres», korrigierte Burke. Er las immer noch. «Anscheinend ist es eine Frau. Aus der Gegend hier. Jackie Havilland.»

«Jedes Mal, wenn sie sich einloggt», sagte Colin, «lädt mein Programm sämtliche neuen Dateien von ihrem Computer herunter.»

«Ich will alles wissen.»

Colin sah mit großer Dankbarkeit, dass Hayeks Worte und sein eiserner Blick an seine Nummer zwei gerichtet waren.

«Ich werde die neuen Leute darauf ansetzen», schlug Burke vor.

«Und zwar sofort», befahl Hayek. «Noch heute Nachmittag. Wir haben keine Zeit zu verlieren.»

6
Mittwoch

Als Jackie nach Hause kam, hatten die Wolken und die untergehende Sonne den Himmel mit einem pastellfarbenen Schleier überzogen. Der windgepeitschte Tag war so erfüllend gewesen, der Abend war so mild, dass sie fast bereit war, den Boatman aus ihren Gedanken zu verbannen. Seine bizarren Prophezeiungen, so düster und geheimnisvoll, waren einfach zu weit entfernt von ihrem immer gleichen alten Trott.

In den Randgebieten von Winter Park standen einige der ältesten Wohnhäuser Orlandos. Drei Straßen weiter geriet man in eine Zeitschleife: Hier gab es Florida-Eichen, zweistöckige Veranden, die sich rings um die Häuser zogen, und quietschende Schiebefenster. Ihr eigener Hafen über den Wipfeln war ein ehemaliges Dienstbotenapartment über einem heruntergekommenen Wagenschuppen. Das Haupthaus war der Traum jedes Restaurators: dreigeschossig, mit viktorianischen Giebeln, verrottenden Veranden und abblätternder Farbe. Die Eigentümerin war Millicent Kirby, eine Witwe, die vermutlich in die Klapsmühle gehörte. Aber die alte Frau hing genauso an dem Haus und der Gegend wie Jackie, und ihr graute davor, dass man sie irgendwo hinschicken könnte, wo sie allein vermodern müsste. Und Jackie tat so, als gebe es nur einen einzigen Grund, weshalb sie für Millicent einkaufen ging und den Gärtner und gelegentlich die Haushälterin bestellte: weil sie nicht wollte, dass neue Eigentümer auch sie auf die Straße setzten.

Die Muskeln ihres Oberkörpers bebten, als sie das Brett vom Wagendach losband. Ihre Beine wollten sie kaum noch tragen, als sie ihre Ausrüstung in den Schuppen schleppte. Die Bäume ringsum verabschiedeten sich raschelnd vom Tag und vom Sturm, und der nächtliche Chor der Eulen und Zikaden lud sie ein, bei dem zu bleiben, was altbewährt war, sicher und einfach.

Dann sah sie die Gestalt, die am hinteren Fenster des großen Hauses stand.

Jackie hatte noch nie erlebt, dass Millicent so lange sichtbar blieb. Selbst die monatlich auftauchende Haushälterin behauptete, immer nur eine wild zerzauste Gestalt von Zimmer zu Zimmer huschen zu sehen, immer gerade außerhalb ihres Gesichtskreises. Jackie betrachtete die reglose Gestalt, die den Vorhang hochhielt, sodass die magere Silhouette sichtbar blieb. Sie deutete in stummer Frage die Treppe hinauf. Ein kurzes Kopfnicken war die Antwort.

Sie nahm ein Reparaturmesser mit Sägeklinge aus ihrer Gerätekiste und schlich die Außtentreppe hinauf, so leise sie konnte. Als sie sah, dass ihre Eingangstür nur noch an einer einzigen Angel hing, stöhnte sie auf. Sie drehte sich zu Millicent um und schrie: «Rufen Sie die Polizei!»

Die Frau rührte sich nicht. Jackie verstand und zog eine Grimasse. Die Polizei konnte nichts tun, wenn die Einbrecher fort waren, und sie waren sicher fort, wenn Millicent noch dastand und sie hinaufgehen ließ. Und die alte Lady wollte mit niemandem etwas zu tun haben, der ihre Isolation in Gefahr bringen konnte. Polizei bedeutete Sozialdienste, und die wiederum bedeuteten fensterlose Zellen und Krankenschwestern mit Spritzen. Jackie packte das Messer fester und betrat das Chaos.

Ihre Wohnung war gründlich verwüstet worden. Sämtliche Schränke waren ausgeleert, und alles, was von ihrem Leben übrig war, hatte man zu einem unübersichtlichen Gewirr vermischtt. Behutsam setzte sie einen Fuß vor den andern, und sie seufzte vor Schmerz, wenn sie kleine Gegenstände erkannte, Dinge, die nur ihr etwas bedeuten konnten. Aber erst als sie merkte, dass ein großer Teil der Plastiktrümmer, die unter ihren Sohlen knirschten, zum Computer ihres Bruders gehört hatten, stand sie kurz vor dem Zusammenbruch. Alle ihre Dateien waren vernichtet.

Sie ging die Treppe hinunter und überquerte den Rasen. Millicent öffnete ihr die Hintertür. Der grauhaarige Kopf blieb entschlossen gesenkt. In der ganzen Zeit, seit Jackie hier wohnte, hatte Millicent ihr erst ein einziges Mal in die Augen geblickt. Schmerz mischte sich in ihre Wut, als sie so sanft wie möglich fragte: «Haben Sie sie gesehen?»

«Erst nur gehört. Haben gebrüllt. Erst drinnen, dann, als sie gingen. Große Männer. Wütend.»

«Wie viele?»

«Wütende Männer.» Millicents Blick wanderte hoch und zur Seite, dann wieder hinunter und davon, immer auf der Suche nach Sicherheit in einer Welt, die viel wahnsinniger war, als sie es je sein konnte. «Erst zwei. Dann noch einer. Als der dritte Mann hineinging, fing das Gebrüll an. Schlimme Worte.»

«Würden Sie sie wieder erkennen?»

«Zu viele Worte für drei Männer. Aber nur drei. Erst zwei graue. Dann ein blauer. Ich hab sie gezählt, weil ich wusste, dass Sie fragen würden.»

Jackie seufzte und klopfte der Frau auf die knochige Schulter. Aus der Nähe roch Millicent wie ihr Haus, verschimmelt und uralt. «Danke. Das haben Sie prima gemacht.»

Jackie ging zurück über den ungepflegten Rasen, stieg die Treppe hinauf und betrat ihre einstige Zuflucht. Stundenlang suchte sie etwas, das nicht zerstört worden war. Gestohlen war anscheinend nichts, aber das war keine Überraschung, denn hier gab es wenig wirklich Wertvolles. Die Einbrecher waren offenbar nicht auf Diebstahl aus gewesen, sondern auf Verwüstung. Jackie weinte heiße Tränen, während sie die Erinnerungen an ein Leben betrauerte, das fast zu einem Mythos geworden war.

Sie wühlte in den Papierfetzen, bis sie zwei Washingtoner Namen und Telefonnummern gefunden hatte. Das Telefon war aus der Wand gerissen, und das winzige Handy war verschwunden; also ging sie zur Telefonzelle an der Ecke, um Esther Hutchings anzurufen. Von ihr konnte sie wenigstens einen Hauch von gesundem Verstand erwarten, wenn auch kein Mitgefühl. Die Roboterstimme des Anrufbeantworters passte zur Anonymität der Nacht. Jackie hinterließ eine kurze Nachricht und wählte dann die zweite Nummer. Wenn das hier kein Notfall war, dann gab es keinen.

Der Hörer wurde abgenommen, bevor es zum zweiten Mal klingelte. «Ja?»

«Sind Sie Nabil... tut mir Leid, aber ich kann den Nachnamen nicht lesen.»

«Wer spricht da?»

«Ich bin Jackie Havilland.»

«Den Namen kenne ich nicht.» Eine dunkle Männerstimme mit einem Akzent, den sie nicht erkannte. Arabisch vielleicht. Der Mann klang sehr misstrauisch. «Woher haben Sie diese Nummer?»

«Esther Hutchings hat sie mir gegeben.»

«Ah. Dann müssen Sie die geheimnisvolle Frau sein.»

«Jemand ist in meine Wohnung eingebrochen und hat alles verwüstet.»

«Was beweist, dass wir Recht hatten, als wir Esther davon abrieten, diesen Weg einzuschlagen. Sie hat die Gefahr für uns alle nur vergrößert.»

Was immer Jackie erwartet hatte, diese unverhohlene Feindseligkeit war eine Überraschung. «Können Sie ihr bitte eine Nachricht übermitteln? Sie haben mein Handy gestohlen und das andere Telefon aus der Wand gerissen.»

Als sie verstummte, fragte der Mann ungeduldig: «Ja? Ist das Ihre Nachricht? Dann schlage ich doch vor, Sie rufen die Telefonfirma an und nicht Esther.»

«Hören Sie.» Sie atmete tief durch. Es wäre zu einfach, ihren Zorn auf diese Stimme loszulassen. «Geben Sie mir eine Chance, ja? Ich komme eben in eine Wohnung, in der es aussieht wie in einem Abbruchhaus. Ich kann nicht klar denken.»

Eine kurze Pause. «Das kann ich verstehen. Also gut. Ich werde Esther für Sie anrufen und ihr sagen, dass sie da waren. Und als Sie nicht zu Hause waren, haben sie Ihnen eine Warnung hinterlassen.»

Der nüchterne Tonfall wirkte ebenso beunruhigend wie anziehend. «Ich muss Sie etwas fragen.»

«Ja?»

Jackie suchte nach einer Frage, die ihr helfen würde, all das ans Licht zu bringen, was der Mann nicht sagte. «Esther hat mir maschinengeschriebene Notizen mit handschriftlichen Kommentaren gegeben, vermutlich von ihrem Mann.»

«Noch ein schwerwiegender Fehler.»

«Ich muss wissen, von wem diese handschriftlichen Kommentare stammen. Ein paar davon beziehen sich auf Leute, die ich nicht identifizieren kann, und ...»

«Jeder, der halbwegs bei Verstand ist, würde wissen, dass der ehrenwerte Abgeordnete seine persönlichen Dokumente eigenhändig kommentieren würde.»

«Wie interessant.» Ihre Stimme wurde scharf. «Weil Graham Hutchings nämlich anscheinend mit beiden Händen schreiben konnte, und weil die linkshändigen Anmerkungen eindeutig weibliche Züge aufweisen.»

Zum ersten Mal zögerte die dunkle Stimme etwas. «Weiblich. Ja. Eine Rechercheurin und gute Freundin, die Graham bei seiner Arbeit geholfen hat.»

«Freundin, Feindin oder Alien, das ist mir egal. Ich will nur mit ihr reden.»

«Ich auch», antwortete die Stimme betrübt. «Oh, so sehr. Aber leider war meine liebe Freundin zu Hause, als sie kamen, um sie zu warnen. Sie verstehen, was ich Ihnen sagen will?»

«Nicht ganz.»

«Man ließ mein Freundin von einem Gebäude in Washington stürzen. Das war ihre Warnung an sie. Deshalb müssen Sie alle Ihre Fragen jetzt an ein Grab richten.»

7
Mittwoch

Die britische Botschaft glich einer Warze aus Ziegeln und Glas, die sich aus der belaubten Weite der Massachusetts Avenue erhob. Alles, was an der Architektur der Sechzigerjahre auszusetzen war, hatte man hier versammelt und zwischen die üppigen Eichen und Ahornbäume gepflanzt. Wynn durchschritt den Metalldetektor und nannte der Empfangsdame seinen Namen. Eine ältere Frau, die neben ihrem Tisch stand, reagierte sofort. Sie trat vor und streckte die Hand aus. «Eine Ehre, dass Sie zu uns kommen, Congressman. Ich bin Audrey Portman, die persönliche Referentin des Botschafters. Ich weiß, dass er darauf brennt, Sie kennen zu lernen.»

Sie führte ihn weniger, als dass sie ihn steuerte. Auf halbem Wege murmelte sie so, dass nur er es hören konnte: «Vielleicht sollte ich die beiden Damen und den Herrn dort hinten in der Ecke erwähnen, Congressman. Die, die uns beobachten.»

Soweit Wynn sehen konnte, verfolgten alle Augen im Raum ihren Weg. «Ja.»

«Britische Journalisten. Die beiden Damen sind vom *Guardian* und vom *Independent*. Der Gentleman dagegen vertritt die *Sunday World*.»

Ihr warnender Ton entging ihm nicht. «Und ich sollte ihnen aus dem Weg gehen.»

«Wir bezeichnen solche Blätter als Schmierpresse, Congressman. Und zwar aus gutem Grund.»

Es gelang ihr, sich in die Gruppe um den Botschafter zu schlängeln und Wynn mit sich zu ziehen. «Verzeihen Sie, Lord Vinson – darf ich Ihnen Congressman Bryant vorstellen?»

Der Gentleman wirkte ebenso geschliffen wie seine Referentin und überdies gut informiert. «Natürlich, Congressman. Welche Ehre, die Gelegenheit zu bekommen, Sie auch persönlich willkommen zu heißen. Sie sind erst kürzlich in diese schöne Stadt gekommen, glaube ich?»

«Gestern.»

«Dann sind Sie ja noch mehr Newcomer als ich. Vielleicht hatten Sie noch nicht das Vergnügen, diese Herrschaften kennen zu lernen.» Lord Vinson führte ihn rasch durch die Runde. Wynn schüttelte ein Dutzend Hände, begegnete ebenso vielen taxierenden Blicken und fühlte sich jedes Mal für unzureichend befunden.

«Ich sehe, Sie haben noch keine Erfrischung.» Der Botschafter bugsierte ihn weg von den andern; ein einziger Schritt genügte, um sie außer Hörweite zu bringen. Er winkte einem vorübergehenden Kellner. «Ich bin seit langem ein Bewunderer Ihres Vorgängers. Hatte Gelegenheit, ihm zu begegnen – zweimal, genau gesagt, als Graham bei Symposien in der Stadt war.»

Wynn nahm ein Glas, nahm einen Schluck, ohne etwas zu schmecken, und vermutete: «Der Jubilee-Ergänzungsantrag.»

Die Augen des Botschafters funkelten. «Gut zu wissen, dass Sie unser Interesse teilen, Congressman. Sehr gut. Vielleicht hätten Sie die Güte, zum Dinner zu uns in die Residenz zu kommen. Ich versichere Ihnen, die Botschaftskanzlei ist eine sehr viel angenehmere Umgebung als das hier. Und privater.» Die Andeutung eines Lächelns, ein Kopfnicken, und der Mann verschwand im Gedränge.

Aber bevor die Menge Wynn aufsaugen konnte, stand ein anderer Mann vor ihm. Sein geschmeidiges Auftauchen zeigte, dass er lebenslange Erfahrung darin besaß, sich in Position zu bringen. «Congressman Bryant, ich bin Pater Libretto. Wir haben heute Nachmittag telefoniert. Welch eine Freude, Sie kennen zu lernen, Sir. Wirklich eine Freude. Sybel spricht so liebevoll von Ihnen.»

Wynn war zwar überrascht, diesem zierlichen Mann im dunklen Anzug mit dem römischen Kragen gegenüberzustehen, aber diesmal war er doch vorbereitet. «Ich weiß nicht, was Sie mir zu sagen haben, aber bevor wir damit anfangen, erzählen Sie mir vom Jubilee-Ergänzungsantrag.»

Pater Libretto lächelte. «Sybel hat mich davor gewarnt, den Fehler zu begehen, Sie als bedeutungslos abzutun. Sie sagt, Sie wären Ihr Leben lang ein Kämpfer gewesen. Wenn Sie einmal ein Ziel ins Auge gefasst haben, sagt sie, seien Sie mit nichts anderem als dem Hauptpreis zufrieden.»

«Der Antrag», drängte Wynn.

«Lesen Sie Ihre Akten, Congressman. Sie enthalten sehr viel mehr Informationen, als ich Ihnen geben kann, bevor jemand anders vorbeikommt und Sie wegzerrt. Lesen Sie die Unterlagen, die Ihr Stab so säuberlich getippt hat. Widerstehen Sie der Versuchung, das alles lediglich als das Geschwafel eines leidenschaftlichen und tragischen Bruders in Christo abzutun.»

«Sie meinen Hutchings?»

«Ich meine, Congressman, dass es nicht nur eine Frage ist, was Sie hier stellen. Es handelt sich um eine schwerwiegende Entscheidung.» Der Priester merkte, dass jemand auf sie zukam. Er stellte sich gewandt neben Wynn und drehte sie beide so, dass der Neuankömmling sich vor einer Wand aus zwei Rücken sah. «Wir sind eine Gruppe, die mehr tun will als nur überleben, Congressman. Der Ruf Gottes hat uns zusammengeführt. Wir wollen die Stimme derer sein, denen man die

Sprache geraubt hat. Wir wollen uns selbst das Leben schenken, indem wir anderen Hoffnung schenken.»

«Ich verstehe nicht, was Sie da reden.»

«Natürlich nicht. Und solange Sie fortfahren, die falschen Fragen zu stellen, Congressman, solange Sie darauf achten, dass Sie in Sicherheit sind, und alles aus behaglicher Entfernung vom Gipfel der Macht aus beobachten, so lange werden Sie nichts verstehen. Sie haben Ohren, aber Sie wollen nicht hören. Augen, aber Sie wollen gefahrlos blind bleiben.» Die sanfte Stimme war nicht lauter geworden, aber eine neue Leidenschaft wurde spürbar, ebenso kraftvoll wie behutsam. «Ich bin heute Abend nicht hier, um Ihre Fragen zu beantworten, Congressman. Ich bin hier, um Sie zu wecken.»

«Ich verstehe kein Wort von dem, was Sie mir jetzt erzählt haben.»

«Lassen Sie nicht zu, dass Ihnen diese Gelegenheit, wahren Reichtum zu finden, entgeht. Lassen Sie es nicht zu.» Eine kleine Hand ergriff seinen Arm; sie war wie ein Riegel, der alles außer diesen sanften Worten aussperrte. «Wenn Sie nachts aufwachen, Congressman, allein und verzweifelt, obwohl die Welt Ihnen versichert, dass Sie alles haben, was ein Mensch sich nur erträumen kann, dann hören Sie auf die unhörbare Stimme – darum bitte ich Sie eindringlich. Sybel versichert mir, dass Sie derjenige sein können, den wir brauchen. Wir suchen noch einen Kämpfer, Congressman. Wir brauchen noch einen Freund. Und dafür haben wir Ihnen nichts weiter zu bieten als Arbeit und Mühe und womöglich ein Leben der Frustration.»

Der Priester wollte sich abwenden, aber dann fügte er leise hinzu: «Ach, und Leidenschaft. Das habe ich vergessen zu erwähnen, nicht wahr? Die Leidenschaft einer Mission, die den Tag und die Nacht und den Tag wert ist – bis zu dem Augenblick, da der Tag nicht mehr ist.»

Wynn schlenderte ziellos im Raum umher, schüttelte zahllose Hände und sinnierte über den geheimnisvollen Priester, bis er sie erblickte. Diese Frau hätte sich nicht unbemerkt nähern können. Nicht eine solche Schönheit. Sie war hinreißend.

Atemberaubendes Haar. Das war sein erster Gedanke. Eine satte Zimtfarbe, und lang genug, um ihre Schultern beim Gehen wie zärtliche Finger zu liebkosen. Ein Designerkostüm, dessen kurzer Rock ihre fabelhaften Beine präsentierte. Ihr Körper bewegte sich geschmeidig, fast unsichtbar untem Blazer. Die Augen riesengroß und nur eine Nuance brauner als das Haar. Sie blieb vor ihm stehen und erklärte: «Ich glaube, ich habe jetzt lange genug gewartet. Finden Sie nicht auch?»

«Wie bitte?»

«Ich konnte ja unmöglich auf Sie zustürzen, als Sie hereinkamen, und mich Ihnen zu Füßen werfen.»

Er lächelte. Nicht über das, was sie sagte, sondern über ihren Akzent. Englisch, Oxbridge, so makellos zu ihr passend wie ihr Schmuck und in seinem Understatement über alle Maßen ansprechend. «Warum nicht?»

«Oh, ich bitte Sie, Congressman. Sogar einem Newcomer wie Ihnen ist klar, in welch schrecklicher Lage eine unverheiratete, partnerlose Frau sich in Washington befindet. Neun zu eins ist das derzeitige Verhältnis. Eine abscheuliche Situation. Es sollte wirklich ein Gesetz dagegen geben. Ich habe schon eine furchtbare Tat in Erwägung gezogen – beispielsweise, auf ein Lotterwochenende nach New York zu fliegen. Und da kommen Sie hier hereingeschlendert, ganz einsam und allein.» Sie formte ihre Worte, als könne sie sie schmecken. «Das hört sich absolut unverfroren an, nicht wahr? Ich schäme mich so, dass ich eigentlich kehrtmachen und die Flucht ergreifen sollte. Aber das wage ich nicht. Es könnte sein, dass ich nie wieder eine solche Gelegenheit bekomme.»

Wynn deutete mit seinem Glas in die Runde. «Es stört Sie nicht, dass alle Leute im Saal uns beobachten?»

«Natürlich tun sie das. Die neuste Erwerbung des Washingtoner Power Set ist ein gut aussehender Witwer, unabhängig wie ein Prinz aus den Märchen meiner Kindheit. Sein erster Abend in Washington, und schon hat eine Lobbyistin aus der K Street ihre Klauen in ihn geschlagen.» Sie streckte ihm eine schmale elegante Hand entgegen. «Entschuldigen Sie, ich habe mich noch nicht einmal vorgestellt. Valerie Lawry.»

«Sehr erfreut.» Und erleichtert. Der Priester war bereits in das Reich unwillkommener Besucher verbannt. «Was, sagten Sie, sind Sie?»

Sie lachte entzückt. «Oh, Congressman, das ist wirklich zu köstlich.»

«Nennen Sie mich Wynn.»

«Wynn. Ich hatte den Namen schon gehört, aber es klang zu perfekt, um wahr zu sein. Hört sich wirklich an, als stamme er geradewegs aus den Tagen Präsident Hoovers. Ich sehe den Slogan vor mir: Mit Wynn gewinnen – und überall Girlanden und patriotische Ballons.»

Wynn überlegte verzweifelt, was er Intelligentes erwidern könnte. Aber ihr Parfüm und ihr Aussehen und ihre Augen waren wie ein Trank, der ihm den letzten Rest Verstand raubte. «Sie sind Lobbyistin.»

«In der Tat. In der K Street sind die Teuersten von uns zu Hause. Die heißesten Kanonen, die Sie mieten können.»

«Und wen vertreten Sie heute Abend?»

«Niemanden, Sir.» Sie hob die Hand, als wolle sie seinen Arm berühren, und besann sich dann anders. Stattdessen strich sie mit der Fingerspitze an ihrem beschlagenen Glas herunter. «Heute Abend bin ich auf der Jagd.»

In diesem Augenblick schob sich ein leitender Angehöriger der britischen Botschaft dazwischen. Wynn hörte seinen

Namen nicht und nahm den Mann kaum wahr, aber seine geröteten Wangen und sein schmalziges Lachen zeigten, dass er von Valerie ebenso angetan war wie Wynn. Sie nutzte die Gelegenheit, um einen Schritt näher an Wynn heranzutreten und ihn einen Hauch von ihrer Wärme spüren zu lassen, und dabei präsentierte sie dem Eindringling die geschlossene Front eines Paares. Der Mann verstand den Wink. Mit der Gelassenheit des Diplomaten überreichte er eine Karte und verschwand.

Valerie trat wieder ein Stück zurück, aber nicht so weit wie vorher. «Ich bekenne, dass ich aus niedrigen Beweggründen handele.»

«Und die wären?»

«Oh, Sie sollten es in dieser Stadt nie allzu eilig haben, ja zu sagen, Sir. Eine Hand wäscht die andere, so heißt das Spiel, das in Washington gespielt wird. Schlagen Sie aus allem Ihren Vorteil.» Ihre Jacke streifte seinen Arm, und sie schenkte ihm einen glühenden Blick. «Was immer ich verlange, Sie sollten dafür noch mehr verlangen.» Sie nippte langsam an ihrem Glas, ohne den Blick von ihm zu wenden.

«Informationen.»

Das war nicht die Antwort, mit der sie gerechnet hatte. «Wie bitte?»

Er wollte schon nach dem Ergänzungsantrag fragen, aber dann nahm er sich vor, erst die Akte zu lesen. Außerdem passten der Priester und das, was er gesagt hatte, nicht in diese Szene. «Mein Stab.»

Sie ließ das Glas sinken, plötzlich auf der Hut. «Ja?»

«Ich durchschaue ihre Reaktion auf meine Ernennung nicht. Sie waren respektvoll und aufmerksam, aber es war ihnen anscheinend egal.»

«Sie hatten nicht das geringste Bedürfnis, ihren neuen Boss zu beeindrucken, meinen Sie.»

«Genau das ist es.»

«Sie sind machtgeil.» Ihre Diktion war präzise. «Washington zieht diese Leute an wie ein Magnet. Sie tun ihren Job, arbeiten achtzehn Stunden am Tag, und wenn sie nicht zurechtkommen, gehen sie woanders hin. Ich kenne jede Menge Vakanzen zwischen Senat und Kongress, Chefs, die erfahrene Stabsmitarbeiter suchen. Zum Ausbilden von Newcomern hat niemand Zeit, wissen Sie. Man hat überhaupt keine Zeit.»

«Das heißt, alle meine Mitarbeiter haben schon in anderen Kongressbüros gearbeitet?»

«Im Kongress, in Ausschüssen, und zwei auch eine Zeit lang im Weißen Haus. Mit einer Ausnahme lauter Veteranen in Washington.»

«Carter Styles», vermutete er.

«Sehr gut, Congressman. Ich muss darauf achten, Sie nicht zu unterschätzen.»

«Woher wissen Sie so etwas?»

«Es ist mein Job. Ich habe eine Akte über jeden Kongressabgeordneten, Senator, leitenden Stabsmitarbeiter, über jedes Kabinettsmitglied, über jeden Laufburschen im Weißen Haus. Jeder Einzelne muss identifiziert und im Auge behalten werden. Was ihre Leidenschaften sind, in welchen Fragen sie flexibel sein könnten, wohin sie gehen, wer ihre Verbündeten sind.»

«Hört sich an, als könnte ich eine Menge von Ihnen lernen.»

«Eine Menge, ja. Eine ganze Menge.»

Wynn war fasziniert, wie diese Frau von Geschäftsmäßigkeit zur Intimität wechseln konnte – mit einem Blick, einem Wort, mit der Zungenspitze, die über ihre schönen Zähne strich. «Haben Sie selbst ein Anliegen?»

«Ich war beruflich mit Graham Hutchings bekannt. Ich habe schon länger vorgehabt, ihn zu besuchen, aber das möchte ich nicht gern allein tun. Ich frage mich, ob ich Sie vielleicht bitten könnte.»

«Dafür bin ich nicht der Richtige.»

«Oh, Congressman...» Valerie endete mit einem äußerst hübschen Lächeln.

«Nein. Wirklich nicht.» Jetzt war er ganz ernst. «Esther Hutchings und ich sind uralte Feinde.»

«Dann ist es doch auch für Sie eine hervorragende Gelegenheit. Sie müssen ihn besuchen, Wynn. Hören Sie auf mich. Ich kenne diese Stadt. Sie sind der Nachfolger eines Mannes, den seine Arbeit niedergeworfen hat. Ein Besuch bei ihm ist notwendig. Das absolute Mindestmaß an Anstand. Was wäre das Schlimmste, was passieren könnte?»

«Sie könnte mir den Kopf abbeißen.»

«Das bezweifle ich sehr.» Diesmal blieb die Hand auf seinem Arm liegen. «Jetzt müssen Sie mir wirklich erzählen, wieso Sie verfeindet sind. Ich bin versessen auf solchen Klatsch.»

«Kommt überhaupt nicht in Frage.»

Aus Koketterie wurde Ernst, binnen eines Augenblicks. «Gehen Sie hin, Wynn. Tun Sie's. Oder man wird Sie ausgrenzen, weil Leute die Geschichte ans Licht bringen und sie überall verbreiten werden. Verziert und ausgeschmückt und unendlich viel schlimmer.»

Er akzeptierte seine Niederlage, indem er sein Glas austrank und es einem vorübereilenden Kellner auf das Tablett stellte. «Also gut.»

«Ausgezeichnet. Sagen wir, am Freitag um halb sieben?» Sie schenkte ihm ein Tausend-Watt-Lächeln. «Kommen Sie, Wynn. So schrecklich wird es schon nicht werden. Und danach gehen wir irgendwo vorzüglich essen. Ich lade Sie ein.»

Während sie davonging, sah Wynn, wie der Priester zur Tür hinausschlüpfte. Der kleine Mann schaute nicht direkt zu ihm herüber, warf wohl eher einen Blick über den Raum insgesamt. Aber es genügte, um dem Abend einen dunkleren Ton zu verleihen und Wynns aufkeimendes Verlangen zu ersticken.

8
Donnerstag

Jackie erwachte in der ersten Morgendämmerung. Sie dehnte ihre Muskeln, die nach stundenlangem frustrierten Aufräumen doppelt müde waren, und trat hinaus auf ihren winzigen Balkon. Irgendwo dicht über ihr hing ein nahtlos graues Nichts, in dem das Firmament versunken war. Kein Wind, kein Laut, nichts, was die schwüle Hitze oder den Lärm verschleiert hätte, der sich schon jetzt aus der erwachenden Stadt erhob. Ein Blick genügte, um ihr zu bestätigen, dass das Wetter tadellos zu ihren Plänen für den kommenden Tag passte.

Ihr Gesicht in der letzten übrig gebliebenen Scherbe ihres Badezimmerspiegels sah grimmig und erschöpft aus. Sie machte sich Kaffee nach Camping-Art, kochte Wasser in einem verbeulten Kessel und goss es direkt auf das Kaffeemehl in ihrem einzigen ganz gebliebenen Becher. Während sie an dem bitteren Gebräu nippte, betrachtete sie die letzten drei Säcke mit ehemals kostbarem Müll.

Das Apartment war nun völlig nackt. Jede Narbe, jede vergilbte Naht war bloßgelegt, jede verschlissene Stelle, jeder Fleck im Teppich, jede Vortäuschung eines einigermaßen heilen Lebens. Jackie fühlte sich mehr als entblößt. Sie fühlte sich vergewaltigt.

Sie zog ihre übliche Trauerkleidung an: schwarze Kalbslederstiefel, schwarze Jeans, schwarzes T-Shirt, schwarzsamtenes Haarband. Sie brauchte ihren zerfetzten Wandkalender nicht, um das Datum festzustellen. Die allmonatliche Routine hatte sich in ihre Seele eingebrannt.

Sie schloss die notdürftig reparierte Wohnungstür und schleppte die letzten Müllsäcke die Treppe hinunter. Als sie die Einfahrt hinunterging, rief jemand ihr nach. Sie packte die Säcke erneut, weil sie ihr einen Vorwand bieten würden, gleich weiterzugehen.

«Alles in Ordnung?», fragte Millicents Arzt.

«Ja.» Zumindest konnte man ihre Verletzungen nicht sehen.

«Millicent hat etwas von Wölfen in grauen Jacketts erzählt.»

«Man hat bei mir eingebrochen.» Sie schaute auf die Uhr – nicht, weil sie spät dran war, sondern nur, um zu zeigen, dass sie zu tun hatte.

Der Arzt schien das nicht zu bemerken. Dr. Crouch war bereits halb im Ruhestand und versuchte stets, die Welt auf sein eigenes Tempo herunterzubremsen. Er war alt genug, um sich an die Zeit zu erinnern, als man noch Hausbesuche erwartete, und zu stur, um sich noch zu ändern. «Haben Sie die Polizei gerufen?»

«Es wurde nichts gestohlen. Nur alles zertrümmert. Und Sie kennen ja Millicent.»

«Sie wollte mir nicht aufmachen. Dachte wohl, ein Kerl vom Sozialdienst versteckt sich hinter einem Baum.» Stirnrunzelnd betrachtete er die Müllsäcke. «Sie sollten trotzdem Anzeige erstatten.»

Sie zuckte unverbindlich die Achseln. «Wie geht's Millicent?»

«Sie ist komplett verrückt. Aber davon abgesehen geht's ihr nicht schlecht. Kaufen Sie immer noch für sie ein?»

«Zweimal die Woche. Heute übrigens.»

«Holen Sie ihr Schmelzflocken. Ich musste ihre untere Zahnprothese verstecken. Wie es aussieht, ist ihr Zahnfleisch wieder entzündet.» Er schaute zu der ausgetretenen, leeren Veranda hinüber. «Sie hat ihr Bettgestell samt Matratze nach vorn ins Wohnzimmer geschleppt.»

«Ganz allein?»

«Ich habe ihr bestimmt nicht dabei geholfen. Millicent sagt, auf der Straßenseite ist nicht so viel Mondlicht, und deshalb heulen die Biester nicht so laut.»

«Sie hat mir erzählt, dass die Einbrecher schrecklich geflucht hätten.» Wütend dachte sie daran, dass sie der alten Frau Anlass gegeben hatte, sich zu ängstigen.

«Sie hält die Zimmer im Erdgeschoss blitzsauber. Sie nimmt ihre Medizin, und sie zieht sich an. Könnte ja leicht sein, dass heutzutage gelbe Leggings und schwarze Turnschuhe zu einem neongrünen Cocktailkleid der letzte Schrei sind.»

Jackie ging auf den Randstein zu. «Lassen Sie mich wissen, wenn ich etwas für sie tun soll.»

«Wissen Sie, was Millicent mir heute Morgen gesagt hat?», rief Crouch ihr nach. «Sie seien eine gute Tochter. Das kann sie getrost zweimal sagen, habe ich geantwortet.»

Jackie warf ihre Last zu den übrigen Säcken und ging dann zielstrebig zu ihrem Camaro. Crouchs Worte verdüsterten den ohnehin dunklen Tag noch mehr. Sie fuhr rückwärts aus der Einfahrt und ignorierte das zögernde Winken des Arztes. Der Motor grollte den ganzen Weg zum Pflegeheim ihrer Mutter in tiefkehligem Spott. Gute Schwester, Tochter, Studentin, Verlobte – all die Lügen, die sie hatte zerbröckeln sehen, all die Energie, die sie darauf verschwendet hatte, so zu tun, als sei es ihr nicht wichtig.

Aus der Eingangstür des Pflegeheims wehte der raue Geruch von Industriereiniger. Es war ein extrem katholisches Haus, voll gestopft mit religiösem Zierrat und Schwestern, die die weißen Hauben der ostentativen Frömmigkeit trugen. Jackie war hierher gekommen, weil die Gesundheitsfürsorge sonst nirgends ein Bett frei gehabt hatte, als ihre Mutter den Schlaganfall hatte. Jetzt betrachtete sie diesen Tag als einen der glücklichsten in ihrem Leben. Niemand sonst hätte ihre Mutter so lange ertragen.

Wie viele Mitarbeiter des Heims war auch die Leiterin eine Ghanaerin, von stoischer Ruhe und großem Mitgefühl. Die stämmige Frau erhob sich hinter ihrem Schreibtisch, ihre strahlende Begrüßung war viel zu liebenswürdig für diesen Ort. «Miss Jackie, was führt Sie so früh her? Ich habe Sie nicht vor Mittag erwartet.»

«Ich habe mir zwei Tage freigenommen. Dachte mir, ich komme vorbei, bevor hier zu viel Betrieb ist.»

«Wenn ich einen freien Tag hätte – du liebe Güte, den würde ich aber nicht hier verbringen.»

Jackie wandte sich grimmig der Treppe zu. «Wie geht's Mom?»

«Sie erstickt an ihrer eigenen Bosheit und stirbt, so schnell sie nur kann. Wie immer.» Wissende dunkle Augen folgten ihr, als sie ging. «Passen Sie auf, dass Sie nicht auch so enden.»

Nachdem Jackies Vater die Familie im Stich gelassen hatte, war ihre Mutter nach einer Serie von schlechten Jobs und noch schlechteren Männern schließlich als Kellnerin in einem Howard Johnson's an der Route 50 gelandet. In dem Laden war es so rau zugegangen, dass sie ihren Kindern nur selten erlaubt hatte, zu den Gratismahlzeiten zu kommen, die es für die Familien der Angestellten gab. Dort war sie geblieben, bis Preston seine Goldgrube gefunden und ihr ein hübsches kleines Haus an einem See gemietet hatte. Ihre Mutter hatte sich für seine Geschenke nie bedankt, denn damit hätte sie akzeptiert, dass ein Mann ihr etwas Gutes getan hatte.

Jackie betrat das Zimmer ihrer Mutter. Das Bett war hoch gestellt. Evelyn Havilland lag bewegungslos und bleich da. Die Augen waren geschlossen. Ihre Brust hob und senkte sich kaum. Das Gesicht war schlaff. Sie rächte sich am Leben und an jedem, den sie je gekannt hatte, indem sie alles aussperrte. Jackie zog einen Stuhl von der Wand heran, setzte sich neben das Bett und wartete.

«Diese Leute tun, was sie können, um mir wehzutun.» Der Mund bewegte sich kaum. Die Augen öffneten sich nicht. «Bist du jetzt zufrieden? Du solltest es sein.»

«Hallo, Mom. Möchtest du etwas trinken?» Jackie nahm den Plastikbecher vom Nachttisch und sah, dass er leer war. «Ich hole dir Wasser.»

Evelyn Havilland sagte nichts mehr, bis Jackie ihr den Plastikhalm in den Mund geschoben hatte und sie trinken ließ. «Eine anständige Tochter hätte mich hier rausgeholt. Hätte mir einen Platz bei Leuten gesucht, die wissen, wie man alles richtig macht. Aber nicht du. O nein. Macht zu viel Mühe, für deine eigene Mutter einen Ort zu suchen, wo sie ihren letzten Atemzug tun kann.»

Jetzt drehte Evelyn den Kopf kaum merklich. Gerade weit genug, um ihrer Tochter einen Schimmer aus schattendunklen Augen zukommen zu lassen. «Ist wahrscheinlich besser, dass du es nicht versucht hast. Hättest es sowieso nur vermasselt.»

Jackie entdeckte eine Fliege, auf die sie ihre Aufmerksamkeit richten konnte. Das war ein Trick, den sie seit ihrer Kindheit kannte. Ein Stäubchen im Sonnenlicht genügte schon. Ein Geräusch außerhalb des Zimmers. Alles, was verhinderte, dass sie verletzt werden konnte.

«Ich habe immer gewusst, dass es so kommen würde. Dass ich hier liege, auf das Ende warte und dabei eine Tochter anschaue, die jede Chance vertan hat, die sie hatte.» Sie schwieg, und das Gift quoll herauf. «Und jeden Mann.»

Ein schlechter Tag. Manchmal konnte Jackie ins Zimmer schlüpfen, eine Stunde bei der reglosen Gestalt im Bett verbringen und nur ein paar Worte mit ihr wechseln. Nur über ihre Erinnerungen und den alten Schmerz reden. Solche Tage waren ein Vergnügen, verglichen mit jenen, die sie daran erinnerten, dass sie nie hatte jung sein dürfen.

«Es vergeht kein Tag, an dem ich nicht an den furchtbaren Schlamassel denke, den du mit Shane angerichtet hast. Ich habe ihn angebetet, weißt du.» Wieder eine Pause, um Munition nachzuladen. «Hab's nicht mal von meiner eigenen Tochter erfahren. O nein. Shane musste derjenige sein, der zu mir kam und mir erzählte, dass du weggelaufen warst. Und da konnte ich es immer noch nicht glauben. Habe ihm gesagt, so dumm kann meine Tochter nicht sein.»

Jackie stand auf und hob den Stuhl. Stellte ihn mit Bedacht wieder an die Wand. Dort sollte er wieder einen Monat auf den einzigen Besuch warten, den ihre Mutter je bekam. Sie beherrschte ihre Bewegungen wie ihre Gedanken. Fragte sich, was ihre Mutter tun würde, wenn sie den Stuhl hochhöbe und ihn auf ihren Kopf niederfahren ließe. Wahrscheinlich würde sie ihr danken.

«Wahrscheinlich wirst du jetzt zum Grab deines Bruders gehen. Hat sich auch als Verlierer entpuppt. Die absolute Katastrophe. Genau wie sein Vater. Gerade lange genug da, um mein Leben zu zerstören. Schlechte Zeiten konnten sie nicht ertragen, alle beide nicht.» Evelyn drehte den Kopf wieder weg und schloss die Augen. «Hab keine Tochter, hab keinen Sohn. Schweiß und Sorgen für nichts und wieder nichts. Hätte gar nicht zu leben brauchen.»

«Bye, Mom.» Jackie verließ das Zimmer, ohne einen Blick zurückzuwerfen. Ihre Pflicht hatte sie erfüllt.

Jackie entdeckte den Beschatter, als sie Blumen kaufte. Es lag hauptsächlich an der Art, wie der Mann dastand und sie anstarrte. Dann bemerkte sie den Wagen, und es funkte in ihrem Kopf. Er folgte ihr, seit sie das Pflegeheim verlassen hatte. Sie hatte nie etwas mit einem Überwachungsjob zu tun gehabt, aber bei der Arbeit im Büro hatte sie die Signale kennen gelernt. Sie spähte in beide Richtungen, konnte aber kein zweites verdächtiges Auto, keinen Beschatter entdecken. Als sie sich umdrehte, sah sie gerade noch, wie der Mann seinen Wagen abschloss und eilig über die Straße lief. Definitv amateurhaft, dass er sich von ihr an seinem Fahrzeug sehen ließ.

Sie bezahlte ihre Blumen und ging durch das Friedhofstor. Als sie drinnen war, drehte sie sich um und sah ihm direkt entgegen. Der Mann wusste, dass er entdeckt war; es war nicht mehr zu übersehen. Aber zu ihrer Überraschung zog er sich nicht zurück. Er blieb einfach stehen, die Hände vor der Gürtelschnalle verschränkt, und wartete ab. Sie ging weiter den Kiesweg entlang, beherrscht von dem Gedanken, dass dies einer der Männer sein konnte, die ihr Apartment verwüstet hatten. Zu gern würde sie diese Typen kennen lernen und ihnen irgendetwas um die Ohren hauen, etwas möglichst Schweres.

Auf dem Friedhof wimmelte es von Trauernden und Gärtnern. Jackie bog in den vertrauten Weg ein und schaute sich um. Er war immer noch da, aber er ließ nichts erkennen, was auf Feindseligkeit oder Bedrohung hätte schließen lassen. Er sah aus wie ein Latino. Olivfarbene Haut, Anfang fünfzig, extrem gepflegt. Europäisch geschnittene Kleidung, Schuhe, die so blank poliert waren, dass sie glänzten wie schwarze Spiegel. Es war drückend heiß, aber er trug Jackett und Krawatte. Und er wahrte einen respektvollen Abstand, ein professioneller Trauergast, der darauf wartete, dass sie ihm seinen Platz zuwies.

Das Problem war, dass sie an diesen schwierigen Tagen mit niemandem sprechen wollte. Also vergewisserte sie sich, dass ein paar Gärtner in der Nähe waren, und ging dann geradewegs auf ihn zu. «Was wollen Sie?»

«Verzeihen Sie, Ms Havilland. Ich hatte nicht die Absicht, Sie in dieser Stunde der Zwiesprache mit Ihrem Bruder zu behelligen.»

Sie erkannte die Stimme sofort. Kein Lateinamerikaner. Ein Araber. Aber aus der Nähe immer noch genauso gut aussehend. «Sie sind das. Der Araber am Telefon. Esthers Notfallkontakt.»

«Ganz recht.» Er verbeugte sich leicht, und die Gebärde war so förmlich wie sein Ton. «Nabil Saad ist mein Name. Ich bin Ägypter. Verzeihen Sie noch einmal die Störung. Aber wir mussten uns treffen. Und der Kontakt erforderte eine Umgebung, die privater ist als Ihr Apartment.»

Sie nahm sich einen Augenblick Zeit, um ihn zu mustern und sein plötzliches Erscheinen zu verdauen. Nabil Saad war nicht groß; er überragte ihre einssiebzig nur um ein paar Zentimeter. Silberne Fäden durchzogen das dunkle Haar an den Schläfen und am Scheitel. Das Jackett mit dem schmalen, grauschwarzen Fischgrätmuster sah unglaublich teuer aus. Wahrscheinlich Seide. Weißes Hemd, schwarze Gabardinehose, makellos gebundene Seidenkrawatte. Das Gesicht wirkte hart und weich zugleich, die Augen waren samten und schwarz wie die Nacht. Ruhig stand er da und ließ die Musterung schweigend über sich ergehen.

«Entschuldigung», sagte Jackie, «ich bin ein bisschen durcheinander. Gestern Abend hatte ich den Eindruck, Sie wollten nichts mit mir zu tun haben.»

«Meine Einwände hatten nichts mit Ihnen persönlich zu tun. Aber Esther Hutchings hatte kein Recht, Sie in dieser Form zu engagieren, ohne unsere Zustimmung. Sie hat mich auch nicht um die Erlaubnis gebeten, Ihnen meinen Namen zu geben.»

Jackie hoffte, dass ihre Ratlosigkeit nicht allzu deutlich sichtbar wäre. «Aber sie hat es getan.»

«Allerdings. Esther hört auf niemanden, wenn sie einmal einen Entschluss gefasst hat. Und jetzt hat man Sie angegriffen, und Sie kennen meinen Namen. Esther musste Kontakt mit Ihnen aufnehmen. Und in Esthers Akte steht etwas von diesem monatlichen Ausflug. Da habe ich beschlossen, selbst hierher zu Ihnen zu kommen.»

«Es gibt also eine Akte über mein Privatleben, die von Hand zu Hand geht?»

«Sie müssen uns vergeben, Ms Havilland. Ein derartiger Übergriff ist unverzeihlich.»

«Da bin ich ganz Ihrer Meinung.»

«Aber wir haben es mit einer außerordentlich heiklen Situation zu tun. Es stehen Menschenleben auf dem Spiel.»

«Die Freundin, von der Sie gestern Abend am Telefon gesprochen haben?»

«Sie war wie eine Tochter für mich.» In seinem Blick lag Trauer. «Unsere Sache war ihre Lebensaufgabe. Ja. Ihre Leidenschaft. Und sie ist deswegen gestorben. Daran habe ich keinen Zweifel.»

Jackie merkte, dass sie keine Lust hatte, weiter in ihn zu dringen. Nicht, wenn sein Schmerz solche Ähnlichkeit mit ihrem eigenen hatte. Unwillkürlich fragte sie sich, wie es wäre, sich derart leidenschaftlich für eine Sache einzusetzen oder zu wissen, dass jemand über ihren Tod so tief trauerte.

Sie deutete mit ihren Blumen den Weg entlang. «Sie entschuldigen mich?»

Er verneigte sich noch einmal auf seine anmutige Art und besaß die unglaubliche Weisheit, nichts weiter zu sagen. Stattdessen ging er zu einer leeren Steinbank.

Jackie tat, als spüre sie seine Anwesenheit nicht, während sie um die Kurve ging und vor dem allzu vertrauten grünen Fleck stehen blieb. Sie stellte ihre Blumen in die Steinvase neben dem schlichten Grabstein. Prestons Name war in den schwarzen Granit gemeißelt, weiter nichts. Es war nicht nötig, die Last durch die kurze Lebensspanne noch zu vergrößern. Sie würde auch so nie vergessen, wann er gestorben und wie alt er gewesen war. Oder wie sie ihn im Stich gelassen hatte.

Der Ägypter erhob sich, als sie zurückkam. Es war, als spiegle er den Aufruhr in ihrem Herzen wider; die Gabe des Verstehens war so machtvoll in ihm, dass sie außerstande war, Abstand zu wahren. Die dunkle, melodische Stimme sagte: «Meine Familie ist koptisch. Die Kopten sind eine alte christliche Kirche, so alt, dass man kaum weiß, wo die Wahrheit endet und die Legende beginnt. Vierzig Tage trauern wir um die, die uns vorausgegangen sind. Zum Begräbnis kommen die Leute aus der ganzen Welt zusammen, und dann bleiben sie eine Woche oder länger an der Seite derer, die entweder genesen oder im Schmerz ertrinken wollen. Für Familien wie die meine sind beide Reaktionen akzeptabel.»

Seine Trauer rührte sie ebenso wie seine Worte. Nabil Saad wandte das Gesicht der Kurve und dem unsichtbaren Grab zu. «Leider war meine junge Freundin außerstande, an ihrer eigenen Bestattung teilzunehmen. Und es war meine Schuld. Ich habe meine Stellung benutzt, um darauf zu bestehen, dass die Washingtoner Polizei ihren Tod nicht einfach als Selbstmord abtat. Sie wurde ermordet. Ich kann es nicht beweisen, aber ich habe trotzdem dafür gesorgt, dass man den Fall so behandelte. Die zuständigen Kriminalpolizisten waren wütend. Sie haben sich auf schmerzhafte Weise gerächt.»

«Sie haben sich geweigert, den Leichnam freizugeben», vermutete Jackie.

«Ich habe darauf beharrt, dass die junge Frau vom Dach geworfen worden sei, weil sie die falschen Fragen gestellt und gehofft habe, das Unmögliche Wirklichkeit werden zu lassen. Die Polizisten haben darauf beharrt, dass eine Untersuchung nirgends hinführen werde, und dann haben sie mich für diese Extraarbeit bestraft. Es gab Probleme mit der Autopsie, Fragen zu diesem und zu jenem …» Er machte eine abschätzige Handbewegung, eine durch und durch arabische Geste. «Am Ende musste ich ihren Eltern unter die Augen treten und eingestehen, dass ich dafür verantwortlich war, dass sie an einem leeren Sarg trauern mussten.»

Sein Blick war so offen, so wund, dass er Jackie schmerzte und sie zugleich tröstete. «Deshalb muss ich Ihnen danken, Ms Havilland, dass Sie mir diesen Augenblick an einem Ort mit geweihter Erde gewähren.»

Sie schaute den Weg hinunter, und eine Flut von Erinnerungen stieg in ihr auf. «Man sagt doch manchmal, dass ein Kind zu gut ist für diese Welt. So war es auch mit Preston. Ein kleiner Junge bis zum Ende. Meine schönsten Erinnerungen handeln immer davon, dass ich Preston zum Lachen gebracht habe. Er war mein allerbester Freund.»

«Kommen Sie.» Er legte ihr sanft eine Hand auf die Schulter und führte sie zurück zu der Steinbank.

Jackie merkte, dass sie neben diesem Fremden sitzen wollte, obwohl sie sonst jedes Mal kaum atmen konnte, ehe sie das Friedhofstor hinter sich gelassen hatte. «Preston besaß einen brillanten Verstand. Er war Mathematiker. Geistig und körperlich wurde er erwachsen, aber in seinem Herzen blieb er immer ein Kind. Nichts konnte ihm etwas anhaben.» Jackie schwieg und konzentrierte sich auf einen Punkt außerhalb ihres eigenen, schmerzhaften, leeren Universums. Nach einer Weile fuhr sie fort. «Preston spezialisierte sich auf statistische Wahrscheinlichkeitsberechnungen. Ich hatte keine Ahnung, was das bedeutete, bis er es mir erzählte. Den Tag werde ich nie vergessen. Preston war sechzehn und so aufgeregt wie ein frisch Verliebter. Was er irgendwie auch war. Er zeigte mir die Seiten in seinem Buch, Zeile um Zeile mit algebraischen Zeichen und ein paar beschreibende Sätze. Ich weiß noch, dass ich sagte, ich sehe keine Zahlen. Das habe ich gesagt, um ihn zum Lachen zu bringen, aber auch, weil ich es wirklich dachte.»

«Und dann fing er bei Hayek an», sagte Nabil Saad. «Und Sie gingen zur Universität zurück.»

«Preston arbeitete als Spezialist für den Devisenmarkt; er berechnete Risiken und Kursentwicklungen. Mir war nie wohl beim Gedanken an seine Arbeit und seine Welt. Aber ich konnte nicht sagen, warum.»

«Die natürliche Reaktion eines Menschen, der jemanden von ganzem Herzen liebt. Die Liebe verleiht einen klugen Blick.»

«Fast hätte es genügt, zu studieren, heranzuwachsen und alles, was ich mir erträumt hatte, zu suchen und zu tun. Trotzdem wollte ich meinen Ängsten einen Namen geben, und so fing ich an, sein neues Reich zu erkunden. Ich entdeckte dort ein paar sehr reale Gefahren. Aber nie genug, um Preston dazu zu bringen, sich zurückzuziehen.» Die Erinnerungen ließen einen bitteren Geschmack aufkommen. «Dann fingen die Arbeit und das Leben an, ihn aufzuzehren. Preston nahm Drogen, als wären es Bonbons. Crystal Meth und Kokain, das war der Treibstoff für ihn. Das und Adrenalin. Er verbrannte einfach. Als er schließlich zu mir kam, damit ich ihn pflegen konnte, war nichts mehr übrig. Die Ärzte hatten alle möglichen Namen dafür, aber ich wusste Bescheid, und er auch.»

«Und Sie blieben bis zum Ende bei ihm.»

Sie wandte sich von den Erinnerungen und der tröstlichen Nähe ab. Es ging nicht anders, wenn sie nicht vollständig die Fassung verlieren wollte. «Warum sitzen wir hier?»

«Einige der Leute, die dagegen sind, eine Außenseiterin einzubeziehen, haben mich gebeten, Sie zu bespitzeln. Ich fand, dass schon genug Spitzel unterwegs sind. Also bin ich gekommen, um mich Ihnen vorzustellen und Ihnen das hier zu geben.» Er zog einen Umschlag aus der Tasche. «Esther möchte, dass Sie sie besuchen kommen. Morgen.»

«In Washington?» Sie starrte auf den Umschlag, nahm ihn aber nicht entgegen. «Wieso kommt sie nicht her?»

«Es gibt Schwierigkeiten. Fahren Sie hin, und Sie werden es erfahren.» Er schob ihr den Umschlag in die Hand und erhob sich. «Ich betrachte es als eine Ehre, Sie kennen gelernt zu haben, Ms Havilland. Ich würde es sogar als Vergnügen bezeichnen, wenn wir nicht von so viel Trauer umgeben wären.»

Sie schaute zu ihm auf und staunte über seine Fähigkeit, mit den Augen zu lächeln und mit der Stimme zu weinen. «Nennen Sie mich Jackie.»

Er reichte ihr die Hand. «Einverstanden. Geheimnisse wie unsere sollte es nur zwischen Menschen geben, die einander beim Vornamen nennen dürfen.»

«Ich habe ungefähr eintausend Fragen.»

«Wenn Sie mich zwingen, werde ich sprechen. Aber es sind nicht allein meine Geheimnisse, und mir wäre es lieber, wenn Sie zuerst nach Washington gingen.»

Sie überlegte kurz und ließ dann seine Hand los. Er belohnte sie mit einem rätselhaften Lächeln. Dann fiel ihr der ungeschickte Bootsfahrer ein, der ihr gleichfalls eine verblüffende Nachricht überbracht hatte. «Vor zwei Tagen habe ich einen jungen Mann getroffen, der eine Heidenangst hatte, und er redete von einer Website namens Trastevere. Sagt Ihnen das etwas?»

Vor den dunklen Augen gingen die Blenden herunter. Sie konnte es tatsächlich sehen. «Die Piazza Trastevere ist in Rom», sagte er und trat einen Schritt zurück. «Dort ist der Sitz einer Bewegung namens Sant'Egidio.» Das waren seine Abschiedsworte; er drehte sich um und ging davon, ergriff nicht gerade die Flucht, aber bewegte sich doch schnell genug, um zu zeigen, dass er nichts mehr hören wollte.

Jackie zwang sich, ihn gehen zu lassen. Überrascht stellte sie fest, dass der Tag jetzt ein seltsam tröstliches Gefühl in sich barg, und dass die stickige Hitze gar nicht so übel war.

9

Donnerstag

«Verstehe ich das richtig?» Eric, ein Devisenhändler und Colins bester Freund auf dem Parkett, war ein zerzaust aussehender junger Mann unter dreißig mit altklugen Augen. Er beugte sich vor und betrachtete Colin Ready, der zu seinen Füßen lag. «Du sagst, mein Computer hat es nicht gern, wenn ich ihm Kaffee über die Anschlüsse schütte?»

«Ich habe die Pflege- und Fütterungshandbücher von vorne bis hinten gelesen.» Colin war dabei, einen Schmierpfropf zu entfernen, so zäh wie alter Leim. Hier unten auf dem Boden, zwischen Kabeln und Papierfetzen, roch die Luft ziemlich scheußlich – nach alten Socken, Metall, Schweiß und abgestandenem Kaffee. Die Unterseite der Geldfabrik. «Ich habe nirgends gelesen, dass man die Kiste mit Koffein kickstarten kann.»

Eric war wie die meisten auf der mittleren Ebene: wenn er eine Serie von guten Tagen hatte, arbeitete er sich Zoll für Zoll nach oben, nur um an den Rand des Abgrunds zurückzurutschen, wenn er einen Fehler im Handel beging. Er war außerdem ständig verschuldet und steckte nur einmal im Jahr in schwarzen Zahlen, wenn nämlich der Bonus ausgezahlt wurde. So etwas war unter den jüngeren Händlern ziemlich verbreitet. Sie verdienten zwischen sechzig- und zweihunderttausend Dollar im Jahr, aber ihr Geschmack und ihr Ehrgeiz orientierten sich an den Spitzenleuten. Führende Trader kassierten zwei bis drei Millionen im Jahr und verdoppelten dieses Einkommen durch die Bonuszahlungen. Es fiel schwer, von Peanuts zu leben, wenn die großen Fische Kaviar verschlangen.

Es war ein ruhiger Vormittag. Ein paar Händler versuchten den Markt in Gang zu reden, der Rest wartete darauf, dass die Welt den ersten Adrenalinstoß bekam. Sie beobachteten ihre Monitore und grinsten einander spöttisch zu, während Eric sich mit dem Techie abgab. «Gibt's was Neues über das, was da oben vorgeht?»

Colin brauchte nicht aufzublicken, um die Frage zu verstehen. Der Saal war zwölf Meter hoch. Die linke und die vordere Wand waren von verglasten Balkonen überschattet, ungefähr fünfundzwanzig Meter tief und vierzig Meter lang. In dem einen befand sich die Spezialabteilung, wo Händler ihre eigenen Derivate entwarfen und verkauften. Der andere war früher das Reich des mittleren Managements gewesen. Man hatte ihn das Schlangenhaus genannt. Aber drei Wochen zuvor waren die Manager nach oben umgezogen; sie saßen jetzt ein Stockwerk unter Hayek selbst, während hier ein Team von außen wie eine Ameisenkolonne am Werk war und neues Equipment installierte. Niemand wusste, wozu oder für wen es gedacht war.

«Ich hab keine Ahnung», sagte Colin wahrheitsgemäß. «Sie haben mich nicht reingucken lassen.»

«Oh, Mr Ready, da sind Sie ja.» Die schmalgesichtige Bewacherin aus Hayeks Allerheiligstem kam eilig den Gang herunter. Die Händler machten ihr sofort Platz. Sie beachtete sie nicht. «Ich habe Sie überall gesucht. Mr Hayeks Monitore haben wieder angefangen zu flackern.»

«Okay.» Colin rutschte unter dem Tisch hervor. «Ich bin hier fertig.»

«Worüber redest du denn mit dem King?», fragte Eric leise. «Fußball kann's ja wohl nicht sein.»

Colin klopfte sich den Staub von der Hose und beschloss, keine weitere Verzögerung zu riskieren, indem er jetzt noch seine Jacke holen ging. Er folgte der Frau durch die vordere Sicherheitstür hinaus in den Empfangsbereich. Zwei Männer in grauen Jacketts schauten stirnrunzelnd zu ihnen herüber, sagten aber nichts. Einer saß neben dem Vordereingang, der andere stand an der Treppe, die zu den Glasbalkonen hinaufführte. Colin bemühte sich nach Kräften, dem Beispiel der Sekretärin zu folgen und so zu tun, als ob die Männer nicht existierten.

Hayeks Sekretärin sprach erst wieder, als die Aufzugtür sich hinter ihnen geschlossen hatte. «Tut mir Leid, Sir, ich wusste nicht, was ich sagen sollte. Mit seinen Computern ist alles in Ordnung, soweit ich weiß. Aber als ich Sie nicht finden konnte, wurde Mr Hayek überaus zornig. Außerdem hat er gesagt, ich soll Sie unauffällig hinaufbringen.»

Colin wollte fragen, wer die Muskelmänner in Grau gewesen waren, aber dann überlegte er, dass sie es ihm wohl nicht sagen würde. «Das ist schon okay.»

Die Tür öffnete sich. «Warten Sie bitte einen Augenblick, Mr Ready. Ich sage Mr Hayek, dass Sie da sind.»

Als er das Vorzimmer betrat, sah Colin, dass Jim Burke vor Hayeks Büro stand. Wie immer sah der Unabomber abwegig aus. Heute war es ein weißes Polyesterhemd, eine in sich gemusterte schwarze Krawatte, eine schwarze Hose, Eisenbahnerstiefel. Frisch getrimmter Bürstenhaarschnitt. Schwarz geränderte Brille im Knaststil. Und alles das an einem Mann, der sieben-, vielleicht achtstellige Summen verdiente. «Morgen, Mr Ready.» Burke deutete mit dem Kopf auf den Sessel in der Ecke. «Setzen Sie sich doch. Mr Hayek hat noch Besuch.»

Drei andere Männer saßen vorgebeugt um den Couchtisch. Einer von ihnen war Dale Crawford, Hayeks Sicherheitschef, ein lederhäutiger Ex-Polizist aus irgendeiner fremdartigen und feindseligen Gegend – aus Oklahoma vielleicht, oder aus Dakota. Wegen ihrer marineblauen Blazer, der Ohrhörer und ihrer grimmigen Secret-Service-Gesichter war Dale Crawfords Truppe in Hayek-Land nur als der KGB bekannt. Die beiden anderen Männer neben Crawford trugen die gleichen grauen Blazer und schwarzen Hosen wie die Fremden unten, aber die beiden schienen vor Zorn zu glühen. Sie warfen finstere Blicke auf den Sicherheitsmann, dann auf Burke, dann auf Colin.

Burke kam heran und legte Colin eine Hand auf die Schulter. In seinem trägen, raspelnden Ton, den die Händler so gern nachmachten, sprach er die grauen Gorillas an. «Das hier ist einer von den Guten. Nicken Sie, wenn Sie mich verstehen. Gut so. Colin Ready heißt er. Können Sie das sagen? Na, macht nichts.»

Der Sicherheitschef grinste, als er sah, wie unbehaglich Colin unter Burkes Hand zumute war. «Wir hatten da ein Problem, wissen Sie», sagte Burke. «Dauernd verschwand Geld, und wir konnten uns nicht erklären, wieso. Wir wussten immer nur, dass am Ende des Monats unsere Bücher nicht stimmten.» Die Hand drückte zu. Vielleicht meinte der Mann es beruhigend, aber Colin spürte, wie seine Knochen knirschten. «Und da hatten wir die Idee, einen Mann von außen dazuzuholen, der sich die elektronischen Kanäle anschauen sollte. Mr Ready hat das Problem identifiziert, und zwar sofort. Innerhalb von Tagen, nachdem wir drei Monate erfolglos geblieben waren. Mr Ready entwickelte ein Jägersuchprogramm. Werde diesen Namen nie vergessen. Ich war entzückt. Und es hat funktioniert. Wir fanden zwei kleine Hacker, die in die Konten eindrangen und Geld abzweigten, hier ein paar Dollar und da ein paar Dollar. Haben uns um sechshunderttausend erleichtert. Das Dumme ist, dass sie verschwunden waren, kurz bevor wir sie besuchen konnten.» Eine viel sagende Pause folgte; er wartete auf Colins Geständnis, dass er die beiden gewarnt habe. Die Hand quetschte die Schulter schmerzhaft.

«Mr Ready?» Noch nie war ihm die Sekretärin so willkommen gewesen. «Mr Hayek empfängt Sie jetzt.»

Einer der dunklen Männer wollte sich ebenfalls erheben. «Hinsetzen», befahl Burke. Dann ließ er Colins Schulter los und trat einen Schritt beiseite. «Wir sehen uns, Mr Ready.»

Colin huschte an der Sekretärin vorbei in das Büro des Vorsitzenden. Hayek deutete auf die Stühle an der hinteren Wand. «Ich bin sofort bei Ihnen, Ready.»

Colin nahm Platz. Er machte sich nicht die Mühe, sein plötzliches Interesse an der Frau, die vor Hayek saß, zu tarnen. Er hatte schon öfter gesehen, wie sie blitzartig zu Privataudienzen beim King erschien und wieder verschwand. Eine so umwerfende Frau erregte Aufmerksamkeit. Colin hatte sich ein bisschen umgetan, diskret natürlich. Sie war eine große Nummer beim Power-Spiel oben in Washington. Valerie Lawry war Lobbyistin bei einer der Firmen in der K Street. Sie ignorierte Colin vollständig und konzentrierte sich auf den Mann hinter dem riesigen Schreibtisch. «Ich kann wirklich nicht erkennen, was Ihre Aktionen einbringen sollen», sagte sie eben.

«Das lassen Sie meine Sorge sein», antwortete Hayek. «Ich sage Ihnen nur, was getan werden muss.»

Colin starrte seinen Boss, seine Nemesis, an und dachte an eine große, gelassen daliegende Katze. Oder an einen Gott aus einem mystischen Zeitalter, als noch Riesen die Erde beherrschten. So machtvoll war Hayeks Autorität. Colin hatte ziemlich viel Zeit in der Nähe dieses Mannes verbracht, mehr als sonst jemand aus den unteren Etagen. Er hatte gesehen, wie bestimmte Frauen auf Hayek abfuhren, und es waren nicht die, von denen er es erwartet hätte. Mächtige Frauen, intelligent, aggressiv. Jung, alt, schön, nicht schön – ihre Reaktion auf Hayek wirkte spontan und schien aus dem Bauch zu kommen. Entweder verabscheuten sie ihn, wollten Gift und Galle spucken und ihn vernichten, oder sie fühlten sich so machtvoll zu ihm hingezogen, dass sie ihn hassen und gleichzeitig begehren konnten. Hayek schien beide Reaktionen amüsant zu finden und nutzte diese wie jene zu seinem Vorteil. Wie jetzt, als er seinen zahmen Hacker kommen ließ, während er mit dieser scharfkantigen Schönheit konferierte. Als er den Hacker und die Frau umherschob wie Schachfiguren.

Die Frau ignorierte Colin weiterhin und sagte mit ihrem übermächtigen englischen Akzent zu Hayek: «Ich werde dafür bezahlt, dass ich Sie berate. Und deshalb sage ich, dass Sie überreagieren. Ich kann nicht erkennen, weshalb irgendetwas, das Esther Hutchings zu diesem Zeitpunkt tut, für Sie von Bedeutung sein könnte. Wovon reden wir denn hier? Von einer demnächst verwitweten Frau, die irgendein Laufmädchen engagiert hat. Nach allem, was ich gelesen habe, beschränkt sich Jackie Havillands Erfahrung auf ein paar College-Seminare, mit denen sie vor über einem Jahr aufgehört hat. Sie ist nicht auf dem neuesten Stand und hat überhaupt keine Beziehung zu den in Frage stehenden Sachverhalten.»

Als Colin den Namen hörte, richtete er sich auf seinem Stuhl auf. Hayeks graue Augen lenkten ihren intensiven Blick auf ihn und hielten ihn fest. Gottlob verlegte er seine Aufmerksamkeit gleich wieder auf seine Besucherin, die in verächtlichem Ton fortfuhr: «Gar nicht zu reden von einem Kongressabgeordneten, der so grün ist, dass er nicht mal weiß, was K Street ist. Sie verschwenden hier wirklich Ihre Zeit.»

Hayek war nicht zu beirren. «Das lassen Sie mich beurteilen. Sie haben Ihre Anweisungen. Sie tanzen nach meiner Pfeife.»

Mit Mühe schluckte die Frau eine Erwiderung herunter. Sie griff nach Handtasche und Aktenkoffer und verließ den Raum ohne ein weiteres Wort und ohne einen Blick zurück.

Hayek sah Colin an. «Neues über die Havilland?»

«Nichts Wichtiges.» So nah am Feuer bemühte Colin sich um einen möglichst ruhigen Ton.

«Erklären Sie mir, was Sie aufmerksam gemacht hat.»

«Die getürkte Information, die ich abgelegt habe, die Stelle, die ein Jäger unbedingt aufsuchen muss, hat automatisch ein Virus auf ihren Computer übertragen, als sie sich einloggte.» Manchmal, wenn Colin von einer dieser Sitzungen zurückkam, filterte sein Kopf Eindrücke, die ihm im Augenblick des Entstehens gar nicht bewusst gewesen waren. Das Sonnenlicht, das auf der Rodin-Skulptur schimmerte. Die Glasvitrine mit den T'ang-Objekten. Das Bild, das ihn beobachtete, die tanzende Nymphe. In diesem Moment aber war ihm nur Hayeks durchdringender Blick bewusst. «Das Virus enthielt den Befehl, sämtliche Dateiverzeichnisse herunterzuladen, wenn die Sucherin sich einloggt. Ich kann einen Dateitransfer einrichten, während die Sucherin den Eindruck hat, ihr Internetprovider nimmt ein Upgrade ihrer Software vor, bevor sie ausloggt.»

Der Vorsitzende griff nach einem silbernen Dolch mit einem geschliffenen Kristallgriff. «Ich brauche ein besseres Bild von dieser Frau. Sagen Sie mir, was Sie wissen.»

Auch das war eine seltsame Eigenschaft bei Hayek: Manchmal verschlang er gierig noch die kleinsten Informationspartikel, und dann wieder wischte er sämtliche Kommentare, Analysen und Daten beiseite und fällte aus heiterem Himmel sein Urteil. «Blitzkrieg» nannten seine Mitarbeiter solche Augenblicke, und ihnen graute vor den Verwüstungen, die er dabei anrichtete. Was alle erstaunte, und was Hayeks geheimnisvolle Aura weiter verstärkte, war die Tatsache, dass der Mann am Ende unglaublich oft Recht hatte.

«Jackie Havilland sitzt in Orlando. Kleine Angestellte in einer großen Privatdetektei. Studium ohne Examen an der örtlichen Universität. Ihr Bruder hat für Sie gearbeitet.»

«Ich erinnere mich vage an einen Havilland. Wie hieß er mit Vornamen?»

«Preston. Ist aus gesundheitlichen Gründen ausgeschieden.»

«Natürlich. Devisenanalyst, richtig?»

«Ja.» Colin schluckte und wagte dann eine Randbemerkung. «Offen gestanden, ich muss Ihrer letzten Besucherin zustimmen. Die Frau scheint mir nicht sehr wichtig zu sein.»

Hayek hob den Kopf und schaute ihn an. «Motiv.»

«Sie erledigt ihre Bankangelegenheiten online», stammelte Colin. «Was man ihr bezahlt, muss für sie ein Haufen Geld sein.»

Hayek schüttelte den Kopf kaum merklich. Er war noch nicht zufrieden. Immer noch auf der Pirsch. «Sonst noch was?»

Colin klammerte sich an den einzigen Strohhalm, der ihm in den Sinn kam. «Sie ist Windsurferin. Wave Jumper. Ihr Computer ist voller Bilder, hauptsächlich von ihr selbst.»

«Ihr früherer Computer», korrigierte Hayek finster.

«Sir?»

«Diese Männer da draußen haben ernsthaft gegen meine Anweisungen verstoßen. Ich habe um eine Durchsuchung gebeten, sie haben daraus eine hemmungslose Attacke gemacht.» Mit dem Kristalldolch deutete Hayek wieder auf sein eigentliches Thema. «Diese Windsurferei. Was hat das zu bedeuten?»

«Wahrscheinlich gar nichts.» Als er sah, dass diese Antwort nicht zufrieden stellend war, fügte er hinzu: «Ich habe einen Freund, der so was macht. Die Guten sind Fanatiker. Haben Hände wie Planken, kennen keine Angst. Sie leben für Tage, an denen ein Wind weht, der das Meer für andere unbefahrbar macht. Sie benutzen ihre Bretter wie Flügel.»

«Fanatiker», wiederholte Hayek leise.

Der Programmierer nahm das folgende Schweigen als Signal dafür, dass er jetzt gehen sollte. Aber Hayek hielt ihn zurück. «Es hängt eine Menge davon ab, dass Sie Recht haben, wenn Sie sagen, dass sie keine Bedrohung ist.»

Colin wollte nur noch weg. «An mir kann nichts vorbeischlüpfen – es sei denn, sie macht es handschriftlich.»

«Warum hat die Hutchings sie ausgesucht? Finden Sie das Motiv.» Der Dolch wies zur Tür. «Und zwar schnell.»

10

Donnerstag

Abends um halb elf sah Wynns Suite im Willard völlig anders aus. Die antiken Möbel waren noch dieselben wie am Morgen, ebenso wie der brusthohe Blumenschmuck, die chintzbezogene Sofagruppe, die beiden gekachelten Kamine. Vier

Messinglüster badeten die Räume in rötlichem Glanz. In einem Wandschrank im Stil des achtzehnten Jahrhunderts verbargen sich Getränke und Unterhaltungselektronik. Zwei Ölgemälde zeigten Kutschen auf der Pennsylvania Avenue anstelle des lärmenden Verkehrs, dessen Missklänge auch jetzt durch die Fenster drangen. Alles war so vollkommen, wie man es bei zwölfhundert Dollar pro Nacht erwarten konnte. Aber abends um diese Zeit konnte man der Öde trotzdem nicht entgehen.

Wynn streifte die Schuhe ab, warf Jackett und Krawatte auf das Bett und tappte über einen Teppich, der so weich und dicht war wie sein Rasen zu Hause. Die Bar im Erdgeschoss lockte, aber eigentlich wollte er nichts mehr trinken. Er wollte etwas, das dieses rastlose Verlangen in seinem Bauch stillen konnte, was immer es sein mochte. Und so prachtvoll und geschichtsträchtig die Räume im Erdgeschoss auch waren, dort würde er es nicht finden, das wusste er. Er wusste ja nicht einmal einen Namen für diese Sehnsucht, wusste allenfalls, dass er sich danach sehnte, woanders zu sein, irgendwo, nur nicht hier.

Er rief in der Residenz des Gouverneurs von Florida an, und zwar unter der Privatnummer, die ihn direkt mit der Wohnung verband. Als seine Schwester sich meldete, fragte er: «Bist du allein?»

«Das ist völlig gleichgültig. Hier ist immer noch …»

«Ich weiß, ich weiß. Ich will nur mit dir reden. Wo ist Grant?»

«Unten, in einem Meeting. Einflussreiche Leute aus Miami. Kann noch Stunden dauern. Warte einen Augenblick.» Der Hörer wurde zur Seite gelegt. Er hörte das Klirren von Ohrringen, die in einem Aschenbecher deponiert wurden. Das lang gezogene, hohe Schwirren eines Reißverschlusses. Ein Rascheln. Dann wurde der Hörer wieder aufgehoben. «Okay.»

Er machte es sich auf dem Sofa bequem. «Ich habe Probleme mit meinem Stab.»

«Was hast du erwartet?» Ganz ohne Bissigkeit. Lediglich die blitzschnelle Antwort einer Frau mit viel Hirn und politischem Sachverstand. «Weißt du, was die Leute in Washington verdienen? Weniger als deine frühere Sekretärin. Sie wohnen zu sechst in einem Apartment, und da haben sie es nachts genauso eng wie tagsüber in deinem Büro. Sie arbeiten für einen Sklavenlohn, weil sie in die Macht verliebt sind oder weil sie sich für eine Sache engagieren wollen.»

«Und warum haben sie dann nichts übrig für mich?»

«Du bist jemand, der durch die Drehtür des gewählten Abgeordneten kommt und geht, sie nicht. Sie sind langfristig dabei.» Sie gab ihm Gelegenheit zum Nachhaken, und dann sagte sie: «Was willst du denn wirklich von mir?»

«Ich ertrinke hier in Sachen, die ich nicht verstehe.»

«Dann musst du lernen. Wenn du willst. Du hast die Wahl, Wynnie. Du kannst tun, was deine Mitarbeiter dir sagen, kannst in den Ausschusssitzungen schlafen, lediglich zu den Abstimmungen im Kongress erscheinen, dir einen vertrauenswürdigen Fahrer suchen und der Liebling der Washingtoner Party-Elite werden. Du kannst auf der Stelle einen Platz auf der gesellschaftlichen Spitzenliste bekommen, wenn du willst, weißt du. Du brauchst es nur zu sagen.»

«Entweder das, oder ich arbeite mich zu Tode.» Er dachte an Graham Hutchings, und ihm graute vor einer erneuten Begegnung mit Esther. Er bereute, dass er eingewilligt hatte, sie zu besuchen.

«Du kannst nicht beides haben.» Das war Sybel in Bestform, der kristallklare Blick einer Frau, die keine einzige Lektion vergessen hatte, die jede offene Schuld, jede unerwiderte Gefälligkeit im Gedächtnis behielt. Einer Frau, die für die Position einer Königin geboren war. «Deine Mitarbeiter werden es dir beibringen, wenn du willst. Wenn du sie davon überzeugen kannst, dass dir wirklich und wahrhaftig etwas daran liegt.»

«Jemand hat vorgeschlagen, ich sollte Graham einen Anstandsbesuch abstatten.»

«Wer hat das gesagt?»

«Eine Lobbyistin, die ich gestern Abend auf dem Empfang der britischen Botschaft kennen gelernt habe. Sie meinte, so ein Besuch sei hier oben protokollarisch notwendig.»

«Das ist ein guter Rat, Wynnie. Du solltest ihn befolgen.»

«Du weißt, was Esther von mir hält.»

«Niemand hat behauptet, dass es ein Spaziergang für dich wird. Bring es hinter dich. Rein und raus in fünfzehn Minuten. Ein Besuch beim Zahnarzt dauert länger.»

«Ein Freund von dir war gestern Abend auch da. Pater Libretto. Wer ist das?»

«Du hast es gerade gesagt. Ein Freund.» Unverbindlich. Zurückhaltend. «Du kannst da oben gar nicht genug Freunde haben, Wynnie. Glaube mir.»

«Wie ist er auf den Empfang gekommen?»

«Jeder aktive Priester wird als Abgesandter des Vatikan betrachtet. Der Vatikan hat eine Botschaft in Washington. Ich nehme an, er hat sie um Unterstützung gebeten.»

«Arbeitet er an dieser Jubilee-Sache?»

Ein Seufzer. Weiter nichts. Trotzdem ein Signal. «Bist du sicher, dass du das wissen willst?»

«Ich weiß nur eins», sagte Wynn. «Ich stelle dauernd einfache Fragen und bekomme nichts als Ausflüchte zu hören.»

«Also schön. Ich werde dir ein bisschen erklären. Pater Libretto ist einer der Führer einer Gruppe namens Sant'Egidio.»

«Mit der du zusammenarbeitest.»

«Das tun viele andere Leute auch. Sie verfolgen zwei Ziele, die dich beide nicht im Geringsten interessieren. Sie wollen den Armen zu essen geben, und sie arbeiten für den Weltfrieden.»

«Und das hat etwas mit dem Jubilee-Ergänzungsantrag zu tun?»

«Wynnie, hör zu. Wenn du dich auf die Cocktailpiste beschränken willst, wenn du tun willst, was Grant gesagt hat, dann ist das alles ohne Bedeutung. Zerbrich dir darüber nicht den Kopf.»

«Warum ist das ein so großes Geheimnis, Sybel?»

«Es ist keins. Es ist nur...» Seine große Schwester schien plötzlich ratlos zu sein – etwas, das selten vorkam. «Der Antrag war Grahams Leidenschaft. Aber er hat ihn nicht erfunden. Es ist eine weltweite Bewegung mit dem Ziel, die Schulden der Dritten Welt abzuschreiben.»

Er wartete. «Mehr nicht?»

«Ich sage doch, Wynnie, es geht dich nichts an. Es sei denn, du triffst vorher eine Entscheidung. Eine schwere Entscheidung.» Ein beschwörender Unterton schlich sich in ihre Stimme. «Du hast die letzten zwei Jahre damit verbracht, dich zu verbarrikadieren. Die Mauern um dich immer enger zu ziehen. Immer weniger lag dir am Herzen. Ich habe alles versucht, um dich wieder zu öffnen. Ich bete für dich, Wynnie. Jeden Abend. Ich bete, dass etwas kommen und dich wecken wird, bevor es zu spät ist. Das dir die Augen öffnet, damit du erkennst, dass es einen Sinn gibt, eine Berufung, die dich braucht, ebenso wie du sie brauchst. Ich kenne dich besser als irgendjemand sonst auf Erden, und ich weiß, wie viel du zu bieten hast.»

Jetzt schwieg Wynn. Seine Schwester war ihr Leben lang religiös gewesen; sie war elf Jahre älter als er und hatte ihre Eltern entsprechend länger gekannt. Er wusste, dass ihre Eltern äußerst religiös gewesen waren. Das war immer eins der ersten Dinge, die zur Sprache kamen, wenn jemand über sie redete. Ihr Glaube. Ihre Fürsorglichkeit. Ihre Leidenschaft. Ihre Berufung. Sybel hatte auf ihre eigene Art stets im Gedenken an sie gelebt, hatte erst ihm, dann Grant ihre Fürsorge geschenkt und immer Zeit für die Dinge gefunden, die ihr am Herzen lagen. Sie hatte Obdachlosenheime gebaut, die Armen gespeist, Kliniken für Mittellose finanziert, Kindertagesstätten in benachteiligten Vierteln gefördert und für Menschen gesprochen, die selbst keine Stimme hatten.

Wynn hatte auf die Herausforderung durch die Abwesenheit der Eltern anders reagiert. Als sie ihn verlassen hatten, war er fünf gewesen, ein zartes Alter, um die Bürde des Verlustes nicht nur der Familie, sondern der ganzen Welt zu tragen. Wynn hatte rebelliert. Er nahm Zuflucht zur Wut, bis die Verwandten, die das verwaiste Geschwisterpaar aufgenommen hatten, verzweifelt die Hände hoben und mit einem Heim drohten. Inzwischen war Sybel im ersten Jahr am College. Grant war sieben Jahre älter als sie und beendete eben sein Jurastudium – Jahrgangsbester, höchstwahrscheinlich erfolgreich, gute Familie, alles. Und über beide Ohren verliebt in Sybel. Sie war bereit, ihn zu heiraten – unter der Bedingung, dass in ihrem neuem Heim ein Platz für Wynn wäre. Ihrem kleinen Bruder gegenüber war sie ebenso offen und ebenso unerbittlich gewesen: Benimm dich oder verschwinde. Dies ist deine einzige Chance, und das ist endgültig. Wynn hatte sich benommen. Grant ebenfalls. Sie waren nie richtige Freunde geworden, aber sie hatten Frieden gehalten. Und Sybel hatte nie von ihrem Glauben abgelassen.

«Das ist es, was hinter all dem steckt?», fragte Wynn. «Eine Religionsangelegenheit?»

«Du wachst nicht einfach eines Tages auf und fängst an, dich um Menschen zu kümmern, die du nie gesehen hast.» Ein defensiver Unterton lag in Sybels Worten. Vielleicht war es auch Verzweiflung. «Zuerst musst du lernen, deinen Schöpfer zu erkennen und ihn beim Namen zu nennen. Er muss deinen Blick lenken, dir die Richtung weisen. Er muss es sein, der dir zeigt, wie du Mitgefühl empfindest, wie du dich öffnest, wie du für mehr lebst als nur für dich selbst.»

Alte Worte. Gedanken, die er schon hundert Mal von ihr gehört hatte. Aber die neue Situation gab ihnen neue Kraft, sie schwammen gegen eine Flut, die ihn zu ertränken drohte. «Das also ist die großartige Wahl, vor der ich stehe.»

Sein Ton entging ihr nicht. Mit einem rauen Seufzer verschloss sie sich, und plötzlich klang sie so müde und ausgepumpt, wie er es noch nie gehört hatte. «Geh einfach ins Bett, Wynnie. Wach morgen früh auf. Die Sonne wird scheinen, Leute werden zu dir kommen, alle werden sich verbeugen und Kratzfüße machen und gerne nehmen, was immer du geben willst. Vergiss, dass wir miteinander gesprochen haben. Der Tag morgen wird voll von all den guten Dingen sein, die du dir immer gewünscht hast.»

«Sybel, warte, ich wollte nicht …»

Aber sie war schon weg.

II

Freitag

Colin Ready sah nach der Uhr auf seinem Monitor. Noch fünfzehn Minuten bis zu seinem Meeting mit dem King. Obwohl sich in Sachen Havilland nichts bewegt hatte und alles andere gut zu laufen schien, war ihm beklommen zumute. Er brauchte nur in Hayeks Nähe zu kommen, um das Gefühl zu haben, sich am Rande des Chaos entlangzubewegen. Und heute kam noch etwas dazu. Colin spürte eine Veränderung in der Atmosphäre des Techie-Büros, eine Nervosität jenseits seiner eigenen, eine Strömung, die selbst an diesem Ort fremdartig erschien. Er stand auf und streckte den Kopf aus dem Kabuff mit den gepolsterten Wänden. Der zentrale Korridor der Techies war leer, man hörte nur die üblichen Abwicklungsgeräusche der Leute, die sich auf den freitäglichen Feierabend vorbereiteten. Dann spürte er etwas hinter sich, witterte das Unwetter, das sich hinter den verschlossenen Türen des Handelsparketts zusammenbraute. Er kehrte zu seinem Schreibtisch zurück, loggte sich aus und ging hinaus.

Zwei Wege führten zu Hayeks Penthouse. Da der Seiteneingang des Gebäudes hauptsächlich von den Knechten aus dem Backroom benutzt wurde, fuhr der Aufzug hier nur bis in den vierten Stock. Dort musste man seinen Weg durch die gewundenen Gänge der Buchhaltung suchen und dann die Treppe ins obere Stockwerk nehmen. Aber Colins Arbeit hatte ihm den Passepartout-Schlüssel der Händler eingebracht, und damit konnte er durch die ungekennzeichneten Sicherheitstüren schlüpfen, den Handelsraum durchqueren und mit einem der vorderen Aufzüge geradewegs in das Reich des Donnergottes gelangen.

Er schob seinen Schlüssel in den Magnetschlitz und betrat ein Tollhaus. Er zählte fünf verschiedene Schlachten, die an verschiedenen Stellen des Saales tobten. Als er sich an der hinteren Wand entlangdrückte, sah Colin zufrieden, dass sein Instinkt ihn nicht getrogen hatte. Freitags nachmittags ging es sonst immer ziemlich verschlafen zu, und betriebsam waren nur noch diejenigen Händler, die verzweifelt versuchten, unmögliche Positionen auszugleichen. Heute aber war es, als habe eine Bombe eingeschlagen. Normalerweise empfand Colin solche Energie als machtvollen Kick. Aber heute, in seinem mottenhaften Dasein so dicht an Hayeks Flamme, fühlte er sich zittrig und allein.

Die Tische der Kassahändler rechts von ihm nahmen den größten Teil des Saales in Anspruch, denn Hayek war ein bedeutender Player auf den internationalen Devisenmärkten. Jedem dieser Tische waren ein oder zwei spezielle Aufgaben zugewiesen – Dollar-Mark, Yen-Mark, Franc-Pfund und so weiter. Jeder Händler war einem Chefhändler verantwortlich, dem ein bestimmtes Finanzvolumen zugewiesen war. Üblicherweise hantierte ein Chefhändler zu jedem beliebigen Zeitpunkt mit einer halben bis drei viertel Milliarde Dollar an Außenständen. Jedem Junior Trader unter ihm war ein geringerer Betrag zugewiesen, je nach Status und bisheriger Leistung. Ein Junior Trader durfte außerdem bis zu einer bestimmten Größenordnung eigene Geschäfte machen, ohne den Senior Trader um Erlaubnis zu bitten. Dieser Spielraum wurde normalerweise in Schritten von zehn Millionen Dollar eingeräumt. Das Limit eines Händlers wurde nach seiner bisherigen Profitabilität erhöht oder gesenkt und jede zweite Woche neu bemessen, und es wurde nur dann häufiger revidiert, wenn ein Trader auf einem wackligen Stuhl saß. Und einer, der eine Verlustsituation zu lange – etwa achtundvierzig Stunden – mitschleppte oder bei Börsenschluss am Abend sein Verlustbudget überschritten hatte, gehörte automatisch der Geschichte an.

Neben jedem Top Trader saß ein Assistent, der dafür zu sorgen hatte, dass alle Transaktionen registriert und durch die Buchhaltung bestätigt wurden. Diese Assistenten waren allesamt junge Aufstiegswillige, die das Handwerk lernten und wie die Geier darauf warteten, dass irgendwo die Axt fiel. Ihre unermüdliche Gier war ein entscheidender Grund dafür, dass das Handelsparkett einer der spannungsreichsten Arbeitsplätze auf Erden war.

An diesem Nachmittag war die Action im Devisenhandel zwei Reihen weit von Colin entfernt. Ein Junior Trader schrie: «Ich glaube, jemand versucht Kanada zu drehen! Ich habe hintereinander drei zu jeweils fünfzehn!»

Solche unerwarteten Manöver ereigneten sich gelegentlich im Spätnachmittagshandel. Ein großer Fisch suchte sich die seiner Meinung nach schwächste Währung des Tages aus und versuchte, nervöse Hasenfüße kurz vor der Schlussglocke in Panik zu stürzen. Deshalb war Alex, der Chefhänder für den Spotmarkt, sofort auf den Beinen, und seine Stimme wurde zu einer Peitsche, mit der er seine Leute antrieb. «Fünfundvierzig kaufen!»

Der Junior Trader zögerte. «Der Preis ist eben um hundert Punkte hochgegangen.»

Hundert Punkte waren ein voller Cent, ein mächtiger Anstieg für einen Nachmittag. Genug, um Colin zu veranlassen, zu Erics Tisch zu schlendern und die Action an der Seite eines Fachmanns zu verfolgen. «Das ist ein Bluff», rief Alex. «Bieten!»

Am Tisch für kanadische Dollars saß eine junge Frau, die diese hektische Power, die jetzt über sie hereinbrach, nicht gewohnt war. «Ich bekomme noch mal vierzig geboten», rief sie mit schriller Stimme.

Eric schwenkte auf seinem Drehstuhl hin und her, hin und her, beobachtete die Szene wie einen Film, der ihm gefiel. Erics Tisch war für Dollar-Euro-Geschäfte zuständig und deshalb tausend Meilen weit vom Trubel des Nachmittags entfernt. Er sagte zu seinem Nachbarn zur Rechten: «Ich wette fünfhundert, dass sie noch vor Schluss eine Kernschmelze hinlegt.»

«Gemacht.»

Eric lehnte sich zurück und fragte Colin: «Willst du mitmachen?»

«Ich bin nur ein bescheidener Junge aus dem Backroom», sagte Colin. «Ich gucke lieber nur zu, vielen Dank.»

Alex schrie seiner Händlerin zu: «Vierzig kaufen!»

«Noch mal neunzig! Und fünfzig!»

«Kaufen!» Der Chefhändler hatte Schweißflecken von den Achseln bis zum Gürtel. Was nicht verwunderlich war, denn wenn dies ein normaler Swing war und kein Nachmittagspoker, dann war dies sein letzter Tag in der Firma. Jeder Händler hatte ein Verlustlimit, das er nicht überschreiten durfte, jedenfalls nicht am Ende eines Tages. Und einer, der sich diesem Limit näherte, erst recht so kurz vor der Schlussglocke zum Wochenende, betrat das Land des Herzinfarkts. «Wer ist der Verkäufer?»

«Keine Ahnung.»

Alex suchte nach einem Müßiggänger, deutete auf die Frau neben Eric. «Sie da! Finden Sie's raus!»

Die Frau ließ ihre Finger über die Kurzwahltasten für ihre Brokerkontakte tanzen.

«Hast du nichts zu tun?», fragte Colin.

«Meine Märkte sind schlafen gegangen», sagte Eric und betrachtete mit Genugtuung seine Monitore. «Bin heute eine halbe Million im Plus und zähle die Sekunden bis zum ersten beschlagenen Glas. Ich bin pures Gold.»

«Ich will was hören!», schrie Alex.

Die Händlerin neben Eric rief: «Ich hab meinen Broker Nummer eins in Kanada in der Leitung. Er sagt, es ist auf keinen Fall Ottawa.»

Wenn die kanadische Zentralbank diese Bewegung verursacht hatte, war alles verloren. Der Chefhändler zögerte und befahl dann: «Kaufen.»

Die Haare der Händlerin sahen aus wie ein Rattennest. Ihre Brille rutschte an ihrer schweißglatten Nase herunter. «Sie bieten noch mal fünfzig. Und ich kriege wieder sechzig von nirgendwoher!»

Mit der Stimme eines Adrenalinjunkies befahl Alex: «Alles!»

Einen Augenblick lang warteten alle mit angehaltenem Atem, und die Stille war noch drückender, weil es eben noch so laut gewesen war. Alle Händler starrten ihre Monitore an. Die junge Frau starrte Alex an und suchte sich panisch zu vergewissern, dass sie Montag noch einen Tisch haben würde. Dann stieß Eric mit dem Finger auf seinen zentralen Monitor und schrie gleichzeitig mit zwei andern: «Kanada fällt!»

«Wie weit?»

«Fünfzig, nein, fünfundsiebzig.»

«Neunzig!»

«Ich hab einen Käufer zu minus hundert!»

Alex sackte auf seinem Stuhl zusammen. «Zurückverkaufen. Klar Schiff!»

Colin schaute auf die Uhr und machte sich widerstrebend auf den Weg zur Vordertür. Wenn er nur die Chance gehabt hätte, Lisa an dieser Szene teilhaben zu lassen. Er hätte ihr erklärt, dass die Händler nicht das geringste Interesse am großen Ganzen hatten. Händler konnten kein Bedauern darüber zeigen, wie ihre Handlungen sich auf das Leben von Menschen außerhalb dieser fest umschlossenen Welt auswirkten. Hier gab es keine Fenster, und so konnte die Außenwelt den Fluss der Dinge nicht stören. Soweit es diese Welt hier betraf, verdienten die Trader Geld, wenn die äußeren Ereignisse positiv verliefen. Wenn Menschen umkamen und Träume und Staatsökonomien vernichtet wurden, verdienten sie anderes Geld. Und solange das Geld rollte und die Märkte sich bewegten, war oben zugleich unten, und unten war oben.

Aber Lisa war nicht mehr da, und er hatte nur sich selbst zu unterhalten. Und warum sollte er sich nicht am Geplauder der andern beteiligen, auf seine eigene stille Art.

Innerhalb von fünf Minuten war Colin wieder unten. Die Dauer seines Aufenthalts auf dem Gipfel des Everest war nicht das Überraschende dabei. Meetings mit Hayek dauerten nie sehr lange. Aber heute hatte Hayeks Sekretärin ihn sofort vorgelassen, ohne ihn durch die übliche Wartezeit an seinen niederen Rang zu erinnern. Dann hatte Hayek ihn über die Havilland ausgefragt. Dass ein Mann, der über viele Milliarden herrschte, so viel Zeit auf niederes Fußvolk verwandte, war mehr als bizarr.

Unten in der Eingangslobby herrschte Freitagabendruhe. Den Aufzügen gegenüber saß die Empfangsdame hinter ihrem Tisch und polierte sich die Fingernägel. Die beiden Sofagruppen vor den vorderen Fenstern waren leer, ebenso wie die teppichbelegte Treppe zu den Balkonen über dem Handelsraum. Und auch das gehörte zu den merkwürdigen Entwicklungen der letzten Zeit – dass jeder Tag neue grau gekleidete Gorillas ohne anständige Englischkenntnisse hervorbrachte.

Im Handelsraum hinter den Sicherheitstüren wurde jetzt aufgeräumt. Als Colin erschien, lösten Eric und sein Boss sich aus einer Gruppe von Händlern und kamen herüber. «Da geht ein stinknormaler Elektrofreak die Treppe hinauf», sagte Eric scherzhaft, «und was kommt runter? Ein Hengst.»

Colin starrte den einzigen Händler an, den er vielleicht als Freund bezeichnet hätte. Was Eric da sagte, ergab genauso wenig Sinn wie das, was Hayek gewollt hatte. Beliebige Handlungen ballten sich zu einer soliden Masse, die alles auf ihrem Weg niederwalzte. «Wovon redest du jetzt schon wieder?»

«Von Macht, mein Lieber. Zugriff. Frische Daten. Die Schlüssel zu unserer Welt. Man hat sie dir in die räudige Pfote gedrückt, und du kapierst nicht mal, dass man dich nach dem Bilde deines Herrn neu geschaffen hat.»

«Und du», erwiderte Colin, «bist nicht bei Trost.»

«Absolut. Stimmt aber trotzdem.» Eric beugte sich herüber. «Die Voodoo-Schönheit in der Abrechnungsabteilung ist ganz heiß auf dich. Du weißt, wen ich meine.»

«Mandy», sagte Colin. Das ganze Hayek-Team redete über sie – eine rothaarige Eisprinzessin mit polarkaltem Blick. «Das sind nichts als Mythen und Hirngespinste.»

Alex schaltete sich ein und deutete zu dem leeren Balkon. «Ihre Geheimgespräche mit dem King haben doch nicht zufällig etwas mit dem neuen Reich da oben zu tun, oder?»

«Nicht im Geringsten.» Colin schaute nach oben. Die Galerie war zur Abwechslung einmal leer; die Arbeiter waren ins Wochenende gegangen.

«Komm schon, deinem alten Kumpel kannst du es sagen», drängte Eric. «Es heißt, Hayek bringt eine Ladung Frischfleisch in den Laden. Stattet sie mit Daten aus, die wir Übrigen nicht bekommen. Du weißt, was das heißt?»

«Ja.» Jetzt verstand Colin die Blicke. Sie betrachteten ihn als Teil einer neuen Bedrohung.

«Es bedeutet, dass wir erledigt sind», sagte Alex. Aus der Nähe verströmte der Chefhändler den stechenden Geruch einer Elektroheizung. «Wer als Erster Bescheid weiß, sahnt ab. Der Rest sitzt auf der Straße.»

«Ich habe keine Ahnung, was da geplant ist», sagte Colin. Die beiden Trader musterten ihn misstrauisch. «Hören Sie, ich weiß nicht mehr als Sie.»

«Und worüber reden Sie dann mit dem King?», wollte Alex wissen.

«Firewalls. Sicherheitsfragen. Genau wie immer. Nur, dass sie im Augenblick wegen irgendetwas ziemlich aufgeregt sind. Sie betreiben einen lächerlichen Aufwand wegen einer Sache, die jeder andere als einen Furz im Wind bezeichnen würde.»

«Sie glauben, jemand dringt in unser System ein?»

«Unsere Abschirmung ist intakt, darauf wette ich meinen Kopf. Ich vermute, sie planen was Neues. Was extrem Großes.» Colin schaute zu der mysteriösen Galerie hinauf. «Ich rede von einem Krieg der Sterne.»

Alex kratzte sich am Kinn. «Könnte dieser neue Fonds sein, von dem Hayek neulich geredet hat. Aber wieso kriegen die einen eigenen Käfig?»

«Ob das etwas mit den grauen Gorillas zu tun hat, die da draußen herumspazieren?», sinnierte Eric.

«Ich habe keine Ahnung.» Es tat Colin weh, dass man ihn plötzlich als Feind einstufte. «Aber ich hab die Nase voll vom gegenwärtigen Zustand, das kann ich dir sagen.»

Er verließ den Handelsraum durch den Vordereingang. Die Empfangsdame hatte Feierabend gemacht, und das Foyer war leer. Sich auf dem Balkon dort oben umzusehen, war ein willkürlicher Akt des Wahnsinns, aber das war ihm egal. Solche Unternehmungen hatten Lisa immer verrückt gemacht, aber er genoss diese gelegentlichen Augenblicke bedenkenloser Tollkühnheit. Des Computerfreaks Alternative zum Extremsport, so nannte er es, und meistens waren es Online-Unternehmungen, aber nicht immer. Jetzt zum Beispiel nicht.

Die Treppe kurvte um den Aufzugschacht herum bis zu einem neu geschaffenen Vorraum. Die Klimaanlage wisperte leise. Sonst war nichts zu hören.

«Sesam, öffne dich», flüsterte Colin und trat durch die Glastür.

Die Büros und Trennwände auf der Galerie waren verschwunden. Der offene Raum war mit drei Reihen hochmoderner Arbeitstische und ergonomischen Stühlen ausgestattet. Colin ließ den Blick langsam durch den Raum wandern und erkannte verblüfft, dass sie das System der Firma neu verdrahtet haben mussten, sodass alle diese neuen Operationen außerhalb existierender Kanäle verliefen, denn sonst hätte er den Verkehr bemerken müssen. «Das ergibt überhaupt keinen Sinn», sagte er ins Leere.

Er ging hinüber zur Außenwand. Die Glasscheibe war so dick, dass aus dem Handelsraum unten kein Laut zu hören war. Gesichter wandten sich nach oben und glotzten zu ihm herauf. Aber Colin wusste ihnen nichts zu antworten. Das Geheimnis war nur noch größer geworden.

Plötzlich wurde er von hinten am Hemd gepackt und hochgehoben. Er hätte protestiert, aber sein Kragen war hochgerutscht, schnitt sich in seine Kehle und schnürte ihm die Luft ab. Er wurde zurückgerissen und dann mit der Wange gegen die Glaswand geschmettert.

Eine tiefe Stimme brüllte ihm ins Ohr, aber der fremdartige Akzent verstümmelte die Worte so stark, dass Colin nur Wut und Gewalt heraushörte. Mit der einen Hand versuchte er sich den Kragen so weit vom Hals zu zerren, dass er wieder atmen konnte, und mit der anderen bemühte er sich, sein Gesicht von der Glaswand zu schälen. Aber ebenso gut hätte er versuchen können, das Gebäude zu stemmen.

Sein Angreifer zerrte ihn so weit zurück, dass er den Abdruck seines Gesichts auf dem Glas sehen konnte. Als der graue Gorilla ihn wieder nach vorn schleuderte, wollte Colin protestieren, aber er brachte nur ein ersticktes «Aack!» zustande. Dann klatschte er wieder gegen die Glaswand. Eine Mücke auf der Windschutzscheibe des Lebens.

Eine Stimme hinter ihnen rief: «Was ist hier los?»

Der Gorilla wirbelte ihn herum, Colins Füße berührten den Boden kaum. Jetzt sah er Dale Crawford vor sich, Hayeks Sicherheitschef. Er hörte sein eigenes Röcheln, und seine Brust brannte vor Atemnot. Er versuchte, den eisenharten Griff zu lockern. Noch einen Augenblick länger, und er würde ohnmächtig werden.

Der Gorilla schüttelte ihn wie eine Puppe und knurrte etwas in seinem verstümmelten Englisch. Der Sicherheitsmann trat näher. «Dieser Mann ist einer der Auserwählten des Alten», sagte er, und zu Colin gewandt fuhr er fort: «Sie haben hier oben nichts zu suchen, Mr Ready. In diesem Bereich ist der Zutritt streng verboten.»

Der Gorilla knurrte noch etwas und schüttelte Colin so heftig, dass dessen Zähne aneinander klapperten.

«Ich habe gesagt, du sollst den Mann loslassen.» Gerade als Colins Welt zu verschwimmen begann, trat Crawford vor und schlug dem Gorilla hart auf den Arm.

Colin konnte seinen Sturz nicht bremsen. Er blieb auf der Seite liegen, sog die süßeste Luft seines Lebens ein und rappelte sich dann auf die Knie hoch. Hustete. Wischte sich einen Sabberfaden vom Mund. Hustete, atmete. Schaute hoch.

Der blaue Anzug stand Nase an Nase vor dem Gorilla. «Wenn dir das nicht passt, leg dich doch mit jemandem an, der zurückbeißt.»

Der Gorilla fuchtelte brüllend mit den Fäusten. Crawford wich keinen Millimeter zurück. «Typen wie ihr bringen mich zum Kotzen.» Und ohne seinen Gegner aus dem Auge zu lassen, sagte er: «Verschwinden Sie jetzt lieber, Mr Ready.»

Colin kam taumelnd auf die Beine. Mit einer Hand tastete er nach dem nächstbesten Halt, mit der andern hielt er sich die Kehle. Er stolperte zur Tür hinaus, polterte die Treppe hinunter. Er stieß die Tür zum Handelsraum auf und ertrug die gaffenden Blicke der Leute, die seine Demütigung mit angesehen hatten. Eric stürzte ihm entgegen, nahm ihn beim Arm und führte ihn zurück zu seinem Kabuff. Es war ein magerer Trost für Colin, dass niemand im Handelsraum je wieder bezweifeln würde, auf welcher Seite er stand.

12

Freitag

Auf dem Flug von Orlando zum Reagan National Airport musste Jackie plötzlich an eine Liste denken, die sie und Preston einmal aufgestellt hatten, als das erste Geld ins Haus gekommen war. Sie hatte damals ungefähr zweieinhalbtausend im Monat verdient und Überstunden gemacht, so oft sie konnte, während Preston es irgendwie geschafft hatte, den Stoff von sechs Jahren College in dreieinhalb zu pressen. Die meiste Zeit war er zu beschäftigt gewesen, um sich für Mädchen zu interessieren. Und Jackie hatte nur Verachtung für die Typen übrig gehabt, die sich einbildeten, dass ein Mädchen mit mittlerer Reife und Abendschulzeugnis anfangen würde zu hecheln, wenn sie die magischen Worte «Porsche» und «Gold Card» aussprachen.

Dann hatte Preston bei Hayek angefangen. Sein Anfangsgehalt war für die Branche nichts Besonderes gewesen: sechsundvierzigtausend und ein bisschen Kleingeld. In den nächsten fünf Monaten hatte Jackie ihn mit allen möglichen Argumenten bedrängt, diesen verrückten Job aufzugeben und sich etwas Normales zu suchen. Sie hatte gewollt, dass er wieder zur Universität zurückging und promovierte und sie hätte sie beide problemlos noch ein oder zwei Jahre ernähren können. Und dann war Preston mit seinem ersten Bonusscheck nach Hause gekommen.

Sie war von der Arbeit gekommen, und er hatte am Küchentisch gesessen. Es war totenstill im Haus gewesen, das Gesicht ihres Bruders wachsbleich. Er hatte erklärt, wie er zwei Wetten für Mr Hayek platziert hatte, indem er voraussagte, wie der Markt sich entwickeln würde. Er hatte darauf bestanden, dass das Pfund überbewertet sei und abstürzen werde. Und er hatte Hayek davon überzeugt, dass er Recht hatte, obwohl seine Berechnungen in direktem Widerspruch zu den Wetten des Chefhändlers gestanden hatten.

Jackie hatte sich ihrem Bruder gegenüber an den Tisch gesetzt und nur ein einziges Wort wiederholt. «Wetten.»

«Hör zu, was ich dir sage, Schwesterchen. Ich hab das Modell verwendet, das ich mir ausgedacht habe, und eine klare Disparität im Markt identifiziert. Ich habe entsprechend argumentiert, und Hayek hat sich hinter mich gestellt. Und er hat dem Chef gesagt, er soll hundertfünfzig auf meine Trendanalyse setzen.»

«Hundertfünfzig was?»

«Millionen Dollar.» Er hatte die Worte mit der Gelassenheit eines Menschen ausgesprochen, der den Kontakt zur Realität restlos verloren hatte – so ruhig, dass Jackies Herz fast ausgesetzt hatte. «Und wir haben gewonnen. Fett.» Preston schob ihr den Umschlag herüber. «Das ist mein Bonusscheck. Mach schon. Sieh ihn dir an.»

Der Scheck war zu groß, um in diesen schmalen kleinen Umschlag zu passen. Neunundsiebzigtausendneunhundertzwölf Dollar. Jackie schaute ihren Bruder an und hätte gern gesagt: Nimm's und hör auf, nimm dieses unreine Geld und tu etwas Anständiges damit. Aber er strahlte, und sie konnte sich nicht erinnern, ihn je so glücklich gesehen zu haben. «Wie kommt er auf solche Zahlen? Ich meine, zwölf Dollar – wieso rundet er es nicht einfach auf achtzigtausend auf?»

Er lachte, und es gab keinen süßeren Klang in Jackies Universum. «Typisch, dass du mir gleich wieder eine kalte Dusche verpassen musst. Weißt du, was das heißt, Schwesterchen? Wir sind frei.»

«Wir sind frei, wenn du einen wirklichen Job in der wirklichen Welt gefunden hast.»

«Du kannst aufhören zu arbeiten. Kannst endlich studieren.»

Sie erstarrte und brachte kaum mehr als ein Krächzen hervor. «Was?»

«Glaubst du, ich habe nicht gemerkt, wie du zuhörst, wenn ich vom Studieren rede? Jetzt kannst du aufhören, deine Träume auf mich zu projizieren, und dir selbst etwas vornehmen.» Er griff nach dem Bleistift, mit dem sie ihre Einkaufslisten notierte, und zog den Umschlag zu sich herüber. «Wir machen eine Liste. Dinge, die wir tun werden. Nicht bloß darüber reden. Tun. Normale Dinge.»

«An all dem hier ist überhaupt nichts normal.»

«Vorsicht jetzt. Du hörst dich fast an wie Mom.» Er fing an, am oberen Rand des Umschlags zu kritzeln. «Normale Dinge. Punkt eins auf der Liste: Schwesterchen geht wieder zur Uni. Gainesville sollte klappen, da kannst du pendeln, wir nehmen uns ein Haus am Nordrand der Stadt. Das ist Nummer zwei. Ein Haus.»

«Hier ist es doch gut.»

«Das hier ist eine Bruchbude. Ein Haus mit Pool. Du fährst seit Jahren durch die Gegend und guckst dir Häuser und Viertel an.» Er hob den Kopf, und sein Blick war eifrig wie der eines kleinen Jungen am Tag vor Weihnachten. «Komm schon, hilf mir weiter.»

Nicht ihre eigenen Sehnsüchte, sondern seine Euphorie spornte sie an. «Ferien.»

«Na also. Schiff oder Flugzeug.»

«Flugzeug.»

«Okay. Berge oder Meer?»

«Berge.»

«Schon erledigt. Fang an zu packen, Schwesterchen. Wir sind schon unterwegs.»

Sie schüttelte den Kopf langsam hin und her, denn in diesem Augenblick spürte sie die unausgesprochene Bedrohung, die nagende Angst. Das ist alles nicht wahr, dachte sie, und fast wünschte sie, es wäre so.

Jackie stand draußen vor dem Watergate-Komplex und fragte sich, was sie hier erwartete. Oder als was sie sich ausgeben sollte. Sie beobachtete, wie vier Paare in glitzernder Abendgarderobe durch die Glastüren kamen. Dann zwang sie sich, die Stufen hinaufzugehen und die hell erleuchtete Lobby zu betreten.

Während der Pförtner in Hutchings' Wohnung anrief, fragte sie sich, wie die Leute es schafften, sich so sehr an ihre Masken zu gewöhnen, dass sie die eigenen Lügen nicht mehr hörten.

Esther Hutchings war dieselbe Frau, die sie schon einmal gesehen hatte, aber jetzt war sie völlig aufgelöst. Die Fassung war dahin, der Cashmere-Pullover fleckig, das Make-up verschmiert und zwei Tage alt. «Kommen Sie herein. Entschuldigen Sie, mir ist die Zeit davongelaufen. Graham hatte einen sehr schlechten Tag.»

«Kein Problem.» Das Wohnzimmer war geschmackvoll eingerichtet, das Licht gedämpft, das Ölgemälde an der Wand zweifellos ein Original. Der Teppich war dick wie ein Golfrasen. Die Polstermöbel, die Kissen, der silbergeschmückte Tisch, alles war makellos.

«Mein Mann hasst Krankenhäuser. Er würde lieber sterben, als in eine Pflegeklinik zu gehen.»

«Das verstehe ich.» Eine doppelte Schiebetür führte vom Wohnzimmer in einen Raum, der wohl ein Speisezimmer gewesen war. Auch dort hingen Gemälde an den Wänden, und auf antiken Schränken stand noch mehr Silber. Aber in diesem Raum stand auch ein verstellbares Krankenhausbett, wie man es für jemanden brauchte, der vielleicht nie wieder aufstehen würde. Das Kopfende war hochgestellt, sodass der Kranke auf den dämmrigen Potomac hinausstarren konnte. «Sie brauchen mir nichts zu erklären», sagte Jackie.

«Nein. Wahrscheinlich nicht.» Müde betrachtete Esther ihren Mann. «Er hat gute Tage und schlechte Tage. Und heute …»

«War es nicht so gut.»

«Kommen Sie, geben Sie mir Ihre Tasche. Möchten Sie etwas trinken? Einen Kaffee vielleicht?»

«Nicht, wenn es Umstände macht.»

Esther brachte ein schmales kleines Lächeln zustande. «Wir haben hier immer eine frische Kanne auf Vorrat.»

«Ein Kaffee wäre nicht schlecht. Schwarz.»

«Einen Augenblick.» Esther verschwand nach hinten.

Jackie ging zu der offenen Schiebetür. Es war weniger die Gestalt im Bett, die sie anzog, als vielmehr der Mann, der daneben saß. Der Besucher war hässlich und übergewichtig, und sein karottenrotes Haar wuchs in unregelmäßigen Büscheln. Seine Schuhe standen gestrandet am Fußende des Bettes neben seinem Jackett und seinem Aktenkoffer. Mit dem gleichförmigen Leiern eines Menschen, der schon eine ganze Weile dabei ist, las er laut aus der *Washington Post* vor. Er blickte erst auf, als Jackies Schatten auf die Zeitung fiel. Statt einer Begrüßung sagte er: «Graham versteht jedes Wort.»

«Ganz sicher.»

«Sie kennen sich aus mit Schlaganfällen?»

«Meine Mutter.»

«Ach ja. Ich erinnere mich. Esther hat es erzählt.» Er reichte ihr die Hand. «Carter Styles.»

«Jackie Havilland. Machen Sie das jeden Abend?»

«Das würde meine Frau nicht erlauben. Oder meine Kinder. Ich versuche zweimal in der Woche vorbeizukommen. Ich habe für ihn gearbeitet.»

Aber der Blick, den er auf den reglosen Mann mit den glitzernden dunklen Augen warf, verriet, dass Esthers Mann weit mehr als ein Boss für ihn gewesen war. Und immer noch war.

Ein hölzernes Kruzifix hing neben dem Bett. Die Bilder im Zimmer, sah Jackie jetzt, zeigten allesamt religiöse Motive. Eines, das über der gläsernen Balkontür hing, fesselte ihre Aufmerksamkeit. Eine Gestalt mit einer Laterne stand vor einer efeuumrankten Tür und klopfte.

Carter Styles blätterte die Zeitung um, las aber nicht weiter. «Erzählen Sie mir, was Sie sehen», sagte er.

Jackie spürte, dass Esther hinter ihr eingetreten war, und sie wusste, dass die Worte des jungen Mannes eine Art Test sein sollten. «Die Tür hat keine Klinke.»

«Und das bedeutet?»

«Entweder soll die Tür geschlossen bleiben», überlegte sie, «oder sie muss von innen geöffnet werden.»

Carter warf der Frau hinter ihr einen Blick zu, sagte aber nichts. Esther berührte Jackies Ellenbogen. «Ihr Kaffee.»

Jackie nickte dem Mann im Bett zu und erhielt zur Antwort eine flackernde Bewegung seines Blicks. Sie folgte Esther ins Wohnzimmer und entschied sich für ein Sofa, auf dem sie mit dem Rücken zum Krankenzimmer sitzen konnte. Sie musste sich jetzt konzentrieren.

Esther stellte die dampfende Tasse vor sie auf den Tisch. «Mein Mann war absolut sicher, dass die amerikanischen Fondsmanager und Washingtoner Lobbyisten sich dazu verschworen haben, die Aufsichts- und Restriktionsvorkehrungen unseres Finanzsystems auszuhebeln. Ist Ihnen etwas über die ekuadorianische Währungskrise bekannt?»

Das Prozellan war dünn wie Eierschalen und das Aroma kräftig genug, um den Krankenzimmergeruch für einen Augenblick zu verdrängen. «Das war, als ich gerade mit dem Studium aufhörte. Die Professoren meinten, die Sache sei manipuliert.»

«Sie hatten Recht. Hayek steckte dahinter.»

Jackie stellte die Tasse hin. «Sind Sie sicher?»

«Natürlich nicht. Wenn ich es wäre, würden wir dieses Gespräch nicht führen. Aber Graham war sicher genug, um es sich zur Lebensaufgabe zu machen.» Hände, die es nicht gewöhnt waren, müßig zu sein, rückten alles Erreichbare zurecht – Zeitschriften auf dem Tisch, Sofakissen, den Rand des Teppichs, Jackies Untertasse. «Die heutigen Hedgefonds-Betreiber und Investmentbanker, die ihre Fassade bilden, sind nichts weiter als Revolvermänner der Finanzwelt. Die Devisenhändler sind die Schlimmsten. Sie wissen natürlich, was Soros mit dem Pfund Sterling und den englischen Finanzmärkten angestellt hat.»

«Ja.» Unter anderen Umständen hätte Jackie angesichts des dauernden Zupfens und Schiebens laut geschrien. Aber jetzt, da Trauer so schwer über diesen kraftvollen Zügen lag, konnte sie nur ihre Hand auf Esthers legen und ihr zeigen, dass sie nicht allein war.

Esther starrte auf die Hand, die ihre bedeckte. Jammer und Erschöpfung ließen ihr Gesicht fleckig und schlaff aussehen. «Sie können sich nicht vorstellen, wie es ist, mit einem Mann zu leben, der eine Mission hat. Manchmal war es mir wirklich zuwider. Ich war eifersüchtig auf sein Anliegen und auf alles, was ihn daran hinderte, mir so viel Aufmerksamkeit zu widmen wie all diesen anderen Dingen.» Sie blinzelte einmal. Zweimal. «Und jetzt liegt das alles in meiner Hand. Das Leben ist manchmal voll grausamer Ironie.»

Bevor Jackie wusste, was sie antworten sollte, läutete es. Esther ging müde zur Tür, warf einen Blick durch den Spion und murmelte besorgt: «O nein. Das ist zu viel.»

Jackie erhob sich, als die Tür geöffnet wurde. Die schwarze Frau, die eintrat, wirkte straff und angespannt. Haltung und Kleidung waren makellos. Marineblaues Kostüm. Perlen. Grau meliertes Haar, zu einem festen Helm frisiert. Entschlossenes Kinn, wütende dunkle Augen. Wie ein Footballspieler durchquerte sie das Zimmer und baute sich vor Jackie auf. Ihre Stimme lag irgendwo zwischen Alt und einem zornigen Bass. «Ist sie das?»

«Kay, nicht heute Abend. Bitte, wir haben nur…»

«Ich habe dich etwas gefragt, Esther.»

Mit einer müden Handbewegung sagte Esther: «Jackie Havilland. Kay Trilling.»

«Ich kann nicht fassen, dass du das getan hast, Esther. Du weißt, dass Graham dagegen wäre. Genau wie ich. Absolut dagegen.»

«Wie hast du es erfahren?»

«Nabil hat mich angerufen. Zumindest er meinte, ich sollte wissen, was hier vorgeht.»

«Wenn du dich hinsetzen und dir anhören wolltest, was ich ...»

«Ich habe nicht vor, mich einseifen zu lassen wie ihr andern. Es war falsch, sie heranzuziehen, und doppelt falsch, sie hierher kommen zu lassen.»

«Kay, heute war einer der schwersten Nachmittage, die Graham je erlebt hat. Der Arzt war stundenlang hier.»

«Umso schlimmer.» Sie fuhr herum. «Ich will unter vier Augen mit dir reden.»

«Ich rufe dich morgen an ...»

«Jetzt sofort, Esther.»

Esther bemühte sich, Entschlossenheit zu zeigen, aber sie fand keine Kraft mehr. «Gehen wir in die Küche. Entschuldigen Sie uns bitte, Jackie.»

Jackie wandte sich ab und ging ins Nebenzimmer. Carter sah ihr mit ausdrucksloser Miene entgegen. «Was ist mir hier entgangen?», fragte sie ihn.

«Senatorin Kay Trilling», sagte Carter. Als diese Erklärung nicht genügte, fügte er hinzu: «Die Lady nimmt kein Blatt vor den Mund.»

«Das habe ich gemerkt.»

«Sie und Graham ...» Er wurde unterbrochen, denn es läutete wieder. Sie lauschten nach Esther, hörten aber nur einen Streit in der Küche. Dann das matte Rasseln eines Hustens vom Bett.

Carter bewegte sich flink für einen so plumpen Mann. Er tappte um das Bett herum zum Nachttisch, schüttelte den Becher, um sich zu vergewissern, dass noch etwas Wasser darin war, und schob dem Mann den Strohhalm in den Mund. Es klingelte ein zweites Mal. «Geht es hier immer so zu?», fragte Jackie.

«Viele Leute vermissen unseren Graham.» Das sagte er in dem sachlichen Ton eines Menschen, der Tag und Nacht mit dieser Tatsache lebte. «Sehen Sie mal nach, wer das ist, ja?»

13
Freitag

Als Valerie anrief und vorschlug, sich im Eingang des Woolworth Building zu treffen, protestierte Wynn. «Ich ertrinke hier in Arbeit. Ich werde es nicht schaffen …»

«Unsinn», antwortete sie und legte auf.

Fünfzehn Minuten später rief sie wieder an und flötete in ihrem reizenden Britisch, dass sie unten auf ihn warte. Wynn blieb noch einen Augenblick sitzen und hörte das Rauschen seiner anschwellenden Angst.

Seine Schritte hallten leer und verloren durch das Treppenhaus, als er hinunterging und den Sicherheitsdienst passierte. Draußen sah er, dass die Nacht sich herangeschlichen und die ganze Welt gefangen genommen hatte. Das Capitol auf der anderen Straßenseite leuchtete wie eine Krone aus goldgesprenkeltem Stein. Der Verkehrslärm klang gedämpft, die Gehwege waren leer. Unten an der Treppe öffnete sich die hintere Tür einer Limousine, und zwei Beine in smaragdgrünen Strümpfen kamen zum Vorschein.

Als Wynn zu ihr einstieg, sagte sie: «Wenn ich Ihnen einen Rat geben darf, Congressman: Fleiß ist eine lobenswerte Sache.» Valeries Outfit an diesem Abend war in einem eleganten gedämpften Grau gehalten. Sie lehnte eine Schulter an das schwarze Lederpolster und ließ ihr Haar über den Arm fluten. «Aber irgendwann ist doch Freitag, sogar in Washington.»

«Das habe ich gemerkt. Da oben ist es still wie im Grab.»

«Ja, natürlich. Gar nicht davon zu reden, dass nächsten Mittwoch die Osterferien beginnen. Am kommenden Donnerstag werden die Straßen von Capitol Hill Staub ansetzen.»

Der Chauffeur fuhr an und rief nach hinten: «Zum Watergate, Ms Lawry?»

«Ganz recht, Gene. Danke.»

Sie drückte auf den Knopf und ließ die gläserne Trennscheibe hochgleiten. Wynn begann: «Valerie, hören Sie ...»

«Einen Augenblick.» Als getöntes Glas sie umschloss, rückte sie ein Stück näher und ließ ein Lächeln erstrahlen, das ebenso hinreißend war wie ihr Parfüm. «Ich kann Ihnen nicht sagen, wie sehr ich mich drauf gefreut habe, Sie wieder zu sehen, Congressman.»

Aber er ließ sich nicht ablenken. «Ich möchte nicht mit Ihnen hinaufgehen.»

Ihre dunken, vollen Lippen erinnerten an alten Portwein, und er war versucht, davon zu kosten. Sie lächelte spöttisch. «Nicht wieder diese alte Geschichte. Ich dachte, das hätten wir geklärt.»

«Sie verstehen nicht.»

«Im Gegenteil, Wynn, mein Lieber. Sie sind hier der Newcomer. Ich bin diejenige, die Erfahrung mit Washingtoner Taktik hat.» Sie hatte die Hände einer Pianistin, mit langen, makellos geraden Fingern, die Nägel waren im gleichen Ton lackiert wie ihre Lippen. Sie strich über sein Handgelenk. «Wir gehen zu den Hutchings und sind im Handumdrehen wieder draußen, und dann fahren wir in ein Restaurant, von dem Sie entzückt sein werden. Da können Sie Ihren Schmerz in einem guten Merlot ertränken und mich mit Geschichten von der Trostlosigkeit des Lebens unterhalten.»

«Ich glaube nicht, dass ich das will.»

«Dann reden wir eben über etwas anderes. Sie deutete auf die eingebaute Bar. «Kann ich Ihnen etwas zu trinken anbieten?»

«Nein.» Es blieb ihm nichts anderes übrig, als die Wahrheit zu sagen. «Sie verstehen das nicht. Sie können es nicht verstehen. Esther und ich kennen uns schon sehr lange. Sie war die beste Freundin meiner verstorbenen Frau.»

Valerie tat irgendetwas mit ihrem Beinen, gab vor, ihren Rock fester um die Schenkel zu ziehen, rückte aber dabei noch näher an ihn heran, schmiegte sich fast an ihn, ohne dabei mehr zu berühren als seinen Handrücken. «Sie haben Ihre Frau vor zwei Jahren verloren, stimmt's?»

«Woher wissen Sie das?»

«Das habe ich Ihnen auf dem Empfang gesagt, Wynn, Lieber. Es ist mein Job, so etwas zu wissen.» Mit der freien Hand strich sie sich das Haar aus der Stirn. «Also wird Esther entzückt sein, Sie zu sehen.»

«Ganz und gar nicht.» Wenn er nicht aus dem fahrenden Wagen springen wollte, blieb ihm nichts anderes übrig, als ihr reinen Wein einzuschenken. «Esther war diejenige, die mir gesagt hat, dass Dianne krank war.»

«Wie bitte?»

«Wir hatten uns ungefähr sechs Wochen zuvor getrennt. Dianne hatte nur ein paar Freunden von ihrer Krankheit erzählt. Ich hatte alle Hände voll zu tun, mit einem Prozess vor Gericht, einer Übernahme und der Leitung einer unterbesetzten Firma.»

Nicht das Bild kehrte zurück, aber das Gefühl. Die Anspannung, die unerträgliche Belastung. Der atemlos keuchende Schlaf, das jähe Aufwachen inmitten wirrer Vorstellungen von wichtigen Dingen, die vergessen, von unsichtbaren Attacken, die übersehen worden waren. Niemals ausgeruht zu sein, niemals behaglich Luft zu holen. Nie wieder. «Ich bin nach Hause zurückgegangen. Wir sind bis zum Schluss zusammengeblieben. Seit Diannes Beerdigung habe ich Esther nicht mehr gesehen.»

Er hob den Blick und sah, dass Valerie ihn beobachtete, und ihre Augen waren so voller Mitgefühl, dass er das Gesicht im duftenden Schleier ihres Haars hätte vergraben und weinen können über all die üblen Manöver und übleren Motive.

Sie beugte sich vor und küsste ihn sanft. Ohne Leidenschaft, ohne Druck. Zart wie ein Abendwind.

Der Wagen hielt an. Ohne darauf zu warten, dass der Fahrer ihr die Tür öffnete, stieg Valerie aus, beugte sich dann wieder herein und streckte die Hand aus.

Wynn blieb nichts anderes übrig, als auszusteigen und ihr ins Haus zu folgen.

Der Eingangsflur war von Antiquitäten gesäumt, und an der hohen Decke hingen kleine Kronleuchter aus Messing und Kristall. Der dicke Teppich verschluckte jeden Laut außer dem Klopfen von Wynns stockendem Herzen. Es lag nicht nur daran, dass ihm vor dem Wiedersehen mit Esther graute. Dieser Kontakt zerrte Erinnerungen an eine schreckliche Zeit hervor und verband sie mit allem, was im Hier und Jetzt vielleicht an Hoffnungsvollem erscheinen konnte.

Eine attraktive junge Frau öffnete die Tür. Nicht Valeries Klasse, weder im Aussehen noch im Stil. Aber gut aussehend. Schöne Haut. Kein Make-up. Seidenes T-Shirt in Mitternachtsblau, passende Leinenhose, weiche Lederstiefel. Vom Washingtoner Chic hatte sie nichts an sich. Sie mochte ein paar Jahre jünger sein als Valerie, und sie hatte eine ganz eigene, ganz zeitlose Haltung. «Kann ich Ihnen helfen?»

Valerie übernahm das Antworten. «Wir möchten zu Esther Hutchings.»

«Sie ist im Moment beschäftigt.» Sie trat beiseite und ließ sie eintreten. Im Hintergrund hörte man zornige Stimmen. «Möchten Sie Platz nehmen?»

Wieder sprach Valerie für sie beide. «Danke, aber wir bleiben nicht lange.»

«Ganz sicher nicht.» Esther Hutchings kam nicht einfach durch die Schwingtür, sie stürmte herein wie ein Unwetter. Sie ignorierte Valerie vollständig und schoss geradewegs auf Wynn zu. «Was um alles in der Welt willst du hier?»

«Hallo, Esther.» Als die Tür in die entgegengesetzte Richtung zurückschwang, sah er eine Gestalt am Küchentisch sitzen, die ihm irgendwie bekannt vorkam.

«Du bist ganz und gar abscheulich.»

«Ich gehe wieder, wenn du willst. Ich dachte nur, es wäre nett …» Dann erblickte er die beiden Gestalten im Nachbarzimmer. «Ist das Carter Styles?»

«Nett? Habe ich wirklich ‹nett› gehört?»

Carter erhob sich von seinem Stuhl. Sein Blick war weder einladend noch freundlich. Er stand auf Strümpfen da, und die Zeitung baumelte von seiner Hand. Die Gestalt im Bett rührte sich nicht.

Esther Hutchings trat zwischen sie. «Unter allen Worten, die ich benutzen würde, um dein Benehmen zu beschreiben, ist ‹nett› das letzte, das mir einfällt. Widerlich, selbstsüchtig, abscheulich, habgierig, falsch … Soll ich weitermachen?»

«Ich gehe ja schon.»

«Vielleicht hätte ich dir das auf Diannes Beerdigung sagen sollen. Ich wollte es. Aber ich habe es nicht über mich gebracht.» Sie trat noch einen winzigen Schritt näher, bis er den angespannten Zügen und dem flammenden Blick nicht mehr ausweichen konnte. «Dianne wusste, dass sie krank war. Aber statt sich behandeln zu lassen, ignorierte sie die Warnsignale, bis es zu spät war. Sie wusste, wie sehr dir Schwäche zuwider war. Aber du hast sie trotzdem verlassen. Du hast ihre Gebrechlichkeit gespürt, und du bist geflohen. Sie hätte mehr von dir verlangen können, als du zu geben bereit warst. Ist es nicht so?»

«Nein.»

«Du hast alles deinem Erfolg geopfert. Du hast sie praktisch ermordet.»

«Esther», sagte Carter leise.

«Und als ob das noch nicht genug wäre, hast du eine Ernennung angenommen, zu der der Gouverneur kein Recht hatte. Aber es passte dir in den Kram, nicht wahr? Die Tatsache, dass dadurch der gute Name meines Mannes entehrt wird, bedeutet niemandem etwas.»

«Das ist nicht wahr.»

«Oh, verschone mich. Und dich hier auf unserem winzigen Fleck geweihten Bodens zu finden …» Sie näherte sich weiter. «Du bist in meinen Augen die absolute Verkörperung des Bösen.»

«Esther», wiederholte Carter. «Das reicht.»

«Jawohl, meine Liebe», sagte die Frau, die aus der Küche kam. Jetzt erkannte Wynn sie. Senatorin Kay Trilling. Das hatte ihm noch gefehlt. Die Senatorin fuhr fort: «Beruhige dich. Graham kann dich hören. Von unserem anderen Gast nicht zu reden.»

Esther wich einen kleinen Schritt zurück und wandte sich an Valerie. «Kenne ich Sie?»

«Valerie Lawry, Mrs Hutchings. Ich bin nur gekommen, um mein Mitgefühl zum Ausdruck zu bringen. Ich habe Ihren Mann sehr bewundert.»

«Ich bezweifle, dass das auf Gegenseitigkeit beruhte», sagte Kay Trilling. Als Esther sich zu ihr wandte, fügte die Senatorin hinzu: «Ms Lawry gehört zu unseren Freunden aus der K Street.»

Esther sah nicht Valerie an, sondern Wynn. «Du bringst diese Auftragskillerin in mein Haus?»

Wynn trat den Rückzug an. «Auf Wiedersehen, Esther. Es tut mir Leid. Alles.»

Die Tür schlug hinter ihnen zu, und das Geräusch hallte während der stillen Aufzugfahrt nach unten in seinem Kopf nach. Als sie in der Lobby ankamen, sagte Valerie: «Sie sind bleich wie ein Gespenst.» Er antwortete nicht, und sie fuhr fort: «Hören Sie, mein Lieber. Esther Hutchings ist verbittert über den Verlust ihres Platzes auf der gesellschaftlichen Hühnerleiter. Es tut mir Leid, dass sie es an Ihnen auslassen musste. Aber so ist es nun einmal. Woran man sich erinnern wird, ist, dass Sie kühlen Kopf behalten, dass Sie ihren Antrittsbesuch gemacht, dass Sie Ihre Pflicht getan haben.»

Er fragte sich, wie sie so ungerührt bleiben konnte. «Es tut mir Leid. Ich muss wirklich zurück in mein Hotel. Ich bin heute Abend nicht sehr unterhaltsam.»

«Ich lasse Sie ausnahmsweise davonkommen», sagte sie. «Aber nur, wenn Sie mir versprechen, morgen Abend mit mir zu essen.»

«Das geht nicht. Ich bin auf einer Tagung in College Park, und ich weiß nicht, wann ich zurückkomme.»

«Doch nicht diese alberne Schuldenerlass-Geschichte. Das Thema ist absolut passé.»

«Ich habe aber zugesagt.»

«Washington ist in der Hinsicht wie Hollywood. ‹Wir müssen mal zusammen essen› ist keine Einladung, sondern ein höflicher Abschied.» Als er nicht antwortete, drängte sie: «Dann Sonntag.»

«Ja.»

Valerie zeigte sich leicht amüsiert über seine Erschütterung. «Sie müssen sich wirklich ein dickeres Fell zulegen, wenn Sie in der Washingtoner Gesellschaft bestehen wollen.» Sie deutete zum Wagen. «Kann ich Sie wenigstens mitnehmen?»

Aber Wynn entfernte sich schon und suchte den nächstbesten Schatten, der dunkel genug war, um ihn ganz zu verschlucken.

Als die Besucher gegangen waren, setzte Jackie sich in einen Sessel an der hinteren Wand. Anspannung lag noch in der

Luft. Aus lebenslanger Erfahrung mied sie die Nachbeben des Zorns, und am liebsten wäre sie ganz verschwunden.

Aber das Zimmer war kein gefährlicher Ort mehr. Die Atmosphäre war zwar immer noch getrübt, aber nicht mehr unfreundlich. Senatorin Trilling kam herüber und nahm Esther stürmisch in die Arme. Die beiden Frauen standen eine ganze Weile eng umschlungen da. Dann trat die Senatorin einen Schritt zurück, und als sie sprach, klang ihre Stimme ganz anders als zuvor. «Ist alles in Ordnung, Liebes?»

«Nichts ist in Ordnung.» Sie klang jetzt gebrochen und müde. «Wirst du morgen auf der Tagung sein?»

«Das kann ich nicht. Wir arbeiten das Wochenende durch und regeln die letzten Details. Donnerstag fliege ich nach Kairo.»

Carter Styles blieb zwischen dem Wohnzimmer und der reglosen Gestalt im Bett stehen. «Wynn Bryant wird in College Park sein.»

Beide Frauen fuhren herum. «Was?»

«Zwei Lakaien aus dem OEOB haben es ihm am Mittwoch nahe gelegt. Sie wollten, dass er auch nach Kairo fliegt. Aber er hat nur für morgen zugesagt.»

Die Senatorin stemmte beide Fäuste in die Hüften. «Und wann genau hatten Sie die Absicht, uns das zu erzählen?»

«Schauen Sie mich nicht so an.» Carter ließ sich nicht aus der Fassung bringen. «Sie sind hier mit zwei blanken Revolvern hereingestürmt.»

Kay Trilling warf einen Blick zu Jackie hinüber, und zum ersten Mal an diesem Abend zeigte sie einen Hauch von Unsicherheit. Esther fragte Carter: «Warum haben Sie mir gegenüber nichts davon erwähnt?»

«Weil Sie schon genug um die Ohren hatten. Ich hatte keine Ahnung, dass Wynn hier aufkreuzen würde. Und außerdem müssen Sie sich jetzt auf morgen konzentrieren.»

Kay Trilling drehte sich um. «Morgen?»

Mit betretenem Gesicht gestand Esther: «Wir bringen Graham in ein Krankenhaus in Fairfax. Sie wollen ein paar neue Scans machen. Wenn sich dabei zeigt, was sie vermuten, werden sie ihn sofort operieren.»

«Oh, Esther.»

«Anscheinend reagiert er nicht so, wie er sollte. Die Verschlechterung seines Zustands deutet darauf hin, dass mehr als nur ein Schlaganfall vorliegt. Viel Hoffnung haben sie nicht, aber es ist besser, als mit anzusehen, wie er im Gefängnis seines eigenen Körpers eingeschlossen ist. Du weißt, wie sehr ihm das zuwider sein würde.»

«Wie stehen seine Chancen?», fragte Kay leise.

Esther starrte die Gestalt im Bett an und antwortete nicht.

Carter sprach für sie. «Sie tut das Richtige, Kay.»

Jackie sah zu, wie die Senatorin zum Bett ging, eine Hand auf die reglose Schulter legte und sagte: «Ich bete jeden Tag für dich, Graham.»

Zu Jackies Erstaunen sagte Carter: «Vielleicht sollten Sie Ms Havilland eine Chance geben, Kay.»

Die Senatorin beugte sich weiter über das Bett. «Warum sollte ich?»

Carter hob kaum merklich die Schultern. «Graham hat immer gesagt, dass er Esthers Instinkt jederzeit einer Analyse seines Stabes vorzieht.» Als die Senatorin schwieg, fuhr er fort: «Beten Sie um Rat. Ich weiß, das würde Graham zu Ihnen sagen.»

Die Senatorin beugte sich tiefer über den Kopf mit den funkelnden Augen. «Bitte werde wieder gesund, Graham. Ich glaube, ich schaffe es nicht ohne dich.»

«Er ruht sich aus, bevor er zum nächsten großen Schlag ausholt», sagte Carter zu Esther, die ihren Platz an der Tür nicht verlassen hatte. Er faltete seine Zeitung zusammen und bückte sich nach seinen Schuhen. «Bereitet sich vor auf die nächste Schlacht.»

Die Senatorin kam zurück ins Wohnzimmer. Sie funkelte Jackie an und nahm Esther dann noch einmal in die Arme. «Es tut mir so Leid.»

«Muss es nicht.»

«In letzter Zeit scheint alles, was ich tue, entweder falsch oder nicht genug zu sein.» Kay Trilling wandte sich zur Tür und ging ohne ein weiteres Wort hinaus.

Carter trat zu Esther. «Wir sehen uns um neun.»

«Ja, in Ordnung.»

Er tätschelte ihr den Arm, nickte Jackie kurz zu und ging ebenfalls. Das Zimmer schien sich ein wenig zu dehnen und leichter zu atmen. Seufzend kam Esther zum Sofa. «Bitte verzeihen Sie uns.»

«Es gibt nichts …»

«Graham war der erste Mann, den ich kennen lernte, der sich nicht für mein Geld interessierte. Oh, gefallen hat es ihm durchaus. Aber es hatte keine Macht über ihn. Ich war völlig fasziniert von seiner Gleichgültigkeit gegenüber allem Reichtum. Ich hatte mein Leben lang Barrieren errichtet, um Leute von mir fern zu halten, die nur so taten, als läge ihnen etwas an mir. Aber da war dieser Mann, schneidig und feurig und voller Ideen, und er kümmerte sich nicht um meine Allüren oder meine Zurückhaltung.»

Jackie hörte zu, aber sie wusste, dass die Worte eigentlich nicht ihr galten. Diese Frau versuchte hier nur, ihre Welt wieder zusammenzuflicken. Als Esther weitersprach, waren ihr Blick und ihre Worte an den leeren Kamin gerichtet. «Graham ließ nicht zu, dass ich mich versteckte. In seiner Ungeduld konnte er regelrecht brutal sein. Was er in mir sah, warum er mich zwang, mich zu öffnen, was er zu finden erwartete …» Sie drehte den Kopf und schaute zum Bett hinüber, und sie sah eine andere Zeit, einen anderen Mann. «Ich hätte besser darauf vorbereitet sein sollen. Hätte mich besser vorbereiten müssen. Mehr lernen. Stärker werden.»

Jackie wartete, bis das Schweigen schwer auf ihnen lastete. Dann fragte sie: «Was wollen Sie von mir?»

«An der University of Maryland findet morgen ein Seminar statt», sagte Esther. «Ich sollte Graham dort vertreten. Jetzt muss ich im Krankenhaus sein. Aber jemand muss hingehen und den Gegner im Auge behalten.»

«Sie meinen den Congressman, der eben hier war?»

«Wynn Bryant. Ja. Ein schrecklicher Mann.»

«Ich gehe hin», sagte Jackie. «Kein Problem.»

Aber das Angebot ließ Esther nur noch betrübter aussehen. «Ich zähle die Stunden und sehe zu, wie der Sand rieselt. Und nichts, was ich tun kann, ist von Bedeutung. Alles, wofür mein Mann gekämpft hat, droht auseinander zu fallen, wenn ich niemanden finde, der für sein Anliegen kämpfen kann.»

14

Samstag

Wynn stand spät auf und nahm die Tageszeitung und ein paar Akten mit hinunter. Er bestellte ein umfangreiches Frühstück, um das entgangene Abendessen wettzumachen. Der Speiseraum des Willard war ein Meisterwerk der Innenarchitektur. Satte Farben und Blattgold vergrößerten die ausladenden Maße des Raumes. Leute kamen und gingen, Kellner huschten lautlos effizient hin und her, und das Tageslicht lag gedämpft über dem Teppichboden und den leinengedeckten Tischen. Er las die Akte zum Jubilee-Ergänzungsantrag noch einmal, aber er fand sie völlig unverständlich. Die Lektüre setzte ein Hintergrundwissen voraus, das er einfach nicht besaß. Als schließlich die ersten Lunchgäste hereinkamen, ging Wynn zur Rezeption, bestellte einen Wagen und kehrte dann zurück auf sein Zimmer, um seine Schwester anzurufen. In der Residenz des Gouverneurs erreichte er die Wochenendtelefonistin, auf Sybels Handy meldete sich die Voicemail und unter der Privatnummer niemand. Als er herunterkam, erwartete ihn ein neuer Lincoln mit Fahrer vor dem Eingang.

Auf seinen Wunsch hin nahm der Fahrer den Rock Creek Parkway, wo Wynn sich von einer minzgrünen Welt und dem Duft von Frühling und rauschendem Wasser umgeben sah. Er drehte das Fenster herunter und hielt das Gesicht in den Wind, aber das Echo von Esthers Tirade ließ sich nicht abschütteln, und seine Gedanken tasteten darin herum wie eine Zunge, die einen kranken Zahn befühlt.

College Park war ein Mittelklassestädtchen jenseits des Goddard Space Centers. Die Universität selbst war groß und flach und weit verzweigt; sie bestand aus Backsteingebäuden mit weißen Säulenportici, deren frühere Vornehmheit allmählich in urbane Schäbigkeit überging. Während sie über den Campus fuhren, versuchte Wynn noch einmal, seine Schwester per Handy zu erreichen. Normalerweise achtete Sybel sorgfältig darauf, in Kontakt zu bleiben. Er ließ das private Telefon im Obergeschoss mindestens ein Dutzend Mal klingeln. Nichts. Als sie vor dem Auditorium anhielten, rief Wynn noch einmal die Telefonzentrale an. Die Telefonistin behauptete, sie wisse nicht, wo Sybel zu finden sei, und Gouverneur Wells habe strikte Anweisung gegeben, ihn nicht zu stören.

Wynn ging die Treppe hinauf und betrat einen großen Vorraum voller Menschen und Kaffeepausengeklapper. Wenn die Versammlung seine sechsstündige Verspätung als unkorrekt empfand, so ließ man es sich nicht anmerken. Kaum hatte

Wynn seinen Namen genannt, war er umringt von Leuten. Eifrige Gesichter und ausgestreckte Hände drängten sich von allen Seiten heran.

Ein bulliger Mann in einem zerknautschten Anzug schob sich nach vorn. «Congressman Bryant, habe ich den Namen richtig mitgekriegt? Wir haben erst gestern erfahren, dass Sie kommen. Konnte es gar nicht glauben, um die Wahrheit zu sagen. Reverend Dan Freedburg. Schön, Sie hier zu haben.»

Der Mann schüttelte Wynns Hand wie einen Pumpenschwengel, und dann sah Wynn eine blonde Frau, die hinter dem Pastor auftauchte. Es war die junge Frau aus Esthers Wohnung. Unbehagen stieg langsam in ihm auf. Aber die Frau sagte nichts. Sie stand einfach da und beobachtete ihn.

«Wirklich großartig, dass Sie sich die Zeit genommen haben, herzukommen, zumal es Ihre erste Woche im Amt ist. Aber von Grahams Nachfolger war wohl auch nichts anderes zu erwarten. Ich wünschte nur, Sie wären früher gewählt worden.» Der Pastor nahm Wynn beim Arm, drehte sich um und sagte zu den Umstehenden. «Macht uns ein bisschen Platz, Leute. Wir werden alle noch früh genug Gelegenheit haben, mit dem Congressman zu sprechen.»

Wynn merkte deutlich, dass die blonde Frau alle seine Bewegungen verfolgte. «Wieso früher?»

«Wegen seines ersten Schlaganfalls. Die Ärzte haben ihn gewarnt; wenn er es nicht langsamer anginge, wäre er bald am Ende. Wir haben ihn angefleht, zurückzutreten. Aber er wollte seine Sache nicht im Stich lassen. Was vermutlich keine Überraschung ist. Sie wissen ja, wie Graham ist.»

«Nein», sagte Wynn. Die blonde Frau stand so nah, dass er sie riechen konnte. Frische Seife und etwas Natürliches, Lavendel vielleicht. «Weiß ich nicht.»

Freedburg stockte. «Was wissen Sie nicht?»

«Ich kenne Graham Hutchings kaum.» Wynn war entschlossen, hier von vornherein aufrichtig zu sein. «Und ich weiß nichts über seine Sache.»

Der Pastor sah weniger überrascht als bestürzt aus. Wynn fuhr fort: «Zwei Mitarbeiter aus dem Weißen Haus haben mich gebeten, heute herzukommen. Ich bin hier, um zuzuhören und zu lernen. Wenn Sie es mir erlauben.»

Die Umstehenden gaben einen einzelnen, vereinten Laut von sich, eine Mischung aus Seufzer und Klage. «Dann wissen Sie überhaupt nichts», sagte der Pastor langsam, «über den Jubilee-Ergänzungsantrag?»

«Ich kenne den Namen, mehr nicht.»

«Dann sind Sie nicht hier, um zu uns zu sprechen?»

«Um ehrlich zu sein, mir wäre es lieb, wenn Sie mich gar nicht erst vorstellen würden.» Der Pastor sah so müde aus, als er diese Worte hörte, dass Wynn wiederholte: «Wie gesagt, ich bin hier, weil ich daran interessiert bin, mehr zu erfahren.»

«Tut mir Leid, Congressman. Wenn Sie noch nicht Bescheid wissen, habe ich ernsthafte Zweifel daran, dass es gelingen kann, Sie so schnell zu unterrichten, dass Sie von irgendwelchem Nutzen für uns sein können.» Er deutete auf den Hörsaal. «Aber Sie können natürlich gern zuhören.»

Der Pastor und die meisten anderen gingen langsam davon und ließen Wynn am Eingang zum Hörsaal stehen. Die Leute, die an ihm vorbeikamen, warfen ihm verbitterte Blicke zu. Nur die blonde Frau blieb in seiner Nähe. Seiner Umgebung zum Trotz merkte Wynn, dass der Blick der jungen Frau ihn gefangen nahm. Polizistenaugen, ging es ihm durch den Kopf. Groß und äußerst wachsam. Und ein Ausdruck, der sagte, was immer er tun könnte, und wie abwegig es auch wäre, sie würde nicht überrascht sein.

«Hat Esther Ihnen aufgetragen, mich zu beschatten?», fragte er.

«Ja», sagte die Frau.

«Dann wird sie erfreut sein zu hören, dass ich schon wieder ein paar Leute enttäuscht habe.» Er ging zu einem Gangplatz in der Mitte des Hörsaals. Die Frau zögerte, aber dann kam sie herüber und setzte sich neben ihn. Wynn streckte ihr die Hand hin. «Wynn Bryant.»

Kleine kräftige Finger ergriffen die Hand kurz und ließen sie wieder los. «Jackie Havilland.»

«Kennen Sie Esther schon lange?»

Ihr Blick war fest und unnachgiebig. «Es lohnt sich nicht, dass Sie sich meinetwegen Sorgen machen, Congressman. Und ich hasse nichts so sehr wie Smalltalk.»

«Nehmen Sie jetzt bitte wieder Platz, damit wir weitermachen können.» Der bullige Pastor stand vor dem Podium und wartete, bis der Lärm sich gelegt hatte, bevor er fortfuhr. «Ich habe eben mit dem Krankenhaus gesprochen. Grahams Operation ist für heute Abend sieben Uhr angesetzt. Ich weiß, dass viele von Ihnen für ihn und Esther werden beten wollen.»

Wynn sah Jackie Havilland an. «Eine Operation?» Aber sie wedelte mit der Hand, als wäre er ein summendes Insekt.

Der Pastor sprach weiter. «Congressman Wynn Bryant, Grahams Nachfolger, ist heute bei uns. Heben Sie doch bitte die Hand, Congressman. Da ist er. Sicher werden einige von Ihnen zu ihm gehen und ihn willkommen heißen wollen.» Diese Bekanntgabe machte dem Pastor sichtlich keine Freude. «Wie Sie wissen, hatten wir gehofft, dass Esther heute Nachmittag bei uns sein und im Namen ihres Mannes zu uns sprechen könnte. Deshalb haben wir uns vorgenommen, heute mit einer Aufzeichnung von einer anderen Versammlung zu schließen, von einer, die viele der Anwesenden hier nicht so bald vergessen werden.» Er reckte den Hals und spähte suchend in den hinteren Teil des Saales. «Sind wir so weit?»

Eine Stimme rief: «Dreißig Sekunden.»

«Gut. Für die meisten von uns ist Graham Hutchings ein

gefallener Held, ein Märtyrer unserer Sache. Aber er ist auch ein lieber Freund. Ich bedaure, dass er heute nicht hier sein kann; ich bedaure es mehr, als ich sagen kann. Aber vielleicht wird dieses Video helfen, das Feuer in uns zu entfachen, das wir brauchen, um weiterzumachen.»

Während der Pastor vom Podium zu einem leeren Platz in der ersten Reihe ging, beugte Wynn sich zur Seite und fragte: «Besteht die Chance, dass Sie mir erzählen, worum es bei dieser Jubilee-Geschichte geht, ohne dass Sie mir gleich den Kopf abbeißen?»

An dieser Frau war nichts Halbherziges, nicht einmal die Art, wie sie ihn studierte. «Das wissen Sie nicht?»

Wynn wollte nicht riskieren, etwas anderes als die Wahrheit zu sagen. «Ich weiß nur, dass es viele Leute gibt, die das Ding verschwinden sehen wollen. Ich habe einen Riesenberg Fragen und keine einzige Antwort.»

«Die Jubilee-Bewegung gibt es seit etwa zwei Jahren», antwortete Jackie leise und schaute weiter nach vorn. «Es ist eine weltweite Bewegung mit dem Ziel, die Schuldenlast der Dritten Welt zu reduzieren. Über zwei Dutzend Staaten geben derzeit mehr Geld für Zinsen aus als für Bildung und Gesundheit. Amerikanische Banken widersetzen sich wütend jedem Versuch, sie zur Abschreibung dieser Schulden zu bewegen. Es gibt Gesetzentwürfe, die aber in Ausschüssen blockiert werden. Die Bankenlobby kämpft mit Klauen und Zähnen gegen diese Entwürfe. Die Politiker spielen mit, denn sie können auf die Rechtslage verweisen und behaupten, dass sie etwas tun, um sie zu ändern. Aber ohne die nötigen Mittel bleiben diese Gesetze leere Versprechungen.»

«Das ergibt keinen Sinn», sagte Wynn leise.

«Was ergibt keinen Sinn?»

Aber da strahlte die Leinwand auf, und Graham Hutchings' Gesicht erschien. Das Licht erlosch, und Wynn musste seine

Fragen in die Dunkelheit richten. Irgendetwas stimmte hier nicht. Er wurde von allen Seiten angegangen – vom Gouverneur, von einer Senatorin, von seinen eigenen Mitarbeitern, von Laufburschen aus dem Weißen Haus, vom Parteichef. Und weshalb? Um wie viel Geld konnte es denn hier gehen? Eine Milliarde an Schuldenerlass? Okay, das war viel Geld, aber weniger, als Amerika täglich für die Verteidigung ausgab. Eine Milliarde Dollar und selbst die doppelte Summe genügten nicht, um einen derartigen Druck zu erklären.

Das Bild, das von der Leinwand herabschaute, war ein ganz anderer Graham Hutchings als der Mann, den Wynn am Abend zuvor gesehen hatte – nicht unbedingt jünger, aber voller Energie: Welten entfernt von dem lebenden Leichnam, der da im Bett gefangen lag. ‹Ich werde kein Blatt vor den Mund nehmen. Ich komme aus einer völlig anderen Richtung als die meisten von Ihnen hier zu diesem Finanzreformanliegen. Ich hatte nie die Absicht, den bloßfüßigen Horden anderer Nationen zu dienen. Ich bin hier, um den Menschen zu dienen, die mich gewählt haben, und dem Land, das ich liebe und dem ich angehöre. Aber zufällig decken sich unsere Ziele, die Ihren und die meinen. Sie sagen, wir stehen an einem finanziellen Abgrund. Ich stimme Ihnen zu. Sie sprechen von Staaten, die in weiter Ferne liegen. Ich spreche vom Hier und Jetzt. Unser Problem, meine Damen und Herren, ist dasselbe. Unser Gegner ist derselbe.

Heute erzielen die zehn größten amerikanischen Banken mehr als die Hälfte ihrer Profite mit Geschäftsbereichen, die den zweifelhaften Namen ‹Investmentbanking› tragen. In Wahrheit haben diese Geschäftsbereiche nicht das Geringste mit Investitionen im klassischen Sinn zu tun. Sie handeln mit Papier. Sie handeln mit Devisen, Warenterminkontrakten, Optionen, Zins-Spreads, unternehmerischen Steuerabschreibungen. Eine beliebige Zahl von Unternehmungen, die mit den ursprünglichen Zwecken und Aufgaben der Bankenindustrie nichts mehr zu tun haben. Die Bezeichnung für diese und zahllose andere hochriskante Aktionen ist ‹Derivathandel›.

Nach den Schrecken des Wall Street Crash im Jahr 1929 hat man in unserem Land Gesetze geschaffen, die dafür sorgen sollten, dass die Höhe des Risikos, das Banken eingehen, strengen Kontrollen unterliegt. Aber während meiner Arbeit in Washington habe ich gesehen, wie die Bankenindustrie und ihre Schwesterorganisationen, die Investmentfonds, mit allen erdenklichen Tricks den Willen des Volkes und seiner gewählten Vertreter unterlaufen. Durch sorgfältig formulierte Zusatzartikel zu entscheidenden Kernstücken der Gesetzgebung hat die Bankenlobby buchstäblich das gesamte nach dem Crash von 1929 geschaffene System von Kontrollen und Gegengewichten außer Kraft gesetzt.»

Wynn warf einen kurzen Blick in die Runde. Die hingerissenen Zuhörer kamen aus allen Bereichen des Lebens. Zahlreiche Priester und Nonnen waren darunter. Der Saal selbst war nach Washingtoner Maßstäben ebenso schäbig und wenig eindrucksvoll wie die Leute. Wynn erinnerte sich an die spöttischen Kommentare der Lakaien aus dem Weißen Haus und empfand gleichzeitig Ärger und Zustimmung.

«Die gefährlichsten Risiken, meine Damen und Herren, werden von den so genannten Hedgefonds eingegangen. Hedgefonds operieren auf sehr dünnem Eis und spielen mit gewaltigem Einsatz – vor allem auf den Devisenmärkten. Wenn sie erfolgreich sind, machen sie enorme Gewinne. Wenn sie scheitern, können die Verluste katastrophal sein. Warum? Weil die Investoren nicht nur für die Beträge verantwortlich sind, die sie in den Fonds investiert haben. Sie sind verantwortlich für alles, was der Fonds verliert. Das Risiko, dem sie ausgesetzt sind, hat keine Grenze. Finden Sie das korrekt? Finden Sie das normal? Natürlich nicht. Deshalb durften Hedgefonds bis vor ein paar Jahren in den USA nicht tätig sein. Investoren mussten sie aufstöbern – auf den Bahamas, den Bermudas, Liechtenstein, Singapur. Aber unsere Banken sahen, dass potenzielle Profite woandershin wanderten, und ihre Lobbyisten pressten dem Kongress wieder einen dieser kleinen Zusatzartikel ab. Und siehe da, jetzt operieren Hedgefonds nicht nur innerhalb unserer Grenzen, sondern die größten gehören sogar unseren Banken. Nur nennen sie sie nicht Hedgefonds. O nein. Sie heißen ‹Private-Equity-Fonds› und werden von den Investmentbanking-Abteilungen betrieben. Als wären sie dadurch sicher. Als wären die Risiken nicht immer noch katastrophal.

Die Gefahren, die von solchen Institutionen ausgehen, sind gewaltig. Als Long Term Credit, ein von zwei Nobelpreisträgern betriebener Hedgefonds in der Wall Street, neulich zusammenbrach, wusste selbst da niemand, wie hoch die Verbindlichkeiten, die sie mitschleppten, wirklich waren. Haben Sie gehört, was ich gesagt habe? Niemand wusste es! Und wer war der größte Investor? Eine der größten Privatkundenbanken des Landes. Einer der Grundpfeiler des amerikanischen Finanzwesens hatte dieser Gruppe einen Kredit eingeräumt und sah sich plötzlich einem Berg von Schulden gegenüber. Wie viel? Zum kritischen Zeitpunkt, als der LTC-Zusammenbruch sein volles Ausmaß erreicht hatte, sprach man von übernommenen Verbindlichkeiten in Höhe von sechzig Milliarden Dollar! Genug, um den Crash zur Folge zu haben. Und das war nur ein Hedgefonds. Heute betreiben sechs unserer zehn größten Banken Hedgefonds in ihren Häusern. Innerhalb unserer Grenzen gibt es mehr als fünfzig. Und wie hoch sind die Risiken? Wer weiß? Die Bundesbankenaufsicht weiß es jedenfalls nicht. Warum nicht? Weil die Hedgefonds-Industrie und der Derivathandel zum jetzigen Zeitpunkt keinerlei Kontrolle unterliegen.»

Wynn begriff jetzt, warum Hutchings seine Schlaganfälle erlitten hatte. Der Mann sprach nicht, er wütete. Er ruderte mit den Armen, er hämmerte auf das Rednerpult. Er schrie seinen Zorn heraus. Und je länger er sprach, desto wütender wurde er. Es war der Auftritt eines Mannes am Rande des Abgrunds.

«Die Banken haben ihr Credo, den Kunden zu dienen, die ihnen ihr Geld anvertrauen, restlos vergessen. Banken sind nicht mehr dazu da, dem Gemeinwesen zu dienen. Die Gewinne aus solchen Unternehmungen sind zu gering, zu reguliert. Banken fühlen sich zuerst und zuoberst ihren Aktionären verantwortlich, und den meisten von denen ist die traditionelle Rolle einer Bank völlig gleichgültig. Also geben Banken Hunderte Millionen Dollar aus – nicht nur in Amerika, sondern in der ganzen entwickelten Welt –, um die Gesetze zu unterlaufen, die nach der ersten großen Depression geschaffen wurden. Und nach Ansicht vieler Leute, die besser informiert sind als ich, ist es nur noch eine Frage der Zeit, wann die nächste Depression eintritt.

Meine Prämisse, meine Damen und Herren, ist simpel. Internationale Hedgefonds sind zu Dämonen der Globalisierung geworden. Die Banken, die in einem Morast von Derivaten und Hedge-Geschäften versunken sind, sind Zeitbomben, die nur darauf warten, zu explodieren. Und dabei drohen sie unsere gesamte ökonomische Gesundheit zu ruinieren. Globalisierung ist nur gut, solange sie uns dient. Sie muss ihren Platz in der Welt verdienen. Wie soll sie das tun? Indem sie Ökonomien verbessert und stabilisiert.»

Die Rede wurde von lautem Jubel und Applaus unterbrochen. Wynn brauchte einen Augenblick, um zu erkennen, dass der Tumult sowohl auf dem Video als auch live stattfand. Hutchings' Reaktion war interessant. Er zeigte große Ungeduld, während er die Unterbrechung abwartete. Applaus war nicht das, worauf er abzielte. Er brannte darauf, weiterzusprechen.

«Aber diese so genannten Investmentbanker wollen keine Stabilität. Stabilität bedeutet Balance und Vorhersehbarkeit, und sie ist das Ende jeder Chance auf extremen Profit. Hedgefonds und Derivathändler haben alle eines gemeinsam: Sie leben von Instabilität. Sie wollen das Chaos. Sie wollen dramatische Swings. Und sie werden immer größere Swings befördern, wann immer sie dazu Gelegenheit bekommen. Diese so genannten Investmentbanker agieren ohne die geringste Rücksicht auf die Auswirkungen, die ihr Handeln auf die Kleinen und Wehrlosen hat. Wir haben es mit einer Wiederholung der wilden Zwanzigerjahre zu tun, jetzt aber in einem globalen Maßstab. Sie sind die Barbarenhorden, die das Reich in den Untergang zu stürzen drohen. Sie müssen gezügelt werden. Sie müssen gezähmt werden.»

Der letzte Blick auf Hutchings wurde Wynn durch die Leute versperrt, die sich vor ihm von ihren Plätzen erhoben. Das Licht ging an, und Wynn sah viele Gesichter, die mit dem Ausdruck verlorener Hoffnung und gescheiterter Träume auf die jetzt weiße Leinwand starrten. Trotzdem applaudierten sie und beschämten ihn mit ihrer traurigen Inbrunst.

Er wandte sich an die Frau neben ihm und fragte: «Was hat das alles mit der Verschuldung der Dritten Welt zu tun?»

Aber Jackie Havilland stand auf und ging wortlos davon, ohne sich noch einmal umzusehen. Und die andern applaudierten immer noch.

15

Sonntag

Jackies Sonntagmorgen begann mit einer Überraschung. Kay Trilling rief an und fragte, ob sie mit in die Klinik fahren wolle, wo Graham sich von der Operation erholte. Jackies Hirn, noch ohne Kaffee, hatte Mühe, die Worte und den Ton der Frau ganz zu erfassen. Kay Trilling klang nicht freundlich, aber die feindselige Schärfe hatte sie doch verloren. «Er erholt sich?», fragte Jackie.

«Anscheinend hatte Graham überhaupt keinen Schlaganfall. Die Ärzte sprechen jetzt von einer subduralen Blutung. Das Entscheidende ist, dass er vielleicht wieder gesund wird. Graham ist noch bei uns. Einstweilen jedenfalls.»

«Wo sind Sie?»

«Draußen auf dem Hotelparkplatz. Sind Sie angezogen?»

«In fünf Minuten.»

«Ich besorge Ihnen einen Kaffee. Wie trinken Sie ihn?»

«Schwarz.»

«Ich fahre einen grauen Buick.»

Jackie war nach drei Minuten unten. Kay Trilling kam vom Wagen herüber, reichte ihr einen Becher und sagte: «Ich habe Sie geweckt, nicht wahr?»

«Das ist kein Problem.» Jackie schälte den Deckel ab, nahm den ersten, willkommenen Schluck und ließ den Blick über den leeren Parkplatz wandern. «Wo ist Ihr Gefolge?»

«Haben Sie erwartet, dass die Senatorin in einer schwarzen Stretch-Limousine mit Secret-Service-Agenten im Schlepptau vorfährt? Das gibt es nur im Kino. Im wirklichen Leben haben Senatoren und Kongressabgeordnete keinen so hohen Rang. Nur Präsidenten und Kabinettsmitglieder werden derartig ausgestattet.»

«Erzählen Sie mir von Graham.»

«Eine subdurale Blutung ist anscheinend eine langsame Blutung in den Membranen zwischen Gehirn und Schädel. Vor ein paar Wochen fand Esther ihn im Badezimmer auf dem Fußboden mit einer Beule am Kopf. Alle, auch die Ärzte, nahmen an, dass es sich um einen zweiten Schlaganfall handelte. Die

CT hat nur den Schaden durch den ersten Schlaganfall erkennen lassen, was in solchen Fällen aber vorkommen kann.»

Kay Trilling fuhr ungeduldig wie ein Mann, blieb ständig auf der Überholspur und ignorierte Geschwindigkeitsbegrenzungen. Draußen raste die Welt vorbei, während die Senatorin weiterredete. «Die Ärzte sagen, diese subduralen Blutungen ziehen andere Flüssigkeiten an, wenn die eigentliche Blutung aufgehört hat. Es bildet sich ein Hämatom, und das Ding wird einfach immer größer. Was sie auf die Möglichkeit einer Fehldiagnose aufmerksam gemacht hat, war der Umstand, dass es mit Graham immer weiter bergab ging. Das ist bei Schlaganfällen nicht normal, bei subduralen Blutungen aber schon. Also haben sie ihm ein Loch in den Schädel gebohrt und die Flüssigkeit abgelassen, und jetzt müssen wir abwarten, wie weit er sich erholt.»

Erst als sie den Potomac überquert hatten und sich dem Freeway näherten, fragte sie: «Wie ging es gestern in College Park?»

Jackie wandte langsam den Kopf und schaute sie an. Von einer so leidenschaftlichen Frau konnte keine beiläufige Frage kommen. Und Jackie hatte die Feindseligkeit bei ihrer letzten Begegnung nicht vergessen. «Wenn Sie gestatten, sollte ich vielleicht warten, bis ich Esther Bericht erstattet habe.»

«Loyalität. Das gefällt mir. Was haben sie getan, als Esther nicht kam?»

«Sie haben ein Video von einem früheren Vortrag des Abgeordneten gezeigt.»

«Welches?»

«Das über die Bedrohung durch Hedgefonds und moderne Banken.»

«Daran erinnere ich mich. Hat sich damit in Teufels Küche gebracht. Graham hat nie ein Blatt vor den Mund genommen.» Ein kurzer Seitenblick. «Wie fanden Sie es?»

Herzzerreißend. Ihr fiel kein anderes Wort ein. Nicht nur wegen der Leidenschaft in Hutchings' Stimme oder wegen der Tatsache, dass dieses Thema eine vertrauliche Nähe zu ihrem eigenen Studium aufwies. Angesichts der Reaktion des Publikums, seiner Inbrunst und tiefen Leidenschaft, hatte sie sich ihres eigenen beschränkten Horizonts geschämt.

Die Senatorin wartete immer noch auf eine Antwort. «Sind Sie verheiratet?», fragte Jackie.

Wenn Kay Trilling diesen Themenwechsel verblüffend fand, ließ sie es sich nicht anmerken. «Achtundzwanzig Jahre nächsten Monat. Er ist Versicherungsmakler, Und der einzige Grund, weshalb ich bei Verstand bleibe. Unsere Tochter ist seit fünf Jahren im zweiten Jahr auf der Stanford University. Ihr Hauptfach sind hoffnungslose Fälle. Letztes Jahr war es Kohletagebau, dieses Jahr geht es um die Beendigung der Herrschaft irgendeines südamerikanischen Diktators; ich habe vergessen, welcher es ist. Und Sie?»

«Nein.»

Wieder ein Seitenblick, diesmal gleichzeitig mit einem Spurwechsel und einer marginalen Verringerung ihrer halsbrecherischen Geschwindigkeit. Die Senatorin nahm Kurs auf die Ausfahrt und fragte: «Einen Mann?»

«Seit über einem Jahr nicht mehr.»

«So schlimm?»

Schlimmer als schlimm. Ein Märchenprinz, der sich in einen Albtraum verwandelt hatte. Jetzt war Shane eingesperrt wie ein wildes Tier, das er ja war. Und immer noch machte er ihr Angst. «Ja, so schlimm.»

Kay Trilling hatte die Fähigkeit, mit ihrem Gesichtsausdruck ebenso sparsam umzugehen wie mit ihren Worten. Eine einzige, straffe Grimasse, und gleich wieder verschwunden. «Gibt viele davon da draußen. Mir graut bei dem Gedanken an all die Risiken, die meine Tochter nicht sieht.»

Das Fairfax County Hospital war eins von vielen Gebäuden an einer von vielen Straßen. Jackie wartete, während Kay Trilling zur Information ging, und dann folgte sie ihr in den zweiten Stock. Im Flur vor Graham Hutchings' Zimmer drängten sich Menschen unterschiedlichster Hautfarbe, Herkunft und Status. Jackie schaute sich suchend um, aber Esther sah sie nicht. Sie beobachtete, wie Kay Trilling auf die Leute zuging und mit Umarmungen begrüßt wurde. Jackie suchte sich eine freie Holzbank abseits des Getümmels und nahm den Platz ein, den sie die meiste Zeit ihres Lebens innegehabt hatte: als Zuschauerin am Rande.

Sie saß da und lauschte den Bemühungen der Menge, leise zu sein. Sah die inbrünstigen Mienen, als Esther Hutchings aus dem Krankenzimmer kam. Sah, wie sie sich dicht zusammendrängten und Esther kaum noch Platz ließen, sich der Senatorin zuzuwenden und sie zu umarmen. Sie waren die besten Freundinnen, und der Streit, den sie zwei Abende zuvor gehabt hatten, schien vergessen. Esther sprach flüsternd, und was sie sagte, wurde weitergegeben. Jackie sah, dass die Anspannung der Leute ein wenig nachließ. Eines wurde allmählich klar. Diese Menschen waren keine leichtlebige Horde. Vieles von dem, was sie zu erzählen hätten, wäre wahrscheinlich ebenso schmerzlich wie das, was Jackie verfolgte. Aber es gelang ihnen, dem Elend des Lebens mitfühlend und entschlossen entgegenzutreten, und Jackie wünschte sich, sie könnte es auch.

Esther hatte sich aus der Gruppe gelöst und war ins Gespräch mit der Senatorin vertieft. Die beiden Frauen musterten Jackie mit ernsten Blicken und kamen dann zusammen herüber.

Esther setzte sich und fragte: «Wie geht es Ihnen, meine Liebe?»

«Das sollte ich Sie fragen.»

Esther wirkte ausgelaugt. «Graham geht es besser. Wie weit, das werden wir in zwei Tagen wissen. Aber die Operation scheint die Durchblutung des Gehirns verbessert zu haben.»

«Das freut mich.» Worte, die nicht genügten. «Ich habe ihn gestern reden gehört.»

«Die Rede über das ruchlose Reich der Banken», erläuterte die Senatorin.

«Es war mir immer ein Gräuel, wenn er diese Rede hielt. Am Ende sah er immer aus, als wolle er explodieren. Er hat sie oft gehalten. Öfter, als gut für ihn war. Wie war die Konferenz?»

«Sie meinen, wie war Congressman Bryant?» Jackie sah, wie Kay Trilling sich neben Esther setzte, und sprach sie direkt an. «Sie sind nicht zufällig an meinem Hotel vorbeigekommen, um mich mitzunehmen.»

«Ich musste wissen, was Sie mir nicht erzählen wollten», sagte die Senatorin.

«Congressman Bryant war nicht im Geringsten so, wie ich es erwartet hatte. Er schien nicht die leiseste Ahnung zu haben, was er da zu suchen hatte.»

«Er hat sich nicht ins Rampenlicht gedrängt?», fragte Kay Trilling.

«Er hat sich sogar geweigert, vor dem Plenum zu sprechen. Er wollte nicht mal vorgestellt werden. Hat sich einen Platz hinten gesucht.»

«Hat er gar nichts gesagt?», fragte Esther.

«Er hat mich gefragt, worum es bei der Jubilee-Bewegung eigentlich ginge. Als ich es ihm sagte, meinte er, das ergebe keinen Sinn.»

«Was?»

«Das hat er nicht gesagt.»

Die beiden älteren Frauen wechselten einen besorgten Blick. Zögernd sagte die Senatorin: «Vielleicht hat Sybel Recht.»

«Ich traue ihm immer noch nicht.» Esther war zu müde, um wütend zu sein. «Der Mann ist eine Gefahr für alles, wofür wir stehen.»

«Das sieht Sybel nicht so.» Dieses Eingeständnis schien die Senatorin nicht zu beruhigen. «Und wir beide vertrauen ihrem Urteil mehr als jedem anderen.»

«Entschuldigung», sagte Jackie. «Wer ist Sybel?»

«Wynns Schwester.» Esther war mit den Gedanken woanders. «Sybel Bryant Wells.»

Der Name ließ alle möglichen Glocken ertönen «Die Frau von Gouverneur Wells?»

Aber die beiden Frauen hatten schon andere Sorgen. «Ich kann es nicht leiden, wie sie uns manipuliert.»

Trilling lächelte kurz. «Wie du uns mit Ms Havilland manipuliert hast?»

«Das war etwas anderes.»

«Das ist es immer.»

«Ich nehme an, wir werden jemanden schicken müssen. Sybels Botschaft an ihren Bruder zu übermitteln – das können wir nicht telefonisch tun.»

«Sieh mich nicht an», sagte Kay Trilling. «Es ist eine Sache, dass Sybel diese Erklärungen abgibt, und eine andere, mich öffentlich da hineinzuziehen.»

«Was ist mit Carter?»

«Ausgeschlossen. Er hat alle Hände voll zu tun. Er sichtet persönlich das gesamte Material, das ich nach Kairo mitnehme. Einmal ganz abgesehen davon, dass er Wynn noch weniger ausstehen kann als du.»

«Vermutlich», sagte Esther zögernd, «könnte ich Nabil bitten, für uns hinzugehen.»

«Er wird es tun», sagte die Senatorin. «Aber er hat Wynn nur einmal gesehen, und das war in meinem Büro. Wir hatten eine Auseinandersetzung. Nabil ist ein förmlicher Mensch.

Du wirst dafür sorgen müssen, dass man ihn mit Wynn bekannt macht.»

Zwei Augenpaare richteten sich auf Jackie.

Jackie hob die Hand, bevor Esther etwas sagen konnte. «Zuerst möchte ich noch etwas geklärt haben.»

Esther wurde es zusehends unbehaglicher. «Wir könnten tagelang hier sitzen und Ihre Fragen beantworten.»

«Nur eine. Der Rest kann warten.» Sie bemühte sich, die Schärfe zu mildern und einen weicheren Ton anzuschlagen. «Warum haben Sie mich engagiert?»

Selbst so sanft vorgetragen, ließ die Frage die erschöpfte Frau schmerzlich zusammenzucken. Jackie widerstand dem Bedürfnis, ihr zu sagen, sie solle es vergessen, es sei nicht mehr wichtig. Sie war nicht zornig, nicht einmal jetzt, da sie die Antwort schon kannte. Sie wollte es nur ausgesprochen hören, wollte ein gewisses Maß an Ehrlichkeit auf beiden Seiten erreicht sehen.

«Ich habe nicht geahnt», sagte Esther, «dass es je so weit kommen würde.»

«Ich war ein Lockvogel.» Jackie sprach es aus, damit Esther es nicht zu tun brauchte. «Sie wollten sehen, ob man Sie und Ihre Bewegung immer noch überwacht.»

«Nicht mehr», sagte Esther. «Diese Arbeit ist wichtig, und Sie sind ein wichtiges Mitglied unseres Teams.»

Jackie blieb beharrlich, aber zugleich so sanft, wie es ging. «Aber zu Anfang war ich der Köder am Angelhaken.»

«Unter äußerster Geheimhaltung.» Reue lag in Esthers Gesicht, ihrem Ton, ihrem bestürzten Blick. «In der Hoffnung, dass man Sie niemals bemerken würde.»

«Aber man hat mich bemerkt.» Sie dachte jetzt laut. Fügte die Bruchstücke zusammen. «Diese Leute sind zu mir gekommen und haben mein Apartment verwüstet, was bedeutet, dass man Sie noch immer für eine Bedrohung hält.»

«Uns», korrigierte Esther. «Dass man uns für eine Bedrohung hält.»

«Es war also nicht nur Ihr Ehemann, der Ihnen Sorgen gemacht hat. Ist es nicht so? Sie mussten wissen, ob es außer Ihrem Graham noch mehr gibt, was denen Sorgen macht.»

«Sie wären niemals auf jemanden losgegangen, der so weit entfernt von der Washingtoner Szene ist», bestätigte Esther leise. «Nicht, wenn dies nur ein Kampf um ein Gesetzesvorhaben wäre, dessen Realisierung mit jedem Tag, der vergeht, unwahrscheinlicher wird.»

«Sie befürchten, dass wir etwas herausfinden», sagte Jackie. «Das heißt, dass Zeit ein wichtiger Faktor ist. So wichtig, dass sie ihre Deckung verlassen haben, als sie merkten, dass ich herumschnüffelte.»

«Sie ist gut», sagte Kay Trilling leise. Die Worte schmeckten ihr nicht, aber sie sprach sie trotzdem aus. «Sehr gut.»

«Es gibt etwas, das Sie wissen müssen», sagte Jackie und berichtete den beiden von dem Kontakt, den ein junger Mann, der keinen Schimmer gehabt hatte, wie man in stürmischem Gewässer ein Boot führt, mit ihr aufgenommen hatte.

Als sie geendet hatte, dachten die beiden Frauen kurz nach. «Boatman sagt mir überhaupt nichts», erklärte die Senatorin dann. «Die Beschreibung auch nicht. Vielleicht war es einer von Sybels Leuten.»

«Darüber können wir uns jetzt nicht den Kopf zerbrechen.» Esther streckte sich und sah Jackie an. «Wir müssen Wynn Bryant in den Kongressferien nach Rom einladen. Und wir wollen, dass Sie ihn begleiten.»

Den letzten Teil fand Jackie unbegreiflich. Also sagte sie nur: «Ich habe nichts dagegen, Ihnen zu helfen. Aber ich vermute doch, dass ein Kongressabgeordneter seine eigenen Pläne hat. Und ich könnte mir vorstellen, dass ein Last-Minute-Ausflug nach Rom nicht dabei ist.»

«Oh, Wynn wird schon fliegen», sagte die Senatorin. «Dafür hat Sybel bereits gesorgt. Wir wollen es nur offiziell machen.»

16
Sonntag

Am Sonntagabend fuhr Wynn mit dem Taxi vom Willard nach Georgetown. Der Sprühregen hatte aufgehört, und so ließ er sich ein paar Straßen vor dem Restaurant absetzen, in dem er mit Valerie verabredet war. Er spazierte die grelle M Street entlang, betrachtete das muntere Völkchen, das hier unterwegs war und die Läden und hörte die Musik, die hämmernd aus jeder offenen Tür dröhnte. Junge wohlhabende Menschen strömten an ihm vorbei, und alle trugen sie die Masken von Leuten, die entschlossen sind, fast alles zu glauben, solange es ihnen einbringt, was sie wollen.

Auf halbem Wege ging Wynn langsamer und rief zum fünften Mal an diesem Tag bei seiner Schwester an. Die Telefonistin erkannte inzwischen nicht nur seine Stimme, sondern fing an, ein wenig von seiner Besorgnis zu teilen. Nein, sie wusste nicht, wo die Gattin des Gouverneurs war. Nein, der Gouverneur war immer noch nicht zu sprechen. Nein, sie hatte seine Nachrichten nicht weitergeleitet, weil der Gouverneur weder angerufen hatte noch erschienen war. Dann begriff sie, dass sie so etwas nicht hätte zugeben dürfen, und unterbrach die Verbindung. Wynn ging weiter, und allmählich dämmerte ihm, wie sehr er den offenen Zugang zu Sybel für selbstverständlich gehalten hatte.

Das Ristorante Piccolo lag in einem winzigen Haus im Federal-Stil, das mit Gaslaternen beleuchtet war. Durch die bleiverglasten Fenster sah Wynn ein intimes Interieur mit Tischen, die mit funkelndem Kristall und steifleinenen Servietten geschmückt waren. Das Lokal bot all den Charme, den Georgetown für sich in Anspruch nahm, aber nur selten wirklich zeigte.

Valerie erwartete ihn an einem Tisch am Fenster. Als sie aufstand, um ihn zu begrüßen, sah man, dass sie ein schenkellanges Etwas in weich anliegendem Beige trug. Sie küsste ihn auf die Wange und sagte: «Gefällt's Ihnen?»

«Sehr.»

«Auf der Liste der politischen Power steht es nicht besonders hoch. Aber das Essen ist ausgezeichnet, und die Räumlichkeiten sind klein und intim.»

«Oh. Sie meinen das Restaurant.»

Sie rümpfte die Nase, und ihr Gesichtsausdruck war eine Mischung aus Lächeln und Einladung. Noch einmal, leiser diesmal, fragte sie: «Gefällt's Ihnen?»

Seine Hand lag noch immer auf ihrer Hüfte. «Es ist, als hielte man eine Wolke in der Hand.»

«Der Stoff heißt Pashmina. Eine Mischung aus Seide und Cashmere.» Sie machte zwei Schritte und eine halbe Drehung. Wynn fand, dass sie aussah wie ein tanzendes Rehkitz.

«Was hätten Sie gern?»

Erst jetzt merkte er, dass der Kellner sie breit grinsend beobachtete. «Eine Minute, um Atem zu holen.»

Als sie allein waren, sagte sie über den Tisch hinweg: «Sie sahen so besorgt aus, als Sie hereinkamen.»

«Ich kann meine Schwester nicht erreichen. Sie ist sonst immer erreichbar. Immer.»

«Sybel Bryant Wells. Eine beachtliche Lady nach allem, was man hört.»

«Ich komme nicht darüber hinweg, wie viel Sie über mich wissen.»

«Sie sind jemand, der Macht hat, Congressman. Zu wissen, wer Sie sind, bedeutet auch, zu wissen, wer Sie rühren kann. Freunde, Verwandte, nahe stehende Mitarbeiter, Verbündete, Feinde. Seit Ihrer Ernennung sind unsere Wühlmäuse bei der Arbeit und stellen Ihre Akte zusammen.» Valerie schaute ihm forschend ins Gesicht. «Als Sie kamen, dachte ich, der Abend neulich in Hutchings' Apartment läge Ihnen noch auf der Seele.»

«Das ist auch so.»

Valerie hob die Hand und strich sich ein verirrtes Haar aus der Stirn. «Armes kleines Kerlchen. Immer noch ein bisschen versengt?»

«Mehr als ein bisschen.»

«Dann würde ich sagen, Esther Hutchings hat das Schicksal, das sie verdient.» Sie wechselte das Thema, indem sie ihre Speisekarte aufklappte. «Soll ich für uns bestellen?»

Wynn wusste, dass sie die Stimmung dirigierte, den Verlauf lenkte. Und hatte nicht das Geringste dagegen. «Sie sind eine eindrucksvolle Frau.»

Ihr Blick leuchtete wie das Licht der Kerzen, und sie wandte sich erst ab, als der Kellner wieder erschien. Wynn hörte zu, wie sie mit ihm das Angebot des Abends erörterte und ihm Anweisungen gab, als wäre er ihr Angestellter. Als sie sich wieder umdrehte und seinen Gesichtsausdruck sah, fragte sie nur: «Was?»

«Ich dachte gerade», antwortete er, «dass ich Dümmeres tun könnte, als mich in Ihre Obhut zu begeben.»

Das genügte, um sie über den Tisch langen und eine seiner Hände mit ihren beiden umschließen zu lassen. «Der Traum eines jeden Lobbyisten in der K Street.»

Das ständige Vermischen von Geschäft und Intimität war sehr verstörend und passte sehr nach Washington. «Wohin würden Sie mich führen, wenn das hier geschäftlich wäre?»

«Das kommt darauf an.»

«Worauf?»

«Ob die Welt wissen sollte, dass wir zusammen sind.» Ihr Blick war unterschwellig einladend und erfüllte ihre Worte mit einer zweiten, unausgesprochenen Botschaft. «Für ein Treffen in der Öffentlichkeit würde ich wahrscheinlich La Citronelle aussuchen. Ultralangweilig außen, ultraelegant innen. Hundertfünfzig pro Kopf, plus Wein. Französischer Spitzenkoch. Kellner, die nur zu gern die ungenannte Quelle für die *Washington Post* spielen. Ein erstklassiger Ort, um Geheimnisse durchsickern und den Boss wissen zu lassen, dass man zur gegnerischen Mannschaft übergelaufen ist.»

«Und wenn es geheim bleiben sollte?»

«Ein Privatzimmer im Hay Adams. Oder im Mayflower. Ein Butler, der uns einlässt, uns die Mäntel abnimmt, die Tür bewacht. Wir würden nach Wanzen suchen, und dann würden wir nur flüsternd miteinander sprechen. Und immer davon ausgehen, dass das Geheimnis nicht lange geheim bleiben wird.»

«Und wie kommt ein nettes Mädchen wie Sie …»

Sie zog die Hände weg. «Stopp. Bitte. Sarkasmus steht Ihnen nicht.»

«Also schön. Wieso Washington?»

«Schon besser. Immer ehrlich bleiben, Wynn. Es gibt fast keine Ehrlichkeit in unserem Spiel. Also wollen wir sie zwischen uns erhalten.»

«Okay.»

«Ich liebe D.C. Immer schon. Mein Vater war in den Achtzigerjahren Geschäftsträger der britischen Botschaft. Mein Abschied war nur vorübergehend. Ich wusste, dass ich wiederkommen und hier leben würde.»

«Warum?»

«Weil es so frisch ist. Vibrierend, neu, absolut lebendig. Sie ahnen nicht, wie selten man so etwas in einer Hauptstadt findet. Europäische Hauptstädte sind zugeschüttet von Geschichte und Tradition, und jede Andeutung von Freiheit wird restlos erdrückt. Und Afrika – was für eine trostlose Gegend. Asien ist fast genauso schlimm: all diese Möchtegern-Potentaten mit ihrer Heidenangst vor jeder Veränderung. Glauben Sie mir, Washington ist einzigartig. Diese Stadt erfindet sich alle vier Jahre neu. Demokratie im elektronischen Zeitalter. Lassen Sie sich nur ein paar Monate Zeit, dann werden Sie es verstehen.»

Beim Dessert erkundigte Valerie sich nach dem Kongress des vergangenen Tages und lauschte mit dem konzentrierten Schweigen einer professionellen Zuhörerin. Dann wischte sie alles, was er gesagt hatte, mit wenigen Worten vom Tisch. «Sie sind typisch für diese Verlierer voll guter Absichten, die das Ödland jenseits des Beltway bevölkern. Vergessen Sie diese Leute, Wynn. Sie sind nicht wichtig.»

«Graham war anderer Ansicht.»

«Ich sehe, dass seine Rede Eindruck auf Sie gemacht hat. Ich habe sie auch schon gehört. Leidenschaft ist ansteckend, vor allem, wenn sie echt ist. Und Graham Hutchings war ohne Zweifel aufrichtig in seinem Kampf gegen die Banken.» Sie winkte nach der Rechnung. «Auf dem Holzweg, aber leidenschaftlich.»

Er wollte fragen, woher sie ihre Kenntnisse habe, aber sie beugte sich wieder vor und legte ihm einen Finger an die Lippen. «Eine Bitte. Vorgetragen mit der Klugheit einer Frau, die dieses Spiel schon sehr viel länger spielt als Sie. Lassen wir das Thema fallen, ja? Es war ein Fehler, dass ich überhaupt davon angefangen habe.»

«Nein, das war es nicht.»

«Ich komme irgendwann nächste Woche in Ihrem Büro vorbei und lege es Ihnen schwarz auf weiß dar.»

«Darauf freue ich mich.»

«Danke, Wynn.» Sie streckte dem Kellner, der mit der Rechnung kam, ihre Kreditkarte entgegen und nahm Wynn jede Chance, den Kavalier zu spielen. «Jetzt haben Sie die Wahl. Wir könnten zu Kaffee und Nightcap ins Bijou Bijou gehen. Das ist nur ein kleines Stück weit die Straße hinauf.»

«Oder?»

Sie stand vom Tisch auf und umhüllte sich mit einem zum Kleid passenden Tuch. Als er zu ihr trat, zerschmolz sie an ihm. «Oder wir könnten einen Spaziergang machen.»

«Ein Spaziergang wäre nicht schlecht.»

Sie verließen das Restaurant und wandten dem bunt leuchtenden Chaos der M Street den Rücken zu. Valerie führte ihn eine ausgetretene Backsteintreppe hinunter zum Treidelpfad am C&O Canal. Sie kamen an dem Wasserfall an der Thomas Jefferson Street vorbei und blieben stehen, um bewundernd zuzuschauen, wie drei Paare in Musselin- und Webkleidern ein Kanalboot durch die benachbarte Schleuse manövrierten, und dann schlenderten sie in behaglichem Schweigen weiter. Valerie führte ihn die nächste Treppe wieder hinauf zu Dean & Deluca. «Das ist einer der Gründe, weshalb ich so gern in Georgetown wohne», sagte sie.

Eine lange Reihe von Ventilatoren zog sich unter der hohen Ziegeldecke entlang und drehte sich träge über eleganten Backstein- und Keramiktresen. Die Luft war gewürzt von schweren Düften und zufriedenem Geplauder. Valerie führte ihn an Marmortheken vorbei, auf denen Räucherwürste wie Kaminholz gestapelt lagen, vorbei an den zweihundert Käsesorten, die auf Bastmatten lagerten, und entließ ihn dann mit den Worten: «Suchen Sie uns doch einen guten Wein für das Dinner, das ich uns beim nächsten Mal machen werde.» Als sie sich abwandte, fügte sie möglicherweise noch hinzu: «Oder heute Abend noch» – aber er war sich dessen nicht sicher.

Wynn begab sich in den hinteren Teil des Geschäfts, wählte dort zwei Flaschen Teledeschi's Pinot Noir und fand Valerie an der vorderen Theke wieder. Sie nickte kurz und beifällig und streichelte seinen Arm, als er bezahlte. Die Einladung war so unübersehbar wie ein Feuerwerk am Himmel.

Als sie den Laden verließen, klingelte sein Telefon. Er nahm den Wein in die andere Hand, zog das Telefon aus der Tasche und warf einen Blick auf das Display. «Sorry. Das ist Sybel.»

Aber als er auf den Knopf drückte, hörte er Grants Stimme, schroff und zornig. «Ich hoffe, ich störe dich, während du dich gerade besonders gut amüsierst.»

«Was ist los?»

«Sybel hat mich verlassen, das ist los.»

«Sybel ist weg?»

«Habe ich das nicht gerade gesagt? Ich komme gerade von einem Ausflug aus Miami zurück, wo ich Spenden gesammelt habe, und finde nichts als ein leeres Haus. Auf dem Zettel, den sie hinterlassen hat, steht nur, dass sie genug hat. Findest du nicht, dass ich ein bisschen mehr verdient hätte?»

Wynn versuchte seine Wut mit einem gelassenen Tonfall zu überdecken. «Findest du, dass diese niedliche kleine Referentin deine Ehe wert war, Grant?»

«Jetzt hör mal zu.» Der Gouverneur war froh über die Gelegenheit, dem eigenen Zorn Luft zu machen. «Der einzige Unterschied zwischen dir und mir, Freundchen, besteht darin, dass du sehr viel weniger zu verlieren hast.»

«Da hast du vielleicht Recht.» Wynn zwang sich zum Rückzug, er wusste, dass ein Streit nutzlos und sein Resultat vorherbestimmt war. «Was willst du von mir?»

«Hol sie zurück.»

Er sah, dass Valerie an der Hauswand stand und mit dem unverhohlenen Interesse einer Klatschbase lauschte. «Ich bin nicht …»

«Sybel wird dir zuhören. Das tut sie immer.»

«Nicht in diesem Fall.»

«Sag deiner Schwester, wenn sie uns noch eine Chance gibt, werde ich mich ändern.»

Wynn wollte etwas von hoffnungslosen Fällen und allzu späten Wandlungen erwidern, aber er schluckte es herunter. Grant missdeutete sein Schweigen als Einverständnis. «Wir können es als Versuch ansehen, wenn sie will – nur bis zur nächsten Wahl und zu meiner Kandidatur für den Senat. Wenn sie mich danach immer noch verlassen will, gebe ich ihr, was sie will. Das Haus, das Boot, eine gute Abfindung. Alles.» Die wütende Schärfe kehrte zurück. «Aber sag ihr auch, wenn sie nicht zurückkommt und mir über die nächsten sechzehn Monate hilft, dann werde ich sie vernichten, wie sie mich vernichtet. Ich werde um alles kämpfen. Das kannst du ihr sagen. Sie wird dir zuhören.»

Wynn unterbrach die Verbindung und starrte auf die Lichtpfützen der Straßenlaternen auf dem Kopfsteinpflaster. Er hörte Valerie herankommen, aber er konnte nicht riskieren, sich jetzt umzudrehen und ihr zu offenbaren, was er empfand.

Im sanften Ton einer Frau, die alles schon erlebt hat, sagte sie: «Washingtoner Timing. Absolut grauenvoll. Hat schauderhafte Auswirkungen auf das Privatleben eines Menschen.»

«Valerie …»

«Psst. Warten Sie ab und rufen Sie mich an, wenn Sie wieder klar denken können.» Sie beugte sich vor und küsste ihn leicht auf die Lippen. Dann nahm sie ihm die Tüte mit den Flaschen aus der Hand, winkte einem heranfahrenden Taxi, küsste ihn noch ein zweites Mal und ging davon. An der Tür des Taxis drehte sie sich noch einmal um, lächelte ihm zu und war verschwunden.

17

Sonntag

Der Ägypter musste Jackie praktisch ins Willard Hotel schleifen. Unter dem riesigen Kronleuchter der Halle ließ er sie stehen und ging an die Rezeption. «Der Congressman ist nicht hier», sagte er, als er zurückkam. «Wir müssen warten.»

«Der Typ wohnt hier in einer Suite?» Jackie stolperte über ihre eigenen Füße, als er sie zu einem Sofa führte – das kam davon, dass sie versuchte, in sechs verschiedene Richtungen auf einmal zu schauen. «Ständig?»

«Mir gefällt das nicht.» Nabil Saad sprach jetzt mit sehr viel stärkerem Akzent; man merkte, dass es ihn irritierte, herumgeschoben zu werden. «Man lässt die Kobra nicht bei den Tauben schlafen.»

«Wynn Bryant ist also wirklich der Feind?»

«Ich höre, was Sie hören, Ms Havilland.»

«Ich dachte, wir wollten uns mit Vornamen anreden.»

«Ja. Sie haben Recht. Jackie. Esther Hutchings hat ihn einen Feind genannt. Bryants Schwester habe ich seit vielen Jahren nicht gesehen. Sie kennen Mrs Wells?»

«Woher denn? Vergessen Sie nicht, mit wem Sie hier reden.»

«Natürlich. Verzeihen Sie. Morgen fliege ich nach Kairo, und dort werde ich gezwungen sein, zuzusehen, wie Grahams Lebenswerk sich auflöst.» Sein fahles Gesicht verriet Erschöpfung und Anspannung. «Ich kannte Wynn Bryant und seine Schwester vor vielen Jahren. Seit meiner Kindheit habe ich ihn nicht mehr gesehen. Und dies ist nicht die Art, wie ich die Bekanntschaft gern erneuern würde. Nicht hier, und nicht auf diese Weise – wenn ich mich fragen muss, ob der Mann, der auf uns zukommt, der Freund ist, den wir brauchen, oder der Feind, den wir fürchten. Nicht heute Abend.»

«Ich glaube nicht, dass er ein Feind ist.» Nabil sah sie aufmerksam an, hatte aber an ihrer Bemerkung nichts auszusetzen. «Er hat nicht die leiseste Ahnung von irgendetwas.»

«Aber das bedeutet, dass unsere Gegner ihn immer noch benutzen könnten.» Nabils Blick glitt an ihr vorbei, und er stand auf. «Da ist er.»

Der Congressman hatte ein Telefon am Ohr, als er hereinkam. Sein Blick ging über Nabil hinweg, ohne innezuhalten, und richtete sich dann auf Jackie. Er beendete sein Telefonat und kam herüber. «Hätten Sie was dagegen, mir zu erzählen, wie Sie es schaffen, zu den unpassendsten Zeiten aufzukreuzen?»

Jackie deutete auf den Ägypter. «Man hat mich gebeten, herzukommen und Sie mit jemandem bekannt zu machen.»

Aber er ließ sie nicht aus den Augen. «Erst in Esthers Wohnzimmer, dann in College Park. Jetzt hier. Ihr Timing ist wirklich außergewöhnlich.»

Was Wynn trug, hätte Jackie als die Freizeitkleidung eines reichen Mannes eingestuft. Eine Wildlederjacke, leicht genug für den milden Frühlingsabend, eine Gabardinehose, Schuhe aus geflochtenem Leder, so geschmeidig, dass er sie wahrscheinlich wie Socken zusammenrollen konnte. Sie besaß lebenslange Erfahrung darin, solche Leute abzuwehren. «Nabil ist ein Freund von Esther.»

«Und das soll mir etwas sagen?» Wynn musterte Nabil. «Wir haben uns in Kay Trillings Büro gesehen.»

«Ganz recht, Congressman.»

«Hat das etwas mit dem Verschwinden meiner Schwester zu tun?»

Nabil räusperte sich und sagte in formellem Ton: «Ich bringe Ihnen eine Nachricht von Sybel.»

«Das hätte ich mir denken können.» Wynn verschränkte die Arme. «Schießen Sie los.»

«Sie bittet Sie, zu ihr nach Rom zu kommen.»

«Völlig ausgeschlossen.»

«Sie bittet Sie, dies als den Geburtstagswunsch zu behandeln, dem Sie neulich nicht zugestimmt haben.»

Jackie sah, wie der Schmerz, den sie in Esthers Wohnzimmer gesehen hatte, von neuem auf seinen Zügen erschien. Zu ihrer Überraschung richtete er eine Frage an sie statt an Nabil. «Wissen Sie genug, um zu wissen, welche Frage man diesem Mann stellen muss?»

Die Worte klangen kraftvoll, aber sein Blick war es nicht. Er war nicht nur verwundet. Er hatte Angst. «Vielleicht.»

«Dann stellen Sie die Frage für mich, ja?» Er wandte sich wieder dem Ägypter zu. «Ob ich fahre oder nicht, hängt davon ab, was Sie ihr antworten.»

Es beunruhigte Jackie, dass sie unversehens eine Verbündete dieses Mannes war, den Esther als Feind bezeichnete. Aber bevor sie etwas sagen konnte, unterbrach Nabil sie. «Ihre Schwester ist eine gute und tapfere Frau, Congressman. Gehen Sie nach Sant'Egidio in Rom. Fragen Sie nach Pater Libretto. Sie bittet Sie, sich selbst ein Bild zu machen und dann zu entscheiden. Wenn Sie auf unserer Seite sind, wird man Ihnen alles erklären. Wenn nicht, können sie wieder abreisen und werden in Ihrer Unwissenheit sicher sein.»

«Hat das irgendetwas mit dieser Jubilee-Sache zu tun?»

«Bewegung», korrigierte Jackie. «Jubilee-Bewegung.»

«Von mir aus.» Er sah wieder Nabil an. «Was hat die Schuldenkrise der Dritten Welt mit dem zu tun, wovon Graham in seiner Rede gesprochen hat – mit der Bankenkrise und den Hedgefonds und all dem?»

Aber der Ägypter entfernte sich schon steifbeinig. «Kommen Sie nach Rom oder kommen Sie nicht. Das ist alles, was ich Ihnen sagen soll.»

Wynn sprach so laut, dass er die Aufmerksamkeit anderer

Gäste in der Lobby erregte. «Wie kommt es, dass wegen dieser Sache alle möglichen Leute an mir zerren?»

«Ihre Schwester hat ihre Bitte übermittelt. Ob Sie sie erfüllen oder nicht, das ist Ihre Entscheidung.» Nabil stürmte durch die Drehtür und war fort.

Wynn Bryant sah nachdenklich zu, wie die Tür sich immer langsamer drehte und schließlich stehen blieb. «Sie hätten noch ein paar Namen wie Trastevere und Hayek in die Mischung rühren sollen», sagte Jackie. «Da hätten Sie ihn vielleicht wirklich zum Tanzen gebracht.»

Was immer er in der leeren Tür sah, bedrückte ihn sichtlich. «Er kam mir bekannt vor.»

«Er heißt Nabil Saad.» Als er darauf nicht reagierte, fügte sie hinzu: «Er sagt, Sie kannten sich als Kinder.»

Diese Neuigkeit ließ ihn noch weiter in sich zusammensinken. Er wandte sich von ihr ab und ging mit dem schlurfenden Gang eines alten, gebrechlichen Mannes davon. «Sagen Sie ihnen, ich fahre.»

«Ich soll mitkommen.» Sie hatte Mühe, das Entzücken in ihrer Stimme zu verbergen. Aber Wynn ging einfach weiter, bis er verschwunden war.

Rom.

Jackie wartete mit ihrem Anruf bei Esther, bis sie wohlbehalten wieder in ihrem Zimmer im Howard Johnson's war. Der Freeway-Verkehr, der vor dem Fenster rumpelte, war eine willkommene Erinnerung an die Wirklichkeit nach dem Glanz und Glamour im Fantasieland des Willard. «Wie geht es Ihrem Mann?»

Esther klang glücklich auf die stille Art der in alle Ewigkeit Erschöpften. «Als er heute Nachmittag aufwachte, hat er meine Hand gehalten. Er hat versucht zu sprechen.» Mit Gewalt musste sie sich von dem Gedanken an das Krankenzimmer losreißen. «Was hat Wynn zu Nabil gesagt?»

«Er fliegt.»

«Damit war vermutlich zu rechnen. Haben Sie einen Pass?»

«Preston hat dafür gesorgt, dass ich mir einen besorge. Sie wissen von Preston?»

«Ihr Bruder.»

«Wir haben immer davon gesprochen, dass wir eine weite Reise machen wollten. Ab und zu sind wir an den Wochenenden irgendwo hingeflogen, einmal sogar auf die Bahamas. Aber die größeren Reisen habe ich immer aufgeschoben, bis wir mehr Zeit hätten.»

«Sie vermissen ihn sehr.»

«Preston war die einzige wirkliche Familie, die ich je hatte.» Sie sagte es ohne Schmerz. Fast. «Und was soll ich jetzt tun, nachdem Wynn sich entschlossen hat, zu fliegen?»

«Ich schicke morgen früh einen Mitarbeiter mit Ihren Reiseunterlagen zum Flughafen.»

Ein Schauer durchrieselte sie. Rom! «Ich meine, wenn ich da bin.»

«Sybel hat gesagt, Wynn soll über die Kirche von Sant'Egidio Kontakt mit ihr aufnehmen. Sie steht an einem Platz namens – warten Sie, ich habe den Zettel in der Tasche. Piazza Trastevere. Muss ich Ihnen das buchstabieren?»

«Nein.»

Esther bemerkte die Veränderung. «Sie haben noch mehr Fragen.»

«Noch Tausende.» Aber die Frau klang so müde, und dieser Abend war so aufregend, dass sie in diesem Moment nur eine einzige Frage stellen konnte. «Wie kann ich für mich bekommen, was Sie mit Graham haben?»

«Das ist im Augenblick nicht das Thema. Sie wollen wissen, was ich Ihnen bis jetzt nicht vollständig erklärt habe. Warum ich Sie engagiert habe.»

Jackie trug das Telefon zum Bett und setzte sich.

«Nachdem Sie gegangen waren, habe ich gründlich nachgedacht. Sie hatten Recht, danach zu fragen. Das Vertrauen zwischen uns muss auf Aufrichtigkeit und Ehrlichkeit basieren. Meinen Sie nicht auch?»

Jackie rutschte vom Bett auf den Boden. Zog die Füße unter sich. Lehnte sich an das Bett. «Ja.»

Esther wartete, während aus den Krankenhauslautsprechern eine Mitteilung rasselte. «Ich habe einen Privatdetektiv beauftragt, einen Mitarbeiter von Hayek ausfindig zu machen, der ein Hühnchen mit ihm zu rupfen hatte. Jemanden, der so verbittert war, dass er mit dem größten Vergnügen alles riskieren und das suchen würde, was wir nicht finden konnten.»

«Und Sie haben Shane gefunden.» Das Wort schmeckte so bitter, dass es ihr die Kehle zuschnürte und ihr den Atem nahm.

«Wir haben Sie gefunden. Und trotz allem, was Kay Trilling vielleicht denkt, bin ich davon überzeugt, dass Gott dabei die Hand im Spiel hatte.»

Die Schlinge lockerte sich so weit, dass Jackie wieder atmen und sprechen und das Thema von sich schieben konnte. «Ich muss Ihnen sagen, ich glaube nicht, dass Wynn ein Feind ist. Er tappt in all dem herum wie ein Blinder.»

Esther schwieg, während zwei weitere Ansagen durchgegeben wurden. «Wynn Bryant wird alles und jeden seinem eigenen Ehrgeiz opfern. Seine Frau war über ein Jahr lang krank, und er war so blind, dass er es nicht gesehen hat. Ich war es, die beim Arzt ihre Hand gehalten hat und an deren Schulter sie weinen konnte, und dann musste ich zu ihm gehen und ihm sagen…» Eine neue Lautsprecherdurchsage unterbrach sie; vielleicht benutzte sie sie auch nur als Vorwand, um nicht weiterreden zu müssen. Als es wieder still war, sagte Esther nur: «Behalten Sie ihn im Auge.»

18
Montag

Pavel Hayek stand an seinem Fenster, und was er sah, war nicht sein jetziges Reich, sondern die Lehen seiner Vergangenheit und die, die noch kommen würden. Über seine Organisation in Orlando, klein im Vergleich zum weitläufigen Campus von Schwab, der weiter nördlich lag, war in zahllosen Zeitschriften berichtet worden; unter anderm war sie auf dem Cover des *Architectural Digest* erschienen. Das Hauptgebäude war eine moderne Wiedergabe des früheren Schlosses seiner Familie, ein Geheimnis, das nur er selbst kannte. Der Architekt hatte nur ein Foto des Gebäudes bekommen, das heute ein Museum war, und er war beauftragt worden, Hayeks tschechisches Erbe mit der Wall Street zu verschmelzen. Dieser Finanzpalast hatte keine Türme, keine livrierten Diener begrüßten ihn, wenn seine Kutsche zu Beginn eines neuen Tages vorfuhr. Aber die ausladende Grandezza war gut eingefangen, und auch der Eindruck von Macht.

In Wahrheit hatte er die Dienerschaft nie gekannt, aber für ihn lebte sie noch immer, in sein Hirn eingebrannt durch die verbitterten Tiraden seiner Mutter.

Die Gerüchte entsprachen der Wahrheit. Pavel Hayek war ein Prinz. Über die Mutter seiner Mutter war er mit den Romanows verwandt und über diverse andere Familienmitglieder mit sechs regierenden europäischen Monarchen. Sein Lehensgut hatte östlich von Prag gelegen, ein Anwesen größer als Rhode Island. Aber seine Familie hatte alles verloren, als die Nazis die verschlissenen Überreste des österreich-ungarischen Reiches geschluckt hatten.

Pavel war in den letzten Tagen des Zweiten Weltkriegs geboren worden, in einer Kate hinter den Stallungen des Schlosses, in der früher der Verwalter gewohnt hatte. In der chaotischen Periode zwischen der Niederlage der Nazis und der Ankunft der Russen war es seiner Familie gelungen, nach Westen zu fliehen. In seinen ersten Erinnerungen sah er seine Mutter vor den ausgebrannten Ruinen des Schlosses stehen und mit schriller Stimme Beschimpfungen gegen die Männer zu schleudern, die ihre Welt zerbombt hatten. Dann hatte sein Vater sie in einen gestohlenen Lastwagen getrieben, der mit ihren wenigen verbliebenen Besitztümern und den tonnenschweren Trümmern ihres zerschlagenen Stolzes beladen war. Pavel hatte neben seiner weinenden Mutter auf dem Sitz gekniet und durch das hintere Tor gesehen, wie der Mond die klaffenden Wunden ausfüllte und das Schloss wieder zusammenfügte.

Mit einer Generation zerlumpter Adliger waren sie in Paris gelandet. Pavels Vater wurde zu einem Experten darin, mit seinen verschlissenen Titeln die Tatsache zu verschleiern, dass er nichts weiter war als ein Bettler mit Allüren. Als sie in Frankreich nicht länger willkommen waren, waren sie zunächst nach London und schließlich nach New York gezogen. Dort hatten sie vom letzten Schmuck seiner Mutter ein kleines Lebensmittelgeschäft in der Bronx gekauft.

Von seiner beschämten, verbitterten Mutter hatte Pavel zwei Dinge geerbt: eine verzweifelte Gier nach allem, was er nie gekannt hatte, und Manierismen, die so inhaltsleer waren wie seine Titel. Von seinem Vater erlernte er die düstere Realität der Armut zu erkennen, und er war entschlossen, es in dieser neuen Welt, in der das Geld regierte, zu etwas zu bringen.

Durch seine zielstrebige Arroganz isoliert, hatte Pavel immer zuversichtlicher daran geglaubt, dass er dazu geboren war, den Mantel eines Herrschers und die Einsamkeit eines Monarchen zu tragen. In der Schule hatte er ausgezeichnete Leistungen erbracht, weil es ein Mittel zum Zweck war. Aus dem gleichen Gund hatte er danach eine Stellung bei Lehman Brothers angetreten. Gegen Ende der Achtzigerjahre, als Hedgefonds unter den Reichen und Mächtigen immer populärer geworden waren, hatte er sich selbstständig gemacht. Vierzehn Jahre, ein paar gute Vorahnungen und etliche Glückstreffer später war er bereit, die letzte Hürde zu nehmen und seine Bestimmung endlich zu erreichen.

Das Hauptgebäude war aus Glas und cremefarbenem Stein. Zu beiden Seiten erstreckten sich halbmondförmige Nebengebäude – Research zur Linken, die Rechtsabteilung zur Rechten, beide mit korinthischen Säulen aus brasilianischem Marmor geschmückt. Eine kleinere Version des Hauptgebäudes erhob sich vor Hayeks Penthouse-Fenstern; in seinen drei Stockwerken residierten Verkauf und Verwaltung. Die Wege im Innenhof waren aus dem gleichen Stein wie die Gebäude und umgaben eine ovale Plaza, auf der ein riesiges H aus poliertem Onyx prangte. Subtropische Blumen blühten in sorgsam kultiviertem Überfluss. Im Zentrum des Kreises lag ein See, dessen stille Oberfläche von einem Springbrunnen und sechs umhergleitenden Schwänen gekräuselt wurde. Wenn ein gelegentlicher Besucher aus der Wall Street wissen wollte, warum Hayek so weit in den Süden gezogen sei, führte Hayek ihm immer diese Anlage vor. In Wirklichkeit hatte er New York allerdings nur verlassen, weil Geheimnisse dort zu schwer zu bewahren waren, wie er aus bitterer Erfahrung wusste. Nein, sein Palast in Florida diente vor allem dazu, seine Söldner zu beherbergen und sich insgeheim auf die bevorstehende Schlacht vorzubereiten.

An diesem Montag jedoch fluchte Hayek im Stillen über die unsichtbare Schwachstelle in seinem Reich. Die kristallene Klarheit seiner Pläne war getrübt von den Wellen unkontrollierbarer Risiken, und die Quelle dieser Risiken war die meistgefürchtete von allen.

Hinter ihm klopfte es. Als er nicht antwortete, öffnete sich die Tür, und gemessene Schritte blieben vor seinem Schreibtisch stehen. Nur ein einziger Mann hatte hier Tag und Nacht Zutritt. Und Jim Burke kannte seinen Boss gut genug, um zu wissen: Was immer er mitbrachte, und wie dringend es auch sein mochte, es würde warten müssen, bis Hayek mit dem Nachdenken fertig war. Für einen Amerikaner war der Mann nicht übel abgerichtet.

Endlich wandte Hayek dem Fenster und seiner Zukunft den Rücken zu. «Ja?»

«Unser Mann hat soeben bestätigt, dass die Bank of America vorgehen wird, wie man es gerüchteweise hört.»

Hayek ließ sich in seinen Sessel gleiten. «Da ist er sicher?»

Burke blieb stehen, da er nicht eingeladen worden war, Platz zu nehmen. «Er hat bereits seine Kündigung. Sein Flugzeug müsste in drei Stunden landen. Anscheinend setzt die B of A alle ihre Händler auf die Straße und konsolidiert ihre Operationen in Chicago und New York.»

«Wird der Markt sie ohne unsere Intervention absorbieren?»

«Ausgeschlossen. Ich hab's überprüft. Die Wall Street ist schon dabei, ihr totes Holz abzustoßen. Chicago stagniert.»

«Ihre Händler dürften also zur Stunde in Panik geraten.»

Burke zeigte einen Moment lang Unbehagen. Er wurde dafür bezahlt, dass er alle Antworten parat hatte, wenn er kam. «Ich habe mich nicht ausdrücklich danach erkundigt. Aber für mich hörte es sich so an.»

«Die fünfundzwanzig Trader plus Mitarbeiterstab sind bereits ausgewählt?»

«Einsatzbereit.»

«Holen Sie sie. Noch heute. Und erinnern Sie sie an die entscheidende Auflage.»

«Absolute Geheimhaltung», bestätigte Burke.

«Mehr als das. Sie sind ein verdeckter Kader. Sie müssen ein eng verschworener Clan bleiben, isoliert und ganz für sich. Irgendwelcher Umgang mit den anderen Händlern, und sie sind entlassen. Alle. Sorgen Sie dafür, dass ihnen das klar ist.» Er deutete auf den Stuhl vor seinem Schreibtisch, griff zum Telefon und instruierte seine Sekretärin. «Lassen Sie Mr Ready heraufkommen.»

Burke beobachtete, wie er den Hörer auflegte. «Ich traue Colin Ready nicht. Keinen Zoll weit.»

«Ihre Gefühle für Mr Ready sind mir bekannt.»

«Er hat Zugang zu fast allem in unserem System. Nicht zu reden von den schrägen Aspekten in seinem Background. Er ist ein Hackerwolf im Schafspelz.»

Hayek musterte seine Nummer zwei. Der Mann war wirklich ziemlich abstoßend. Das Haar so kurz geschnitten, dass man die Kopfhaut sehen konnte, die Augen so schmal und manisch wie glühende Kohlensplitter, die Kleidung von unfehlbar schlechtem Geschmack. Aber hochintelligent. Und äußerst loyal. «Ihnen ist natürlich klar, dass unsere Gäste in Grau Spione sind.»

Burke zeigte sich überrascht angesichts dieses plötzlichen Themawechsels. «Ja.»

«Jemand mit den paranoiden Neigungen unserer brasilianischen Investoren», fuhr Hayek fort, «würde sich mit simplen Muskelmännern nicht zufrieden geben.»

Burke machte große Augen. «Sie glauben, Colin Ready ist ein Maulwurf?»

«Sie können ihn sich genauer ansehen, aber diskret», sagte Hayek. «Einstweilen werde ich mich mit unseren Brasilianern treffen und mich über ihre Gorillas beschweren. Wir können nicht zulassen, dass hier Infiltratoren herumspazieren und überall ihre Nase hineinstecken. Sie müssen identifiziert und kontrolliert werden. Sonst könnten sie uns vernichten.»

Colin legte den Hörer auf, atmete tief durch und murmelte in sein leeres Kabuff: «Diese Sache könnte sehr schnell sehr übel werden.»

Er schlüpfte in das Jackett, das er für Besuche im Allerheiligsten griffbereit hatte. Dann überprüfte er seine Erscheinung in dem Feng-Shui-Spiegel an der hinteren Wand, den Lisa so sehr gehasst hatte, dass er ihn aus der Wohnung geschafft und behauptet hatte, er habe ihn weggeworfen. Darüber hing Lisas Abschiedsgeschenk, eine Tafel mit der Inschrift: «Das Schicksal ist reprogrammierbar, wenn man es aus höherer Perspektive betrachtet.» Die Worte schienen ihm wie ein Hohn, als er jetzt nach oben ging.

Die Zahl der Gorillas in den grauen Anzügen, die im vorderen Empfangsraum herumlungerten, hatte sich vervielfacht, als wären es bösartige Sporen. Der, der Colin oben gegen die Glaswand geschleudert hatte, durchbohrte ihn mit einem brennenden Blick, als er in den Aufzug trat.

Wiederum führte man Colin geradewegs in Hayeks Büro. Der Unabomber war da, heute vom Hals bis zu den Knöcheln in verschiedene Braunschattierungen gekleidet – Hemd, Krawatte, Gürtel, Hose –, die zu beiden Enden mit einem nicht minder bizarren Schwarz verankert waren, wobei die Sonnenbrille fast so schwer schien wie die Schuhe. Burke war unbestreitbar das abartigste Überbleibsel aus dem zwanzigsten Jahrhundert, das die Gruppe aufzuweisen hatte.

Hayek winkte Colin zu dem Stuhl neben Burke. «Neugier ist nicht immer ein entschuldbares Vergehen, Mr Ready.»

«Wie bitte?»

«Halten Sie sich fern von der Galerie», schnarrte Burke.

«Oh. Ja, selbstverständlich.»

«Und jetzt geben Sie uns ein Update über diese Jägerin», befahl Hayek.

«Entschuldigung, aber wen…»

«Die Havilland», fauchte Burke.

«Das ist sie wohl kaum. Eine Jägerin, meine ich.» Der Winkel, in dem sein Stuhl stand, war schrecklich. Colin fühlte, wie Burkes Todesstrahlen sich seitlich in seinen Schädel bohrten. «An diesem Wochenende hat sie nicht mehr getan, als einen Scheck einzulösen, nach Washington zu fliegen und an einem Kongress in Maryland teilzunehmen. Um offen zu sein, ich bedaure, dass ich Sie überhaupt auf sie aufmerksam gemacht habe. Ich dachte, hinter ihr steckt mehr.»

«Aber sie hat immerhin an dieser Tagung in College Park teilgenommen.»

«Na ja. Aber ich sehe nicht, was…»

«Vielleicht ist Ihnen nicht bekannt, dass Congressman Bryant ebenfalls dort war.»

«Ich habe nicht die Anweisung zur Beobachtung dieses… Verzeihung, wie heißt der Mann?»

«Bryant. Wynn Bryant», sagte der Unabomber.

«Was ist, wenn ich Ihnen sage, dass es Informationen gibt», fügte Hayek hinzu, «die auf eine enge Verbindung zwischen dieser Frau und dem Congressman hinweisen?»

Colin lachte gezwungen. «Ich würde sagen, das wäre ein neuer Hit für alle Verschwörungstheoretiker und Paranoiker.»

«Wie kommt es dann», fragte Hayek, und sein Akzent verlieh seinen Worten leise Bedrohlichkeit, «dass die Havilland im Begriff ist, nach Rom zu fliegen?»

«Wie bitte?»

«Und zwar mit Bryant», fügte Burke hinzu.

«Ihre Daten», sagte Hayek, «sind anscheinend nicht so vollständig, wie Sie uns suggerieren.»

Colin starrte über den Schreibtisch und wusste nicht, was er sagen sollte. Aus dieser Nähe konnte man leicht erkennen, weshalb die Menschen früherer Zeiten ihre Könige oft als

Götter verehrt hatten. So stark war Hayeks Macht. «Ich verstehe nicht …»

«Das zumindest ist unübersehbar.»

«Nein, ich meine, als sie das erste Mal auf dem Monitor erschien, und danach, als ersichtlich wurde, dass Esther Hutchings sie engagiert hatte, da dachte ich, sie würde sich vielleicht als echte Gefahr erweisen. Eine ausgewiesene Bedrohung – angesichts Ihrer Warnung vor einer möglichen Beziehung zu Congressman Hutchings.» Er merkte, dass er plapperte, aber er konnte nicht anders. «Aber was sie gefunden hat, war spärlich. Und ich habe nichts gefunden, was auf irgendwelche Fortschritte deuten lässt. Ich war sicher, dass Mrs Hutchings sie nach Washington zitiert hat, um sie deshalb zu kritisieren.»

«Und Sie haben sich geirrt», sagte Hayek. «Ein gefährlicher Irrtum.»

«Anscheinend.» Colin riskierte einen kurzen Seitenblick auf Burke. Der Mann starrte ihn feindselig an, ohne mit der Wimper zu zucken. «Ich bin völlig ratlos.»

«Das ist inakzeptabel. Ich muss wissen, ob diese Frau eine Sturmwarnung ist oder bloß ein kurzer Windstoß. Es gibt nichts, was ich mehr verabscheue als unbekannte Risiken.» Hayek deutete zur Tür. «Gehen Sie los und stellen Sie präzise fest, was da vorgeht.»

Colin sprang kerzengerade auf. «Jawohl. Gewiss. Selbstverständlich.»

«Antworten.» Hayeks Kläffen trieb ihn zur Tür. «Und zwar alle. Sofort.»

19
Montag

Als Jackie zum Dulles Airport kam, war sie so aufgewühlt wie der Tag selbst. Eine steife Brise war am Nachmittag aufgekommen und hatte immer mehr zugenommen, bis die Bäume unterwürfig die Häupter gesenkt und in dem angstvollen Wissen, das Schlimmeres bevorstand, gebebt hatten. Wolken waren aufgezogen, und starke Mächte rangen miteinander unter dem Bauch des Himmels, und was dabei herauskommen würde, offenbarte sich nur denen, die die Schrift von Blitzen und peitschendem Regen zu lesen wussten. Sie war den Tag über himmelhoch jauchzend und zu Tode betrübt gewesen, und die Stresseinkäufe, die sie getätigt hatte, hatten ihr wenig Trost gespendet.

Zuerst hatte sie ein paar Kleider und Kosmetika gekauft, lauter Dinge für ein Wochenende in der Großstadt, die sie nicht mitgenommen hatte. Dann verbrachte sie zweieinhalb Stunden mit luxuriösen Erwägungen über den neuen Computer, den sie sich kaufen wollte, bevor sie sich für eine echte Kostbarkeit entschied: ein superflaches Sony-Notebook mit 30-Gigabyte-Festplatte, optionalem CD-Brenner und einem 15-Zoll-TFT-Display. Nicht, dass sie so viel transportable Power gebraucht hätte. Sie tat es, weil sie es konnte, nachdem sie Esthers Honorarscheck angenommen hatte. Nachdem sie sich gezwungen hatte zu akzeptieren, dass sie wirklich tat, was sie tat. Dass sie ihr Leben lebte. Nach Rom reiste.

Jackie hatte immer viel von ihrer Mutter in sich wieder gefunden. Der bittere Gestank unverdienten Leids verführte sie dazu, das Leben mit dem hochfahrenden Blick eines Menschen zu betrachten, der allen Beziehungen abgeschworen hat. Vielleicht hatte sie sich deshalb immer so entschlossen gegen ihre Mutter gewehrt, still und verstohlen und unter Vermeidung jeder direkten Auseinandersetzung. Sie wusste, wie leicht es wäre, anzunehmen, dass das Leben sie nie wieder besser behandeln würde, so sehr sie sich auch bemühen mochte, also lohnte sich die Mühe nicht. Sie lag nicht bloß mit dem Leben im Streit, sondern mit sich selbst.

Und deshalb wollte ein Teil ihrer selbst, noch während sie die Halle des Dulles Airport durchquerte, die ganze Reise als Lüge abtun.

«Ms Havilland?»

Sie erkannte den Mann, der auf sie zukam, als Carter Styles, den übergewichtigen Zeitungsvorleser. Seine Schweinsäuglein waren rot vor Müdigkeit, und seine Stimme knirschte wie Kies auf einer rostigen Schaufel. «Wir haben eine sehr schlimme Nacht hinter uns. Esther kann sich nicht leisten, der Presse eine Zielscheibe zu bieten.»

«Geht es Graham schlechter?»

«Nein, tatsächlich geht es dem alten Herrn besser.» Er überreichte ihr einen Plastikumschlag. «Flug, Hotel, Instruktionen.» Er wandte sich zum Gehen. «Gute Reise. Und lassen Sie Bryant nicht aus den Augen.»

«Einen Augenblick …»

«Lady, ein Augenblick gehört zu den Dingen, die ich nicht übrig habe. Lesen Sie die Ausschnitte, und Sie werden alles verstehen.» Er huschte davon und verschwand im geschäftigen Gedränge.

Jackie riss den Umschlag auf. Zuoberst fand sie einen Zeitungsartikel aus dem *Orlando Sentinel* vom Tage. Die Schlagzeile lautete: «Ehemaliger Kongressabgeordneter in illegalen Waffenhandel verstrickt». Am oberen Rand stand kurz und handschriftlich: «Rufe Sie an. Gute Reise. E.»

Sie schlängelte sich zum internationalen Check-in und las, während sie in der Schlange stand. In dem Artikel wurde behauptet, man habe Dokumente entdeckt, die Graham Hutchings mit Waffenlieferungen an afrikanische Despoten in Verbindung brächten – anscheinend die wahre Quelle dessen, was er stets als das Vermögen seiner Frau ausgegeben habe. Es wurden Bankunterlagen zitiert, die offenbarten, wie Hutchings insgeheim Firmen geleitet hatte, die Waffen geliefert und Profite abgeschöpft hatten. Von seinem Schlaganfall war nicht die Rede; es hieß nur, er habe kürzlich sein Amt als Kongressabgeordneter unter verdächtigen Umständen niedergelegt.

«Das ist schrecklich, nicht?»

Jackie fuhr herum und sah in Nabil Saads ernstes Gesicht. Heute trug der Ägypter einen Traueranzug von Ungaro, einen mitternachtsblauen Zweireiher mit einem eingewebten Nadelstreifen aus demselben Garn. Er verströmte einen matten Duft nach orientalischen Gewürzen, aber seine Züge zeigten die gleiche sorgenvolle Anspannung wie die von Carter Styles.

Jackie schüttelte die Papiere vor seinem Gesicht. «Unter verdächtigen Umständen?»

«Esther hat Sie vor so etwas gewarnt.» Die Check-in-Schlange bewegte sich einen Schritt weiter. Niemand beachtete sie. Sie waren zwei weitere hyperangespannte Washingtoner Bürokraten, die ihre Arbeit mit in den freundlichen Himmel nahmen. Nabil verlagerte seine Reisetasche in die andere Hand, um nach Jackies Koffer zu greifen. «Gestatten Sie.»

«Ich bin im Moment nicht an Charme interessiert. Ich will Antworten.»

«Wir haben keine.» Ein Blitz erhellte die Züge des Ägypters. Der Wind ließ den Regen gegen die Fenster prasseln. «Ich fliege nach Ägypten. Vielleicht werden wir dort Antworten finden. Aber jetzt nicht. Jetzt habe ich keine.» Er neigte sich zu ihr. «Dies ist die richtige Frage für Ihre Reise. Warum produzieren die Hedgefonds solchen Unrat, um einen Mann zu begraben, der schon nicht mehr da ist?»

Bevor sie antworten konnte, hatte Nabil sich abgewandt und war gegangen. Ihre Frage ging ins Leere. «Woher wissen Sie, dass es ein Foncs ist?»

Der Wind schüttelte den Bus, als sie vom Hauptterminal zum Abflugbereich fuhren. Die Leute klammerten sich an die Haltestangen und spähten ängstlich aus den sturmgepeitschten Fenstern. Der Donner dröhnte lauter als die startenden Flugzeuge.

Der Letzte, der einstieg, bevor die Türen sich schlossen, war Wynn Bryant. Der Mann sah aus, als habe er seit Tagen nicht geschlafen. Als er sich auf den Platz ihr gegenüber setzte, wartete sie, bis ihre Blicke sich trafen, und fragte dann: «Ist dieses Wetter nicht unglaublich?»

Er war der Einzige im Bus, der nicht im Geringsten beunruhigt wirkte. «Wir haben noch fast zwei Stunden bis zum Start. Bis dahin dürfte es sich ausgetobt haben.»

Jackie setzte sich auf den Platz neben ihm. «Sie verstehen etwas von Stürmen?»

«Ich lebe auf dem Wasser. Die Wetterbeobachtung gehört zu meinem Alltag.»

Sie musterte den Mann, das gekerbte Kinn, die tief liegenden Augen, die kraftvollen Züge. Einen Schritt und zehn Jahre vom Aussehen eines Filmstars entfernt. Was absolut nichts bedeutete – höchstens, dass er es verstand, seine Niedertracht tief im Innern zu verbergen. Wenn er wollte. Wenn er dergleichen zu verbergen hatte. «Sie haben ein Boot?»

«Nur eine Vierzehn-Fuß-Jon. Ein kleines Süßwassersumpfboot – nichts Besonderes.»

«Ich hätte Sie eher auf einer verchromten Jacht vermutet.»

«Mit einer Jacht können Sie nicht zum Angeln in die Flachwasserkanäle fahren.»

«Das Einzige, was ich vom Angeln kenne, sind die wilden

Starts zu den Turnieren. Für Windsurfer tödlich. Wir warnen uns gegenseitig auf einer lokalen Webseite vor den regionalen Angelwettkämpfen. Diese Möchtegern-Turnier-Idioten kaufen sich diese flachen Barschboote mit Zweihundert-PS-Zwillingsaußenbordern. Damit ziehen sie zwei Meter tiefe Gräben und werfen mörderische Bugwellen. Das heißt, wenn sie nicht auf eine Wellenfurche treffen und umkippen.»

«Bei denen werden Sie mich nicht finden. Ein Zwanzig-PS-Rasenmäher, mehr nicht.» Er zeigte ein wenig echtes Interesse. «Sie surfen?»

«Auf dem Intracoastal Waterway hauptsächlich. Ein bisschen Wave Jumping vor der Küste. Für solche Stürme lebe ich.»

«Mein Haus steht auf Merritt Island.»

«Dann bin ich wahrscheinlich schon hundert Mal bei Ihnen vorbeigekommen.» Sie fragte sich, welche der Strandvillen wohl ihm gehören mochte.

Der Bus holperte, seufzte und hielt vor dem Abflugterminal. Die Leute drängten hinaus. «Kann ich Ihnen einen Kaffee spendieren?», fragte Wynn.

Jackie erinnerte ihn und sich selbst: «Sie sollen doch der Feind sein.»

Er griff nach seiner Aktentasche. «Da redet Esther. Wird es nicht Zeit, dass Sie selbst Ihr Urteil fällen?»

Wynn führte sie hinunter in die Erste-Klasse-Lounge. Es bereitete ihm das erste karge Vergnügen des Tages zu beobachten, wie sie die wildlederbezogenen Wände und die Intarsienmöbel betrachtete, die lautlos umherhuschenden Kellner, das sanfte Säuseln von arbeitendem Geld. Er wartete, bis sie sich einmal langsam umgeschaut hatte, und bemerkte dann: «Sie reisen nicht regelmäßig.»

«Ich bin kaum mal irgendwo gewesen.»

Einem Impuls folgend, der so merkwürdig war, dass er sich nicht die Mühe machte, ihn auch nur sich selbst gegenüber zu rechtfertigen, sagte er: «Zeigen Sie mir Ihr Ticket.»

«Wozu?»

«Ich will nur sehen, welchen Platz Sie haben.»

«Oh. Okay.» Aber bevor sie es hinüberreichte, fragte sie: «Können Sie mir Ihre Kreditkarte leihen?»

Der ausdruckslose Ton, in dem sie sprach, passte zu ihrem Blick, und er war sicher, dass diese Frau mit dem falschen Mann abgestürzt war und sich aus dem Leben katapultiert hatte. Er wusste, dass sie entweder einen Einwand oder eine Menge Fragen erwartete; also holte er einfach seine Brieftasche hervor und zog die Plastikkarte heraus.

Die schlichte Geste brachte sie aus der Fassung. «Ich habe mir gerade einen neuen Laptop gekauft. Ich brauche einen Online-Account, der nicht auf meinen Namen läuft. Jemand hat mir dazu geraten, weil ich so ein paar Dinge checken kann, ohne dass man mich beobachtet.»

«In Ordnung.»

«Ich zahl's Ihnen zurück.»

«Zerbrechen Sie sich nicht den Kopf deshalb.»

Er ging zur Theke, reichte Jackies Ticket und sein eigenes hinüber und erklärte kurz, was er wollte. Dann ging er in eine Ecke und rief mit dem Handy in Valeries Büro an.

Valerie meldete sich sofort. Ihre Stimme offenbarte eine härtere Person als die, mit der er am Abend zuvor gegessen hatte. «Sind Sie irgendwo, wo ich Sie in einer Stunde erreichen kann?»

«Ich steige gleich in die Maschine nach Rom.»

«Moment.» Es war nur einen Augenblick still. «Tut mir Leid, ich war in einer Besprechung. Sagten Sie Rom?»

«Der Anruf, den ich gestern Abend bekommen habe. Meine Schwester hat ihren Mann verlassen.»

«Oh, Wynn.»

«Ich habe erfahren, dass sie nach Rom verschwunden ist. Ich werde hinfliegen und sehen, ob ich irgendwie helfen kann. Wahrscheinlich vergebliche Liebesmüh, aber außer ihr habe ich keine Familie.»

«Das tut mir so Leid.»

«Danke.»

«Und ich hatte solche Pläne für die kommenden Ferien. Freunde haben mir ihre Jacht angeboten; sie liegt im Hafen in Annapolis.» Sie sprach mit der munteren Fröhlichkeit eines Menschen, der an einem öffentlichen Ort vertraulich sein möchte. «Ich hatte gehofft, Sie kommen mit und machen den Matrosen.»

«Vielleicht ein andermal.»

«Natürlich. Ich war schon seit Ewigkeiten nicht mehr in Rom.»

Er drehte sich mit dem Gesicht zur Wand und schüttelte den Kopf. «Es ist keine Vergnügungsreise.»

«Sicher nicht. Wo werden Sie wohnen?»

Er zog seine Unterlagen hervor. «Der Concierge im Willard hat mich in ein Hotel namens Hassler gebucht.»

«Sie waren noch nicht da?»

«Nein.»

«Manche Gäste im Hassler haben mehr Geld als Verstand, aber der Blick ist der beste von ganz Rom.» Sie wurde noch sanfter. «Amüsieren Sie sich, so gut Sie können, Wynn. Ich werde vermissen, was wir nicht gemeinsam erleben können.»

Wie Wynn vorausgesagt hatte, war der Sturm nach einer Stunde vorüber. Das abziehende Unwetter rumorte noch leise an den Terminalfenstern, sodass die weniger erfahrenen Reisenden nervöse Blicke nach draußen warfen. Jackie war nicht im Geringsten beunruhigt. Der Wind war ihr bester Freund.

Vielleicht war er deshalb jetzt gekommen, in einer Stunde, die sie gelegentlich vom Sitz zu heben und durch die Erste-Klasse-Lounge schwirren zu lassen drohte. Sie brauchte in diesem Augenblick etwas Vertrautes und Beruhigendes.

Sie war dabei, sich als Wynn Bryant, neuer Account-Inhaber bei AOL, anzumelden, als er zurückkam und ihr Ticket auf die Tastatur fallen ließ. «Ich habe Ihnen ein Upgrade für die Erste Klasse besorgt.»

«Ich kann aber unmöglich …»

«Wenn wir uns von anderen Leuten wie Marionetten durch die Gegend führen lassen, können wir es auch mit Champagner tun.» Als sie nicht antwortete, sagte er leise: «Bitte.»

«Also gut.» Das war reine Anmache, keine Frage. Aber ein Blick in Wynns Gesicht genügte ihr um zu wissen, dass dieser Mann niemals allzu aufdringlich werden würde. «Danke.»

Jackie sah ihm nach, als er zur nächsten Sitzgruppe ging, sich in einen Sessel fallen ließ, nach einer Zeitschrift griff und blind darin herumblätterte. Während ihr Computer mit der Anmeldeprozedur fortfuhr, fragte sie sich unversehens, was es mit diesem seltsamen, einsamen Mann auf sich hatte, der gerne anderen Menschen Freude bereitete und dabei so wenig eigene empfand.

Sowie sie online war, ging sie auf die Website, die ihr der junge Mann in stürmischen Gewässern genannt hatte. Die Website war ein leerer weißer Bildschirm, auf dem nur der Name Trastevere stand. Darunter ein einziges, fettes Wort: GO. Sie schob den Cursor auf das Wort, und als sie klickte, erschien eine Messagebox. Sie schrieb eine kurze Mitteilung an den Boatman. Eine Sekunde später war die Message verschwunden, und das einzelne Wort erschien wieder: GO.

«Jackie, haben Sie gehört? Unser Flug wurde gerade aufgerufen.»

«Ich komme schon.» Sie wollte die Verbindung schließen

und merkte, dass ein Download im Gange war. «Moment, ich bekomme neue Updates. Es dauert nur eine Minute.»

Wynn wartete müde und resigniert. Als der Download beendet war, klappte Jackie den Computer zu, packte ihn ein, raffte ihre Taschen an sich und hastete los.

Sie ließ sich in den vorderen Teil der Kabine führen und nahm alles in sich auf: die lächelnde Stewardess, die Ehrerbietigkeit, den überbreiten Sitz, das Silbertablett mit Drinks. Wynn setzte sich neben sie, ein müdes Lächeln im Gesicht, und sagte nichts. Er beobachtete sie mit dem glasigen Blick eines verhungernden Mannes, der einem andern beim Essen zusieht. Nur einmal berührte das Lächeln seine Augen, als nämlich das Flugzeug kurz nach dem Start einen heftigen Hopser tat und Jackie unwillkürlich lachte wie ein Kind auf der Achterbahn. Als sie die Turbulenz hinter sich hatten, sank Wynn in sich zusammen, klappte die Rückenlehne ganz nach hinten, schloss die Augen und sagte: «Viel Spaß.» Ende.

Abgesehen von der Tatsache, dass sie in der Ersten Klasse über den Ozean flog. Filet in Trüffelsauce, frische Spargelspitzen und Mousse au Chocolat speiste. Silberbesteck und Leinenservietten. Siebzehn Fernsehkanäle, eine Stewardess, die ihr jeden Wunsch erfüllte. Und vor ihr lag Rom.

20

Dienstag

Für Wynn verging die Fahrt vom Flughafen nach Rom hinein in einem goldenen Nebel. Normalerweise begleitete er Sybel recht gerne auf ihren wohltätigen Reisen, hielt ihr den Rücken frei, speiste die Armen und ließ seine Reue in der Hitze verströmen. Er konnte nicht behaupten, dass er sich auf diese

Reisen freute, aber sie taten ihm gut. Wenn er zurückkam, hatte er immer das Gefühl, eine Vielzahl von Wunden gesäubert zu haben, wenn auch nur vorübergehend. Aber diese Reise war anders. Und der Unterschied beruhte nicht auf der Tatsache, dass Sybel ihren Mann verlassen hatte. Er konnte nur hoffen, zu tun, was nötig wäre, und sofort wieder abzureisen. Bevor er in irgendeine herzzerreißende Geschichte hineingezerrt würde – was immer die sein mochte.

Jackie hüpfte während der Fahrt wie ein Vogel von einem Fenster zum andern. Wynn war noch nicht in Rom gewesen, aber er sah draußen nichts, was eine solche Faszination gerechtfertigt hätte. Die Stadt bestand aus Häusern, Dreck und Lärm. Und Verkehr. Römische Autofahrer lenkten nicht, sie rasten durch die Straßen und benutzten ihre Hupen als Waffen in der Schlacht. Aber außer dem Wunder des Sonnenlichts auf alten Steinen schien Jackie nichts wahrzunehmen. Wynn verspürte unbestimmte Eifersucht. «Haben Sie im Flugzeug schlafen können?»

Sie erübrigte einen kurzen Blick für ihn. «Ich werde nie wieder schlafen.»

Im Hassler angekommen, war Wynn mit dem Einchecken fertig, bevor er merkte, dass Jackie nirgends zu sehen war. Er fand sie draußen, wo sie über die steile Piazza vor dem Hotel auf die Dächer von Rom starrte, die in der Morgendämmerung aufleuchteten. Mit hochgezogenen Schultern, die Hände vor der Brust gefaltet, betrachtete sie den neuen Tag wie eine ehrfurchtsvolle Büßerin.

Aber er hatte keine Zeit, sie in ihrer Andacht zu begleiten. «Ich muss los. Ein Wagen des Hotels bringt mich zu der Kirche, wo ich hoffentlich Sybel finde.»

Widerstrebend drehte sie sich um. «Ich kann nicht glauben, das ich wirklich hier bin.»

«Bleiben Sie doch einfach. Ich habe Ihnen ein Zimmer im

selben Korridor geben lassen. Genießen Sie den Tag. Ich komme zurück, so schnell ich kann.»

«Ich sollte eigentlich mitgehen.» Aber sie rührte sich nicht.

«Glauben Sie mir, Jackie, hier geht nichts weiter vor. Ein Bruder macht sich auf die Suche nach ein paar Antworten. Ruhen Sie sich ein bisschen aus.»

Jackie durchquerte die Hotelhalle so schnell, dass sie es fast mit angehaltenem Atem hätte tun können. Schnelle Bewegungen boten den besten Schutz vor der exklusiven Umgebung und diesen Leuten, die tatsächlich so aussahen, als ob sie hierher gehörten. Oben in ihrem Zimmer duschte sie, zog frische Kleider an und schaute dann lange Zeit durch die Balkontüren hinaus, hinter denen ein winziger Balkon lag, keinen halben Meter tief, mit einem antiken schmiedeeisernen Geländer. Von hier aus sah sie geradewegs auf die Kuppel einer benachbarten Kirche, aber zur Linken ging es bergab, und am Fuße des Hanges lag ganz Rom – so sah es wenigstens aus. Sie schaute noch einen Augenblick länger, aber dann zwang sie sich, die Läden zu schließen. Wenn sie hier bliebe, würde das Bett sie besiegen, und das durfte nicht geschehen. Nicht, wenn Rom lockte.

Sie ging und ging und ging. Nur zu schauen, das war ein Sakrileg. Jackie wollte den Tag wie eine Mahlzeit genießen, wollte alles verschlingen, was sie sah. Selbst das Profane war wie mit Juwelen besetzt. Sie spazierte eine schmutzige Pflasterstraße entlang, wo Graffiti auf ockerfarbene Paläste aus Stein gekritzelt waren. Vor einem Tor blieb sie stehen und schaute bewundernd in einen Hof, der in Sonnenschein und mittelalterlicher Stille gefangen lag. Auf der anderen Straßenseite, zwei Stockwerke hoch, entdeckte sie eine Säulengalerie, wo eine Julia nach einem römischen Geliebten geschmachtet haben mochte. Am handgeschmiedeten Eisengeländer hingen

Plastikeimer voll blühender Gänseblumen. Jackie verspürte das drängende Bedürfnis, an die nägelbeschlagene Tür zu hämmern und den Bewohnern zu befehlen, hier etwas Außergewöhnliches zu pflanzen. Eine italienische Lotosblume vielleicht, oder Jasmin und Lavendel und Pflanzen, aus denen man königlichen Purpur gewinnen konnte. Jenseits der Dächer erhob sich ein Hügel, gekrönt von Bäumen, in denen sich römische Tauben versammelt hatten. Und darüber hing ein Malerhimmel.

Als der Hunger anfing ihre Erschöpfung zu übertönen, ging sie in ein Restaurant und bestellte das leichteste Gericht auf der Karte. Die italienische Bezeichnung war caprese, beschrieben als ein schlichter Teller Tomaten und Mozzarella. Was sie bekam, war ein Gedicht: Tomatenscheiben, mit einem Öl beträufelt, so würzig, dass es in der Kehle brannte. Mozzarella-Kugeln, die kaum mehr waren als fest gewordene Milch in einer zarten Haut.

Ein winziger Espresso, ein Fingerhut voll von explosivem Aroma, und dann war sie wieder unterwegs. Es war inzwischen Mittag geworden, und sie war umgeben von all den unglaublichen Kontrasten der Stadt – Auspuffgase und Lammbraten vom Holzgrill, Dreck und Gewürze und Blumen aus fünftausend Jahren.

Der Himmel wurde zusehends dunkler, als sie sich auf gewundenen Wegen dem Tiber näherte. Neben einer von Pappeln beschirmten Brücke war ein alter Mann dabei, Eis von einem meterdicken Block herunterzuschaben. Hin und her bewegte sich sein Arm und kratzte das Eis mit einem metallenen Schaber herunter, und dann löffelte er Schneeball und Obstsaft in einen Pappbecher. Er war umgeben von Bäumen und Kindern und Bändern aus grün gefärbtem Sonnenlicht. Jackie kaufte ein Eis und ließ ein kleines Mädchen die Geschmacksrichtung aussuchen und den Alten mit dem Geld bezahlen, das sie ihr in der flachen Hand entgegenhielt. Dann ging sie weiter, begleitet von einem römischen Abschiedslied, das die Kinder sangen, und ihr Mund ertrank in den Aromen von Ananas und vollkommenen Nachmittagen.

In der Nähe des Pantheon vertrieb ein plötzlicher Sturzregen sie von der Straße. Sie flüchtete sich zu tausend anderen unter den Hadriansbogen und genoss ein symphonisches Impromptu aus Donner und Regen. Dann betrat sie das Pantheon. Die Kuppel war mit geometrischen Mustern geschmückt, die den Blick immer höher hinauf bis zu der riesigen runden Öffnung im Zenit zogen. Durch diese leere Mitte senkte sich ein von Blitzen durchzuckter Pfeiler aus Regen herab. Kinder umtanzten seine nassen Ränder. Der Regen hörte auf, und in einem kurzen Augenblick verwandelte sich der Pfeiler in eine Säule aus Licht. Die Kinder tanzten weiter, allesamt zu kleinen Engeln geworden. Die Menschen im Raum hielten den Atem an und schauten zu, wie sie flogen.

Wynn saß allein auf dem Rücksitz der Hotel-Limousine, eines übergroßen Alfa Romeo, designt wie ein Mercedes mit italienischem Flair. Der Sonnenschein wich nach und nach den aufziehenden Schauern, und er sinnierte darüber nach, wie sehr er Rom jetzt schon hasste.

Er hasste die Schönheit der Stadt und ihre Missgestalt mit gleicher Inbrunst, und das nicht nur, weil man ihn gezwungen hatte, herzukommen. Das war eigentlich fast kaum ein Grund. Er hasste die Stadt und diese Reise wegen der Lüge, die sie aus seinem Leben machte. Geld und Erfolg hatten seine inneren Konflikte nicht gelöst. Sie hatten ihn nur mit einer Stumpfheit umhüllt, wie Opium sie hervorbringt, und Distanz zwischen ihn und die Wunden gelegt, die er immer noch in sich trug. Er starrte aus dem Fenster, als der Wagen den Tiber überquerte.

Das alles kümmerte ihn nicht, er wollte nur fort. Überall war es besser als an einem Ort von so grausiger Wahrheit.

Der Wagen hielt vor einem engen kopfsteingepflasterten Gässchen. Der Fahrer wandte sich nach hinten «Bitte, Sir, von hier aus müssen Sie zu Fuß gehen.»

Wynn verspürte kein großes Verlangen danach, die Mission anzutreten, die seine Schwester für ihn erdacht hatte. «Wie heißt diese Gegend?»

«Das ist die Piazza di San Callisto. Ihre Kirche liegt an dieser Straße da, aber ich kann dort nicht fahren. Das ist nur nachts erlaubt.»

«Sant'Egidio ist dort?»

«Die Bewegung, ja, nicht die Kirche. Die Kirche von Sant'Egidio liegt weiter unten in dieser Richtung. Aber die Bewegung ist jetzt hier. Vor zwei, vielleicht drei Jahren kam sie hierher nach Trastevere. Die erste Kirche war zu klein geworden.»

«Sie wissen Bescheid über Sant'Egidio?»

«Jeder weiß Bescheid. Die ganze Stadt spricht von Sant'Egidio.» Er lächelte mit unerwartetem Humor. «Man sagt, Rom ist eine heilige Stadt für alle außer den Römern. Sie verstehen? Aber für Römer, die gläubig sind, gibt es Sant'Egidio. Sie geben den Armen zu essen. Sie beten. Sie arbeiten für den Frieden. Sie wissen von dem Krieg in Ruanda? Sie haben geholfen, ihn zu beenden. Algerien, das Gleiche. Kolumbien, Bosnien, Kongo, Sudan, so viele Länder. Der Priester von Sant'Egidio, das ist ein Bischof.»

Wynn langte nach der Türklinke. «Scheint mir genau das Richtige für meine Schwester zu sein.»

«Wie bitte?»

«Schon gut.»

«Natürlich, über die Politik des Vatikan wird hier in Rom viel geredet. Sie kennen die Kurie? Sie kämpft darum, den

Priester von Sant'Egidio draußen zu halten. In Sant'Egidio haben zu viele Leute Macht, die keine Priester sind. Zu viele sind nicht katholisch. Aber der Papst hat ihn trotzdem zum Bischof ernannt.» Er deutete in die Gasse. «Ich warte hier, ja?»

Der Regen machte das Kopfsteinpflaster glatt wie altes Glas. Die Gasse mündete am anderen Ende in eine großartige Piazza, die an einem Ende von einer wahrhaft monströsen Kirche beherrscht wurde. Wenn Sybel in der Lage gewesen wäre, ihre eigene Kirche zu entwerfen, dann wäre es diese geworden. Nicht schön, wie so viele in dieser Stadt. Aber gewaltig und alt, zernarbt von hartem Gebrauch und sehr belebt. Restaurants und Läden säumten die Piazza an zwei Seiten, und die beiden andern wurden durch hohe Festungsmauern und die Kirche begrenzt. Bettler und Obdachlose hatten den Schatten der Festung und den leeren Springbrunnen in Beschlag genommen. Sie kauerten sich vor dem aufziehenden Unwetter aneinander, rührten sich aber nicht von der Stelle. Die hohen Eisentüren der Kirche standen offen und waren umlagert von Zigeunern, die zahnlos winselnd Blumen verkauften. Wynn schob sich durch die Menge und betrat die Kirche.

Das Innere war riesenhaft nach Art mittelalterlicher Hallen, unglaublich prunkvoll, aber abgenutzt und verblichen. Selbst die Blattgoldmosaike an der Decke waren verräuchert und matt. Die Kirche war voll von Menschen aller Hautfarben, die aber nicht zum Gottesdienst hier waren. Einzelne Gruppen nutzten Seitenkapellen für Zusammenkünfte von stiller Intensität, andere waren an langen Tischen versammelt. Sie saßen und knieten und beteten. Wynn ging den rechten Gang entlang und fühlte sich wie ein krasser Außenseiter. Es war, als sei all ihr Lachen und Reden an ihn gerichtet, als sprächen sie in unbekannten Zungen von den Mysterien, die er vielleicht nie ergründen würde.

«Kann ich Ihnen helfen?»

Er drehte sich um und sah eine dunkelhaarige, koboldhafte Frau. Sie war winzig, sicher unter einsfünfzig, und ihr Lächeln war breit genug für drei. Ein kleines Mädchen in einem schmutzigen, viel zu großen Kittel hielt ihre Hand. «Willkommen in Sant'Egidio. Sie sind neu?»

«Ja.»

«Bitte entschuldigen Sie den Lärm. Wir bauen neue Räume für die Meetings. Bis sie fertig sind …» Sie machte eine entschuldigende Handbewegung. «Sie sehen ja.»

«Ich möchte Pater Libretto sprechen.»

«Der Father ist nicht hier. Ich bin Anna.» Sie lächelte unter ihren dunklen Locken hervor. «Bitte kommen Sie heute Abend wieder. Zu den *preghiere*. Sie verstehen? Zu den Abendgebeten.»

«Und Sybel Wells?»

«Wer, bitte?»

«Meine Schwester. Ist sie hier?»

«Tut mir Leid. Der Pater ist bei den Armen. Ich glaube nicht, dass es hier eine Sybel gibt, aber vielleicht …» Sie deutete nach hinten. «Möchten Sie kommen?»

«Ausgeschlossen.»

«*Va bene.*» Trotz seiner Weigerung blieb sie unglaublich freundlich. «*Otto é mezzo*. Halb neun. Abendgebet. Sie kommen wieder.»

Wynn blieb nur der Rückzug, besiegt von einem Willkommensgruß, der ihm nicht zukam und wahrscheinlich niemals zukommen würde.

Jackie kehrte zum Hassler zurück; sie konnte keinen weiteren Schritt mehr tun und war gezwungen, sich ein Taxi zu nehmen. Eine kurze Nachricht von Wynn erwartete sie: Er habe seine Schwester nicht gefunden. Er müsse am Abend noch einmal zu der Kirche fahren, und ob sie vorher mit ihm essen wolle? Sie kritzelte ein «Ja» unter seine Zeilen und hinterlegte den Zettel für ihn. Im Aufzug nach oben wäre sie beinahe eingeschlafen.

Als sie drei Stunden später erwachte, war sie erschöpfter als zuvor. Sie ließ sich Kaffee bringen, und dann saß sie lange Zeit vor dem offenen Fenster und starrte hinaus auf die Menschen und das spätnachmittägliche Panorama. Sie studierte einen Stadtplan und gab dem, was sie sehen konnte, Namen: Die Kirche von Trinità dei Monti, die Piazza di Spagna, die Via Condotti, die Spanische Treppe. Das Identifizieren sollte das alles Realität werden lassen.

Auf das Ankleiden verandte sie so viel Zeit wie seit Jahren nicht mehr, und fast gelang es ihr, sich einzureden, dass sie es für die Stadt tat und nicht für Wynn. Dann stand sie lange vor dem mannshohen Spiegel und fragte sich, ob sie es sich erlauben könnte, wieder zu hoffen. Ein bisschen wenigstens. Aber sie wusste, dass sie längst keine Wahl mehr hatte.

21

Dienstag

Eine subtile Veränderung der Atmosphäre im Backroom machte Colin darauf aufmerksam, dass jemand kam. Das beständig summende Geplapper der Techies senkte sich zu einem angstvollen Flüstern. Das Unheil, wusste Colin, würde nicht blitzeschleudernd in eisernen Stiefeln daherkommen. Sein Schritt wäre leiser als das atemlose Warten vor dem Sturm. So wie jetzt. Er fegte seine Arbeit von den Monitoren und lauschte in stiller Erwartung, als das Grauen sich durch den Mittelgang näherte.

«Sie sind da. Gut.» Burke trug tatsächlich einen anständigen Anzug. Zum ersten Mal. Der Unabomber hatte sein Polyester gegen gebügeltes Leinen eingetauscht, aber die Eisenbahnerstiefel waren immerhin noch da. Jeder davon musste zehn Pfund schwer sein, sie waren blank poliert wie schwarze Spiegel, und sogar die dünnen Schnürsenkel waren gewachst. Erstaunlich, dass ein so dürrer Mann mit ihnen überhaupt gehen konnte.

Und Burke war nicht allein. Auch das zum ersten Mal. Burke hatte offenkundig gelernt, dass die einzelgängerische Dschungelbestie sich lautlos bewegte und ohne Vorwarnung zuschlug. Heute aber folgte ihm ein Mann in Colins Alter, so schlank wie Burke, aber viel gepflegter. Ein Tiger in der Ausbildung, aufgezogen in den Straßen einer wohlgestylten Metropolis. Der Neuankömmling trug einen Zweireiher in sieben verschiedenen Schattierungen von Grau und Silber, ein schwarzes Hemd mit Stehkragen, eine silberne Lotosspange anstelle einer Krawatte und eine Titansonnenbrille. Colin setzte sich aufrecht. Burke ließ sich auf den einzigen freien Stuhl im Kabuff sinken und erklärte: «Ich möchte wissen, welche Sicherheitsvorkehrungen Sie in unseren Systemen implementiert haben.»

Colin sah zu, wie der zweite Mann sich einen Stuhl aus dem Nachbarkabuff herüberzog und sich nachlässig hinsetzte. «Ich bin nicht sicher, dass das zulässig ist.»

«Stellen Sie meine Befugnis in Frage?»

«Nein, Ihre nicht.» Die glotzäugige Sonnenbrille des Neuen blieb an ihrem Platz. Wahrscheinlich befürchtete er eine Netzhautverbrennung durch die Leuchtstofflampen.

«Kümmern Sie sich nicht um ihn», fauchte Burke. «Erzählen Sie mir, wie wir vor Angriffen von außen abgeschirmt sind.»

Tatsächlich betraf Colins Zuständigkeit hauptsächlich unbedeutenden Kram. Angestellte aufspüren, die auf Kosten der Firma bei Sex-Hotlines anriefen und dergleichen mehr. Für Colin bedeutete das lediglich, ein Programm zu schreiben, das die Dauer sämtlicher Überseegespräche stoppte. Neun Anrufe in Singapur und Tokio von jeweils fünfundvierzig Sekunden – kein Problem, der Trader informierte sich bei seinen Kontakten über den Stand anderer Märkte. Aber wenn ein Anruf fünfzehn Minuten dauerte und nach Manila ging, löste das einen lautlosen Alarm aus. Kinderkram. Aber wenn die Firma dadurch eine Viertelmillion pro Jahr einsparen konnte und bisher niemand daran gedacht hatte, pflegte die Geschäftsleitung Prämien zu verteilen wie Bonbons.

Das Gleiche galt für den eingehenden Verkehr. Colin hatte die internen Zugriffscodes von vier auf neun Stellen erweitert und änderte sie vierteljährlich. Die Trader hatten gemault und gemurrt, bis Colin sie darauf hingewiesen hatte, dass ein Phantomtrader von den Wall-Street-Büros der Shilling Brothers sich telefonisch Zugang zu den Vormittagsanalysen der Hayek'schen Research-Abteilung verschafft hatte. Daraufhin hatten die Cheftrader diese Sicherheitsvorkehrungen für sich übernommen und nannten Colin ein Wunderkind.

Über solchen Kram konnte er tagelang quasseln, ohne etwas preiszugeben.

Aber als Colin in sein Technobabble verfiel, unterbrach ihn der Neue, indem er zu Burke sagte: «Er spielt Verstecken. Will uns mit seiner persönlichen Variante von multidimensionalen Bagatellen abspeisen.»

Was er sagte, signalisierte zweierlei. Erstens, der Kerl kannte sich aus. Zweitens, er war ohne Zweifel ein Trader. Er hatte die leblose Stimme eines eingefleischten Adrenalinjunkies. Colin richtete sich noch ein Stück weiter auf. Ein ernst zu nehmender Gegner.

Burke lächelte gerade so viel, dass die Fältchen an seinen

marmorharten Augen sich veränderten. «Dann erzählen Sie's ihm», sagte er.

Der Neue grinste schmal und spöttisch. «Die Leute geraten in paranoide Panik vor dem Gespenst irgendwelcher Schurken, die uns unbemerkt attackieren.»

«Verzeihung», sagte Colin zu beiden gleichzeitig. «Mir scheint da etwas entgangen zu sein. Ist dieser Gentleman neu im Team?»

«Seit heute», bestätigte Burke. «Brant Anker, das ist unser hoch geschätzter Colin Ready.»

«Bei diesem neuen Gegner könnte es sich um die Spitze eines Eisbergs handeln», fuhr Anker fort. «Eines Eisbergs, der die Firma versenken könnte wie die *Titanic*. Das bedeutet, dass Ihre passive Überwachungsarbeit nicht mehr ausreicht.» Als Colin nicht reagierte, sprach Anker langsamer. «Gehen Sie raus und stellen Sie fest, wer hinter den Gerüchten steckt und was sie mit den Informationen anfangen wollen.»

«Systeminfiltration», sagte Colin. «Sorry. Nicht meine Baustelle.»

Burke funkelte ihn an. «Das könnte Sie Ihren Job kosten.»

«Immer noch besser als der Knast, in dem ich landen könnte, wenn ich tue, was Sie wollen.»

Die beiden zwinkerten einander kurz zu. Erst jetzt erkannte Colin, dass das alles eine Finte war, ein Test. Das hätte ihn beruhigen müssen, aber irgendetwas an den beiden gab ihm das Gefühl, stählerne Fingernägel zu hören, die über eine meilenlange Schiefertafel kratzten.

«Erzählen Sie uns, was Sie eingerichtet haben, um die Havilland zu überprüfen», sagte Burke.

«Ihr Sicherheitsstatus ist niedrig. Einfache Firewall. Ein einzelner Zugangsport. Gute Datenspur, keine Frage von falscher Identität. Die Daten werden online abgefangen, sobald ich hineinkomme.»

«Details», drängte der Neue. «Gute Daten stecken in den Details.»

«Vor ungefähr einem Monat sprach Hayek von einem Besorgnis erregenden Schnüffler, der es auf interne Daten abgesehen habe. Er meinte, es könne eine Verbindung zu den Vorwürfen geben, die ein gewisser Graham Hutchings gegen uns erhoben habe, ein ehemaliger Congressman, derzeit aktives Koma-Gemüse. Ich habe eine Website mit Zugriffssperre eingerichtet, um den Schnüffler aufzustöbern. Beim ersten Aufruf habe ich automatisch ein Virus eingeschleust, das mir dauernden Zugriff auf übelste Art gestattet. Sämtliche neuen Daten werden komprimiert und herabgeladen, sowie sie online ist.»

«Erzählen Sie mir von ihr.»

Colin tippte einen Befehl, rief die Fotodatei auf, die er morgens herabgeladen hatte, und wählte ein Bild von der Frau auf dem Surfbrett. «Jackie Havilland. Geboren in Orlando. In den Zwanzigern, ledig.»

«Und wie nennen Sie Ihr Virus?»

«Cookiemonster. Weil es unersättlich frisst.»

«Erstklassig. Gratuliere, Alter.» Kurze Pause. «Und was war in Ihrem letzten Download?»

«Sorry.» Jetzt blieb Colin fest und ließ sich von Burkes wütendem Blick nicht beirren. «Wenn Sie mehr wollen, brauche ich das Okay von Mr Hayek persönlich.»

Wieder kommunizierten die beiden auf einer Frequenz, die Colin versperrt blieb. Dann sagte der Neue: «Dieser Typ definiert das Wort *clean* völlig neu.»

Burke sah auf die Uhr. «Ich muss mit Pavel nach Miami.» Er schaute Colin finster an. «Mal sehen, ob ich das in einen Code packen kann, den Sie kapieren: Der Balkon ist *off limits*. Wenn Sie da noch mal raufgehen, wandern Sie in kleinen Stücken hier raus. Haben wir uns verstanden?»

«Absolut.»

Burke ging ohne ein weiteres Wort. Der Mann mit der toten Stimme erhob sich und folgte ihm. Im Eingang zum Kabuff drehte er sich um, ließ den Blick noch einmal in die Runde wandern und rümpfte geringschätzig die Nase. «All das Spielzeug, und Sie haben nicht die leiseste Ahnung, welche Beute sich zu verfolgen lohnt.»

Als Colin sicher war, dass sie gegangen waren sackte er auf seinem Stuhl zusammen und starrte an die Decke. Zu viele Fragen, zu viele Gefahren. Die Richtung des Konflikts war jetzt klar. Die Offline-Ereignisse namen einen bedrohlichen Verlauf.

22

Dienstag

Wynn stand vor der Rooftop Bar des Hassler und suchte den Abendhimmel ab – nicht so sehr nach einem Zeichen als vielmehr nach einem Ausweg. Er hatte tief geschlafen und war müde aufgewacht. Er fühlte sich atemlos und eingeengt. Dass Sybel ihn aus einem bestimmten Grund hergeholt hatte, stand fest. Und genauso sicher war, dass ihm dieser Grund ein Graus sein würde, ganz gleich, worum es sich handeln mochte.

Die Aufzugtür öffnete sich, und Jackie kam heraus. Das schwindende Licht schien sich in ihrem blonden Haar zu sammeln und umgab sie mit einem Strahlen, dem auch die düstersten Schatten nichts anhaben konnten. «Sie sehen wunderbar aus.»

«Danke.» Aber die Welt vor dem Balkon hatte ihren Blick bereits gefangen genommen. Der Oberkellner begrüßte sie mit kaum verhohlener Bewunderung. Die Kellner beschenkten sie mit den glasigen Blicken liebeskranker Romeos. Sie schien überhaupt nicht zu merken, welches Aufsehen sie erregte; sie ging zwischen Tischen und schmachtenden Blicken hindurch, ohne die Aussicht aus den Augen zu lassen. «Das ist unglaublich.»

«Ja.» So schwer es ihm fiel, Wynn konnte doch nicht umhin, wenigstens ein Häppchen dieses Tages zu akzeptieren. Die untergehende Sonne malte die Szenerie mit so sanften Pinselstrichen, dass nichts Unvollkommenes zu entdecken war. Aber dies anzuschauen bedeutete für Wynn nur, seinen eigenen missmutig verspannten Zustand zu sehen, als betrachte er diese goldene Welt aus einem Käfig, den er nicht mehr zur Kenntnis nahm. «Sehr hübsch.»

Jackie freute sich an allem – an der Speisekarte, am Essen, ja sogar an der Luft. Er beobachtete sie unverhohlen; er wusste, dass sie zwar hier war, aber doch woanders, allzu vertieft in diesen Moment, um sich von seinen Blicken stören zu lassen. Ihre Haut schien makellos, zumindest aus der Distanz einer beiläufigen Bekanntschaft. Bei näherem Hinschauen sah er einen zarten Schleier von Sommersprossen auf den hohen Wangenknochen und der ultrageraden Nase. Winzige Fältchen strahlten von ihren Augenwinkeln aus, ein kaum sichtbarer Hinweis auf ihre unzähligen Geheimnisse. Sie hatte ein gutes Gesicht und einen Blick, der alles sah und nichts erwartete. Kraft und Güte in sanfter Form. Große, weit offene grüne Augen, die bereit waren, zu akzeptieren, was das Leben ihr zeigte, ohne viel mit der Wimper zu zucken.

Ein Dessert wollte Jackie nicht, aber sie nahm Kaffee, trank schweigend dem verklingenden Zwielicht zu und richtete ihren Blick dann auf Wynn. «Können wir reden?»

«Wenn Sie wollen.»

«Esther Hutchings ist davon überzeugt, dass Sie für den Feind arbeiten.»

«Ich weiß so wenig», sagte Wynn, «dass ich nicht einmal weiß, wer der Feind ist.»

Sie stellte ihre Tasse hin, spielte mit dem Löffel. Wartete.

Er sah, dass dies vielleicht die einzige Chance war, sie zu überzeugen. «Wollen Sie die geschönte Version oder die Wahrheit?»

«Machen Sie es hart und schnell.»

«Dianne, meine Frau, starb an einer aggressiven rheumatischen Arthritis. Sie ist daran erstickt. Ein schreckliches Ende. Wir lebten seit sechs Wochen getrennt. Sie war dabei, die Scheidung einzureichen. Esther war ihre beste Freundin. Dianne traf sich ein- oder zweimal im Monat mit Esther, schilderte ihr sämtliche Details unseres gemeinsamen Lebens und erzählte ihr, was für ein Schwein ich sei.»

«Und waren Sie eins?»

«O ja. Mein Geschäft war zu einem parasitischen Tier geworden, zu einem Wurm, den ich nach und nach geschluckt hatte. Er wuchs in meinem Kopf und meinem Herzen und vergiftete beide. Ich fing an, die absurdesten Dinge für wahr zu halten. Zum Beispiel, dass alle Welt es auf mich abgesehen habe und ich nur dann vorwärts kommen könne, wenn ich die andern zuerst erwischte. Oder dass Liebe nur ein anderes Wort für Schwäche sei. Lügen waren irgendwann die einzige Realität für mich.»

«Aber Sie wurden reich.»

Er starrte hinaus in die Welt, die jetzt von flackernden Lichtern erfüllt war, irdischen Widerspiegelungen der Sterne am Himmel. «Ja. Das stimmt.»

«Und was passiert jetzt? Ich meine, hier in Rom?»

«Da müssen Sie Sybel fragen. Ich weiß nur, dass sie mich aus einem bestimmten Grund hat herkommen lassen.»

«Und Sie wissen nicht, aus welchem?»

«Ich habe keine Ahnung.» Jegliche Schlussfolgerung, die er

ziehen könnte, würde nur die Tatsache verhöhnen, dass er keine Wahl hatte, keinerlei persönlichen Spielraum. «Gestatten Sie, dass ich Ihnen eine Frage stelle?»

«Warum nicht?»

«Wie ist Esther an Sie gekommen?»

«Mein Bruder hat für die Hayek Group gearbeitet.»

«Diese Finanzgruppe, die von New York nach Orlando gezogen ist, ja? Ich erinnere mich, dass ich davon gelesen habe.»

Diese Wendung des Gesprächs ließ ihren Blick und ihren Ton härter werden. «Die richtige Bezeichnung ist Hedgefonds.»

«Klingt, als ob Sie sich auskennen.»

«Ich habe an der University of Florida internationale Finanzwirtschaft studiert. Mein Spezialgebiet waren die Devisenmärkte.»

«Ihr Bruder arbeitet als Devisentrader für Hayek?»

«Nicht mehr.» Hinter Jackies angespannter Wachsamkeit steckte mehr als nur Esther Hutchings und die Warnungen, die sie ihr wohl mit auf den Weg gegeben hatte. Da war etwas so intensiv Persönliches, dass es dem Abend seine magische Atmosphäre raubte. Sie saß ihm gegenüber und erwartete seine nächste Frage wie einen schweren Schlag.

Aber Wynn hatte nicht die Absicht, irgendjemandem Schmerz zuzufügen, wenn es sich vermeiden ließ. «Können Sie mir etwas über Hayek erzählen?»

Sie entspannte sich nur wenig, als könne sie nicht glauben, dass sie so leicht davonkommen sollte. «Äußerst öffentlichkeitsscheu. Ein wahres Kraftwerk auf dem Gebiet des Derivat- und Devisenhandels. Er wurde nur ein einziges Mal zitiert, und zwar in einem Artikel des *Wall Street Journal* über den Aufstieg der amerikanischen Hedgefonds. Da sagte er wörtlich: ‹Jeder Trader sucht unentwegt nach dem schwachen Punkt seines Gegners. Wenn Sie den Devisenhandel verstehen wollen, studieren Sie den Krieg. Es ist beides das Gleiche – nur, dass das Blut auf dem Handelsparkett unsichtbar bleibt.› Das ist Hayek.»

Wynn schob seine Tasse beiseite. Beugte sich über den Tisch. «Ich möchte, dass Sie etwas für mich tun. Stellen Sie sich vor, dass ich Ihnen die Wahrheit sage. Dass ich niemals Ihr Feind sein möchte. Dass ich überhaupt nichts weiß. Und dass ich wirklich etwas lernen will.» Er schwieg, um ihr Gelegenheit zu geben, sich zurückzuziehen, seinen Appell vom Tisch zu wischen. Stattdessen schaute sie ihn einfach mit weit offenen Augen an. Abschätzend. Vorsichtig. Wachsam. «Okay», sagte er. «Wer ist Hayek, und welche Rolle spielt er in dieser Angelegenheit?»

«Da müssen Sie Esther fragen.»

«Sie wissen genau, was mir das einbringen würde.»

«Ich kann nur von meinen eigenen Schlussfolgerungen sprechen.»

Er zog sich aus ihrer Sphäre zurück. «Ist mir recht.»

«Viele Wirtschaftswissenschaftler und Experten vertreten zunehmend die Ansicht, dass unser Bankensystem am Rande einer sehr realen Krise steht. Hedgefonds wie Hayek sind das, was man vielleicht als die Schlimmsten der Schlimmsten bezeichnen könnte. Eine verseuchte Ader, die Gift ins System pumpt.»

Anscheinend hatte sie erkannt, dass sein Interesse echt war, denn sie zeigte plötzlich einen Hauch von neuer, vielleicht auch lange unterdrückter Energie. «Hedgefonds agieren auf allen möglichen Märkten, aber sie sind spezialisiert auf Devisen und damit verbundene Derivate. Das Problem bei Devisenderivaten ist gerade das, was diese Fonds anzieht. Es gibt keine generelle Regulierung. Es gibt keine Instanz, die die Macht hätte, die Aktionen dieser Fonds zu kontrollieren. Und deshalb können sie sich Dinge leisten, bei denen man an den Aktienbörsen oder im traditionellen Bankgeschäft Zeter und Mordio schreien würde. Insidergeschäfte zum Beispiel, bei denen aus dem Handel mit geheimen Informationen Profit geschlagen wird. Oder kaum gedeckte Spekulationen, mit denen sie sich selbst und ihre Investoren gewaltigen Risiken aussetzen. Sie nehmen auf dem Markt regelmäßig Positionen ein, die jeder, der halbwegs bei Sinnen ist, für völlig wahnsinnig halten würde. Kurz gesagt, sie prügeln die Wechselkurse hin und her, so gut sie können.»

Wynn war nicht im Geringsten beunruhigt, weil er so wenig verstand. Wenn es wichtig war, konnte er immer noch nachfragen. Im Augenblick genügte es ihm, zuzusehen, wie sie ihm eine völlig neue Seite offenbarte. «Und warum setzt man keine Behörde als Wachhund ein?»

«Aus zwei Gründen. Erstens, weil die Globalisierung unsere Wirtschaft zunehmend porös macht. Unsere Lebensgrundlage besteht aus Export und Import. Man befürchtet, dass jegliche Restriktion auf dem Devisenmarkt den Warenstrom abwürgen könnte.»

«Zu Recht?»

«Nein.» Sie antwortete entschieden und hart. «Das sind alles Vernebelungs- und Verschleierungsmanöver der Bankenlobby. Tatsache ist, dass es gut fürs Geschäft wäre, wenn die wilden Fluktuationen auf dem Devisenmarkt im Zaum gehalten werden könnten. Aber damit stellt sich ein anderes Problem: Jede Regulierungsinstanz müsste auf internationaler Basis tätig sein, wenn sie Wirkung haben soll.»

«Ich glaube, das verstehe ich.»

«Natürlich verstehen Sie das. Jedes Mal, wenn davon die Rede ist, die Exzesse des Marktes zu beschneiden, lassen die Banken und ihre Verbündeten die Alarmsirenen ertönen und warnen vor einer internationalen Regierung. Sie reden von der amerikanischen Souveränität, von Einmischung in unser

Finanzwesen und all den anderen Schlagwörtern, die den Normalverbraucher sofort auf die Palme bringen.» Sie starrte abwesend in die Dunkelheit hinaus. «Früher gab es drei sorgfältig markierte Märkte für den Devisenhandel: Kassa, Termine und Futures. Aber diese präzise gezogenen Grenzen sind durch den Derivathandel ausradiert worden. Devisenfutures haben einen explosiven Anstieg erlebt, aber die Derivate sind losgegangen wie eine Atombombe. Der Markt ist absolut unreguliert, und genau das soll er nach dem Willen der Banken auch bleiben. Sie zahlen den Lobbyisten in der K Street horrende Honorare, nur damit sie dafür sorgen, dass sich nicht in irgendein Gesetz eine kleine Regulierungsüberraschung einschleicht. Regulierung würde alles bremsen und neue Finanzmanöver behindern. Einstweilen ist im Derivathandel einfach alles möglich.»

Ein Wort hatte sich in Wynns Kopf verhakt. «K Street?»

«Da residieren die mächtigsten Lobbyisten. Wer diese Adresse benutzt, outet sich.» Sie beschleunigte immer mehr, und ihr Hirn schaltete in einen lange nicht mehr benutzten Gang. Die Worte kamen knapp, präzise, perfekt artikuliert aus ihrem Mund. «Derivattrader haben unglaubliche Summen in die Taschen der Washingtoner Lobbyisten fließen lassen, damit sie frei und unbehindert agieren können. Diese Fonds machen mehr Geld mit Handel als mit Besitz. Sie kaufen nur, um schnell wieder zu verkaufen und dabei ihre Prozente aufzuschlagen. An einem hektischen Tag im Derivathandel, wenn der Backroom mit dem Abrechnen drei oder vier Stunden hinter den Tradern herhinkt, kann es sein, dass der Handel schließt, ohne dass irgendjemand die aktuelle Position des Fonds kennt. Es kann sein, dass er zehn Milliarden Dollar in hochriskante D-Mark-Futures investiert hat, die er mit etwas anderem abgesichert zu haben glaubt, nur um dann zu erfahren, dass ein anderer Trader dieses Sicherheitsnetz neunzig Minuten zuvor verkauft hat. Sie registrieren es einfach als ersten Verkauf des nächsten Tages. Für sie ist es nur Papier. Die Tatsache, dass die Existenz einer mittelgroßen Bank, die es vielleicht seit hundert Jahren gibt, durch diese superschnellen Transaktionen ruiniert werden kann, bedeutet ihnen nichts. Es ist nur Papier.»

«Entschuldigung, aber ich muss hier einiges nachholen. Wieso interessieren sich diese Trader für die Washingtoner Politik?»

«Weil das Fehlen jeglicher Regulierung die Voraussetzung dafür ist, dass sie Geld machen. Der Devisenmarkt von heute basiert auf einem lächerlichen System der leichten Kredite. Stellen Sie sich vor, das älteste und stabilste Unternehmen der Welt spaziert in eine Bank und sagt, hey, ich möchte zehn Milliarden Dollar – ohne Sicherheiten, ohne Bürgschaften, nur auf meinen guten Namen. Die würde man geradewegs ins Irrenhaus schicken. Aber genau das tun diese Fonds mit ihren Devisenderivaten Tag für Tag. Es ist normal.

Die Antwort darauf bestände darin, den Devisenmarkt genauso zu regulieren wie alle anderen Märkte. Das war die Grundthese meiner Magisterarbeit. Alle anderen Märkte verlangen, dass Transaktionen gedeckt sein und dass sämtliche Schulden am Ende des Handelstages beglichen sein müssen. Ganz einfach. Jeden Tag ist Zahltag. Man kennt jederzeit den Status sämtlicher Geschäfte. Wenn jemand in Schwierigkeiten ist, bleibt das Risiko zumindest auf den einen faulen Apfel im Korb beschränkt und kann nicht das gesamte Banksystem zum Kollaps bringen.»

«Aber so ist es nicht.»

Sie schaute ihn an, aber er war nicht sicher, dass sie ihn erkannte. «Schon mal von Nick Leeson gehört?»

«Nein.»

«Er hat eines der ältesten Bankhäuser der Welt zum Einsturz gebracht. Barings. Er ganz allein. Er hat an den Börsen von Singapur und Tokio sein Limit beim Handeln überschritten. Und wie konnte er das? Weil kein System existiert, mit dem sich die Position eines Fonds am Ende des Tages feststellen lässt.»

«Ihre Stimme hat sich verändert», stellte er bewundernd fest.

Sie wollte nach ihrem Glas greifen und hielt inne. «Was?»

«Wie Sie sprechen. Es hat sich verändert. Sie stehen richtig unter Strom.»

Sie zog ihre Hand zurück. «Ich glaube, wir sind hier fertig.»

«Entschuldigen Sie, dass ich etwas gesagt habe.»

Aber sie stand schon auf. «Wir sollten gehen.»

«Jackie ...»

«Wir müssen uns um Ihre Schwester kümmern. Das haben Sie doch selbst gesagt. Lassen Sie die Rechnung kommen.»

Jackie war dankbar für das fröhliche Geplapper des Fahrers. Sie brauchte Zeit, um ihre Verwirrung in den Griff zu bekommen. Der Tag hatte wie ein allzu starkes Getränk gewirkt, dessen berauschende Kraft sie nicht so leicht verarbeiten konnte. Deswegen hatte sie während des Essens diese Nähe zu Bryant empfunden. Und empfand sie, um die Wahrheit zu sagen, immer noch.

Sogar die Straßenlaternen schienen hier in Rom anders zu wirken; sie verwandelten altes Gestein in Theaterkulissen und machten aus Schatten Kunstwerke. Während sie eine der vielen Brücken überquerten, erzählte der Hotelchauffeur, dass in Trastevere früher die Armen von Rom gelebt hatten. Heute sei es eine Gegend für Nachtschwärmer und Romantiker. Dabei grinste er anzüglich, bis Wynn ihn daran erinnerte, dass sie nach Sant'Egidio wollten.

Schließlich stiegen sie aus und gingen durch das Kopfsteinpflastergässchen zur nachtschlafenen Piazza. An jedem Ort außerhalb Roms wäre die Kirche restauriert und in ein Museum verwandelt worden. Hier war sie nur der Ankerpunkt einer beliebigen Piazza ohne Springbrunnen oder Bellini-Statue. Die Fassade der Kirche war aus schmucklosem Backstein, das Innere barg ein Mosaik von verschlissener Erhabenheit. In dieser prunkvollen, vielfältigen Stadt bot sie nichts Außergewöhnliches. Touristen kamen nicht hierher. Das war gut so, dachte Jackie. Denn hier wären sie ohnehin nicht angebracht.

Sie fand den Abendgottesdienst bemerkenswert anrührend trotz seiner Schlichtheit. Die Kirche war für etwa siebenhundert Menschen gebaut, aber heute Abend waren weit über tausend hier. Schwarze, Asiaten, Südamerikaner, blonde Skandinavier und gestylte Backpacker aus Amerika – alle waren da. Die Bibellesung und die kurze Predigt wurden in drei Sprachen gehalten. Die Übersetzungen der Kirchenlieder standen auf Handzetteln, die auf den Bänken auslagen. Kein Priester leitete den Gottesdienst; Leute aus der Gemeinde übernahmen die verschiedenen Passagen und kehrten dann auf ihre Plätze zurück, alles auf geordnete und doch beiläufige Weise.

Jackie wusste, dass Wynn zutiefst unglücklich darüber war, hier sein zu müssen. Sie wusste auch, dass es in ihrer Macht stand, ihm zu helfen. Es war schwer, sehr schwer. Aber der Abend war einfach zu schön. Sie wandte sich ihm zu und wartete, bis er sie anschaute. Und dann lächelte sie. Nicht mit dem Mund. Mit dem Herzen. Ließ ihn Anteil an der Freude haben, die sie an diesem Tag gefunden hatte – auch wenn sie dabei ihr Inneres bloßlegte. Auch wenn sie sich hastig abwenden musste, auch wenn die alten Warnsirenen in ihrem Kopf schrillten. Sie war trotzdem froh, dass sie es getan hatte. Vor allem, als sie merkte, dass er sich ein wenig entspannte. So wundersam war die Macht dieses Abends.

Nach dem Gottesdienst blieb Wynn an einer Seitenkapelle stehen und schien etwas ratlos, bis eine lächelnde junge Frau, nicht größer als ein Kind, auf ihn zukam. Er zeigte keine Freude über ihr Kommen. «Pater Libretto ist nicht hier?»

«Er war da und ist wieder gegangen. Er lässt Sie grüßen.» Lächelnd sah sie Jackie an. «Hallo. Ich bin Anna.»

«Jackie.»

«Sie sind zum ersten Mal in Sant'Egidio?»

«Zum allerersten Mal.»

«Seien Sie willkommen.» Sie wandte sich wieder Wynn zu. «Er hat Ihnen eine Nachricht hinterlassen. Vielleicht möchten Sie mitkommen?»

«Ich kann sie hier in Empfang nehmen.»

«Diese Nachricht ist vertraulich.»

«Trotzdem ist es mir hier recht.»

«*Bene.*» Sie schob die Hände in die Ärmel ihres formlosen Pullovers. «Ihre Schwester ist schon fort.»

«Sie ist wieder nach Hause gefahren?»

Anna lächelte. «In gewissem Sinne ja.»

Sein Atem entwich mit einem Rauschen, als hätte diese ruhige kleine Frau ihm einen bösartigen Schlag versetzt. «Das kann nicht Ihr Ernst sein.»

«Der Priester sagt, Ihre Schwester hat Ihnen einen Vorwand zum Reisen gegeben. Jetzt haben Sie zwei Möglichkeiten. Folgen Sie ihr, oder kehren Sie zurück in die Sicherheit der Blinden.» Sie zog eine Hand aus dem Ärmel und reichte ihm einen Zettel. «Aber wenn Sie weitermachen, gehen Sie ein großes Risiko ein. Sie verstehen?»

23
Dienstag

Sie verließen die Kirche, überquerten die Piazza und fuhren mit einem Taxi zurück zum Hotel. Die Straßenbeleuchtung verlieh Wynns Gesicht Konturen so hart und düster wie nachtschwarz gemeißelter Stein. Jackie lehnte sich an die Wagentür und betrachtete diesen Mann, der selbst in seiner Niedergeschlagenheit gut aussah mit seinen dunklen Zügen und den melancholischen Augen. Ein Mann, der gut altern würde. Aber sie hatte schon vor langer Zeit gelernt, dass gutes Aussehen kein besonderer Vorzug war. «Ihre Schwester ist nicht mehr in Rom?»

«Nein.»

«Wissen Sie, wo Sie sie finden?»

Langsam hob und senkte er den Kopf. Es war weniger ein Nicken als das Anerkenntnis bevorstehender Albträume. «Wenn ich das sagen darf», bemerkte Jackie, «Sie nehmen Einiges für Ihre Schwester auf sich.»

Das Taxi überquerte dröhnend den Tiber und tauchte in den Verkehrsstrom, der immer neue Ruinen aus alter Zeit umfloss. Wynn war für das alles blind. «Meine Eltern sind gestorben, als ich fünf war, und wir haben bei Verwandten gelebt. Eine elende Bande. Kennen Sie Lakeland?»

«Natürlich. Draußen auf der anderen Seite von Orlando.»

«Damals gab es da nur Apfelsinenplantagen, heiße Öfen und Bierbars. Provinzler von der schlimmsten Sorte. Die Familie meines Dads besaß eine Konservenfabrik. Dad war der Einzige von ihnen, der je da herausgekommen war, der Einzige, der die High School zu Ende gebracht und sogar studiert hatte. Er war alles, was sie verachteten – Universitätsprofessor, intelligent, verheiratet mit einer Yankee-Frau aus New Hampshire, die selbst Lehrerin war. Sie haben sich über unseren Akzent lustig gemacht, sie haben sich über unsere Eltern lustig gemacht.»

Jackie drückte sich noch mehr an die Wagentür. Der Mann ging ihr zu sehr unter die Haut, und die Gründe, etwas für ihn zu empfinden, lagen zu sehr auf der Hand.

Wynn nahm keine Notiz von ihren Bewegungen. «Als Sybel achtzehn wurde, zwang sie den Anwalt der Familie, unser Erbe herauszurücken. Und so sehr es den Verwandten meines Dad gegen den Strich ging, uns bei sich zu haben, dagegen sträubten sie sich doch mit Klauen und Zähnen. Sybel ging zu Gericht und adoptierte mich. Viel Geld war nicht da. Damals wollte keine Lebensversicherung meine Eltern akzeptieren, weil sie in Ägypten lebten. Was sie an Ersparnissen gehabt hatten, war weitgehend aufgebraucht. Aber es war noch so viel da, dass wir uns in Gainesville niederlassen konnten. Sybel fing an zu studieren, und dann lernte sie Grant kennen.»

Alles, was er sagte, schürte ihre hoffnungslose Zuneigung, ganz gleich, was sie denken oder wünschen mochte. «Haben Sie sich je gefragt, ob sich das Leben vielleicht irgendjemanden wahllos herauspickt und ihn zur Zielscheibe macht? Damit alle Welt ihn mit spitzen Gegenständen bewerfen kann?»

Er wurde sehr still. «Nein.»

«Hören Sie nicht auf mich. Ich bin ein Quell nutzloser Ideen.» Sie zwang sich, aus dem Fenster zu schauen. Die Reifen trommelten laut auf dem Kopfsteinpflaster, und vor ihnen ragte das Kolosseum auf. «Und Sie sehen ja, wohin mich das gebracht hat.»

Sie stiegen aus dem Taxi, und Wynn sah, wie der Portier vor Jackie die Mütze abnahm. Sie betrat die Lobby vor ihm, die Schultern gerade, das Kinn starr erhoben. Im Licht der Kronleuchter sah er, wie sie mit sich kämpfte, um sich schließlich ein Geständnis abzuringen. «Dieser Tag hat mir so viel gebracht, dass ich gar nicht weiß, was ich sagen soll.»

«Mir geht es genauso, aber aus ganz anderen Gründen.» Er tat etwas völlig Unerwartetes: Er nahm ihre Hand und beugte sich darüber. Hob sie nicht ganz bis an seine Lippen. Mit dieser förmlichen Geste wollte er ihr seinen Respekt ausdrücken. Und er erklärte: «Das einzig Gute an dieser ganzen Reise ist, dass Sie da sind.»

Ihr Blick wurde sanft. Zum ersten Mal schaute er hinter ihren kugelsicheren Panzer und sah eine völlig andere Frau. «Ich kann mich nicht erinnern, wann ein Mann das letzte Mal etwas so Reizendes zu mir gesagt hat. Danke, Wynn.»

«Wissen Sie, dass Sie jetzt zum ersten Mal meinen Namen ausgesprochen haben?»

Sie holte bebend Luft. Dann sagte sie so leise, dass nur er es hören konnte: «Sie sind ein sehr gefährlicher Mann.»

«Nur für mich selbst.»

Sie wandte sich ab und ging durch die Halle. Ihr Haar fing das Licht ein und hielt es fest. Sie nickte dem Pagen zu, der ihr mit weiß behandschuhter Hand die Aufzugtür aufhielt. Sie drückte auf den Knopf zu ihrem Stockwerk. Und erst dann blickte sie auf. Schaute ihm in die Augen. Und flüsterte noch einmal seinen Namen.

Wynn war gerade an das Pult des Concierge getreten und hatte seine Reisewünsche vorgebracht, als eine allzu vertraute Stimme flötete: «Ich traue meinen Augen nicht.»

Als er diesen wohlklingenden englischen Akzent hörte, sträubten sich ihm die Nackenhaare. Es war wie der Gesang der Spottdrossel um Mitternacht. Hübsch – vielleicht, aber an einem solchen Ort wurde der Klang zu einer Warnung. Trotzdem drehte er sich zu Valerie um und schaute sie so überrascht an, wie er nur konnte. «Was um alles in der Welt tun Sie denn hier?»

«Ich hatte gehofft, Sie zu sehen, was sonst?» Ärger schimmerte in den schönen Augen. «Ich beeile mich wie eine Wahnsinnige, bringe meine Angelegenheiten in Ordnung. Rase wie verrückt zum Flughafen, erwische gerade noch die letzte Maschine. Komme völlig zerschlagen hier an, weiß kaum noch, wo ich bin. Erwarte, Sie von Jammer und Panik erfasst vorzufinden, während Sie alles nach Ihrer Schwester absuchen. Und was finde ich stattdessen?»

Aber Valerie sah durchaus nicht zerschlagen aus. Sie sah aus, als sei sie soeben einer Jacht entstiegen. Geschmeidig, hinreißend elegant, wachsam wie immer. «Ich habe Sybel gefunden», sagte Wynn. «Zumindest weiß ich, wo sie ist.»

Sie schüttelte vehement den Kopf, und ihr Haar wehte in reizvoller Unordnung um ihr Gesicht. «Wagen Sie ja nicht mir einzureden, dass es Ihre Schwester war, von der Sie sich eben mit diesem kleinen Handkuss verabschiedet haben.»

«Nein.»

«Ich habe diese Frau bei Esther Hutchings gesehen, erinnern Sie sich? Ich war mit Ihnen da. Dicht an Ihrer Seite.»

«Esther hat sie hergeschickt.»

Valerie stockte. «Wie bitte?»

«Esther glaubt, ich arbeite für den Feind. Sie hat Jackie Havilland beauftragt, mich zu bespitzeln.»

Sie sah sich um und nahm dann seinen Arm. «Kommen Sie, mein lieber Wynn. Wir unterhalten das Personal.»

Sie führte ihn zurück in die Bar, abseits der Haupthalle. Sie trug eine fließende Hose aus grauer Shantung-Seide und eine dazu passende Bluse mit vier Staubperlen als Knöpfe. Eine graue Seidenjacke hing über einer Stuhllehne an einem Ecktisch. «Was trinken Sie?»

«Nichts, danke.»

Sie winkte dem Barkeeper ab. «Und um welchen Feind soll es sich dabei handeln?»

«Ich habe keine Ahnung.» Als sie ihn zweifelnd ansah, fügte er hinzu: «Um ehrlich zu sein, ich glaube, Esther weiß es auch nicht. Nicht genau jedenfalls.»

«Esther Hutchings gehört in das Bett neben ihrem Mann.» Valerie strich sich das Haar zurück, fuhr mit beiden Händen durch die kastanienbraune Flut. Sie beäugte ihn kokett. «Sind Sie sicher, dass es da hinten in der Lobby um nichts anderes ging?»

«Absolut sicher.»

«Nun, diese Jackie – so heißt sie, sagten Sie? Sie scheint ja eine sehr nette junge Dame zu sein, aber sie operiert weit außerhalb ihrer Liga.»

Wynn wusste, dass sie auf seine Zustimmung wartete, dass er die Distanz verringerte, ein paar einladende Worte sprach. Aber ihr Zauber, so machtvoll er auch war, wirkte nicht. Obwohl sie in diese geldstrotzende Welt gehörte, obwohl er immer gedacht hatte, dies sei die Art von Frau, die er suchte, war er im Geiste immer noch gefangen von diesem Tag und von dem lautlosen Wort aus der Nische des abfahrenden Aufzugs. «Ich muss morgen abreisen.»

Sie verschränkte die Arme. «Das ist nicht lustig.»

«Sybel ist nicht mehr in Rom.»

«Und wohin, wenn ich fragen darf, hat Ihre abtrünnige Schwester sich begeben?»

Er merkte, dass er es ihr nicht erzählen wollte. Eine absolut unlogische Reaktion, aber stark genug, um ihn am Reden zu hindern. Das Geräusch nahender Schritte war eine willkommene Störung. Der Nachtconcierge verkündete voller Stolz: «Es ist mir gelungen, Ihnen für morgen früh einen Platz in der ersten Maschine nach Kairo zu buchen.»

«Nach Kairo?», wiederholte Valerie.

«Ausgezeichnet», sagte Wynn, obwohl das Gegenteil stimmte. «Vielen Dank.»

«Leider geht sie schon um viertel vor sieben.»

Das bot ihm einen erstklassigen Vorwand, aufzustehen und zu sagen: «Es tut mir so Leid, Valerie.»

Sie blieb sitzen. «Das kann nicht Ihr Ernst sein.»

Er entschied sich, sie misszuverstehen. «Ich leide von dem Flug hierher immer noch unter Jetlag. Ich muss mich ein bisschen ausruhen.» Er nahm ihre beiden Hände und drückte sie fest. «Genießen Sie Rom für mich? Wollen Sie das wenigstens tun?»

Er folgte dem Concierge durch die Lobby, gab ihm ein Trinkgeld und winkte Valerie zu, die immer noch am Tisch saß. Dann ging er in den Aufzug, drückte auf den Knopf und seufzte, als die Tür sich schloss.

In seinem Zimmer ging er gleich zum Telefon und ließ sich mit Jackie verbinden.

Sie meldete sich mit einer zurückhaltenden Wachsamkeit, die ihm verriet, dass sie halb mit seinem Anruf gerechnet hatte. «Ja?»

Er wusste, was sie gleichzeitig erwartete und befürchtete. Deshalb antwortete er so munter wie möglich. «Es ist etwas passiert. Wir müssen uns unterhalten. Jetzt sofort.»

Er musste ihr zugute halten, dass sie nicht die Kokette spielte oder schläfrig tat. «Ich bin in Zimmer 601.»

Er notierte seine Reisedaten, ging den Korridor entlang und wartete vor Jackies Tür, ohne zu klopfen. Sie öffnete, und das Gesicht unter dem zerzausten Haarschopf sah wachsam aus. Deshalb fing er schon auf dem Flur an zu sprechen. «Sie erinnern sich an die Frau, die neulich abends mit mir bei Esther war?»

«Die Lobbyistin.»

«Sie heißt Valerie Lawry. Sie ist hier.»

«Hier in Rom?»

«Hier im Hotel. Unten. Jetzt.»

Jackie zog die Tür ganz auf. Ein übergroßes «Orlando Magics»-T-Shirt steckte in einer Jeans. Bloße Füße. Die straffe, ausgeglichene Haltung einer Athletin. Immer noch vorsichtig, aber bereit, ihm zu glauben. «Kommen Sie herein.»

Er setzte sich vor die offene Balkontür. Das Gelächter, das von der Piazza und der Treppe heraufschallte, schien ihn zu verspotten. «Meine Schwester ist nach Kairo geflogen. Mich nach Rom zu locken, war ein Trick, um mich in Bewegung zu bringen. Sie wollte schon vor meiner Wahl in den Kongress dass ich hinfliege. Warum, weiß ich nicht. Aber ich bin ziemlich sicher, dass es mit einer Konferenz zu tun hat, von der ich im Weißen Haus gehört habe. Sie wissen davon?»

Jackie sank auf die Bettkante. «Kay Trilling fliegt auch hin. Und Nabil, der Ägypter, der Sie gebeten hat, hierher zu kommen.»

«Ich möchte, dass Sie jemanden finden, der Valerie auf den Fersen bleibt. Finden Sie heraus, wohin sie geht. Für wen sie arbeitet.» Er reichte ihr ein Blatt. «Das sind meine Reisedaten und das Hotel in Kairo, alles nach den Angaben der Frau in Sant'Egidio. Sprechen Sie mit jemandem in der Kirche. Vielleicht können sie Ihnen helfen, einen Detektiv zu finden. Ganz unten steht meine Kreditkartennummer. Bezahlen Sie damit.»

Haar, hell wie Winterweizen, bedeckte ihr Gesicht und verbarg alles außer ihrer Stimme. «Das kann ich tun.»

Plötzlich erschien der Abstand zwischen ihnen nicht mehr so groß. Eine Armlänge, ein einziger Schritt, und er würde neben ihr sitzen. Jackie spürte die plötzliche Veränderung auch, denn sie blickte auf, und er sah eine Frau, die gelernt hatte, sehr wenig vom Leben zu erwarten. Und von den Männern. Aber sie wies ihn nicht ab. Wartete nur.

In diesem Moment hatte Wynn nur den Wunsch, sein Ansehen in ihren Augen zu erhöhen. «Ich bin nicht der Feind, Jackie.»

«Nein», sagte sie leise. «Das glaube ich auch nicht.»

Er sah, dass sie immer noch wartete, vielleicht auch hoffte, dass er mehr sei als ein Mann wie alle andern. Aber vielleicht täuschte er sich auch. Deshalb wandte er sich zur Tür, als er aufstand. «Ich denke, ich lege mich jetzt noch für ein paar Stunden ins Jetlag-Koma.»

Sie folgte ihm zur Tür. «Was geschieht hier?»

Er schüttelte den Kopf – nicht über ihre Frage, sondern weil es so leicht gewesen war, die Frau dort unten sitzen zu lassen. Die, die hierher gehörte. Die ihn eingeladen hatte. Und weil es so schwer war, die zu verlassen, die ihm nichts bot als ein Spiegelbild seines eigenen traurigen Zustands. «Ich habe allmählich genug davon, dass man mich behandelt wie eine Marionette. Mehr kann ich Ihnen nicht sagen.»

24

Dienstag

Pavel Hayek reiste nicht gern. Lieber saß er in seinem Schloss und befahl der Welt, herzukommen und das Knie zu beugen. Aber die Reise nach Miami ließ sich nicht vermeiden. Leute, die über Geld verfügten, wie er es brauchte, erwarteten von ihm, dass er, wenn schon nicht auf ihrer Türschwelle, doch wenigstens auf halbwegs neutralem Gelände erschien. Weil die Präsidentensuite im Biltmore bereits belegt war, hatte er sich im Penthouse des Carlton-Ritz in Coconut Grove niedergelassen, möglichst weit entfernt von South Beach mit seinem schäbigen Flitter. Draußen überzog der Abend das Intracoastal Basin mit einem Schleier aus zarten Grün-, Gold- und Blautönen. Die Türen zu seinem Balkon standen offen, und die süß duftende Brise und die vagen Dissonanzen von den Straßen tief unter ihm wehten herein. Hayek sog den Atem der milden Jahreszeit ein und bemühte sich, seinen Ärger zu verbergen. «Ich hatte erwartet, dass Duclos selbst mit mir spricht.»

«Monsieur le Chairman lässt Ihnen sein aufrichtiges Bedauern übermitteln.» Die Frau war ein Produkt von Generationen französischer Überzüchtung, zweifellos Absolventin einer ihrer Spitzenkaderschulen – INSEAD oder École Nationale oder etwas ähnlich Pompösem. Sie war nicht ganz ohne Reiz, aber ihre Frisur war übertrieben affig, ihre Kleidung viel zu modisch, ihr Parfüm einfach abscheulich. «Er hat mich gebeten, die Informationen zu beschaffen, die wir brauchen, um unsere Entscheidung zu treffen.»

Hayek wedelte gereizt mit der Hand und gab Burke damit zu verstehen, dass er antworten sollte. Das war wirklich zu viel. Entweder wollte Duclos nicht investieren, oder er erwartete weitere Zugeständnisse. Die junge Frau hatte er geschickt, um sich vor einer Entscheidung zu drücken. Und sie war natürlich viel zu sehr von sich eingenommen, um das zu begreifen. Mit diesen Franzosen Geschäfte zu machen, war grässlich. Nicht zum ersten Mal bereute Hayek, dass er Kontakt mit ihnen aufgenommen hatte.

Seine Suche nach Mitverschwörern war gründlich gewesen. Aus der Schweiz war die NBS gekommen, jahrelang die Nummer zwei hinter Crédit Suisse. Neun Monate zuvor hatten deren institutionelle Anleger abzuwandern begonnen. Elf Milliarden Dollar waren in dieser Zeit in die falsche Richtung geflossen, genug, um den Vorstand zittern zu lassen. Sie hatten ihren gesetzten Schweizer Konservatismus über Bord geworfen und sich voller Hektik auf die Suche nach einer Möglichkeit gemacht, sich mit der Welt des Geldes wieder auf guten Fuß zu stellen. In ihrer Panik hatten sie mit beiden Händen nach Hayeks Angebot gegriffen.

Die Hanyo Bank in Yokohama war die siebtgrößte Bank der Welt mit einem Aktivvermögen von zweihundertzwölf Milliarden Dollar. Siebenundvierzig Devisen- und Derivattrader arbeiteten in New York, und sie hatten insgesamt zweihundert Mitarbeiter in den USA. Noch fünf Jahre zuvor hatte der New Yorker Geschäftsbereich mehr als ein Drittel des Gesamtgewinns der Bank erwirtschaftet. In diesem Jahr hatte er glatte anderthalb Milliarden verloren. Vom Millionär zum Tellerwäscher. Verzweifelte Zeiten. Sie hatte Hayek am leichtesten gewinnen können.

Die Französin hakte mit ihrem goldenen Füller einen weiteren Punkt auf ihrer List ab und fragte dann: «Wann genau werden Sie Ihren Plan umsetzen?»

Jetzt reichte es wirklich. «Duclos weiß genau, dass ich Ihnen das nicht sagen kann.»

«Aber meine Vorgesetzten verlangen ...»

«Wir werden abwarten, bis der Markt sich in einer euphorischen Hochstimmung befindet, und dann mit katastrophalen Nachrichten zuschlagen. Mit Nachrichten, die wir steuern. Das ist Duclos bereits bekannt.»

Das war natürlich gelogen. Aber es war nicht nötig, diesen Leuten oder sonst irgendjemandem genau zu erläutern, was er plante. Jeder, der genau über seine Pläne informiert war, wurde zu einem unkontrollierbaren Risiko.

Sie stellte die logische Folgefrage. «Wie steuern Sie solche Ereignisse?»

Burke übernahm die Antwort. «Indem wir die Katastrophennachrichten in unserem Hause bereithalten.»

«Es sind Nachrichten von Ihrer Regierung, ja?»

«Nachrichten, die die Controller verzweifelt unter dem Teppich zu halten versuchen», log Hayek. Nicht einmal Burke kannte die Wahrheit. So sollte es auch sein. «Nachrichten, die die Märkte innerhalb weniger Stunden nach dem Bekanntwerden um zwanzig Prozent abstürzen lassen werden.»

«Und wenn die Wirkung dieser Nachrichten durch die derzeitige Volatilität der Märkte verstärkt wird», ergänzte Burke, «dürften wir es mit einer regelrechten Panik zu tun bekommen. Wir schlagen schnell zu, wir schlagen hart zu, und wir gewinnen, während der Markt noch taumelt.»

«Und wann ...»

Hayek erhob sich. Dieses Meeting war zu Ende. «Die Mindesteinlage beträgt zwei Milliarden Dollar», sagte er.

Sie akzeptierte ihre Entlassung mit steifer Würde. «Ich werde meinen Vorgesetzten Bericht erstatten und komme dann noch einmal ...»

«Nein. Spielen Sie mit oder lassen Sie es bleiben. Wenn Sie dabei sind, transferieren Sie das Geld. Ende.»

Nachdem Burke die Frau hinausgeführt hatte, sagte Hayek zu seiner Nummer zwei: «Engagieren Sie einen guten Mann. Benutzen Sie die Liechtensteiner Bank als Deckadresse. Behalten Sie Duclos und die Frau im Auge.»

«Sie glauben nicht, dass er mitmacht?»

«Ob er es tut oder nicht, wir müssen davon ausgehen, dass die Informationen weitergegeben oder benutzt werden.» Beides konnte er sich nicht leisten. Wenn ihre Pläne erfolgreich wären, würde es eine Untersuchung geben. Börsenaufsicht und Bundesbank würden nichts lieber tun, als ihn wegen Insidergeschäften zu belangen. Deshalb kannte niemand den Plan in allen Einzelheiten – nicht einmal Burke, und ganz bestimmt nicht Duclos. Trotzdem war es besser, auf Nummer sicher zu gehen. «Ein grässliches Volk, diese Franzosen.»

Burke schob ein paar Unterlagen zusammen und bemühte sich, beiläufig zu klingen, als er fragte: «Was ist mit den Brasilianern?»

«Ich treffe mich heute Abend mit ihnen.» Hayek bemerkte den angespannten Unterton in seiner eigenen Stimme. «Das ist auch eine ganz unglaubliche Gruppe. Diese Sicherheitsgorillas in ihren grauen Anzügen bringen alles in Gefahr.»

«Ich begreife immer noch nicht, warum Sie die beauftragt haben, die Wohnung der Havilland zu durchsuchen.» Burke zögerte und fügte dann hinzu: «Es sei denn, Sie wollten, dass sie scheitern.»

Das war das Problem, wenn man hochintelligente Leute anheuerte, dachte Hayek. Sie waren imstande und durchschauten das Rätsel, das allem zugrunde lag. «Gar nicht davon zu reden, dass sie meinen Sicherheitstechniker vor den Augen des ganzen Handelsraums zusammengeschlagen haben», entgegnete er. «Solche Brutalität funktioniert vielleicht da, wo sie herkommen. Aber hier erreicht man damit gar nichts.»

«Aber die Brasilianer werden nicht bereit sein, ihre Security abzuziehen.»

Noch nicht, korrigierte Hayek bei sich. «Sie vermehren sich wie tödliche Sporen. Wir müssen wirklich einen Weg finden, sie im Zaum zu halten.»

«Woran haben Sie gedacht?»

Hayek fühlte sich versucht, es ihm zu erzählen. Was wirklich bemerkenswert war, denn er vertraute seine Geheimnisse niemals irgendjemandem an. Es zeigte deutlicher als alles andere, unter welchem Stress er stand. So viele Jahre, um diesen Punkt zu erreichen. So viel hing ab von jedem Schritt, jeder Bewegung, jedem einzelnen Wort. Die Antwort auf Burkes Frage war die Antwort auf alle Fragen: Man musste eine Lösung finden, die die Belastung in einen Vorteil verwandelte.

«Rufen Sie mir den Wagen, ja?», sagte er nur.

Burke gehorchte und half ihm dann in die Jacke. «Ich habe immer noch keine Erkenntnisse über Colin Ready.»

«Sie werden ohne Zweifel welche bekommen, wenn es

welche gibt.» Lemminge, dachte Hayek, als er sah, wie Burke zur Tür sprang. Eine Bruderschaft von hochintelligenten, vergoldeten Lemmingen. Mehr sind sie nicht, diese Trader. Eine von Gerüchten getriebene Meute. Er nickte seinem Ersten Offizier zum Abschied zu. Sie tänzeln herum wie die Prinzen, sie wiehern wie die Hengste, aber beim ersten Anzeichen von Gefahr zeigen sie ihre wahre Natur. Wie die Welt bald sehen würde.

An diesem Abend speiste Hayek in einsamer Pracht im Norman's, einem nicht ganz üblen Restaurant in Coral Gables. Aber er achtete weder auf das Essen noch auf das spanisch-koloniale Ambiente. In seinen Gedanken war er an einem anderen Ort und bei anderen Mahlzeiten, die er mit seiner Mutter im Russian Tea Room in Manhattan eingenommen hatte. Das war das Lieblingsrestaurant seiner Mutter gewesen. Der rote Samt, das Messing und die schweren Leinentischtücher hatten sie an die Pracht erinnert, die sie einmal gekannt hatte. Einer der Kellner in Pavels Jugend war ein niederer ungarischer Adliger gewesen, ein Mann, den seine Mutter in einer anderen Ära wahrscheinlich verachtet hätte. Trotzdem setzte sie sich jetzt immer an einen seiner Tische. Sie sprachen wenig miteinander, und wenn, dann nur auf Französisch, der Gesellschaftssprache der mitteleuropäischen Aristokratie. Und niemals, niemals erwähnten sie das verlorene Reich. Das war nicht nötig. Das kaum merkliche Heben einer Braue, ein verhaltener Seufzer, ein müder Blick auf die bürgerliche Klientel des Restaurants. Das genügte. Der Kellner redete sie immer mit «Principessa» an, und den jungen Hayek nannte er «Monsieur le Comte». Dafür hatte sie sich stets auf die machtvollste seiner unbestimmten Verwandtschaften bezogen und nur ein einziges Wort benutzt: Romanow. Wenn sie ihm zum Abschied ihre behandschuhte Hand darbot, dankte er mit der steifen Halbverbeugung königlichen Adels, und sie verlieh ihm einen zweiten Titel: Cousin. Er war längst nicht mehr da, und Hayeks Mutter auch nicht. Aber die Erinnerungen waren angenehme Gesellschafter. Seine Mutter würde seine jetzige Strategie ohne Zweifel von ganzem Herzen billigen.

Nach dem Essen begab er sich zum Jackie Gleason Theater of Performing Arts, in der Gegend bekannt als TOPA. Heute Abend tanzte das komplette Kirow-Ballett Strawinsky, und das war der einzige Grund, weshalb Hayek sich überhaupt bereit gefunden hatte, diese Reise zu unternehmen. Die Regieloge hatte ihn eine Spende von zwanzigtausend Dollar gekostet. In einsamer Abgeschiedenheit saß er da und sah zu, wie die Tänzer Sprünge vollführten, die sogar Nijinski mit Beifall bedacht hätte.

Ehe der Pausenapplaus verklungen war, erschien eine junge Frau in einem dunklen Kostüm an seiner Seite. «Würden Sie mir bitte folgen, Mr Hayek?»

«Ist alles arrangiert?»

«Wie Sie es gewünscht haben. Hier entlang, bitte.»

Und so war es tatsächlich, eine bemerkenswerte Leistung in dieser unberechenbaren Stadt. Im oberen Stockwerk gab es einen kleinen offenen Mezzanin, der jetzt von einem weiteren Angestellten bewacht wurde. Die brasilianischen Banker hatten auf einem Treffen in ihrem Stadtbüro beharrt, aber Hayek hatte ihren Wunsch ignoriert, denn er wusste, dass er dort zu sehr im Nachteil sein würde. Wer das Gelände beherrschte, hatte die Schlacht schon halb gewonnen. Die junge Frau hielt ihm die Tür auf, nahm das Trinkgeld mit würdevollem Dank entgegen und schloss die Tür fest hinter ihm.

«Mein lieber Pavel, das ist wunderbar. Wirklich.» Der Brasilianer war korpulent und trug einen flirrenden Heiligenschein aus weißen Haaren. Er deutete mit seiner Zigarre auf die offene Balkontür, die Frühlingsnacht, den Champagner in dem beschlagenen silbernen Eiskübel. «Wie Sie in dieser prachtvollen Stadt solche Inseln der Abgeschiedenheit finden, ist mir unbegreiflich.»

«Miami hat nichts Prachtvolles an sich», erwiderte Hayek herablassend. «Überhaupt nichts.»

«Aber es ist für uns die nächste Metropole, von der südländischen Atmosphäre gar nicht zu reden. Sogar das Verbrechen wird hier mit Salsa serviert.» Der Banker winkte einem massigen Schatten vor dem Balkongeländer. Ein Mann trat aus der Dunkelheit heran. «Ein neuer Partner für unsere Gruppe, und ein neuer potenzieller Investor für Sie.»

Hayek akzeptierte das Fehlen eines Namens mit einem knappen Kopfnicken, das der Mann erwiderte. Sein kantiges Gesicht wirkte bedrohlich, seine Augen wie aus sibirischem Eis. Hayek wechselte ins Russische. «Möchten Sie Champagner?»

Der Mann schien einen kurzen Moment lang wütend darüber, dass er so schnell durchschaut worden war. Das Lachen des brasilianischen Bankers war wie Öl, das die Wogen des Augenblicks glättete.

«Pavel, Pavel, Sie sind allzu scharfsinnig für uns. Natürlich, schenken Sie uns Champagner ein und lassen Sie uns darüber reden, wie Sie uns alle reich machen wollen.»

Hayek riss Folie und Verschlussdraht ab und drehte den Korken heraus. Russisches Mafiageld, das brasilianische Banken kaufte und dann einen amerikanischen Hedgefonds aufs Korn nahm. Die Welt war wirklich wahnsinnig geworden, reif für ihre Zerstörung. «Sie sind schon reich.»

«Genau wie Sie, mein Lieber. Genau wie Sie. Aber nicht mehr ganz so reich wie vor Ihrem ekuadorianischen Fiasko.» Der Brasilianer warf ihm einen skalpellscharfen Blick zu, aber Hayek tat, als habe er ihn nicht bemerkt. Der Bankier nahm das erste Glas, wie es ihm zustand. «Aber es gibt immer noch

Macht zu gewinnen, nicht wahr? Mehr Macht, größere Spielzeuge.» Er nahm einen kleinen Schluck und nickte beifällig. «Meine neueste Geliebte ist so begeistert von ihrem Hubschrauber!»

Hayek reichte dem Russen das zweite Glas, hob sein eigenes und sagte: «Wenn Sie Ihre Hunde in den grauen Anzügen zurückpfeifen, könnten wir vielleicht Erfolg haben. Unter den gegenwärtigen Umständen riskieren wir eine weitere Katastrophe.»

Die dunklen Augen wurden kalt. «Mit dem Tod dieses Mädchens in Washington hatten wir nichts zu tun. Wie ich Ihnen schon mehrmals gesagt habe.»

«Washington ist Schnee von gestern. Es hat weitere Zwischenfälle gegeben, wie Sie sehr wohl wissen. Ihre Trottel richten Verwüstungen an, wo sie auftauchen. Nur einer von ihnen spricht etwas, das Ähnlichkeit mit Englisch hat. Sie gefährden alles.»

«Pavel, Pavel, ich will offen sprechen. Sie haben die Gewohnheit, das Geld anderer Leute wie Ihr eigenes zu behandeln. Wir werden deshalb Leute bei Ihnen unterbringen, die darauf achten, dass Sie sich an die Vereinbarungen halten.»

Hayek fuhr die Krallen aus. «Niemand stellt Regeln für mich auf.»

«Ah, aber genau das werden wir eben doch tun, wenn Sie unser Geld haben wollen.» Sein Ton wurde besänftigend. «Ich habe persönlich mit dem Chef der Leute gesprochen. Sie werden Ihnen von jetzt an aufs Wort gehorchen.»

Hayek tat, als füge er sich missmutig ins Unausweichliche, und knurrte: «Wenn es noch ein einziges Problem gibt, wenn irgendetwas schief geht, sind sie draußen.»

«Ja. Gut. Damit bin ich einverstanden.» Er verlagerte die Zigarre in die Hand, die auch das Champagnerglas hielt, damit er Hayek auf die Schulter klopfen konnte. «Sie sollten sich über das Geschenk freuen, Pavel, und nicht jammern wie ein altes Weib. Das sind erstklassig ausgebildete Spezialisten. Wenn sie Fehler gemacht haben, liegt es daran, dass sie – wie soll ich sagen? –, dass sie nicht gewohnt sind, sich mit solchen Kleinigkeiten abzugeben. Ihre Verbindungen reichen um die ganze Welt, und sie stehen zu Ihrer Verfügung.»

Hayek verbarg seine Genugtuung mit dem Geschick des Pokerspielers. «Sorgen Sie nur dafür, dass sie lernen, Anweisungen zu befolgen.»

«Selbstverständlich, mein lieber Pavel. Selbstverständlich.» Das Lächeln war wieder da. «Jetzt wollen wir diesen erstklassigen Champagner genießen, während Sie meinem neuen Partner erläutern, weshalb er mithelfen sollte, Ihr kleines Projekt zu finanzieren. Wie war noch der bemerkenswerte Name, den Sie ihm gegeben haben?»

Hayek holte tief Luft und antwortete gleichmütig: «Tsunami.»

Hayeks Handy trillerte, als er seine Gäste gerade hinausbegleitete. Burke klang so hektisch, wie Hayek ihn noch nie erlebt hatte.

Jähe Wut stieg in Hayek auf, als er den Bericht hörte, und er brachte nur hervor: «Ich rufe Sie in zwei Minuten zurück.»

«Aber…»

«In zwei Minuten.» Er klappte das Telefon zu, machte auf dem Absatz kehrt und war mit wenigen Schritten draußen am Balkongeländer. Er zwang sich, langsam zu atmen, sich nach und nach zu entspannen, zu überlegen.

Hayek wusste, was andere nicht wussten. Es gab einen Weg, sich Macht und Reichtum zu unterwerfen. Nur einen. Und es war nicht das, was die meisten Leute zufrieden stellte – was man als Erfolg bezeichnete. Nein. Zum Gipfel, in die schwindelnde Höhe, für die Hayek geboren war, führte nur ein einziger schmaler Weg. Alle Energie musste gebündelt, alles Streben auf ein einziges Ziel gerichtet werden. Ein Hunger musste da sein, so groß, dass er dem Leben eine neue Bedeutung gab. Ein Motiv, so stark, dass jede Aktion, jeder persönliche Kontakt entweder mithelfen musste, das Ziel zu erreichen, oder Schlacke wurde, die ausgeschieden werden musste. Alle Ansprüche mussten geschliffen werden, bis sie schärfer waren als die schärfste Klinge, mussten durch das Leben schneiden und alles bis auf den entscheidenden Kern entfernen. Nichts zählte – nur das Ziel. Alles Übrige war nur der Schrott, für den die andern lebten, von dem sie glaubten oder behaupteten, er sei ihnen genug.

Dann wurde ihm klar, dass der Abend ihm die Antwort schon geliefert hatte. Hayek lachte auf und wählte Burkes Nummer. «Unsere Gegner müssen zerschlagen und zermahlen und zerrieben werden, bis sie so fein sind wie karibischer Sand.»

«Wird schwierig», antwortete Burke, «wenn man bedenkt, wer sie sind.»

«Nicht, wenn uns jemand die Arbeit abnimmt, der nicht mit uns in Verbindung gebracht werden kann.» Und Hayek erläuterte seinen Plan.

Burke antwortete unverzüglich. «Das werden die nicht schaffen.»

«Dann besiegeln sie ihr eigenes Schicksal.» Hayek unterbrach die Verbindung und blieb am Balkongeländer stehen, bis er den Überschwang seines Triumphs gänzlich gebändigt hatte.

Erst dann ging er wieder hinein. Er folgte der wartenden Platzanweiserin zurück zur Regieloge und war restlos zufrieden mit der Entwicklung. Die Männer des Brasilianers würden mindestens eine dieser neuen Aufgaben verpatzen. Das daraus resultierende Chaos wäre die perfekte Waffe, mit der er sich von ihrer bedrohlichen Anwesenheit befreien würde. Hayek machte sich keine Illusionen über die Gründe, weshalb man ihm diese Idioten in den grauen Anzügen geschickt hatte. Sie waren nicht dazu da, das Geld des Brasilianers zu bewachen. Sie sollten ihn daran erinnern, was passieren würde, wenn er scheiterte. Sie waren eine beständige Erinnerung, und sie lenkten Hayek von der Suche nach dem anderen Maulwurf des Brasilianers ab. Nach dem, der den Brasilianer auf dem Laufenden hielt, sodass er Hayeks Aktionen nachspielen und doppelt gewinnen konnte.

Hayek nahm seinen Platz ein, als der Vorhang sich öffnete. Er wollte einen Blick in sein Programm werfen, aber es war schon zu dunkel. Dann spielte das Orchester die ersten leisen Akkorde, und Hayek lächelte zufrieden. Strawinskys *Feuervogel.* Die Lieblingsmusik seiner Mutter. Sogar die Russen tanzten heute Abend nach seiner Pfeife und zeigten der ganzen Welt, dass der Phönix sich aus der Asche erhob.

25
Mittwoch

Als Jackie am nächsten Morgen nach unten kam, saß ein Trio von unglaublich eleganten Frauen beim Kaffee in der Lounge des Hassler. Mehrere Gruppen von Geschäftsleuten beobachteten sie wie träge Raubtiere, als sie vorbeiging. Der Portier bedachte sie mit einem Morgengruß, der zu einem Fünfhundert-Dollar-Zimmer gehörte, und entließ sie in den Sonnenschein. Sie überquerte die Piazza, um in einem Café an der Ecke ein Frühstück und eine Dosis Realität zu sich zu nehmen. Selbst wenn irgendeine glückliche Fügung ihr jemals genügend Geld und Gelassenheit zukommen ließe, würde sie nie zu einer dieser Hassler-Frauen werden. Ihr hart erkämpfter Realitätssinn würde sie nie die Nase so hoch tragen lassen.

Auf der Taxifahrt nach Sant'Egidio schaute sie sich zweimal um, aber das Einzige, was sie verfolgte, waren Sonnenstrahlen und Tauben. Die Kirche war fast leer; ein altes Paar polierte die Bänke, und vier Frauen knieten vor einem Seitenaltar. Es roch nach Staub und kaltem Weihrauch. Jackie hörte leises Geplapper. Sie folgte dem Geräusch und kam zu einem Korridor, der zwischen zwei Kapellen davonführte. An seinem Ende saßen vier Zigeunerkinder vor einer geschlossenen Tür. Kaum hatten sie Jackie gesehen, standen sie auf und verfielen in das tragische Winseln professioneller Bettler. Jackie tat, was sie die Einheimischen am Abend zuvor hatte tun sehen: Sie berührte ihre Stirnen und die ausgestreckten Hände und bedauerte dabei insgeheim, dass sie keinen Segen sprechen konnte.

Auf ihr Klopfen antwortete ein musikalischer Protest in italienischer Sprache. Jackie öffnete die Tür und fragte: «Heißt das ‹hallo› oder ‹verschwinde›?»

«Jackie, hallo, bitte verzeihen Sie.» Als Anna sich von ihrem Stuhl hinter dem Schreibtisch erhob, schien sie kleiner zu werden. «Ich dachte, es sind die Kinder. An manchen Tagen … Kommen Sie herein, bitte. Nein, nein, *va via*!» Letzteres galt den Kindern, die sich hinter ihr hereindrängten. «Macht die Tür zu, schnell. Gut. Setzen Sie sich. Möchten Sie Kaffee?»

«Nein danke.»

«Bitte nehmen Sie irgendetwas. Es wird den Kindern eine Riesenfreude machen, wenn ich ihnen etwas zu tun geben kann.»

«Also gut.»

«Eine *spremuta* vielleicht? Orangensaft?»

«Egal.»

«Wunderbar.» Die Kinder begrüßten ihr Wiedererscheinen mit eifrigem Gedränge. Sie stritten sich darum, wer gehen sollte, und Anna beendete den Streit, indem sie einem ein paar Lire in die Hand drückte und die Tür wieder schloss. «Sie müssen ihnen verzeihen. Sie sind ausgehungert, und ihnen fehlt mehr als nur Essen und ein Bad.» Sie kehrte zu ihrem Schreibtisch zurück. «Mr Bryant ist wohlbehalten abgereist?»

«Soweit ich weiß, ja.» Jackie wartete, bis die kleine Frau sich hingesetzt hatte. «Wir müssen einen Detektiv engagieren.»

Anna musterte sie ernst. «Hat dieser Wunsch etwas mit Ihrem Besuch hier in Rom zu tun?»

«Ja.»

«Dann hat der Feind Sie hierher verfolgt?»

«Wynn nimmt es an.»

Anna legte den Kopf schräg. «Will ich noch mehr wissen, Ms Havilland?»

«Wahrscheinlich nicht.»

«Bene.» Anna stand auf, und zum ersten Mal war ihr Lächeln vielleicht nicht echt. «Bitte warten Sie hier.»

Kurz nachdem Anna gegangen war, kamen die Kinder zurück. Stolz trugen sie ein Tablett mit einem schaumgekrönten Glas. Jackie trank ihren Saft und genoss die Gesellschaft der Kinder. Das Zimmer passte irgendwie zu ihnen; es war schmucklos bis auf ein Kreuz, und die Möbel waren verschlissen.

Als Anna zurückkam, erlaubte sie den Kindern, sich weiter um Jackie zu drängen, als brauche sie Zeugen, und seien sie noch so dürftig. «Leider kann ich Ihnen nicht helfen.»

Diese glatte Zurückweisung kam unerwartet. «Haben Sie eine Ahnung, wohin ich gehen kann?»

«Eine Idee vielleicht. Haben Sie einen Computer dabei?»

«Ja.»

«Sie kennen unsere Website?»

Jackie dachte an den leeren Bildschirm und die unbeantwortete Mitteilung. «Ich bin nicht sicher.»

«Nicht die offizielle Sant'-Egidio-Adresse. Ich meine die andere.» Anna wartete und beobachtete sie aufmerksam.

«Trastevere?»

«Ah. Ausgezeichnet.» Diesmal war das Lächeln echt. «Eines unserer jungen Mitglieder hat sie uns geschenkt. Eine Amerikanerin wie Sie. Die Arbeit hat eine Freundin von ihr gemacht. Aber das ist jetzt nicht wichtig.»

«Ich verstehe nicht ganz.»

«O ja, natürlich, dieses einzelne Wort kann höchst verwirrend sein. Die eine Wahl: GO. Oder lass es bleiben.» Mit einer Handbewegung forderte sie Jackie zum Aufstehen auf und ging mit ihr zur Tür. «Tragen Sie Ihre Bitte dort noch einmal vor. Unsere Freunde können Sie hören und verborgen bleiben. Sehr wichtig.»

«Warum?»

Der lange Steinkorridor ließ Annas Worte wie eine Litanei klingen, und die Kinder waren plötzlich eine Schar schmutziger Ministranten, die ihr auf dem Fuße folgten. «Diese andere junge Frau arbeitete in Ihrer Library of Congress. Sie war eine gute Freundin. Sie hat das Leben geliebt, Ms Havilland. Und sie hat Gott geliebt. Und jetzt ist sie nicht mehr da.»

Die letzten Worte schwebten davon, als sie wieder in die Kirche kamen. Jackie erinnerte sich an ein früheres Gespräch und fragte sich, wo Nabil in diesem Augenblick sein mochte. «Sie wurde ermordet!»

«Die Polizei behauptet, sie sei aus freien Stücken gestorben. Von einem Gebäude gesprungen. Während einer Protestveranstaltung, die sie mit organisiert hat. Bitte, werden Sie heute Abend zurückkommen und mir berichten, was Sie herausgefunden haben?»

«Ja.»

«Wo wohnen Sie, wenn ich fragen darf?»

«Im Hassler.»

«Ein schönes Hotel.» Anna lächelte zum Abschied. «Gehen Sie mit Gott, Ms Havilland. Und seien Sie sehr vorsichtig.»

Nachdem Jackie in ihr Hotel zurückgekehrt war und ihr Anliegen gemailt hatte, war sie bereit für ein Mittagessen. Sie ging wieder in das winzige Café und bestellte Oliven-*ciabatta* mit frischen Tomaten, sahnigem Käse und *prosciutto*. Nach dem Essen kehrte sie in ihr Zimmer zurück, um einen Blick auf das elektronische Mitteilungsbrett zu werfen. Sie loggte sich auf der Trastevere-Website ein, starrte auf den rätselhaften Befehl und klickte auf GO. Sofort erschien eine Frage auf dem Bildschirm: Ankommendes Signal, direkt, verschlüsselt. Wollen Sie akzeptieren? Ja/Nein.

Sie studierte die Message, als wäre es eine außerirdische Lebensform. Sie verstand nichts davon. Aber sie drückte J für Ja.

Die Message verschwand, und eine neue Frage erschien. Bezahlung?

Sie tippte: Wer sind Sie? und klickte auf «Senden». Die Nachricht löste sich in nichts auf. Die Antwort kam schnell: Sie haben um Hilfe ersucht, um ein Individuum von Rom aus zu beschatten. Ich bin Detektiv und der Freund einer kleinen Frau, die bekannt ist für ihre starken Gebete.

Jackie starrte auf den Monitor, bis ihr klar war, dass dies die einzige Antwort war, die sie je erhalten würde. Als die Frage nach der Bezahlung wieder erschien, tippte sie Wynns Kreditkartennummer ein und fragte: Woher weiß ich, dass dies vertraulich bleibt?

Alle Messages über Trastevere werden automatisch anonymisiert.

«Habe ich eine Wahl?» fragte sie ins leere Zimmer. Wann liefern Sie die gewünschten Informationen?

Bald.

Es ist dringend. Wie kann ich Sie erreichen?

Aber der Bildschirm blieb leer.

Jackie kam zu dem Schluss, dass sie nun Esther trotz Washingtoner Zeit anrufen musste. «Ich weiß, dass es zu früh ist.»

«Das macht nichts. Ich wollte gerade zum Krankenhaus. Graham kommt nach Hause.»

«Das ist eine wunderbare Neuigkeit.»

«Er hat gestern meinen Namen gesagt.» Es klang, als wollte sie eine Jubelarie anstimmen. «Was brauchen Sie?»

«Ich wollte nur berichten, was passiert ist.» Sie schilderte die Ereignisse, oder doch einige davon. Sie erzählte von der Kirche und von Wynns Abreise, von Valeries Ankunft und von Annas Warnung. Die Bilder, die sie dabei umschwebten, erwähnte sie nicht. Sie sprach nicht von ihrem Abendessen, ihrem Gespräch, ihrem Abschied in der Lobby. Nicht davon, wie sie sich gefühlt hatte, als Wynn am Abend zuvor aus ihrem Zimmer gegangen war, nicht von ihrem plötzlichen Verlangen, den Gang hinunterzugehen, seinen Namen auszusprechen, ihn dabei in den Armen zu halten. Nicht davon, dass sie zum ersten Mal seit zwei Jahren etwas anderes als Vorbehalte empfunden hatte.

Esther musste das leise Beben bemerkt haben, das sie nicht hatte unterdrücken können, und sie verstand. Denn ihre Stimme klang flacher, als sie sagte: «Wynn Bryant ist ein gut aussehender, gefährlicher Mann.»

Jackie schluckte. Es war so schwer, für einen Mann zu sprechen. «Ich glaube nicht, dass er der Feind ist, Esther.»

«Nicht? Sie haben jetzt – wie viel Zeit? – zwei Tage in seiner Gesellschaft verbracht, und da kennen Sie ihn schon so gut?»

«Menschen verändern sich. Sie lernen, sie wachsen. Nicht oft. Aber es kommt vor.»

Sie wartete auf eine verbitterte Erwiderung, aber zu ihrer Überraschung seufzte Esther nur ein einziges Wort. «Kairo.»

«Hätte ich mit ihm gehen sollen?»

«Nein. Ich denke, es ist gut, wenn Sie Ihren Instinkten folgen. Lassen Sie mich wissen, was der Detektiv sagt. Und denken Sie an das, was diese Frau Ihnen gesagt hat. Seien Sie vorsichtig.»

26

Mittwoch

«Wenn Ihre Sicherheitsmaßnahmen stimmen, können Sie so gut wie alles tun, und Sie können es gefahrlos tun. Meine Aufgabe heute Morgen ist es, Sie dazu zu befähigen. Ich soll Ihnen helfen, Ihre Daten zu schützen und dafür zu sorgen, dass Ihre Quellen unangetastet bleiben.»

Colin hatte seinen allmonatlichen Vortrag vor den Neulingen in der Firma zu zwei Dritteln hinter sich. Bis auf drei hatten die neuen Angestellten große Mühe, wach zu bleiben. Und das war gut so, denn seine kleine Ansprache war dazu gedacht, sie vor Langeweile um den Verstand zu bringen. Es war sein persönlicher Einführungskurs in Unternehmensgefasel. Wenn diese halbe Stunde vorbei wäre, würden sie eher in Hayeks Vorzimmer einen Mondtanz in Federschmuck und Kriegsbemalung aufführen, als noch einmal zu Colin zu kommen.

«Der nächste Schritt im Datenservice ist die Authentifizierung, und das ist Ihre Methode, dem System zu versichern, dass Sie sind, wer Sie zu sein behaupten.» Er ging umher und verteilte Plastiktäfelchen, die aussahen wie unfertige Kreditkarten. «Das sind Ihre höchstpersönlichen Rubbellose. Rubbeln Sie den silbernen Streifen auf, und dann prägen Sie sich Ihre ID-Nummer ein. Schreiben Sie sie nicht auf. Vergessen Sie sie nicht. Es gibt ein Fünfhundert-Dollar-Bußgeld für den Verlust Ihrer Nummer und fünfhundert Dollar Belohnung für den, der die Nummer eines anderen findet. Sie bekommen jedes Quartal eine neue.»

In seinen Anfangstagen hatte Colin die neunstelligen Nummern auf alle nur denkbaren Stellen gekritzelt gefunden. Mit den Bußgeldern hatte er die Anzahlung für ein neues Auto geleistet. Seitdem waren die Leute klüger geworden. «Zugangskontrolle ist die andere Seite der Medaille. Die Hayek Group benutzt dazu ein Programm, das alle Abteilungen über ein unabhängiges System überwacht. Sie haben Zugang nur zu den Ihnen zugewiesenen Teilen der Datenbank des Mainframe. Welche Sektionen das sind, erfahren Sie auf den Seiten sechs und sieben Ihrer persönlichen Unterlagenmappe.» Nur einer von ihnen machte sich die Mühe, nachzublättern. «Wenn Sie außerhalb dieser Bereiche etwas benötigen, müssen Sie sich an jemanden wenden, der über die entsprechende Zugangsberechtigung verfügt.»

Das letzte Augenpaar wurde glasig. Die totale Bewusstlosigkeit hatte eingesetzt. Der Beweis dafür, dass Dilbert-Klone nicht geboren, sondern gemacht wurden. «Der letzte Punkt für heute ist die Datenvertraulichkeit, mit der das System dafür sorgt, dass alles, was Sie schreiben, und jede Transaktion, die Sie als Trader vornehmen, nur für diejenigen zugänglich ist, die …»

Sein Pager vibrierte an seinem Gürtel. Er schaute hinunter und sah, dass es ein Anruf von Eric aus dem Handelsraum war. Alles, was während der Bürozeit aus dem Handelsraum kam, war von höchster Dringlichkeit. Colin schaute in die Runde. Keines der Gesichter zeigte eine Reaktion darauf, dass er aufgehört hatte zu reden. Einen Moment lang fühlte er sich versucht, einfach hinauszuspazieren und zu sehen, wie lange sie in dieser Schlafstarre verharren würden. «Um zum Schluss zu kommen: Unsere internen Unternehmensdaten müssen als sichere Welt behandelt werden. Unsere elektronischen Anlagen erfordern, dass jeder Einzelne von Ihnen zu jedem Zeitpunkt ein aufmerksamer Wächter ist. Noch Fragen? Gut. Willkommen bei der Hayek Group.»

Colin galoppierte den Korridor hinunter. Wenn es ein echter Notfall war, konnten Sekunden Millionen bedeuten. Er huschte in den Handelsraum und wartete darauf, dass man ihn bemerkte. Trader rannten schreiend durch einen Tag von normaler Hektik. Eric sah ihn, hob einen Finger und nagelte ihn damit dort fest, wo er stand. Eric jonglierte mit zwei Telefonen und wandte sich wieder seinem Keyboard zu, um Zahlen einzugeben. Dann rief er zu seinem Chef hinüber: «Ich habe einen Broker aus London in der Leitung. Sieht aus, als könnte sich da eine Arbitrage auftun.»

Das erregte die Aufmerksamkeit aller Kassatrader. Das Wort hatte verschiedene Bedeutungen für verschiedene Arten von Tradern. Für die Devisenjäger war die Arbitrage im Grunde die Kluft zwischen dem Angebot einer Gruppe und einem anderen aktiven Gebot. Im elektronischen Handel wurden die Arbitragen kleiner und verglühten schneller. Aber gerissene Trader fanden sie immer noch. Und schlugen ihre gierigen Zähne hinein.

Alex, der Chefkassatrader, rollte seinen Stuhl so weit heraus, dass er die drei Gänge übersehen konnte, aus denen seine Welt bestand. «Wer ist der Shop?»

«Sagt er nicht», rief Eric. «Aber der Broker ist Rawls. Könnte ein Troll am Werk sein.»

Das bedeutete, dass Eric es wahrscheinlich mit einem kleineren Player aus der Schweiz zu tun hatte, der versuchte, seinen Verkauf verdeckt abzuwickeln, indem er über einen Devisenmakler agierte. Colin hatte Monate gebraucht, um die Sprache und die Vorgänge zu verstehen. Das Studium war ein Hobby geworden, etwas, das mit seiner e-Welt verbunden war, aber darüber hinausreichte, ein zweites, verlinktes Universum, das den Kick verstärkte. Der «Shop» war entweder eine Bank oder ein Fonds, der im Devisenhandel aktiv war. Heutzutage gab es zwei Klassen von Shops, die von der Schweiz aus operierten. Die «Gnomen» waren die Trader der Spitzenklasse, die Größten der Großen. Crédit Suisse allein hantierte mit einem Kapital von sechshundert Milliarden Dollar. Wer mit Gnomen konkurrierte, verbrannte sich meistens die Finger. Wenn man es auf eine Arbitrage abgesehen hatte, kam es entscheidend darauf an, dass kein Gnom im Spiel war.

Trolle waren etwas anderes. Trolle waren Möchtegern-Gnomen; sie operierten in Schweizer Regionalbanken und täuschten ein Wissen vor, das sie oft nicht hatten. Ein echter Gnom würde sich von einem Troll nicht die Autotür aufhalten lassen und ihm schon gar nicht Zugang zu Gnom-Informationen geben. Das bedeutete, dass Trolle manchmal Arbitragelücken auftaten, die groß genug waren, um eine Lastwagenladung Profit zu enthalten. Eric war im Dollar-Euro-Geschäft, und der Euro war seit seiner Einführung auf einer Berg-und-Tal-Fahrt. Aus derartiger Instabilität erwuchsen manchmal Chancen für große Profite. Und noch größere Verluste.

«Sie bieten achtzig Millionen Dollar zu fünfzig.» Eric sprach mit gedämpfter Stimme, obwohl sein Telefon stummgeschaltet war.

«Was sagt der Markt?»

«Stabil bei dreißig Punkten darüber.»

Dreißig Punkte waren ein Spread von einem Drittel Cent, eine riesige Differenz für einen relativ ruhigen Tag. Der Cheftrader stand auf und wandte sich ruhig an seine Truppe, die angespannt am Rande des Abgrunds wartete, allesamt sprungbereit. «Jeder ruft einen Freund an. Stellt fest, ob da draußen was los ist, wovon wir nichts wissen.» Die Trader stoben auseinander.

Eric sagte: «Ich habe online ein Angebot für fünfzig zu zehn höher.» Das bedeutete, er hatte bereits einen Käufer für fünfzig der achtzig Millionen Dollar des anonymen Verkäufers, das zehn Punkte über dem Angebotspreis lag. Nach der Kommission blieb da ein marginaler Profit, weniger als eine Viertelmillion Dollar, aber für ein Sechzig-Sekunden-Spiel war das nicht übel.

«Achtzig kaufen, fünfzig verkaufen», befahl der Chef. «Und legen Sie Ihren Broker auf die Lautsprecher.»

Eric schaltete eins seiner Telefone auf den Lautsprecher über seinem Zentralmonitor, löste die Stummschaltung und sagte: «Ich kaufe Ihre achtzig zu eins fünfzig.»

«Verkauft zu eins fünfzig», sagte eine dumpfe Stimme aus dem Lautsprecher. «Sind Sie weiter am Markt?»

Mit eins fünfzig waren die letzten Cent-Punkte oder Hundertstel Cent gemeint. Den Rest des Wechselkurses brauchte man nicht zu nennen, wenn die Schwankungen nicht gerade in Riesenschritten verliefen. Dann aber wurden die Kurse nicht mehr gesprochen, sondern geschrien. Colin hatte es zweimal erlebt, und beide Male hatte sich das Handelsparkett in ein Schlachtfeld verwandelt.

Eric hatte bereits die Verkaufsorder eingegeben. Er legte die Hand über seinen Telefonhörer. «Gekauft und verkauft.»

«Gut.» Der Cheftrader sprang auf und zischte seinem Team zu: «Was habt ihr?»

Alle schüttelten die Köpfe. Eine Frau murmelte: «Lehman sagen, Dollar-Euro steht stabil.»

Alex ließ sich wieder auf seinen Stuhl fallen. «Sagen Sie ihm, wir sind noch am Markt», befahl er Eric.

«Wie viel?»

«Probieren Sie zweihundertfünfzig. Mal sehen, was er sagt.»

Eric bemühte sich vergebens, Ruhe zu bewahren. Seine Glubschaugen verrieten ihn. Eine Viertelmilliarde Dollar war das Doppelte seines Limits und die größte Transaktion, die er je gemacht hatte. Seine Stimme klang leicht erstickt, als er die Hand vom Hörer nahm und sagte: «Neue Anfrage.»

«Los.»

«Wie ist Ihre Position in weiteren Dollar-Euro?»

«Welche Größenordnung?»

Ein nervöser Seitenblick auf Alex, der heftig nickte. «Zweihundertfünfzig alternativ.»

Nach einer sehr kurzen Pause: «Ist das ein autorisiertes Geschäft?»

Um ein autorisiertes Geschäft handelte es sich, wenn es durch die tatsächliche Berechtigung gedeckt war. «Ja.»

«Moment.»

Der Cheftrader hob die Hand wie ein Dirigent, der seinen Chor zu einem wilden Gesang anleitet. Der Broker meldete sich wieder. «Zweihundertfünfzig zu eins fünfzig sechzig.»

Alternativ bedeutete, dass das Gebot Kauf- und Verkaufkurs beinhaltete. Eins fünfzig sechzig hieß, dass die ungenannte Quelle bereit war, Euro entweder zu einundachtzig fünfzig Hundertstel US-Cent zu verkaufen oder zu zehn Hundertstel höher zu kaufen. Diese Differenz schloss auch den winzigen Profit des Brokers ein.

Der Cheftrader ließ die erhobene Hand ruckartig herabfahren. Neunzehn Trader schalteten auf Hyperdrive. Die erste Antwort kam von der anderen Seite des Ganges. «Kaufe fünfzig zu eins siebzig!»

Der Nächste: «Siebzig zu eins neunundsechzig!»

Der Arm des Cheftraders fuhr immer heftiger auf und ab. Aus dem Lautsprecher kam die Stimme des Brokers. «Kommen Sie oder gehe ich?»

Eric nahm die Hand vom Hörer, aber er konnte das Zittern seiner Stimme und seiner Hand nicht unterdrücken. «Warten Sie.»

«Ich warte auf niemanden, Freundchen. Schon gar nicht auf einen Pinsel, der außerhalb seiner Liga dealt. Steigen Sie aus, brauchen Sie mich nie wieder anzurufen.»

Eine Stimme von der anderen Seite des Raums schrie: «Fünfundsechzig zu eins einundsechzig!»

«Alles kaufen», zischte der Chef.

Erics Stimme wurde um eine Oktave höher, als er brüllte: «Kaufen zwei fünfzig zu eins fünfzig!»

«Gemacht und Goodbye.» Der Broker legte auf.

«Wir halten immer noch fünfundzwanzig!», schrie Alex. «Bringt mir irgendwas über eins fünfzig!»

«Fünfundzwanzig zu eins sechsundfünfzig!»

Eric stieß mit dem Zeigefinger auf seinen Monitor und keuchte: «Euro-Dollar geht runter!»

Der Cheftrader kam herüber und klopfte ihm auf die Schulter. «Erhöhen Sie Ihr Limit um fünfzig und Ihren Bonus um fünfhundert.» Und lauter sagte er: «Gut gemacht, Team!» Dann kam er auf Colin zu.

«Eric hat mich angepiepst», sagte Colin zur Begrüßung.

«Ich habe ihn darum gebeten.» Aus der Nähe gesehen, hatte Alex das maskenhafte Gesicht eines Traumaopfers und die dazu passende Stimme. «Haben Sie die neuen Typen gesehen?»

«Jetzt sehe ich sie.» Auf dem Glasbalkon herrschte ein reges Treiben. Trader an einem normalen Handelstag – nur, dass sie hinter dieser Glaswand arbeiteten und von dem, was unter ihnen vorging, anscheinend keine Notiz nahmen.

«Können Sie das System anzapfen und feststellen, was da los ist?»

«Nein. Sie haben ihr eigenes.»

«Unabhängig von unseren Computern?»

«Unabhängig von allem.»

Der Cheftrader machte ein sorgenvolles Gesicht. «Das ist eine schlechte Idee, sie da oben hinzusetzen. Trader handeln mit Gerüchten, und davon kann ich zu jedem Zeitpunkt ein Dutzend abwürgen. Die Hälfte meiner Leute streckt die Fühler nach neuen Jobs aus. Sie können ja nicht in einem Laden arbeiten, wo sie Berichte aus zweiter Hand kriegen.»

«Das wissen Sie doch nicht.»

«Ich weiß überhaupt nichts. Hayek kommt eben aus Miami zurück, der Unabomber ist nicht erreichbar, und über mir toben zwanzig neue Gesichter herum. Und ich weiß nicht, wieso.» Der Cheftrader schaute zu seinem Team hinüber; jemand dort winkte ihm. Alex war ein Mann, der in Zwanzig-Sekunden-Abschnitten lebte. Colins Zeit war um. «Wenn Sie was hören, lassen Sie es mich wissen, okay?»

«Absolut.» Colin sah ihm nach, dankbar für dieses öffentliche Gespräch. Alex hatte sich heute nicht mit ihm getroffen, um sich nach der neuen Szene über ihren Köpfen zu erkundigen. Er wollte allen Bewohnern seiner viereckigen Welt zeigen, dass Colin zu den Guten gehörte. Rasch trat jetzt Eric an seine Stelle. «Du warst gut», sagte Colin.

«Heute vielleicht.» Eric war nicht mehr high. Die Luft war raus. «Du weißt ja, was man sagt: Je höher du steigst …»

«Ja», sagte Colin. «Desto mehr Geld steckst du ein.»

«Wenn das so ist, wieso habe ich dann dauernd Schulden?» Eric kehrte an seinen Platz zurück.

Colin suchte den Glaskäfig nach dem Armani-Mann mit der toten Stimme ab, aber alle Gesichter dort verschwammen im Licht von hundert Monitoren. Er wandte sich von all den unbeantworteten Fragen ab und machte sich auf den Rückweg zu seiner sicheren kleinen Höhle.

Aber am Eingang zu seinem Kabuff erstarrte er, denn da hockte sein gut gekleideter Widersacher auf der Kante seines

Stuhls. Die Ärmel des elfenbeinfarbenen Leinenjacketts, das der Eindringling trug, waren hochgeschoben, sodass man eine goldene Rolex sehen konnte. Eine supercoole Sonnenbrille saß auf dem gewachsten Stachelhaar. Colin traute seinen Augen nicht. *Niemand* betrat ohne Erlaubnis das Kabuff eines anderen. Das war eins der unumstößlichen Gesetze im Backroom. «Was machen Sie da?»

Der Kerl wusste, dass er zu weit gegangen war. Er versuchte, cool zu bleiben, aber die ruckhafte Art, wie er herumfuhr und sich gleich wieder zurückdrehte, um die Monitore abzuschalten, überführte ihn. «Regen Sie sich ab. Hänge bloß rum, spiele ein bisschen.»

Aber Colin hörte schon nicht mehr zu. Nur selten empfand er Wut, und noch seltener handelte er entsprechend. Aber diesen Mann auf seinem Platz anzutreffen, wie er an seinem System arbeitete – das ging doch zu weit.

«Easy, Mann. Kann doch mal vorkommen. Ich meine, es ist doch nicht so, dass Sie was zu verbergen haben. Hab ich Recht?»

Eine Waffe. Colin fand in seiner Reichweite nichts außer dem Ficusbäumchen, das wie ein Wächter vor einem Kabuff gegenüber stand. Er stürzte hinüber und wuchtete es samt Kübel hoch.

«Hey!», schrie eine Stimme von drinnen. «Du kannst doch nicht ...»

Aber Colin stürmte schon wieder über den schmalen Gang zurück und nahm Anlauf, so gut es ging. Er hob das Bäumchen mit dem Kübel voran in die Höhe und zielte geradewegs auf das Gesicht des coolen Typen, dem jetzt der Unterkiefer herunterklappte.

Es war ein miserabler Wurf. Der Kerl duckte sich rechtzeitig, und Colin streifte nur seinen Schädel. Aber es genügte, um die Sonnenbrille herunterzureißen und dem Kerl eine Tonne Erde in den Hemdkragen rieseln zu lassen.

«Hilfe!» Der Mann kauerte auf allen vieren – besser gesagt, auf dreien, denn eine Hand hatte er schützend auf seinen Hinterkopf gelegt. «Der Idiot hier dreht durch!»

«Du elender Kretin!» Colin trat den leeren Kübel zur Seite, packte den Baum bei den Zweigen und peitschte mit den Wurzeln auf Rücken und Schultern des Mannes ein. Überzog die Jacke mit dreckigen Streifen. Fühlte, wie die Sonnenbrille unter seinem Fuß knirschte. «Wenn du noch einmal hier reinkommst, bringe ich dich um!»

Der schlimmste Schlag kam gar nicht von Colin: Der Mann flüchtete blindlings aus dem Kabuff und rannte geradewegs gegen die Wand auf der anderen Seite. Er stürzte, was Colin Gelegenheit gab, ihm noch zwei Peitschenhiebe auf den Rücken und einen kräftigen Fußtritt in die Rippen zu versetzen. Sein Kreischen war zu schrill für menschliche Stimmbänder. Er rappelte sich auf und rannte davon. Zurück blieb eine Spur aus Erde und Blättern.

Keuchend starrte Colin den Korridor entlang. Dann merkte er, dass er nicht allein war. Er drehte sich um. Der Gang war voller Zuschauer, die ihn mit großen Augen anstarrten.

«Applaus, Mann», sagte jemand.

«Yeah, super getobt, Colin.»

«War das einer von den Neuen?»

Colin nickte und wandte sich an die Kollegin von der anderen Seite. «Tut mir Leid wegen des Baums. Ich kaufe Ihnen einen neuen.»

Die junge Frau war eine Inderin, die selten mehr als Hallo sagte. Surree Soundso. «Meine Mutter hat mir das Ding geschenkt. Ich hab's nie leiden können.»

Sein Nachbar zur Linken sagte: «Brauchen Sie Hilfe beim Aufräumen?»

«Ja, danke.» Er betrat sein Kabuff, aber er ignorierte die Blumenerde und die Blätter. Stattdessen kroch er unter seinen

Schreibtisch. Suchte. «Hat jemand gesehen, wie er reinging oder wie lange er hier allein war?»

«Nein.»

Da war es. Mit Klebstreifen hinten an seinem Server befestigt. Eine Wanze. Colin riss das Ding ab, verband die Drähte wieder so, wie sie sein sollten, und kroch heraus.

Was sie sahen, ließ alle erstarren. «Ist es das, wofür ich es halte?», fragte jemand.

Und jemand anders fragte: «Wieso verwanzen die das System ihres eigenen Sicherheitsbeauftragten?»

Colin kam hoch und versuchte sich den Staub abzuklopfen. «Ich muss zu Alex.»

Colins Kabuff vibrierte von einer ganz eigenen Power. Er hatte sich einen ergonomischen Sessel organisiert, wie ihn die Cheftrader hatten – Nylon, straff gespannt wie auf einem Tennisschläger, balancierte jeden Teil seines Körpers und sorgte für ständige Belüftung. Auf seinem Tisch standen sechs Monitore, zwei mehr als bei den durchschnittlichen Tradern, und er hatte lauter 25-Zoll-Fujitsu-LCDs. High-End-Geräte zu fünftausend Dollar das Stück. Nicht zu reden von seinen zwei unabhängigen Servern. Sechs abgesicherte Standleitungen, drei eingehend, drei ausgehend. Für den Hacker war das eine F-16. Einklinken, loszischen.

Das Eindringen des Armani-Typen empfand Colin als ernsthaften Angriff.

Er blieb sitzen, als Alex fünf andere Cheftrader hereinführte, ein Drittel der Manager aus dem Handelsraum der Hayek Group. Alle waren angespannt und ungeduldig, weil man sie vom Schlusshandel weggezerrt hatte. Er sah, wie sie seine Ausstattung kurz musterten. Zwei stießen beifällige Pfiffe aus.

«Zeigen Sie ihnen, was Sie gefunden haben», sagte Alex.

Colin reichte ihm die Wanze. «Es ist eine Highspeed-Drohne, die ein Duplikat jeder ein- und ausgehenden Message versendet, die ich über den Draht schicke. Eine Wanze für den Computerverkehr.»

«Und jetzt zeigen Sie ihm die andern.»

«Er hat noch mehr gefunden?», bellte ein anderer Trader.

«Zwei an den Ausgangsleitungen des Handelsraums», bestätigte Alex.

Mit eiskalter Wut reichten sie die Wanzen von Hand zu Hand. Colin kannte sie nicht besonders gut. Cheftrader lebten in einem ganz eigenen Universum. Sie waren altgediente Revolvermänner mit zahllosen Kerben am Gürtel und trugen Leben und Tod und Unternehmensprofit in beiden Fäusten. Die hier vertretenen Tageslimits beliefen sich auf über achtundzwanzig Milliarden Dollar und die Privatvermögen auf insgesamt vierzig, vielleicht fünfzig Millionen. Aber als sie jetzt die Wanzen inspizierten, sah Colin nur fünf Männer und eine Frau in zerknautschten, verschwitzten Kleidern, erschöpft von einem Tag im elektronischen Schützengraben.

Die Frau war kürzlich aus New York importiert worden. «Gehört so was in Florida zum normalen Alltag?»

«Nicht in meinem Revier.» Alex hatte weiße Flecken neben den Augen. «Ich hab mich ein bisschen umgehört. Hat einer von Ihnen heute Morgen den Kerl mit dem Blumenstrauß im Haar gesehen?»

«War kaum zu übersehen», sagte die Frau.

«Übrigens ein netter Touch», sagte der leitende Wertpapiertrader zu Colin. «Ihr Werk?»

«Es war ein Ficus», sagte Colin. «Aber, ja, danke.»

«Was auch immer.» Alex' Hände zitterten ein bisschen, vielleicht vor Wut, vielleicht auch, weil er schon zu viele Tage auf einem dünnen Grat balancierte. «Er heißt Brant Anker. War früher in San Francisco. Devisenkassatrader Nummer zwei bei der

Bank of America. Wurde entlassen, als sie die Handelsabteilung in San Francisco zumachten. Er und hundertsechzig andere.»

Diese Neuigkeit ließ alle verstummen. Der Wertpapiertrader fragte: «Und wie viele sind hier untergekommen?»

«Soweit ich weiß», antwortete Alex, «ungefähr zwei Dutzend.»

«Möchten Sie mir verraten, weshalb Hayek uns hier eine unabhängige Devisenhandelsabteilung aufpfropft?»

«Mir fallen nur zwei Gründe ein, und beide sind schlecht. Erstens: Er will mich und mein Team rausschmeißen.»

«Blödsinn.» Das war der Chef der Derivattrader. «Ihre Performance ist besser als jede andere auf dem Parkett.»

«Aber ich habe nichts übrig für den Unabomber. Vielleicht will Hayek jemanden, der ein besserer Teamplayer ist.» Alex' Blick war düster.

«Und welches ist die andere Möglichkeit?»

«Er setzt sie darauf an, einen großen Batzen neues Geld zu bewegen.»

«Unter Verwendung geheimer Daten?»

«Im schlimmsten Fall.»

«Das kaufe ich nicht», sagte der Aktientrader. «Warum setzt er uns diese Typen direkt unter die Nase, wenn sie mit vertraulichen Informationen arbeiten? Warum steckt er sie nicht irgendwo hin, wo wir es gar nicht erfahren? Es gibt keinen Grund, weshalb Hayek nicht eine Filiale in Luxemburg aufmachen sollte, wo es niemand merkt außer den Elfen.»

«Heute Nachmittag kam Hayek aus Miami zurück, blieb vielleicht fünf Minuten und verschwand wieder», berichtete Alex. «Ich glaube, morgen früh stehen wir alle miteinander bei Hayek auf der Matte. Die Wanze, der Gucci-Krieger, der sich hier herumschleicht, die Gorillas in Grau, die neuen Trader, die über unseren Köpfen tanzen, die fehlenden Antworten – einfach alles.»

Die neue Frau erhob sich. «Da habe ich doch gedacht, meine Kinder würden hier eine Welt mit Schulen ohne Waffen und Maschendrahtzäune und Wachhunde kennen lernen. Ich hätte wissen müssen, dass es zu schön war, um wahr zu sein.»

«Morgen, eine Stunde vor Handelsbeginn», sagte Alex zu der Gruppe und sah dann Colin an. «Sind Sie dabei?»

27

Mittwoch

Wynns Flug von Rom nach Kairo dauerte weniger als drei Stunden. Alles am Flughafen und am Highway in die Stadt war neuer als das, was er in Erinnerung hatte. Aber selbst als das Neue nach und nach dem Alten wich, als die Straßenecken sich mit rauchenden und plaudernden Männern in Dschellabas bevölkerten, als die Hupen plärrten und sein Taxi durch die Schlaglöcher holperte, berührte ihn nichts davon. Und das war sehr gut.

Sybel hatte Zimmer im Intercontinental gebucht, einem der neueren Hotels der Stadt. Der Balkon seiner Suite im neunten Stock bot einen weiten Ausblick auf Kairo und den Nil. Strömender Verkehr herrschte auf der Straße am Flussufer. Der Nil funkelte grün und kühl. Während er noch auf dem Balkon stand und den Schiffen auf dem Fluss zuschaute, kam die erste Erinnerung. Kein Bild, kein Geräusch, sondern ein Geruch. Er roch den Duft von Flusswasser, Holzrauch, Gewürzen und Dieselabgasen. Ihm war, als höre er in der Ferne, jenseits des Nils und des staubigen Tags, einen Jungen lachen. Das genügte, um ihn zurück ins Zimmer zu treiben.

Er zog die Vorhänge zu und sperrte den verhassten Ort aus. Dann warf er sich auf das Bett, aber er schlief nicht. Er hatte während des ganzen Fluges gedöst und jetzt war er gefangen in der Höhle seines Wachseins. Und er war immer noch wach, als der Muezzin die Gläubigen zum Vormittagsgebet rief. Der Ruf stieg überall auf, auch in Wynns Kopf.

Ihr Hausdiener, Ali, hatte ihm beigebracht, den Ruf des Muezzin zu imitieren, und hatte dann entzückt gelacht, als er mit seinem dünnen Stimmchen die lang gezogenen Silben gesungen hatte. Tagelang hatte Wynn mit Ali geübt. Seine Debütvorstellung hatte er beim sonntäglichen Dinner seiner Eltern gegeben, zu dem bis zu dreißig Gäste zusammenkamen. An solchen Abenden erstreckte sich der Tisch durch die Doppeltür des Wohnzimmers bis hinaus auf den Balkon der Wohnung. Wynn hatte dagestanden und seinen Gesang vorgeführt und viele der Gäste damit zum Lachen gebracht. Alle hatten danach applaudiert, alle bis auf seine Eltern.

Am nächsten Tag hatte sein Vater ihm ein Buch gezeigt, das schönste Buch, das Wynn je gesehen hatte. Jede Seite war mit Ornamenten in Gold, Violett und Blau illustriert. «Dieses Buch ist das Wertvollste, was ich besitze», sagte sein Vater. «Deine Mutter hat es mir zu unserem ersten Jahrestag in Kairo geschenkt. Wir verwahren es in der Ebenholzschatulle, die deine Mutter dir zu berühren verboten hat. Es ist über dreihundert Jahre alt.»

Wynn hatte den Finger ausgestreckt und war damit an einer Zeile in der Mitte der rechten Seite entlanggefahren, die von der übrigen Schrift durch dünne goldene Linien abgesetzt war. Die Zeile selbst war auch golden und leuchtete rötlich gelb im Tageslicht.

«Dieses ganze Buch ist mit der Hand geschrieben worden. Die erste Zeile, die du jetzt berührst, ist dieselbe in jedem Kapitel, in jeder Sure. Du siehst, wie das letzte Wort lang gezogen ist wie der Ruf des Muezzin? Das ist das Wort *Allah*. Wie der Muezzin das Wort so lang zieht, bis sein Geist darauf konzentriert ist, so tut das auch der Schreiber, um zu beten. Er bittet um Hilfe, damit sein Geist sich klärt. Er will ein Kapitel eines Buches schreiben, das für ihn heilig ist. Sein Geist muss klar und still sein, und er darf an nichts denken als an Allah.»

«Aber wir sind Christen», hatte Wynn eingewandt, «und das hier ist muslimisch. Und als ich den Gesang gelernt habe, musste Ali lachen.»

«Ali ist kein Gläubiger. Das ist seine Entscheidung. Wir glauben an den Herrn Jesus. Das ist unsere Entscheidung. Für den Mann, der dies geschrieben hat, für den Muezzin, der zu Allah ruft, ist es ein entscheidend wichtiger Teil seines Lebens. Ich wünschte, alle Welt könnte die Botschaft von der Erlösung durch Christus kennen. Aber denen, die sie nicht kennen, kann ich doch meinen Respekt erweisen. Jesus fordert uns auf, die Menschen zu lieben. Wie kann ich damit besser beginnen als durch Respekt?» Als Wynn nicht antwortete, fuhr sein Vater fort. «Wenn du also das nächste Mal das Gebet des Muezzin singst, dann möchte ich, dass du es mit Respekt im Herzen tust. Vor dem Muezzin und vor allen Gläubingen auf der ganzen Welt.»

Jetzt schlug Wynn die zerknüllte Decke zurück und tappte ins Badezimmer. Es ärgerte ihn, dass er sich in etwas verloren hatte, was so weit zurücklag.

Er erinnerte sich durchaus. Er erinnerte sich an alles.

Als er aus dem Bad kam, wusste er, dass seine Schwester da war. Eine Veränderung in der Luft machte ihn auf ihre Anwesenheit aufmerksam, ein leise wehender Hauch von Duft. Die Bedrohung durch nahende Erinnerungen hatte seine Sinne geschärft. Er trat auf den Balkon hinaus, und sie stand da und schaute zu, wie Hitze und Staub mit dem Tageslicht zunahmen. Der Spätfrühling war die Zeit des *khamsin*, eines Wüstenwinds, der so kräftig wehen konnte, dass er einem

Kleider und Haut von den Knochen riss. Aber heute war es ein milder Tag für Ägypten, die Luft weich und beinahe angenehm. Sogar die Kakophonie des Verkehrslärms klang irgendwie friedlich.

«Diese Konferenz ist so wichtig, dass du Himmel und Erde in Bewegung setzt, um mich herzuholen?»

Widerstrebend wandte sie dem Fluss den Rücken zu. «Ich wollte, dass du kommst, bevor Grant dir die Position angeboten hat, erinnerst du dich?»

«So viel Arglist habe ich von dir nicht erwartet. Mein Fehler.»

«Du warst es doch, der gesagt hat, er gibt mir alles, was ich will. Du hast mich nie zuvor nach meinen Gründen gefragt.»

«Und jetzt bin ich hier. Wie wär's, wenn du mir sagst, was du wirklich willst?»

«Mein lieber, trauriger Wynnie. Weißt du noch, wie ich dich hier genannt habe?»

«Beantworte meine Frage, Sybel.»

«Pu. Mein liebster, kleiner Pu-Bär.» Ihre Augen hielten ihn fest. «Erinnerst du dich überhaupt noch an irgendetwas aus dieser Zeit?»

«Ich war fünf, als wir hier weggegangen sind.»

«Du warst gerade sechs geworden, und wer gibt jetzt ausweichende Antworten?»

«Nein, ich erinnere mich an nichts.»

«Weil du nicht kannst, oder weil du nicht willst?» Als er nicht antwortete, sagte sie: «Ich will, dass du glücklich bist.»

«Und deshalb bringst du mich zurück an den Ort, der mein Leben zerstört hat?»

«Manchmal gibt es nur eine Möglichkeit, herauszufinden, wo man den falschen Weg eingeschlagen hat: Man muss zum Anfang zurückkehren und genau hinschauen.»

«Du weißt, wie sehr ich diesen Ort hasse.»

«Du hasst nicht Kairo. Du hasst die Tatsache, dass uns hier unser Leben aus den Händen genommen wurde.» Als er sich zum Gehen wandte, packte sie ihn und riss ihn zurück zum Geländer. «Seit Dianne tot ist und du deine Firma verkauft hast, geht es dir schlecht.»

«Es braucht seine Zeit …»

«Nein, nicht so viel Zeit. Nicht bei dir. Du bist niedergeschlagen, weil alles, was du verdrängt hast, dich schließlich doch wieder eingeholt hat. Und du hast eine einzige Möglichkeit, von diesem tragischen Scheiterhaufen wieder aufzustehen: Du musst diesen Dingen ins Gesicht sehen und mit ihnen fertig werden.»

Er versteckte sich hinter Sarkasmus. «Diese Jubilee-Sache und die Konferenz, das alles hat also nichts mit dem zu tun, weshalb ich hier bin?»

Jetzt ließ sie seinen Arm los. Eine Geste der Kapitulation. Wynn wollte hineingehen, aber an der Balkontür blieb er stehen und sagte: «Grant und seine Kumpane wollen wirklich nicht, dass es durchkommt.»

«Grant ist nicht hier.» Ihre Stimme war flach und trocken wie Wüstenluft. «Die Konferenz fängt erst heute Abend an. Wirst du vorher wenigstens mit mir herumgehen und ein paar der alten Orte anschauen?»

Sybel ließ es langsam angehen und wies den Fahrer an, eine gewundende Rundfahrt zu machen. Dabei informierte sie ihn häppchenweise; sie war aber viel zu aufgeregt, um ihre Sache gut zu machen. Zuerst fuhren sie an dem Apartmenthaus in Zamalik vorüber, in dem sie gewohnt hatten, dann schlenderten sie am Gazirah Sporting Club vorbei, wo sie, wie Sybel behauptete, zahllose Nachmittage verbracht hatten. Langsam passierten sie den Royal Automobile Club, wo sie sonntags immer zum Lunch gewesen waren. Wynn saß da und hörte ihrer Erzählung zu: Wie gern er zugesehen hatte, wie sie das mobile Dach des Restaurants zurückfuhren, und wie ihre Eltern ihm erlaubt hatten, so viel Eis zu essen, wie er wollte. Sein Mund formte die Worte: Vanille, Erdbeere, Schokolade, nur eine Geschmacksrichtung jede Woche, und jeweils morgens frisch gemacht. Aber er schwieg.

Sybel spazierte mit ihm über den Antiquitätenmarkt und holte immer neue Erinnerungen hervor. Wynn hörte widerwillig zu, denn er hörte nicht die Stimme seiner Schwester, sondern die seiner Mutter. Das hier war es, was seine Mutter geliebt hatte: in den Gassen einzukaufen, mit den ägyptischen und syrischen und persischen und sephardischen Ladenbesitzern zu streiten und die Überlieferungen der Stadt kennen zu lernen. Sie kamen durch die Serah, das Juwelenviertel, und schließlich gelangten sie in die duftende Regenbogenwelt des Gewürzmarktes. Wynn wartete, während Sybel um ein Glas Safran feilschte, sattgolden wie sonnendurchflutetes Öl. Er erinnerte sich, wie seine Mutter das Gleiche getan hatte, und wie gut es ihm gefallen hatte, wenn der winzigste Hauch dieses Gewürzes alles färbte: Reis, Fußböden, Holzwerk, Kleider, Hände. Sybel sah immer wieder zu ihm herüber und wartete darauf, dass er etwas sagte – zugab, dass er sich erinnerte, und hier bei ihr war. Aber es erforderte all seine Kraft, einfach dazustehen und zu atmen.

Sie kehrten zum Auto zurück und fuhren zum Misr Al Qadimah, dem alten Christenviertel. Die Erinnerungen fluteten immer schneller heran, ungebeten und unwillkommen.

Der Wagen hielt vor einer Mauer. Es war nur eine Mauer. In der Stadt gab es Millionen davon. Aber etwas an diesem Ort ließ ihn jäh innehalten.

«Mutter ist immer so gern hergekommen», flüsterte Sybel. Als er immer noch nichts sagte, drückte sie seine Hand. «Komm, wir sehen uns an, warum.»

Wüstenfarbene Sandsteinmauern begleiteten sie um die Ecke und rückten immer enger zusammen, bis die Gassen so schmal waren, dass sie nur noch im Schatten lagen. Die Luft war schwer von Staub und Hitze und den Hinterlassenschaften der Karrenpferde. Das einzig Lebendige, das Wynn sah, war eine alte Frau in Schwarz, die zusammengesunken in einer Tür saß und sich kaum aus dem Schatten hervorhob.

Sybel blieb vor einem Tor aus einer Ära stehen, in der kräftige Eichenbohlen mit eisernen Blättern verbunden worden waren, um Barbaren und Schwerter und metallbeschlagene Stöcke abzuhalten. Oben ragte eine *mashrabiya* aus der Wand, ein Haremsbalkon, dessen hölzernes Gitterwerk so dicht geflochten war, dass Vorübergehende keinen Blick hindurchwerfen konnten. In diesem Augenblick erhob sich der Ruf des Muezzins, ganz daheim in diesem rauen, leeren Reich.

Hinter dem Portal blühte ein Garten. Unglaubliche Farben. Hunderte von Blumen, in ihrer Schönheit beinahe obszön nach dem ausgetrockneten Nichts draußen. «Wir sind jetzt im Garten von St. Marcus, einer der ältesten Kirchen in Kairo. Momma war gern hier», sagte Sybel. «Kannst du dich an etwas davon erinnern?»

«Nein», log er.

«Sie hat mich mitgenommen, wenn ich sehr brav war. Und dich auch, ein- oder zweimal. Meistens hast du mit Daddy draußen auf dem Platz gewartet. Für mich waren diese Besuche mehr als eine Belohnung. Es war Mommas Art, mir Zugang zu den Geheimnissen zu gewähren, die sie sonst nur mit einem Erwachsenen teilte.» Sie stiegen Stufen hinunter, die von den Schritten der Jahrhunderte glatt geschliffen waren, ließen ihre Schuhe vor einem zweiten, großartigeren Tor stehen und betraten einen kühlen Raum. «Dieser Ort hat ihr von den primitiven Anfängen des Glaubens erzählt.»

Bänke umringten die prunkvolle Halle, die ebenso hoch

wie lang war. Rauchgeschwärzte Deckenbalken waren so dick wie fünf Männer. Weiche Schilfmatten gaben unter seinen Füßen sanft nach. Die Kunst an den Wänden war so alt, dass sie wie außerirdisch schien, geschaffen von einem ganz anderen Volk. Ein Betender sang leise über seinem Rosenkranz. Drei Frauen saßen hinten an der Wand und plauderten mit einem schwarz gewandeten Priester. Vier Paare beteten in einer Seitennische; eine der Frauen trug das weiße Tuch der bevorstehenden Hochzeit.

«Momma sagte, dies sei ein Ort des Trostes, aber doch einer, der keine falschen Hoffnungen wecke.» Sybels Stimme war so leise, dass sie rasch von Weihrauch und jahrhundertealten Echos verschluckt wurde. «Ich werde nie vergessen, wie wir das erste Mal hier waren. Eine Frau kam herein, und sie trug ein schwarzes, fransenbesetztes Gebetstuch. Ich sah zu, wie sie niederkniete, wo wir jetzt stehen, auf den Altar zukroch und sich flach auf den Boden warf. Sie bedeckte ihren Kopf und lag da wie tot. Momma zeigte mir, dass ihre Füße geschwärzt und schwielig waren und dass sie Stammestätowierungen an Fersen und Knöcheln hatte. All die Geschichten, die sich da unter diesem schwarzen Tuch verbargen, all das Leid in den regungslosen Füßen. Sie lag einfach da und benutzte ihren Gebetssschal als Leichentuch, und sie überließ sich dem Schmerz hoffnungsloser Gebete. Bat nicht um Antworten. Nur um Frieden. Unermesslich, unfassbar. Frieden jetzt und in Ewigkeit.»

Wynn wandte sich ab und ging zurück ins Sonnenlicht. Er zog seine Schuhe an, durchquerte den Garten, ging durch das äußere Tor hinaus und durch die gepflasterte Gasse zurück. Kairo war voll von den Überresten zahlloser Reiche. Invasoren aus viertausend Jahren hatten viele Kostbarkeiten zurückgelassen und hohe Tribute gefordert. Hethiter, Wandalen, Römer, Osmanen – die Liste war endlos. Ihre Vermächtnisse waren überall zu finden, in der verblichenen Pracht in fast jeder Straße und in der stoischen Tragik in fast jedem Gesicht. Wynn blieb am Wagen stehen und wartete auf Sybel. Lehnte sich an eine ganz gewöhnliche Wand.

Mit hochgezogenen Schultern kam sie um die Ecke, und die Sonnenbrille verdeckte ihren Gesichtsausdruck. Nur die fest zusammengepressten Lippen waren sichtbar. Wynn stieß sich von der Wand ab und fragte: «Welche gute Tat hast du dir von all dem eigentlich erhofft?»

«Welche gute Tat bringst du im Augenblick zustande? Um welche Freuden habe ich dich gebracht, indem ich mit dir hergefahren bin?» Ihre Worte trafen ihn wie heiße Schrotkugeln. «Wynn, wir brauchen dich. Grahams Krankheit ist für unsere Sache eine Katastrophe.»

«Man erwartet also ...»

«Nein. Durchaus nicht. Man erwartet nichts. Niemand würde im Traum auf die Idee kommen, zu erwarten, dass du irgendetwas anderes tust als genau das, was dir im Augenblick gerade Spaß macht.»

Er sah, wie sie dastand, die Hände in die Hüften gestemmt, das Kinn vorgestreckt, während sie sich auf den Widerspruch gefasst machte, den er vorbringen würde. «Niemand kann dir irgendetwas erzählen, nicht wahr? Du weißt, was das Beste ist, und ganz gleich, was alle andern denken, du wirst schubsen und drängeln, bis sie tun, was sie deiner Meinung nach tun sollten.»

Wut rötete ihr Gesicht. «Seit Jahren bedrängt man den Kongress und andere Regierungsinstanzen, etwas gegen die Verschuldung der Dritten Welt zu tun. Also erlassen sie Gesetze, und dann lassen sie zu, dass die Kräfte, die das Finanzgeschäft beherrschen, aufmarschieren und alles aushöhlen, bis nur noch die Worte stehen bleiben. Die meisten Politiker interessiert es nicht, was in einem anderen Land geschieht. Diese

Ausländer können sie ja nicht wählen. Wenn es für die Bankenlobby so wichtig ist, dass sie die Dritte Welt weiter melken können wie eine Kuh – okay. Und dann kommt Graham daher. Er ist empört über irgendeinen anderen Skandal in der Finanzwelt. Derselbe Krieg, eine andere Schlacht. Graham sucht verzweifelt nach Verbündeten. Wir lernen uns kennen, ich mache ihn mit Sant'Egidio bekannt. Graham passt gut hinein. Er ist nicht auf Ruhm aus. Er ist nicht auf Spaß aus. Er will seinem Volk und seinem Gott dienen. Er sieht in dieser Schlacht eine göttliche Absicht …»

«Schon gut, Sybel. Ich hab's begriffen.»

«Halt den Mund und hör zu. Graham meint, es war Pater Libretto, der eine Möglichkeit vorgeschlagen hat, unsere beiden Anliegen zu einem zu machen. Pater Libretto sagt, er habe nichts weiter getan, als zuzuhören und Grahams Ohr für Gott zu öffnen. Ich weiß nur, dass es plötzlich eine Verbindung gibt. Etwas so Verlockendes, dass Graham mit seiner neuen Idee zu seinen Freunden im Kongress gehen kann. Sie spitzen die Ohren und sagen, ja, das ist etwas, das funktionieren könnte. Pater Libretto und seine Bewegung brachten Verbündete aus anderen Ländern dazu. In aller Stille. Sie legten nur die Fundamente. Aber der Funke zündete, die Idee verbreitete sich. Wie sich zeigt, gibt es eine Menge Leute, denen die Allmacht des internationalen Finanzwesens Sorgen macht.»

«Und da bringst du mich nach Ägypten und denkst, dass ich hier etwas finde, was mich so sehr erschüttert, dass ich Grahams Arbeit übernehme. Ist es das?» Er sah sein verzerrtes Spiegelbild in Sybels dunklen Brillengläsern. «Nur hast du Grant nicht in die Gleichung einbezogen, nicht wahr? Und dass er ein Mittel finden würde, dies zu seinem Vorteil zu wenden.»

«Ich weiß nicht, was ich dachte. Nur, was ich hoffte.» Sie winkte jemandem hinter ihm zu. «Da kommt Nabil mit seinem Vater.»

Der Ägypter sah gepflegt aus wie immer; jedes Haar war an seinem Platz, sein Anzug makellos, und er schien die Hitze nicht zu spüren. Wynn starrte den alten Mann an, der sich auf Nabils Arm stützte, aber er erkannte ihn nicht. Der alte Mann empfand es ganz anders. Er ließ den sicheren Arm seines Sohnes fahren und schlurfte vorwärts, und dabei gab er unter Tränen einen Strom von arabischen Worten von sich. Zuerst wandte er sich Sybel zu; er küsste ihr die Hände und dann beide Wangen und sagte schließlich auf Englisch: «So gut. So gut.»

«Du siehst prächtig aus, Onkel.»

«Ja. Heute natürlich. Prächtig.» Dann drehte er sich zu Wynn, verneigte sich und grüßte mit den königlichen Gebärden eines Mannes, dem dieser Augenblick lange verwehrt geblieben war. «Mein Herz erhebt sich in die Lüfte. Da steht der Sohn und wirft den Schatten seines Vaters.»

Nabil ergriff das Wort. «Abu, das ist Congressman Wynn …»

«Ich kenne diesen Mann nicht? Ich kenne ihn, seit er so groß war.» Er senkte eine zitternde Hand bis dicht über den Boden. «Ihr Vater war ein großer Mann. Ein Freund ganz Ägyptens, das war Ihr Vater. Und jetzt sind Sie hier.»

Wynn ließ die Worte und die Umarmung über sich ergehen und war erleichtert, als Sybel auf die Uhr sah und sagte: «Wir müssen los.»

Sie passten ihre Schritte denen des alten Mannes an, gingen um die Ecke und mussten warten, weil ein Trauerzug vorüberkam. Wynn sah, wie die Männer sich um den Sarg drängten darum kämpften, den Leichnam tragen zu dürfen. Die Parade der Frauen folgte in größerer Ruhe: eine lange, fließende Reihe in Grau und Schwarz, deren Klagerufe die Hitze durchbohrten. Wynn folgte ihnen durch ein hohes Gittertor, und erst jetzt begriff er. Aber der alte Mann hielt ihn mit eiserner Hand fest, Sybel ging an seiner anderen Seite, und sie setzten sich schon in Bewegung. In die Stadt der Toten.

Sie gingen die staubige Gasse entlang und durch das Tor mit dem islamischen Viertelmond auf dem einen und dem koptischen Kreuz auf dem anderen Flügel. Es hatte so kommen müssen, das wusste er. Er war hier, und hier war Ägypten. Er spürte, dass Sybel ihm kurze Blicke zuwarf, wusste, dass sie einzuschätzen suchte, wie nah er der Verzweiflung war. Deshalb fragte er den alten Mann so beiläufig, wie er konnte: «Die Beerdigung meiner Eltern – war sie so wie die, die wir gerade gesehen haben?»

«O nein, Sir. Ganz und gar nicht. Größer. Eine Beerdigung für Könige. Aber nicht zusammen. Erst Ihre Mutter. Dann Ihr Vater neun Tage später.»

Sybel wollte ihn unterbrechen. «Wir brauchen nicht …»

Wynn fiel ihr ins Wort. «Wir sind hier. Jetzt lass ihn reden.»

«Mit Ihrer Mutter ging es schnell. Sehr schnell. Drei Tage im Krankenhaus, und es war vorbei. Als Sie nach Amerika fahren – am selben Abend ist sie gegangen. Warum auch bleiben? Ihre Kinder sind in Sicherheit, sie kann gehen. Ihr Vater, er schläft acht Tage, er wacht auf, er fragt nach seiner Frau. Er hört. Er fragt nach seinen Kindern. Er hört und schläft wieder. Und wacht nicht mehr auf.» Er hob theatralisch die Arme. «Die vielen Leute, Sir. Zweimal kommen sie, für die Frau und für den Mann. Meilenweit nur Leute. Die ganze Altstadt war gesperrt.»

«Danke.» Das alles war natürlich wild übertrieben, ein Geschenk der Erinnerung eines alten Mannes, geboren aus der Achtung, nicht aus der Wirklichkeit. «Ich bin Ihnen sehr dankbar.»

Nicht Wynn war tief ergriffen vom Besuch am Grab seiner Eltern, sondern Sybel. Er stand vor der staubigen, hüfthohen Grabkammer, die die Wurzeln der beiden schützenden Olivenbäume bereits verschoben hatten, und fühlte nichts. Da standen Namen, aber in arabischer Schrift, und zwei Kreuze waren da, eins auf jeder Tür. Er blieb mit Nabil und dem alten Mann stehen, während Sybel im Staub kniete. Auf dem Rückweg zum Auto und während der Fahrt zur American University bebten ihre Schultern von unterdrücktem Schluchzen.

Sie benutzten den Hintereingang der Universität an der Kasr El Dobra. Kaum hatten sie das Verwaltungsgebäude betreten, entschuldigte Sybel sich und verschwand. Nabil führte Wynn und seinen Vater einen langen Gang entlang und auf einen Nebenplatz hinaus. Vor ihnen ragte eine machtvoll überkuppelte osmanische Villa auf; den ersten Stock zierte die breiteste *mashrabiya*, die Wynn je gesehen hatte. Der alte Mann ließ sich keuchend auf einen laubübersäten Stuhl fallen. Verkehrslärm erhob sich hinter den schützenden Bäumen und hohen Steinmauern. Wynn näherte sich Nabil und sagte: «Erklären Sie mir, was ich da sehe.»

Der Ägypter deutete mit dem Kopf auf die Villa mit der schwarzweiß gestreiften Marmorfassade. «Das war das ursprüngliche Gebäude der Universität, ein um 1870 erbauter Palast für einen von Sultan Ismails Ministern. Der Mann war anscheinend sehr beschäftigt mit Dingen, die mit den Staatsangelegenheiten weniger zu tun hatten, denn schon bald verlegte er das Ministerium woanders hin, um Platz für seinen expandierenden Harem zu schaffen. Vierzig Jahre später wurde das Gebäude von einem presbyterianischen Geistlichen namens Dr. Watson erworben.»

Verschwommene Erinnerungen an Papierschwalben, die aus einem der oberen Fenster flogen, kamen und gingen. «Wo war das Büro meines Vaters?»

«Im ersten Stock, da vorn an der Ecke. Das Ihrer Mutter war hinten, zum Innenhof hin gelegen.»

«Sie haben mich gekannt?»

Nabil schaute ihn zum ersten Mal an. «Ich erwarte nicht, dass Sie sich erinnern, Congressman. Ich war zehn Jahre älter als Sie und ein Niemand. Nur der Sohn des Collegepförtners. Sie waren der Sohn der beiden großen Dr. Bryant.»

«Meine Eltern haben Ihnen geholfen, einen Platz am College zu bekommen?»

«Erst in der englischen Schule, dann hier, ja. Ihre Eltern waren bekannt für ihre Gewohnheit, jeden zu bereichern, den sie kennen lernten. Diesen Namen haben sie sich gemacht, und deshalb sind Sie heute hier so willkommen. Ihre Mutter war beim Personal bekannt als *saleh*, die Trostspendende.»

«Und mein Vater?»

«Als ich diese Woche aus Amerika zurückkam, fragte mein Vater, was ich von Ihnen halte. Ich habe gesagt, Sie sind wie Ihr Vater, aber Sie schlafen.» Nabils Blick war flach und verschleiert wie regenumspülter Obsidian. «Ich habe nie jemanden gekannt, der so wach war wie Ihr Vater.»

Wieder brandete eine Woge der Erschöpfung über Wynn hinweg, und plötzlich konnte er keine Erinnerungen mehr annehmen, weder seine eigenen noch die eines anderen. «Liegt unser Hotel in dieser Richtung?»

«Zwei Straßen weiter, am Fluss.»

«Sagen Sie Sybel, ich muss ein bisschen schlafen. Sonst kippe ich bei der Konferenz um.»

Als Wynn aufwachte, war es dunkel, und es klopfte sachte an der Tür. Er öffnete, und mit seiner Schwester kam Licht ins Zimmer. «Wie spät ist es?»

«Fast Mitternacht.»

«Du hast mich die Konferenz verschlafen lassen?»

«Ist das wichtig?» Sybel rauschte an ihm vorbei und schaltete die Deckenbeleuchtung ein. Sie öffnete die Balkontür und ließ den Verkehrslärm von der Straße herein. «Ich war schon einmal hier. Aber ebenso gut hättest du im Koma liegen können. Ich dachte, ich lasse dich am besten ausruhen bis morgen.»

«Augenblick.» Er ging ins Bad, wusch sich das Gesicht und stopfte das Hemd in die zerknautschte Hose. Als er wieder ins Zimmer kam, saß Sybel hinter seinem Schreibtisch. Das war immer das Zeichen für eine ernsthafte Konfrontation gewesen: Sie bereitete den Boden vor und verbarrikadierte sich hinter einem Tisch oder etwas Ähnlichem. Setzte sich mit dem Rücken zur Wand, überlegte sich genau, was sie sagen würde.

Seltsamerweise setzten seine üblichen Reaktionen nicht ein. Wynn ging einfach hinüber, setzte sich ihr gegenüber und wartete ab.

«Es gibt eine zweite Konferenz», begann Sybel. «Eine geheime. Sie findet morgen im Kloster Baramous in Wadi Natrum statt.» Sie wartete gefasst auf die Gründe, die er vorbringen würde, um nicht kommen zu müssen.

«Deshalb hast du mich hergebracht, ja?»

«Bei der Konferenz, die heute Abend hier angefangen hat, geht es um die Schuldenkrise der Dritten Welt. Das ist wichtig, aber letzten Endes besteht ihre wichtigste Funktion darin, als Tarnung für die morgige Zusammenkunft zu dienen.»

«Sind die Leute, die herkommen, von einem Angriff bedroht?»

«Grahams Idee hat eine Menge Interesse entfacht. Aber die Reform des internationalen Finanzwesens ist heutzutage ein gefährliches Thema.»

Er wiederholte die Worte. Zog sie in die Länge, als könnte er sie besser verstehen, wenn er langsam spräche. «Die Reform des internationalen Finanzwesens.»

«Eine Finanzreform wird nur funktionieren, wenn die Mehrheit der Staaten zusammenarbeitet. Bis jetzt war das eine politische Unmöglichkeit. Wenn Amerika ernsthaft über

Regulierungsmaßnahmen nachdächte, würde das große Geld einfach woanders hingehen. Graham hat einen Weg gefunden, dies zu einem Anliegen für alle zu machen. Für reiche und arme Länder gleichermaßen.»

«Das klingt unmöglich.» Kaum hatte er die Worte ausgesprochen, bereute er sie. Bevor sie also explodieren konnte, sagte er: «Schon gut.»

«Du kommst?»

«Jetzt habe ich die weite Reise einmal gemacht, jetzt kann ich auch kommen.»

«Aber du wirst dich nicht festlegen.» Erbittert. Immer noch auf der Suche nach der Auseinandersetzung.

Normalerwweise hätte dieser stichelnde, aggressive Ton gereicht, um ihn zu einer Tirade zu veranlassen. Ihre offenen Schlachten waren legendär. Aber heute kam es nicht dazu. Wynn stützte die Arme auf den Schreibtisch, schloss die Kluft zwischen ihnen, kam ihr entgegen. «Erzähl mir, woran du dich erinnerst», sagte er leise.

«Was?»

«Du erinnerst dich hier an eine ganz andere Welt als ich. Wie alt warst du, als wir herkamen? Elf?»

«Zwölf. Und du warst gerade ein Jahr alt.» Widerstrebend schaltete sie in einen anderen Gang. «Es hat eine so gewaltige Wirkung auf mich gehabt, hierher zu kommen. Im ersten Jahr habe ich kaum gesprochen. Und nie gelächelt. Die *sofragi* dachten, ich wäre halb stumm. Erinnerst du dich an dieses Wort?»

«Die Dienstboten.» Aus nebelhaften Tiefen der Erinnerung stiegen die Worte empor. «Khadema und Dahdah. An die erinnere ich mich auch.»

«Dahdah war unser Kindermädchen. Sie hat dich angebetet. Alle waren vernarrt in dich, den Sohn, von dem unsere Eltern gedacht hatten, sie würde ihn nie bekommen.» Seine unverhoffte Wandlung entwaffnete sie, seine plötzliche Bereitschaft, von ihren gemeinsamen Anfängen zu sprechen. Ihre Gedanken konzentrierten sich jetzt ganz auf die Bilder vor ihrem geistigen Auge. «Ich weiß noch, wie schockiert ich war, weil alles so hässlich war. Die Häuser waren einfach so hingeworfen, manche nicht einmal verputzt, nichts als rohe Ziegel, und aus dem Mörtel hing das Stroh. Und natürlich war der Verkehr beängstigend. Vater war beschäftigt mit… allem. Mutter nahm mich unter ihre Fittiche. Hat mich nie zu irgendetwas gedrängt, hat mich immer nur mitgenommen. Ließ mich in ihrem Klassenzimmer sitzen, in ihrem Büro, ließ mich reden, wenn ich reden wollte, und schweigen, wenn ich schweigen wollte. Was ich meistens wollte.»

«Und was hat das alles geändert?»

Jetzt schaute sie ihn an, schaute ihn wirklich an. Und lächelte zum ersten Mal seit ihrer Ankunft. «Om Kalthoum.»

Er durchforschte sein Gedächtnis. «Das war eine Sängerin, nicht wahr?»

«Man nannte sie Qal-Kab Al Sharq. Planet des Orients. Das Leben war damals sehr hart, nicht nur für die Armen. Es gab so wenig von allem; alles war rationiert, überall stand man Schlange. Mutter und ich stellten stundenlang Listen von Dingen auf, die Leute aus den Staaten mitbringen sollten – Zahnpasta, Kleenex, Medikamente. An unserem zweiten Weihnachtsfest brachte jemand eine Dose Schinken mit. Ich weiß noch, dass Daddy darauf bestand, sie selbst aufzumachen; Momma hat so sehr geweint, dass er befürchtete, sie könnte sich schneiden.»

Sie verstummte. Starrte durch ihn hindurch. Leise erinnerte er sie: «Die Sängerin.»

«Sie gab jeden Donnerstagabend ein Konzert. Die ganze Stadt blieb stehen. Kein Verkehr. Keine Menschen. Kairo war völlig ausgestorben. Leute, die kein Radio hatten, gingen zu

Verwandten oder Freunden.» Das Lächeln war immer noch da. «Eine von Daddys Studenten war Nassers jüngste Tochter. Mona. Sie hörte, dass mir die Musik gefiel, und schenkte uns zwei Karten. Sie waren wie Feenstaub, diese Karten. Unmöglich zu bekommen. Ich weiß noch, dass Momma sich stundenlang darauf vorbereitete; sie zog mich an, und dann musste ich bewegungslos dasitzen, während sie sich zurechtmachte. Und die Dienstboten liefen durcheinander und waren außer sich vor Aufregung. Nicht, weil wir bei Nassers Familie sitzen würden. Das bedeutete gar nichts. Aber dass wir in einer Loge dicht vor der Bühne sitzen würden, dicht vor Om Kalthoum.»

«Das verstehe ich nicht», sagte Wynn. «Es hat dir hier plötzlich gefallen, weil du in einem Konzert warst?»

«Natürlich nicht. Aber es war das erste Mal, dass ich anfing zu sehen, wie schön es hier war. Ich lernte, dass ich, um glücklich zu sein, hinter all den Schmutz und den Staub und die Traurigkeit schauen musste. Um zu sehen, wie wundervoll diese Menschen waren, wie unverwüstlich im Angesicht all der niederdrückenden Strapazen. Um zu akzeptieren, dass das Leben hier hart und oft gefährlich war, aber dennoch sehr kostbar sein konnte, voller Freude und Schönheit. Daddy nannte Ägypten immer das Land des Thymians. Das war ein Zitat von Plato. ‹Wie die Bienen Honig aus Thymian machen, dem stärksten und trockensten aller Kräuter, so ziehen wir Nutzen aus den schwierigsten Erfahrungen.›»

Wynn saß der Frau gegenüber, die er nie verstanden hatte, die der Fels in der Brandung seiner jungen Jahre gewesen war. Und er fragte sich, ob es ihm möglich gewesen wäre, heranzuwachsen wie sie, wenn er hier älter gewesen wäre oder wenn er ihre Eltern länger gekannt hätte. Die Ahnung, dass es ihm vielleicht nicht gelungen wäre, ihren Maßstäben zu entsprechen, machte ihn so schwach, dass der Nachtwind, der vom

Balkon hereinstrich, durch ihn hindurch zu wehen schien. «Ich erinnere mich an nichts von all dem.»

«Nein.» Sie erhob sich und schaute ihn kaum an, als sie durch das Zimmer ging. Als habe sie endlich erkannt, wie wenig in ihrem Bruder steckte. «Wir fahren im Morgengrauen nach Wadi Natrum.»

28

Donnerstag

Drei Gässchen führten vom Hassler und der Spanischen Treppe hinunter, und wo zwei davon sich vereinten, stand Jackies Café. Am Donnerstagmorgen war es voll von Licht und alten Männern, die die Frühlingsfrische genossen. Sie grüßten murmelnd, als Jackie hereinkam, und musterten sie beifällig. Der junge Kellner war schon dabei, ihren Cappuccino zu machen. Dann blieb er vor ihr stehen, polierte die blanke Fläche des Tresens und nannte den Tag bello. Schließlich schlug sie schutzsuchend ihre *Herald Tribune* auf, und der Kellner zog sich zurück.

Um diese Zeit sprach sonst niemand Englisch in diesem Café; deshalb erschrak sie über die Stimme hinter ihr mehr als über die Hand an ihrem Arm. «Nicht umdrehen, Ms Haviland.»

Sie sah, wie eine zweite Hand sich auf der anderen Seite um sie herumschob und eine Akte auf die Theke legte. Sofort legte sie ihre Zeitung hin und deckte die Mappe zu. «Wer…»

«Sie wollten Informationen.» Die leise Stimme klang nach einem unsicheren Tenor. «Jetzt haben Sie sie. Goodbye.»

Jackie sah nur noch einen brillantineglänzenden Hinterkopf, ein Jackett, und dann gar nichts mehr. Sie schob die Hand unter ihre Zeitung und zog einen altmodischen, waldgrünen Pappdeckelordner hervor. Sie schlug ihn auf und blätterte in den Unterlagen. Und dann spürte sie eine andere Hand – nicht real, aber dennoch stark genug, um sie an der Kehle zu packen und ihr die Luft zu nehmen.

Sie sah sich um. Das Café war jetzt voll von römischen Statuen, lauter Männern, die in der Kunst, nichts zu sehen, wohl geübt waren. Selbst wenn sie ihre Sprache gesprochen hätte, hätten diese Leute ihr nichts verraten, das wusste sie. Jackie überflog die Seiten und bemühte sich angestrengt, einen Tumult von Fragen mit Antworten zu versehen.

Sie warf einen Geldschein auf die Theke, packte Mappe und Zeitung aufeinander und lief eilig zurück ins Hotel. Im Zimmer angekommen, versuchte sie als Erstes, in Kairo anzurufen. Aber die Telefonleitungen wollten sich ihr nicht auftun. Sie sah auf die Uhr. In Washington war es drei Uhr früh. Trotzdem musste sie Esther Hutchings wecken. Aber das Telefon klingelte und klingelte.

Jackie startete ihren Computer, wartete ungeduldig auf die Verbindung zum Internet und rief die Trastevere-Website auf. Diesmal war der Bildschirm nicht leer. Ankommendes Signal, direkt, verschlüsselt. Wollen Sie akzeptieren? Ja/Nein.

Ja.

Eine Mitteilung schwebte aus dem weißen Nichts herauf. Sind die gewünschten Daten gekommen?

Statt laut zu schreien, hämmerte sie auf die Tasten. WER SIND SIE?

Sie sah zu, wie die Worte verschwanden, und fragte sich, wie lange sie diesmal würde warten müssen. Tagelang, beschloss sie, wenn es sein musste. Aber die Antwort kam schnell und war merkwürdig. Keine Worte, sondern ein animiertes Bild. Ein Cartoon mit einem Gondoliere in seinem Boot. Jackie sah, wie das unbeholfene Strichmännchen immer wieder über Bord zu fallen drohte. «Boatman», flüsterte sie.

Ich brauche mehr, schrieb sie. Können Sie helfen?

Immer wenn wir Verbindung aufnehmen, bringen wir uns beide in Gefahr.

Man hat mir gesagt, diese Site sei sicher.

Erste Lektion: Gar nichts ist völlig sicher. Beweis: Dieses Gespräch. Ich habe das Zahlungsersuchen des Detektivs mitgelesen. Andere können das auch getan haben. Nehmen Sie nur im äußersten Notfall Kontakt mit mir auf.

Aber das hier ist einer, hätte sie gern geschrieben. Aber sie konnte nicht.

Als sie nicht antwortete, erschien eine neue Message. Ist Ihnen der Codename Tsunami begegnet?

Nein, antwortete sie.

Dann suchen Sie an der falschen Stelle. Die Message verschwand, und dann erblühten die letzten Worte wie eine giftige, einfarbige Rose.

Willkommen in der Kampfzone.

Als die Leitung nach Kairo weiterhin blockiert blieb, schrieb Jackie ein Fax an Wynn, gab es an der Rezeption ab und verließ das Hotel. Sie hob das Gesicht zum Himmel und flüsterte ein einziges Wort. «Hayek.»

Das Material, das der Detektiv geliefert hatte, ließ keinen Zweifel. Valerie Lawry war am Morgen des vergangenen Tages um kurz nach sieben vom Aeroporto Roma-Fiumicino abgeflogen, eine halbe Stunde später als Wynn und mit einem Privatjet, geleast von der Banque Royale, Liechtenstein. Die Akte enthielt eine Fotokopie des Flugplans. Nonstop über den Atlantik nach Orlando. Dort war Lawry ins Hyatt Hotel am Flughafen gegangen. Sie hatte ein Telefongespräch geführt. Eine Kopie der Hotelrechnung erwies, dass sie mit der Hayek Group gesprochen hatte.

Die Daten über Hayek waren interessant, informativ und

ein alter Hut. All diese und mehr Details wusste sie von Preston. Jeder, der einmal für die Gruppe gearbeitet hatte, kannte diese Geschichten. Der Prinz. Der King. Die Bedrohung.

Jackie schaute zu den Dächern hinauf. Sie hatte keine Wahl mehr. Mit müder Resignation akzeptierte sie das Unausweichliche. Sie hatte sich geschworen, nie wieder Kontakt zu diesem Mann aufzunehmen, aber jetzt würde sie es tun. Zuerst würde sie feststellen, ob es dem Hotel gelungen war, nach Kairo durchzukommen. Dann würde sie den Heimflug buchen. Dann würde sie noch einmal versuchen, Esther Hutchings zu erreichen. Dann würde sie im Internet nachschauen, ob das für seine Launenhaftigkeit berüchtigte Bundesgefängnis Shane immer noch festhielt. Sie wünschte, es gäbe eine Möglichkeit, das zu vermeiden, aber sie wusste, dass sie keine Alternative hatte.

In diesem Augenblick schlugen sie zu.

Zwei gesichtslose Mopedfahrer. Sie näherten sich mit lärmender Komik, das Harmloseste, was man in Rom sehen konnte. Ihre Vehikel waren eine Parodie auf jedes Transportmittel mit ihren schmalen Rädern und Motoren, die mehr Krach und Rauch als sonst etwas produzierten. Jackie bemerkte sie überhaupt nur, weil sie gleichzeitig auf sie zukamen, einer aus jeder der beiden Straßen vor dem Café.

Sie blieb stehen. Ein Teil ihres Verstandes erkannte, dass sie es auf sie abgesehen hatten. Trotzdem konnte sie sich nicht rühren. Stand da und gab eine perfekte Zielscheibe ab.

Ein Schlag traf ihre linke Schulter. Dann kam ein drittes Moped von hinten vorbeigerast. Sie sah die Schlagstöcke der beiden anderen und fühlte den Schmerz. Der dritte Mopedfahrer streckte seinen rot tropfenden Stock in die Höhe. Sie wusste, dass es ihr Blut war, was da tropfte, erkannte auch, dass Rasierklingen in dem Holz klemmten. Sie hörte jemanden schreien, als sie fiel, hörte auch das zischende Sausen der

Schläge, die zu hoch gezielt waren, und das Knattern der Mopeds, die zu beiden Seiten vorbeifuhren. Jackie wusste nicht, ob sie selbst geschrien hatte, aber das Geräusch löste ihre Lähmung vollends. Das und der Schmerz.

Als die Mopeds gebremst und gewendet hatten, war Jackie schon auf den Beinen. Sie machte einen Schritt auf das Hotel zu und blieb wieder stehen. Die Piazza sah aus, als sei ein Film angehalten worden, als ein Moped vor dem Hotel schleudernd zum Halten kam und den Eingang versperrte. Der Fahrer ließ seinen Schlagstock durch die Luft wirbeln, und diese Drohung genügte, um jedermann an die nächste Hauswand oder in die nächste Tür zu treiben. Jeden außer Jackie.

Sie rannte auf das Café zu. Zwei alte Männer stürmten wie Jünglinge mit weit aufgerissenen Augen und zahnlosen Mündern auf den Eingang zu. Jackies hyperaktive Sinne wurden zu einem Radar, das sie vor einem neuerlichen Angriff warnte. Mit einem Hechtsprung stürzte sie zur Tür.

Der Schlag, der es auf ihren Kopf abgesehen hatte, traf sie an der Wade und wirbelte sie zwischen die Tische vor dem Café – was nicht das Schlechteste war, denn dabei kippte sie einen der Metalltische vor sich um und schützte sich damit vor der Attacke des herandonnernden Mopeds. Der Stock schlug dröhnend zu, und die Rasierklinge schwirrte über die verschrammte Tischplatte. Jackie kauerte sich tief hinter ihre metallene Deckung und atmete tief durch. Und noch einmal. Was sie atmete, war nicht Luft, sondern Wut.

Als sie hörte, wie die Mopeds eine kreischende Wende vollführten, sprang sie auf und schleuderte ihnen einen Schrei entgegen. Sie wusste, dass es ihre eigene Stimme war, aber was sie hörte, war der Schrei einer Wilden. Sie hob den nächstbesten Metallstuhl hoch und zielte.

Das erste der Mopeds raste bereits unabwendbar auf sie zu. Der Fahrer war sehr viel kräftiger als ein durchschnittlicher jugendlicher Mopedfahrer und bot ihr ein größeres, solideres Ziel. Sie traf den Schlagstock von vorn und hörte, wie er splitterte, bevor der Stuhl einen wattierten Ellenbogen traf. Nicht grandios, aber der nächste Versuch würde besser ausfallen.

Noch immer unablässig kreischend, ignorierte sie den zweiten Schlagstock vollständig. Wütend zielte sie geradewegs auf den Helm des Mopedfahrers, und der Stuhl traf ihn mit einem Krachen, das man auf allen sieben Hügeln der Stadt hören musste – so jedenfalls kam es ihr vor. Sie spürte die Wucht bis in die Fußsohlen. Der Mann flog rücklings vom Moped und überschlug sich dreimal. Jackie fuhr herum, suchte nach dem Dritten, widerstand dem Drang, wegzurennen.

Aber der Platz war leer bis auf zwei nassrote Schlagstöcke, einen stöhnenden Mann und ein im Leerlauf knatterndes Moped. Dann hörte sie den heulenden Motor. Kein Moped. Ein Auto. Sie wusste, dass es noch nicht vorbei war.

Wie immer parkte die Limousine des Hotels um die Ecke, zwischen dem Hoteleingang und der Kirche. Derselbe junge Mann, der sie und Wynn gefahren hatte, saß mit offenem Mund am Steuer. Erst als sie quer über die Piazza rannte, fühlte sie den Schnitt in ihrem Bein. Er schwächte sie, aber nicht zu sehr. Sie riss die hintere Tür auf und warf sich in den Wagen. «Fahren Sie!»

«Signora, Ihr Bein, das Blut …»

Durch die offene Tür hörte Jackie kreischende Reifen und das Brüllen eines überdrehten Motors. «Sie kommen! Fahren Sie los!»

Jetzt hörte der junge Mann es auch. Er legte einen Gang ein und ließ den Wagen behutsam anrollen. Die Gewohnheit ließ ihn seinen sanften Touristenfahrstil beibehalten.

Aber nur, bis der andere Wagen auf dem Platz erschien. Dessen Fahrer verlangsamte seine Fahrt lange genug, um eine

Tür aufzustoßen und den gestürzten Mopedfahrer aufzulesen, der schreiend auf Jackie und die Limousine deutete.

Sie schlug ihre eigene Tür zu und kreischte: «So fahren Sie endlich!»

Der Limousinenfahrer trat das Gaspedal durch, als der andere Wagen ihn aufs Korn nahm. Jackie warf sich zur anderen Seite, als ein silbergrauer Blitz gegen die Limousine krachte.

Die Limousine schleuderte um die Ecke und jagte die nächste Gasse hinunter. Die Angreifer folgten so dicht hinter ihnen, dass Jackie die zitternden Schnurrbärte hinter der Scheibe erkennen konnte.

Vielleicht hatte der junge Fahrer sein Leben lang auf diesen Augenblick gewartet. Vielleicht war es auch nur ein latentes italienisches Gen, das diese Chance nutzte, um sich bemerkbar zu machen. Jedenfalls war der höfliche Chauffeur nicht mehr da. An seiner Stelle saß Mario Andretti. «Dovè?»

Jackie hüpfte auf dem Rücksitz herum wie eine einzelne Erbse in einer gepolsterten Dose und hinterließ Blutflecken, wo sie landete. «Was?»

«*Dovè?* Wohin?»

Es gab nur einen Ort, der ihr einfiel. «Sant'Egidio!»

Ein Ziel zu haben, goss weiteres Öl in sein Feuer. Er fuhr auf eine Straßengabelung zu, hielt sich in einer Finte nach links und raste dann nach rechts. Er nahm die Ecke zu knapp und streifte die Steinkante mit schrillem Kreischen und einem lauten Fluch. Er übersteuerte und prallte an die Mauer gegenüber. Dann wich er um Haaresbreite einem Wagen aus, der aus einer unsichtbaren Einmündung kam, und schoss unter lautem Geschrei die immer steiler werdende Straße hinunter.

Leute schrien auf allen Seiten, flüchteten sich in Hauseingänge und auf Fenstersimse. Einkaufstaschen wirbelten über die Windschutzscheibe. Hupen gellten. Auf den Gehwegen sprangen Tische und Stühle in die Höhe. Salven von Früchten von einem umgestürzten Obststand prasselten vor die Scheibe. Sirenen heulten, sengende Blitze blanken Entsetzens.

Auf allen vier Rädern schleudernd kamen sie in die Via Tritoni, sausten knapp vor der Nase eines nahenden Busses vorbei und überfuhren eine rote Ampel. Jackie riskierte einen Blick nach hinten. «Sie sind weg.»

Sofort nahm der Fahrer den Fuß vom Gas und bog in ruhigem Tempo in eine Seitenstraße. Hinter einem plätschernden Springbrunnen hielt er an, ließ sein Fenster heruntergleiten und lauschte. Dann nickte er einmal, stieg aus und spähte suchend in alle Himmelsrichtungen. Er nickte ein zweites Mal, ging zum Springbrunnen und tauchte sein Taschentuch in das Wasser. Er kehrte zum Wagen zurück und reichte es Jackie. Erst jetzt sah sie, dass der Rücksitz mit ihrem Blut beschmiert war. Ebenso die beiden Seitenfenster, der Boden, der Himmel, die Türgriffe und die hintere Ablage. Jackie berührte mit der einen Hand ihre Schulter, mit der anderen ihre Wade. Unvermittelt brannten beide wie klebriges Feuer.

«Ins Krankenhaus, Miss?»

«Nach Sant'Egidio», wiederholte sie matt. «Schnell.»

Die Zigeunerin, die im Eingang der Kirche Rosen verkaufte, wollte nicht zur Seite gehen – nicht einmal, als Jackies Hand einen blutigen Abdruck an der Wand hinterließ, wo sie sich anlehnte. Aber die Schreie der Frau riefen Anna heraus. Allen ihren Bewegungen war anzusehen, dass Jackie nicht die Erste war, die sich verwundet hierher flüchtete. Sie führte Jackie zum Nebeneingang, um keine Blutspur ins Heiligtum zu ziehen, legte schmutzige Handtücher um Jackies Stuhl und rief nach heißem Wasser, Tüchern, Schere und einer Flasche.

«Hier, trinken Sie das.»

«Was ist das?»

«Grappa. Damit Sie nicht in Ohnmacht fallen.»

Anna sah zu, wie Jackie von der feurigen Flüssigkeit kostete und hustete, und wie sie dann das Gesicht verzog, weil das Husten an ihrer Wunde zerrte. «Nicht nippen. Trinken Sie's wie Medizin. Einen großen Schluck. Gut.»

«Aber das ist stark.»

«Ja. Aber jetzt sind Sie nicht mehr bleich wie ein Leintuch. Können Sie die Arme bewegen, hoch, über den Kopf?»

«Ich glaube nicht.»

«Macht nichts. Wir schneiden Ihr T-Shirt herunter. Beugen Sie sich nach vorn.» Anna half ihr. Beim Schneiden fragte sie: «Wer ist das gewesen?»

Bevor Jackie antworten konnte, hallten neue Stimmen im Flur. Zwei Frauen stürzten herein; die eine trug eine schwarze Tasche. Es folgte ein Schwall von italienischen Worten, und dann fragte Anna: «War es eine Bande?»

«Ich weiß nicht... Autsch!» Die Ärztin zog die tastenden Hände zurück und hielt Jackie einen blutigen Finger vors Gesicht. Was sie sagen wollte, war klar. Nicht bewegen. Jackie schnappte nach Luft, als die Finger fortfuhren, ihre Schulter zu untersuchen. «Drei Männer auf Mopeds», sagte sie dann.

Man übersetzte, und Anna sagte: «Sie haben Stöcke mit Messern benutzt, nicht wahr?»

«Oder Rasierklingen. Jedenfalls war es scharf.»

«Ja, das ist das neue Lieblingsspielzeug der Bande. Jeden Abend begrüßt man ihre Opfer im Krankenhaus.»

Jackie hielt sich das T-Shirt vor die Brust; sie sah die vielen Beine und Schuhe, die sie umdrängten. Lauter Fremde. «Glauben Sie, wir könnten noch ein paar Leute dazuholen?»

Anna sagte ein paar Worte auf Italienisch, und das Zimmer leerte sich sofort. Jackie hob einen blutigen Schuh und sagte zu der Ärztin: «Sie haben mich auch am Bein erwischt.» Sie hörte jemanden protestieren, hob den Kopf und sah, dass der

Fahrer zur Tür geschoben wurde. «Lassen Sie ihn noch einen Augenblick bleiben, bitte.»

Als die Ruhe wiederhergestellt und die Tür geschlossen worden war, sagte sie zu dem jungen Mann: «Ich kann Ihnen nicht genug danken.»

«Kein Problem, Signora.» Er grinste breit. «Das war eine gute Jagd, nicht wahr? Wie im Kino.»

Sie sah zu, wie die Ärztin begann, ihr Hosenbein aufzuschneiden. «Meine Sachen sind alle im Hotel. Ich möchte eigentlich lieber nicht dorthin zurück.»

Anna verstand sofort. «Kann es sein, dass sie immer noch hinter Ihnen her sind?»

«Ich glaube ja.»

Nach einem kurzen Wortwechsel mit dem Fahrer sagte Anna: «Jemand wird mit ihm zurückfahren und Sie auschecken. Wir behalten Sie hier. Wie lange bleiben Sie?»

«Ich möchte morgen nach Amerika zurück, wenn ich kann.»

Es folgte eine neue Diskussion, diesmal mit der Ärztin. Der Fahrer holte ein Handy aus der Tasche und wählte eine Nummer. «Die Schnittwunden sind nicht sehr tief», sagte Anna. «Und der Fahrer glaubt nicht, dass das Hotel Ihren Namen herausgibt. Das Hassler möchte nicht gern sagen müssen, dass ein Gast vor seiner Haustür überfallen wurde, verstehen Sie?»

«Ja.» Jackie spürte zwei Nadelstiche. Bein und Schulter wurden örtlich betäubt, und dann fühlte sie das unangenehme Zupfen des Fadens, mit dem die Wunden vernäht wurden.

Der Fahrer steckte sein Telefon wieder ein. «Kein Problem.»

«Tut mir Leid um Ihren Wagen», sagte Jackie zu ihm.

Als er sah, was die Ärztin tat, verging ihm das Lächeln ein wenig. «Ist nicht mein Wagen, Signora. Und das Hotel ist sehr reich.»

«Ich fürchte, die Zimmer bei uns werden nicht so hübsch sein», sagte Anna.

Jackie beugte sich vor und schloss die Augen vor dem blutigen Haufen Verbandmull. «Wenn sie sicher sind, ist es mir recht.»

29

Donnerstag

Am nächsten Morgen überreichten die Trader Colin eine Flasche Champagner und einen winzigen, edelsteinbesetzten Baum. Eric begann eine kleine Rede mit den Worten: «Im Namen von King Elvis und seinen getreuen Untertanen …»

«Lass ihn das nicht hören», warnte Colin. «Sonst liegst du auf der Straße, ehe du dichs versiehst.»

«Lässt du mich jetzt reden oder nicht?» Überall in den Gängen kamen die Trader heran, um sich den Spaß nicht entgehen zu lassen. «Okay. In Anerkennung dessen, was du dazu beigetragen hast, uns von dieser Bedrohung zu befreien, verleihen wir dir hiermit diese Zeichen unserer unsterblichen Dankbarkeit.»

Colin machte keine Anstalten, die Sachen entgegenzunehmen. Das Bäumchen war so groß wie seine Hand und vergoldet, und am Ende jedes Zweiges saßen winzige Kristallblättchen. «Wer ist wovon befreit?»

Jetzt grinsten die Trader nur noch breiter. «Schau mal nach oben», sagte Eric.

Colin war alles andere als erfreut, als er sah, dass der Balkon völlig leer war. «Das ist völlig unmöglich.»

«Das verdanken wir nur dir und den Wanzen, die du gefunden hast.» Eric drückte ihm Baum und Flasche in die Hand. «Viel Spaß damit.»

Colin musterte den Balkon noch immer mit düsterer Miene, als Alex neben ihm erschien. «Sie lassen sich davon auch nicht zum Narren halten.»

«Hayek würde sie nicht alle rausschmeißen, bloß weil einer über die Stränge schlägt», meinte Colin.

«Und das bedeutet, er hat sie irgendwo vergraben.»

Colin musterte den Cheftrader. Aus dieser Nähe waren die dauerhaften Male des kommerziellen Krieges leichter zu erkennen, die Wunden, die er in Gesicht und Blick und Geist hinterlassen hatte. «Sie machen sich wirklich Sorgen deshalb.»

«Wenn er vorhat, die neue Gruppe mit Daten zu versorgen, auf die wir keinen Zugriff haben, dann können wir unsere Pistolen gleich an den Nagel hängen und lieber Schafe züchten.» Alex ließ den ausgestreckten Zeigefinger über dem Kopf kreisen und sammelte seine Truppe. «Mal sehen, ob wir den Schlachtplan finden können.»

Sie drängten sich zusammen in den Lift, die fünf Cheftrader und Colin. Er sah sich an den harten runden Bauch des Derivatchefs gepresst, eines rotgesichtigen Mannes, der nach einem prähistorischen Aftershave stank. Die Aufzugfahrt verlief schweigend, aber als die Tür sich öffnete, legte ihm der Trader eine fleischige Pranke auf die Schulter und sagte: «Gute Arbeit, das mit den Abhörgeräten, Kiddo. Wird man sich noch lange erzählen.»

Hayek war persönlich im Vorzimmer, um sie zu empfangen. Das war noch nie vorgekommen. Ebenso wenig die fürsorgliche Bitte um Entschuldigung dafür, dass er sie bei der Arbeit störte. «Es ist sehr ärgerlich, dass ein neues Mitglied des Teams sich als so unzuverlässig erwiesen hat. Bitte, meine Herren, meine Damen, nehmen Sie den aufrichtigen Ausdruck meines Bedauerns über diesen katastrophalen Übergriff entgegen.»

Hayek begleitete sie mit ausgebreiteten Armen, führte und lenkte sie zugleich. Colin entdeckte die attraktive Washingtoner Lobbyistin im Wartezimmer und fragte sich, ob sie irgendwie an der Sache beteiligt war.

Die Cheftrader betraten Hayeks Büro wie Ungläubige das Portal einer Kathedrale. Sie scharrten ein bisschen mit den Füßen, reckten die Hälse, schauten sich suchend um, räusperten sich und wünschten, sie wären schon wieder unten im Schlachtgetümmel. Die meisten kamen nur herauf, wenn ein größeres Opfer dargebracht werden sollte, und dann war ihre Präsentation sorgfältig vorbereitet. Aber hier gab es kein Drehbuch, keinen Präzedenzfall, keine Abmachung. Nur die dumpfe Wut von Leuten, die wussten, dass man ihnen unrecht getan hatte.

Hayek führte sie durch sein Büro in den Konferenzraum. Zu ihrem Erstaunen war der Tisch mit Gourmet-Fastfood gedeckt. Spode-Porzellan. Kristallgläser für Softdrinks. Blini. Silberne Platten mit Räucherlachs und luftgetrockneten saucissons aus Frankreich. Ein Käsebrett mit der traditionellen Bastmatte und sechs verschiedenen Sorten. Eisgekühlter Kaviar. Körbe mit frischem Brot. Zwei Kellner in feierlich weißer Livree. Hayek zeigte eifrige Anteilnahme, während sie ihre Auswahl trafen, und nahm nichts für sich selbst, bevor alle bedient worden waren. Schritt für Schritt lockte er sie mit königlicher Anmut vom eigentlichen Zweck dieses Meetings weg, bis schließlich alle außer Alex plauderten und herzhaft zulangten. Je mehr sie redeten, desto stiller wurde Hayek. Und er aß fast nichts.

Ohne Einleitung begann er schließlich mit seinem Auftritt. «Ich habe einen schweren Fehler begangen, indem ich die neue Gruppe auf diese Weise eingeführt habe. Tatsache ist, dass wir dabei sind, neues Anlagekapital aufzunehmen. Ein beträchtlicher Teil davon kommt aus einer Quelle, die darauf besteht, dass ihre Mittel separat geführt werden. Ich habe mein Bestes getan, um zu erklären, dass so etwas unsinnig ist, dass unsere Trader alle mit denselben Informationen operieren. Tatsächlich kann es ihnen langfristig sogar schaden, wenn sie keinen Zugriff auf die ganze Power unseres Handelsraums haben. Aber sie haben darauf bestanden. Und offen gesagt, ihr Engagement ist von so großem Umfang, dass wir es nicht ablehnen können. Ich habe daher zuerst versucht, die neue Gruppe hereinzubringen und die Situation nachher zu erklären, wenn wir alles geregelt hätten. Mir ist jetzt klar, dass das ein Fehler war. Ich bitte dafür um Entschuldigung. Ich habe das komplette Team jetzt in die Kapitalmarktabteilung der First Florida Bank verlegt.»

Das war die längste Rede, die Colin von dem Mann je gehört hatte. Sein Akzent trat jetzt deutlicher hervor, und die Stimme klang volltönend und befehlsgewohnt. «Was die Anbringung von elektronischen Überwachungsgeräten angeht, so bin ich völlig perplex. Das war ein schwerwiegender Missgriff. Der Verantwortliche ist dafür bestraft worden.»

Erst als Hayek verstummte, wurde ihnen klar, dass sie mehr nicht bekommen würden. Alex schaute in die Gesichter seiner Kollegen und erkannte, dass niemand die nahe liegende Frage stellen würde. «Wie viel neues Geld?»

«Vier Milliarden für den First Florida Fonds.»

Jemand pfiff leise, ein anderer sog die Luft durch die Zähne. Mit vier Milliarden würde der neue Fonds nicht zur Spitzenklasse gehören, aber einiges Gewicht würde er doch haben. Mit vier Milliarden wäre First Florida ein Player auf dem Markt. Aber bevor sich Bestürzung breit machen konnte, ergänzte Hayek beiläufig: «Und weitere elf Milliarden in den Hayek Fonds.»

Die Trader frohlockten. Elf Milliarden genügten, um in der

Wall Street Wellen zu schlagen. Viele der leitenden Trader waren Hayek wider besseres Wissen in den Süden gefolgt, und sie hatten auf einen solchen Coup gehofft. Über elf Milliarden Dollar an neuem Geld würde man noch in Tokio reden. Elf Milliarden bedeuteten einen riesigen Zuwachs an neuen Geschäften. Und für alle Beteiligten einen höheren Bonus.

Nur Alex ließ sich nicht aus der Fassung bringen. Er warf den andern einen wütenden Blick zu, weil sie ihn zwangen, sich allein ins Rampenlicht zu begeben. «Gibt es einen speziellen Grund, weshalb wir dieses Geld ausgerechnet jetzt bekommen?»

«Wir bewerben uns seit fast einem Jahr um diese Mittel. Das Timing haben die Investoren bestimmt. Wir können nur froh sein, dass sie uns der Konkurrenz vorgezogen haben, und müssen unser Bestes tun, um ihnen dafür einen soliden Ertrag zu liefern.» Zu ihrer Überraschung lächelte Hayek jetzt tatsächlich. «Es gefällt mir, wenn jemand einen Haken befürchtet, selbst wenn alles positiv aussieht. Ich war gezwungen, Mr Burke als neuen Fondsmanager hinüberzuschicken. Jetzt brauche ich einen neuen Spitzenmann als mein persönliches Bindeglied zu den Märkten. Sind Sie interessiert?»

Alex blinzelte. «Danke, Mr Hayek. Aber mein Platz ist auf dem Parkett.»

«Gut.» Hayek erhob sich. «Ich danke Ihnen für Ihre Zeit. Ich werde Sie jetzt nicht weiter von der Arbeit abhalten.»

Gehorsam gingen sie nacheinander hinaus. «Bleiben Sie doch bitte noch hier, Mr Ready.»

Als das Zimmer sich geleert hatte, fragte Hayek: «Gibt es etwas Neues über unsere Jägerin und ihre Komplizen?»

«Nichts, Sir. Es ist, als ob sie verschwunden wären.»

«Gut. Halten Sie mich auf dem Laufenden.»

Die Washingtoner Lobbyistin war noch da, als Colin ging. Er beachtete sie kaum, denn Alex erwartete ihn am Aufzug.

Die anderen Trader waren schon weg. Als die Türen sich schlossen und sie allein waren, fragte Alex: «Was hat der King zu Ihnen gesagt?»

«Es gibt hier eine Frau, die von einem Troublemaker oben in Washington engagiert worden ist. Hayek hat mich beauftragt, sie zu checken. Aber sie ist ein Blindgänger, glauben Sie mir.»

Alex nagte an seiner Oberlippe. «Was er uns da aufgetischt hat, genügt mir nicht.»

Colin nickte. «Dass er sie aus dem Haus geschafft hat, bedeutet noch nicht, dass die Bedrohung vorbei ist.»

«Der Mann ist nicht vollkommen, so gern er es uns auch weismachen möchte. Haben Sie mal gehört, was in Ekuador passiert ist?»

Colin warf ihm einen Blick zu. Das war eine neue Stufe der Vertraulichkeit. «Nur gerüchteweise. Dass er beinahe sein Seidenhemd verloren hätte und dann zum Berserker geworden ist.»

«Ich habe genug gehört, um ziemlich sicher zu sein, dass die Gerüchte alle stimmen. Es passierte, kurz bevor Hayek in den Süden gegangen ist.» Alex stieß mit dem Finger auf die Knöpfe des Aufzugs; das Ding bewegte sich nicht mit dem Tempo eines Traders. «Wie er die neue Gruppe wohl nennt?»

«Wie wär's mit Elvis Fonds?» schlug Colin vor und befürchtete sofort, er könnte zu weit gegangen sein.

Alex sah ihn mit dem Totenkopfgrinsen eines Mannes an, der bereit ist, sich in die Schlacht zu stürzen. «Sie sind okay, Kid. Schon mal daran gedacht, es auf dem Parkett zu versuchen?»

«Nie und nimmer», antwortete Colin ernst und feierlich. «Trotzdem vielen Dank.»

Alex war schon in Bewegung, ehe die Tür aufglitt. «Clever ist er auch noch.»

Burke wartete, bis die letzten Trader und der Techie gegangen waren, ehe er aus der Nische hinter dem Konferenzraum hervortrat, wo Hayeks privates Bad und ein Ankleidezimmer lagen. Er wusste immer noch nicht genau, warum er nicht einfach aufgefordert worden war, bei diesem Meeting dabei zu sein. Hayek stand am Fenster hinter seinem Schreibtisch und starrte auf den Springbrunnen und in den schimmernden Nachmittag hinaus. «Sie haben alles gehört?»

«Ja.»

«Der Trader, der gesprochen hat – wie heißt er gleich? Hat er mir geglaubt?»

«Wahrscheinlich nicht. Das war Alex. Chef des Kassahandels.» Er blieb neben dem Stuhl stehen. «Sie haben ihm meinen Job angeboten.»

Hayek schwieg.

«Bin ich draußen?» Die bloße Möglichkeit war ein Schmerz, der seine Eingeweide zu einem gordischen Knoten schlang. Hayek hatte wegen der Wanze getobt und Brant Anker beschimpft, aber er hatte ihn nicht gefeuert. Und zu Burke hatte er nichts gesagt. Noch nicht. «Ich hatte keine Ahnung, dass Anker…»

«Habe ich Ihnen je erzählt, was aus meiner früheren Nummer eins geworden ist?»

Burke schluckte. «Nein.»

«Das war nach Ekuador.» Hayek drehte sich um, und Burke sah die Stressfalten um Augen und Mund. Die Wut. «Aber gewiss haben Sie doch die Gerüchte gehört, die unten die Runde machen.»

Unversehens verglich Burke dies mit Hayeks erster Tirade. Das hier war entschieden real. Das andere kam ihm jetzt vor wie Theater. Aber warum? «Ich bemühe mich, nicht hinzuhören.»

«Ah, aber das sollten Sie. Von früheren Fehlern kann man

nur profitieren, indem man sie studiert und seziert und wieder studiert. Ekuador war ein Fehler. Ein schwerer Fehler. Zweifellos der schwerste in meiner ganzen Laufbahn. Aber ich habe ihn studiert, und ich habe daraus gelernt.»

Hayek fing an, vor dem Fenster auf und ab zu gehen, gefangen von Gitterstäben aus unerbittlichem Sonnenlicht und schlimmen Erinnerungen. «Ekuador war die perfekte Kulisse für einen gewaltigen finanziellen Coup: eine korrupte Verwaltung, eine massive Bankenkrise, Missernten infolge von El Niño, fallende Preise auf dem Warenmarkt. Die Inflation stand bei zweiunddreißig Prozent im Monat, mit steigender Tendenz. Die ekuadorianische Währung, der Sucre, stand am Rande des Abgrunds. Über geheime Mittelsleute, die auf den Cook-Inseln saßen, kaufte ich Unmengen von Sucre. Dann tätigte ich Leerverkäufe auf nahezu dem gesamten ekuadorischen Aktienmarkt. Ich kaufte Verkaufsoptionen für sämtliche ecuadorianischen Rohstoffe. Ich bereitete mich darauf vor, die Währung und das ganze Land in den Abgrund zu stürzen.

Dann bekamen die grauen Eminenzen im Finanzministerium Wind von meinen Plänen. Ich habe ohne Erfolg versucht, die durchlässige Stelle zu ermitteln; es ist mir nicht gelungen. Zuerst nahm ich an, es seien ihre Brüder in Langley gewesen, die meinen Plan entdeckt hatten. Aber es kamen immer wieder neue Hinweise, Anzeichen dafür, dass ihre Informationen alles andere als vollständig waren. Wenn es die CIA gewesen wäre, dann wäre ich heute nicht hier. Ihr Material wäre zu perfekt gewesen. Man hätte mich nackt ausgezogen und besiegt.»

Die lodernden Augen unter den silberweißen Brauen waren schwärzer als schwarz. «Nein. Ein verdammter Wohltätigkeitsverein, ein jämmerliches Grüppchen von schmierigen Gutmenschen – *die* hatten es geschafft, meinen so geschickt gewebten Schleier zu durchblicken. Ihr Material reichte nicht aus, um mich zu vernichten; sie konnten mich nur verwunden. Sant'Egidio war aller Wahrscheinlichkeit nach der Urheber meiner Probleme, aber ich habe es nie beweisen können. Haben Sie von dieser Gruppe je gehört?»

Erleichterung durchströmte Burke so machtvoll, dass er hätte weinen können. Es ging überhaupt nicht um ihn. Hayek hätte derart belastende Informationen niemals jemandem offenbart, der auf dem Weg nach draußen war. Er ließ sich auf einen Stuhl fallen, denn er konnte nicht mehr stehen. «Nein, nie.»

«Eine internationale Kette von aufdringlichen Wichtigtuern erster Ordnung. Sie sind der Grund dafür, dass man den Scheiterhaufen niemals hätte abschaffen sollen. Jemand ist nach Ekuador geflogen und hat dem Präsidenten erzählt, was ich plante. Mit der Reaktion des Präsidenten konnte niemand rechnen: Über Nacht wurde der Wechselkurs unterhalb dessen, was ich bezahlt hatte, eingefroren, und dann wurde der Sucre abgeschafft und der US-Dollar als offizielle ekuadorianische Währung übernommen.» Hayek schwieg und zog eine schmallippige Grimasse, aber es war zu bezweifeln, dass er Burke überhaupt sah. «Versteht sich, dass ich getobt habe. Ich ergriff die logische Gegenmaßnahme und finanzierte einen Staatsstreich. Und dieser Staatsstreich war ein wunderbarer Erfolg. Drei Tage später war eine zusammengewürfelte Bande von linksgerichteten Indios und Militärs an der Macht – der unfähigste Haufen, den ich je gesehen habe.»

Er fing wieder an, angespannt auf und ab zu gehen. «Aber diese wirren Idioten in Foggy Bottom ließen die Sache nicht auf sich beruhen: Washington machte Druck, die Führer des Putsches traten zurück, und die Macht ging an Vizepräsident Noboa. Über Nacht war der Dollar wieder da.

Aber damit war das Trauma für mich noch nicht zu Ende. Ich bekam Besuch von irgendeinem namenlosen grauen Geist aus dem Finanzministerium. Jemand, der meilenweit entfernt war von meinen Lobbyisten, von meiner Machtpolitik, von meinem Einfluss auf gewählte Volksvertreter. Dieser Typ aus Washington blickte auf überaus demütigende Art und Weise auf mich herab und erklärte mir in seinem neu-englischen Adelsakzent, dass man mich nicht verfolgen werde. Nach dem Debakel des ‹Long Term Credit Management›-Hedgefonds seien die amerikanischen Finanzmärkte nervös genug. Ich solle meine Sucre herunterschlucken und meine Optionen niemals ausüben. Optionen im Wert von achthundert Millionen Dollar. Erstaunlicherweise hatte dieser Agent die korrekte Zahl, obwohl ich mich nach Kräften bemüht hatte, meine Transaktionen zu tarnen. Die amerikanische Regierung nahm eine Papierabschreibung in genau dieser Höhe von den Sucre-Verbindlichkeiten Ekuadors vor. Was letzten Endes bedeutete, dass ich den Transfer des Landes zur Dollarwirtschaft finanziert hatte.»

Hayek starrte aus dem Fenster und fuhr in einem von alter Wut stumpf gewordenen Ton fort: «Ich habe meine Lektion gelernt. Ich habe die Wall Street verlassen, wo so gut wie jeder vom Busfahrer bis zum Zeitungsjungen mit Informationen handelt. Aber ich bin nicht so weit weggegangen, dass bei der Börsenaufsicht die Warnlämpchen aufgeleuchtet hätten. Ich habe die Gutmenschen mit ihren Einmischungen sorgfältig im Auge behalten. Ich habe ein neues elektronisches Sicherheitssystem eingerichtet. Ich habe meine gesamte Führungsmannschaft ausgewechselt. Ich bezweifle ernsthaft, dass sie etwas mit diesem Fehlschlag zu tun hatten; die meisten ahnten wahrscheinlich gar nicht, was passiert war. Nur vier Leute wussten überhaupt von meinen Plänen. Aber ich habe sie trotzdem entlassen, und zwar als Warnung an alle künftigen Mitarbeiter, dass Versagen jeglicher Art nicht hingenommen werden wird.»

«Ich werde nicht versagen.»

«Esther Hutchings ist in diese Sant'-Egidio-Bande verwickelt. Die Schwester des neuen Kongressabgeordneten ebenfalls. Damit wird das Risiko, das ihre Einmischungen mit sich bringen, inakzeptabel.»

«Und was soll ich tun?»

«Leiten Sie die nächste Phase ein. Treffen Sie sich an diesem Wochenende mit den Bankern.»

Burke musste lächeln. Wenn sie einen Bankvorstand zu einem Meeting am Osterwochenende zwängen, würden sie damit die perfekte Atmosphäre für ihre Pläne herstellen. «Und das Kapital?»

«Die erste Rate wird Dienstag transferiert.»

Burke zögerte und entschied dann, dass er es aussprechen musste. «Es gefällt mir nicht, dass die Cheftrader diesen Techie Colin Ready zu ihrem Schoßhündchen gemacht haben. Das bedeutet nämlich, dass seine Zugangsmöglichkeiten noch größer geworden sind.»

«Schwatzen Sie nicht», fuhr Hayek ihn an. «Es wird Zeit, dass Sie Beweise bringen.»

«Ich könnte Anker noch einmal auf ihn ansetzen.» Burke wartete. Als Hayek keine Einwände erhob, wusste er mit absoluter Sicherheit, dass Hayek in Wahrheit auch keine Einwände gegen Ankers Taktik gehabt hatte. Nur gegen sein Scheitern. «Und wenn es Colin ist?»

«Beweise», beharrte Hayek. «Harte Beweise, und zwar schnell. Und vergrößern Sie Ihr Netz für den Fall, dass Sie sich irren.»

Diesmal rührte Burke sich nicht. «Was soll ich tun, wenn Colin Ready für die Brasilianer spioniert?»

Hayek ließ sich nicht gern in die Enge treiben. «Muss ich Ihnen wirklich jedes Detail buchstabieren?»

«Nein.» Burke wandte sich voller Genugtuung zur Tür. «Absolut nicht.»

Valerie Lawry saß in Hayeks Vorzimmer und tat, als koche sie vor Wut. Bis jetzt hatte man sie exakt zwei Stunden und dreiundzwanzig Minuten warten lassen. Niemand ließ sie anderthalb Stunden warten. Nicht einmal der Präsident der Vereinigten Staaten bei den beiden Konferenzen im Oval Office, an denen sie teilgenommen hatte. Und dass es Hayek sein musste, ein Mann, der für seine Exzentrik und seine Großspurigkeit berühmt war, war doppelt ärgerlich. Gar nicht davon zu reden, dass sie eben erst aufgestanden war, nachdem sie sieben Stunden unruhig geschlafen und in sechsunddreißig Stunden zwei Transatlantikflüge absolviert hatte. Und trotzdem wollte sie nicht gehen oder sich auch nur beschweren. Tatsächlich war sie viel zu erschüttert, um irgendwelchen echten Ärger zu empfinden.

In Hayeks Büro herrschte ein ständiges Kommen und Gehen. Am Anfang hatte sich die große Doppeltür einmal geöffnet, und eine echte Schimpfkanonade war herausgedrungen. Valerie hatte noch nie gehört, dass Hayek seine Stimme erhoben oder irgendeine Emotion gezeigt hätte, die stärker als Verachtung gewesen wäre. Dann hatte die Tür einen gegelten jungen Mann in Designerkleidung ausgespuckt, der absolut niedergeschmettert aussah, und unter Hayeks Blick hatte die Seidentapete Blasen geworfen. Sogar die Sekretärin hatte Angst bekommen.

Hayek war herausgekommen, aber nicht zu ihr. Eine Kolonne von mürrisch blickenden Tradern hatte das Büro betreten. Bei ihnen war auch der schmale Techie, der bei ihrer letzten Auseinandersetzung mit Hayek dabeigesessen hatte, ein Mann, der anscheinend Angst vor seinem eigenen Schatten hatte. Merkwürdig, dass er hier bei den großen Raubtieren dabei war. Valerie nahm sich vor, herauszufinden, wer er war. Aber nicht heute. Heute stank die Luft nach Schießpulver und Angst.

Sie wäre gar nicht hier gewesen, wenn Hayek nicht ihr erster echter Klient gewesen wäre. Nicht Klient der K-Street-Firma, für die sie Sklavendienste leistete. Ihr eigener Klient. Fast sechs Monate zuvor hatte Hayeks Androide, dieser Burke, sie am Ende eines internationalen Bankenforums angesprochen und ihr erklärt, dass sie auf der Suche nach einem persönlichen Repräsentanten seien. Ihre Firma war Hauptlobbyist für die American Investment Managers, kurz AIM, und darin lag zweifellos das Potenzial zum Vorwurf des Interessenkonflikts, aber so etwas kam in Lobbyistenkreisen immer wieder vor, und es gab hier sehr viel weniger organisierte Aufsicht als beispielsweise bei den Rechtsanwälten. Deshalb war Valerie am Ball geblieben, hatte ihren heimlichen Traum beim Schopf ergriffen und unterschrieben.

Sie hatte mit Klauen und Zähnen um eine Vertragsklausel gekämpft, die ihr zusicherte, dass sie nach der sechsmonatigen Probezeit einen festen Vertrag über mindestens fünf Jahre bekommen würde. Das wäre eine solide Basis, auf der sie sich selbstständig machen und ihre eigene Firma gründen könnte. Nächste Woche waren die sechs Monate vorüber. Deshalb war dieses Meeting von entscheidender Bedeutung.

«Ms Lawry?» Die Sekretärin schenkte Valerie ein klebriges Lächeln. «Mr Hayek wird Sie jetzt empfangen.»

Sie erhob sich und nahm sich einen Augenblick Zeit, um ihre Jacke zurechtzuziehen und die Konturen ihres Rocks zu glätten. Aber die Schwerfälligkeit des Jetlag wollte nicht vergehen. Valerie beschloss, ihm zuzuhören und dann Müdigkeit vorzuschützen. Das wäre ebenso einleuchtend wie wahr. Sie würde sich zu keiner Entscheidung drängen lassen, solange sie nicht ausgeruht war.

Trotzdem wackelten ihre Knöchel in den hochhackigen Schuhen, als sie jetzt Hayeks Büro betrat. Er deutete auf den

Sessel vor seinem Schreibtisch. «Wie geht es Ihnen heute Morgen, Ms Lawry?»

«Bin sehr müde. Ich komme eben …»

«Aus Rom. Ja. Aus Rom.» Hayeks spöttisches Grinsen war höchst aufreizend, und seine dunklen Augen glitzerten hypnotisch. Die Autorität dieses Mannes hatte sie bei ihrem ersten Zusammentreffen überwältigt, und auch diesmal verfehlte sie ihre Wirkung nicht. Er war alles andere als gut aussehend mit seiner krummen Adlernase, den struppigen silbergrauen Brauen und den mit Frisiercreme an den Schädel geklebten Haaren. Seine Lippen waren ebenso sinnlich wie grausam. Er hatte das Kinn eines Boxers und die Wangenknochen eines Indianerhäuptlings. Aber seine Erscheinung war so ehrfurchterregend, dass die physischen Attribute zweitrangig waren, wenn man sie überhaupt zur Kenntnis nahm. Ruhig und allmächtig saß er da, umtost von einem Sturm, den er selbst geschaffen hatte. Er saugte aus den Menschen in seiner Umgebung, was er brauchte, und gab nichts zurück. Auch sie war nur eine von vielen Schachfiguren für ihn, und es gab eine einzige Möglichkeit, der Situation überhaupt eine Spur von Würde zu geben: Sie musste ihn ebenso zynisch benutzen und die Situation so ausspielen, dass sie ihre eigenen Ziele beförderte. Lawry & Associates. Ein Büro in der K Street, drei Straßen weit vom Weißen Haus entfernt. Ein Name, den jeder kannte, dessen Geschäft die Macht war.

«Wie war die Reise?», fragte Hayek.

Tatsächlich war das Erlebnis so großartig gewesen, wie es ein Interkontinentalflug nur sein konnte. Hayeks neues Privatflugzeug war der größte Gulfstream-Jet, den es gab – mit rehledernen Sesseln, einer Sechs-Monitor-Videoanlage, mit Butler, Bad und einem Doppelbett, dessen seidene Bezüge nach Lavendel und Rosenwasser dufteten. «Lang.»

«Möchten Sie Kaffee?», fragte Hayek.

«Danke, aber ich hatte schon zweieinhalb Stunden Zeit, Ihren Kaffee zu trinken.»

«So so.» Hayek lehnte sich zurück, drehte sich mit seinem Sessel um und starrte aus dem Fenster. «Sie haben den Abgeordneten in Rom getroffen, nicht wahr?»

«Selbstverständlich. Deshalb haben Sie mich ja hingeschickt.»

«Und was haben Sie dann getan?»

«Ich bin geradewegs zurückgekommen. Oh, ich habe mir noch die Zeit für eine anständige Mahlzeit genommen. Möchten Sie wissen, was ich gegessen habe?»

«Nicht nötig.» Hayek blieb vertieft in das, was er da im Sonnenlicht sah, was immer es sein mochte. Zwang sie, seine Silhouette zu betrachten. Das grelle Licht brannte ihr in den Augen. «Erzählen Sie mir doch, wenn es Ihnen nichts ausmacht, welchen Eindruck Sie von unserem Kongressabgeordneten hatten.»

«Den gleichen wie vorher. Absolut ratlos. Die Reise war reine Zeitverschwendung.»

«Ist das wahr.» Nachdenklich schaute Hayek in die Welt hinter seinem Fenster. «Dann muss ich wohl annehmen, es ist Ihnen nicht bewusst, dass Sie verfolgt worden sind.»

«Verfolgt?»

«Richtig. Von Rom. Hierher.»

«Hierher?» Es ärgerte sie, wie sie sich selbst anhörte. Aber ihre Verblüffung war so groß, dass sie sie nicht verbergen konnte.

Jetzt wandte er sich ihr zu. Seine Augen blickten so hart und funkelnd wie noch nie, und seine Stimme war sanft wie das Zischen einer Schlange. «Wieder richtig. Sehen Sie, Ms Lawry, ich hatte tatsächlich einen Grund, Sie warten zu lassen. Ich brauchte die Bestätigung. Und musste entsprechende Gegenmaßnahmen veranlassen.»

«Aber…» Sie kämpfte mit dem Chaos in ihrem Kopf. «Wie haben Sie es denn erfahren?»

«Wir hätten es beinahe nicht erfahren. Anscheinend ist es ihnen gelungen, sich ein äußerst fähiges Team zu engagieren.»

«Nein, ich meine, wie haben *Sie* es erfahren?»

«Weil wir Sie beschattet haben.» Hayek ließ keinerlei Unbehagen erkennen. «Was dachten Sie denn?»

Sie wollte protestieren, aber das hatte keinen Sinn. «Ich kann mir nicht vorstellen, dass Wynn zu so etwas fähig sein soll.»

«Vielleicht war es nicht der Abgeordnete.»

«Diese Frau können Sie doch nicht meinen.» Sie durchsuchte ihr Gedächtnis, presste den Namen hervor. «Diese Havilland.»

Hayek zog nur eine Braue hoch. Aber seine Verachtung war so unmissverständlich wie eine Ohrfeige. «Es stehen andere hinter ihnen. Wir können dieses Risiko nicht länger ignorieren.»

Welches Risiko? Gern hätte sie gefragt, aber sie wusste, dass Hayek ihr nicht antworten würde. Sie wusste auch, dass sie mehr Kraft brauchte, um sich gegen diesen Mann behaupten zu können. «Ich bitte um Nachsicht. Ich muss mich kurz ausruhen. Wir können uns später noch einmal treffen, wenn Sie es wünschen…»

«Was Ihren Vertrag angeht…»

Sie blieb auf dem Weg zur Tür stehen. «Ja?»

«Ich habe nichts dagegen, unsere Vereinbarung fortzuführen», sagte Hayek. «Aber nur, wenn Sie in Ihrer derzeitigen Stellung bleiben.»

Valerie bemühte sich nach Kräften, ihn nicht mit offenem Mund anzuglotzen. Sie hatte ihre ehrgeizigen Pläne niemandem offenbart. Die Überraschungen wurden ihr allmählich zu zahlreich, und sie kamen aus zu vielen verschiedenen Richtungen. «Aber wenn ich mich selbstständig mache, kann ich mich besser auf Ihre Bedürfnisse konzentrieren.»

«In diesem Punkt sind wir leider nicht einer Meinung», erwiderte Hayek. «Viel wichtiger ist es, dass ich meine Aktivitäten hinter Ihrer Funktion in Ihrer Firma als Ganzes verbergen kann.»

Niederlage und Triumph mischten sich wie Asche in ihrem Mund. «Also gut. Ich akzeptiere Ihre Bedingungen.»

«Meine Sekretärin hat einen Zusatz zu Ihrem Vertrag vorbereitet, der Ihre Unterschrift erwartet.» Hayek wandte sich wieder zum Fenster. «Guten Tag, Ms Lawry.»

Diese achtlose Verabschiedung ärgerte sie so sehr, dass sie fragte: «Was werden Sie wegen dieses Risikos unternehmen?»

Hayek wandte den Blick nicht von dem, was hinter seinem Fenster lag. «Es ist bereits erledigt.»

30

Donnerstag

Als der Muezzin ihn im grauen Licht des frühen Morgens weckte und er den Wohnraum der Suite betrat, sah Wynn, dass das Frühstück schon auf ihn wartete. Er goss sich eine Tasse Kaffee ein und ging hinaus auf den Balkon. Sybel saß dort, die Füße auf das Balkongeländer gelegt, die offene Bibel auf dem Schoß. Ihr Haar war nicht zusammengebunden – ein üppiges, schwarzes Feld, über das der Morgenwind strich. Er trank seinen Kaffee und erinnerte sich an andere Morgen in der Vergangenheit, als sie ein winziges Zimmer in einem lieblosen Haus geteilt hatten, unwillkommen beide. Damals hatte sie genauso dagesessen wie jetzt, über die aufgeschlagene Schrift gebeugt, und sich mit einer wilden Inbrunst, die ihr Gesicht leuchten ließ, an die Worte geklammert.

Er wusste, dass sie ihn bemerkt hatte, und als der Muezzin verstummte, sagte er, was er schon oft gedacht, aber noch nie ausgesprochen hatte. «Das Einzige an dieser ganzen Sache mit der Religion, was ich je mochte, waren Morgen wie dieser.»

Sie strich sich das Haar aus dem Gesicht, als sie den Kopf hob, aber sie sagte nichts. Sah ihn nur an und wartete.

«Ich habe alles gehasst, was mit dem Christentum zu tun hatte. Es hat uns nach Kairo gebracht. Es hat uns Mom und Dad geraubt.»

«Es hat sie definiert.» Wieder strich sie sich das Haar zurück. «Es hat mich definiert.»

«Hast du es deshalb getan?» Er wusste, dass er hart klang, aber das konnte er nicht ändern. Er konnte sich allenfalls einen Stuhl heranziehen und sich hinsetzen. Ihr zeigen, dass er wirklich eine Antwort haben wollte. «Warum hast du mich von dem Leben weggeholt, das ich mir eingerichtet hatte?»

Was ist denn das für ein Leben?, wollte Sybel sagen. Er las die Worte in ihren Augen, sah, wie sie Gestalt annahmen, wie sie den Mund öffnete, um zu sprechen. Aber sie schluckte ihre Antwort herunter und sagte stattdessen: «Wynn, hör mir zu. Der einzige Unterschied zwischen einem Menschen, der existiert, und einem, der lebt, besteht in seiner Sicht auf das, was vor ihm liegt. Jenseits von morgen, jenseits aller gemessenen Zeit. Es geht nicht darum, für eine gute Sache einzutreten. Immer wieder widmen sich die Menschen irgendeiner guten Sache und werden trotzdem verbittert oder gelangweilt, oder sie verausgaben sich einfach in den endlosen Schlachten des Lebens. Für eine Sache zu kämpfen, gibt dir keine Hoffnung. Eine Sache gibt dir keine Zukunft.» Sie hob die Bibel hoch und hielt sie zwischen sie. «Ich tue, was ich tue, weil ich mich von Dem, Den ich liebe und Dem ich mein Leben geschenkt habe, dazu berufen fühle. Er gibt mir Hoffnung, wenn es keine mehr gibt. Und selbst wenn alles verloren ist, werde ich Ihn noch lieben. Denn am Ende, wenn die Zeit nicht mehr existiert und alles vorüber ist, wird Gott triumphieren, das weiß ich.»

Wynn schüttelte den Kopf heftig hin und her. «Das begreife ich einfach nicht.»

Sie erhob sich mit dem resignierten Gesicht, dass er schon tausend Mal morgens gesehen hatte. «Wir müssen uns auf den Weg machen.»

Kay Trilling stand in der Lobby und blickte Wynn mit unverhohlener Feindseligkeit entgegen. «Das ist keine gute Idee.»

«Er kommt mit, Kay.»

Sybels Entschlossenheit war der Senatorin zu viel. Kay stolzierte durch die Glastür hinaus zu Nabil, der neben einem glänzenden neuen Mercedes stand. Sie sagte irgendetwas, so wütend, dass ihr ganzer Körper zitterte. Der Ägypter antwortete mit einem unverbindlichen Achselzucken. Sybel seufzte leise.

Nabil fuhr sie über den Fluss und durch die südlichen Bezirke von Gizeh. Kay Trilling saß vorn neben ihm, Sybel und Wynn auf dem Rücksitz. Beide Frauen zeigten sich stur und schwiegen. Im Licht des frühen Morgens tobte der chaotische Straßenverkehr, und dazwischen sah man Horden von Fußgängern. Vom sicheren Rücksitz des Mercedes aus betrachtete Wynn alle möglichen Arten von Bekleidung, die eine Gesellschaft in explosivem Wandel repräsentierte. Fundamentalistische Frauen trugen schwarze Zelte, die alles bis auf die Augen verbargen. Die bloß Konservativen begnügten sich mit dem grauen Tschador und bunten, knöchellangen Kleidern. Die Nichtreligiösen trugen alles Mögliche, vor allem die jungen. Teenager in T-Shirts und straffen Wildlederjeans zeigten noch straffere Gesichter voller Angst und Trotz. Die fundamentalistischen Zeitungen verkündeten tagtäglich neue Mittel, mit denen ihr Benehmen zu bekämpfen sei: Auspeitschen, brandmarken, Köpfe rasieren.

Als sie den Wüstenhighway erreicht hatten, fuhr Nabil mit der Verwegenheit aller Ägypter; er benutzte die Hupe ebenso oft wie das Lenkrad und beides öfter als die Bremse. Wynn konzentrierte sich auf den Blick aus dem Fenster. Sie kamen an Ansammlungen halb fertiger Apartmenthäuser aus fahlen Nilziegeln vorbei, die das Grün der bewässerten Felder verdrängten. Wälder von Dattelpalmen ragten in die Höhe. In der Ferne tauchten die Pyramiden von Gizeh aus dem Morgendunst auf und schwebten schimmernd darüber wie mystische Inseln.

Dann begann die Wüste, und alles Grün verschwand. Die leere Weite, die sich nach beiden Seiten erstreckte, verhöhnte das Asphaltband, die staubigen Reklametafeln und die blitzenden neuen Autos. Kay vergrub sich mit missmutig gerümpfter Nase in den Zeitungen auf ihrem Schoß. Im Wagen herrschte weiter gespanntes Schweigen.

Als sie vom Highway auf die Straße nach Wadi Natrum abbogen, brannte die Sonne so grell, dass man keinen Horizont mehr sehen konnte. Gleißender Sand verschmolz flirrend mit dem Himmel zu diesiger Feindseligkeit. Nach einer weiteren Stunde gelangten sie zu dem Tal, das zum Wadi führte. Die Wände dieser Schlucht hatten nichts von der fließenden Anmut alter Wasserläufe. Fluten wütender Winde hatten die weiche Erde abgetragen und seltsam runde Formen und fremdartige Markierungen in hundert Schattierungen von Gelb hinterlassen.

Nach und nach schrumpften die Wände, und schließlich fuhren sie wieder durch die flache, ausgebleichte Wüste. Bald darauf erreichten sie das Dorf Natrum. Ein Eselskarren vor ihnen bremste ihre Fahrt. Die Häuser waren zu farbloser Einförmigkeit verglüht, und selbst die Schilder waren mit Staub gemalt. Der Himmel hatte keine Farbe, die Erde keinen Schatten. Wynn saß im klimatisierten Wagen, isoliert von der Welt, und doch ließ ihn der Ausblick auf den Glutofen, der vor dem Fenster brannte, schwitzen.

Sie fuhren noch eine Stunde über das Dorf hinaus, und die Straße lag so tief unter dem Sand, dass nur gelegentliche Hinweisschilder erkennen ließen, dass sie überhaupt existierte. Und wo eben nur Hitzeflimmern und eine weiß überstrahlte Piste zu sehen gewesen waren, erhob sich unversehens eine Mauer auf der rechten Seite.

«Wir sind da», sagte Nabil leise.

Die hohe Mauer, die das Kloster umgab, war auf jeder Seite eine Meile lang und vom Staub der Jahrhunderte mit einem gedämpften Ocker überzogen. Das breite Holztor und die Blendläden am Wachhaus waren ausgeblichen von Hitze und Zeit. Viel Hitze und Zeit.

Innerhalb der Mauer war die Wüste nicht bezwungen, nur gemildert worden. Vor flachen Gebäuden lagen sorgfältig gepflegte Gärten mit Kakteen, Palmen und genügsamen Pflanzen. Die höchsten Taubenschläge, die Wynn je gesehen hatte, erhoben sich wie Wachtürme in einer Zweierreihe vor der Mauer.

Sie fuhren bis zu einer zweiten noch höheren Mauer, die von zwei modernen Gebäuden flankiert wurde. Der staubige Platz davor war voll von Autos und Menschen in strenger, moderner Kleidung.

Wynn stieg aus und sah zu, wie Kay Trilling entschlossen zu den Leuten hinübermarschierte und anfing, sie zu begrüßen. Er schaute zum Wagen zurück. Sybel blinzelte in die Sonne. «Was soll ich tun?»

«Ich wünschte, ich wüsste, was ich dir sagen soll.»

«Das ist alles? Du schleppst mich hier heraus, und dann hast du mir nichts zu sagen?»

«Kay ist hier, um die Vertreter neunzehn verschiedener Staatsregierungen davon zu überzeugen, dass wir uns weiterhin für unser Anliegen engagieren. Dass wir auch ohne Graham am Steuer Erfolg haben können.» Es klang nicht, als sei sie selbst davon überzeugt.

Wynn entdeckte eine bekannte Gestalt in schwarzer Soutane. «Ist das Pater Libretto?»

«Ich hab's dir doch gesagt. Sant'Egidio ist die Gruppe, die mitgeholfen hat, diese Konferenz zu organisieren.»

«Das heißt, sie haben hier die Leitung.»

«Nein, Wynn.» Erwachsene Dinge, die einem lästigen Kind erklärt werden mussten. «Dies ist eine Versammlung von Gleichrangigen. Sant'Egidio hat die Rolle des Boten gespielt.»

Er sah, dass Nabil immer noch an der Wagentür stand und ihn mit versteinerten Zügen beobachtete. «Haben Sie was zu sagen?»

«Diese Arbeit ist wichtig, Congressman.» Der Ägypter zögerte und fügte dann hinzu: «Ihr Vater hätte gesagt, es ist eine Arbeit, die Gott lächeln lässt.»

Diese Worte trafen Wynn wie ein Faustschlag. Er wartete, bis der Ägypter zu den andern gegangen war, und sagte dann zu Sybel: «Was ist mit Grants Drohung – dass er mich vernichten wird, wenn ich nicht tue, was sie wollen? Und erzähl mir nicht, dass er nicht das nötige Material dazu hat, denn er hat es. Auf Punkt und Komma. Er könnte uns beide ins Gefängnis wandern lassen, und ich könnte alles verlieren.»

«Und wenn ich mich um Grant kümmere?»

Er verstand sofort, was sie sagen wollte. «Das würdest du tun? Zu ihm zurückgehen?»

«Ich habe ihn noch nicht verlassen. Aber du hast gehört, was Nabil gesagt hat. Diese Arbeit hier ist wichtig.»

«Sag mir, warum.» Als Sybel, statt zu antworten, zu den Leuten hinüberblickten, die jetzt das Konferenzgebäude betraten, drängte er: «Zwei Minuten. So viel kannst du für mich erübrigen.»

«Achtzehn Fonds sind heute größer als alle Staatsökonomien bis auf sechs. Zwei sind größer als das italienische Bruttosozialprodukt. Von den zehn größten Banken der USA beziehen acht mehr als die Hälfte ihrer Gesamtgewinne aus Derivaten und Devisengeschäften. Sie haben die Macht, den Auf- und Abstieg von Ökonomien und Regierungen zu bestimmen, und darin liegt eine ständige Bedrohung. Sie profitieren nicht nur von der Instabilität, sie wollen, das sie bestehen bleibt. Sie respektieren keinen Staat, keine Gesetze, nichts außer ihrem Profit. Die Souveränität der Staaten und die Kontrolle über deren Finanzen stehen auf dem Spiel.»

Sybel kniff die Augen zusammen, als der Wind sich erhob, als wolle er ihren Worten Nachdruck verleihen. «Während des ersten Wirtschaftsbooms des zwanzigsten Jahrhunderts mussten die Räuberbarone durch behördliche Kontrollen gezähmt und ihre Monopole gebrochen werden. Jetzt gibt es eine andere Bedrohung, und zwar eine, die keine Grenzen mehr kennt. Um die globalisierte Macht zu zügeln, braucht man eine globalisierte Gesetzgebung. Hutchings' Plan war es, jede internationale Währungstransaktion mit einer sehr kleinen Steuer zu belegen, mit einem zehntel Prozent. Nicht genug, um einem Unternehmen zu schaden, das für seine normalen Geschäfte mit Waren und Dienstleistungen Devisen kauft, aber genug, um die Flutwellen der Spekulationen einzudämmen. Und die Einkünfte aus dieser Steuer würden nicht an den Fiskus irgendeines Landes gehen, sondern man würde eine internationale Instanz bilden. Vielleicht eine modernisierte Weltbank, vielleicht etwas völlig Neues. Und mit diesen Einkünften würden die Schulden der Entwicklungsländer bezahlt werden, beginnend bei den ärmsten.»

Sie wartete. Wynn wusste, dass sie sich etwas wünschte, was er nicht geben wollte: Hingabe, die so vorbehaltlos war wie die ihre. «Ich werde darüber nachdenken.»

Sybel wandte sich zum Gehen. «Natürlich. Tu das.»

«Du kannst nicht von mir erwarten ...»

«Ich hab's dir schon einmal gesagt, Wynn: Ich erwarte überhaupt nichts.»

Wynn saß in einer Ecke des Konferenzsaals neben dem Ausgang. Er versuchte sich auf Kay Trillings Rede zu konzentrieren, aber er fühlte sich ausgeschlossen, vom Verständnis ebenso wie von der Teilnahme. Sybel saß so weit weg, dass er ihre tragische Resignation gut beobachten konnte. Er besaß jahrelange Erfahrung darin, Sybel zu enttäuschen, aber es fiel ihm trotzdem nie leicht. Als sie die Kaffeepause als Vorwand benutzte, um das Gebäude zu verlassen, folgte er ihr. Sie überquerten den Parkplatz, und Wynn rechnete halb damit, dass sie ihn auffordern würde, zu verschwinden. Er fasste ihr Schweigen als das einzige Entgegenkommen auf, das er verdient hatte, und folgte ihr zu der festungsartigen Klostermauer.

Er trat hinter Sybel durch eine schmale Pforte, und sie gelangten in einen Innenhof. Dicke, hohe Mauern hielten den Wüstenwind im Zaum. Es duftete nach Eukalyptus. Gemeinsam überquerten sie den Platz und gingen in eine breite Gasse hinein, die von einem geflochtenen Gitter überspannt wurde. Sie begegneten mehreren Mönchen in langen, schwarzen Gewändern und mit seltsamen bestickten Mützen. Die meisten schienen sie gar nicht zu bemerken.

Sie bogen um eine Ecke und standen vor dem Eingang zu einer Kapelle. Wynn folgte dem Beispiel seiner Schwester, zog die Schuhe aus und trat ein. Die Kirche bestand aus drei miteinander verbundenen Räumen, in denen vielleicht zwei Dutzend Büßer verstreut knieten. Sitzbänke gab es hier natürlich nicht, aber die Schilfmatten unter seinen Füßen fühlten sich kühl an, und vor den Altären lagen dicke Perserteppiche. Sybel ging nach vorn und blieb dort einen Augenblick stehen; dann drehte sie sich unvermittelt um und ging wieder hinaus.

Wynn fand sie draußen; sie zog sich gerade die Schuhe an. Nach dem Halbdunkel des kühlen Innenraums ließ das Wüstenlicht sie blinzeln. «Fehlt dir etwas?», fragte er.

Bevor Sybel antworten konnte, kam eine Gestalt in einem langen Gewand heran und sagte: «Möchten Sie mein Heim sehen, ja?»

Sybel nahm die Einladung mit sichtlicher Erleichterung an. «Sehr gern.»

Der Bart des Mönches fiel ihm in Wellen auf die Brust. Er streckte Wynn die Hand entgegen, aber Sybel lächelte er nur an. Die Finger des Mannes waren kühl und hart wie die Steine ringsum. «Ich bin Pater Benyamin. Woher kommen Sie, bitte?»

«Aus Amerika.»

«Aus Amerika. Wie schön. Bitte, sind Sie Christen?»

Sybel antwortete nur für sich. «Ja.»

«Sie sind willkommen.» Er deutete nach rechts. «Ich werde Ihnen unser Herz zeigen, unsere Kirche. Hier entlang bitte.»

«War das keine Kirche, in der wir eben waren?», fragte Sybel den Mönch.

«O doch. Ist Kapelle. Wir haben sieben. Wo wir sind, ist Vorhof. Alles, was Sie hier sehen, ist neu. Kirche siebzehntes Jahrhundert, Mauern sechzehntes Jahrhundert.»

«Und das ist neu?»

«Hier ja. Sehr neu.» Er trat in eine Mauernische, stieß eine Tür auf und winkte Sybel, einzutreten. Sybel zögerte, was den

Mönch erheiterte. «Nicht gefährlich», versicherte er ihr. «Alles in diesen Mauern ist sicher.»

Sie zog den Kopf ein und betrat den schmalen, niedrigen Gang. Wynn bückte sich, tat drei Schritte, richtete sich wieder auf und schnappte hörbar nach Luft.

«Ist Überraschung, ja? Natürlich, natürlich. Kloster Baramous ist ein Ort mit vielen Überraschungen. Viele Geheimnisse. Bitte, kommen Sie.»

Der Innenhof war von so hohen Mauern umgeben, dass Wynn sich vorkam wie in einer Höhle. Der Boden der Gasse, durch die sie jetzt gingen, war weich wie goldenes Mehl, und die Gasse selbst breit genug für eine Reihe von Rotholzbäumen, die mit ihren rot leuchtenden Blüten wie eine Wächterkolonne in der Mitte standen. An einer Wand zog sich eine Reihe von uralten Türen entlang. Eine jähe Windbö summte dunkel und verdrossen über ihnen dahin und ließ dicke gelbe Wolken über die Festungsmauern wirbeln. Der Mönch nahm das Aufleben des Sturms mit leisem Achselzucken hin. «Keine Sorge, bitte. Unser Heim hat schon viele, viele *khamsin* überstanden.»

Sie gingen weiter, und er erläuterte: «Auf der linken Seite sind die Zellen für Mönche, die herauskommen. Sie verstehen? Wie ich. Wir empfangen Besucher, wir arbeiten mit den Armen, auf den Feldern, in der Schule. Weiter hinten sind die Zellen für die, die nicht herauskommen. Es gibt ein Wort dafür, ja?»

«Einsiedler», vermutete Sybel.

«Einsiedler, ja, natürlich. Früher sie wohnen in Höhlen. Jetzt machen wir hier Höhlen für sie.» Er deutete auf die offenen Kammern in der rechten Mauer. «Hier wir machen Kalk für die Mauern. Olivenpressen. Traubenpressen. Kornkammer. Küche. Brunnen. Alles das ist Mittelhof. Neuntes Jahrhundert, ein bisschen elftes Jahrhundert. Hauptsächlich neuntes. Hier noch eine Kapelle – nein, wir gehen nicht hinein. Hier entlang, bitte.»

Er führte sie sechs zerbröckelnde Stufen hinunter zu einer weiteren tiefen Mauernische. Vor einer eisenbeschlagenen Tür aus dürrem Holz blieb er stehen und durchsuchte sein Gewand nach einem Schlüsselbund. Die Tür war fast einen Fuß dick, aber sie schwang leicht und lautlos auf. Sie betraten eine neue Welt, die unglaublich alt war.

«Sankt Antonius war der erste Mönch der Welt. Sein Kloster lag in der westlichen Wüste. Er fährt 325 in den Himmel auf. Sein Schüler war der heilige Baramous. Er und andere kommen 310 hierher. Sie bauen dieses Heim.»

Wynn stand vor einem monolithischen Kalksteingebäude. Im Erdgeschoss waren überhaupt keine Fenster, und die in den oberen Stockwerken waren nur kreuzförmige Schlitze. Hoch über ihnen spannte sich eine hölzerne Zugbrücke.

«Baramous ist ein Mann des Friedens in Zeiten des Krieges. Barbaren kommen oft her und überfallen Dörfer in der Oase von Wadi Natrum.» Er deutete nach links. «Dies ist nordöstliche Ecke des Klosters. Diese Mauer und das Haus – alles viertes Jahrhundert. Dort sehen Sie unsere Höhlen für Einsiedler.»

Entlang der Außenmauer sah man roh gehauene Öffnungen. Sie sahen tatsächlich wie Höhleneingänge aus, weit auseinander gelegen, absolut isoliert. Oben heulte der Wind, aber er kam nicht bis hierher. Die Stürme der Welt waren hier nicht willkommen. Hier gab es nur Licht und Hitze und Stille jenseits aller Zeit.

Der Mönch führte sie von den Einsiedlerhöhlen weg zu einer in die Außenmauer gemeißelten Treppe, steil, ausgetreten, schlüpfrig vom Alter. «Vorsichtig hier, bitte. Sehr vorsichtig.»

Sybel warf Wynn einen fragenden Blick zu; dann folgte sie dem Mönch. Wynn suchte mit beiden Händen Halt an den verwitterten Wänden. Sie folgten einem schmalen Pfad um die Mauerecke, und die Zugbrücke kam in Sicht. Die beiden blieben wieder stehen.

Als der Mönch merkte, dass sie ihm nicht mehr folgten, drehte er sich um und lachte entzückt. «Glauben Sie, diese Brücke steht sechzehnhundert Jahre und wartet auf hübsche englische Lady und Gentleman, bevor einstürzt?»

«Wir sind Amerikaner.»

«Amerikaner, Engländer, der Brücke ist es egal. Bitte kommen.»

Als Sybel sich wieder umwandte und ihn anschaute, sagte Wynn: «Du zuerst.»

Sybel folgte dem Mönch. Die Planken waren so stark verzogen, dass Wynn tief unter sich die sandige Gasse sehen konnte. Das eine Geländer war völlig verschwunden, das andere zitterte in dem leichten Wind, der den Weg über die Mauern gefunden hatte. Wynn setzte seine Füße behutsam auf und atmete erst wieder, als er auf der anderen Seite war.

Der Mönch empfing sie mit gutmütigem Humor. «Wenn Barbaren kommen, sie mögen Brücke auch nicht. Die Mönche ziehen sie in langen Gang dort, sehen Sie? Sie schließen die Tür, und dann warten. Es gibt Brunnen für Wasser, es gibt Mehl für Brot. Einmal sie warten sieben Jahre.»

Er führte sie durch den schmalen Gang. Es war dunkel bis auf das wenige Licht, das durch die kreuzförmigen Schlitze hereinfiel. Sein Schlüsselbund rasselte, als er eine neue Tür aufschloss. «Hier ist Kirche des heiligen Baramous. Unser Herz, unser Heim. Bitte, Sie sind willkommen.»

Ein leiser Lufthauch folgte ihnen hinein. Der Mönch betrat das Kirchenschiff und kehrte mit einer brennenden Kerze zurück. Die flackernde Flamme winkte ihnen und ließ Fresken, die im Laufe der Jahrhunderte verblasst waren, zu neuem Leben erwachen und sie willkommen heißen.

Die Luft war parfümiert vom Weihrauch aus siebzehnhundert Jahren.

Der Mönch blieb mit der Kerze vor Sybel stehen. Sein Lächeln tanzte im Licht der Flamme. «Hier, im Herzen unseres Heims, können wir die Wahrheit sprechen, ja? Ich glaube, Sie tragen Trauer im Herzen.»

Wenn sie diese Bemerkung seltsam fand, so ließ Sybel es sich nicht anmerken. Vielleicht fröstelte es sie, vielleicht nickte sie auch. Den Mönch schien es zufrieden zu stellen, denn er sagte: «Auch glaube ich, Sie haben das Herz einer Dienerin. Für Diener manchmal schwer, die Lektion der Ewigkeit zu behalten. Darum ich erinnere Sie. Sie können nur einen Menschen retten. Wer ist das, bitte?»

«Ich selbst», flüsterte sie, und jetzt zitterte sie sichtlich.

«Ja. Sehr wahr. Wir beten für andere. Wir dienen mit Freude. Wir vertrauen auf Den, Der alle andern retten kann. Und wir halten fest Sein Geschenk.» Er schob sie zur Tür hinaus. «Frieden. Frieden jetzt. Frieden immer.»

Sybels Stimme klang wie der Wind, der den Staub über die Mauern trieb. «Diese Lektion verstehe ich nicht.»

Der Mönch verschloss die Kapelle wieder. «Nein, Miss. Nein. Sie verstehen nicht. So viele Diener, sie lernen nur arbeiten, kämpfen. Aber diesen Frieden verdient man nicht. Er ist Geschenk. Um zu bekommen, man muss nur tun, was die Wüste lehrt. Still sein. Vertrauen haben. Warten.»

Der Wind hatte sich gelegt. Der Himmel strahlte in makellosem Blau. Sie kletterten auf dem schmalen Sims entlang und stiegen sehr langsam die Treppe hinunter. Der Mönch schaute Sybel lächelnd an und machte ein Kreuzzeichen. «Wir hungern, wir dürsten nach dem Reich jenseits der Worte. Das ist Ihre Bestimmung, zu trinken am Brunnen der Ewigkeit.»

«Ich ...»

«Mrs Wells? Congressman?» Nabil Saad kam mit großen Augen um die Ecke, gefolgt von vier Mönchen. Sein erstaunter Blick ging von Pater Benyamin zu dem zentralen Monolithen und dann zu den Geschwistern. «Wie kommen Sie hierher?»

«Er wollte es uns zeigen.»

«Niemand darf hierher kommen. Niemand. In all den Jahren, seit ich diesen Ort besuche, hat man mich noch nie dazu eingeladen.» Er begrüßte den Mönch mit einer tiefen Verneigung und halb gesungenen Worten. Der Mönch antwortete mit einem kurzen Murmeln und segnete auch Nabil mit dem Kreuzzeichen. Die Mönche hinter Nabil lächelten und schwatzten miteinander.

Als der Mönch sich zum Gehen wandte, kam Nabil zu Wynn und sagte leise: «Pater Benyamin ist ein sehr berühmter Lehrer. Man hat ihn zum Oberhaupt dieses Klosters ernannt – das jüngste, das es je gab. Hat er etwas gesagt?»

«Zu mir kein einziges Wort.» Wynn deutete mit dem Kinn zu dem Mönch hinüber, der noch immer leise mit Sybel sprach.

«Er hat mit Ihrer Schwester gesprochen? Worüber denn?»

Aber bevor Wynn antworten konnte, kam die ganze Prozession zum Stehen, weil eine der Einsiedlertüren sich knarrend öffnete. Ein unvorstellbar alter Mann kam herausgehumpelt und schaute blinzelnd ins Licht. Und lächelte. Er hob eine Klaue und rief ihnen mit einer rostigen Krähenstimme etwas zu. Einer der jüngeren Mönche stürzte ihm entgegen und half ihm die Stufen herab. Der Alte sah ihn kaum. Er benutzte den jungen Mann wie eine Krücke, ohne die Gruppe aus den Augen zu lassen. Sogar der neue Abt des Klosters schien angesichts des plötzlichen Erscheinens dieses Eremiten wie vom Donner gerührt.

Der Mann war kaum größer als ein Gnom, verschrumpelt und ausgedörrt wie eine Trockenfrucht. Er blieb vor Wynn stehen, und was er sagte, ließ die Mönche erstaunt murmeln. Nabil stammelte: «Der Pater lädt Sie ein, seine Zelle zu besuchen.»

Wynn hätte viel Geld dafür gegeben, die Einladung nicht annehmen zu müssen. «Ist das normal?»

«Bitte, Sir, er erweist Ihnen eine große Ehre. Die Männer in diesen Zellen sind Legenden. Ich bitte Sie, tun Sie, was er sagt.»

Ungeduldig zupfte der alte Mann an Wynns Hemd. Seine Berührung war federleicht, sanft wie der Tod. Dennoch fühlte Wynn sich weggezerrt. Er sah sich um, und ein kurzer Blick fing mehrere Bilder ein: Sybel, die jetzt weinte, während Pater Benyamin sich ihr zuneigte und behutsam auf sie einredete, die anderen Mönche, die so erstaunt zuschauten, als sähen sie die Sonne am Mittag untergehen, Nabil, der ihm mit wenigen Schritten Abstand folgte.

«Pater Marak ist in ganz Ägypten bekannt», fuhr Nabil jetzt fort. «Vor sieben Jahren ist er sehr krank geworden. Damals war er Abt von Bishoy, einem anderen Kloster, nicht weit von hier. Vier Tage lag er da wie ein Toter. Er bekam die Sterbesakramente. Aber dann genas er wieder. Niemand konnte erklären, warum. Pater Marak gab sein Amt als Abt auf und erklärte, er werde die Zeit, die ihm noch bleibe, damit verbringen, hier für eine gefallene Welt zu beten.»

Die Wüstenzelle war mehr als karg. Und winzig. Wynn konnte darin kaum aufrecht stehen. Die Decke war schräg, und in einem winzigen Alkoven öffnete sich ein einzelnes Fenster, gut zwanzig Zentimeter im Quadrat. Mit ausgestreckten Armen hätte Wynn alle vier bröckeligen Wände berühren können, aber er tat es nicht, weil er befürchtete, die Kammer dadurch noch kleiner zu machen. Ein Kreuz aus Kerzenruß war in die Decke gebrannt. An der Ostwand hing ein Holzkreuz. Unter dem Fenster war ein mit ledernen Riemen bespanntes Bettgestell dicht an die überhängende Wand geschoben. Zwei Wolldecken. Ein hölzerner Buchständer, etwa schulterhoch und so gestellt, dass der Leser aus dem viereckigen Fenster schauen und eine gottverlassene Welt betrachten konnte. Eine Ikone hing an der Wand, so alt, dass das Gesicht nicht mehr zu erkennen war. Wynn konnte nicht einmal erkennen, ob es das Bild eines Mannes oder einer Frau war. Es kam auch nicht mehr darauf an. Nach all den Jahren in dieser Zelle konnte der alte Mönch es wahrscheinlich im Traum sehen.

Der Mönch näherte sich schlurfend. Er roch nach trockener Erde – kräftig, aber ausgedörrt. Wynn schaute über seinen Kopf hinweg zu Nabil, der in der Tür stand. «Soll ich ihm Geld geben?»

«O nein, das wäre eine schwere Beleidigung. Wenn Sie etwas geben wollen, tun Sie es in den Opferkasten am vorderen Tor.»

«Okay. Können wir jetzt wieder …?» Er brach ab, denn der alte Mönch berührte plötzlich seinen Arm und fing an zu sprechen. Seine Stimme klang wie ein rostiges Tor, das sich widerstrebend öffnet.

Nabils Augen wurden noch größer.

Als er nicht übersetzte, drehte der alte Mann sich um, betrachtete Nabils Gesicht und fing an zu gackern. Dann segnete er Wynn mit seiner Klaue und schob ihn hinaus.

Wynn hörte, wie sich die Zellentür hinter ihm mit endgültigem, dumpfem Schlag schloss und wie der Mönch drinnen weiter gackerte. «Was hat er gesagt?»

Nabils Blick verharrte auf der geschlossenen Zellentür. «Dass Sie große Taten vollbringen werden», antwortete er wie betäubt. «Wenn es Ihnen nur gelingt, sich an Ihren eigenen Namen zu erinnern.»

31
Donnerstag

Als die Konferenz zu Ende war und die Versammlung sich zerstreute, lag bernsteingelbe Hitze über dem Nachmittag. Wynn stand beim Wagen, teilweise geschützt vom Schatten der Palmen, und sah zu, wie ein Gärtner an einer Reihe junger Pflanzen entlangging. Aus einem Krug, den er auf dem Rücken trug, begoß er jede einzelne mit einem Becher Wasser. Spatzen folgten ihm in panischen Schwärmen und tranken, bevor die Erde das Wasser ganz aufsaugen konnte, und die Luft war erfüllt vom Sirren ihrer winzigen Flügel. Fast alle Diplomaten waren schon abgefahren, und das Kloster erschien zusehends leer und einsam. Von Kay Trilling, Sybel oder Nabil war aber nichts zu sehen.

Wynn fühlte eine quälende Leere, die so gewaltig war, dass er sie nicht überschauen und schon gar nicht benennen konnte. Selbst der aufkommende Wind trug Botschaften in sich – hätte er nur die Weisheit besessen, sie zu verstehen. Selbst das Gurren der Tauben, selbst die flackernde Schrift der Baumschatten im Sand. Alle Geheimnisse warteten darauf, dass er sie entschlüsselte, wäre er nur ein besserer Mensch.

Alle Grenzen, die seine sorgsam konstruierte Welt geschützt hatten, waren weggewischt worden. Statt auf seiner Veranda zu stehen und zuzusehen, wie ein weiterer träger, schwüler Nachmittag in Florida die Bucht golden aufleuchten ließ, fand er sich an einem Ort voll wütender Winde und endlos weiter Wüsten. Er brannte darauf, wieder auf sicheres Terrain zurückzukehren, selbst wenn es sich nur um einen klimatisierten Hotelkäfig und das Getöse einer Dritte-Welt-Stadt handelte. Alles war besser als dieser Albtraum aus Sand und Hitze.

«Da sind Sie ja.» Kay Trilling erschien. Sybel folgte ein paar Schritte hinter ihr in Nabils Schatten. Vielleicht täuschte das Licht, aber es sah aus, als hätten die beiden Frauen den gleichen Gesichtsausdruck, angespannt und unzufrieden. «Wir sind so weit.»

Ausnahmsweise schien Kay zu müde zu sein, um ihn mit ihrer Feindseligkeit zu durchbohren. Wynn sah, dass Nabil sich nur widerstrebend von Sybels Seite losriss, und er wusste, dass der Mann immer noch zu erfahren versuchte, was der Mönch zu ihr gesagt hatte.

«Weißt du, was mir an diesem Ort am meisten missfällt?», sagte er zu seiner Schwester. «Dass sie es hier schaffen, einen einzigen Tag wie hundert Jahre erscheinen zu lassen.»

Sie fuhren die lange Straße entlang, vorbei an Mönchen, die gebückt in zeitlose Arbeit vertieft waren, durch das Tor und hinaus in die Wüste. Wynn beugte sich zu Nabil vor. «Ich verstehe immer noch nicht, woher diese Mönche genug wussten, um so mit uns zu reden. Hat jemand sich vorher nach uns erkundigt?»

«Die Mönche stellen niemandem Fragen außer dem Bittsteller selbst.»

«Sie müssen von der Konferenz gehört haben.» Wynn bemühte sich immer noch, die Erlebnisse des Tages in die behagliche Ordnung seiner Welt zu pressen. «Und sie haben sich einfach gedacht, wer wir waren.»

«Mr Bryant.» In Nabils Stimme lag eine Andeutung von stillem Humor. «Der Mönch, der mit Ihnen gesprochen hat, ist seit Jahren nicht aus seiner Zelle gekommen.»

«Das haben die Mönche Ihnen zumindest erzählt.»

«Warum sollten sie lügen?»

«Es muss doch irgendeine Erklärung geben.»

«Natürlich, Mr Bryant.» Nabil schaute lächelnd auf die sonnendurchtränkte Straße. Weder Sybel noch Kay Trilling ließ erkennen, dass sie dem Wortwechsel folgten. «Natürlich.»

Sie waren eine halbe Stunde unterwegs, als der Wind stärker wurde. Staub und Steinchen attackierten den Wagen mit scharfem Zischen. Der Staub drang Wynn in Nase, Mund und Augen, obwohl alle Fenster fest geschlossen waren. Nabil fuhr langsamer durch die wirbelnden Wolken; er orientierte sich nach Gefühl.

Die Dünen entfalteten sich wie große, flatternde Fahnen, die gegen den Wagen klatschten. Der Wind schüttelte sie und verschwand wieder. Alles wurde ruhig, und der Himmel war leer.

Dann hörte Wynn das Grollen durch das Geräusch des Motors. Eine Wüstenbestie erhob sich aus ihrem Bau, hungrig und kampfbereit. Nabil gab Gas. Der Wagen flog über das nächste Schlagloch wie ein Skispringer.

Als die Senatorin sich beschwerte, sagte Nabil: «Entweder erreichen wir den Highway, bevor der Sturm losgeht, oder wir halten an und warten ihn ab.»

«Wie lange wird er dauern?»

«Manchmal ein paar Stunden, manchmal Tage.»

Kay Trilling beklagte sich nicht noch einmal.

Mit unablässig und panisch gellender Hupe preschten sie durch das Dorf und ließen Hühner, Eselskarren und kläffende Hunde auseinander stieben. Kinder tanzten umher; sie streckten die Finger aus und lachten über diese Fremden, die sich vor der Wüstenbestie fürchteten.

Gleich hinter dem Dorf fiel der *khamsin* mit Macht über sie her. Als sie in das Tal hineinfuhren, waren die seitlichen Felswände mit ihren windgefrästen Formen so unsichtbar wie Wellen in der Nacht. Steinchen und Sand prasselten gegen den Wagen. Ein düsterer Strom flutete über sie hinweg, durchflochten von dunklen Zungen in Ocker und Braun.

Dort, wo die Straße in den Sturm hinaufführte, schlugen die Angreifer zu.

Kugeln klatschten von rechts in Kotflügel und Motorhaube, explodierten auf der Frontscheibe und dem rechten Seitenfenster. Ein Schauer von Glasscherben ging über Wynn nieder. Sand und Staub fluteten durch die zerschmetterte Frontscheibe herein. Nabil zog den Wagen hart nach links – vielleicht fiel er auch in diese Richtung – und drehte das Lenkrad mit seinem Körper. In voller Fahrt rasten sie von der Straße herunter, und nicht Nabil bremste, sondern die Wand des Canyons, an der sie entlangschrammten. Dann wich die Wand zurück, sie schossen ins Dunkel und prallten gegen die Wand einer Höhle. Wynn wurde über den Vordersitz geschleudert und landete auf Nabil.

Bevor er sich befreien konnte, hämmerten von hinten Feuerstöße aus einem automatischen Gewehr gegen den Wagen, knatterten über den Kofferraum und ließen die Heckscheibe zerbersten. Kay schrie. Aber ein anderes Geräusch ließ ihm das Blut gefrieren: das erstickte Keuchen einer Frau, die in einem Meer aus Staub und Wind ertrank.

Wynn stieß sich nach hinten, stemmte seine Tür auf und fiel in den Sand. Er riss Nabils Tür auf und schrie: «Kommen Sie raus!»

Kraftlos versuchte der Ägypter zu gehorchen. Sein linker Arm und die Hand waren blutüberströmt. Wynn robbte nach vorn, packte Nabil mit beiden Händen und zerrte heftig an ihm.

Der Ägypter kippte neben ihm auf den Boden, als die nächste Salve über ihnen einschlug und sie mit Steinen, Funken und schwirrenden Geräuschen überschüttete. Kay schrie wieder und rollte sich zu seinen Füßen aus dem Wagen, kroch davon mit der adrenalinbefeuerten Panik eines Menschen, der nicht oder doch nicht schwer verletzt war. Von Sybel hörte er nur ein verzweifeltes Ringen nach Luft.

Wynn kroch in den Wagen und auf den Sitz. «O nein, nein, Sybel, bitte.»

Sie lehnte an der gegenüberliegenden Tür und beobachtete ihn mit den Augen eines verängstigsten Kindes. Ihr Oberkörper war befleckt, beinahe schwarz im spärlichen Licht. Eine Lache von der gleichen Farbe glänzte auf dem Sitz.

Wynn zog sie über den Sitz, so behutsam es ging, und aus dem Wagen heraus. Er fing ihr Gewicht mit seinen Armen auf, als sie hilflos in den Sand kippte. Ihre Augen ließen ihn nicht los, nicht einmal als der nächste Kugelregen über ihnen niederging, Steinsplitter und Sand umherspritzen ließ und Kay in einen neuen Schreikrampf stürzte. Sie hatte Nabil in eine enge Nische gezogen, eine Höhle in der Höhle, kaum groß genug für beide, wenn sie die Beine fest an die Brust zogen. Im Sand vor ihnen war Blut, aber nicht viel. Kays einzige Verletzung war anscheinend ein Schnitt quer über die Stirn, aber in ihrem Blick lag panische Angst.

Halb ziehend, halb tragend beförderte Wynn seine Schwester in eine benachbarte Nische, deren vom Wind geschliffenen Wände glatt und kühl waren. Sybel blieb in der Stellung, in der er sie absetzte. Er wollte sie nicht loslassen, auch nicht, als eine neuerliche Salve auf den Wagen und die Wand gegenüber prasselte. Aber er brauchte nur einen einzigen Blick auf das Blut zu werfen, das ihn durchnässte – auf ihr Blut –, um zu wissen, dass es ihr Ende bedeutete, wenn er sie hier sitzen ließe – so sicher wie die nächste Kugel.

Er kroch an Kay und Nabil vorbei, duckte sich an das linke Hinterrad des Mercedes und suchte die Leere vor der Höhle ab. Es war nicht weiter wichtig, dass darin weder Sinn noch Hoffnung lag. Er hob den Kopf ein wenig höher und sah die nadelspitzen Lichtblitze auf der anderen Straßenseite. Er duckte sich und bereitete sich auf den Spurt vor, obwohl er wusste, dass er sein Ende damit besiegelte.

«Wynn!» Kays Aufschrei vermolz mit dem irrsinnigen Wind. «Nein!»

Dann hörte er ein neues Donnern und erkannte, dass ein zarter Hoffnungsschimmer in den sturmdurchtosten Canyon gedrungen war.

Kaum waren die großen, eckigen Umrisse in der Dunkelheit erschienen, war Wynn auf den Beinen und rannte los. Als der Lastwagen vorbeirumpelte, lief er neben ihm her, sprang auf das Trittbrett und riss die Beifahrertür auf.

Der Fahrer war gerade lachend im Gespräch mit seinem Kollegen, der in der Koje hinter den beiden Sitzen lag. Beide erstarrten und glotzen Wynn an, und der streckte eine Hand so weit aus, das man das Blut sehen konnte, das seine Finger, sein Hemd, seinen Körper bedeckte. Auch sein Gesicht fühlte sich klebrig an, als er den Mund öffnete und so laut schrie, dass er das Gefühl hatte, die Muskeln seiner Kehle müssten reißen. «ANHALTEN! SOFORT!»

Ob der Fahrer ihn verstand oder nicht, ob er glaubte, Wynn habe eine blutige Waffe auf sein Gesicht gerichtet – jedenfalls trat er mit beiden Füßen auf die Bremse. Der Beifahrer purzelte aus seiner Koje auf Wynn herunter, und zusammen fielen sie aus dem Laster auf die Erde. Schreiend rannte der entsetzte Ägypter davon, verschwand in der winddurchfegten Wüste, floh Hals über Kopf in Richtung Wadi Natrum.

Bevor der Lastwagen zum Stehen gekommen war, hatte Kay Trilling sich schon in Bewegung gesetzt. Sie hielt den stark hinkenden Nabil mit beiden Armen umschlungen. In der Deckung des Lastwagens rannte Wynn zur Höhle zurück; er sah die Angreifer im Geiste vor sich, wie sie jeden Augenblick auftauchten und ihn aus der Nähe mit einem Kugelhagel eindeckten. Er hob Sybel auf und hastete zurück. Kay war schon halb eingestiegen. Sie winkte ihn voran und schrie Worte, die er nicht verstand.

Gemeinsam gelang es ihnen, Sybel ins Führerhaus zu ziehen. Wynn schlug die Tür zu und rief dem Fahrer zu: «Los!» Aber der Wagen hatte sich schon in Bewegung gesetzt.

Wynn sah sich um. Kay starrte entsetzt auf Sybels blutverschmierte Brust. Nabil lag mit geschlossenen Augen hinten in der Koje und atmete in flachen Zügen. Wynn stieß ihn mit dem Ellenbogen an. «Werden Sie mir hier nicht ohnmächtig! Wagen Sie es ja nicht!»

Nabil stöhnte und schlug die Augen auf. «Sagen Sie ihm, wohin er fahren soll!», schrie Wynn.

Nabil murmelte seine Anweisungen, erhielt eine bestürzte, zittrige Antwort von dem Fahrer und sank in sich zusammen.

Als sie den Wüstenhighway erreicht hatten, schrillte im Wind eine neue Note. Es war seltsam, dass sie es hörten, denn sie saßen eingezwängt im Führerhaus eines verbeulten Gemüselasters, die Fenster waren vor dem wirbelnden Maelstrom fest geschlossen, und der Motor brüllte auf Hochtouren. Wynn hörte nicht einmal Sybels Keuchen, aber er wusste, dass sie Geräusche von sich gab, denn er sah, wie sie panisch suchend um sich blickte, und spürte, wie ihre Lunge zu kämpfen hatte. Er brauchte den Fahrer nicht anzutreiben; der Lastwagen raste mit halsbrecherischer Geschwindigkeit dahin, und der Mann schaute entweder entsetzt zu ihnen herüber oder beugte sich wenige Fingerbreit über das Lenkrad, spähte durch den gelben Nebel und überholte mit kreischenden Reifen langsamere Fahrzeuge.

Und trotzdem hörte Wynn die Veränderung im Heulen des Windes. Eine neue Note, höher als der Rest, weniger Trauer- als Trennungsklage. Immer höher tönte es, während Sybels Widerstand nachließ und ihre Augen glasig wurden. Schließlich ließ ihre Hand ihn los. Und der Ton stieg immer höher, weit über das menschliche Hörvermögen hinaus, bis nur sein Herz ihn noch hören konnte. Sein armes, zerschmettertes Herz.

32
Freitag

Sowie sie im Krankenhaus waren, und noch ehe man sich ihren Kopf angesehen hatte, rief Kay Trilling in der amerikanischen Botschaft an. Wenige Minuten später hatte sich das gut geölte Getriebe der Botschaft in Gang gesetzt. Ernste junge Männer und Frauen in scheinbar endloser Zahl erschienen wie durch Zauberei, und drei Ägypter aus der Sicherheitsabteilung der Botschaft waren auch dabei. Von diesem Augenblick an ließ man Wynn keinen Augenblick mehr allein. Er sah, dass der Lastwagenfahrer immer noch in einer Ecke stand und die Szene mit angstvollen Bauernaugen verfolgte. Wynn fragte den Amerikaner an seiner Seite: «Sprechen Sie genug Arabisch, um dem Mann für die Fahrt und für seine Hilfe zu danken?»

Der junge Mann sprach den Fahrer in fließendem Arabisch an. Sofort sprudelte der Fahrer seine Geschichte hervor, und jedes Mal wenn ein Polizist vorbeikam, hob er die Stimme. Offensichtlich hatte er schreckliche Angst, in eine Tragödie verwickelt zu werden, mit der er nichts zu tun hatte.

Wynn musste sich an die Wand lehnen, um die Hand in die Tasche zu schieben und seine Brieftasche herauszuzerren – weniger, weil er müde war, als vielmehr, weil jede Bewegung Konzentration und Willenskraft erforderte. Seine Hände zitterten heftig, als er die klebrige Brieftasche aufklappte. Dann stellte er fest, dass er die Geldscheine nicht voneinander trennen konnte. Da streckte er dem Mann das ganze Bündel entgegen.

Die Habgier des Fahrers war stärker als seine Abneigung dagegen, eine Hand zu berühren, die mit einem anderen Leben beschmiert war, oder Geld anzunehmen, das mit Unheil getränkt war. Mit beiden Händen nahm er seine Belohnung entgegen, hob das Geld an die Stirn und murmelte einen förmlichen Dank, ohne zu merken, dass er sich die Stirn mit Sybels Blut befleckt hatte.

Der junge Mann aus der Botschaft verfolgte das alles mit großen, staunenden Augen. «Congressman, wenn Sie mir gestatten – ich glaube, Sie verfallen jetzt in einen Schock.»

«Da irren Sie sich.» Wynn stützte sich an der Wand ab, ging den Flur entlang und ließ sich auf eine Bank fallen. «Da war ich vor ungefähr drei Stunden.»

Kay Trilling saß ein Stück weiter auf derselben unbequemen Bank und sprach mit einem anderen Botschaftsvertreter. Sie wartete, bis Wynn sich niedergelassen hatte, und dann nahm sie seine Hand. «Sie müssen sich vom Arzt etwas geben lassen.»

«Ich bin nicht verletzt.»

«Wynn», sagte sie, und ihre Stimme war sanft vor Trauer. «Mein Lieber, lassen Sie sich eine Tablette geben.»

Sie winkte einer vorübergehenden Krankenschwester, und wenige Augenblicke später bekam er ein Glas Wasser und zwei Tabletten. Es dauerte nicht lange, und die Welt wich ein wenig zurück, versank in einem übel schmeckenden Nebel.

Aus seinem chemischen Kokon heraus beobachtete er, wie ein neuer Amerikaner eintraf, der hochrangig genug war, um die anderen Botschaftsmitarbeiter und die Sicherheitsleute strammstehen zu lassen. Der Mann stellte sich als Leiter der American Citizen Services Section vor, einer Botschaftsabteilung, die für Probleme zwischen Besuchern und den lokalen Behörden zuständig war. Er entschuldigte den Botschafter, der in Alexandria auf einer Ministerialkonferenz sei. Dann betrachtete er Wynns blutbesudelte Gestalt und fing an, schneller zu sprechen. Seine bloße Anwesenheit beschleunigte sämtliche Vorgänge. Wenig später wurden sie eine Treppe hinuntergeführt, gingen ein paar Schritte durch einen beißenden Wind bis zu einer komfortablen Botschaftslimousine. Kay erklärte dem Attaché, was sie schon mehreren Mitarbeitern gesagt hatte: dass Nabil Saad zu ihrem Stab gehöre und von der Weltbank zu ihr abgeordnet sei. Sofort griff der Mann zu seinem Handy, aber er sprach so leise hinein, dass Wynn nicht verstand, was er sagte.

Als Wynn am nächsten Morgen das Botschaftsgelände durchquerte und mit dem Aufzug zum Büro des Botschafters im zwölften Stock des Hauptgebäudes fuhr, wehte der Wind immer noch heftig. Er blieb im Vorzimmer am Fenster stehen und schaute hinab auf eine Stadt ohne Genzen. Kairo im Sturm hatte nichts von der Weichheit schimmernden Nebels oder regenschwerer Wolken. Stattdessen war die Welt hier rau und verschwommen. Sogar der Fluss floss fiebrig und gelb.

Die Sekretärin des Botschafters argumentierte am Telefon unnachgiebig in der ruhigen Art einer Frau, die Erfahrung mit arabischer Etikette hatte. Schließlich legte sie auf. «Die nationale Sicherheits- und Ermittlungsbehörde bearbeitet diese Angelegenheit. Wie es aussieht, wird man Sie heute Nachmittag gehen lassen. Sie müssen eine förmliche Aussage zu Protokoll geben, und dazu müssen Sie zum Gamal; das ist das hohe Gebäude am Tahrir Square. Den finden Sie ...»

«Ich weiß, wo der Tahrir Square ist, und ich kenne das Gamal.»

«Ruhig, Wynn.»

Er drehte sich um und sah Kay in der Ecke sitzen, stillen Tadel im Blick. Er hatte nicht gemerkt, dass sie da war.

«Es tut mir Leid, Congressman, aber es sieht nicht so aus, als ob die ägyptischen Behörden den Leichnam Ihrer Schwester vor Abschluss der Untersuchung freigeben werden. In diesem Punkt lassen sie nicht mit sich reden.»

Er nickte zähneknirschend. Er war noch nicht so weit, dass er darüber sprechen konnte. «Ich will ins Krankenhaus zu Nabil.»

«Sir, es stürmt draußen. Ganz zu schweigen davon, dass die Polizei die Täter noch nicht gefasst hat.»

«Das war keine Bitte.»

Kay kam herüber und schaltete sich ein. «Sie haben doch bestimmt ein paar Sicherheitsleute, die uns begleiten könnten.»

«Ja, aber…»

«Ich will allein gehen, Kay.»

Sie schaute ihm ins Gesicht und akzeptierte dann seine Entscheidung mit einem kurzen Kopfnicken. «Sagen Sie Nabil, ich komme später vorbei. Ich bin dabei, zu veranlassen, dass er zur Behandlung in die USA zurückgeflogen wird. Ich habe gestern Abend mit dem Botschafter gesprochen. Es geht dabei nicht nur um die klinische Versorgung. Das Risiko ist zu groß, dass die Staatssicherheit versuchen könnte, ihm die Sache anzuhängen, weil er Ägypter und Kopte ist. Ich will nicht riskieren, dass er verhört wird, wenn ich nicht mehr hier bin. Sagen Sie ihm, ich komme, sobald die Sache geklärt ist. Der Botschafter hat seine besten Leute damit beauftragt.»

Wynn verließ das Botschaftsgelände in der kugelsicheren Limousine des Botschafters, begleitet von drei scharfäugigen Männern mit automatischen Waffen. Sie fuhren zum neuen Kasr-Elani-Lehrkrankenhaus am Nilufer. Wynn stieg aus, wandte dem Fluss den Rücken zu, hielt die gewölbten Hände schützend um die Augen und spähte über die Straße. Ein toter Wind umgab ihn, ein Atem voller Hass und Hoffnungslosigkeit.

«Sir?»

Wynn blieb, wo er war. Er erkannte das Gebäude, das der neuen Klinik gegenüber stand. Der verwitterte Eingang hatte sich in sein Gedächtnis eingebrannt. «Das ist das alte Krankenhaus, nicht wahr?»

«Sir, bitte kommen Sie herein.»

Wynn fuhr herum. «Ich habe Sie etwas gefragt.»

«Jawohl, Sir, das ist das alte Krankenhaus. Aber Ihr Fahrer ist hier. Wir wissen das. Wir haben nachgefragt.»

«Er ist nicht mein Fahrer. Er ist mein Freund und Kollege.»

Wütend winkte der Agent am Eingang ihn heran. «Bitte kommen Sie jetzt sofort von der offenen Straße herunter, Sir.»

Sie nahmen ihn in die Mitte und ließen niemanden sonst in den Aufzug. Oben kam es für einen Augenblick zu einer erbosten Konfrontation, bis Wynn seinen Rang geltend machte und darauf bestand, allein zu Nabil hineinzugehen. Zwei der Agenten inspizierten das Zimmer, bevor sie ihm erlaubten einzutreten.

Nabil war wach und sah ihm entgegen. Wynn richtete Kays Botschaft aus, als er noch in der Tür war; er wollte es rasch hinter sich bringen. Nabil verstand ihn offensichtlich. Er sagte nichts, bis Wynn an seinem Bett Platz genommen hatte. Dann erst fragte er: «Ihre Schwester – ist von uns gegangen?»

Wynn schaute auf seine Hände mit den unsichtbaren Flecken.

«Was Sie getan haben, Sir, war das Tapferste, was ich je gesehen habe.»

«Nennen Sie mich Wynn.» Er lehnte sich zurück, überwältigt von all dem, was geschehen war. Vielleicht lag es an dem Geruch, den Geräuschen, an dem Metallbett und an der gleichen grauen Verzweiflung, die aus den Wänden sickerte. Vielleicht lag es auch an seiner eigenen, hilflosen Erschöpfung. Er wusste, dass Nabil ihn beobachtete, und er hatte nicht mehr die Kraft, die Flut zurückzuhalten. «Ich erinnere mich, dass ich gesehen habe, wie meine Eltern starben.»

Nabil bewegte sich kurz; sein Körper war mit Riemen und Schläuchen gefesselt. Aber die Bewegung genügte, um zu zeigen, dass er hellwach war.

«Als wir ins Krankenzimmer kamen, lag mein Vater auf der Seite. Seine Augen waren offen. Aber er hat mich überhaupt nicht gesehen.»

Draußen ratterte ein stählerner Servierwagen lärmend über den Flur; das Krächzen und Quieken der Räder klang wie das Gekicher des Todes. «Dann sind sie mit uns nach unten gegangen. Die Schwestern haben uns Kinder gesehen und wollten verhindern, dass wir den Korridor hinuntergehen. Aber ich hörte Mom schreien. Da habe ich mich durchgezwängt und bin losgerannt. Ich hab's geschafft, durch die Tür zu kommen. Da lag Mom. Das Haar klebte ihr am Kopf, ihr Gesicht war violett angelaufen, und ihr Mund stand ganz weit offen.»

Seltsam, dass er dasitzen und so ruhig reden konnte. Als ob sein Körper überhaupt nichts mehr fühlte, als wären seine Nerven taub, seine Empfindungen erstickt. «Ich rannte weg. Jemand wollte mich aufhalten, aber ich entwischte ihm. Es kam noch schlimmer. Ich rannte die Treppe hinunter und suchte einen Ausgang, aber stattdessen geriet ich auf eine Kinderstation. Immer zwei Kinder, manchmal drei in einem Bett, die Köpfe jeweils an den Enden, und ihre Füße berührten sich in der Mitte. Zwischen den Betten campierten Verwandte auf Schilfmatten; sie wedelten die Fliegen weg, hielten ihnen die Hände und wimmerten mit den Kindern. Gestank und Lärm überall. Alle diese Kinder hatten so große dunkle Augen, und ich wusste, dass sie es wussten. Sie würden nie mehr gesund werden, nie mehr hinauskommen.»

«Kairo war nie ein guter Ort, um im Krankenhaus zu liegen», sagte Nabil. «Ist es heute noch nicht.»

«Ich bin ausgerastet. Total und absolut durchgedreht. Und dann war plötzlich Sybel da. Sie nahm mich so fest in den

Arm, dass der Bann gebrochen war, und dann zog sie mich nach draußen. Sie brachte mich zurück nach Amerika, und seitdem hat sie für mich gesorgt.»

Nabil sah ihn an und wartete, ohne falschen Trost und leere Worte anzubieten. Hörte nur zu, wie ein anderer sich mit dem Unmöglichen abfand.

«Die Familie hat gelernt, nie mit mir über Ägypten zu reden, oder über Mom und Dad. Nie. Sonst schrie ich sie an, brüllte irgendetwas, das mir gerade in den Sinn kam. Sybel war die einzige Konstante für mich.» Wynn zwang sich, Nabil in die Augen zu schauen. «Erinnern Sie sich an irgendetwas aus dieser Zeit?»

«Ich bin ungefähr so alt wie Ihre Schwester. Ich erinnere mich an alles. Mein Vater verbrachte jede wache Stunde unten im Korridor – ein inoffizieller Trauergast.»

«Hat man je herausgefunden, wovon meine Eltern krank geworden waren?»

«Man nimmt an, dass es Gift war. Ägypten befand sich damals in einer landwirtschaftlichen Revolution; es musste in einem Riesensprung den Übergang von den mittelalterlichen zu den modernen Ackerbaumethoden bewerkstelligen. Manche Bauern kamen mit den Pestiziden einfach nicht zurecht. Man gab ihnen Flaschen davon, die sie in Tonnen voll Wasser hätten gießen müssen. Aber Wasser war kostbar, und so sprühten sie es einfach unverdünnt auf die ersten Furchen. Dann beschwerten sie sich darüber, dass die Pflanzen dort so kränklich waren, und benutzten die Pestizide nie wieder. Aber trotzdem haben sie die vergifteten Pflanzen zum Markt gebracht.» Vielleicht hob er die Schultern, vielleicht zuckte er auch nur schmerzlich zusammen. «Sie verstehen?»

Die Sinnlosigkeit dieses doppelten Verlustes drohte Wynn vollständig zu vernichten. Der einzige Rettungsanker baumelte wahnwitzig außer Reichweite. Wynn hob den Blick.

«Ich muss wissen, was der Mönch in Wadi Natrum noch zu Sybel gesagt hat.»

«Das hat sie nicht erzählt.»

«Sie haben mit ihr geredet, als Sie aus dem Gebäude kamen. Das habe ich gesehen.»

«Ich war bei ihr, ja. Ich habe sie ein paar Mal gefragt. Aber sie wollte nicht darüber sprechen.»

«Sie hat überhaupt nichts gesagt?»

«Tut mir Leid, Wynn. Ich würde es Ihnen erzählen, wenn ich etwas wüsste.»

Es war das erste Mal, dass Nabil ihn mit seinem Vornamen anredete. Selbst im Abgrund seiner Trauer bemerkte Wynn diesen Augenblick und nahm Notiz davon. Er gab ihm den Mut zu einer weiteren Frage. «Und was der Einsiedler zu mir gesagt hat, haben Sie das verstanden?»

Das Gesicht war von tiefen Blutergüssen entstellt, aber die Augen waren immer noch wach, dunkel, durchdringend. «Ihre Eltern waren nicht nur Lehrer, sondern auch Missionare. Das wissen Sie.»

«Ja.»

«Für die Regierung und für die meisten Leute waren sie nur hier, um an der Universität zu lehren. Ihre Missionsarbeit blieb geheim. Vor den Kopten von Christus zu reden, war eine Sache. Man hat uns von Zeit zu Zeit verfolgt, aber hier in Kairo nicht allzu sehr. Damals nicht. Aber vor einem Moslem zu predigen, das war ein Verbrechen. Ist es immer noch. Damals konnte ein Ausländer, der einen Moslem bekehren wollte, hingerichtet werden. Ein Moslem, der zu Jesus betete, ebenfalls. Ihre Eltern führten geheime Privatkirchen für konvertierte Moslems. Höchst geheime. Mein Vater war einer ihrer Boten. Die Gemeinden wuchsen und wuchsen. Darum sind Ihre Eltern nicht fortgegangen, als Nasser alle Amerikaner zu Feinden erklärte, die das Land verlassen müssten. Sie blieben um ihrer geheimen Gemeinden willen. Heutzutage treffe ich immer ein paar von diesen Leuten, wenn ich nach Hause komme. Die Gemeinden werden jetzt von anderen geführt, aber sie wachsen immer noch. Ein Wald wächst aus den Saatkörnern, die Ihre Eltern hier gepflanzt haben.»

Wynn saß da und wartete auf mehr. Starrte auf den Boden, wünschte, er hätte besser zugehört, anders mit seiner Schwester gesprochen, genug gelernt, um jetzt heil zu bleiben. Als er wieder aufschaute, war Nabil eingeschlafen.

Er fühlte sich geschlagen und völlig ausgelaugt, als er das Zimmer verließ.

Nachdem Kay und Wynn dem Sicherheitsbeamten im Gamal ihre Aussage zu Protokoll gegeben hatten und in die Botschaft zurückgekehrt waren, hatte der Sturm aufgehört. Die Bürofenster waren verkrustet von einer Patina aus Staub, die das einfallende Licht zu einem kränklichen Beige verfärbte. Die beiden waren allein im Büro. Der Geschäftsträger war irgendwo unterwegs, und die Sekretärin besorgte Wynns Reiseunterlagen. Kay hatte zweimal mit dem Botschafter telefoniert und ihn beruhigt; er solle auf der Ministerialkonferenz bleiben, sie werde Congressman Bryant sein Beileid übermitteln. Wynns zwei Koffer standen neben dem Schreibtisch und warteten auf die Limousine, die ihn zum Flughafen bringen sollte. Kay würde einen Tag später fliegen; sie hoffte, dass es ihr gelingen würde, Nabil persönlich außer Gefahr zu bringen.

Ein junger Referent erschien, möglicherweise einer von denen, die am Abend zuvor mit im Krankenhaus gewesen waren – Wynn war nicht sicher. Von den Tabletten hatte er keine mehr genommen, aber ab und zu sackte er weg, als produziere sein Körper seinen eigenen chemischen Schleier. Der junge Mann erklärte, dass sie eine Presseerklärung herausgeben müssten und darin der Linie der Polizei folgen würden, derzufolge der Überfall das Werk einheimischer Fundamentalisten gewesen sei. Wynn sah, dass das gefilterte Licht dem Mann eine kränkliche Bräune verlieh, als sei er einer trostlosen Unterwelt entstiegen, um noch mehr schlechte Nachrichten zu verkünden.

Als sie wieder allein waren, sagte Kay: «Sie sehen nicht besonders gut aus. Sind Sie sicher, dass Sie den Flug schaffen?»

Der Flug war nicht das Problem. Er würde seine Tabletten nehmen und die Stunden verschlafen. Er musste sich zwingen, seine wirren Gedanken zu ordnen. «Ich muss etwas tun, Kay. Ich kann das nicht einfach hingehen lassen, als hätte es nichts weiter zu bedeuten, als hätte Sybel nie für etwas gestanden.»

«Sie haben uns da draußen das Leben gerettet. Das sollte doch für den Anfang genügen.»

Er schaute zu Boden. Er brauchte nicht auszusprechen, was sie beide wussten.

Kay ließ sich tiefer in die Sofapolster sinken. Sie streckte die Beine aus, massierte sich das Knie und sagte: «Ich bin in Oakland geboren und aufgewachsen. Die Stadt ist im Grunde nichts als eine arme Stiefschwester von San Francisco. Ständig läuft dieses oder jenes Erneuerungsprogramm, aber nichts funktioniert so richtig. Da gibt es die Marinewerft und Berkeley und all das, was die Reichen aus San Francisco einfach nur East Bay nennen. All die armen, müden, schwer arbeitenden Idioten, die auf der anderen Seite der Brücke leben und jeden Morgen und jeden Abend im schlimmsten Verkehrsstau verbringen müssen, den Sie je gesehen haben. Mein Dad war Chirurg, und das hieß, dass ich in Oakland Hills aufwuchs, in einem hübschen Haus mit einer schönen Aussicht über die Bay. Aber wenn ich jetzt wieder hinfahre, verbringe ich gern ein bisschen Zeit in den Gegenden, wo die Mieten niedrig sind. Da unten gibt es eine Kirche, die ich seit Jahren immer wieder besuche. So halte ich Verbindung zu den kleinen Leuten. Sie wissen, was ich meine?»

«Ja.» Er gab ihr, was sie wollte. Ein Zeichen dafür, dass er sie gehört hatte.

«Ich wurde in die Staatslegislative gewählt, als das Bausparkassendebakel gerade mitten im Gange war. Kam in den Senat, als wir die letzten Reste dieses Schlamassels beseitigten. Ich sah zu, wie die Banken nach und nach immer größer wurden und behaupteten, Größe sei notwendig, um im Konkurrenzkampf zu bestehen. Nur große Finanzinstitute, erklärten sie, seien in der Lage, die Schwierigkeiten zu bewältigen, die für die meisten unserer Sparkassen das Ende bedeutet hätten, und im internationalen Wettbewerb mitzuhalten. Ich will hier ganz ehrlich sein. Ich hatte gute Gründe, ihnen glauben zu wollen. Sie finanzierten meine Wahlkämpfe im großen Stil, vor allem als es mir gelungen war, in zwei maßgebliche Ausschüsse berufen zu werden. Aber diese kleinen Leute da unten in dieser Kirche in Oakland – ich sage Ihnen, es war schwer, Augen und Ohren vor dem zu verschließen, was ich da sonntags morgens zu sehen und zu hören bekam. Als würde ich ausgerechnet im Augenblick meiner größten Verwundbarkeit mit einer Botschaft bombardiert. Sonst hätte ich mich einfach abgewandt. Das ist etwas, das jeder Politiker lernt. Jeder erfolgreiche Politiker, besser gesagt, der die Absicht hat, wieder gewählt zu werden. Der Schlüssel zum Erfolg in Washington besteht darin, dass man sich seine Schlachten klug auswählt.»

Ein verschleierter Lichtstrahl vom Fenster fiel auf Kays Gesichtszüge. Der Mullverband an ihrer Stirn leuchtete in einer Farbe jenseits von Weiß. Wynn klammerte sich verzweifelt an ihre Worte und an diesen Augenblick.

«Was die Leute da unten im Tal mir zeigten, war das langsame und stetige Hinscheiden der örtlichen Bankfiliale. Es ging so allmählich, dass es sehr leicht gewesen wäre, den Trend zu ignorieren. Aber im Laufe der Zeit wurden viele dieser Filialen geschlossen. Traditionell waren unsere lokalen Banken dazu da, dem Gemeinwesen zu dienen. Sie unterhielten ihre Filialen in Gegenden mit niedrigem Durchschnittseinkommen, weil sie als Anker für die lokalen Unternehmer und Kaufleute dienten. Aber jetzt verschwanden diese Filialen. Warum? Weil diesen riesigen Megabanken nicht mehr besonders viel an lokalen Gemeinden liegt. Sie existieren, um ihren Shareholdern zu dienen. Und diese kleinen Filialen brachten nicht allzu viel Gewinn. Infolgedessen wurden diese wenig rentablen Filialen geschlossen, und an ihre Stelle traten Leute, die ich als Kredithaie bezeichne. Kreditvermittler, Scheckeinlöser, Pfandleiher, Autofinanzierer, Anbieter von zweitrangigen Hypothekendarlehen. Sie alle haben eins gemeinsam: Sie leben vom Wucher. Diese Newcomer, diese Haie, berechnen höhere Zinsen als die Kreditkartenfirmen. Es interessiert sie nicht, wer dabei draufgeht. Sie vernichten Familien. Sie vernichten Gemeinden. Und sie existieren, weil die Banken sich zurückziehen und ein Vakuum hinterlassen, das diese Kreaturen ausfüllen können.»

Die Außentür öffnete sich, und Lärm sickerte herein. Wynn beugte sich vor; er wollte nicht, dass irgendjemand oder irgendetwas jetzt störte.

Kay tat das Gleiche und kam so nah heran, dass er bernsteinfarbene Punkte in ihren Augen sehen konnte, die er bis jetzt für völlig dunkel gehalten hatte. «Und da habe ich Graham kennen gelernt. Ich ging zu einem Bibelkreis auf dem Capitol Hill. Er war dort. Man lernt ziemlich schnell, dass man bei solchen Veranstaltungen nicht fachsimpelt. Die Leute werden ziemlich stachlig bei dem Gedanken, dass man sich an sie heranmachen könnte, während sie sich aus ihrer Deckung begeben. Ich musste ihm auflauern.»

Eine Gestalt am Rande von Wynns Gesichtsfeld sagte: «Entschuldigen Sie bitte, Congressman.»

«Ich komme gleich.»

«Aber Sir, Ihr...»

Wynn hob drohend den Finger. «Verschwinden Sie.» Zu Kay gewandt, sagte er: «Weiter.»

«Vielleicht lag es daran, wie ich ihn erwischte, als er gerade von der Gruppe wegging, und ihm sagte, dass ich gehört hätte, er sei mit einer Finanzreform befasst. Jedenfalls weigerte er sich an diesem Tag, mit mir darüber zu reden. Es war, als könne er in mich hineinschauen und alle meine verworrenen Motive, alle inneren Interessenkonflikte sehen. Sie wissen, was ich meine?»

Wynn nickte knapp. Er wusste es.

«Und da sagt er – und bedenken Sie, er spricht mit jemandem aus dem Bewilligungsausschuss, mit einer angesehenen Senatorin, die beträchtlichen Einfluss hat und die ihn wirklich auf Trab bringen kann, im Guten wie im Schlechten. Aber was sagt er zu mir? ‹Ihre Zweifel stehen Ihnen ins Gesicht geschrieben, und nichts, was ich sagen könnte, wird Sie überzeugen.›»

«Das hat er gesagt?»

«Ja. Und dann sagt er: ‹Wenn das Ihr Kreuz ist, wird der Herr es Ihnen sagen müssen. Nicht ich!› Wendet sich ab und geht davon.»

Der Referent fing vor Nervosität fast an zu zappeln. «Congressman, bitte. Sir, der Wagen wartet, und die Polizeieskorte ist unten, und Ihr Flug nach Washington geht in einer Stunde.»

Kay stand auf, wartete, bis Wynn sich ebenfalls erhoben hatte, und umarmte ihn dann heftig. Als sie ihn schließlich wieder losließ, lächelte sie und sagte: «Darauf kann man nur schwer etwas erwidern, nicht wahr?»

33
Freitag

Es war Freitagabend in Washington, als Jackie auf dem Dulles Airport durch den Zoll humpelte. Sogleich umgab sie fröhliches Karfreitagsgetöse. Die Religiösen in der Menge der Wartenden stachen hervor wie blanke neue Pennys. Kleine Jungen zupften am Kragen ihres ersten Anzugs und tobten hinter Mädchen in rosa Kleidern und Lackschuhen her. Eltern mit schleifenverzierten Blumensträußen umarmten und begrüßten Verwandte unter Tränen und in zwei Dutzend verschiedenen Sprachen. Jackie schob ihren Trolley vor sich her, und noch immer klangen in ihren Ohren die Glocken, die sie stets morgens in Rom geweckt hatten. Tausende und Abertausende von Glocken, die unentwegt geläutet hatten, von dem Augenblick an, als sie aufgewacht war. Über dem Atlantik hatte sie geschlafen und von einer Melodie geträumt, die für viele ein Willkommensgruß, für sie aber ein nur Abschied war.

Den Morgen zuvor hatte sie schlafend verbracht. Kurz nach Mittag war sie aufgestanden und hatte gespürt, wie die Schmerzen zurückkamen, aber sie hatte nicht noch eine Tablette nehmen wollen. Ihr Zimmer hatte versteckt in irgendeiner Gasse von Trastevere gelegen, hoch genug, um den Straßenlärm zu einem beständigen Geratter werden zu lassen, das aus einem steinernen Wald zu ihr heraufstieg. Es war schäbig und alt gewesen, die Wände gelb und rissig. Der Fensterladen ließ sich nicht öffnen. Im Erdgeschoss unterhielt die Kirche eine Suppenküche, und der Geruch, der von dort heraufwehte, verleitete sie schließlich dazu, die Qualen des Anziehens auf sich zu nehmen. Jede Bewegung ließ ihre Schulter von neuem pochen. Auf den vier Treppen nach unten umklammerte sie das Geländer und atmete im Takt ihrer Schritte.

Sie stellte sich zu den Armen und Obdachlosen in die Schlange. Es waren Hunderte von Leuten versammelt, und sie war von einem Regenbogen aus Sprachen umgeben. Freiwillige Helfer trugen das Essen auf. Jackie setzte sich an einen der Tische, löffelte Pasta und Brühe und aß dann ihr Brathuhn mit Erbsen bis auf den letzten Krümel auf. Wenn sie sich umschaute, erwiderte niemand ihre Blicke. Trotzdem fühlte sie sich tröstlich verbunden mit diesem Ort und diesen Menschen. Ihr eigener Schmerz war vielleicht besser verborgen, aber sie verstand sie alle.

«Jackie, willkommen.» Anna lächelte allen am Tisch zu und berührte ihre gesunde Schulter. «Alles tut weh, nicht wahr? Aber während Sie geschlafen haben, war die Ärztin da, und sie sagt, es ist alles in Ordnung.»

«Das ist ein ziemlicher Betrieb hier.»

«Sant'Egidio hat hier mit dieser Küche begonnen. Jetzt gibt es uns überall auf der Welt. Wir studieren das Wort Gottes, wir beten für den Frieden, wir geben den Armen zu essen, wir sprechen für alle die, die keine Stimme haben.»

Nach dem Essen ging Jackie in das benachbarte Café und benutzte ihre Kreditkarte, um Esther anzurufen. Die war entsetzt, als sie von dem Mopedüberfall hörte, und erklärte sich widerstrebend bereit, Wynn zu warnen. Danach hatte Jackie keine Lust, in ihr Zimmer zurückzukehren, wo das Licht kaum einfiel und das Bett ein Gefängnis war. Stattdessen spazierte sie zu der Piazza vor der Kirche. Sie ging langsam und schonte ihre verletzte Seite. Sie setzte sich auf das Sims, das sich in Hüfthöhe an der Westmauer der Piazza entlangzog, bevölkert von Dutzenden anderen Heimatlosen und Verlorenen. Die Schatten und die Kirchenglocken waren die einzige Uhr, die sie brauchten, um einen weiteren in einer langen Reihe von leeren Tagen abzumessen.

Nach einer Weile streckte sie sich auf der Steinbank aus

und döste, bis die Schatten der Dämmerung sich über den Platz legten. Sie spazierte in einen Laden in einer benachbarten Gasse und kaufte sich ein Oliven-*ciabatta*, Käse, Weintrauben und eine Flasche Wasser. Während sie ihre Mahlzeit beendete, läuteten die Kirchenglocken ihre abendliche Einladung. Unversehens fand sie sich in der Menge wieder, die in die Kirche strömte, und die Proteste in ihrem Herzen waren nur ein kaum hörbares Winseln.

Anna stand in der Tür und begrüßte sie freundlich lächelnd. «Geht es Ihnen besser?»

«Eigentlich nicht, nein.»

«Ah.» Das Lächeln wurde schwächer, verging aber nicht. «Vielleicht sprechen Sie nicht nur von Ihren äußerlichen Verletzungen, ja?» Anna ging neben ihr her. «Vielleicht ist die Frage nicht, was Sie bewältigen müssen, sondern was Sie aus freien Stücken allein bewältigen. Verstehen Sie?»

«Vielleicht.»

«Natürlich ist es möglich, ohne Gott zu leben. So viele verzweifelte Menschen überleben mit nichts außer sich selbst. Aber Hoffnung? Wer kann allein stehen und sie noch kennen?»

Ihr Lächeln war ansteckend, sodass Jackie die Antwort leicht fiel. «Ich verstehe den Zusammenhang nicht.»

Anna schickte sie den Gang entlang. «Sehen Sie? Sie wissen schon, wohin Sie gehören.»

Immer mehr Menschen drängten hinter ihr herein. Jackie fand einen Platz in einer der vorderen Bänke. Die Bibellesung begann, jeder Abschnitt wurde zweimal übersetzt. Eine Araberin saß auf einer Seite neben ihr, ein klobiger Mann in einem engen Anzug auf der anderen. Es wurde gesungen, ein Lied außerhalb von Zeit und Raum, beinahe allzu besänftigend für Jackie. Plötzlich weinte sie. Sie wusste nicht warum, nicht einmal, um wen. Es gab keinen Platz für Gründe, kaum welchen zum Atmen.

Eine Hand langte herüber und klopfte ihr leicht auf die Schulter. Sie schüttelte rau den Kopf. Die Hand zog sich zurück und erschien wieder, aber nur um ihr ein Papiertaschentuch auf den Schoß fallen zu lassen. Anscheinend waren Tränen hier nichts Neues, und auch nicht das Verlangen nach Einsamkeit inmitten vieler. Sie hatte von Tränen gehört, die reinigen konnten, die Freude brachten, aber sie hatte dergleichen immer als bittere Fabel abgetan.

Jackie richtete sich auf und wischte sich mit dem Taschentuch das Gesicht ab. Sie weinte nie. Es war ein Luxus, den sie sich nicht leisten konnte. Deshalb war sie so erschrocken über diese mühelos fließenden Tränen. Sie suchte Kraft in der weihrauchgeschwängerten Luft, stand auf und ging zum Ausgang. Einen Augenblick lang wünschte sie, sie hätte nie von Rom gehört.

Jackie suchte nach den Hinweisschildern zu den Bussen zum Reagan National Airport und bemühte sich, die Schmerzen zu ignorieren. Die Aussicht, Shane wieder zu sehen, hielt sie in Bewegung; sie schaute auf die Uhr und überlegte, wie viel Zeit sie hatte, bis die Anschlussmaschine nach Orlando ginge. Deshalb sah sie Esther erst, als sie vor ihr stand. «Geben Sie mir das, meine Liebe, und setzen Sie sich.»

Jackie wollte der Frau nicht in die Augen schauen. Hier war kein Platz für weitere Tränen, ganz gleich, was sie hervorbrachte – die Müdigkeit, die Schmerzen oder das, was vor ihr lag. Sie vergrub ihren Kopf an Esthers Schulter und umklammerte sie so fest, wie ihre verletzte Schulter es erlaubte.

«Sind Sie erschöpft?»

«Müde, ja. Schläfrig, nein. Ich habe jetzt zwei Tage lang nur gedöst.» Sie ließ sich von Esther in den Rollstuhl helfen, den Carter Styles herangeschoben hatte, und lächelte den rothaarigen Mann an. «Den brauche ich eigentlich nicht.»

«Erlauben Sie.» Esther übernahm ihr Gepäck und führte sie in eine relativ ruhige Ecke, wo sie Platz nahm. «Können wir uns noch um eine andere Angelegenheit kümmern, bevor wir Sie nach Hause bringen?»

«Ja, aber ich fliege nach Orlando.» Sie blickte zur Wanduhr. «Ich habe nur etwas mehr als drei Stunden Zeit, um zum National Airport zu kommen. Alle Flüge von hier aus waren schon voll.»

«Sie fliegen nirgendwohin. Das können Sie nicht.»

«Ich habe keine Wahl, Esther.»

Carter fragte: «Hayek?»

Jackie nickte. «Ich habe vielleicht eine Spur.»

Esther rieb heftig die Furchen, die sich tief in ihre Stirn gegraben hatten. Carter setzte sich auf den Sitz neben ihr und beugte sich so weit vor, dass sein Bauch auf den Oberschenkeln ruhte. «Wir haben gute Nachrichten und schlechte Nachrichten.»

«Ich bin ausgehungert nach guten Nachrichten.»

«Wem sagen Sie das. Okay. Erstens: Graham geht es besser. Nicht großartig, nicht mal gut. Aber er ist wieder unter den Lebenden.»

«Wahrscheinlich ist das alles, womit wir rechnen können», ergänzte Esther.

«Sagen Sie das nicht. Denken Sie es nicht mal.» Carter nahm Esthers Hand und sagte zu Jackie: «Und wir verklagen die Zeitung, die diese Story über Graham gebracht hat. Unser Anwalt hat ein paar Hintergrundrecherchen angestellt. Wie sich herausstellt, hat das Blatt einen neuen Minderheitseigner. Eine ausländische Bank.»

«Lassen Sie mich raten», sagte Jackie. «Die Banque Royale in Liechtenstein.»

«Auf Anhieb richtig.»

«Der gehört auch das Flugzeug, mit dem Valerie Lawry zu Hayek geflogen ist.»

«Erzählen Sie ihr nur gleich den Rest», sagte Esther.

Carter formulierte seine Worte bedächtig. «Der Congressman und Senatorin Trilling wurden überfallen, als sie von einer Konferenz außerhalb von Kairo kamen, von der wir dachten, sie sei geheim. Sie sind beide wohlauf, aber Congressman Bryants Schwester wurde ermordet. Und unser Freund Nabil ist verwundet.»

«Sie kündigen Wynns Flug an», sagte Esther und stemmte sich hoch. «Sie können ihr den Rest unterwegs erzählen.»

Als sie durch die Halle zurückgingen, merkte Jackie, dass sie es nicht ertrug, in diesem Rollstuhl zu sitzen. Es tat zwar gut, sich auf die Kraft anderer verlassen zu können, aber sie bekam eine Gänsehaut, wenn sie sah, wie die Leute es sorgsam vermieden, sie anzuschauen. Sie hatte ihr Leben lang auf eigenen Füßen gestanden. «Ich gehe lieber.»

Carter half ihr aufstehen, schob den Rollstuhl zur Wand und kam an ihre Seite. Esther schob weiter den Gepäcktrolley. Aber als das Arrival-Gate in Sicht kam, sagte Carter: «Lassen Sie uns hier stehen bleiben.»

«Was ist?»

«Da vorn sind Kameras. Ich kann es nicht fassen. Und schauen Sie mal, wer sich da durchdrängt, um den Congressman zu begrüßen.»

Jackie sah ein bekanntes Gesicht. «Ist das Gouverneur Wells?»

«Gestern gab es ein Meeting der Südstaaten-Gouverneure im Weißen Haus», sagte Carter.

«Er kann das hier doch unmöglich als Fototermin nutzen», sagte Esther. «Das wagt er nicht.»

Wynn kam durch die Schiebetür wie ein Mann, der aus seinem Grab stolpert. Mit weit aufgerissenen Augen, aber ohne etwas zu sehen, taumelte er auf wackligen Beinen vorwärts. Beim ersten Blitzlicht fuhr er zurück.

Grant Wells trat vor und umarmte ihn. Blitzartig hatte Wynn die ganze Szenerie erfasst, doch statt zurückzuweichen, packte er Grant nur noch fester. Aber es war nicht Trauer, was ihn bewegte. Seine Züge waren angespannt, sein Gesicht blutleer und maskenhaft. Er sah aus, als wolle er Grant den Kopf abbeißen.

Jackie bemerkte, wie Grants Muskeln sich anspannten, und erkannte, dass der Gouverneur versuchte, sich loszureißen. Wynn hielt ihn wütend fest und flüsterte ihm unablässig ins Ohr, und dabei drehte er sich ein kleines Stück, sodass Grants Kopf sein Gesicht vor den Kameras verbarg. Der Gouverneur sah krank aus. Er strengte sich noch einmal an und befreite sich mit einem krampfhaften Ruck. Wynn senkte den Kopf und stürmte durch die Menge. Der Gouverneur starrte ihm nach, immer noch bestürzt.

Jackie ging auf Wynn zu. «Ein bisschen langsamer. Ich kann nicht so schnell gehen.»

Wynn sah um fünfzig Jahre gealtert aus. «Haben die Sie auch erwischt?»

«An der Schulter und am Bein. Ich habe versucht, Sie anzurufen, um Sie zu warnen.» Als er weiter durch die Menge drängte, sagte sie: «Ich habe Informationen, die Sie hören müssen.»

Ein Reporter kam von der anderen Seite heran. «Congressman, könnten Sie uns bitte einen Kommentar zu …»

«Nicht jetzt. Rufen Sie in meinem Büro an.»

«Unsere Botschaft in Kairo sagt, es seien Terroristen gewesen …»

«Ich habe gesagt, nicht jetzt.» Dann sah er Esther und Carter und hatte noch genug Kraft, um zu knurren: «Wag's ja nicht, in meine Nähe zu kommen.»

«Ich wollte nur sagen, wie Leid …» begann Esther.

«Spar's dir.» Er wandte sich Jackie zu. «Kommen Sie.»

Sie nahm Carter ihren Gepäcktrolley ab und bemühte sich, mit Wynn Schritt zu halten, auch wenn die verlängerten Schritte ihr Bein so spannten, dass die Wunde aufschrie. «Ich muss zum National Airport.»

«Ich bringe Sie hin.» Wynn stürmte zur Tür hinaus, ohne sich um den Verkehr zu kümmern. Er ignorierte die Hupen und kreischenden Bremsen. Zielstrebig lief er auf die Reihe der Limousinen zu. Dort angekommen, redete er in einer Sprache, die man offensichtlich verstand, denn einer der Fahrer machte einen Satz nach vorn. Als Wynn zu Jackie zurückdeutete, kam der Fahrer im Galopp herüber und nahm ihr den Gepäcktrolley ab.

Aber als sie im Wagen saßen, waren seine Energie und sein Zorn verflogen, und sie sah einen Mann neben sich, der vor ihr und der Welt ringsum zurückwich. «Es tut mir so Leid, Wynn.»

Er wartete, bis der Fahrer am Steuer saß. «National Airport, und dann zum Willard. Und machen Sie die Trennscheibe zu.»

Erst als die Scheibe ganz nach oben geglitten war, sah er Jackie an. «Sagen Sie mir, was ich tun soll.»

Seine Trauer war so groß, dass sie Jackie zu ihm zog. Sie legte einen Arm hinter ihn, nahm seine Hand, saß einfach da. Ließ ihn spüren, dass sie bei ihm war. Im Hier und Jetzt. Nach und nach wich die Anspannung von ihm, und schließlich konnte er den Kopf auf ihre Schulter sinken lassen. Sich anschmiegen. Als ob er dort hingehörte. «Ich bin so müde.»

Sie strich über das schöne dunkle Haar. «Ich weiß.»

So saßen sie da, ohne zu sprechen, bis das erste Hinweisschild zum National Airport über ihnen erschien. Jackie gab ihm einen sanften Schubs gegen die Brust und sagte: «Ich habe Neuigkeiten.»

Widerstrebend löste er sich von ihr, rieb sich das Gesicht und hörte ihr zu, als sie in Windeseile von dem Bericht des Detektivs erzählte, von der Nachricht, die der Boatman geschickt hatte, und von dem Überfall. Dann kam sie noch einmal auf ihr Gespräch mit Esther zurück und endete: «Alles deutet immer noch darauf hin, dass Hayek ein Programm und einen Zeitplan hat. Ich wüsste keinen anderen Grund, weshalb er uns angreifen sollte. Es geht hier nicht um irgendeinen Ergänzungsantrag. Hier ist etwas anderes im Gange.»

Wynn hatte immer noch nichts gesagt, als der Fahrer die Gegensprechanlage einschaltete. «Entschuldigung – welche Airline?»

«United.»

«Dann sind wir da.»

Der Wagen hielt an. Wynn nahm Jackies Hand. «Bleib hier.»

«Ich kann nicht.»

«Ich brauche dich, Jackie.» Es kostete ihn viel, so zu flehen. «Bitte.»

Sanft befreite sie ihre Hand aus seiner. «Später vielleicht.» Sie wandte sich zur Tür und widerstand der Versuchung. «Jetzt muss ich diesen Flug nach Orlando erwischen.»

Er reckte sich herüber und fragte durch die offene Tür: «Wieso unbedingt jetzt?»

Sie beugte sich in den Wagen und berührte sein Gesicht. Schenkte ihm ein trauriges, trauriges Lächeln. «Weil morgen Besuchstag ist.»

34
Samstag

Am Samstagmorgen ließ Jim Burke sich von einer der Firmenlimousinen in die Stadt fahren. Im Wagen roch es matt nach Reinigungsmittel, abgestandenem Zigarettenrauch und dem Schweiß anderer Leute. Burke starrte aus dem Fenster in die langweilige Stadt und die Welt, die wieder einmal von einem rituellen Fest erfasst war.

Gestern und dann noch einmal an diesem Morgen hatte er mit Hayek über die Debakel in Rom und Ägypten gesprochen. Hayek war ehrlich erfreut darüber gewesen, dass alles schief gegangen war. Frustration hatte er nicht wegen der Überfälle gezeigt, sondern weil es ihnen nicht gelungen war, den brasilianischen Banker aufzuspüren. Burke bemühte sich, nicht allzu viel darüber nachzudenken. Die potenziellen Ablenkungen waren zu stark. Er würde sich an seine Anweisungen halten und rechnete damit, dass alles noch früh genug aufgeklärt werden würde. Bei Hayek war es einfach so.

Die First Florida war eine der ältesten Banken des Staates, und so sah die Zentrale in Orlando auch aus. Der gedrungene Steinkoloss nahm fast einen ganzen Block in Anspruch und sah aus wie eine Kreuzung zwischen einem Finanzamt und einem irrwitzigen Mausoleum. Burke stieg die breite Treppe hinauf und nannte dem Sicherheitsmann, der die mammuthaften Messingportale bewachte, seinen Namen.

Burke verachtete die Vorstandsmitglieder auf den ersten Blick. Looser im Nadelstreif, die ihre Nervosität hinter Golfplatzgelächter verbargen. Sie klammerten sich verzweifelt an die Annahme, dass er, da er nun einmal in ihr Büro gekommen war, derjenige war, der im Club willkommen geheißen werden musste.

«Jim Burke – richtig? Bob Carlton, Präsident der First Florida. Kann Ihnen gar nicht sagen, was für ein Vergnügen das ist. Jawohl, Sir. Ein echtes Vergnügen.»

Burke akzeptierte den Händedruck. «Ganz recht.»

«Als meine Sekretärin sagte, Sie hören sich nach einem Amerikaner an, da dachte ich, das ist zu schön, um wahr zu sein.» Er bestand nur aus Zähnen, rosigen Wangen und schmalen, sorgenvollen Augen. «Ich meine, es ist schön und gut, wenn die Banque Royale von Liechtenstein uns aufkauft. Aber die Kommunikation zwischen Leuten, die ihr Revier kennen, ist doch viel einfacher. Da ist die Wahrscheinlichkeit eines Fehlstarts viel kleiner.»

Robert Carlton der Fünfte war der Ururenkel des Gründers der First Florida und hatte mit dem ersten Carlton so viel gemeinsam wie das moderne Orlando mit der Pioniersiedlung des neunzehnten Jahrhunderts. Carlton der Ursprüngliche funkelte von einem prunkvoll gerahmten Porträt an der Wand herunter, offensichtlich erbost über das, was sein Nachkomme mit seinem Lebenswerk angestellt hatte.

«Was meinen Sie? Kommen wir zum Geschäft.» Bob Carlton strahlte seine Vorstandsmitglieder an. Er selbst behielt den Platz am Kopfende des Tisches und schob Burke den Stuhl zu seiner Rechten entgegen. «Ich glaube, den werden Sie ganz bequem finden, James. Oder sollte ich Sie Jim nennen?»

«Mr Burke genügt.» Er setzte sich auf einen Stuhl mitten an der Seite des Tisches und verlagerte das Kopfende auf diese Weise dorthin. «Ich habe leider nicht viel Zeit.»

«Kein Problem.» Carlton ließ sich schwerfällig auf seinen Stuhl fallen. «Ich schlage vor, wir bringen Sie über alle unsere Operationen auf den neuesten Stand und …»

«Das wird nicht nötig sein.» Burke schob die in geprägtes Leder gebundene Mappe der Bank weg. Er zog einen Umschlag aus dem Jackett, legte ihn vor sich und ließ ihn über die Tischplatte zum CEO der Bank sausen. «Das ist für Sie.»

Robert Carlton der Fünfte starrte den Umschlag an, als wäre es eine Schlange. «Was dagegen, wenn Sie mir sagen, was hier los ist?»

«Alles, was da drin ist, erklärt sich selbst.» Burke lehnte sich zurück und wartete.

Der silberhaarige Gentlemen gab sich große Mühe, wutfunkelnd den Tisch entlang zu blicken, aber in seinen Augen lag viel Angst. «Wir hatten eine Vereinbarung. Es sollte keine radikalen Veränderungen geben.»

«Lesen Sie einfach den Brief, Mr Carlton.» Als es dem Vorsitzenden mit seinen zitternden Fingern endlich gelungen war, den Umschlag aufzureißen, drehte Burke sich zur Seite und sagte zu den anderen: «Ihr neuer Eigentümer hat die Absicht, den Vorstand zu belassen, wie er ist, und die Bezüge um zwanzig Prozent zu erhöhen. Die einzige Veränderung, die wir derzeit vorzunehmen gedenken, ist eine Steigerung des Interbankenhandels. Und wir wollen in Ihrem Vorstand einen Platz für Ihren Vizepräsidenten für Kapitalmarktgeschäfte einrichten.»

Carlton hob den Kopf. «Kapitalmarktgeschäfte?»

«Thorson Fines, Sir», erläuterte der Vorstandssekretär.

«Ich weiß sehr wohl, wie der Mann heißt. Hören Sie mal, Mr Burke. Das geht wirklich nicht.»

«Es ist keine Bitte.»

«Wir haben diese Abteilung nur, um den Bedürfnissen einiger Großkunden entgegenzukommen. Unser Kapitalmarktgeschäft ist winzig.»

«Das wird sich ändern.»

«Womit denn?» Carltons Gesichtsausdruck war der eines Mannes, dessen Welt zum ersten Mal seit langer Zeit heftig erschüttert wird. «Sie können nicht erwarten, dass wir Geld nehmen, das man uns wegen unserer konservativen Kredit- und Investitionsgrundsätze anvertraut hat ...»

«Mit denen Sie beständig Geld verlieren.» Burke hatte genug. «Thorson Fines ist ab jetzt ein Mitglied Ihres Vorstandes. Sie werden neues Investmentkapital erhalten. Die Besprechung ist beendet.»

«Thorson Fines?» Burke wartete in der Tür, bis der Mann den Hörer aufgelegt hatte. «Jim Burke. Freut mich, dass Sie an einem solchen Feiertag herkommen konnten.»

«Sie sind der Repräsentant von Liechtenstein?» Thorson erhob sich zögernd. «Ich bin überrascht, dass sie einen Amerikaner schicken.»

«Die Bank hat nur einen einzigen Kunden, Ihren Eigentümer.» Und eine Messingplakette an der Frontseite eines schönen alten Gebäudes. Burke schloss die Tür, ging zum Schreibtisch und setzte sich, ohne dem Mann die Hand zu reichen. Thorson war jemand, dem monatelange Frustrationen ausgeredet werden mussten. «In jeder praktischen Hinsicht ist Ihr neuer Boss ein Amerikaner.»

Thorson Fines dachte darüber nach, während er sich wieder auf seinen Sessel sinken ließ. Wie sein Gesichtsausdruck erkennen ließ, hatte er entschieden, dass es darauf nicht weiter ankam. Vor ihm, das wusste Burke, saß ein Mann, der aussteigen wollte. «Und wer ist dieser Mystery Man?», fragte Thorson.

«Wir wollen erst sehen», sagte Burke, «ob Sie im Team sind oder nicht.»

«Sind Sie hier, um sich ein Bild von mir zu machen?»

«Oh, wir haben alle nötigen Informationen über Sie und Ihre Geschäfte, Mr Fines.»

«Es gibt keine Geschäfte.»

«Das ist uns bekannt.»

«Ich bin so was wie ein Maskottchen, das sie potenziellen neuen Investoren vorführen. Wenn ich mit einer Idee zu ihnen komme, flippen sie jedes Mal aus.»

«Das wird sich alles ändern», sagte Burke besänftigend.

Thorson war wie die meisten Cheftrader, die Burke kannte: vollständig geprägt von seinem Beruf. Er mochte einst dick oder geschmeidig, groß oder ein Zwerg gewesen sein, aber dann war er in die Mühlen des Handelsraums gezwängt worden. Sein Gesicht war ausdruckslos, sein Blick versengt vom Feuer des Parketts im Hochbetrieb.

«Ich habe mich umgesehen. Nach anderen Jobs.»

«Das wissen wir.»

«Sie glauben, Sie können mich umstimmen?»

«Absolut.»

«Okay.» Er verschränkte die Arme. «Reden Sie.»

«Sie sind soeben zu einem Mitglied des Vorstands der First Florida ernannt worden.»

Diese Nachricht löste ein grimmiges Lächeln aus. «Ich wette, da hat der alte Carlton einen Anfall gekriegt.»

«Was Carlton denkt, ist nicht mehr wichtig. Wir haben seine Bank nur aus einem einzigen Grund erworben.»

Thorsons Augen weiteten sich kaum merklich. «Meinetwegen?»

«Natürlich nicht. Wegen der Interbank-Beziehungen der First Florida. Aber es wäre ausgezeichnet, wenn wir Sie auch bekommen könnten.»

Der Devisenhandel funktionierte – im Grunde wie der Aktienhandel – auf zwei Ebenen. Die Devisenmärkte in Chicago, New York, London, Zürich und Tokio waren die Zentren für die meisten Transaktionen. Bis vor kurzer Zeit wurden kleine und mittlere Geschäfte – alles bis zu einem Umfang von hundert Millionen Dollar – über Broker abgewickelt, die an eine oder mehrere dieser Börsen gebunden waren. Aber der elektronische Handel fragmentierte dieses System. In zunehmendem Maße konnten auch kleinere Devisentauschgeschäfte online und direkt getätigt werden. Broker blieben aus zwei Gründen im Geschäft: wegen der Anonymität, die sie bieten konnten, und wegen der Informationen, die sie zusammen mit ihren Transaktionen vermakelten.

Aber genau wie bei den Aktien gab es noch eine zweite Ebene hoch über dieser ersten. In den hehren Sphären der Undurchschaubarkeit großer Fonds liefen umfangreiche Devisentauschgeschäfte, die als Pakete bezeichnet wurden, über die Interbankenbörse, ohne je die Straße zu berühren. Wenn der Deal abgeschlossen war, zeigte das elektronische Band einen Cross-Auftrag über irgendeinen massiven Betrag bis zu fünf Milliarden Dollar. Den Börsen blieb nichts anderes übrig, als die neue Devisenposition zur Kenntnis zu nehmen und sich selbst als die kleinen Fische zu erkennen, die sie waren.

Der Interbankenmarkt war die exklusivste aller Devisenbörsen. Der Zugang beschränkte sich auf die fünfzig führenden amerikanischen Banken, die größten Investmentfonds der Wall Street und riesige Brokerfirmen, die im Devisenhandel operierten. Diese Liste war streng begrenzt, und das aus gutem Grund. Auf dem Interbankenmarkt waren sämtliche Transaktionen zu hundert Prozent kreditfinanziert. Es gab kein Bargeld. Alle Player hatten Kreditlinien, und Sicherheiten waren nicht erforderlich. Jeder Player hatte ein Abwicklungslimit. Jede Transaktion wurde gegen dieses Limit skontriert. Und die Limits hatten nichts mit Solvenz, aber alles mit Reputation zu tun.

Hedgefonds waren von der Interbankenbörse ausgeschlossen. Das bedeutete, dass Hayek seine Margen angeben oder einen Prozentsatz von jeder Transaktion in harter Münze vorlegen musste. Es bedeutete außerdem, dass jedes Devisengeschäft unter den Augen der Öffentlichkeit stattfand oder durch Broker getätigt werden musste, die dafür berüchtigt waren, dass sie ihren besten Kunden Informationen verkauften. Nicht nur das – die konservativeren Interbank-Player weigerten sich überhaupt, mit Hedgefonds Geschäfte zu machen. Auf dem Interbankenmarkt würde niemand Hayek auch nur mit der Kneifzange anfassen.

Thorsons Gehirn überflog die neuen Daten mit der Geschwindigkeit des Traders: blitzschnell. «Sie geben die Fassade für einen amerikanischen Fonds?»

«So ist es.»

«Welchen?»

«Gehören Sie zu uns oder nicht, Mr Fines?»

«Oh, ich bin auf jeden Fall bereit, dieser Sache eine Chance zu geben.»

«Dann lautet die Antwort: die Hayek Group.»

Diese Neuigkeit ließ ihn ein kleines Stück zurückweichen. «Kommt er damit durch?»

«Wir arbeiten daran. Aber einstweilen müssen diese Informationen unter uns bleiben.»

Streng nach dem Gesetz durften Hedgefonds keine Bank besitzen. Aber dasselbe Gesetz verbot es den Banken auch, Hedgefonds zu betreiben. Und dieser Teil des Gesetzes war den Banken verhasst. Also hatten sie Millionen Dollar für ihre Lobbyarbeit ausgegeben, damit dem Gesetz die Zähne gezogen wurden. Jetzt besaßen sechs der Top Ten unter den amerikanischen Banken entweder beträchtliche Anteile an Hedgefonds, oder sie betrieben sie im eigenen Hause. Derivat- und Devisentransaktionen wurden nach amerikanischem Recht als Eventualverpflichtungen klassifiziert. Das bedeutete, dass die Banken diese Geschäfte und diese Risiken nicht in ihren offiziellen Bilanzen aufführen mussten, und das wiederum hieß, dass sie keine Rücklagen unterhalten mussten, um solche Kontrakte auch nur zu einem Teil zu decken. Zum ersten Mal seit der Depression hatten die Banken einen Weg gefunden, das verhassteste aller Bundesgesetze, die Margenerfordernis, zu umgehen.

Thorson nickte einmal und hatte die neue Weltordnung schon akzeptiert. «Und was jetzt?»

«Reden Sie mit Ihren Leuten. Sagen Sie ihnen, sie werden mit neuem Kapital überflutet werden. Und die neuen Eigentümer wissen alles, was man über Bonuszahlungen wissen muss.»

«Bonuszahlungen.» Fines nickte. «Wieso parken Sie den Fonds nicht einfach in Ihrer Liechtensteiner Bank?»

Burke wartete einfach ab. Darauf sollte der Mann ruhig selbst kommen.

«Sie wollen nicht, dass Ihr neues Aktivmanagement jenseits des Ozeans sitzt.» Die Brauen hoben sich ein kleines Stück. «Das heißt vermutlich, dass wir über eine Menge Geld reden.»

«Sagen Sie Ihrem Team, sie werden ein Vermögen damit verdienen.»

«Da gibt's einen Haken», sagte Thorson. «Es muss einen geben.»

«Hayek ist bekannt für seine Geheimhaltungspolitik. Das ist ein Grund dafür, dass er sich so lange an der Spitze halten konnte. Es reicht nicht, dass Ihre Trader gute Arbeit machen. Sie müssen es auch leise tun.»

«Wer redet, fliegt. Damit komme ich zurecht. Und die Leute auch.» Eine Viertelsekunde Pause. «Von wie viel neuem Kapital reden wir hier?»

«Vierhundert Millionen Dollar werden am Dienstag auf Ihr Kapitalmarktkonto transferiert. Noch einmal vierhundert am Mittwoch.» Burke zog einen zweiten Umschlag aus der Tasche. «Kontoinstruktionen und die Bestätigung Ihrer neuen Position. Und des neuen Gehalts.»

Thorsons Hände zitterten stärker als die seines Vorsitzenden, aber aus anderen Gründen. Das Blatt, das er da in der Hand hielt, machte ihn zu einem reichen Mann. «Sie bringen Ihren eigenen Cheftrader mit?»

«Richtig. Sein Name ist Brant Anker. Spitzenklasse. Früher bei der Bank of America.»

«Wir haben nicht genug Personal für ein Handelsvolumen von achthundert Millionen.»

«Jetzt schon.»

Thorson hob den Blick vom Blatt. «Und nicht genug Platz.»

«Sie werden einfach zusammenrücken müssen. Vorläufig.»

«Wie viele Leute bringen Sie mit?»

«Fünfundzwanzig für den Anfang. Wir verdoppeln Ihr Personal mit Wirkung von morgen.»

«Das heißt, die achthundert Millionen ...»

«Sind nur ein Anfang. Zunächst einmal sollen Sie Hayek als bevorzugten Kunden etablieren. Eröffnen Sie eine Kreditlinie für die Interbankenbörse. Fangen Sie so hoch an, wie Sie können, ohne große Wellen zu machen. Sagen wir, eine halbe Milliarde.»

Fines konnte sein Staunen nicht länger verbergen. «Eine halbe Milliarde ist das Doppelte meiner jetzigen Operationen.»

«Das ist nur der Anfang. Wenn Hayek über dieses Level hinausgehen will, rufen Sie mich an, am Tag oder in der Nacht.» Er legte seine Karte auf den Schreibtisch. «Meine Privatnummer steht auf der Rückseite.» Burke stand auf und sah erfreut, dass der Mann sich mit ihm erhob. Sie waren jetzt ein Tandem. «Die neuen Leute werden Dienstag hier sein.»

35
Samstag

Die Bundesgefängnisfarm sah genau so aus, wie Jackie es sich immer vorgestellt hatte. Der Besucherparkplatz war von Fichten umgeben und lag am Beeline Expressway. Die Luft war sehr still, die Hitze stickig. Auf dem Morgen, der in Orlando nur ein schwüler Frühlingsmorgen gewesen war, lastete jetzt hart die Angst. Jackie fummelte das Röhrchen mit den Schmerztabletten auf, schüttete sich zwei in die zitternde Hand und ließ drei auf den Gehweg fallen. Eine ganze Weile stand sie so da, und dann ließ sie die Pillen wieder in das Röhrchen rollen.

Sie stellte sich in die Reihe der bedrückten Mütter und Geliebten, die sich langsam durch die Sicherheitskontrolle bewegte. Sie musste unwillkürlich hochschauen, als sie unter dem ersten Maschen- und Stacheldrahtzaun hindurchging. Sie reichte dem Sicherheitsposten ihren Führerschein, ließ das Abtasten über sich ergehen und hätte sich dann beinahe übergeben, als sie Shanes Namen nannte.

Sie setzte sich neben zwei stämmige Frauen, die rauchten und miteinander Spanisch redeten, lehnte den Kopf an die raue Ziegelmauer und rang um Beherrschung.

Zu Beginn ihrer Beziehung war Shane höflich, interessant und gut aussehend gewesen. Er war ein Meister der Bezauberung. Für zwei Stunden konnte er jeden zum Narren halten. Dadurch hatte sie sich gewinnen lassen, dadurch und durch den Umstand, dass ihr Bruder sie miteinander bekannt gemacht hatte. Shane hatte ganz ungezwungen begonnen und ihre Treffen so kurz gehalten, dass er seine wahre Natur hatte verbergen können, bis sie ihm wirklich auf den Leim gegangen war. Dann erst hatte er seine andere Seite offenbart. Die Bedrohlichkeit. Den Schrecken.

Im Laufe der acht Monate, die sie zusammen gewesen waren, hatte er alle ihre Freunde vergrault. Er hatte Tobsuchtsanfälle bekommen, wenn sie versucht hatte, ohne ihn irgendwohin zu gehen. Nach und nach hatte er allen Schutz entfernt, den sie bei anderen vielleicht hätte finden könnten; sogar Preston hatte er einmal abends aus der Wohnung geworfen. Der einzige Mensch, der ihm willkommen gewesen war und in dessen Anwesenheit er sich wohl gefühlt hatte, war Jackies Mutter. Weitere Warnungen hätte sie eigentlich nicht benötigt. Aber als die Seelenverwandtschaft der beiden zutage trat, hing Jackie bereits am Haken.

Nach und nach hatten seine ätzende Zunge und seine Bösartigkeit sie zu einem zitternden Häuflein gemacht, das nicht mehr genug Rückgrat besaß, um zu gehen. Bis dahin hatte sie nie verstanden, wie eine Frau einem als gefährlich bekannten Mann ins Netz gehen konnte. Jetzt litt sie für sie alle. Gegen Ende war sie sich ihrer eigenen Identität nicht mehr sicher gewesen, hatte nicht mehr gewusst, ob von ihr überhaupt noch so viel übrig war, dass es sich lohnte, zu gehen.

In Wahrheit hatte Shane nie die Absicht gehabt, sie zu heiraten. Zu Anfang hatte er die Ehe als Köder benutzt. Aber als sie anfing, Preston zu pflegen, und er spürte, das sie einen Weg zurück in ein Leben ohne ihn gefunden hatte, setzte er sie massiv unter Druck. Am Ende hatte Jackie ihn nicht um ihrer selbst willen verlassen, sondern Prestons wegen. Niemand sollte gezwungen sein, allein zu sterben – das war die Litanei die sie unablässig für sich wiederholte, als sie eines späten Abends flüchtete, ihren Bruder eingehüllt auf dem Rücksitz und ihre ganze Habe in zwei Koffern im Kofferraum. Sie nahm unter falschem Namen ein Apartment, bezahlte alles in bar aus Prestons schwindenden Reserven und versteckte das, was übrig war, unter seiner verschwitzten Matratze. In diesen grauenvollen Tagen lebte sie mit einem geladenen und entsicherten Elektroschockgerät in Reichweite und konnte erst wieder leichter atmen, als sie erfuhr, dass Shane eigene Probleme hatte. Diese Neuigkeit hatte es ihnen ermöglicht, noch ein letztes Mal zusammen zu lachen, bevor ihr Bruder sie dann ganz allein gelassen hatte.

«Jackie Havilland?»

«Das bin ich.»

Der Wärter war schwarz und riesig. «Hier entlang.»

Aber sie hatte Mühe, aufzustehen. Da, wo sie saß, gab es keine Luft und keine Kraft mehr. Die beiden Frauen neben ihr schauten sie an und lächelten in bitterer Erinnerung an die Gelegenheiten, da es ihnen ebenso gegangen war. Mit beiden Händen stemmte Jackie sich hoch. Als sie stand, stieg Übelkeit in ihr auf. Sie lehnte den Kopf an die Wand.

«Lady», knurrte der Wärter, «niemand zwingt Sie dazu.»

Sie rollte sich ab und zuckte zusammen, als ihre Schulterwunde die Wand berührte. «Es ist höchste Zeit, dass ich diese Gespenster vertreibe.»

Als der Wärter sicher war, dass sie es schaffen würde, wandte er sich ab und führte sie den Weg hinüber zum Zellentrakt. Jackie konzentrierte sich auf seinen breiten Rücken, um nicht zu sehen, wohin sie ging. Der Wärter bewegte sich leichtfüßig wie ein Tanzbär, und sein Schlüsselbund klirrte im Takt seiner Schritte. «Wir fesseln die Leute hier normalerweise nicht. Aber wenn Sie wollen, lege ich dem Mann eine Kette an.»

Jackie antwortete nicht. Der Wärter gab grunzend sein Einverständnis und stieß die Tür zu einer lang gestreckten, industriegrauen Betonhalle auf. Er wies sie zu einem freien Tisch. «Ich bin gleich da drüben, wo ich alles im Auge behalten kann. Haben Sie gehört?»

Die Halle war zwanzig Meter lang und zwölf Meter breit, aber weniger als ein Dutzend Leute saßen in Gruppen um die weit auseinander stehenden Tische. Jackie setzte sich und dachte daran, wie aufgeregt Preston sie auf jene erste Begegnung mit Shane vorbereitet hatte. Ein richtiger Star, so hatte er ihn beschrieben, der Mann, der höchstwahrscheinlich der nächste Cheftrader in Hayeks Devisenteam sein würde. Das war, bevor man entdeckt hatte, dass Shane zwei Einkünfte bezog.

An angespannten Markttagen folgten manchmal innerhalb von einer Stunde zehn oder zwölf Devisengeschäfte aufeinander. Shane hatte bestimmte Transaktionen über eine jamaikanische Bank abgewickelt, sie einmal für sich selbst realisiert und sie dann wieder in den Tagesfluss zurückgehen lassen. Es war lange Zeit glatt gegangen, aber eines Tages hatte der Markt sich auf üble Weise gegen ihn gedreht. Shane war abgestürzt und danach so pleite gewesen, dass er notgedrungen massiver hatte zulangen müssen. Und immer öfter. Und deshalb hatte man ihn ertappt.

Hayek hatte ihm alles genommen, was er besaß: Autos, Aktien, Pensionsfonds, Haus. Alles. Dann war Shane wegen Unterschlagung vor Gericht gekommen und zu zwölf Jahren Haft verurteilt worden. Was Jackie betraf, war dieses Urteil ein Lichtblick in einer ansonsten trüben Zeit gewesen.

«Jackie?»

Sie war nicht bereit. So sehr sie sich bemüht hatte, sich darauf einzustellen, sie war nicht vorbereitet. Shane setzte sich ihr gegenüber auf den Stuhl. «Ich kann's nicht glauben.»

Sie schluckte, kämpfte die aufsteigende Galle nieder. Schluckte noch einmal.

«Du bist gekommen. Du bist wirklich …» Er sah immer noch fantastisch aus, geschmeidig wie ein Florett und überaus männlich. Vierzehn Monate im Gefängnis hatten seine Haut blasser, sein Haar dünner werden lassen. Aber er war immer noch hinreißend. «Ich habe dir drei Briefe geschrieben, nachdem ich mich bekehrt habe.»

«Ich habe den ersten bekommen.» Mit Mühe fand sie ihre erstickte Stimme wieder. «Habe ihn in Stücke gerissen.»

«Ich kann es dir nicht verdenken.» Der eigentliche Unterschied lag in seinen Augen. «Du siehst gut aus. Großartig, genau gesagt.»

«Spar's dir.» Jetzt, da sie ihn so nah vor sich sah, wünschte sie, sie könnte sich die Haut vom Leibe schrubben und alles entfernen, was er mit seiner Berührung besudelt hatte. «Ich bin gekommen, weil ich hinter Hayek her bin.»

Shane erstarrte, als seine Ellenbogen den Tisch berührten. «Was?»

«Du hast es gehört. Hayek tut Freunden von mir weh. Ich brauche ein Druckmittel. Jemanden, der dort Zugang hat.»

Zum ersten Mal ließ Shane eine Andeutung seiner anderen Seite erkennen. Sie sah, wie sich seine Augenlider auf vertraute Weise spannten, als die gut verborgene Wut die Haut zurückzog. Dann war es wieder vorbei. Weniger als ein Atemzug. Aber es genügte, um sie in die Stunden des Grauens zurückzuversetzen, gefangen, in die Enge getrieben, ohne Hoffnung.

Shane schaute sich um. «Hayek», flüsterte er.

Sie zwang sich, nicht vor Wut zu schreien. Die Anstrengung ließ ihre Knie und ihre Stimme zittern. «Ich brauche einen Insider mit Zugang zu geheimen Daten.»

Es schien, als rede Shane mit jemand anderem. «Ich weiß nicht, ob ich mich da hineinziehen lassen sollte.»

«Du bist schon drin.»

Shane nickte langsam. Die wilde Seite war völlig unsichtbar, und der seltsame, sanfte Glanz trat wieder in seine Augen. «Du hast Recht. Für mich selbst kann ich es nicht tun. Aber für dich. Ich bin es dir schuldig, nicht wahr?»

Mit Mühe blieb sie sitzen. Sie ballte unter dem Tisch die Fäuste und biss die Zähne so heftig zusammen, dass es sich anfühlte, als seien sie zusammengeklebt.

«Wir haben das Ding zu zweit gedreht. Ich brauchte einen Partner, um das Geld unbemerkt zu bewegen.» Er senkte die Stimme. «Der Typ hieß Eric Driscoll.»

«Auch ein Trader?»

«Damals war er einer. Ich habe ihn nie verpfiffen. Habe behauptet, ich hätte alles allein gemacht. Soweit ich weiß, ist Eric noch da, steigt die Leiter immer höher hinauf, kassiert die große Kohle.» Er lächelte verkniffen. «Ein Mann, der eine Menge zu verlieren hat. Du kannst ihm sagen, dass ich das gesagt habe.»

«Gut.» Sie hängte sich die Tasche über die Schulter und zuckte zusammen, als sie die Wunde berührte.

«Dir geht's gut?»

«Ja.»

«Du bist härter geworden, Jackie. Steht dir gut.» Als sie aufstehen wollte, griff er nach ihrer Hand.

Jackie fuhr so heftig zurück, dass sie gegen die Wand hinter ihr prallte. Sie schrie auf, als der Schmerz durch ihre Schulter fuhr.

Sofort kam der Wärter auf sie zu. «Was ist hier los?»

«Nichts, Sir. Alles cool, nicht wahr, Jackie?»

«Ich muss hier raus.»

«Warte bitte. Nur eine Minute.»

Das scheinbar aufrichtige Flehen hielt sie zurück, der Blick, seine Haltung, die eine Hand, offen ausgestreckt. Der hübsche Knappe, zum Bettler geworden.

«Man denkt viel nach hier drin. Es gibt nichts anderes zu tun, als nachzudenken. Darüber, wie ich schon so früh süchtig nach dem Handel und dem Parkett geworden bin.» Er hastete durch seine Worte, als habe er monatelang auf die Chance gewartet, es ihr zu erzählen. «Die Droge Adrenalin hat alles Gute, was ich in mir hatte, abgetötet; das weiß ich heute. Ich habe von Asche und Wut gelebt. Wann immer ich mir gestattet habe, mit normalen Leuten zusammen zu sein, die ein normales Leben lebten, konnte ich tatsächlich spüren, wie die Krebsgeschwulst in mir wuchs. Wahrscheinlich habe ich sie deshalb so sehr gehasst.»

Jackie ließ ihrem Abscheu freien Lauf. «Du hast dich selbst hier hereingebracht. Niemand sonst. Und es ist nicht die Hälfte der Strafe, die du verdienst hast.»

«Du hast Recht. Ich weiß, dass du Recht hast.»

«Was soll das sein? Deine neueste Charme-Offensive?»

«Nein. Ich bin bloß ein Mann, der begriffen hat, wie wichtig es ist, dir zu sagen, wie Leid es mir tut. Alles.» Er wich vor jeder weiteren Konfrontation zurück. «Ich hoffe, dass es mir vielleicht helfen wird, mir selbst zu verzeihen, wenn ich diese Worte ausspreche.»

Jackie verlor zusehends die Beherrschung, als der Wärter sie wieder hinausführte. Mit harter Gefängnisstimme sagte er: «Es ist hart, mit anzusehen, wie ein Mann seine Bosheit hinter der Maske des Glaubens verbirgt.»

Jackie wischte sich fest übers Gesicht. In den letzten drei Tagen hatte sie zweimal so viele Tränen vergossen wie in ebenso vielen Jahren. Sie fühlte sich ausgehöhlt von einer Schwäche, die sie nicht ergründen konnte. «Wie bitte?»

Der Wärter bewegte sich mit der leichtfüßigen Anmut des Durchtrainierten. «Viele von denen kommen hier drin auf den religiösen Trip.» Er stieß das Tor auf, trat beiseite und fuhr fort: «Ich habe kein Problem damit. Alles, was sie zahm hält, ist mir recht. Aber draußen bedeutet es nichts, nicht bis zu dem Tag, an dem sie durch das große Haupttor treten. Überhaupt nichts. Denken Sie daran.»

36

Samstag

Um fünf Uhr nachmittags saß Wynn in seinem Büro und plagte sich mit den Nachwirkungen des Überfalls. Ein Agent, der in seinem Vorzimmer Posten bezogen hatte, kam herein und sagte: «Senatorin Trilling ist auf Leitung zwei.» Seine Worte waren nicht an Wynn gerichtet, sondern an die beiden vorgesetzten Agenten ihm gegenüber.

Auf einen solchen Vorwand hatte Wynn gewartet. «Sie werden mich entschuldigen müssen, meine Herren.»

«Nur noch ein paar Fragen, Sir.»

«Sie wiederholen sich doch jetzt schon seit fast einer Stunde.»

«Wir müssen ein Wort mit der Senatorin reden.»

«In Ordnung. Rufen Sie sie an.» Dann saß er einfach da und hielt den Telefonhörer in der Hand, bis sie begriffen hatten und hinausgingen. Als die Tür sich geschlossen hatte, drückte er auf den Knopf. «Kay?»

«War das ein FBI-Agent, der da ans Telefon gegangen ist?»

«FBI und Secret Service. Sie gehen mir seit Stunden auf die Nerven.»

«Damit muss man wohl rechnen. Ich werde als Nächste an der Reihe sein, nachdem ich jetzt wieder da bin. Nabil war mit mir in der Maschine, auf einer Trage quer über drei Sitze. Jetzt ist er im Georgetown Hospital. Bin froh, da raus zu sein, das kann ich Ihnen sagen.» Ihre Stimme wurde honigsüß. «Ich werde Sie nicht fragen, wie es Ihnen geht, denn ich glaube, das weiß ich schon.»

«Sie haben Jackie erwischt, Kay.»

«Ja, das hat Esther mir erzählt. Zumindest hat sie aber auch einen Treffer gelandet. Den Ersten bis jetzt. Anscheinend habe ich mich in ihr geirrt.» Sie machte eine kurze Pause. «Umso besser.»

«Das FBI will mir Personenschutz geben.»

«Das müssen Sie entscheiden, Wynn. Die können Sie nicht zwingen.»

«Nehmen Sie welchen?»

«Das Risiko kann ich mir nicht leisten. Nur wieder ein paar lose Enden mehr, Leute, die ich nicht kenne und die über Mikrofone mit Leuten reden, die ich nicht sehen kann.»

«Ich will auch keinen.»

«Ich kümmere mich darum.»

«Kay, ich brauche etwas zu tun.» Als die Senatorin nicht antwortete, fuhr er fort: «Bitte. Es ist wichtig.»

«Kennen Sie die St.-John's-Kirche?»

«Die kann ich finden.»

«Eine Episkopalkirche am Lafayette Square, dem Weißen Haus gegenüber. Im Gemeindehaus hat der britische Pfarrer gewohnt, damals in der schlechten alten Zeit. Dort treffen wir uns morgen.»

«Wann?»

«Um neun. Gleich nach dem österlichen Abendgottesdienst.»

«Ich werde da sein.»

37

Sonntag

Am Sonntagnachmittag kam Hayek aus seiner Hintertür und ging bis zum Ende seiner Koppel. Er hatte sein Handy bei sich für den Fall, dass seine Sekretärin den brasilianischen Banker schließlich doch noch ausfindig machte. Offenbar wusste der

Mann von den Katastrophen in Rom und Ägypten und hatte sich verkrochen. Aber die Sekretärin würde ihn aufspüren. Es war nur eine Frage der Zeit.

Seine Mitarbeiter wussten, dass sie sich nicht zeigen durften, wenn er am Wochenende zu Hause war. Sein Grauschimmel stand gesattelt da und stampfte in ungeduldiger Bereitschaft mit den Hufen. Hayek hatte sich nie die Mühe gemacht, dem Pferd einen Namen zu geben, denn das hätte eine Art von Bindung bedeutet. Er schwang sich in den Sattel und nahm den sägemehlbestreuten Pfad über die Koppel in den Wald. Zwischen den Bäumen schimmerte immer wieder das pfirsichfarbene Mauerwerk der Villa durch. Überall anderswo auf der Welt hätte dieses Anwesen grelle Protzigkeit ausgestrahlt, aber mitten in Florida, wo sogar Disneys Schloss ansprechend wirkte, passte es einfach in die Landschaft. Das Haus war viel zu groß für ihn, zumal jetzt, da er gerade unverheiratet war. Aber die vorgetäuschte Dauerhaftigkeit musste überzeugend und unübersehbar sein.

Hayek beschäftigte elf Angestellte, die das Haus und seine neununddreißig Hektar in makelloser Ordnung hielten. Es bedeutete ihm nichts. Er war nur auf der Durchreise. Der Umzug nach Orlando war eine Finte gewesen, nichts weiter.

Sein wahrer Wohnsitz sollte in Liechtenstein sein. Er stand bereits in Verhandlungen, um ein Rennpferdegestüt zu kaufen, das zurzeit noch dem Sultan von Oman gehörte. Liechtenstein war ein Ort, wo man die Macht des Geldes verstand. Es hatte dreißigtausend Einwohner und sechshundertzwanzig Banken. Der Herrscher des Landes war ein entfernter Cousin. Das Land war zu klein und zu abhängig von seinen Nachbarn, als dass es sich dem europäischen Diktat der Rechenschaftspflicht offen hätte widersetzen können. Daher hatte man ein Rechtssystem entworfen, das dazu diente, jeden Einzelfall in einem jahrelangen Wust von Bürokratie zu begraben. Als europäische Staatsanwaltschaften entdeckt hatten, dass eine halbe Milliarde Dollar aus dem Vermögen des ehemaligen nigerianischen Diktators auf einer Liechtensteiner Bank versteckt war, hatte die Justiz drei Jahre gebraucht, nur um einen Prozesstermin anzusetzen. Der Richter, den man schließlich mit dem Verfahren betraut hatte, war nebenbei Banker. Hayek wusste, dass er ein solches Land mit Freuden seine Heimat nennen würde.

Während er in gemächlichem Trott den Hang hinaufritt, zirpte sein Telefon. Er zog es aus der Tasche, nahm sich einen langen Augenblick Zeit, um seine Strategie noch einmal zu überdenken, und meldete sich dann mit einem knappen «Ja».

«Ihr Gespräch mit Brasilien, Sir.»

«Stellen Sie durch.»

Es klickte, die Leitung rauschte, und der Banker aus São Paolo rief: «Pavel, wo um alles in der Welt haben Sie gesteckt? Ich habe Sie überall gesucht ...»

«Ihre so genannten Sicherheitsleute haben es wieder getan.» Er hob die Stimme nicht. «Sie verschwinden noch heute.»

«Pavel, Pavel, ich dachte, wir hätten uns in dieser Angelegenheit geeinigt.»

«Das haben wir. Sie wurden auf die Probe gestellt. Sie haben versagt. Sie verschwinden. Was kapieren Sie daran nicht?»

Der Ton des Brasilianers wurde merklich härter. «Sie haben sie in eine unmögliche Situation manövriert.»

«Sie waren es, der mir gesagt hat, dass die bisherigen Aufgaben zu unbedeutend für sie waren und dass ich ihr ungeheures Netz von Verbindungen nutzen sollte. Sie sollten ihnen einen Schrecken einjagen, habe ich gesagt, und keinen internationalen Konflikt heraufbeschwören.»

«Zwingen Sie mich nicht, unser Kapital zurückzuziehen, Pavel.»

«Wir sind neun Tage davon entfernt, Ihre Investition zu verdoppeln. Ihre tölpelhaften Affen bringen alles in Gefahr. Hier steht nicht nur Ihr Geld auf dem Spiel, sondern das aller Beteiligten. Sie müssen verschwinden.»

Ein tiefer Seufzer. «Es tut mir Leid, Pavel. Sie werden es ohne uns machen müssen.»

«Von mir aus.» Mit Genugtuung hörte er seinen kühlen Bluff, seine gelassene Lüge. «Ich habe genug, um weiterzumachen. Mit Ihnen wäre es leichter gewesen, aber wenn nicht, kann ich es nicht ändern.»

Sogar der Wind hielt angesichts dieses ungeheuren Pokerspiels den Atem an. Hayek hob einen Finger und wischte sich einen Schweißtropfen von der Schläfe.

Dann wedelte der Grauschimmel mit einem Ohr, sein erstes Lebenszeichen seit Beginn dieses Gesprächs. Der Bann war gebrochen. Der Banker erklärte: «Ich werde mit meinen Partnern sprechen.»

«Tun Sie, was Sie wollen», antwortete Hayek kühl, aber am liebsten hätte er geschrien, laut zum strahlenden Himmel gejubelt. «Aber Ihre Leute sind hier nicht mehr willkommen.»

Statt zu antworten, trennte der Banker die Verbindung. Hayek schmiegte das Telefon an seine pochende Brust und zwang sich, ruhig zu atmen. Dann trieb er den Grauschimmel den Hang wieder hinunter. Jetzt hatte Burke freie Bahn, um den Spion im Handelsraum zu identifizieren und zu eliminieren. Und dann würden sich die einzelnen Teile seiner Strategie nahtlos zusammenfügen lassen.

Nachher würden sie all die Intrigen und Sorgen nicht mehr sehen. Nur noch den Erfolg. So war es in seiner Welt. Jahrelange Detailarbeit, sekundenlange Action. Aber er würde gewinnen. Und sein Name würde ewig leben.

38
Sonntag

Der Klang der Osterglocken in der sonnigen Ferne, machte den bitter langweiligen Tag für Jackie nur noch unerträglicher. Sie saß in ihrem Camaro auf dem Parkplatz eines 7-Eleven im Schatten eines übel riechenden Müllcontainers. Auf der anderen Straßenseite war das Einfahrtstor zu einer Enklave von teuren Reihenhäusern. Im Scherz hatten sie und Preston immer gesagt, dass sie eines Tages in eine solche Anlage ziehen würden – mit flutlichtbeleuchteten Tennisplätzen, einem Swimmingpool mit Olympiamaßen und schönen Menschen, die einander freundlich mit einem kleinen Hallo begrüßten.

Am Abend zuvor hatte Jackie den Zugangscode der Detektei benutzt, um eine Datensuche über Eric Driscoll vorzunehmen. Erleichtert hatte sie festgestellt, dass Eric immer noch als Angestellter der Hayek Group registriert war. Seine Wohnung lag zwei Straßen weit hinter dem Torhaus drüben, eine erstklassige Eigentumswohnung am Golfplatz. Eric hatte eine hohe Hypothek und einen stattlichen Kredit für sein Porsche-Cabrio abzuzahlen. Von einem ganzen Bündel von Überziehungen gar nicht zu reden. Finanziell bot sich das Bild eines gewöhnlichen Traders am Rande des Abgrunds. Die Suche hatte eine halbe Stunde gedauert.

Danach war sie noch auf die Trastevere-Website gegangen. Eine Nachricht hatte auf sie gewartet; man bat um direkten Kontakt. Sie hatte zugestimmt und dann gesehen, wie der wacklige Gondoliere erschien und wieder verschwand, bevor die Buchstaben aufleuchteten: Habe von dem Überfall gehört. Geht es Ihnen gut?

Ja. Nein, nicht gut. Aber ich funktioniere.

Haben Sie etwas über Tsunami erfahren?

Noch nicht.

Dann stellen Sie die falschen Fragen.

Was können Sie mir erzählen?

Glauben Sie, ich würde Sie behelligen, wenn ich etwas wüsste? Seien Sie vorsichtig. Und beeilen Sie sich.

Jackie stemmte sich aus dem Wagen, ließ Schatten und Gestank hinter sich und machte ein paar Dehnübungen. Ihre Verletzungen fühlten sich schon viel besser an, auch wenn sie eine unruhige Nacht voll bitterer Erinnerungen hinter sich hatte. In der Ferne läuteten unaufhörlich die Glocken. Anders als Rom, aber es gefiel ihr trotzdem. Sie sah den vorbeifahrenden Autos zu: Familien, die ein Ziel hatten, Orte, wo sie hingehörten, Menschen, auf die sie vertrauen konnten, wenn ihre Welt bedroht war. Sie wusste, dass das ein Märchen war, das sie sich selbst ausgedacht hatte, aber das hieß nicht, dass es nicht wünschenswert wäre.

Das Klingeln des Handys war eine willkommene Unterbrechung. Wynns Stimme am anderen Ende ebenfalls. «Wo bist du?»

«Im Büro. Lese Grahams Akten. Ich wünschte, ich wüsste mehr. Und du?»

«Ich parke neben einem Müllcontainer und wünschte, ich könnte irgendwohin, wo es schöner ist.»

«Kannst du. Komm her.»

Die Einladung freute sie. «Das würde ich gern tun. Wirklich. Aber ich kann nicht. Ich muss diesem Hinweis nachgehen.»

«Jackie …»

«Dräng mich nicht, Wynn. Bitte. Nicht jetzt. Nach gestern würde ich vielleicht nachgeben.»

«Was ist gestern passiert?»

«Das möchte ich dir erzählen», sagte sie, aber dann konnte

sie nicht weitersprechen. So überrascht war sie. Die Sehnsucht kam so machtvoll und mühelos wie gestern die unerklärlichen Tränen.

«Aber?»

«Aber ich möchte es tun, wenn wir zusammen sind. Ist das verrückt?»

«Ganz und gar nicht. Das ist etwas, worauf ich mich freuen kann.»

Die Freude breitete sich aus und ließ Barrieren schmelzen, die sie so lange in sich getragen hatte, dass sie ihr gar nicht mehr bewusst gewesen waren. «Ich habe dir nie für Rom gedankt.»

«Ich war nicht derjenige, der dich hingeschickt hat.»

«In gewisser Weise doch. Aber ich meinte eher den Flug und das Hotel und das Essen. Und die Gesellschaft.»

Wynn schien eine Ewigkeit für seinen nächsten Atemzug zu brauchen. «Beim Aufwachen heute Morgen hatte ich das Gefühl, wenn ich nicht einen Ort und eine Zeit finde, um schwach zu sein, um alles abzulegen, was ich mit mir herumschleppe, dann werde ich zu Staub zerfallen. Klingt das verrückt?»

«Nein.» In der Ferne klangen immer noch leise die Glocken. «Du nimmst mir die Worte aus dem Mund.»

Wynn ging zum Abendgottesdienst. Nach Auskunft der Broschüre, die er am Eingang mitnahm, datierte die St.-John's-Kirche aus der Zeit des Wiederaufbaus nach dem Krieg von 1812, ebenso wie das Weiße Haus und das Capitol. Trotz ihrer beeindruckenden Größe war sie ein anheimelnder Ort von behaglicher Enge. Die zentrale Kuppel war schmucklos, und die antiken Bänke waren von hüfthohen Schranken flankiert. Als die Gemeinde das erste Lied anstimmte, schob Kay Trilling sich neben ihm in die Bank. Sie lächelte Wynn kurz und knapp zu, nicht freundlich, aber auch nicht feindselig. Der Stirnverband leuchtete weiß auf ihrer Haut. «Geht's Ihnen gut?»

Er schaute wieder auf das Gesangbuch in seinen Händen und schüttelte den Kopf. Nein. Kay streckte die Hand aus und hielt das Gesangbuch mit ihm zusammen fest. Haut berührte Haut. Sie fing mit einer dunklen, milden Altstimme an zu singen. Sie sagte nichts mehr, aber ihre Botschaft war klar.

Vor der Eucharistie, als der Pfarrer sie einlud, einander ein Zeichen des Friedens zu geben, wartete Kay auf ihn. Sie fasste ihn bei den Schultern und sagte: «Sybel ist nicht hier, Wynn. Und wenn Sie hergekommen sind, um sie zu suchen, tauschen Sie nur einen falschen Weg gegen einen anderen.»

«All die Jahre hat sie mich mitgeschleppt », sagte er verbittert. «Ich weiß nicht, wen ich jetzt noch um Antworten bitten kann. Oder wenigstens, was ich fragen soll.»

«Sie wollen verstehen?» Kay konzentrierte sich so sehr auf ihn, dass alles andere ringsum nicht mehr vorhanden war. «Dann fangen Sie hiermit an. Meine Großmutter hat es zu mir gesagt, als ich sechs Jahre alt war. ‹Im Himmel gibt es keinen Erbschaftsplan. Gott akzeptiert kein gemeinsames Sparkonto.› Meine Großmutter war eine ungebildete Frau, die für andere Leute Wäsche wusch, um für meinen Daddy die Schule zu bezahlen. Aber mit dem Herrgott kannte sie sich aus.»

Sie umarmte ihn. Fest. Dann wich sie wieder weit genug zurück, dass er die winzigen hellen Flecken in den kraftvollen, harten Augen sehen konnte. «Wissen Sie, wo Sie am besten suchen und fragen? Auf den Knien. Das würde meine Großmutter Ihnen sagen. Ich kann es geradezu hören.»

Nach dem Gottesdienst ließ Kay sich von der Menge aufnehmen. Warmherzig redete sie mit allen, antwortete kurz auf die besorgten Fragen nach ihrer Gesundheit und entfernte sich dann wieder mit sanfter Diplomatie, um zu Wynn zurückzukehren. «Fertig?»

Er ging neben ihr her. «Ich will nicht nur zuschauen, Kay. Ich will helfen. Geben Sie mir etwas Konkretes zu tun.»

Sie führte ihn um die Ecke und die H Street entlang. Hinter Zäunen und Rasenflächen ragte das angestrahlte Weiße Haus auf. Sie schwieg so lange, dass Wynn fürchtete, sie wolle ihn wieder abweisen. Aber dann sagte sie: «Was uns hier fehlt, ist der entscheidende Ansatzpunkt. Etwas, das den amerikanischen Wählern das Problem wirklich ins Bewusstsein bringt. Für die meisten ist es nur interessant, wenn es um eine Sache geht, um eine einzige: ihre Arbeitsplätze. Wenn New York in den Atlantik rutscht und alle Banker in der Wall Street ertrinken, würde in meinem Bezirk niemand außer ein paar Finanziers auch nur mit der Wimper zucken. Der Erfolg des Jubilee-Ergänzungsantrags hängt davon ab, dass man die Punkte miteinander verbindet – von der finanziellen Zukunft einer globalisierten Welt bis zu einem Mechaniker in Hometown, USA. Wir müssen den Durchschnittswähler dazu bringen, sich aus tiefstem Herzen zu wünschen, dass die Wall Street in die Röhre guckt.»

Am Tor zum Gemeindehaus hielt Wynn sie fest. «Haben Sie überhaupt gehört, was ich gerade gesagt habe?»

«Natürlich. Und ich habe Ihnen gerade geantwortet, aber ich nehme an, Sie haben nicht zugehört.» Die warmherzige Kirchgängerin war hinter steinharter Entschlossenheit verschwunden. «Wynn, hier geht es nicht um Sie. Oder um mich. Hier geht es darum, sich mit vielleicht zwei Dutzend anderen Ländern zu einer neuen, globalen Überwachungsstrategie zusammenzuschließen. Sie wollen mithelfen? Schön. Freut mich. Aber hören Sie auf zu wimmern, Mann. Sie sind ein Kongressabgeordneter der Vereinigten Staaten, haben Sie das vergessen? Fangen Sie an, sich entsprechend zu benehmen. Krempeln Sie die Ärmel hoch und fassen Sie mit an.»

Der Grund für Kays schlechte Laune zeigte sich, als die Sitzung eröffnet wurde. Es war eine Konferenz nach Washingtoner Art: angespannte Leute, die es selbst an ihrem freien Tag eilig hatten. Etwa drei Dutzend Menschen waren anwesend. Esther saß Wynn gegenüber, Carter neben ihr. Beide betrachteten ihn mit dem ausdruckslosen Blick der Unentschlossenheit.

Im vorderen Teil des Raumes beriet man sich im Flüsterton, bis Kay dem ein Ende machte, indem sie sich erhob und sagte: «Wir alle kennen einander oder sollten es mittlerweile doch wenigstens. Also kommen wir zu Sache. Das Erste, was ich zu sagen habe, ist, wie sehr ich den Verlust bedaure, den Wynn erlitten hat. Einen Verlust auch für viele von uns, die Sybel als ihre Freundin betrachtet haben.» Unter der Last all dieser mitfühlenden, aber zugleich taxierenden Blicke glühte Wynn vor Scham. Nicht weil er jetzt hier war, sondern weil er es bisher nicht gewesen war.

Kay fuhr fort. «Das Einzige, was ich aus Kairo zu berichten habe, ist, dass die Mehrheit der dort vertretenen Nationen bereit ist. Das bedeutet, dass wir den Jubilee-Ergänzungsantrag plangemäß durchbringen müssen.»

Trotz seiner mangelnden politischen Erfahrung spürte Wynn die Besorgnis im Raum. «Da Graham nicht mehr da ist, um uns durch den Kongress zu bringen», fuhr Kay fort, «schlage ich vor, dass ich den Ergänzungsantrag im Senat einbringe.»

«Man wird Sie beharken, dass Ihnen Hören und Sehen vergeht», weissagte jemand.

«Kann sein. Aber jemand muss die Fackel aufnehmen und weiterlaufen.»

«Haben Sie die nötigen Stimmen im Senat?»

«Noch nicht. Aber es gibt eine Menge Leute, die mir etwas schuldig sind ...»

Wynn stand, ehe ihm der Gedanke ganz bewusst geworden war. «Ich werde ihn im Kongress einbringen.»

Kay drehte sich um, ebenso überrascht wie alle andern. «Wynn, Sie wissen nicht, was Sie da sagen.»

«Wer immer den Ergänzungsantrag einbringt, wird daraufhin als Rädelsführer in dieser Sache gelten, oder? Das heißt, mit seiner Karriere in der Politik ist es Essig.» Er zuckte die Achseln auf eine beiläufige Weise, die hoffentlich sein plötzliches Herzklopfen verbarg. «Ich spiele hier nur den Amtsverwalter. Das bedeutet, ich habe am wenigsten zu verlieren.»

Alle im Raum musterten ihn angespannt. Zu Wynns Verblüffung war es Carter, der das Wort ergriff. Den Blick auf seinen neuen Boss gerichtet, sagte er: «Wir sitzen im Kongress auf einer klareren Mehrheit. Erst recht, wenn wir plangemäß vorgehen.»

Kay runzelte die Stirn. «Danke für Ihr freundliches Angebot, Wynn. Würden Sie uns entschuldigen, während wir darüber diskutieren?»

39

Montag

Wynn wartete den halben Vormittag, ehe er Jackie anrief. Sie meldete sich mit einem knappen «Was?»

«Vielleicht sollte ich später noch einmal anrufen.»

«Wynn?»

«Ja. Was ist denn?»

«Ich sitze hier draußen seit fast zwei Stunden. Meine Schulter tut weh. Es ist heiß. Es ist schwül. Ich habe nicht gut geschlafen, und jetzt bin ich in ein Auto gesperrt, das zwölf Jahre alt ist und riecht wie eine schmutzige Socke.»

«Wo sitzt du?»

«Das willst du nicht wissen.»

«Doch.»

«Ich muss einem Hinweis nachgehen. Und das muss außerhalb des Büros geschehen.»

«Hayek?»

«Was sonst? Der Kerl liegt wahrscheinlich gerade auf dem Oberdeck eines Kreuzfahrtschiffs in der Sonne, nippt an seinem Drink, beguckt die Mädchen und amüsiert sich prächtig.»

«Du glaubst, du kriegst einen von Hayeks eigenen Leuten dazu, mit dir zu sprechen?»

«Ich hab's doch schon gesagt, Wynn: Frag mich nicht. Wo bist du?»

Dies war entschieden nicht der richtige Moment, um von seiner Suite im Willard zu sprechen. Von den schweren Seidenvorhängen, die offen waren und das Sonnenlicht zu den Fenstern hereinfluten ließen. Von der absoluten Stille der Washingtoner Innenstadt an einem Ostermontag. Von dem beiseite geschobenen Frühstückstablett. Er warf einen Blick auf die Akte neben ihm und sagte: «Ich arbeite. Heute Nachmittag treffe ich mich mit Kay Trilling. Ich bin Grahams alte Unterlagen durchgegangen.»

«Und?»

«Und nichts. Das meiste davon werde ich wahrscheinlich nie verstehen. Er hat Jahre darauf verwandt. Ich habe nur ein paar Tage. Die Problematik des Devisenhandels – das ist einfach unmöglich.»

«Du musst schrittweise vorgehen. Es muss doch jemanden

geben, der dir dabei helfen kann. Was ist mit dem Mann in deinem Büro, der aussieht wie eine gekochte Rübe?»

«Carter Styles. Was den angeht, bin ich noch nicht freigesprochen.»

«Dann musst du einen Punkt finden, an dem ihr einig seid, und ihn auf deine Seite ziehen.» Das war eine ganz andere Jackie heute Morgen. Knapp und präzise wie die Leute in Washington. Kein Platz für Spielchen. «Du musst dich auf die Tatsache konzentrieren, dass Riesenfonds wie die Hayek Group die Haifische im Meer des Geldgeschäfts sind. Sie suchen Schwache und greifen sie an. Im Laufe der letzten sieben Jahre ist aus einem beunruhigenden Problem eine akute internationale Krise geworden.»

«Ich wünschte, du könntest herkommen und mit mir daran arbeiten.»

Es war, als hätte er gar nichts gesagt. «Die Monsterfonds haben an Zahl und Umfang zugenommen. Es geht jetzt um viele hundert Millarden Dollar weltweit. Und weißt du noch, was ich darüber in Rom gesagt habe? Hedgefonds operieren mit Margen. Das bedeutet, sie machen Geschäfte in einem Umfang, der um ein Vielfaches größer ist als ihr eigentliches Kapital. Weil sie so riesig sind, haben sie inzwischen die Möglichkeit, aus beherrschbaren Problemen oder geringfügigen konjunkturellen Schwankungen größere Katastrophen zu machen. Fondsmanager behaupten, sie profitieren lediglich von der Globalisierung und den natürlichen Möglichkeiten offener Märkte. Aber das ist nicht wahr. Sie schaffen Probleme. Sie identifizieren eine potenzielle Schwäche und stürzen sich mit ihrem ganzen Gewicht darauf, und dadurch lösen sie Katastrophen aus.»

Je länger Jackie sprach, desto schneller wurde sie. «Und sie versuchen nicht nur die Devisenmärkte zu destabilisieren. Im Asiencrash der späten neunziger Jahre, als sie anfingen, die

Währungen zu bombardieren, haben sie außerdem Milliarden auf die lokalen Aktienmärkte geworfen. Sie haben Hunderte von Unternehmen im lokalen Besitz leer verkauft. Sie haben gedrückt und gedrückt, bis fünf regionale Wirtschaften zusammengebrochen sind. Ihre Absicht war es, den Swing so drastisch wie möglich ausfallen zu lassen.»

Dann schwieg sie. Wynn wartete einen Augenblick und sagte dann: «Jackie?»

«Moment.» Sie war eine Sekunde still. «Ich muss weg.»

«Rufst du mich an?»

«Ja. Okay. Aber ich weiß noch nicht, wann. Ach, und – Wynn?»

«Ja?»

Er hörte, wie bei ihr eine Autotür geöffnet und geschlossen wurde. «Hat deine Schwester je von einem Kontakt gesprochen, den sie hatte? Von jemandem, der Boatman hieß?»

«Sybel hat nie viel von ihrer Arbeit geredet.» Er konnte seine Bitterkeit nicht verbergen. Auch nicht seine Reue. «Ich habe ihr nie Gelegenheit dazu gegeben.»

«Esther meint, er ist vielleicht jemand, der für sie gearbeitet hat. Hör zu, wenn du sie siehst, frag sie, ob sie je von etwas namens Tsunami gehört haben.»

«Das ist ein japanisches Wort für eine Flutwelle, nicht wahr?»

«Für Hayek könnte es etwas bedeuten.» Sie hatte sich schon in Bewegung gesetzt. «Bye.»

«Sei vorsichtig, okay?» Aber sie war schon weg.

Jackie schob das Telefon in ihre Gürteltasche und zog den Reißverschluss zu. Eric Driscolls Porsche fuhr am Torhaus vorbei und rumpelte die ansonsten stille Straße hinunter. Jackie trug eine Wraparound-Sonnenbrille und ihr buntestes Spandex-Trikot mit einem dazu passenden himmelblauen Halstuch. Ihr Kopfhörer war mit einem abgeschalteten Radio-Walkman verbunden. Die Security in solchen Anlagen interessierte sich meist nur für den Autoverkehr und hielt Gesindel fern. Jackie winkte dem Posten am Tor beiläufig zu, als sie an ihm vorbeijoggte. Der Mann hob nicht einmal den Blick von dem Fernseher auf seiner Theke. Eine Bewohnerin auf ihrem morgendlichen Dauerlauf, nichts weiter.

Sie lief schneller, als sie sah, wie sich das Garagentor hinter dem Porsche schloss. Auf dem Gelände war es still. Das Haus, in dem Eric Driscoll wohnte, hatte eine geflieste Zufahrt, und über die Nische der Eingangstür rankte sich Stuck. Jackie lief bis zur Tür, tat einen einzelnen, nervösen Atemstoß und läutete.

Sowie er die Tür öffnete, lächelte sie und sagte: «Hallo, Eric. Shane hat gesagt, ich soll vorbeikommen und Sie von ihm grüßen.»

Der Mann sah nicht im Geringsten so aus, wie sie es erwartet hatte. Er hatte keinerlei Ähnlichkeit mit Shane. Tatsächlich glich er Preston, und zwar so sehr, dass es ihr wehtat zu sehen, wie erschreckt er sie anschaute. «Wer sind Sie?»

«Ich heiße Jackie.»

«Tut mir Leid, ich habe keine ...»

«Hören Sie. Wir werden uns unterhalten. Die Frage ist bloß, wollen Sie es hier draußen tun, wo uns vielleicht jemand sieht?»

Bevor er wieder zu sich gekommen war, hatte sie sich an ihm vorbei ins Haus gedrängt. Das Kommando übernommen. Anders würde es nicht gehen. Sie musste so schnell zuschlagen, dass es ihm den Atem verschlug und er keine Gelegenheit hatte, sich zu erholen oder ihr auszuweichen. «Hübsch hier.»

Seine Wochenendbräune hatte die verräterischen Zeichen seiner Profession noch nicht getilgt. Er hatte immer noch dunkle Ringe unter den Augen und überschüssiges Fett auf den Hüften. Eric Driscoll hatte Entzugserscheinungen, weil der letzte Adrenalin-Kick drei Tage her war, und er hatte plötzlich große Angst. «Sie müssen hier verschwinden.»

«Das werde ich. Keine Sorge. Sobald Sie und ich ein bisschen geplaudert haben.» Sie ging in die Essnische und suchte sich einen Stuhl aus. Die Wohnung war so ordentlich aufgeräumt, wie es nur ein Fulltime-Hausmädchen fertig bringen konnte. «Sind wir allein, Eric?»

«Ich rufe jetzt die Polizei.»

«Natürlich. Gern. Wenn Sie schon dabei sind, erzählen Sie gleich, wie Sie Shane bei seinen Unterschlagungen geholfen haben. Oder, besser noch, rufen Sie Hayek an.» Sie griff in ihre Gürteltasche und holte das Telefon heraus. Umklammerte es fest, damit ihre Hand nicht zitterte. «Wenn es Ihnen lieber ist, kann ich es auch tun.»

«Was wollen Sie?»

«Ich will, dass Sie herkommen und sich hinsetzen.»

Aus der Nähe war die Ähnlichkeit noch auffälliger. Eric war nichts als ein kleiner Junge, der das Macho-Spiel spielte. Durch Shane und Preston hatte sie die zivilisierte Wildheit, die in den meisten Handelsräumen herrschte, recht gut kennen gelernt. Sicher, manche waren anders. Schwab war dafür bekannt, dass Minderheiten und Frauen dort fair behandelt wurden. Aber anderswo feierte man machohafte Konkurrenzkämpfe, als gehörte man zu einem primitiven Stamm. «Woher kommen Sie, Eric?»

«Ich begreife immer noch nicht ...»

«Ich habe Sie etwas gefragt.»

«Aus Boston.»

«Aus welchem Teil?»

«South.»

Ein Southie. Aus Bostons berüchtigtem Gangland. Das

passte. Gute Trader waren oft absolute Versager im Mainstream des Lebens. Harte Kämpfer, die zu allem bereit waren, wenn es ihnen eine weitere Kerbe im Gewehrkolben einbrachte. «Aber da sind Sie rausgekommen. Und das bedeutet, Sie sind clever. Das freut mich. Ich hatte gehofft, dass Sie clever sind.» Sie betrachtete ihn genauer. «Wissen Sie, ich glaube, wir sind uns schon mal begegnet. Auf einer Party oder so was. Mein Bruder hat auf dem Parkett gearbeitet. Preston Havilland. Erinnern Sie sich an Preston?»

«E-er ist tot.»

«Das stimmt. Er ist tot.» Und vor diesem Kind-Mann zu sitzen, der sie so sehr an ihren Bruder erinnerte, riss tausend Wunden auf. «Folgendes, Eric. Ich brauche Informationen. Insiderdaten.»

«Über Hayek? Sie machen wohl Witze.»

«Sie wissen, dass ich keine mache. Wir sitzen hier. Ich rede. Sie hören zu. Und ich weiß alles über Sie und Shane.» Sie ließ den Terror wirken und fuhr dann fort: «Hayek plant etwas.»

«Ich weiß nichts über diese Seite des Geschäfts.»

«Aber Sie wissen doch etwas. Stimmt's? Ich meine, eine so große Sache kann nicht völlig geheim bleiben.»

«Natürlich, ich habe die Leute gesehen. Aber sie waren komplett abgeschottet. Und jetzt sind sie weg.»

«Wohin?»

«Ich weiß es nicht.»

«Doch, Sie wissen es. Sagen Sie es mir.»

«Es heißt, Hayek hätte eine Bank gekauft. Nicht direkt. Durch eine Strohfirma in Übersee.»

«Welche Bank?»

«Die First Florida. Da hat er seine Leute geparkt, nach allem, was ich höre.»

«Ich will wissen, was da kommt.»

«Ich kann nicht …»

«Und zwar schnell.» Sie stand auf. «Sie haben Zeit bis Mittwoch. Tun Sie's, oder ich rede persönlich mit Hayek.»

Sie ging zur Tür. Als sie sich umschaute, sah sie, dass er über dem Tisch zusammen gesunken war und den Kopf auf die Hände stützte. «Eins noch. Wir hören, dass das Wort Tsunami die Runde macht. Stellen Sie fest, was Sie darüber erfahren können.»

40

Montag

Wynn stand vor der Tür zu Hutchings' Apartment im Watergate, starrte sie an und fürchtete sich vor dem, was er dahinter vielleicht finden würde. Es war nicht nötig, dass sie ihm die Gründe darlegten, weshalb man ihm diese Aufgabe nicht übertragen könne. Sie standen in großen Lettern vor ihm auf dem Türrahmen.

Der elegante Korridor hallte wider von der Litanei seiner Schwächen und Unzulänglichkeiten. Er zwang sich, auf den Klingelknopf zu drücken.

Esther öffnete die Tür. Ihr Blick war so hart und ausdruckslos wie am Abend zuvor. «Kommen Sie herein.»

Grahams Rollstuhl stand dicht vor dem Kamin. Der ehemalige Congressman war eine schlaffe Hülle; er konnte den Kopf nicht aufrecht halten, und die Haut lag in runzligen Falten auf seinem Gesicht. Sein Mund war in einem Überbiss erstarrt. Die linke Hand war halb zur Faust gekrümmt und zitterte unkontrollierbar. Aber seine Augen verfolgten Wynn durch das Zimmer und beobachteten, wie er sich Kay gegenüber zu Carter Styles auf das Sofa setzte. Zwei weitere ausdruckslose Augenpaare empfingen ihn dort. Wynn machte sich nicht erst die Mühe, etwas zu sagen.

Kay wartete, bis Esther wieder neben Graham Platz genommen hatte, ehe sie sagte: «Wir geben Ihnen eine Chance. Aber es gibt Bedingungen.»

Wynn umklammerte die Armlehne des Sofas und bemühte sich, die Neuigkeit zu erfassen. «Alles, was Sie wollen.»

«Alles fasst es ziemlich genau zusammen», bestätigte Kay. «Es gibt keine Möglichkeit, Sie noch rechtzeitig auf den neuesten Stand zu bringen.»

«Das ist mir klar.» Es war plötzlich nötig, sich das Brennen aus den Augen zu wischen. So groß war seine Erleichterung. «Ich werde Sie nicht enttäuschen.»

«Das werden wir sehen. Carter und ich werden Ihnen die Musik und die Tanzschritte beibringen. Sie sind unsere Marionette. Und ziehen wir ein einziges Mal an Ihrer Schnur und Sie spielen nicht, ist Schluss.»

«Ja. In Ordnung.»

Auf einen Blick von Kay hin griff Carter in die Aktentasche neben dem Sofa, zog eine maschinengeschriebene Seite heraus und legte sie vor Wynn auf den Tisch. «Lesen und unterschreiben.»

Die Worte verschwammen vor seinen Augen. Es war sein offizieller Briefbogen mit einem undatierten Rücktrittsschreiben. Seinem eigenen.

«Sie werden nur dem Namen nach an unserer Spitze stehen. Sie ziehen das Feuer auf sich, aber ich und mein Team führen Sie am Zügel. Damit müssen Sie leben, Wynn. Anders werden wir die Sache nicht über die Bühne bringen.» Kay deutete auf den Briefbogen. «Das da ist sowohl unsere Versicherung als auch unser Notausgang, wenn irgendetwas schief geht. Und glauben Sie mir, wenn ich es benutzen muss, werde ich nicht zögern. Keine Sekunde.»

Wynn nahm den Füller, den Carter ihm reichte, und unterschrieb. «Clever.»

Er sah zu, wie Carter einen Blick auf die Unterschrift warf und den Bogen wieder in die Aktentasche schob. Esthers Miene verriet deutlich, dass sie gehofft hatte, er werde ablehnen.

«Morgen Abend werden wir ein Stück aus dem Lehrbuch der Lobbyisten aufführen», erklärte Kay. Wenn Wynns Kapitulation sie mit Freude oder Bedauern erfüllte, ließ sie sich davon nichts anmerken. «Einer ihrer Lieblingstricks besteht darin, sich den Kongress vorzunehmen, wenn dort wenig los ist. Dann füllen sie das Plenum mit ihren Anhängern und bringen Ergänzungsanträge zu entscheidenden Gesetzen durch. Genau das planen wir jetzt auch, nur umgekehrt.»

«Was kann ich tun?»

«Carter wird es Ihnen morgen erklären.» Kay schaute in die Runde. «Anscheinend sind wir startklar.»

Sie wollte aufstehen, aber Wynn ließ sie innehalten. «Sagt Ihnen das Wort Tsunami irgendetwas?»

Alles erstarrte. Carter war es, der ihn fragte: «Wo haben Sie das gehört?»

«Jackie hat einen Internetkontakt, den sie nur unter dem Namen Boatman kennt. Er hat es erwähnt.»

«Sie hat mir von diesem mysteriösen Kerl erzählt. Ich dachte, er war vielleicht einer von Sybels Leuten.» Esthers Gesicht war so sorgenvoll wie ihre Stimme. «Wir müssen sie da wegbringen.»

«Nicht zu machen», sagte Wynn. «Ich habe sie angefleht, herzukommen und mir zu helfen. Aber sie verfolgt da irgendeine Spur in Orlando. Was es ist, will sie nicht sagen – nur, dass es etwas mit Hayek zu tun hat und dass sie es selbst tun muss.»

«Jackie hat sich als eine ziemlich solide Lady erwiesen», stellte Kay fest.

«Was geht denn hier vor?», fragte Wynn.

«Wir haben eine Schlüsselperson über dieses Wort verloren, soweit wir es überblicken», sagte Carter. «Eine Researcherin in der Library of Congress. Aber mehr haben wir nicht herausfinden können.»

«Eine wunderbare junge Frau», ergänzte Kay. «Eine Freundin.»

«Sie war Hayek auf der Spur und fand einen Hinweis auf Tsunami. Das Nächste, was wir hörten, war, dass man die Frau von einem Hoteldach in der Innenstadt gestürzt hatte.»

«Die Polizei behauptet, es sei Selbstmord gewesen», sagte Kay.

«Aber wir wissen genau, was es war», antwortete Esther. «Und es gab nicht nur ein Opfer, sondern zwei. Denn das war die Nacht, in der Graham seinen zweiten Schlaganfall erlitt – oder was immer es sonst war. Gleich nachdem wir die Nachricht von unserer jungen Freundin erfahren hatten.»

Kay sah auf die Uhr. «Ich muss jetzt gehen.»

Graham Hutchings gab ein Stöhnen von sich, das Wynn für einen Schmerzenslaut hielt. Die andern schauten wachsam hinüber, waren aber nicht beunruhigt. Esther beugte sich über den Rollstuhl und fragte leise: «Was ist, Lieber?»

Graham machte eine matte Bewegung mit der rechten Hand. Esther verstand offensichtlich, denn sie sagte: «Sofort.»

Sie schob ihm einen Stift zwischen die Finger und hielt ihn fest, bis er ihn ganz ergriffen hatte. Dann legte sie einen Schreibblock auf die Armlehne des Rollstuhls und schob die Hand mit dem Stift darüber.

Graham brauchte sehr lange, um die Buchstaben zu Papier zu bringen; jeder einzelne erforderte größte Anstrengung. Als er fertig war, ließ er den Stift fallen. Esther warf einen Blick auf das Papier, blinzelte und fragte dann mit versteinerter Miene: «Wem soll ich das geben?»

Die Hand hob sich um ein paar Millimeter, gerade so weit, dass sie auf Wynn deutete.

Widerstrebend riss Esther das Blatt ab, aber sie gab es Kay. Die Senatorin starrte lange auf das Papier und reichte es an Carter weiter. Der Referent lachte kurz und ohne Heiterkeit, und dann gab er Wynn den Zettel.

Darauf war ein einziges Wort gekritzelt. «Freund.»

41

Dienstag

Nach den Feiertagen setzte der Betrieb in Wynns Büro zunächst gemächlich ein, aber am Vormittag arbeiteten die Leute schon auf Hochtouren. Alle kamen vorbei, um ihm ihr Beileid zu Sybels Tod auszusprechen und sich ein Bild von seiner Reaktion zu machen, damit sie die Tonart für diesen Tag bestimmen konnten. Als er ihnen zu erkennen gab, dass er nichts weiter wollte, als die Arbeit voranzubringen, schalteten sie auf Hochgeschwindigkeit. Ganz einfach. Als hätte es Sybel nie gegeben.

Seine Sekretärin und Carters Assistent kümmerten sich um die Presse. Wie immer. Carter kam zweimal herein, aber nur, um ihn auf zwei bevorstehende Meetings vorzubereiten, die noch aus Grahams Terminkalender übrig geblieben waren. Wynn wartete ständig darauf, dass Carter anfing, ihn in Sachen Ergänzungsantrag zu briefen. Am späten Vormittag zwang er sich, seine Nichte anzurufen. Kaum hatte er sich gemeldet, fing sie an zu schluchzen. Wynn saß da und hörte ihr zu, so lange er konnte. Er wusste, dass sie für sie beide weinte. Er bestätigte ihr, was Grant schon gesagt hatte: dass es Wochen dauern konnte, bevor der Leichnam freigegeben würde. Es traf sie schwer.

Kurz nachdem er aufgelegt hatte, rief Jackie an. «Ich habe ein paar Informationen für dich.»

«Vorher habe ich eine Frage. Wer genau ist dieser Boatman?»

«Ich wünschte, das wüsste ich. Du wirst nicht glauben, wie wir uns begegnet sind.»

Wynn hörte ihrer Erzählung mit wachsender Verblüffung zu. «Er ist mitten in einem Sturm einfach so vorbeigedümpelt?»

«Das einzige Mal, dass wir je Kontakt hatten. Persönlich, meine ich. Er meldet sich per E-Mail.»

«Ich habe heute Morgen mit Sybels Assistentin gesprochen. Sie hat noch nie etwas von einem Boatman gehört, und sie hat in Sybels E-Mail-Adressen nachgesehen, während ich wartete. Nichts.»

«Das muss nichts heißen. Er kann sich den Namen ausgedacht haben, als wir da draußen auf dem Wasser waren.»

«Bist du je auf den Gedanken gekommen, dass er dich in eine Falle locken könnte?»

«In was für eine Falle? Meine Wohnung haben sie doch schon zertrümmert; hast du das vergessen? Sie wissen, wo ich wohne.»

«Was ist los, Jackie?»

«Ich habe nicht gut geschlafen. Und ich kann mich heute Morgen selbst nicht besonders gut leiden.»

«Sei nur vorsichtig, okay?»

«Das hat Esther mir schon gesagt. Hör zu, ich habe dich angerufen, weil ich ein paar Neuigkeiten habe. Mein Kontakt hier unten sagt, Hayek hat eine Bank namens First Florida gekauft. Klingelt da etwas?»

«Ich hatte früher geschäftlich mit denen zu tun. Kommt das vom Boatman?»

«Nein. Von jemand anderem. Und Esther hat mich auch schon gelöchert, aber ich werde nichts weiter sagen. Okay?»

Es klopfte, und Carter schob den Kopf durch die Tür. Wynn winkte ihn herein und sagte: «Ich mache mir Sorgen um dich, Jackie.»

«Mit mir ist alles okay, sage ich dir. Was du noch wissen musst: Ich habe heute Morgen ein bisschen recherchiert. Die First Florida wurde an die Banque Royale in Liechtenstein verkauft.»

«Den Namen habe ich schon mal gehört.»

«Natürlich. Denen gehört das Flugzeug, mit dem Valerie Lawry nach Rom und zurück geflogen wurde.»

Er kritzelte den Namen auf ein Blatt, drehte es um, damit Carter es sehen konnte, und bekam zur Antwort ein Achselzucken. «Was soll ich damit anfangen?»

«Keine Ahnung. Ich hoffe, morgen habe ich ein bisschen mehr für dich. Und mach dir keine Sorgen.»

Carter wartete, bis er aufgelegt hatte. «Da gibt es einen bei der Bundeszentralbank. Hutchings hat mit ihm den Washingtoner Two-Step getanzt, aber sie haben nie zusammengefunden. Graham war unschlüssig, ob er dem Mann vertrauen konnte. Zumal da er ständig von Leuten umgeben war, die unser Blut trinken wollten. Aber unter vier Augen beharrte er immer darauf, dass er unser heimlicher Verbündeter sei.»

Wynn war schon aufgestanden. «Und jetzt können wir ihm vertrauen?»

«Nein. Uns gehen bloß die Möglichkeiten aus.»

Draußen hieß sie ein warmer Tag willkommen. Das Taxi setzte sie vor der Federal Reserve Bank ab, einem imposanten Gebäude abseits der Constitution Avenue in Foggy Bottom. Carter nannte dem uniformierten Wachtposten ihre Namen, zog Wynn in ein stilles Eckchen und sagte: «Das globale Bankensystem ist ein Sauhaufen. Und die Situation wird immer schlimmer, nicht besser. Die Zentralbanken werden zu Schachfiguren für die Hedgefonds- und Investmentbankenindustrie.

Die Regulierung der nationalen Finanzinstitute hierzulande war seit den späten zwanziger Jahren nicht mehr so lax. Damals entzündete sich die Krise daran, dass jede Bank ihr eigenes Geld drucken konnte. Heute sind wir wieder in einer ähnlichen Situation, nur dass das Papier nicht mehr Geld heißt. Es heißt Derivatzertifikat oder Devisenoption. Aber der Effekt ist der gleiche. Wieder haben die Banken eine Möglichkeit gefunden, das Risiko über jedes vernünftige Maß hinaus zu steigern.»

Ein junger Mann, mit Plastikausweisen um den Hals, ging auf den Wachtposten zu, der zu ihnen herüberdeutete. «Was soll ich hier tun?», fragte Wynn.

«Tun Sie einfach so, als ob Sie direkten Kontakt zu Hayek hätten.»

«Congressman Bryant?», fragte der junge Mann.

«Augenblick.» Er wandte dem Mann den Rücken zu. «Weiter.»

«Diese Typen treten immer in Rudeln auf; auf diese Weise braucht keiner allein irgendwelche Verantwortung auf sich zu nehmen. Der, für den wir uns interessieren, wird wahrscheinlich kein Wort sagen. Er heißt Gerald Bowers, und neben ihm bin ich eine Schönheit. Sagen Sie alles, wovon Sie glauben, dass es Hayek nervös machen könnte. Sie kennen unsere Situation. Wenn der Kerl auf unserer Seite ist, dann müssen wir das jetzt feststellen.»

«Congressman, wir sind Ihnen wirklich dankbar, dass Sie sich die Zeit nehmen, uns auf diese Angelegenheit aufmerksam zu machen.» Der Sprecher war auf durchgestylte Weise gut aussehend. Der zweite Mann war dürr wie eine Bohnenstange und hatte Hängebacken. Der dritte war klein und glatzköpfig und hatte den Teint einer runzligen Kröte. Davon abgesehen waren sie identisch. Alle drei waren um die sechzig, alle sprachen im nasalen Tonfall des Neu-England-Snobs, und alle beäugten Wynn mit höflicher Herablassung. «Außerdem möchten wir unser Bedauern darüber zum Ausdruck bringen, dass Ihre Schwester durch die Hand islamischer Terroristen ums Leben kommen musste.»

«Das waren keine Terroristen.»

«Das FBI sagt es aber», warf der dünne Mann ein.

Carter beugte sich vor und fragte sanft: «Und wie kommt es, dass Sie das wissen?»

Unter viel Geräusper riss der Sprecher das Steuer wieder an sich. «Wie gesagt, es ist unsere Pflicht, Ihre Erklärungen zur Kenntnis zu nehmen. Aber ich muss Ihnen auch sagen, dass sie absolut ohne Belang sind.»

«Die Tatsache, dass die First Florida von einer Liechtensteiner Bank übernommen wurde, die als Fassade für die Hayek Group dient, interessiert Sie nicht weiter?»

«Die kürzliche Übernahme durch die Banque Royale ist uns durchaus bekannt. Und wir haben die Liechtensteiner Behörden offiziell um ein vollständiges Verzeichnis der Shareholder gebeten.»

Carter schnaubte. «Was Sie auch bestimmt bekommen werden. In ungefähr fünfzehn Jahren.»

Der Sprecher starrte Carter eisig an, bevor er weiterredete. «Was die anderen Punkte angeht, so werden Sie doch sicher selbst im Zustand der Trauer erkennen können, wie unbegründet Ihre Behauptungen sind.»

Wynn sah Carters Zeichen. Er stand auf und ließ ein wenig von seiner inneren Glut aufscheinen. «Hayek und seine Gruppe sind verantwortlich für den Tod meiner Schwester, Sir. Er ist eine Gefahr.»

«Er ist ein geachtetes Mitglied der Hedgefonds-Community», sagte der Sprecher.

«Das ist dasselbe», sagte Carter.

«Veranlassen Sie Ihre Leute, ihn nach dem Codenamen ‹Tsunami› zu fragen», sagte Wynn und wandte sich zur Tür. «Und tun Sie's schnell.»

Wynn stand vor dem Kamin in seiner Suite und las seine Notizkarten vor. «Devisentrader sind champagnertrinkende Spekulanten, die die Finanzmärkte der Welt wie ihr privates Kasino behandeln. Diese internationalen Glücksspieler produzieren nichts und helfen niemandem. Ihre Tage sind ausgefüllt mit Manövern, die das Leben und die Arbeitsplätze normaler arbeitender Menschen in Gefahr bringen.» Er brach ab. «Wie war das?»

«Wäre besser, wenn Sie das Flattern in Ihrer Stimme unterdrücken könnten.» Carter saß auf der Sofakante, den aufgeklappten Aktenkoffer neben und einen Notizblock auf dem Tisch vor sich. «Aber nicht schlecht.»

«Wirke ich nervös?»

«Wie ein Kaninchen, das in einen Flintenlauf blickt.» Carter sah auf die Uhr. «Wir müssen gehen.»

Wynn griff nach seinem Mantel. «Ich habe immer noch das Gefühl, ich sollte ihnen etwas Handfesteres geben.»

«Wenn sie Statistiken wollen, sollen sie mit mir reden. Wenn Sie die Chance haben, geben Sie der Presse eine Dreißig-Sekunden-Erklärung. Geben Sie mehr, dann geben Sie ihnen die Möglichkeit, Sie zu schneiden.»

Auf dem Weg durch den langen Korridor und zweimal im Aufzug musste Wynn eine plötzlich einsetzende Panik unterdrücken. In den messinggerahmten Spiegeln des Willard sah er einen Mann am Rande des Zusammenbruchs. Carter sah seinen Blick, als die Aufzugtür sich öffnete, aber er sagte nichts. Für leere Trostworte stand jetzt zu viel auf dem Spiel.

Sie hatten das Foyer halb durchquert, als Carter leise sagte: «Da schau her.»

Der krötenartige Mann von der Bundeszentralbank kam auf sie zu. Neben ihm ging jemand in einem rot-blau karierten Jackett und einer marineblauen Polyesterhose. Trotz seiner Siebziger-Jahre-Golfkleidung legte er eine arrogante Gelassenheit an den Tag. Hinter den beiden kam der leitende FBI-Agent, der Wynn den Samstag vermasselt hatte. Der gedrungene Mann mit der Reptilienhaut sagte: «Gerald Bowers, Congressman. Soweit es den Rest der Welt betrifft, ist dies eine kleine Plauderei. Bei dem Frischling in Hutchings' Sessel ein bisschen Öl auf die Wogen gießen. Sie verstehen?»

«Ja.»

«Das ist Reed Brink, Vizepräsident der Börsenaufsicht und Vorsitzender der Arthur Brink Brokerage Company. Aus St. Louis. Gut, ihn auf unserer Seite zu haben. Agent Welker kennen Sie ja schon.» Bowers pflanzte sich vor ihm auf. «Wir sind hier, um Ihnen zu sagen, dass wir die Hedgefonds-Community kennen, Congressman. Und was uns betrifft, ist sie der Feind. Sie ist eine Krebsgeschwulst, die vernichtet werden muss, bevor sie unser gesamtes Finanzestablishment vernichtet.»

Der Mann reichte Wynn knapp bis an die Brust. Er roch nach Haaröl, Zigarren und dem Drink, den er eben in der Bar zu sich genommen hatte. «Sie haben den weiten Weg hierher gemacht, um uns das Alphabet beizubringen?»

«Sie sehen aus wie ein kluger Mann, Congressman. Es heißt, Sie haben sich gut gehalten, als Sie gegen Jackson Taylors Gruppe vorgegangen sind. Das ist gut. Wir brauchen ein paar Kämpfer an der Front.»

«Eins ist mir noch nicht ganz klar. Warum sprechen wir hier miteinander?»

«Weil wir, wenn Sie Ihre Lawine heute Abend erst losgetreten haben, offiziell auf der Seite der Opposition stehen werden.»

«Etwas anderes hätte ich nie erwartet.»

«Offiziell, habe ich gesagt. Aber wir möchten die Sache gern anders haben. Trotzdem können wir ja nicht gegen Schatten boxen. Geben Sie uns etwas Reales, und wir werden unser Bestes tun, um sie abzuschießen.»

«Erklären Sie mir bitte eins. Wie kommt es, dass ich Ihnen so plötzlich vertrauen soll?»

Bowers stellte die Stacheln auf. «Wenn Sie halt so clever sind, wie man behauptet, dann müssten Ihnen Reed und der Agent hier eigentlich als Referenzen genügen.»

«Aha. Ein Mann, den ich nicht kenne, und ein Agent, der mir vier Stunden lang auf die Nerven gegangen ist. Großartige Referenzen, Mr Bowers.»

Der Agent trat einen Schritt vor. «Tsunami ist ein Name, den wir seit einiger Zeit nicht mehr auf dem Radar gehabt haben. Als er das letzte Mal vorkam, war die junge Frau, die uns davon berichtete, plötzlich mausetot.»

Carter schob sich dazwischen. «Was hat sie Ihnen erzählt?»

Der Agent ließ Wynn nicht aus den Augen. «Wenig mehr als Sie bisher. Eine mutmaßliche Verbindung zu Hayek. Weiter nichts.»

Bowers strich sich ein paar Mal die Krawatte glatt, die nervöse Geste eines Mannes, der im Begriff war, Reißaus zu nehmen. «Das dauert jetzt schon viel zu lange. Sie müssen nur eins wissen: Wenn Sie uns echte Munition liefern können, sind wir auf Ihrer Seite. Wenn nicht, sind wir bloß zwei weitere Gesichter hinter den Geschützen des Feindes.»

Das Taxi hielt vor dem Abgeordneteneingang des Capitols. Wynn wollte stehen bleiben und ein letztes Mal die freie Luft atmen, aber Carter packte ihn beim Arm und zog ihn weiter.

Kay Trilling wartete schon, und Esther stand einen Schritt hinter ihr. «Wie geht's unserm Mann heute Abend?»

Carter antwortete für ihn. «Er kann es gar nicht erwarten.»
«Sieht ein bisschen grün um die Kiemen aus. Nervös?»
«Eine Heidenangst habe ich.»
«Wahrscheinlich eine gesunde Haltung.» Sie zog ein Blatt Papier aus ihrer marineblauen Jacke. «Graham hat Ihnen noch eine Botschaft geschrieben.»
Wynn las die zittrigen Blockbuchstaben. Beten Sie.
«Der Mann findet immer die richtigen Worte, nicht wahr?» Kay tätschelte seinen Arm. «Wir werden oben auf der Empore sitzen und genau das tun.»

Drei Mitglieder des Repräsentantenhauses standen auf, um Wynn die Hand zu schütteln und ihm für seine Anwesenheit zu danken. Als er sein Pult erreicht hatte, waren Carter und Kay schon oben auf ihren Plätzen. Der Saal war nicht besonders groß; das letzte Meeting seiner Angestellten und Shareholder hatte in einem Saal stattgefunden, der doppelt so groß gewesen war. Die Pulte waren verschrammt, die Teppiche verschlissen, und es roch hauptsächlich nach Staub und Bienenwachs. Aber die Last von Geschichte und Glanz und Macht bedrückte ihn und ließ Wynn kaum atmen.

Zu seiner Rechten leierte ein Mann in ein Mikrofon. Er trug kein Jackett. Die oberen drei Knöpfe seiner Weste standen offen, und seine Krawatte baumelte auf Halbmast. Mit der gelangweilten Stimme eines Mannes, der schon sehr lange dabei war, las er von einem Stapel maschinengeschriebener Blätter ab. Auf dem Stuhl des Vorsitzenden saß ein Mann, den Wynn nicht kannte. Keines der anderen Pulte im vorderen Bereich war besetzt. Der Stenograf schien hinter seiner Maschine zu schlafen.

Nach und nach füllten sich sowohl die Pulte ringsum als auch der Zuschauerbalkon. Unvermittelt drehte der Redner sich zum Vorsitzenden um und sagte: «Mr Speaker, ich übergebe meinen Platz jetzt an unseren neuesten Repräsentanten aus dem großartigen Staat Florida, den ehrenwerten Wynn Bryant.»

«Congressman Bryant, möchten Sie zum Haus sprechen?»

Er brauchte drei Anläufe, um aufzustehen. «Jawohl, Mr Speaker.»

«Sie haben das Wort.»

Der Redner klopfte ihm im Vorbeigehen auf die Schulter. «Hals- und Beinbruch, mein Sohn.»

Wynn fummelte sein Manuskript aus der Tasche, legte es auf das Rednerpult und strich es glatt. Vier Atemzüge später sah er, dass es nicht das Manuskript war, sondern Grahams Botschaft. Im Licht des Kronleuchters und seiner eigenen, wogenden Angst starrte er die beiden Worte an.

«Congressman Bryant?»

«Moment.» Mit einem gespenstischen Gefühl der Ruhe zog er das richtige Blatt hervor und erklärte, wie man es ihm gesagt hatte: «Mr Speaker, ich beantrage zum vorliegenden Bewilligungsgesetz H.R. 451 die Einfügung eines Ergänzungsantrags mit der Bezeichnung …»

«Ja, Congressman?»

Wynn schaute zum Balkon hinauf und sah Esther neben einer sehr besorgten Kay sitzen. Der Name auf dem Blatt kam ihm plötzlich unvollständig vor. «Mit der Bezeichnung Hutchings-Ergänzungsantrag.»

Der Vorsitzende blätterte in seinen Unterlagen. «Das ist eine Umbenennung dessen, was ich hier als Jubilee-Ergänzungsantrag vorliegen habe?»

«So ist es. Graham Hutchings hat sein Leben in den Dienst dieser Angelegenheit gestellt.» Esther beobachtete ihn fassungslos. Kay Trilling indessen verschränkte die Arme und lehnte sich zurück. Sie nickte ihm einmal zu. «Mir scheint, ihn auf diese Weise zu ehren, ist das Mindeste, was wir tun können.»

«Also gut. Es wird beantragt, H.R. 451 durch den Hutchings-Ergänzungsantrag zu ergänzen. Wird der Antrag unterstützt?»

Eine Stimme im Saal verkündete: «Ich unterstütze den Antrag und beantrage Abstimmung per Akklamation.»

«Gut. Wer für die Aufnahme des Hutchings-Ergänzungsantrags ist, sage Aye.» Wynn stimmte in den Chor der Ayes ein. «Gegenstimmen?» Als kein No ertönte, schlug der Vorsitzende mit seinem Hammer auf das Pult. «Der Antrag ist angenommen. Congressman, haben Sie dem Haus noch mehr vorzutragen?»

«Jawohl, Mr Speaker.» Er folgte seinem Drehbuch Wort für Wort. «Ich beantrage die Abstimmung über das Bewilligungsgesetz H.R. 451.»

«Wer für diesen Antrag ist, sage Aye. Gegenstimmen?» Wieder fiel der Hammer. «Der Antrag ist angenommen. Da das Begleitgesetz den Senat bereits passiert hat, wird H.R. 451 als Nächstes im Beratungsausschuss behandelt werden.»

«Mr Speaker», sagte Wynn, «ich beantrage das Ende der Sitzung.»

«Wer ist für diesen Antrag? Alle? Gut. Vertagt auf morgen früh zehn Uhr.»

Auf dem Weg zum hinteren Ausgang drückten mehrere Leute ihm die Hand, und einige dankten ihm mit ernsten Mienen. Dann hörte er, wie der Mann, der ihm das Rednerpult übergeben hatte, zu seiner Nachbarin sagte, dies sei ein historisches Ereignis. Die Abgeordnete schüttelte den Kopf und betrachtete Wynn mit unverhohlenem Mitleid. «Jetzt wird Blut fließen.»

42
Dienstag

Eric Driscoll saß am Steuer seines Porsche und bemühte sich, seinen zu Eis erstarrten Verstand in Gang zu bringen. Er war den Tradern von der Zentrale der First Florida in der Innenstadt nach Kissimmee gefolgt. Die Stadt war weniger gewachsen als mutiert, hatte ein abscheuliches Segment nach dem andern angesetzt, bis die Hauptstraße eine zwanzig Meilen lange Neon-Unterwelt war. Erics Wagen stand auf dem Parkplatz einer Bar mit einem fünfzehn Meter hohen Schild, das ein «Honky-Tonk-Paradies» verhieß. Der Parkplatz war voll von Pick-ups, schlammbespritzten Offroadern und umgebauten Vans. Sein Porsche fiel hier ebenso auf wie der Lexus, der Ferrari und die beiden Mercedes, die die Trader auf dem Behindertenplatz abgestellt hatten. Er beobachtete, wie der letzte von ihnen in den Club stürmte und wie der Rausschmeißer sie begrüßte und ihnen die Tür aufhielt. Sie hatten dieses Lokal in Beschlag genommen und bezahlten dafür, dass man sie gut beschützte. Eric schluckte heftig und dachte an vergangene und zukünftige Fehler. Er war nur einen Zoll weit von echter Übelkeit entfernt.

Widerstrebend verließ er die Sicherheit seines Wagens und lief eilig über den Parkplatz. Es nieselte leicht, ein warmer, klebriger Dunst, der sich anfühlte, als ob die Welt schwitzte wie er.

Der Türsteher warf ihm einen kurzen Blick zu und deutete dann mit dem Kinn auf die Sammlung von glänzendem Blech, die nebenan parkte. «Gehören Sie dazu?»

«J-ja, ich schätze …»

«Dann fahren Sie Ihre Kiste lieber hier rüber, wo ich sie im Auge behalten kann.»

«Nein.» Wenn er jetzt wieder in den Wagen stiege, würde er dem Drang zu fliehen nicht mehr widerstehen können. «Ich bleibe nicht lange.»

Der Türsteher hob die massigen Schultern. «Ist Ihr Wagen, Mann.»

Acid-Rock schlug ihm wie eine Faust entgegen. Drei Ladys tanzten im Mittelgang, zwei weitere konzentrierten sich auf die senkrechten Stahlstangen auf der runden Bühne zu seiner Rechten. Die Boys von der First Florida saßen zusammen an zwei Tischen vor der runden Bühne und schwenkten Geldscheine und Drinks vor den Frauen. Zwei von ihnen ritten auf der gepolsterten Trennwand zwischen den beiden Tischen. Eric schlenderte hinüber und wollte sich an einen Tisch schieben, aber es gelang ihm nicht. Einer der Trader bemerkte seine Absicht und hakte seinen Nachbarn unter, und sofort sah Eric sich einer Phalanx von feindseligen Gesichtern gegenüber.

«Ich bin Devisentrader bei Hayek», schrie er.

Einer der Trader auf der Trennwand, der Typ, den Colin mit dem Strauch attackiert hatte, rutschte herunter und setzte sich vor Eric. Aus der Nähe sah er aus, als habe er kein Blut in den Adern. «Und?»

«Und ich will wechseln. Die Welt da drüben wird fad. Angeblich wisst ihr Typen Bescheid. Die heißen Daten laufen alle zu euch.»

Der Trader drehte seine Zigarre im Aschenbecher und verständigte sich wortlos mit seinen Freunden. Einer machte ein kurzes Handzeichen, zu schnell oder zu fremdartig, als dass Eric es wirklich mitbekam. Der Trader fragte: «Wie haben Sie uns gefunden?»

«Ich bin Ihnen gefolgt. Dachte mir, man plaudert am besten da, wo andere es nicht sehen.»

Der Trader stand auf und stieß einen Pfiff aus. Laut.

Im nächsten Augenblick stand ein Mann vor dem Tisch, noch massiger als der Türsteher. «Was gibt's?»

Der Trader deutete mit dem Daumen auf Eric. «Der Schleimbeutel belästigt uns. Sie wissen, dass wir das nicht leiden können.»

«Hey, Moment mal, ich mache den weiten Weg hierher, um …» Aber schon packte ihn eine Faust bei der Jacke und zog ihn weg.

Der Trader kletterte wieder auf die Polsterwand und schnippte sich ein Stäubchen vom Jackett. «Byebye, Schleimbeutel.»

Da beging Eric den Fehler. Schlimmer als sein übelstes Geschäft. Schlimmer als die Sache mit Shane Turner. Aber der ganze Club sah zu, wie dieser Gorilla ihn über den Boden schleifte. Leute zeigten mit ihren Biergläsern auf ihn und lachten über den Clown in Schlips und Anzug, der da abgeschleppt wurde. Also holte er aus.

Der Rausschmeißer zuckte nicht einmal zusammen, als Erics Faust die steinharten Muskeln traf. Er schwenkte nur ein kleines Stück um, nicht weit, vielleicht einen Schritt. Aber dabei beschleunigte er seine Vorwärtsbewegung, bis Eric mit dem Kopf an die nächste Säule prallte.

Sterne barsten vor seinen Augen, eine Explosion aus Schmerz und Licht. Eric wollte ohnmächtig werden, aber nicht einmal das gelang ihm. Er blieb wach genug, um das Gelächter und Gejohle zu hören, mit dem die ganze Bar ihn liebevoll verabschiedete.

Die Welt schien ihm leicht nach links geneigt, als der Rausschmeißer ihn zum Ausgang zog, die Tür auftrat und ihn in die Pfütze vor der Markise warf. «Komm ja nicht wieder.»

Colin saß in seinem Wagen in der zweiten Reihe vor dem Eingang. Seine Scheibenwischer fuhren auf der regenfeuchten

Scheibe hin und her. Er sah, wie Eric sich aus dem ölschillernden Wasser hochrappelte. Er sah, wie der Türsteher den Mund bewegte, aber sein Fenster war geschlossen, und er hörte nicht, was der Mann sagte. Colin bezweifelte, dass Eric es hörte, während er auf seinen Porsche zutaumelte. Sein Anzug war verschmiert und er blutete an der Stirn. Er berührte die Beule, die dort anschwoll, und verzog schmerzlich das Gesicht. Aber es schien ihn ein wenig zu sich zu bringen, denn es gelang ihm, seinen Autoschlüssel zu finden und seinen Wagen aufzuschließen. Er zog das Jackett aus, wischte sich damit das schmierige Wasser aus dem Gesicht und warf es auf den Asphalt. Die ruinierte Krawatte flog hinterher. Noch einmal betastete er die Beule und dann die zusehends anschwellende Lippe.

Colin sah, wie der Porsche startete und donnernd vom Parkplatz fuhr. Leise fragte er die Nacht und den Regen: «Für wen tust du das, und womit haben sie dich in der Hand?»

43

Mittwoch

Am Mittwochmorgen fuhr Jackie zu Erics Wohnanlage. Diesmal parkte sie einfach an der Straße und ging zu Fuß am Torhaus vorbei. Die Heimlichtuerei war vorbei. Wenn die Security sie befragen und anmelden wollte, war das deren Problem. Aber niemand sagte etwas. Sie folgte der Straße bis zu den Reihenhäusern am Golfplatz. Ein See davor, endlose Grünflächen dahinter. Alles funkelte.

Der Morgen trübte sich ein, als sie Erics Gesicht sah. «Was ist mit Ihnen passiert?»

«Dreimal dürfen Sie raten.» Er wich vor ihr und dem vor ihm liegenden Tag zurück, warf noch einen Blick in den Spiegel über dem Sideboard und betupfte sich das Auge mit einem Handtuch, in das er Eiswürfel gewickelt hatte. Seine linke Augenbraue war von einem blutigen Riss durchschnitten, das Auge war blau und die blutunterlaufene Wange so geschwollen, dass es aussah, als habe er eine Birne im Mund. «Das mache ich jetzt seit einer Stunde. Aber die Schwellung geht nicht zurück, und die Farbe wird immer schlimmer. Was soll ich den Jungs erzählen?»

«Wer hat Sie verprügelt, Eric?»

«Spielen Sie nicht die Dumme, okay? Kommen Sie herein.»

Sie blieb stehen, wo sie war. «Wir können uns hier unterhalten.»

«Es ist ungefährlich, Jackie. So heißen Sie doch, oder? Ich bin nicht derjenige, der hier Leute zusammenschlägt. Und wir sind wirklich allein.»

Widerstrebend betrat sie das Haus und ließ die Tür hinter sich zufallen. Schnupperte.

«Kommen Sie schon durch, ja? Ich muss in die Firma.» Eric wartete, bis sie ihm durch die Diele gefolgt war, und strich mit der Hand über den Haufen Geld auf seinem Esstisch. «Dreiundfünfzigtausend Dollar. Bar auf die Hand. Nehmen Sie's und verschwinden Sie aus meinem Leben.»

«Ich kann nicht …»

Seine Stimme stieg um volle zwei Oktaven höher. «Schauen Sie sich mein Gesicht gut an, ja? Das hat es mich bis jetzt schon gekostet, dass Sie aus dem Nichts aufkreuzen und mich in die Geisterbahn schubsen.» Er schob ihr das Geld entgegen. «Das habe ich für Shane gebunkert. Ich wusste, dass er früher oder später durch diese Tür kommen und mir sagen würde, dass Zahltag ist.»

«Das war für Shane?»

«Sie hören nicht zu. Es gehört Ihnen. Shane hat – was weiß ich, noch zwei Jahre, bis er auf Bewährung rauskommen kann, und bis dahin krieg ich's für ihn noch mal zusammen.»

«Ich brauche diese Informationen, Eric.»

«Kapieren Sie nicht? Diese Typen machen mich platt!»

Jackie war ratlos. So viel Schmerz und Chaos anzurichten, hatte nicht zu ihrem Plan gehört. Aber sie brauchte die Informationen so dringend, dass es ihr das Herz zusammenpresste. «Und wenn Shane verspricht, dass er nie auf die Sache zurückkommt?»

«Was?»

«Ich brauche Antworten, Eric. Wenn Shane erklärt, dass Sie das Geld behalten können und dass er Sie nie wieder behelligen wird. Nie wieder.» Sie konnte selbst kaum glauben, was sie da sagte. «Sagen wir, er schreibt einen Brief, und ich lasse ihn notariell beglaubigen. Sie hätten nichts mit der Sache zu tun gehabt, und nach allem, was er wisse, seien Sie ein absolut ehrlicher Mitarbeiter.»

«Das würde er tun?» Eric glotzte sie an.

«Wenn er es täte, könnten Sie das Geld behalten und vielleicht sogar mal eine Nacht anständig schlafen.»

Er tastete sich zu einem Sessel, berührte seine Braue, zuckte zusammen, betastete seinen Augenwinkel. «Keiner der Typen spricht mit mir.» Er dachte laut. «Deshalb wurde ich zusammengeschlagen – weil ich durch den Vordereingang rein wollte. Sie müssen gewarnt worden sein.»

Sie versuchte, sich ausschließlich auf Eric zu konzentrieren und das Geschrei in ihrem Kopf über das, was sie sich da eben eingebrockt hatte, zu ignorieren. «Reden Sie von den Tradern der First Florida?»

«Von wem sonst?» Eric überlegte noch immer mögliche Strategien. «Hayek hat einen ganzen Lastwagen neues Geld von irgendwoher.»

«Wie viel?»

«Es geht um einen kompletten neuen Fonds. Vier Milliarden, vielleicht mehr.»

«Vier Milliarden Dollar neues Handelskapital?»

Jetzt sah er sie an. «Was Sie da gesagt haben – meinen Sie das ernst? Shane lässt mich laufen?»

«Ich fahre heute noch zu ihm.» Jedes Wort war ein Nagel, der in ihren Schädel getrieben wurde. «Hayek hat diese neuen Trader also eingestellt, damit sie einen neuen Kapitalfonds mit vier Milliarden Dollar managen. Und das könnte das Tsunami-Projekt sein?»

«Ich weiß nicht genau, wie groß die Sache ist oder wie sie heißt. Aber es muss schon ziemlich riesig sein. Erst hat er sie als neue Handelsabteilung im Hause etablieren wollen, aber das ist dann den Bach runtergegangen. Ob er dann die Bank gekauft hat, um sie unterzubringen, kann man nur vermuten.»

«Ich kann Ihnen nicht folgen.»

«Ich will sagen, diese Typen sind vollständig abgeschottet. Es ist unmöglich, von ihnen etwas zu erfahren.» Er dachte wieder nach. «Was ist, wenn ich Ihnen den Zugangscode zu einem ihrer Computer verschaffe?»

«Können Sie das?»

«Weiß ich nicht. Vielleicht. Aber das wär's dann, okay? Nichts weiter. Sie würden sich selbst jemanden suchen müssen, der das System anzapft und die Daten interpretiert.» Mit beiden Händen wischte er sein wachsendes Entsetzen beiseite. «Wenn ich das versuche und dabei erwischt werde, bin ich geliefert.»

«Beschaffen Sie mir den Zugangscode für einen Computer der Tsunami-Gruppe, und wir sind fertig miteinander», versprach Jackie. «Wann können Sie ihn haben?»

«Keine Ahnung. Rufen Sie mich in zwei Tagen an. Nein, rufen Sie mich an, sobald Sie mit Shane gesprochen haben.

Dann treffen wir uns, Sie zeigen mir das Papier, unterschrieben, besiegelt, notariell beglaubigt. Ich muss sehen, dass es echt ist, bevor ich mich darauf einlasse.»

44
Mittwoch

La Tarbouche, das libanesische Restaurant in der K Street, hatte der Klient ausgesucht, nicht Valerie. Das Lokal bot ein prätentiöses Leder- und Chrom-Ambiente, das Leute, die auf Kosten anderer speisten, überaus ansprechend fanden. Ihr gegenüber saß der Chef der American Investment Managers, AIM, eines Unternehmensverbandes, der Investmentbanken, Fondsmanager und Hedgefonds vertrat.

Er lächelte, als der Kellner ihm einen Teller mit Lachs-tagin servierte. In der spärlichen Beleuchtung sah die Hummersauce gelblich grün aus. Sie saßen zu sechst in der ruhigsten Nische des Restaurants. Valerie saß neben einem der vier Partner ihrer Firma, ihrem unmittelbaren Vorgesetzten. Drei weitere Mitarbeiter waren da, sodass der Partner ihre Mittagspause den American Investment Managers in Rechnung stellen konnte. Valerie war da, weil der AIM-Chef ausdrücklich um ihre Anwesenheit gebeten hatte.

Mit seiner Gabel deutete er auf Valeries Salat. «Mit diesem Kaninchenfutter werden Sie nicht weit kommen.»

«Ich habe heute leider nicht viel Appetit.»

«Der kommt noch.» Für einen Lakaien war der AIM-Chef nicht übel – ziemlich geschliffen und dazu fähig, alles, was er sagte, aufrichtig klingen zu lassen. Aber er hatte die ärgerliche Gewohnheit, Bemerkungen von Leuten, die ihm überlegen waren, als seine eigenen Gedanken auszugeben. «Ich habe beobachtet, wie Sie arbeiten, Ms Lawry. Sie sind nach unserem Geschmack. Sind clever, schlagen hart zu, geben kein Pardon. Ich möchte, dass Sie unseren Account leiten.»

Der Seniorpartner ließ seine Gabel fallen. «Meinen Sie nicht, dass wir darüber lieber …»

«Ich habe es mit meinen Leuten besprochen, und so wird es gemacht.» Als ob er das zu entscheiden hätte. «Soweit es uns betrifft, ist die Sache abgemacht.»

Valerie wünschte, sie könnte sich freuen. Aber die bizarren Ereignisse des Morgens gingen ihr nicht aus dem Kopf. Als sie in Georgetown aus dem Haus gegangen war, hatte Jim Burke angerufen und verlangt, dass sie sich mit ihm auf einem Rastplatz am Rock Creek Parkway traf. Er hatte ihr eine knappe Wegbeschreibung gegeben und gleich aufgelegt.

Valerie hatte den Weg dorthin in finsterer Verzweiflung zurückgelegt, denn sie wusste, dass Burke beauftragt worden war, ihr den tödlichen Schlag zu versetzen. Sie hatte den Hutchings-Ergänzungsantrag an sich vorbeilaufen lassen. Jetzt wollten sie ihren Kopf – irgendwo, wo niemand zuschaute. Während der ganzen Fahrt versuchte sie verzweifelt, irgendeine Entschuldigung zu finden, aber es fiel ihr nichts ein.

Aber als sie hinter der Flughafenlimousine anhielt, stieg Burke nur aus und reichte ihr ein Handy. Während hinter ihr der morgendliche Verkehr dröhnte, hob Valerie das Telefon ans Ohr und wartete darauf, dass Hayek über sie herfiel.

Stattdessen hatte der Mann beinahe jovial geklungen. «Sie müssen mir diese etwas unorthodoxe Kommunikationsmethode nachsehen, Ms Lawry. Aber die Angelegenheit ist in ihre entscheidende Phase getreten, und ich will absolut sicher sein, dass unser Gespräch weder mitgehört noch aufgezeichnet wird. Dies wird unsere letzte Plauderei sein, bis alles erledigt ist. Ich wäre Ihnen dankbar für Ihre Bewertung der Ereignisse.»

Instinktiv wusste sie, dass eine sorgfältig formulierte PR-Übung hier nicht erwünscht war. «Es sieht nicht so gut aus», sagte sie.

«Etwas deutlicher, bitte.»

«Wir sind überrumpelt worden. Das Bewilligungsgesetz wurde mitsamt dem Ergänzungsantrag beschlossen, und heute Morgen habe ich gehört, dass sie vorhaben, das Gesetz im Rekordtempo durch den Beratungsausschuss zu prügeln. Dadurch reduziert sich die Zeit, die uns noch zum Handeln bleibt, auf ein Minimum.»

«Kämpfen Sie härter.»

«Das werden wir tun, das versichere ich Ihnen. Wir machen Druck auf …»

«Ich möchte, dass Sie mehr als Druck machen. Ich möchte, dass Sie ein absolutes Gemetzel anrichten.»

Valerie zögerte. «Gemetzel haben einen hohen Preis in Washington.»

«Dann bezahlen Sie ihn.»

«Moment. Bitte. Sie müssen begreifen, dass wir es hier mit Leuten zu tun haben, die Programme von nationaler Bedeutung gestalten. Hieraus eine öffentliche Angelegenheit zu machen, erfordert die Hinzuziehung von Beratern der Art, wie sie bei Präsidentschaftswahlen tätig sind. Von Leuten, die nationale Parteipolitik gestalten. Diese Leute verkaufen uns nicht ihre Zeit. Sie verkaufen einen Zugang. Der nur begrenzt benutzt werden kann. Das bedeutet, dass der Preis, den sie uns in Rechnung stellen, astronomisch ist, weit jenseits dessen, was wir unseren Klienten vernünftigerweise in Rechnung stellen können.»

«Darum werde ich mich kümmern. Sie werden heute vom AIM-Repräsentanten hören, nur damit die Sache offiziell ist.»

«Es wäre klüger, mit einem vollen Frontalangriff zu warten,

bis das Gesetz zur Endabstimmung in Kongress und Senat zurückkommt.»

«Ausgeschlossen.» Hart und entschieden. «Das Timing ist von höchster Bedeutung. Ich will nationale Aufmerksamkeit, ich will Kampf, ich will Aufruhr. Und das sofort.»

«Aber in diesem Augenblick kann man nichts garantieren. Ganz gleich, wie viel Geld Sie investieren.»

Es war, als hätte sie gar nicht gesprochen. «Was immer es kostet, Ms. Lawry. Legen Sie es auf ein Gemetzel an. Ich nehme nicht an, dass ich es Ihnen buchstabieren muss.»

Valeries Boss wusste seinen Kopf stets geschickt aus der Schlinge zu ziehen. «Nun, gewiss, Ms Lawry ist eine unserer meistgeschätzten Mitarbeiterinnen, und es freut uns natürlich, wenn unsere Spitzenklienten mit ihr zufrieden sind.»

Als der Kellner herantrat, um die Gläser nachzuschenken, lächelte Valerie ihren Boss kalt an. Sein Blick glitt zu ihr. Botschaft angekommen. Mitarbeiterin reichte nicht mehr. Sie wollte die Partnerschaft.

«Wir sind zudem äußerst besorgt wegen des Ergänzungsantrags, mit dem der Kongress gestern Abend das Bewilligungsgesetz verabschiedet hat», fuhr der AIM-Chef fort. «Das ist Ihnen natürlich bewusst.»

Valerie ließ den Partner einen Augenblick stottern, bevor sie ihm beisprang. «Das ist es, ja.»

«Ich habe um dieses Meeting gebeten, weil ich Ihnen sagen muss: Wir wollen, dass Sie das Ding jetzt erledigen.»

Valerie schob ihren Salat beiseite, beugte sich vor und übernahm das Kommando. «Das ist nicht so einfach.»

«Wir bezahlen Sie dafür, dass Sie es einfach machen.»

«Im Beratungsausschuss ist die Mehrheit gegen uns. Ein paar Wackelkandidaten sind da, aber nicht genug, um sicher zu sein, dass wir den Spieß umdrehen können.»

«Dann müssen Sie sich ein bisschen mehr anstrengen. Auf diese Weise rechtfertigen Sie Ihre unerhörten Gebühren: indem Sie in Augenblicken wie diesem Leistung zeigen. Ich will, dass Sie dieses Ding vernichten, solange es noch im Beratungsausschuss ist. Unter keinen Umständen darf dieser Antrag zur Endabstimmung in Kongress und Senat gelangen.»

Ein einzelnes Gebäude beanspruchte den gesamten achtzehnhunderter Block der K Street. Das zentrale Atrium war achtzehn Stockwerke hoch und beherbergte einen subtropischen Wald mit einem Wasserfall, der über Edelstahl rauschte. Der Boden war ein Mosaik aus Marmor und Granit, und die Aufzüge wurden von doppelten Securityposten bewacht. Die Büroräume in den oberen Stockwerken gab es in zwei verschiedenen Geschmacksrichtungen: kostbar und opulent für die Partner, billig und schäbig für alle andern. Die Mieten in der K Street gehörten zu den höchsten von ganz Washington, und die Mitarbeiter drängten sich in Zellen von der Größe gepolsterter Hühnerställe. Tageslicht war etwas, das ein Mitarbeiter nur selten zu Gesicht bekam. Das würfelförmige Mobiliar war von kalter Modernität, die Atmosphäre von verzweifeltem Ehrgeiz erfüllt, und die internen Konkurrenzkämpfe wurden bis aufs Messer geführt.

Valeries unverhoffte Beförderung zur Cheflobbyistin für den AIM-Account bewirkte, dass man ihr Erscheinen im Konferenzraum mit feindseligem Neid quittierte. Sie weidete sich daran. «Wir treten jetzt in die entscheidende Phase ein. Alles andere auf Ihren Schreibtischen fliegt in den Papierkorb. Wir werden angreifen, und zwar morgen.»

Während der Schock noch verdaut wurde, teilte sie die Tafel hinter sich mit einem Kreidestrich und fuhr fort: «Wir müssen leider den Hut ziehen vor unseren Gegnern. Sie haben es geschafft, einen Ergänzungsantrag in einem Haushaltsbewilligungsgesetz unterzubringen, das der Präsident für entscheidend wichtig erachtet und bei dem für fast jeden Distrikt etwas abfällt. Unsere einzige Hoffnung besteht darin, dass wir diesen Ergänzungsantrag eliminieren, solange das Gesetz noch im Beratungsausschuss verhandelt wird. Aber unsere Taktik hier wird nicht in Unauffälligkeit bestehen. Ich fürchte, dass der Ausschuss in seiner Mehrheit gegen uns ist. Wir müssen deshalb im ganzen Senat und im ganzen Kongress so viel Wirbel um diesen Antrag machen, dass die Ausschussmitglieder gezwungen sind, die Richtung zu ändern.»

Jemand am Tisch sagte das Naheliegende: «Da werden sie aber ein Bombenhonorar zahlen müssen.»

«Bombe ist der richtige Ausdruck», bestätigte Valerie. «Sie bezahlen uns für einen Nuklearangriff, und genau den werden wir liefern.»

45

Mittwoch

Jackie saß vor dem Gefängnistor und betrachtete es, als wäre es das Tor zum Jenseits. Sie lauschte dem leisen Klagen ihres Herzens. Lass den Motor an, fahr los irgendwohin. Bring einen ordentlichen Abstand zwischen dich und den idiotischsten Einfall, der dir je in den Sinn gekommen ist.

Warum sie Eric ein so groteskes Angebot gemacht hatte, wusste sie selbst nicht. Jedes Fünkchen Logik sagte ihr, dass sie immer noch zurückfahren und den Sack Geld holen und zu ihrem Eigentum machen konnte. Aber den besten Argumenten und dem anschwellenden Schmerz ihres eigenen Herzens zum Trotz ging sie auf das Tor zu und stellte sich in die Reihe der wartenden Besucher vor der Kontrolle.

Der Wärter vom letzten Mal war wieder im Dienst. «Hab gedacht, Sie hätten sich hier endgültig verabschiedet.»

«Ich auch.»

Er ging wieder vor ihr den Weg entlang; sein Ledergürtel knarrte im Takt seiner Schritte, und Schlüsselbund und Schlagstock klirrten wie Alarmglocken, die vor einem nahenden Feuer warnten.

Diesmal war Shane schon da und wartete auf sie. Das machte es ihr nur umso schwerer, den schützenden Wärter zurückzulassen und zu ihm hinüberzugehen. Die Strecke zum Tisch kam ihr vor wie eine senkrechte Wand. Er wartete, bis sie saß, und sagte dann: «Ich hatte gehofft, dass du noch mal kommst. Ich wollte dir noch so viel ...»

«Eric Driscoll hat dreiundfünfzigtausend Dollar für dich gebunkert, die du bekommen solltest, wenn du entlassen wirst. Aber er wird mir nur helfen, wenn du das Geld vergisst und versprichst, ihn laufen zu lassen.» Es klang nicht annähernd so glatt, wie sie es haben wollte. Der Knoten in ihrer Kehle ließ all die richtigen Worte verwaschen klingen. Sie fummelte in ihrer Handtasche herum, holte den Umschlag heraus, zwang ihre Finger, das Blatt herauszunehmen und zwischen ihnen auf den Tisch zu legen. «Ich möchte, dass du das hier unterschreibst.»

Er las die paar Sätze, die eindeutig besagten, dass Eric Driscoll nicht das Geringste mit Shanes Unterschlagungen zu tun gehabt habe, und dass jede gegenteilige Behauptung eine Lüge sei. Nachher würde sie im Büro vorbeifahren und sich von einer Freundin den Notariatsstempel geben lassen – ein kleines Verbrechen, verglichen mit dem, was sie sich hier antat.

Shane hielt den Kopf so lange gesenkt, dass Jackie allmählich eine der alten Explosionen befürchtete, bei denen er seine Wut wie Säure verspritzt hatte. Sie griff in ihre Tasche und nahm den Füller heraus, und sie wünschte, es wäre etwas Handfesteres. Eine Machete vielleicht. Oder eine Uzi.

Aber als Shane sprach, klang es zurückhaltend. Das war nicht seine Art, war es nie gewesen. «Er hat Recht, weißt du. Ich habe ihn nur deshalb nicht belastet, weil ich später jemanden haben wollte, der mir den Rückweg zum leichten Leben ebnet.»

Jetzt hob er den Blick. Und es lag keine Wut darin. Resignation vielleicht. Bittere Reue. Eine Spur von Sehnsucht. Aber er sagte nur: «Kann ich den benutzen?»

Sie ließ den Füller auf den Tisch fallen. Sie wollte nicht den leisesten Kontakt mit diesem Mann haben. «Ich verstehe dich nicht.»

«Das wundert mich nicht.» Er kritzelte seinen Namen unter den Text. Schrieb seine Sozialversicherungsnummer dazu. «In meiner Vergangenheit gibt es nicht viel, womit du das hier erklären könntest.»

Sie riss das Blatt an sich, faltete es zusammen und stopfte es wieder in den Umschlag und musste den Drang niederkämpfen, aufzuspringen und wegzulaufen. «Warum tust du das?»

Seine Augen waren immer das Beste an ihm gewesen, sie und seine Fähigkeit, mit Würde zu lügen. «Nicht für dich. Nicht nur, jedenfalls.»

Jackie stemmte sich mit beiden Händen hoch. All ihre Kraft wurde von den Worten, die in ihr hochkochten, in Anspruch genommen. Worte, die sie nicht herunterschlucken konnte, so sehr sie sich auch bemühte. Als sie aus ihrem Mund kamen, klangen sie wie stranguliert: «Ich nehme deine Entschuldigung an.»

Sie wandte sich ab und ergriff die Flucht, so schnell, dass sie an der Gittertür auf den Wärter warten musste. So hatte sie Gelegenheit, noch einen Blick zurückzuwerfen. Shane saß immer noch am Tisch und starrte auf seine gefalteten Hände.

46
Mittwoch

Der Morgen war so grau, dass selbst der Garten des Capitols gedämpft aussah; die Blumen waren nur wenig bunter als der Granit ringsum. Die Bäume trugen minzfarbenen Schmuck. Die Luft schmeckte nach Diesel und Konflikt und nahendem Regen.

Vor dem größten Ausschusszimmer im Dirksen Senate Office Building traf Wynn auf Pater Libretto, der in ein intensives Gespräch mit Kay Trilling und Carter Styles vertieft war. Als der Priester Wynn erblickte, löste er sich von den andern und kam ihm mit ausgestreckter Hand entgegen. «Congressman Bryant, verzeihen Sie, dass ich Sie am Morgen störe.»

«Sie stören mich nicht, und ich heiße Wynn.»

«Wynn.» Der Priester sprach den Namen aus, als wäre er ein Geschenk, das er bekommen hatte. «Ich kann Ihnen nicht sagen, wie sehr mich die Sache mit Sybel betrübt. Wie geht es Ihnen?»

«Ich gebe mir Mühe.»

Der Priester bewegte sich kaum, und trotzdem hatte man den Eindruck, er verneige sich mit seinem ganzen Körper. Ein langsames Wiegen, das in Wirklichkeit höchstens einen Zoll weit in jede Richtung ging. Es war eine Bewegung des Herzens, des Verstandes, nicht des Fleisches. «Manchmal kann Gott unsere Aufmerksamkeit nur auf sich ziehen, wenn wir bis auf die Knochen entblößt worden sind. Die Menschen verbringen so viel Zeit damit, zu fragen: Wie konnte das passieren, und warum mir? Dann weiß ich keine Antwort, nur eine neue Frage. Manchmal besteht die Rolle des Priesters nicht darin, Antworten zu geben, sondern den Menschen zu zeigen, wie man sie unter Tränen sucht. Wie man sucht, was da ist und doch verborgen bleibt. Selbst wenn es schmerzhaft ist, jawohl; selbst wenn die Leere einen verschlingt wie ein Abgrund.»

Wynn fuhr sich mit der Zunge über die Lippen. Er wusste, dass die andern ihn beobachteten, taxierten. «Welche Frage sollte ich denn dann stellen?»

«Oh, ich glaube, das wissen Sie schon. Sie sind ein sehr intelligenter Mann, sehr scharfsichtig. Sie kennen die Worte. Sie sich von mir sagen zu lassen, wird es Ihnen nicht leichter machen, die Antwort zu finden.» Pater Libretto klopfte Wynn auf die Schulter, die Segensgeste eines fürsorglichen Freundes. Dann senkte er den Arm und schob Wynn eine Karte in die Tasche. «Meine Rolle ist die eines Dieners und Boten für alle, die hier im Dienst stehen. Sie können mich jederzeit besuchen.»

Kay trat heran und sah dem Priester nach. «Die extremen Verheißungen des Glaubens haben mich immer getröstet. Das Heilen von sichtbaren und unsichtbaren Wunden. Ewige Erlösung. Liebe und Frieden sogar hier, in einer Stadt, die der Ehrgeiz verblendet hat.» Jetzt schaute sie ihn mit wachsamen Augen an. «Letzten Endes läuft alles nur auf eins hinaus. Suchen Sie immer noch eine Gelegenheit, Ihrer Schwester zu sagen, was für ein Narr Sie gewesen sind? Oder sind Sie endlich an dem Punkt angelangt, wo Sie diese Worte an jemand anderen richten wollen?»

Wynn schluckte, aber seine Kehle war plötzlich trocken. Es fiel ihm schwer, aber er hielt ihrem Blick stand.

Trotzdem nahm Kay sein Schweigen als Eingeständnis der Niederlage und wandte sich ab. «Sehen Sie, wie einfach das ist?»

Der Ausschusssaal war sehr imposant, sehr römisch. Der Teppich in königlichem Purpur war mit silbergrauen Lorbeerzweigen gesäumt, die Vorhänge ebenfalls. Die zwölf Meter hohe Decke war indirekt beleuchtet. Die Wände, zu einem Oval geschwungen, waren von Mahagonisäulen gesäumt, und davor standen Reihen von Pulten im Bogen. Kay nahm den Platz des Ausschussvorsitzenden ein, flankiert von Flaggen und dem Ölporträt eines längst verstorbenen Verwalters der Macht. Es roch nach dem Pulverdampf vergangener Schlachten.

Carter zeigte Wynn seinen Platz, indem er sich dahinter stellte. Kay lenkte mit einem Hammerschlag die allgemeine Aufmerksamkeit auf sich, und dann begann sie in einem leiernden Tonfall zu reden, den sie den ganzen Tag beibehalten konnte. Nur sieben der vierzehn Plätze waren besetzt. Ansonsten war der Raum, von ein paar Referenten abgesehen, leer.

Wynn winkte Carter nach vorn und fragte: «Was soll ich hier?»

Carter sprach leise, so dass nur Wynn ihn hören konnte. «Bei diesem Bewilligungsgesetz geht es um ein ganzes Paket. Zehntausend Blatt. Jeder Kongressabgeordnete, jeder Senator, jeder Lobbyist hat versucht, Ergänzungsanträge unterzubringen. Wir hoffen, dass es uns gelungen ist, unseren hineinzuschmuggeln, ohne allzu viel Aufsehen zu erregen.»

«Und was soll ich jetzt tun?»

«Sitzen bleiben. Es dauert nicht lange. Der Beratungsausschuss besteht zu gleichen Teilen aus Senatoren und Kongressabgeordneten, und seine Aufgabe ist es, die Differenzen zwischen der Kongress- und der Senatsfassung dieses Gesetzes auszubügeln. Wenn die Endfassung steht, werden die beiden Kammern erneut darüber abstimmen. Die Referenten sitzen schon seit zwei Wochen zusammen und definieren alle Bereiche, wo es keinen echten Konflikt gibt. Damit sind sechzig, vielleicht sogar siebzig Prozent erledigt. Morgen werden die Ausschussmitglieder anfangen, die Punkte abzuklären, wo Uneinigkeit besteht.»

Während Carter noch redete, vertagte Kay die Sitzung mit einem Hammerschlag. Sie stand auf, schüttelte ein paar Hände und kam dann auf Wynn zu. Er machte sich auf weitere Herausforderungen gefasst, auf die er keine Antwort wusste. Aber sie fragte nur: «Stimmt es, dass Sie im Willard wohnen?»

«Ja.»

«In einer Suite?»

«Vorläufig.»

«Tun Sie uns allen einen Gefallen. Ziehen Sie um. Wenn Sie im Hotel wohnen wollen, dann nehmen Sie eins, das in den Sechs-Uhr-Nachrichten für weniger Wirbel sorgt.»

«Das ist mein Geld, Kay.»

«Die Presse würde nichts lieber sehen als ein Foto von Ihnen, wie Sie mit einem hübschen Mädchen am Arm vor dem Willard aus einer Limousine steigen. Ich sehe die Bildunterschrift vor mir: Geldsack Wynn Bryant, so abgehoben von seinem Wahlkreis, dass er eine Tausend-Dollar-Suite für das richtige Leben hält.»

«Meinen Sie wirklich, dass es dazu kommen wird?»

«Versuchen Sie's mit dem Four Seasons. Da gibt's nur eine Ziegelmauer zum Fotografieren. Könnte überall sein.»

Kaum hatte Wynn sein Büro betreten, verkündete seine Sekretärin: «Das Büro des Gouverneurs auf Leitung zwei.»

«Pünktlich», sagte Carter.

«Sie wussten davon?»

«Er hat mich vor der Ausschusssitzung erwischt. Hat mich zwei Minuten lang angeschrien, weil Sie nicht greifbar waren. Ich dachte, es wäre besser, Sie nicht schon vorher zu beunruhigen.» Als Wynn keine Lust zeigte, den Hörer abzunehmen, fügte er hinzu: «Früher oder später werden Sie ihn sein Liedchen singen lassen müssen.»

Der Assistent des Gouverneurs, den Wynn seit mehr als zehn Jahren kannte, behandelte ihn wie einen völlig Fremden. Oder wie einen Paria. «Ich verbinde Sie mit dem Gouverneur.»

Aber Grant meldete sich nicht mit der Schimpfkanonade, vor der es Wynn gegraut hatte. Die Stimme des Mannes war kaum lauter als ein Flüstern. «Ist dir eigentlich klar, was für eine Suppe du dir da eingebrockt hast?»

«Ich tue nur meine Arbeit, Grant.»

«Deine Arbeit. Und was ist mit unserer Vereinbarung?»

«Was ist mit deiner Verantwortung für meine Schwester?»

Grant wurde schriller. «Du lässt Sybel da raus!»

«Das kann ich leider nicht. Das weißt du genauso gut wie ich.»

«Geh nach Washington, habe ich gesagt. Mach dir eine schöne Zeit. Unterschreibe ein paar Gesetzesanträge, lass dich mit den Mächtigen fotografieren, lern ein paar hübsche Großstadtladys kennen. Würge ein bestimmtes Gesetzesvorhaben ab. Halt deine Finger sauber, bis ich in den Top-Club dieser Welt gewählt worden bin. War das so viel verlangt?»

«Ja, Grant. Das war es.»

«Na, hier kommt die Abrissverfügung gegen dich. Sie werden sich um dich kümmern. Und wenn sie mit dir fertig sind, werden wir Mühe haben, noch ein Körnchen Staub von dir zu finden.»

«Wer steckt dahinter – Hayek?»

«Auf diesen Namen hört zufällig einer meiner wichtigsten Unterstützer. Du kannst unmöglich andeuten wollen, dass er in etwas so Unangenehmes verwickelt ist wie das, was dir passieren wird.»

«Du hast kein Problem damit, als Sprecher für die Gruppe aufzutreten, die deine Frau ermordet hat?»

Ein rauer Atemzug, und dann wurde der Hörer auf die Gabel geworfen.

«Gar nicht schlecht», bemerkte Carter von seinem Platz an der Tür her. «Ich sehe kein versengtes Haar.»

Wynn drehte seinen Sessel zum Fenster. Hinter dem sonnenbeschienenen Vorhang konnte er die Mauer auf der anderen Seite des Hofes erkennen. Gefangen in einem Käfig, den er sich selbst gebaut hatte.

«Die haben was gegen Sie in der Hand», sagte Carter. «Nicht wahr?»

47

Donnerstag

Jim Burke räkelte sich in einer Ecke seines Whirlpools auf der Terrasse, neben sich einen Drink in der Farbe eines tropischen Tiefdruckgebiets. Er fühlte sich so leblos wie die Bilder, die er im Prospekt dieser Wohnanlage gesehen hatte – das Paar, das genau da saß, wo er jetzt saß, mit kräftigen Körpern und leeren Köpfen, mit einem Lächeln voller Zähne. Als sei ihre Anwesenheit hier die Lösung für jedes Problem, das sie je gehabt hatten. Er nippte an seinem Glas, verzog das Gesicht und schob es von sich. Seit er mit Hayek hergekommen war, hatte er zum ersten Mal ein paar freie Tage, während der Handelsraum arbeitete. Es war ihm absolut zuwider. Die Welt drehte sich, die Märkte waren auf einem Höhenflug, und er saß gefangen in einem blubbernden Betonbecken.

Als sein Telefon klingelte, schaute Burke auf die Uhr. Pünktlich auf die Minute. Er drückte auf die Taste. «Burke.»

«Thorson.» Der Mann klang hinreichend aufgekratzt für jemanden, den man aus dem Keller geholt und in einen Multi-Milliarden-Dollar-Orbit geschossen hatte. «Der Cheftrader hat eine telefonische Order bekommen. Hayeks Gruppe will noch mal für drei fünfzig Dollar-Yen kaufen. Damit wären sie um hundert Millionen über dem derzeitigen Interbank-Limit.»

«Ich rede mit der Zentrale und melde mich wieder.» Burke beendete die Verbindung, lehnte sich zurück und sah all die Action vor sich, die ihm hier entging. Er spürte die Entbehrung; es war ein Hunger, der so übel brannte, dass er freiwillig Säure geschluckt hätte, nur um ihm einen Namen geben zu können.

In der Zentralmärkteabteilung der First Florida herrschte absolutes Chaos. Das wusste er von Brant Anker. Burke schloss die Augen und sah es vor sich, als wäre er da, als stünde er in einer Ecke und könnte sich an der Hektik berauschen. Siebenunddreißig Trader in einem Raum für höchstens zwanzig. Allesamt schwitzend, schreiend und riesige Haufen Geld bewegend. Ihm war klar, warum Hayek ihm befohlen hatte, sich bedeckt zu halten und die Aktivitäten aus der Distanz zu überwachen. Thorson brauchte Zeit, um sich an seine Stellung als Vorstandsmitglied und Spitzenmann zu gewöhnen. In der Anfangsphase würden sie ihre Interbank-Kreditlinie in Dreihundert-Millionen-Dollar-Schritten nach oben verschieben. So viel, dass man es bemerkte, aber nicht so viel, dass es Unruhe weckte. Nicht, wenn sie buchstäblich im Geld schwammen. Eine Milliarde war bis jetzt eingeflossen. Verdoppelt in achtundvierzig Stunden. Eine weitere Milliarde am nächsten Tag. Dann der große Treffer. Noch einmal fünf Milliarden.

Burke entschied, dass er jetzt lange genug gewartet hatte. Er rief Thorson zurück. «Sie haben das Okay für die drei fünfzig in Yen.»

«Gut.» Thorson war ein zu erfahrener Trader, als dass er sich seinen Überschwang hätte anmerken lassen. Aber er empfand ihn gleichwohl. «Ich hatte heute Vormittag sechs Anrufe von den Interbank-Leuten. Mehr, als ich sonst in einem Monat kriege. Sie wollen wissen, was los ist. Ich rede offen, genau wie Sie es gesagt haben. Zumindest, soweit es das Geld betrifft. Nichts über den neuen Eigentümer.»

«Gut.»

«Wenn sie hören, dass wir brasilianisches Geld organisiert haben, kommt der Neid regelrecht durch die Leitung gequollen.» Thorson konnte sein Frohlocken nur mit Mühe unterdrücken. «Hatte heute Vormittag bisher drei Angebote, unsere Kreditlinie zu erhöhen.»

«Nehmen Sie, was Sie angeboten kriegen. Und sagen Sie Ihrem Cheftrader, er soll alles einsetzen.»

«Moment mal.» Der Trader machte eine Pause und meldete sich dann wieder. «Soeben hat der hauseigene Elefant den Raum betreten. Er sieht aufgeregt aus.»

Das war wohl Robert Carlton der Fünfte. «Geben Sie ihn mir lieber.»

Der Hörer wurde weitergereicht, und dann erklang die sonore Stimme der Vergangenheit. «Ist da Burke?»

«Ja.»

«Ich möchte wissen, was Sie mit diesen Sicherheitsleuten vorhaben, die Sie da in meiner Lobby campieren lassen!»

«Das ist eine vorübergehende Maßnahme», sagte Burke. Es interessierte ihn nicht, ob der Mann ihm glaubte. «Nur bis wir die Kapitalmärkteabteilung ausgegliedert haben.»

«Einer von denen wollte mich nicht durchlassen, wenn ich ihm nicht meinen Führerschein zeige! Diese Idioten verscheuchen mir meine besten Kunden!»

«Ihre besten Kunden», erwiderte Burke gelassen, «sind die Leute, die derzeit frisches Blut in Ihre Bank pumpen. Ich nehme an, Sie haben noch nicht gehört, dass sie heute Morgen wieder eine halbe Milliarde an Ihre Devisenabteilung transferiert haben.»

«Ich will, dass die Kerle hier verschwinden!»

«Hören Sie. Ihre Kapitalmärkteabteilung operiert jetzt mit hochgeheimen Informationen. Und sie bringt Ihrer Bank einen Haufen Geld damit. Wir müssen sicherstellen, dass sich niemand von außen Zugang verschafft.»

Carlton atmete zweimal tief durch und warf dann den Hörer auf die Gabel.

Burke hob sein Glas zur Sonne, Hayeks erblühender Strategie entgegen.

48

Donnerstag

Der Vorsitzende des Senatsausschusses war nicht groß, aber er wiegte sich beim Gehen hin und her, als werde seine beschränkte körperliche Größe durch politisches Gewicht mehr als ausgeglichen. Hinter ihm trottete sein Stabschef, was an sich schon ein Hinweis darauf war, wie viel Bedeutung der Senator diesem Meeting beimaß. Er ließ sich in seinen Sessel fallen und forderte seine Besucher mit einer Handbewegung auf, ihm gegenüber Platz zu nehmen. «Sie haben zehn Minuten.»

«Bin Ihnen dankbar für Ihre Zeit, John.» Der Anwalt an Valeries Seite war ein verdorrter Veteran der Washingtoner Machtzirkel. Polk Hindlestiff hatte in drei Kabinetten gesessen, zwei Staatschefs als Anwalt durch kritische Gerichtsprozesse geschleust und so viele Wahlkämpfe auf hoher Ebene als Berater begleitet, dass er selbst nicht mehr wusste, wie viele. «Das meine ich ernst.»

«Dass dieses Ersuchen aus Ihrem Büro kam, ist der einzige Grund dafür, dass wir überhaupt hier sind.» Dabei starrte er

Valerie an und gab ihr zu verstehen, wie wenig Bedeutung ihr in dieser Runde zukam.

Wie um das Ticken der Uhr zu unterstreichen, streckte seine Sekretärin den Kopf zur Tür herein und sagte: «Sie werden in einer halben Stunde im Finanzministerium erwartet, Senator.»

«Als ob ich das nicht wüsste.» Zorn überzog seine Züge wie eine Lage Kitt. «Also schön. Lassen Sie hören, was so ungeheuer wichtig ist, dass ich meinen Nachmittag neu organisieren musste.»

Hindlestiff lehnte sich zurück; seine Arbeit war vorläufig getan. Dafür, dass er diesen und vier andere Termine arrangiert hatte, hatte Valerie fünfundsechzigtausend Dollar bezahlen müssen. Aber nur auf diese Weise war es ihr möglich gewesen, vertrauliche Unterredungen mit beiden Parteichefs und den wichtigsten Ausschussvorsitzenden an einem einzigen Tag zu führen. Ganz zu schweigen davon, dass sie allein durch das Engagement eines solchen Schwergewichts zu erkennen gab, dass ihr Anliegen von höchster Bedeutung war.

«Danke, dass Sie uns empfangen, Senator. Die Angelegenheit, die ich Ihnen heute vortrage, ist von entscheidender Wichtigkeit.»

«Das ist immer so.»

«Hören Sie ihr zu, John», sagte der Anwalt leise.

«Gestern Abend hat der Kongress das Bewilligungsgesetz an den Beratungsausschuss überwiesen.»

«Das wurde auch Zeit.»

«Ja, Sir. Aber das Problem ist, dass sie in letzter Minute einen Ergänzungsantrag eingefügt haben, der die Steuerlast für die Unternehmen ins Unermessliche vergrößern und unsere nationale Souveränität empfindlich untergraben wird.»

«Eine bemerkenswerte Leistung – zwei Fliegen mit einer Klappe.» Aber jetzt hörte der Senator zu. Er war ein Konservativer der alten Schule, und nichts ließ bei ihm die Alarmglocken lauter schrillen als Steuererschwernisse und jede Bedrohung für den majestätischen Status Amerikas. Wie Valerie sehr wohl wusste.

Sie umriss den Hutchings-Antrag in seinen Grundzügen und erklärte dann: «Was diesen Ergänzungsantrag so alarmierend macht, ist der Umstand, dass andere Regierungen dabei sind, parallele Maßnahmen zu ergreifen. Wir müssen schleunigst handeln, wenn wir verhindern wollen, dass diese Wahnsinnigen die Kontrolle über unsere finanziellen Institutionen in die Hände anderer Staaten legen. Es ist eine tödliche Gefahr, Senator. Wenn diese Sache durch den Ausschuss geht, wird das Ihre Partei bei der nächsten Wahl etliche Sitze kosten.»

Es war die erste Konferenz im Vorstandszimmer ihrer Firma, bei der Valerie den Vorsitz führte. Nur dazustehen und zu sehen, wie die Leute darauf warteten, dass sie grünes Licht gab, war so berauschend, dass es ihr fast den Atem verschlug. «Ich nehme an, Sie kennen sich alle.»

Ein paar Leute am Tisch nickten wachsam. Die beiden versammelten Crews waren eher daran gewöhnt, einander zu bekämpfen, als miteinander zu arbeiten. Konservative zur Linken, Liberale zur Rechten. Vier Regierungen waren hier vertreten, und bei fünf Präsidentschaftswahlen hatten diese Leute Schlüsselstellungen innegehabt. Ihr eigenes Team drängte sich am hinteren Ende des Tisches zusammen, starr vor Ehrfurcht vor so viel Macht und Geschichte. «Wie Sie wissen, besteht eins unserer Probleme darin, dass die Unterstützung für diesen Ergänzungsantrag von beiden Seiten des Plenums kommt. Etliche Leute haben angedroht, auszuscheren, wenn ihre Partei sich dagegen stellt. Deshalb erwarten wir, Ladys und Gentlemen, dass Sie in dieser Situation das

Kriegsbeil ausnahmsweise begraben und zusammenarbeiten. Sie werden alle Ihre Verbindungen nutzen, um sich öffentlich über dieses Thema zu äußern. Erläutern Sie in möglichst nüchternen Worten, dass dieses Gesetzesvorhaben die ererbten Rechte Amerikas bedroht.»

«Ein gefährlicher Präzedenzfall», intonierte ein Liberaler.

«Blödsinn», kläffte ein Konservativer. «Die wollen unsere Bankenindustrie in die Luft sprengen.»

«Das reicht», sagte Valerie. «Sie haben nicht viel Zeit. Wir müssen dafür sorgen, dass dieser Zusatz als Bedrohung für den amerikanischen Mittelstand erkannt wird.»

«Kurz und bündig», stimmte der Liberale zu. «Zeigen, dass dadurch Leute in Colorado Springs zu Tode kommen. Bis morgen können wir eine entsprechende Veröffentlichung auf die Beine stellen. Vielleicht ein Foto von einem Ochsen, der den Leuten in den Straßen von Boston die Bäuche aufschlitzt.»

«Solange es noch in die Sechs-Uhr-Nachrichten kommt. Wir brauchen Leitartikel und Sendezeit, um zu erklären, warum es schlecht für die amerikanische Wirtschaft ist. Dass es Arbeitsplätze vernichten wird. Wir müssen zeigen, dass es um mehr geht als nur um einen undurchschaubaren Streit um die Wall Street. Dass es eine Sache ist, die die Farmer betrifft. Kleine Unternehmen. Arbeiter und Angestellte.»

«Verstehe.» Ein Konservativer, männlich, weiß und aufgeblasen. «Fünf Prozent der Bevölkerung verstehen, worum es auf dem Devisenmarkt geht, und nur einem Prozent ist es nicht egal. Aber alle wissen, was Steuererhöhungen sind. Alle wissen, was hohe Zinsen bedeuten.»

Eine Liberale, schwarz, weiblich, ein Stachelschwein, das schon an einem Niesen Anstoß nahm: «Recht herzlichen Dank auch für eine so klare Erläuterung des schmerzlich Offenkundigen.»

«Sie alle haben hier nur noch eine einzige Aufgabe», sagte Valerie. «Machen Sie es ihnen unmöglich, dieses Ding unbemerkt durchzuschmuggeln. Gehen Sie hinaus und jagen Sie den Leuten Todesangst ein.»

49
Donnerstag

Als Kay Trilling an diesem Abend die Wohnungstür der Hutchings öffnete, verkündete sie: «Es hat angefangen. Die Chefsöldnerin von AIM hat den Nachmittag damit zugebracht, unseren Ergänzungsantrag zum Abschuss freizugeben. Mich schaudert bei dem Gedanken daran, was sie ausgegeben haben müssen, um Meetings mit beiden Parteichefs, den Ausschussvorsitzenden beider Häuser und den führenden Parteieinpeitschern zu arrangieren – alles an einem einzigen Nachmittag.»

Wynn folgte ihr hinein, nickte Carter zu und erwiderte das, was er für ein Winken von Graham hielt, der vor dem Kamin parkte. Dann rief Esther ihn nach nebenan. Als er kam, reichte sie ihm das Telefon und sagte: «Bring sie bitte zur Vernunft.»

Wynn schaute sie an, aber er sah nichts als müde Anspannung in ihrer Miene. Keinen Zorn, keine Verbitterung über seine Anwesenheit. Er nahm den Hörer und fragte: «Wer ist denn da?»

«Was glaubst du wohl?» Jackie hatte sich für einen echten Kampf gewappnet. «Hör zu, ich weiß, dass es für jemanden, der ein Landhaus auf Merritt Island bewohnt, nicht besonders viel bedeutet. Aber dieses Apartment ist alles, was ich habe. Hast du verstanden? Und ich lasse mich von einem

Wurm wie Hayek nicht aus meiner eigenen Wohnung vertreiben!»

«Kann ich dir nicht verdenken.»

«Wynn», sagte Esther klagend.

«Kannst du nicht?»

«Nein. Und ich habe kein Landhaus.»

«Das ist nicht das, was du ihr jetzt sagen musst», drängte Esther.

«Wenn du das Gefühl hast, du musst bleiben, dann tu es. Aber sei vorsichtig, okay?»

«Es geht dir auch an die Nieren, ja?»

«Nicht zu knapp.»

«Du bist genauso schlimm wie Graham», sagte Esther empört.

«Das», sagte Wynn, «ist das größte Kompliment, das ich seit langem gehört habe.»

«Kommst du zurecht?», fragte Jackie.

«Solange ich in Bewegung bin, ja. Wenn ich langsamer werde, fürchte ich am Staub zu ersticken. Und du?»

«Ich halte mich.»

«Ich habe heute Morgen mit einem Priester gesprochen. Pater Libretto hat mit meiner Schwester zusammengearbeitet.»

«Das war der, mit dem du in Sant'Egidio Kontakt aufnehmen wolltest.»

«Ganz recht. Heute Nachmittag habe ich ihn angerufen und ihn gebeten, einen seiner Leute zu veranlassen, ein Auge auf dich zu haben. Nur, damit du einen Freund in der Nähe hast. Ich hoffe, das ist okay.» Als sie schwieg, fragte er: «Wann kommst du her?»

«Sobald ich die Spur hier zu Ende verfolgt habe.»

«Du fehlst mir, Jackie. Und ich denke viel an dich.» Er musste es einfach sagen, auch wenn Esther neben ihm stand.

Am anderen Ende war plötzlich eine andere Frau. «Ich wünschte, ich könnte sicher sein, dass du mehr bist als der Stoff für eine neue Trauerballade.»

«Darum bin ich nicht hier, Jackie.»

Jackie legte so leise auf, dass er nicht einmal ein Klicken hörte.

Esther erwartete ihn. «Ich muss mich bei dir entschuldigen.»

«Das musst du nicht.» Er rieb sich das Gesicht, um die Erschöpfung und die anstürmenden Erinnerungen abzustreifen. Es gelang nicht. «Jedes Wort, das du in Diannes letzten Tagen gesprochen hast, war die reine Wahrheit.»

Esther trat einen Schritt näher, um genauer zu sehen, wer es war, den sie da vor sich hatte. «Glaubst du, dass man sich je wirklich ändern kann?»

«Wahrscheinlich nicht allein, und vielleicht nicht aus freien Stücken. Aber ja. Ich glaube, dass Veränderung möglich ist.»

Esther schloss den Abstand zwischen ihnen, schob ihren Arm unter seinen, und als sie wieder ins andere Zimmer hinübergingen, sagte sie leise: «Mein Freund.»

Sowie sie aufgelegt hatte, schaltete Jackie ihren Computer ein, sowohl um dem zu entkommen, was sie soeben zu Wynn gesagt hatte, als auch für den täglichen Mailcheck. Der Tag war so schmerzlich gewesen, dass sie jetzt von allem und jedem nur weitere Verletzungen befürchtete. Sie war beinahe enttäuscht, als sie auf der Website von Trastevere wieder die Bitte um eine Direktverbindung vorfand. Und verärgert sah sie die kryptische Message: Neuigkeiten?

Wenn es welche gäbe, warum sollte ich sie Ihnen verraten?, tippte sie wütend. Von Ihnen bekomme ich doch auch nichts als Albträume.

Lange Zeit blieb der Bildschirm leer. Dann erschien die leere Messagebox wieder. Jackie fühlte sich versucht, sich auszuloggen, ihn ein wenig von seiner eigenen Medizin kosten zu lassen. Aber sie brachte es nicht über sich. Vielleicht kann ich den Zugangscode zu einem Computer der Tsunami-Gruppe bekommen.

Diesmal antwortete er auf der Stelle. Wenn Sie ihn bekommen, benutzen Sie ihn nicht. Wenn die Sie erwischen, ist Ihr Leben weniger wert als ein Computervirus vom letzten Jahr.

Großartige Neuigkeiten. Was wollen Sie damit sagen?

Es wird Zeit, dass wir uns treffen. Wissen Sie, wann Sie den Code bekommen?

Nein.

Eric war verzweifelt gewesen, als sie mit Shanes Brief zu ihm gekommen war. Was jetzt vielleicht bevorstand, beunruhigte ihn so sehr, dass ihm die Möglichkeit seiner Erlösung keinen Trost brachte.

Dann morgen um die gleiche Zeit.

Moment. Sie war entschlossen, diesmal mehr als nur eine kryptische Warnung aus dem Kerl herauszuholen. Bereit, Forderungen zu stellen und ihm, wenn nötig, zu drohen. Irgendetwas müssen Sie doch wissen. Erzählen Sie mir etwas über Tsunami.

Anscheinend hatte er sich schon mit dem Unvermeidlichen abgefunden, denn seine Antwort kam unverzüglich. Die Anzeichen deuten auf einen sorgfältig orchestrierten Angriff auf das amerikanische Währungs- und Finanzsystem hin.

Wow. Durch Hayek?

Aber er war schon weg.

Dieser Hinweis, so vage er sein mochte, war zu wichtig, um ihn für sich zu behalten. Jackie rief Esther an und wiederholte die Information, und dann ließ sie weitere sorgenvolle Warnungen über sich ergehen. Aber als sie auflegte, regte sich ein Gedanke in den Tiefen ihres müden Verstandes. Weniger eine Idee, als vielmehr eine Erinnerung. Sie dachte an einen älteren Professor in Gainesville, den sie bewundert hatte. Er hatte Geschichten erzählt, um seinen Vorlesungen mehr Kraft zu verleihen, hatte als einer gesprochen, der ähnliche Ereignisse erlebt hatte, sodass trockene Theorien zu farbigem Leben erwacht waren. Aber sie erinnerte sich jetzt nur an das Bild dieses Professors, wie er vor dem Seminar stand, und sein ruhiger Tonfall hallte ihr durch den Kopf.

Sie verließ ihr Apartment, ging nach unten, schaltete die Garagenbeleuchtung ein und fing an, in den Kisten zu wühlen, die sich an der hinteren Wand stapelten. Die Lehrbücher aus Gainesville lagen natürlich ganz zuunterst. Als sie die Kiste gefunden und den Klebstreifen abgerissen hatte, nieste sie bereits von dem vielen Staub. Erinnerungen und vertrautes Leid begleiteten die Suche.

Dann hörte sie die Schritte.

Sie richtete sich auf und hielt den Atem an. Jemand kam mit schnellem, leichtem Schritt die kiesbedeckte Einfahrt herauf. Ihr Herz schaltete auf Overdrive, als sie die Bücher fallen ließ und über offene Kartons stolperte. Sie tastete fummelnd an der Seitenwand entlang, suchte in rostigen Gartengeräten herum und fand eine Hacke. Sie umklammerte sie mit beiden Fäusten und kämpfte die Panik nieder.

Eine Stimme rief durch die offene Tür: «Ms Havilland?»

«Wer will das wissen?»

«Mein Name ist Reverend Healey. Darf ich hereinkommen?»

«Wer hat Sie geschickt?»

Ein bebrillter Mann, dessen graues Haar nicht zu dem faltenlosen Gesicht passte, trat ins Licht. «Sagt Ihnen der Name Pater Libretto etwas?»

Sie ließ ihre Hacke fallen. Griff haltsuchend an die Wand. «Ja.»

«Ist alles okay?»

«Sie haben mir einen Schrecken eingejagt.»

Er kam einen Schritt näher. «Pater Libretto wurde von jemandem in Washington angesprochen, von einem gewissen Wynn Bryant. Er sagte, Sie wären vielleicht in Gefahr.» Sein Blick fiel auf den Haufen Bücher, die weggeworfene Hacke, ihre zitternde Gestalt. «Anscheinend hatten sie recht.»

Jackie lehnte sich an die Wand. «Ich verlasse mein Zuhause nicht.»

«Das verstehe ich.» Er kam heran und reichte ihr eine Visitenkarte. «Aber wenn Sie etwas brauchen, rufen Sie mich ruhig an. Meine Kirche ist nur eine halbe Meile von hier entfernt.»

Sie begriff nicht ganz, was er sagte. «Sie sind Priester?»

«Lutheraner. Sant'Egidio ist eine ökumenische Bewegung, die allen Gläubigen offen steht. Das Oberhaupt der deutschen Gruppe ist ebenfalls Lutheraner und ein Freund von mir. Das ist einer der Gründe, weshalb die Bewegung solche Probleme mit den römischen Bischöfen hat.»

«Danke, dass Sie vorbeigekommen sind.» Sie deutete auf den Bücherhaufen. «Ich bin gerade ein bisschen beschäftigt.»

«Ja, das sehe ich.» Er wandte sich zum Gehen und fragte dann: «Gehören Sie hier einer Kirchengemeinde an?»

Sie musste lachen. «Nein.»

«Sie sind uns willkommen. Die Gesellschaft der Gläubigen ist ein wichtiger Bestandteil unseres Weges.» Er trat in die Dunkelheit hinaus. «Das, und zu wissen, wann man um Hilfe bitten muss.»

50

Freitag

Burke traf sich mit Thorson Fines auf dem Parkplatz der First Florida, wo ein beständiger, mürrischer Wind wehte. Fines trug den Gesichtsausdruck eines Mannes, der allem grollte, was er sah. «Sich hier draußen zu treffen, wird Ihnen nicht helfen, Ihre Maskerade aufrechtzuerhalten. Der Vorsitzende hat ein paar Nachforschungen angestellt. Er hat herausgefunden, dass Sie für Hayek arbeiten.»

«Das war zu erwarten.» Solange die Informationen über den neuen Eigentümer der Bank nicht aus Liechtenstein bestätigt wurden, gab es keine offizielle Grundlage für die Federal Reserve Bank, etwas zu unternehmen. Und Hayek brauchte nur noch eine Woche. «Jetzt sagen Sie mir, was das wirkliche Problem ist.»

«Ihr Mann Anker verbringt zu viel Zeit außerhalb des Marktes, um als Cheftrader etwas zu taugen.»

Burke umklammerte das Lenkrad und drehte es hin und her. Das Leder quietschte und bebte. Wie Colin Ready es tun würde. «Ich werde mit ihm reden.»

«Er hat zwei Freaks im Backroom untergebracht. Sie haben einen ganzen Berg elektronisches Zeug mitgebracht. Und bei jeder Gelegenheit schleicht er sich raus und guckt zu, wie sie mit ihrem Spielzeug spielen. Auf diese Weise führt man keinen überfüllten Handelsraum, der im Geld ersäuft.»

Aber Colin Ready entwischte ihnen immer wieder, wollte Burke schreien. Der Mann hatte Firewalls auf seinen Firewalls. Die Zeit wurde knapp, und Hayek lehnte es ab, ihn zu eliminieren, solange sie keine handfesten Beweise brachten. Die sie nicht hatten. Kein Wunder, dass Anker besessen war.

Thorson war noch nicht fertig. «Dieses Gedränge ist eine Katastrophe. Wir haben ein paar neue Tische, aber die Trader stolpern immer noch übereinander. Es gibt nicht genug Monitore, nicht genug Telefone, nicht genug Leitungen für Orders, nichts.»

«Es dauert nicht mehr lange.»

«Das genügt mir nicht.»

Burke musterte den Mann. Sein Gesicht war von einer seltsamen Mischung aus roten und weißen Flecken übersät. Offenbar war er zum Zerreißen angespannt. «Es ist eine andere Welt», sagte Burke. «Mit drei Milliarden und ein paar Zerquetschten zu operieren.»

«Ich brauche Antworten», fauchte Thorson, «keine Theorien.»

Er und Anker auch. An diesem Morgen hatte Hayek ihn zum Landhaus hinausbeordert und ihm erklärt, was er plante. Burke hatte dagesessen und zugehört, wie die Puzzlesteinchen sich aneinander fügten, und dann hatte er das einzige Wort ausgesprochen, das ihm eingefallen war. Brillant. Ein dürftiger Ausdruck für die Ehrfurcht, die er empfand, aber für den Augenblick musste es genügen. Und die Notwendigkeit, den Maulwurf der brasilianischen Investoren zu enttarnen, war jetzt von mehr als entscheidender Bedeutung.

«Antworten.» Burke nickte. «Wir ziehen das gesamte Team ab.»

«Wann?»

«Sie werden Montag weg sein. Sobald die Reihe der laufenden Transaktionen abgewickelt ist.»

Eine solche Antwort hatte Fines nicht erwartet. Was nicht weiter verwunderlich war, wenn man bedachte, wie seine früheren Bosse jede seiner Bewegungen blockiert hatten. Die Streitlust war ihm immer noch nicht vergangen. «Wo gehen sie hin?»

«Zur Hayek Group. In einen der oberen Räume.»

«Ich dachte, Sie hätten gesagt, wir sollten absolut separat arbeiten.»

«Das werden sie auch tun. Glauben Sie mir. Der Raum ist völlig abgeschottet.»

«Was ist mit unseren Handelspositionen?»

«Für den Rest des Tages soll Ihr Team alles zu Dollars machen. Tun Sie es so leise wie möglich. Sprechen Sie mit Ihren neuen Leuten. Die haben eine Liste von vertrauenswürdigen Brokern, denen das Geschäft so viel bedeutet, dass sie nicht herumquatschen.»

Thorson setzte seine Worte mit großer Sorgfalt. «Ich soll mit dem ganzen Geld Long-Positionen in Dollar aufbauen?»

«Mit jedem Cent.»

Thorson rechnete kurz. «Bei den derzeitigen Margen können wir, sagen wir, dreißig Milliarden in Dollar-Derivaten zustande bringen.»

«Gut.»

«Aber der Dollar ist schon überbewertet.»

«Hayek hat entschieden, dass er noch steigen wird.»

«Und das soll ich leise tun.»

«Wenn Sie können, platzieren Sie das gesamte Kapital, ohne dass der Markt Ihren Namen erfährt», bestätigte Burke. «Und wenn Sie schon mal dabei sind, räumen Sie Ihren kompletten Interbank-Kredit aus.»

«Aber ich verbringe jede freie Minute damit, unsere Operationen schönzureden und die Interbank-Kreditlinie zu erhöhen.»

Burke lächelte. «Vertrauen Sie mir.»

«Sie nehmen mir mein Geld weg?»

Sein Geld. Der Mann war eindeutig auf der Nadel. «Ganz im Gegenteil. Montag bekommen Sie mehr.»

«Wie viel?»

Burke wünschte, er könnte diesen Augenblick länger genießen und sich an der Macht weiden, um die es hier ging. «Fünf Milliarden Dollar.»

Thorson Fines wurde blass. «Wenn Sie die Leute wegholen, habe ich nicht genug Manpower für solche Summen.»

«Doch», sagte Burke, «wenn Sie das ganze Geld durch die Interbank investieren.»

Fines dachte darüber nach. Die Interbank war eigens dazu angelegt, große Geldsummen in aller Stille zu bewegen. Von Bank zu Bank. Vertraulich, geheim, ohne je ein Handelsparkett zu berühren. «Okay. Ich höre.»

«Das Kapital, das Sie derzeit haben, soll von der Gruppe gemanagt werden, die zu Hayek in den Handelsraum zieht. Aber es wird in Ihren Büchern bleiben und im Namen Ihrer Bank gemanagt werden. Sagen Sie das Ihren Leuten. Deren Bonussituation ändert sich nicht. Ebenso wenig wie Ihre.»

«Und das neue Kapital?»

«Nehmen Sie die Interbankkredite in Anspruch. Versuchen Sie möglichst viele neue Kredite aufzutun. Wir brauchen ein Maximum. Und zwar spätestens bis Dienstag.»

«Am Wochenende ist der Devisenhandelskongress», gab Thorson zu bedenken.

«Am besten, den lassen Sie und Ihr Team dieses Jahr aus.» Der jährliche Kongress war ein Clantreffen von Cheftradern und solchen, die als aufsteigende Talente galten. «Sorgen Sie nur dafür, dass nichts nach außen dringt.»

Burke hatte das Gefühl, wirklich zu sehen, wie die Gedanken des Mannes sich bei diesem neuen Input überschlugen. Und wie er mit Tradergeschwindigkeit zu einem Urteil gelangte. «Sie haben Zugang zu geheimen Daten, nicht wahr? Sie werden die Interbankkredite benutzen, um die fünf Milliarden auf hundert aufzublasen und dann mit einer riesigen Wette mörderisch abzuräumen.»

Der Mann war beinahe zu clever. «Sehen Sie zu, dass Sie einsatzbereit sind, wenn Sie das Kommando bekommen.»

Hayek wartete, bis die Nachmittagssonne Löcher in seine Perserteppiche brannte, bevor er die Cheftrader kommen ließ. Er beobachtete zwei Kolibris, deren Flügel winzige Trommelwirbel schlugen, während sie vom höchsten Punkt der Springbrunnenfontäne tranken. Die Ereignisse entfalteten sich in einem so präzisen Tempo, dass es ihm vorkam, er könne die Flügel dieser Vögel zwischen den einzelnen Schlägen anhalten und betrachten.

Mit unverbindlichen Worten führte er die Trader in den Konferenzraum und ließ Getränke anbieten. Er tat, als bemerke er die Anspannungen der Woche nicht, den abgestandenen Schweiß, die Spuren des Marktes, die ihre Gesichter altern ließen. Er ließ sich auf seinem Stuhl am Kopfende des Tisches nieder und fragte: «Was macht der Markt?»

Alex, der Chefkassatrader, wartete, bis die andern berichtet hatten, ehe er sagte: «Der Dollar steigt. Wir haben gecheckt, was wir konnten. Jemand kauft im großen Stil. Wir halten uns zurück, versuchen den Grund zu finden.»

Hayek nickte langsam, als wäre diese Information ebenso kostbar wie neu. «Ich möchte, dass wir unsere Positionen räumen und groß in den Dollar gehen.»

Es war lange still. Alles atmete gleichzeitig aus, als das Adrenalin einsetzte. Der Derivatemann fragte schließlich: «Alle Positionen abbauen?»

«Tun Sie es behutsam», sagte Hayek. «Keine Panik. Tun Sie es Montag und Dienstag. Aber stoßen Sie alles ab, was keine Dollar-Longposition ist.»

Alex war der Einzige, der aussprach, was auf der Hand lag. «Mit anderen Worten, wir sollen dem Markt folgen.»

«In diesem Fall halte ich es für gerechtfertigt.»

«Könnte es etwa sein, dass es unsere kleinen Brüder in der First Florida waren, die den ersten Schritt in den Markt getan haben?»

«Ihre Besorgnis ist gerechtfertigt. Aber es ist nicht der Fall, das versichere ich Ihnen.» Hayek lächelte gespielt beifällig und redete eilig weiter. «Es wird nötig sein, dass Sie sich den Devisenhandelskongress an diesem Wochenende entgehen lassen. Wir können uns nicht erlauben, dass ein Wort über unsere Aktionen nach außen dringt. Zum Ausgleich dafür habe ich eine Privatinsel in der Karibik gemietet, auf der Sie und Ihre Gäste die übernächste Woche verbringen können. Auf Kosten der Firma.»

«Wollen Sie sagen, dass wir es mit einem aktiven Bullenmarkt zu tun haben?», fragte einer der Trader.

Ein zweiter schloss sich an. «Der Dollar steht jetzt schon auf Rekordhöhe.»

«Das bedeutet, dass wir den Markt unvorbereitet erwischen können.» Hayek wusste, dass er sie überzeugen musste, wenn sie die andern überzeugen sollten. «Rufen Sie Broker an, von denen Sie wissen, dass sie es weitererzählen. Sagen Sie ihnen, Sie hätten Wind von einer großen Sache bekommen.»

«Sodass wir den Markt noch höher reden.» Wieder war es Alex, der als Erster begriffen hatte. «Und nächste Woche verkaufen wir.»

Hayek erhob sich sehr langsam, um Zeit zu finden, seine jähe Wut zu unterdrücken. Er bedachte die Gruppe noch einmal mit einem Lächeln. «Bereiten Sie sich darauf vor, schnell zuzuschlagen. Auf mein Kommando.»

51
Freitag

Am Freitag war die Ausschusssitzung sehr gut besucht. Fast alle Plätze in der Rotunde waren besetzt, und auch die meisten Zuschauerstühle. Hinten hatte C-Span eine Liveübertragungskamera aufgestellt. Die Fragen waren schärfer, die Wortwechsel schneller.

Als Wynn am Nachmittag ging, entdeckte er Valerie, die mit einem der Ausschussmitglieder sprach. Der Senator aus Oklahoma hatte offensichtlich nicht das Geringste dagegen, sich von einer hinreißenden Lobbyistin mit hohen Absätzen und einem eng anliegenden Kostüm krallen zu lassen.

Carter kam an seine Seite. «Wir müssen ins Büro. Sie haben gleich eine Livesendung.»

«Es dauert nur einen Moment.» Als der Senator gegangen war, ging Wynn auf Valerie zu. «Ich wünschte, ich könnte sagen, ich bin enttäuscht. Oder wenigstens überrascht.»

Valerie hielt einen Aktenkoffer in der einen Hand; mit der anderen strich sie sich das Haar zurück. «Guten Tag, Congressman. Dürfte ich einen Augenblick von Ihrer Zeit in Anspruch nehmen, um Sie über die ungeheuren Gefahren des Hutchings-Ergänzungsantrags zu informieren?»

«Ehrlichkeit», sagte Wynn leise.

«Was ist damit?»

«Die hatten Sie mir versprochen. Bei unserem Essen in Georgetown, erinnern Sie sich? Sie haben gesagt, es gibt nicht genug davon in dieser Stadt.»

«Schön, Sie wollen Ehrlichkeit? Kein Problem.» Es gelang ihr, Eiseskälte sexy aussehen zu lassen. «Ich werde dafür sorgen, dass Sie in aller Öffentlichkeit schreien vor Schmerzen.

CNBC wird Ihre Qualen live übertragen. Und für all das werden Sie nichts bekommen. So wird es ausgehen.»

Carter kam heran und sah ihr nach, als sie auf klappernden Absätzen davonging.

Wynn wusste, dass sie keine leeren Drohungen ausgestoßen hatte. «Ist es zu spät, mir die Sache anders zu überlegen, mich anmutig zu verbeugen und in den Sonnenuntergang zu reiten?»

«Kommen Sie.» Carter schob ihn an. «Wir haben noch andere Geschütze zu laden.»

Als Wynn an diesem Abend durch die Haupthalle des Georgetown Hospital ging, begegnete er dem gedrungenen kleinen Mann von der Bundesbank und dem FBI-Agenten. «Wenn ich es nicht besser wüsste, würde ich sagen, Sie verfolgen mich.»

«Unser Agent hat Sie in Mr Saads Zimnmer gehen sehen und es gemeldet», sagte Welker.

«Ich habe da oben keinen Agenten gesehen.»

«Dann macht er seinen Job, Congressman.»

Bowers zog Wynn beiseite. «Sie sind aus dem Willard ausgezogen?»

«Ich habe jetzt ein Zimmer im M Street Marriott.»

«Clever, sehr clever. Gibt ihnen weniger Angriffsfläche. Wie geht's Ihrem Freund?»

«Sie lassen ihn morgen nach Hause.» Wynn verschränkte die Arme. «Das hier ist doch kein Freundschaftsbesuch. Also raus mit den schlechten Nachrichten.»

«Wir bekommen jetzt seit zwei Tagen Botschaften», sagte der Agent. «Material, das durch den Briefschlitz fällt, unter der Tür durchgeschoben wird, in kryptischen Codes auf unserer Website landet. Darüber, dass Sie in eine ernste Sache verwickelt gewesen seien. Betrügerische Handlungen in Form von Insiderhandel, wobei Sie Ihre Schwester als Fassade benutzt hätten. Genug, um eine umfassende Untersuchung zu rechtfertigen und möglicherweise Ihr gesamtes Vermögen einzufrieren.»

Wynn nickte langsam. Versuchte zu ergründen, was er fühlte. Kam zu dem Schluss, dass der Schock noch früh genug einsetzen würde. «Sind Sie hier, um mich zu verhaften?»

«Nein, Congressman.» Gerald Bowers war nicht nur hässlich. Er war aufdringlich. Er drängte mit Worten und Gebärden, schob die Luft zwischen ihnen zusammen, kam nah genug heran, dass Wynn seinen abgestandenen Zigarrengeruch riechen konnte. «Als wir uns das letzte Mal begegnet sind, haben Sie unsere Glaubwürdigkeit in Frage gestellt. Deshalb sagen wir es jetzt so klar und deutlich, wie wir nur können. Wir werden nichts damit anfangen.»

«Was nicht bedeutet, dass die Presse Sie nicht attackieren kann», warnte der Agent.

«Sie könnte es tun, aber wir werden es nicht tun.» Bowers richtete einen Stummelfinger auf Wynns Nase. «Folgendes. Wir haben ein Ziel, ein einziges, und das sind Sie nicht. Reicht das, um Ihnen zu zeigen, auf welcher Seite wir stehen?»

«Warum nehmen Sie sich Hayek dann nicht allein vor?»

Der Arm sank herab. «Das Leben in der Spitzenbürokratie ist ebenso politisch wie das im gewählten Amt. Es gibt nur eine Regel, wenn Sie den Washingtoner Bullen reiten wollen. Lassen Sie sich nur auf die Schlachten ein, die Sie gewinnen können.»

«Das begreife ich nicht. So viel Manpower, so viele Beziehungen, wie Ihnen zur Verfügung stehen – und Sie haben nichts Besseres als den grünsten Grünschnabel im Kongress?»

«Das ist nicht so verrückt, wie es sich anhört», sagte Welker. «Als wir das erste Mal auf Hayek aufmerksam gemacht wurden, geschah es durch jemanden, der keine logische Beziehung zur Finanzwelt hatte. Ein Nobody, der als Bote für eine Gruppe namens Sant'Egidio arbeitete. Sagt Ihnen der Name etwas?»

«Lassen Sie uns rausgehen. Ich hasse Krankenhäuser. Es riecht nach Tod in Flaschen.» Bowers führte sie in einen Abendnebel hinaus, der zu fein war, um als Regen bezeichnet zu werden. «Passen Sie auf. Wir wissen, dass Hayek in eine unangenehme Sache südlich der Grenze verwickelt war. Aber wir können ihm nichts Konkretes anhängen.»

«In Mexiko?»

«Weiter unten. Egal. Was ich sagen will, ist: Hayek hat Dreck am Stecken, aber er ist auch sehr vorsichtig. Wir wissen, dass er mit keinem seiner Brüder in Wall Street konspiriert. Wir wissen auch, dass er in Funny Money schwimmt; er hat so viel, dass er einen neuen Fonds aufgemacht hat. Aber nichts davon ist auf irgendetwas Illegales zurückzuführen. Denken Sie daran, es ist ja nicht illegal, gegen den Markt zu wetten.»

«Aber Sie glauben nicht, dass es das ist, was hier vorgeht, nicht wahr?»

Bowers' Brillengläser glitzerten wie Glasblumen, und dahinter verbargen sich Augen von wütendem Blau. «Würde ich meinen Freitagabend damit verplempern, hier im Regen herumzustehen, wenn ich es dächte?»

«Geben Sie uns Munition, Congressman», sagte der Agent. «Dann schießen wir den Kerl in tausend Stücke.»

«Wir haben gehört, dass dieses Tsunami-Projekt sich vielleicht gegen die amerikanischen Kapitalmärkte richtet», offenbarte Wynn. «Aber wir haben keine Beweise. Noch nicht.»

Nach einem kurzen Blickwechsel mit dem FBI-Mann gestand Bowers: «Hayeks Crew ist heute Nachmittag plötzlich sehr fleißig geworden. Sie kaufen Dollars mit beiden Händen.» Er schob Wynn eine Karte in die Brusttasche. «Handy und Privatnummer stehen hinten drauf. Agent Welkers Karte haben Sie schon. Bleiben Sie in Kontakt.»

52

Samstag

Der Topmann in Valeries Firma besaß ein Haus am Fluss, von dem er hartnäckig behauptete, es sei in Georgetown, obgleich Staats- und Stadtgrenze eindeutig auf der falschen Seite seines Grundstücks verliefen. Seine Steuern zahlte er in Glen Echo, und sein Auto trug Nummernschilder von Maryland, aber er beharrte mit der angeborenen Sturheit seiner Vorfahren aus dem tiefen Süden darauf, dass er diese Angelegenheit eines Tages noch in Ordnung bringen werde. Aber ganz gleich, auf welcher Seite das Anwesen lag, bei seinem Anblick klappte jedem der Unterkiefer herunter. Knapp anderthalb Hektar mit Bäumen und Hügeln boten einen Blick auf die steilen Ufer des Potomac, und auf diesem Plateau stand ein Backsteinpalast mit Säulen, Balkonen, Kronleuchtern, Parkettböden und echten Ölgemälden. Ein Mitarbeiter behauptete, er habe einen Brief des Vorsitzenden an den Architekten gesehen, in dem eine Bestellung von dreihundert Quadratmetern Granitplatten genehmigt wurde.

Valeries schmiedeeiserner Stuhl stand in einer Ecke der aus Stein und Schiefer gebauten Veranda. Den Drink auf dem Tisch vor ihr hatte sie nicht angerührt. Alle vier Seniorpartner waren anwesend. Eine Bombe hatte sie versprochen, und eine Bombe würde sie liefern. Eine, die groß genug war, um ein privates Meeting außerhalb der Firma zu erfordern. «Gestern Abend habe ich Informationen erhalten, die unseren Hauptgegner ein für alle Mal erledigen dürften.»

«Diesen Grünschnabel von Kongressabgeordneten aus Florida? Wie heißt er gleich?»

«Bryant. Er war CEO eines Hightech-Startup-Unternehmens, das von einer damals von Jackson Taylor geführten Firma aufgekauft wurde. Zwei Wochen vor der Übernahme erwarb Bryant anscheinend über geheime Konten bei einer Bank auf den Bermudas Futures auf Taylors Aktien, die wegen eines Aufsehen erregenden Gerichtsverfahrens, das nicht gut auszugehen schien, schlecht standen. Das Verfahren wurde durch die Akquisition von Bryants Firma beendet. Bryant teilte die Gewinne mit seiner Schwester. Alles sehr unauffällig.»

«Das ist Dynamit», erklärte ihr unmittelbarer Vorgesetzter. «Damit ist der Kerl erledigt.»

«Es gibt ein kleines Problem», warnte Valerie.

«Wie klein?»

«Die Schwester ist Gouverneur Wells' kürzlich verstorbene Frau.»

«Die von arabischen Terroristen umgebracht wurde?»

«Ja.»

«Gefällt mir nicht.» Der leitende Partner stand drei Jahre vor dem Ruhestand und hielt sich selbst nicht bloß für einen Lobbyisten, sondern für einen Mann, der etwas bewegte. Er sprach im dröhnenden Tonfall eines Schauspielers, der einen unbekannten Text verliest. «Wir sind hier langfristig im Geschäft. Hart zuschlagen ist nicht dasselbe wie unter die Gürtellinie gehen.»

Valerie umklammerte die Armlehnen ihres Stuhls, und ihre Züge hatten die Härte einer Frau, die so etwas schon viele Male erlebt hatte. Das war genau die Sorte Schwachsinn, die sie von ihrem Boss inzwischen erwartete.

Die andern nahmen ihr den Widerspruch ab. «Sie waren bei dem Meeting mit dem AIM-Repräsentanten nicht dabei, aber ich», sagte einer. «Die wollen, dass diese Angelegenheit ein für alle Mal erledigt wird.»

«Der Erfolg in diesem Geschäft hängt zum Teil davon ab, dass man weiß, auf welchen Abzug man drücken muss», bekräftigte ein anderer.

«Jedenfalls wollen sie nicht, dass dieses Baby laufen lernt. Unser Auftrag ist, es in der Wiege zu killen. Bevor es aus dem Ausschuss krabbelt.»

Ihr Vorgesetzter fragte Valerie: «Was haben Sie außerdem noch geplant?»

«Am Montag kümmern wir uns um die politischen Kräfte in den Heimatstaaten der Ausschussmitglieder. Meine Leute werden Kontakt mit den wichtigsten Spendern aufnehmen und ihnen klar machen, wie wichtig es ist, dass sie ihren Einfluss geltend machen. Die zweite Runde von Meetings mit den Abgeordneten und Senatoren wird am Dienstag stattfinden, wenn möglich, mit einem zahmen Beamten aus dem Finanzministerium im Schlepptau. Die ersten Fernsehauftritte finden morgen statt.»

«Wann wird der Ausschuss abstimmen?»

«Das steht noch nicht fest, aber es wird ziemlich viel Druck gemacht. Wir vermuten, am Mittwoch.»

«Ich bin immer noch nicht einverstanden», erklärte der Vorsitzende.

«Das haben wir zur Kenntnis genommen.» Der jüngste der Seniorpartner machte sich nicht die Mühe, seinen Sarkasmus zu unterdrücken. «Aber ich sage, wir schießen mit allem, was wir zur Verfügung haben. Die Sache hat höchste Priorität für einen unserer größten Klienten, und soeben hat man uns die silberne Kugel überreicht.» Er sah Valerie an. «Haben Sie konkrete Beweise gegen Bryant?»

«Sie sind mir für morgen per Kurier angekündigt.»

«Ich schlage vor, Sie legen das Material der Rechtsabteilung vor. Wenn die es für solide hält, sollten wir gleich nächste Woche zuschlagen.»

Ohne ein weiteres Wort leerte der Vorsitzende sein Glas, stand auf und verließ den Tisch. Alle warteten, bis er außer Hörweite war, bevor sein designierter Nachfolger erklärte: «Gut gemacht, Val.»

«Sie wischen mit dem Spitzenmann unserer Opposition den Fußboden», pflichtete ihr Boss ihm bei. «Auf diese Weise erwirbt man sich in dieser Stadt sein Ansehen.»

53

Samstag

Als Burke für den Devisenhandelskongress im Breakers of Palm Beach eincheckte, sah er, wie zwei Broker sich um die letzte Suite des Hotels stritten. Gerahmte Mitteilungen zu beiden Seiten der Rezeption kündeten von einigen Annehmlichkeiten im Angebot. Ein Infoservice veranstaltete eine Tageskreuzfahrt mit Glücksspielen. Ein anderer begrüßte jeden Trader mit einer halben Gallone Dom Perignon. Brokerfirmen verteilten Rolex-Uhren wie Bonbons. Die Atmosphäre war erfüllt von der falschen Heiterkeit von Leuten, die fest entschlossen waren, sich zu amüsieren. Trader, die es geschafft hatten, an die Spitze zu kommen, wurden dafür bezahlt, dass sie im Augenblick lebten, aggressiv waren. Zuschlagen, zahlen. Kassieren, verschwinden. Die Sprache hier war körperlich, die Anspannung konstant.

Burke gab einem Pagen ein Trinkgeld, damit er sein Gepäck nach oben schaffte, und machte sich auf seinen ersten Rundgang. Er war hier, um zu beobachten und gesehen zu werden.

Zwei Jahre zuvor, als der Kongress in London stattfand, hatte Burke gesehen, wie eine Gruppe von Tradern um hunderttausend Dollar wettete, wer beim Hauptgang die meisten grünen Bohnen auf dem Teller hätte. Sie hatten dem Oberkellner fünftausend Dollar zugesteckt, damit er den Schiedsrichter spielte und die Bohnen auf jedem Teller zählte. Zwei waren auf dem ersten Platz gelandet, und jeder war mit fünfundvierzig davonspaziert. Am nächsten Tag war alles wieder weg gewesen, verloren an eine Traderin aus Singapur, die darum gewettet hatte, wie viele Handtücher in der Pantry im sechsten Stock waren. Zweiundzwanzig Trader hatten mitgemacht; sie waren hinaufgestürmt, hatten eine chinesische Putzfrau mit einem Hut voll Bargeld bestochen, sich alle zusammen in die Pantry gequetscht und johlend zugesehen, wie sie die Handtücher zählte. Die Traderin von der ING Bank hatte das ganze Stockwerk mit ihrem Kreischen geweckt, als sie gewonnen und knapp zwei Millionen Dollar kassiert hatte, den Spitzengewinn dieses Kongresses.

In jenem Jahr hatten die Maklerfirmen ihre Empfänge wie Chips übereinander gestapelt, sodass die Trader sie alle besuchen konnten. Sie hatten ihre Termine aus einem Champagnerkübel gezogen und über ihre Platzierungen gestöhnt und gestritten, aber sie hatten sich doch weitgehend an den Zeitplan gehalten. Nach allgemeiner Übereinstimmung hatten die Franzosen den besten Empfang gegeben; sie hatten einen Pariser Salon mit Can-Can-Tänzerinnen inszeniert und erst um vier Uhr am Morgen des letzten Tages angefangen. Auf diese Weise hatten so viele von ihnen die ganze Nacht durchgetrunken, dass sie das letzte Frühstücksbüffet «Xerox-Kongress» getauft hatten, weil fast alle in denselben Kleidern auftauchten, die sie auch am Abend zuvor getragen hatten.

Auf dem Weg zu den hinteren Türen der Lobby hörte Burke, wie ein Cheftrader am Telefon gerade einem Untergebenen das Wochenende ruinierte. «Wenn er am Jahresende tief steht, will ich mit dem Euro nichts zu tun haben.» Nach einer Pause fing er an zu schreien. «Hören Sie, es interessiert mich nicht, was Ihre Analysten sagen. Sie haben Ihre Stopporder. Wenn er fällt, stoßen Sie jeden einzelnen Euro ab.»

Burke trat hinaus in den Sonnenschein und ging zum Pool. Er spürte die Blicke von allen Seiten. Aber er hatte eine lebenslange Erfahrung darin, Leute zu ignorieren, die ihn für minderwertig hielten. Er setzte sich an einen leeren Tisch am Pool, abseits der andern, weil er es so wollte. Er war nur hier, weil Hayek es ihm befohlen hatte. Und jetzt wartete er.

Er war nicht überrascht, als die Trader am Nachbartisch ihre Stühle so drehten, dass sie ihn in ihren Kreis einschlossen. «Wo sind Ihre Jungs, Burke?»

«Ich muss sie hier dieses Jahr vertreten. Sie haben wahrscheinlich gehört, dass wir diese Woche plötzlich neues Geld gekriegt haben.»

«Und wie läuft's bei Hayek in letzter Zeit?», fragte der Toptrader von Barclay's, New York.

«Viel zu tun?»

«Vermisst ihr die Wall Street schon?»

«Ja. Wie ein Furunkel.»

In solchen Gesprächen hatte man sich an strenge Regeln zu halten. Unter Tradern herrschte eine straffe Hierarchie der Macht. Kleine Fische sprachen mit kleinen Fischen, Haie nur mit Haien. Burke wusste, dass diese Leute über Hayeks außergewöhnliche Transaktionen vom Freitag Bescheid wussten. Aber sie konnten es nicht offen aussprechen. Es war wie das Bieten beim Bridge. Alles musste verschlüsselt geäußert werden.

«Wir haben gehört, dass am Freitag gegen Ende plötzlich Käufer aus dem Gebüsch kamen», sagte der Cheftrader der Dresdner Bank.

Burke tat überrascht. «Worum ging's?»

«Kommen Sie, Burke.» Der Trader von Barclay's war ein absolut haarloser Mann, der seine Glatze mit einem Strohhut schützte. «Als ob ihr nicht mit der Nase im Trog gehangen hättet.»

«Dollar gegen Euro, Sterling, Yen, alles», drängte der Mann von der Dresdner. «Hauptsache, Longposition in Dollar.»

«Der Dollar sieht aber ziemlich fest aus, oder?», sagte Burke.

Aber Cognac und Kollegengesellschaft befeuerten die Fähigkeit des Dresdner-Mannes, seine Besorgnis mit erbostem Aufbrausen zu tarnen. «Das sind Panikkäufe.»

Burke lächelte ihn an. «Wollen Sie sagen, Sie sind long in Euro?»

«Das ist 'ne todsichere Arbitrage. Ich habe meinen Leuten gesagt, sie brauchen's nur aufzuwischen.»

«Ich nicht.» Barclay's sprach mit Paribas, aber er schaute dabei Burke an. «Ich habe meinen Leuten gesagt, sie sollten zusehen, dass sie ihre Käufer fest an der Hand haben, bevor sie etwas tun. Wenn nicht, finden sie sich auf der Straße wieder.»

«Der Dollar ist überbewertet, sage ich.» Das war die Dresdner.

Burke lächelte wieder. «Warum schwitzen Sie dann?»

«Weil es hier heiß ist wie in der Sauna, deshalb. Hören Sie, Ihre Jungs sollen meine Jungs anrufen. Wir nehmen alles, was Sie anbieten können.»

Der Mann von Barclay's rückte näher heran. «Es sei denn, Hayek versucht eine Bullencorner im Dollarmarkt aufzubauen.»

«Das ist illegal», antwortete Burke kühl. «Die Bundesbank würde ihre Inspektoren in unseren Handelsraum setzen und den Betrieb so lange dichtmachen.»

«Dann ist also nichts an dem Gerücht, dass Hayek irgendeine fette, saftige Information ergattert hat?» Der Barclay's-Mann ließ nicht locker. «Etwas, das wie eine Bombe in den Markt einschlagen könnte?»

«Ich kann Ihnen nicht mehr sagen, als ich schon gesagt habe. Auf uns macht der Dollar einen ziemlich soliden Eindruck, und der jetzige Zustrom vom Investitionen scheint ihn noch höher zu treiben.» Burke erhob sich und lächelte wohlwollend in die Runde. «Ich glaube, ich sehe mal nach, was in der Bar los ist.»

Er nahm sich Zeit, als er sich jetzt zwischen den Tischen hindurchschlängelte und Grüße mit Leuten wechselte, die er von früheren Kongressen her kannte. Die Dinge entwickelten sich genau so, wie Hayek es vorhergesagt hatte, und es war wichtig, dass die versammelten Trader ihn sahen und zur Kenntnis nahmen. Und noch immer erfüllte Hayeks Plan ihn mit Bewunderung. Es kam oft vor, dass Währungen im August und Anfang September starken Schwankungen unterlagen. Das Gleiche geschah zwischen Weihnachten und Neujahr, wenn die Gnomen in Zürich die Arbeit einstellten und ihre alljährlichen Ausflüge nach Gstaad und St. Moritz unternahmen. Die Finanzpresse schrieb dies oft irgendeiner Politik- oder Zinsenkrise zu, die vielleicht gerade im Gange war, aber der wahre Grund war viel einfacher: Es gab weniger Liquidität. Weniger Trader bewegten weniger Geld. Relativ geringfügige Aktivitäten genügten deshalb schon, um massive Veränderungen hervorzurufen. Hayek plante, die Märkte zu drehen, und zwar heftig. Die beste Zeit dazu war die, in der wenige Cheftrader auf dem Parkett waren. Die Cheftrader waren es, die große Positionen zu managen hatten. Und der kommende Montag wäre für diese Leute der dritte Tag eines mächtigen Besäufnisses.

Burke lächelte den Palmen zu, dem manikürten Rasen, der glühenden Hitze. Eins stand fest. Kater hin, Kater her, am kommenden Montag würde es auf diesem Kongress zugehen wie in einem brennenden Bienenstock.

54
Sonntag

Am Sonntagmorgen kam Carter Styles mit seiner Familie, holte Wynn ab und fuhr erst mit ihm zur Kirche und dann drei Blocks weiter zu seinem Haus in einer Wohnsiedlung am Rande von McLean. Mrs Carter war eine Frau von stiller Intensität, die statistische Untersuchungen für die naturwissenschaftliche Abteilung der American University und drei örtliche Labors durchführte. Die beiden Kinder waren sechs und neun Jahre alt und glichen gottlob ihrer Mutter. Sie wohnten in einem zweistöckigen Backsteinhaus, das aussah wie alle andern, mit einem großen umzäunten Garten voller Schaukeln und Spielsachen und einem ekstatischen goldenen Labrador.

Carter kümmerte sich um die Hamburger auf dem Grill, trank Eistee aus einem Glas und erzählte dabei ein wenig von sich. «Geboren und aufgewachsen bin ich in Fort Pierce. Eine Kleinstadt mit fünfzehntausend Einwohnern. Doppelt so viele, wenn die Leute vor dem Winter dorthin flüchten. Liegt zwischen Vero Beach und Boca. Im Wesentlichen Arbeiter und Angestellte.»

«Ich kenne Fort Pierce.»

«Natürlich. Ich war vierzehn, als wir endlich aus Vietnam herausgekrochen kamen. Als Teenager habe ich zugesehen, wie meine Heimatstadt Tumore bekam. Vierzehn Headshops. Sechs Harley-Niederlassungen. Drogendealer. Bars mit Einschusslöchern in den Türen. Als ich vom College kam, suchte ich nur noch einen Weg, um mit allem abzurechnen. Graham fand mich, drehte mich in die richtige Richtung, sagte mir, in welche Waden ich zu beißen hatte.»

Wynn spähte blinzelnd durch den Rauch, der vom Grill aufstieg, hörte, wie die Kinder lachten und mit dem Hund herumtollten, und sah, wie Carters Frau sich am Zaun mit einer Nachbarin unterhielt. Er wusste, es würde keine bessere Gelegenheit geben, sich alles von der Seele zu reden. «In den Jahren, bevor ich mein Geschäft verkaufen konnte, kandidierte Grant für den Kongress. Das härteste Rennen seiner Karriere. Und das Einzige, das er je verloren hat. Hat ihn eine Menge Geld gekostet. Sybel war die Schatzmeisterin seiner Kampagne. Am Ende hatte sie persönlich für einen Teil der Schulden aufzukommen.»

«O Mann.»

Wynn nickte. Er sah nichts als Rauch und Sonnenschein. «Ich habe ein Auslandskonto eingerichtet, bei einer Offshore-Bank auf den Bermudas. Wir hatten einer taiwanesischen Firma die Lizenz zur Verwendung unserer Technologie verkauft, und mein Anteil ist nie ins Land gekommen.»

«Soweit ich mich erinnere, ist das eine absolut illegale Handlung, was Sie mir da beschreiben.»

«Ich habe mit dem Geld Future-Optionen auf die Firma erworben, die uns aufkaufen wollte. Jackson Taylors alte Firma.»

Carter kümmerte sich nicht mehr um das Fleisch. «Das wird immer schlimmer.»

«Habe ein Vermögen kassiert und durch die Bank einen Scheck an Sybel ausstellen lasen. Nie gesagt, dass das Geld von mir kam, aber sie wusste es, und sie war klug genug, nie darüber zu sprechen.»

Carter fing an, seine Burger auf Teller gleiten zu lassen. «Das Konto lief auf Ihren Namen. Ist es das, was Sie mir sagen wollen?»

«Sehe ich so dämlich aus? Aber irgendwo muss es Unterlagen geben, die meine Unterschrift enthalten.» Er wartete, während Carter die Kinder herüberrief. «Wenn Sie alle wollen, dass ich zurücktrete, werde ich es morgen tun.»

Carter hatte im Gästezimmer sein häusliches Büro eingerichtet; nur so, behauptete er, könne er den Kindern beim Heranwachsen zusehen. Er fand Kay bei Esther und ließ Wynn seine Geschichte am Telefon wiederholen.

Kay schwieg lange, bevor sie sagte: «Da musste ja etwas sein.»

«Da ist meistens etwas», pflichtete Carter ihr bei.

«Da ist noch etwas», sagte Wynn und berichtete von dem Zusammentreffen im Krankenhaus.

«Sie haben Nabil besucht?» Kay wirkte ehrlich erfreut. «Davon hat er mir nichts gesagt.»

«Der springende Punkt ist, dass die Bundesbank sich ein perfektes Schlupfloch offen hält. Wenn die Presse ein großes Getöse wegen dieser Sache veranstaltet, dann wird das FBI genötigt sein, eine Untersuchung einzuleiten.»

«Wollen Sie aussteigen?»

«Nicht, wenn ich hier noch von Nutzen sein kann.»

«Carter, wie schätzen Sie die Situation ein?»

«Im Moment fällt mir dazu nichts ein, aber mein Bauch sagt mir, wir sollten bei dem bleiben, was wir haben.»

«Ich werde darüber nachdenken und Ihnen morgen Bescheid sagen», sagte Kay müde. «Ein bisschen Klarheit wäre jetzt wunderschön. Wirklich wunderschön.»

55
Sonntag

Jackie verbrachte das ganze Wochenende damit, ihre Lehrbücher zu durchstöbern, auf Erics Anruf zu warten und über alte Erinnerungen nachzugrübeln. Alles war vergeblich und frustrierend. Eric rief nicht an und war auch nicht zu erreichen. An beiden Tagen fuhr sie zweimal an seinem Wohnpark vorbei und ging die Straße entlang, aber sie sah nur geschlossene Vorhänge, und zwei Häuser weiter bellte ein Hund. Jedes Mal war ihre Sorge ein bisschen größer, wenn sie wieder ging.

Der Höhepunkt des Samstags war das Einkaufen für Millicent, ihre verrückte Vermieterin. Danach tranken sie Tee in der muffigen Küche des großen Hauses, und sie hoffte, dass die Flecken an ihrer Tasse vom Alter kamen, nicht vom Schmutz. Die alte Frau war ein bisschen vernünftiger als sonst. Besorgt redete sie über Jackie dort hinten im Mondlicht mit dem Mann in Schwarz – Jackie vermutete, sie meine den nächtlichen Besuch des Pastors. Sie hörte der Frau nur mit halbem Ohr zu; der Rest ihres Verstandes ließ die verstaubten Lehrbücher an sich vorüberziehen, in denen sie gelesen hatte. Schließlich ging sie müde wieder in ihre Wohnung und wünschte, sie wüsste, wonach sie suchte.

Am Sonntagmorgen unterbrach sie ihre Studien lange genug, um einen Besuch in der lutherischen Kirche zu machen. In ihren konservativsten Kleidern saß Jackie inmitten der Gemeinde im Gottesdienst und wunderte sich über das, was sie tat. Die Menschen, der Gesang, die Predigt und die Art, wie sie nachher begrüßt wurde – das alles war sehr anheimelnd. Ein Stückchen Normalität, das sich da in ihren Tag schob.

Zu Hause erwartete sie eine kurze Nachricht von Eric auf ihrem Anrufbeantworter. «Ich habe Ihre Nachrichten bekommen. Rufen Sie mich nicht mehr an. Ich weiß nicht, ob sie mich abhören, und ich will es auch nicht wissen. Ich bin immer noch auf der Suche. Ich melde mich.»

Jackie setzte sich in ihre Küchennische und machte sich mechanisch etwas zu essen. Dann setzte sie sich mit einem alten Lehrbuch an den Tisch, aß und wünschte, das anheimelnde Gefühl hätte noch ein Weilchen länger angehalten.

Eine Spur davon kehrte am Abend zurück, als Wynn anrief und berichtete: «Ich hatte heute einen sehr seltsamen Tag.»

«Erzähl mir davon.»

«Lieber nicht. Oder erst wenn wir zusammen sind. Ist das okay?»

Sie legte das Buch zur Seite, wischte sich mit einem Geschirrtuch den Staub von den Händen und ging hinaus auf ihren winzigen Balkon. Ein subtropisches Schauspiel erfüllte den Abendhimmel. «Natürlich.»

«Wie geht's deiner Schulter?»

«Besser. Meinem Bein auch. Die Fäden werden diese Woche gezogen.»

«Jackie, am Freitagabend hat ein Mann von der Bundeszentralbank mich angesprochen. Er sagt, Hayek kauft mit vollen Händen Dollars.»

Sie hörte fast, wie ihr Gehirn krachend in einen ungewohnten Gang schaltete. «Interessant.»

«Aber damit ist das, was du herausgefunden hast, doch Makulatur, oder? Ich meine, er würde sich doch nicht immer tiefer hineingraben, wenn er dächte, dass der Markt abstürzt?»

«Vielleicht doch. Könnte sein, dass Hayek einen Fressrausch auslösen möchte. Stell dir vor, dass tausend Piranhas sich auf den Dollar stürzen und ihn komplett verschlingen. Der Effekt wäre eine ökonomische Wasserstoffbombe, die sämtliche amerikanischen Märkte vernichten würde – Aktien, Anleihen, Waren, alles.»

«Aber der Kerl von der Bundesbank sagt, er kauft.»

«Hör mir eine Sekunde zu, ja? Nehmen wir an, was wir gehört haben, stimmt, und Hayek setzt auf einen fallenden Trend. Dann wird er der Erste sein wollen, der unerwartete Nachrichten bekannt gibt. Es muss etwas Verheerendes sein, das sich besonders auf Derivate auswirkt.»

«Wirklich schlimme Nachrichten.»

«Ja, zum Beispiel ein Abrechnungsskandal im Finanzministerium. Oder irgendein führendes Unternehmen, das katastrophale Quartalsverluste in Rekordumfang meldet – so massiv, dass der gesamte Index heruntergerissen wird. Etwas, das ausländische Investoren auf der Stelle die Flucht ergreifen lässt.»

«Das könnte geschehen?»

«Natürlich. Die Flucht des ausländischen Kapitals hat den Crash von 1929 ausgelöst. Du weißt, wie der Markt die ausländischen Investoren nennt? Nervöses Geld. Scheu wie ein Reh. Ein massiver Verlust bei einem ihrer Schlüsselinvestments, und sie rennen in Scharen zum Ausgang.» Sie sprach jetzt immer schneller, und ihre Blicke sprühten grüne Blitze. «Es wäre ein perfekter Plan. Devisentrader benutzen jede Gelegenheit, um die Märkte zu bewegen. Bei Aktien und Bonds wäre das höchst unethisch. Wenn dort ein Trader dabei erwischt wird, kann er seine Lizenz verlieren und vielleicht sogar ins Gefängnis wandern. Aber auf dem Devisenmarkt ist so etwas business as usual. Devisentrader analysieren keine Trends und versuchen, die Entwicklung des Marktes vorwegzunehmen. Sie erzeugen Umwälzungen, wo sie können. Wer der Erste mit einer wirklich folgenschweren Neuigkeit ist, könnte sich in eine Position bringen, in der er dem Markt einen gewaltigen Stoß geben kann. Und wenn er groß genug ist, wird sein Ziel nicht nur sein, auf dem Trend zu reiten, sondern den Markt zu vernichten. Einen kleinen Abwärtstrend in eine ausgewachsene Panik zu verwandeln.»

Wynn hatte offenbar Mühe, mitzukommen. «Soll das heißen, Hayek könnte Dollars kaufen, um den folgenden Kurssturz zu vergrößern?»

«Siehst du? Du lernst schon. Nehmen wir an, Hayeks Dollarkäufe sprechen sich herum. Eine so große Sache muss sich herumsprechen. Hayek ist eine treibende Kraft auf den Devisenmärkten. Er hat immer wieder gewonnen, und das bedeutet, dass die anderen Player ihn beobachten. Sie hören, dass Hayek in den Dollar geht. Andere drängen nach, weil sie darauf setzen, dass Hayek Recht hat. Der Markt geht los wie eine Rakete. Rings um den Globus verfallen die Leute in Hektik. Die Zentralbanken telefonieren durch die Gegend und versuchen den Grund dafür zu finden. Niemand weiß etwas Genaues, aber Gerüchte gibt es im Überfluss. Und der Dollar steigt immer weiter. Bis dahin okay?»

«Du meinst, so etwas würde Hayek tun, kurz bevor die große Neuigkeit bekannt wird, ja?»

«Genau.» Aber während sie sprach, trieb das bohrende Gefühl, irgendein Signal übersehen zu haben, sie wieder ins Zimmer. Sie starrte den Bücherstapel an. Was war ihr da entgangen?

«Dann haben wir höchstens noch ein paar Tage, um herauszufinden, was da vorgeht», sagte Wynn.

«Noch weniger.» Sie ging in ihrem engen Apartment auf und ab, und ihr Gehirn schien zu schreien. Wo war Eric? «Ein paar Tage sind in diesem Spiel nur einen Schritt von der Ewigkeit entfernt.»

56

Montag

Am nächsten Morgen um halb elf betrat Wynn das Dirksen Senate Office Building und ging hinunter zum Sitzungsraum. Überall folgten ihm Blicke, aber niemand sprach ihn an. Er nickte ein paar Leuten zu und tat sein Bestes, um den Anschein zu erwecken, alles sei in Ordnung.

Als er um die letzte Ecke bog, sah er Carter mit Kay zusammenstehen. Als er in Sicht kam, fuhr Kay herum und marschierte davon. Seine eigenen Beine wurden schwer; ihm graute vor der Neuigkeit, mit der Carter ihn erwartete – dass er draußen war, eine Belastung, die sie sich nicht länger leisten konnten.

Er stellte sich ahnungslos und sagte: «Heute Morgen behandelt man mich hier wie einen Paria. Ich nehme an, das bedeutet, es ist etwas geschehen.»

«Der Vorsitzende des Repräsentantenhauses hat sich vehement gegen den Ergänzungsantrag gestellt. Er sei dafür, das komplette Bewilligungsgesetz zu kippen, wenn wir versuchen sollten, es in dieser Form durchzuboxen.»

«Nicht gut.» Wynn fügte sich resigniert in sein Schicksal und erwartete den Abschied.

«Er meint, besser wäre es, die Administration für eine Weile stillzulegen, als zuzusehen, wie dieser Antrag unsere Wirtschaft zum Stehen bringt.» Carter machte schmale Augen, wie Kay es getan hatte – als stinke es nach dem Rauch eines verbrannten Deals. «Sie wissen, was das heißt?»

«Ich nehme es an …»

«Kay tut das nicht gern, aber im Moment hat sie keine andere Möglichkeit. Sie werden das Opferlamm spielen müssen. Lassen Sie sich von der Presse in Stücke reißen.»

Wynn bemühte sich, diese Neuigkeit zu erfassen. «Ich soll bleiben?»

«Was dachten Sie denn? Dass Kay mich hier hingestellt hat, damit ich die Axt schwinge?» Carter grinste breit. «Sie wollen wirklich so unbedingt dabeibleiben?»

«Unbedingt. Wenn Sie mich lassen.»

«Sie sind in Ordnung, wissen Sie das?» Carter deutete auf den Sitzungsraum. «Kommen Sie, schauen wir uns das Feuerwerk an.»

Aber bevor sie den Eingang erreicht hatten, versperrte ihnen ein Trio mit Taperecordern und Presseausweisen den Weg. Ein korpulenter Mann kam Wynn irgendwie bekannt vor. Aber die kantigere der beiden Frauen war es, die sagte: «Gail Treats von der *Washington Post*, Congressman Bryant. Hätten Sie einen Augenblick Zeit?»

«Wir müssen jetzt ...» begann Carter.

«Schon in Ordnung», unterbrach Wynn. «Ich habe Zeit für eine Frage.»

«Danke. Der Abgeordnetenälteste Ihrer eigenen Partei hat ein paar ziemlich harte Worte über Ihren so genannten Hutchings-Antrag geäußert. Können Sie dazu etwas sagen?»

«Unsere Wirtschaft ist in ernster Bedrängnis», antwortete Wynn und flocht die Argumente aus seinen Unterlagen ineinander. «Wir wissen es nur noch nicht. Hedgefonds und Derivattrader in unseren Großbanken richten unbehelligt finanzielle Verwüstungen an. Die Behörden unseres Systems arbeiten heute nach dem, was ich die New-Orleans-Finanztheorie nenne: Let the good times roll.»

«Und wie ist es mit ...»

«Die letzten Regierungen waren gute Freunde des Status quo. Und mit dieser ist es nicht anders. Finanzministerium und Bundesbank betreiben gegenüber der Wall Street eine Drehtürpolitik. Sie kommen herein, sie schwingen die Keule, und dann kehren sie zurück in die Welt des großen Geldes und des schnellen Lebens. Infolgedessen ist die Katastrophe nur noch eine Frage der Zeit. Den Exzessen dieser gewaltigen Kapitalfonds muss Einhalt geboten werden. Das ist der Sinn unseres Ergänzungsantrags. Kein Wunder, dass sie da schwere Geschütze gegen uns auffahren.» Er wandte sich ab. «Mehr Zeit habe ich nicht.»

Der korpulente Mann rief in aggressivem englischen Akzent: «Möchten Sie sich dazu äußern, dass man Ihnen Insidertrading vorwirft?»

Wynn blieb nichts anderes übrig, als sich noch einmal umzudrehen. «Ich kenne Sie irgendwoher.» Dann fiel es ihm ein. «Natürlich. Der Empfang in der britischen Botschaft, für den neuen Botschafter.»

«Ein ausgezeichnetes Gedächtnis, Congressman. Die Frage ist, wie selektiv ist es?»

«Die Referentin des Botschafters hat mich vor Ihnen gewarnt. Dass Sie ein bezahlter Handlanger sind, hat sie nicht erwähnt.»

Der Reporter schwoll an wie eine reife Pflaume. «Ich verbitte mir…»

«Ich weiß nicht genau, was für Informationen Sie haben, aber ich kann Ihnen versichern, dass alle derartigen Behauptungen aus der Luft gegriffen sind.» Er wandte sich der *Post*-Reporterin zu. «Hier kommt es darauf an, dass eine gute Sache zu einer schlechten wird. Die Leute, die davon profitieren, dass sie unsere Wirtschaft in Gefahr bringen, werden alles, wirklich alles unternehmen, um dieses lebenswichtige Gesetzesvorhaben zu Fall zu bringen – und sie werden auch versuchen, meinen guten Namen durch derartige fingierte Vorwürfe in den Schmutz zu ziehen.»

Als er durch die Tür in den Ausschusssaal gegangen war,

warf er Carter einen Seitenblick zu. Sein Referent lächelte schon wieder. «Was ist los?»

«Nichts. Rein gar nichts. Überhaupt nichts.»

«Ich habe ihnen nur gesagt, was Sie mir eingetrichtert haben.»

«Nicht nur.» Carter wartete, bis Wynn Platz genommen hatte. Dann beugte er sich über ihn und sagte: «Einen Augenblick lang hätte ich schwören können, ich höre da einen echten Profi.»

57

Montag

Top-Lobbyisten der Washingtoner Szene benötigten osmotische Fähigkeiten: das Talent, zu spüren, woher der politische Wind wehte, und entsprechend zu handeln. Wer abwartete, bis offizielle Resultate vorlagen, war zur Verbannung verdammt, zu einem Leben in der Einöde jenseits des Beltway. Als Valerie an diesem Morgen in ihr Büro kam, witterte sie die Veränderung sofort. Leute, mit denen sie selten gesprochen hatte, kamen auf sie zu, wollten sie ausforschen und sich mit ihrer Karriere an ihren aufsteigenden Stern anhängen. Zwei der vier Seniorpartner ließen es sich nicht nehmen, in dem Raum im Erdgeschoss vorbeizukommen, den sie zum Operationszentrum ihres Teams gemacht hatte – angeblich rein zufällig, als legten sie die Lichtjahre zwischen den Stockwerken jeden Tag zurück.

Zwei Stunden später stieg sie die Treppe hinauf und fand ihren Boss und den amtierenden Vorsitzenden der Firma, die sich in den Eingang zum Vorstandszimmer drückten. Es war der perfekte Ort für Valeries Bekanntmachung. «Wir haben die Probeabstimmung unter den Ausschussmitgliedern hinter uns.»

Beide grinsten. Sie ahnten, was sie sagen würde, bevor sie den Mund aufmachte. «Unsere Mannschaft liegt in Führung.»

«So sieht es aus.»

«Kommen Sie hier herein», sagte der Vorsitzende und deutete auf einen der Chrom-und-Wildleder-Sessel. «Probieren Sie den mal.»

«Ich bin hier schon gewesen, vielen Dank.»

«Aber nicht als Partnerin.» Er tätschelte die Lehne und fragte ihren ehemaligen Boss: «Ist das Eckbüro fertig?»

«Ihr Name steht noch nicht auf der Tür, aber ich glaube nicht, dass sie sich daran stört.»

Valerie ließ sich in den Sessel sinken und tat einen ekstatischen Seufzer. «Hübsch.» Es war nicht ihre eigene Firma, aber es hatte auch Vorteile, wenn man Gesellschaft hatte. Vor allen Dingen in Augenblicken wie diesem. «Wirklich sehr hübsch.»

Die beiden nahmen rechts und links von ihr Platz. «Die Standhaften sind also übergelaufen.»

«Das haben sie zumindest gesagt.» Sie drehte ihren Sessel leicht hin und her. «Wir haben ganz sicher eine Stimme Mehrheit, vielleicht sogar drei.»

«Val.» Der Vorsitzende beugte sich zu ihr. «In Anbetracht dieser Situation würden wir uns wünschen, dass Sie den persönlichen Kram über Bryant begraben.»

Sie hielt mitten in der Drehung an. «Was?»

«Der Seniorpartner legt ziemlich großen Wert darauf.» Ihr ehemaliger Boss sprach bedauernd, aber fest. «Er sieht seine Chancen auf ein Toplevel-Engagement den Bach hinuntergehen, wenn diese Sache je mit uns in Verbindung gebracht wird.»

«Was geschehen würde», ergänzte der Vorsitzende. «Es gibt nur eine Stelle, wo das herkommen kann, wird man sagen.»

Jetzt begriff sie. Das sorgfältige Manövrieren, das freundliche Sondieren. Sie hatten sie in die Falle gehen lassen, damit sie die Situation offen legte, bevor sie zuschlugen. Sie war Profis ins Garn gegangen. «Ich nehme an, ich habe dabei nichts zu sagen.»

«Sie sagen es selbst, Val. Die Sache hat sich erledigt.» Er klang besänftigend. Seine Stimme strich ihr die gesträubten Nackenhaare glatt. «So etwas können Sie doch einfach wegstecken. Heben Sie es sich auf für das nächste Mal, wenn Sie Wynn Bryant aufs Korn nehmen.»

Aber es war eine persönliche Sache, hätte sie am liebsten geschrien. Sie wollte Wynn Bryant bluten sehen. Sie hatte sich schon vorgenommen, seinen Rücktritt auf C-Span mitzuschneiden und dann wochenlang auf seinen Abgang zu trinken. «Ich habe schon ein paar Hinweise herausgegeben.»

Die beiden Männer wechselten einen kurzen Blick. Der Vorsitzende sagte gleichmütig: «Dann geben Sie jetzt keine mehr. Wir müssen einfach hoffen, dass sie nicht genug handfestes Material haben, um es durchzuziehen.»

«Die Halbwertzeit einer so großen Sache muss tausend Jahre betragen», pflichtete ihr ehemaliger Boss bei. «Und beim nächsten Mal wird der Alte nicht mehr hier sein, um Sie zu hindern.»

58

Montag

Gegen sieben Uhr abends begannen die Trader schließlich, den Handelsraum der Hayek Group nach und nach zu verlassen. Eric war unter den Ersten, die gingen. Die Schwellungen an Stirn und Lippe waren im Laufe des Wochenendes zurückgegangen, und die Trader hatten jetzt viel zu viel zu tun, um ihn weiter aufzuziehen. Man munkelte, dass er gegen einen Türpfosten gerannt war, als man ihn aus einem verbotenen Schlafzimmer geworfen hatte. Eric sprach fast kein Wort, blieb für sich und ging sogar Colin aus dem Weg. So blieb es Colin erspart, seinen Freund mit dem zu konfrontieren, was er wusste. Und, schlimmer noch, was er vermutete.

Gegen zehn verließen auch die Cheftrader die Arena. Colin hockte immer noch in seinem Kabuff, ein einsamer Lichtkegel in der dunkel fluoreszierenden Nacht. Er blieb, weil er spürte, dass der Sturm sich zusammenbraute und weil er sonst nichts hatte, wo er hätte hingehen können. Zu Hause empfand er Lisas Abwesenheit doppelt schmerzlich. Das Beste von allem war mit ihr verloren gegangen, die Tage hatte ihre Klarheit verloren. Er hatte versucht, seine Erinnerungen an diese Ereignisse zu einem verdrehten Gedankenspiel umzuschreiben, das eine unbarmherzige Realität ihm aufgedrückt hätte. Aber es half nicht. Nichts half.

Alex schlenderte mit der Lässigkeit eines Mannes herein, der zu müde war, um zu fragen, ob er willkommen sei oder nicht. Er ließ sich auf den Besucherstuhl fallen und erklärte: «Wenn Hayek Recht hat, werden wir in dieser Schlacht so viel Profit machen wie sonst in sechs Monaten. Wenn er Unrecht hat, werfen sie mich morgen mit dem Müll vor die Tür.»

Colin deutete mit seinem zerkauten Stift auf den zentralen Monitor, auf den er die höchste Kamera des Handelsraums gelegt hatte – die, die auf die obere Galerie gerichtet war. «Jetzt ist es da leer, aber die ersten sind gegen Mittag aufgekreuzt.»

«Hab ich gesehen.» Alex beugte sich vor, spähte auf den Monitor und fragte: «Wie haben Sie das gemacht?»

«Hab das Sicherheitssystem angezapft. Sie sind rumspaziert, haben's sich gemütlich gemacht, haben ein paar Minuten grinsend runtergeguckt und zugesehen, wie Sie sich da unten umbringen.»

«Was bedeutet, dass sie entweder an der Action nicht beteiligt waren – was ich bezweifle. Oder dass sie ihre Dollarpositionen schon Stunden vorher festgemacht hatten.»

Colin sagte nichts. Sass nur da und kaute auf seinem Stift und starrte auf den leeren Monitor.

Alex ließ sich langsam zurücksinken. «Hedgefonds leben von Informationen. Wir sind Jäger und Sammler. Ich benutze Broker, die mir frische Daten geben, und zwar mir zuerst. Wir tragen alle diese Informationen an einem Ort zusammen, und eine kleine Gruppe trifft die Entscheidungen. Nur neun von uns haben wirklich den Finger am Abzug. Neun Cheftrader. Siebzehn Milliarden unterm Strich, und es wird mehr. Eine Menge Munition.» Er schwieg kurz. «Sie verstehen, worauf ich hinauswill?»

«Ich weiß eigentlich überhaupt nichts mehr», sagte Colin ernst. «Wenn ich etwas wüsste, würde ich es Ihnen sagen.»

«Sie gehören also nicht zu dem neuen Team, das da womöglich eine interne Finte gegen uns inszeniert?»

«Nein.»

«Was ist mit Hayeks persönlichen Daten – kommen Sie da ran?»

«Unmöglich. Er benutzt ein spezielles elektronisches Verschlüsselungssystem, das ständig neue Codes entwickelt. Der Mann ist supervorsichtig.»

Alex schaltete einen Gang zurück. «Sie sind doch das, was man einen Hacker nennt, stimmt's?»

«Von Anfang an», bestätigte Colin; es störte ihn nicht, dass es endlich offen ausgesprochen wurde. Er wünschte, er könnte diesem Mann vollständig vertrauen. «Als ich auf die andere Seite wechselte und zu Hayek ging, wurde ich das, was man einen White Hat nennt: ein Hacker, der die Schwachstellen eines Systems aufspürt, um es gegen andere Hacker zu schützen.»

«Hayek muss Sie irgendwie in der Hand haben», mutmaßte Alex mit der Intuition eines Traders, die auch weit außerhalb jeder Logik operierte. «Nie im Leben würde er die Sicherheit seines Systems einfach einem Typen von der Straße anvertrauen, ganz gleich, was für Referenzen er hätte.»

Colin hatte gewusst, dass es irgendwann kommen musste, hatte sich den Augenblick ausgemalt und sich die Antwort zurechtgelegt. Jetzt zögerte er nicht. «FEMA.»

«Was?»

«Federal Emergency Management Agency. Eine Bundesbehörde, die das Land vor jeder Beschädigung der Infrastruktur schützen soll. Wenn es den Afghanen je gelingen sollte, eine Atombombe hereinzuschmuggeln und auf dem Times Square hochgehen zu lassen, dann würde die FEMA die Scherben aufsammeln. Wenn in Kalifornien irgendwann das große Erdbeben losgeht, dito. Sie haben Stapel von Notfallplänen für alles, von Terrorangriffen über Militärputsche bis hin zu Aliens, die auf dem Rasen des Weißen Hauses landen. Das ist ihr Job. Stellen Sie sich vor, dass das Schlimmstmögliche passiert, und dann finden Sie eine Lösung.»

«Und?»

«Ich wurde erwischt, als ich einen Blick hineingeworfen habe.»

Alex grinste zum ersten Mal an diesem Tag. «Nie im Leben!»

«Doch, leider. Sie hatten eine unsichtbare Firewall. Haben mich hochgehen lassen wie ein Spaceshuttle. Sie haben mich verhaftet, meine Fingerabdrücke genommen, mich fotografiert. Alles. Die volle Dosis Realität. Knallhart.»

«Und Hayek hat Sie herausgeholt?»

«Gewissermaßen. Er hat seinen Sicherheitsbeauftragten geschickt, Dale Crawford. Sie haben das Verfahren eingestellt. Es gibt keine Akte. Hayek hat meine lebenslange Loyalität.»

«Im Ernst? Die haben Notfallpläne für eine Alien-Invasion?»

«Das habe ich jedenfalls gehört. Ich habe sie selbst nicht sehen können, und nachdem sie mich erwischt hatten, habe ich mich gefragt, ob jemals irgendjemand wirklich drin gewesen ist.» Colin fing an, seine elektronischen Geräte nacheinander abzuschalten. «Wie dem auch sei, die FEMA ist immer noch eine Traum-Site.»

«Der Mount Everest für Hacker.»

«Genau. Jeder verrückte Verschwörungstheoretiker des Universums möchte einen Blick in ihre Dateien werfen. Wohlgemerkt, nicht bloß, um irgendwelche Eventualitäten zu studieren. Es heißt, dass die FEMA alles registriert, was tatsächlich passiert ist. Angeblich haben sie alle möglichen supergeheimen Ereignisse dokumentiert.»

«Akte X, ja?»

«Es hätte mir klar sein müssen, dass sie gut gesichert sind. Tatsächlich sehr viel besser abgeschirmt als das Pentagon.»

«Da waren Sie auch drin?»

Colin stand auf und knipste das Licht aus. «Ich sollte jetzt vielleicht Schluss machen.»

Sie gingen zum Hinterausgang. Alex trug seinen Aktenkoffer mit zwei Fingern. Sein Jackett hatte er sich über die Schulter geworfen. Sein Haar hing so schlaff herunter wie seine Krawatte. «So müde habe ich mich nicht mehr gefühlt seit dem Tag, als meine Ex mich vor Gericht geschleift hat. Hayek hat uns mitten in einen aktiven Bullenmarkt gesetzt. In weniger als zehn Stunden haben wir den Markt um über fünf Prozent in die Höhe geredet. Der größte kurzfristige Dollaranstieg seit über einem Jahr. Alle beobachten uns. Die Broker, die Wall Street, einfach alle. Dealer, von denen ich seit Jahren nichts mehr gehört habe, rufen mich aus heiterem Himmel an und wollen wissen, warum ich am Wochenende nicht auf dem Kongress war; sie reden, als wäre ich im Dschungel von Sumatra verschollen, und plötzlich wollen alle mein bester Kumpel sein.»

«Das heißt, dass sie es alle nicht erwarten können zu hören, was für einen Knüller Hayek loslassen wird», vermutete Colin. «Aber das ergibt keinen Sinn. Wenn die Sache groß genug ist, um den Dollar in die Höhe zu reden, wie kann er sie dann unter der Decke halten, während die ganze Welt herumschnüffelt?»

«Hör sich einer das an.» Alex stieß die Tür auf und trat auf den Parkplatz hinaus. «Ein Spinner aus dem Backroom knobelt es aus, während ich den ganzen Tag lang die anderen Cheftrader beharke, ohne weiterzukommen. Die wollen immer nur wissen, was für einen Bonus sie bei diesem Deal kassieren werden.»

Alex drehte den Kopf hin und her und hörte, wie es in seinem Nacken knackte. Der Mond schien so hell, dass er die gelben Leuchten am Rand des Parkplatzes überstrahlte. Zikaden sangen einen Sommerchoral auf dem freien Gelände jenseits der Straße. «Sieht beinahe normal aus», murmelte Alex.

«Was immer das ist», meinte Colin.

«Ich sage Ihnen was, mein Freund. Ein paar Milliarden in die andere Richtung investiert, eine einzige schlechte Nachricht, und Sie werden erleben, wie die Leute alles abwerfen – Dollars, Aktien, Anleihen, alles. Eine ausgewachsene Panik.»

Colin merkte, dass er nicht nur Alex' Worte hörte. Plötzlich hörte er nicht mehr nur mit den Ohren, da schwang noch etwas anderes mit. Er spürte eine Anwesenheit, sanft wie der Wind, und er blieb wie angewurzelt stehen.

Suchend spähte er in die Nacht, aber er sah nichts als leise raschelnde Palmen und Lichttümpel auf einem Meer von Asphalt. Irgendetwas entging ihm hier. Die Botschaft hatte nicht aus Worten bestanden, sondern aus einem Flüstern des Windes. «Was würde passieren?», fragte er.

Die Straßenlaternen ließen Alex' Züge plötzlich hart erscheinen. «Der Markt würde stufenweise in Panik geraten. Zuerst würde es einen hastigen Umkehrtrend geben. An dieser Stelle würde die Bundesbank vermutlich intervenieren, und hoffentlich würde sich dann herausstellen, dass ich Unrecht habe.»

Die Nacht wurde ganz still. Das Zikadenkonzert verstummte, der Wind erstarb. «Und wenn die Bundesbank nichts unternähme?»

«In neunundneunzig von hundert Fällen würde sie es tun. Ein bisschen kaufen, die Zinsen um ein paar Punkte erhöhen, und manchmal genügt schon ein gutes Wort. Sie wissen schon, Big Brother is Watching, und alles ist gut. Aber wenn die Nachrichten schlecht genug sind, würden die Stützungsmaßnahmen der Bundesbank vielleicht nicht genügen. Dann bestände die Gefahr, dass der Dollar unter die Panikstops fällt.»

«Unter was?»

«Jeder Kassatrader hat so genannte Panikstops. Meistens ist das die tiefste Kursposition, die eine Währung in den letzten zwölf Monaten erreicht hat. Wenn der Dollar auf diesen

Stand fällt, geht der Trader automatisch aus all seinen Dollarpositionen heraus. Das ist schrecklich mit anzusehen – als ob einer kotzt. Und es kommt selten vor. Ich habe es nur zweimal erlebt, einmal an dem Tag, als auf Reagan geschossen wurde, und einmal, als Soros und seine Leute das Pfund geschlachtet haben.»

«Aber was passiert dann?»

«Jeder, der nennenswerte Dollarpositionen hält, hat computerisierte Stoppkurse eingezogen. Alle diese Stoppkurse bilden eine künstliche Untergrenze. Sowie der Dollar in diesen Bereich fällt, wird der Markt mit Verkaufsorders überflutet. Und sofort würde der Dollar um weitere zehn, fünfzehn, vielleicht sogar zwanzig Prozent fallen.»

Colin wollte in die Nacht hinaus schreien, dass er nicht der richtige Empfänger für eine solche Botschaft sei, ob sie ihn nun mit der Stille, dem Wind oder auch mit Alex' Worten erreichte. Er wusste einfach nicht genug. «Aber das würde korrigiert werden, oder? Die Bundesbank würde einfach weitere Stützungsmaßnahmen für den Dollar einleiten.»

«Das kann sie nicht. Der Markt ist zu groß, zu mächtig. Als auf Reagan geschossen wurde, hatten sie innerhalb von zehn Minuten auf der ganzen Welt die Börsen geschlossen. Aber diese zehn Minuten hatten genügt, um den Dollar achtzehn Prozent an Wert verlieren zu lassen. Warum? Weil alle diese Kassapositionen elektronisch gesteuert sind.» Alex betrachtete den Asphalt zu seinen Füßen. «Jetzt stellen Sie sich vor, was passieren würde, wenn man den Grund für den Kursverfall nicht wüsste. Da hat jemand auf den Präsidenten geschossen. Das ist ein klares Signal, das die Leute zu schnellem Handeln veranlasst. Aber was ist, wenn die Reaktion drei Stunden dauert? Oder drei Tage?»

«Der Dollar würde zusammenbrechen.» Colin begriff immer noch nicht.

«Nicht bloß der Dollar. Die Investoren würden aus jeder Dollarposition herausgehen, die sie halten. Aktien, Anleihen, Futures. Jeder Markt in den USA würde ins Bodenlose fallen. Die amerikanische Wirtschaft wäre vernichtet.»

Wieder kam das Wispern, und diesmal war es so deutlich, dass Colin sich umdrehte.

Er sah, wie die nächtlichen Schatten zu einer dunklen, schnell herannahenden Form gerannen. Ein schwarzes Auto rauschte heran, der Schimmer des nahenden Todes.

Mit einem Schrei warf Colin den Arm um Alex und machte einen Satz nach vorn. Sie stürzten hinter den Kotflügel eines geparkten Mercedes.

Als sie auf den Asphalt aufschlugen, prallte das Auto gegen den Kotflügel auf der anderen Seite und riss die Stoßstange in einem Schauer von Funken und kreischendem Metall los. Trotz des Lärms hörte Colin wieder das lautlose Wispern, die Stimme, die ihm sagte, dass es noch nicht vorbei war.

Er umschlang den Cheftrader, der neben ihm lag, und rollte mit ihm so dicht wie möglich unter das Fahrgestell des Mercedes. Der Motor des Angreifers heulte auf, die Stoßstange flog scheppernd auf den Asphalt. Es blitzte zweimal grell auf und knallte kurz hintereinander. Etwas schwirrte an Colins Ohr vorbei. Dann raste der Wagen davon.

Behutsam rappelten die beiden sich auf und spähten über den leeren Platz, aber sie sahen nur die Reflexe der Straßenbeleuchtung auf dem Asphalt. «Waren die hinter Ihnen oder hinter mir her?», fragte Alex.

«Holen Sie Ihr Handy heraus», sagte Colin. Ein Gefühl der Leichtigkeit erfüllte seinen Kopf – ja, mehr noch, beinahe auch sein Herz. «Rufen Sie die Polizei.»

Alex bückte sich und fummelte mit tauben Fingern an den Verschlüssen seines Aktenkoffers. Zögernd spähte er noch einmal in die Dunkelheit und fragte: «Was soll ich sagen? Dass wir von einer Phantomlokomotive angegriffen worden sind?»

«Erwähnen Sie auch die Schüsse», schlug Colin vor. «Das dürfte sie schnell herbringen.»

59
Montag

Die Nacht war schwül und stickig. Wetterleuchten flackerte gelegentlich in der Ferne, wie matte Himmelsreflexionen von schreiendem Neonlicht. Kissimmee war erfüllt von Leuten, die sich die Disney'sche Weltordnung entweder nicht leisten konnten oder sich nicht dafür interessierten. Eric saß in einem Mietwagen weit hinten in einer Ecke des Parkplatzes vor der Bar. Seine bloße Anwesenheit hier ließ die allmählich verheilende Beule an seiner Stirn von neuem pochen.

Wieder stand die Gruppe der Autos auf dem Behindertenparkplatz; fünf waren es diesmal, darunter ein atemberaubender Lamborghini Diablo und die Spezialanfertigung eines Mercedes-500-SEL-Cabrio. Eric hatte sich auf ein langes Warten eingestellt. Wahrscheinlich würden die Trader noch stundenlang nicht herauskommen. Man hatte sie gezwungen, den Traderkongress auszulassen, und wie seine eigenen Kollegen waren sie jetzt wahrscheinlich wild entschlossen, eine Party zu feiern. Mit der verbitterten Weisheit des Insiders konnte Eric sie verstehen. Die Trader berauschten sich an der Zwielichtigkeit dieser Bar, zumal sie ein gewisses Maß an Sicherheit mitgebracht hatten. Sie beeindruckten die Mädchen mit ihren Hundert-Dollar-Tips und kosteten die Gefahr, als wäre sie eine Droge. Machos, alle miteinander. Die meisten Trader waren Machos. Die Anspannung auf dem Parkett war ein ungeheures Rauschmittel. Um sie auch nur für ein paar Stunden zu vergessen, mussten sie irgendwo hin, wo es laut und dicht am Abgrund war.

Der Verkehr auf dem achtspurigen Highway 50 war dünner geworden, und das Zifferblatt der Uhr hatte alle Bedeutung verloren, als sie schließlich herausgetaumelt kamen. Eric sah, dass sie den Türsteher behandelten wie einen muskelbepackten Clown, und er beobachtete, wie er sein Gesicht zu einem verkniffenen Lächeln verzerrte, als sie ihm zweihundert Dollar Trinkgeld gaben. Die letzten Schlucke aus Erics Thermosflasche waren bitter wie die Erinnerung an eigene ähnliche Torheiten.

Er folgte ihnen die Straße hinunter. Sie waren jetzt high, ließen ihre Motoren an den Ampeln aufheulen, schrien und johlten von Auto zu Auto. Zwei Ladys, die sie in der Bar aufgelesen hatten, zeigten die stoische Langeweile von Frauen, die schon jedes infantile Benehmen gesehen hatten. Einer der Wagen löste sich aus der Meute und fuhr zurück in Richtung Orlando. Eric beschloss, den andern zu folgen.

Sie hielten vor einem Denny's und stürmten lärmend hinein. Die meisten jedenfalls; Eric sah einen Kopf auf dem Rücksitz des offenen Mercedes.

Eric wartete, bis er sah, wie die Trader im Restaurant randalierten, bevor er sich vorsichtig dem Mercedes näherte. Das Verdeck blieb unten. Der Mann auf dem Rücksitz war ein Fremder, der sanft vor sich hin schnarchte. Das Herz klopfte ihm bis zum Hals, als Eric die Hand in das Jackett des Mannes schob. Auf der einen Seite nichts. Mit angehaltenem Atem schlug er das andere Revers zurück. Die Brieftasche glitt mühelos heraus. Eric rannte zu seinem Wagen zurück.

Das Problem bei langen Computerzugangscodes bestand darin, dass es fast unmöglich war, sie zu behalten, zumal jetzt, da sie jedes Quartal geändert wurden. Deshalb hatten die meisten Leute einen Zettel mit der vierzehnstelligen Ziffern- und Buchstabenfolge in Reichweite.

Eric fand ihn zwischen zwei Kreditkarten. Er notierte sich die Zeichenfolge und steckte den Zettel wieder in die Brieftasche. Dann stieg er aus und schaute über den Parkplatz. Das Blut gerann ihm in den Adern, und sein Herz schaltete auf Overdrive, als er sah, dass der Mann nicht mehr da war.

Er sprintete zurück zu dem Mercedes. Der Wagen war leer. Geduckt näherte er sich der Glasfront des Restaurants und schaute hinein. Er war nicht absolut sicher, aber er hatte nicht der Eindruck, dass der Mann unter den Tradern war, die lärmend an den Tischen saßen.

Ein paar Augenblicke lang suchte er voller Panik den Parkplatz ab. Nichts. Er schlich sich zurück zu dem Mercedes, um sich zu vergewissern, dass der Mann nicht irgendwie wieder aufgetaucht war. Aber der Wagen war immer noch leer.

So, dass immer mindestens ein Wagen zwischen ihm und den Fenstern war, schlich er sich zum Eingang. Die grauhaarige Frau an der Kasse wollte ihn begrüßen, als drinnen Teller klirrten und brüllendes Gelächter losbrach. Grimmig zog sie den Schlüssel aus der Kasse und lief hinein. «Warten Sie bitte einen Moment.»

Eric hastete zu den Toiletten und stieß die Tür auf. Der Kerl aus dem Cabrio beäugte ihn verschwiemelt und lallte: «'s Ihnen auch nich so gut?»

«Wie bitte?»

«Sie gehen ganz krumm.» Der Mann lehnte die Stirn an die Wandfliesen und rollte den Kopf hin und her. «Wo ist die Musik?»

«Hier, versuchen Sie sich mal das Gesicht zu waschen. Bei mir hilft das immer.» Eric schob den Mann zum Waschbecken und ließ ihm dabei die Brieftasche wieder in die Jacke gleiten. Dann drehte er den Kaltwasserhahn auf und trat einen Schritt zurück.

«Kann mich nicht konzentrieren ohne Musik.» Der Mann spritzte sich Wasser ins Gesicht. Dann hob er den Kopf und starrte in den Spiegel. «Kenne ich Sie?»

«Nein.»

«Sie sehen aus wie jemand.» Er grinste betrunken. «Ja klar. Sie sind ganz verhauen.»

«Bin in der Badewanne ausgerutscht.»

«Nah. Das ist was anderes.» Er wusch sich noch einmal das Gesicht. «Warten Sie mal.»

«Sorry, bin der Falsche.» Die Außentür quietschte. Eric machte einen Schritt rückwärts, zog sich in eine Kabine zurück und schloss die Tür. Hörte eine neue Stimme. «Tony, hey, was machst du denn hier?»

«Da ist einer drin. Ich kenn ihn.»

«Vergiss das, Mann, das ist keiner von uns.» Die Stimme kam ihm bekannt vor. Sie schrie jetzt nicht, aber Eric wusste sofort, dass es der Mann war, der den Rausschmeißer auf ihn gehetzt hatte. Der Trader, den Colin verprügelt hatte. Brant Sowieso. Eric duckte sich tiefer und hörte, wie er sagte: «Guck dich an, wie du aussiehst.»

«Aber ich hab mit jemand geredet.»

«Vergiss ihn, sag ich dir.» Man hörte, wie Papierhandtücher aus dem Spender gerissen wurden. «Hier, trockne dich ab. Okay, gut, und jetzt zurück zur Party.»

«Geht die Musik wieder los?»

Der Kerl lachte bellend. «Na klar, Mann, na klar. Eins von den Schätzchen wird dir was vorsingen. Das gefällt dir bestimmt.» Die Tür schloss sich.

Eric atmete dreimal kurz durch, glitt durch die Tür und rannte in die Nacht hinaus.

60
Montag

Als der Abend kam, fragte Jackie sich, ob das Studium ihrer alten Unilektüre vielleicht nur eine Suche nach Fabelwesen war. Erics Schweigen verstärkte das Gefühl der Ratlosigkeit. Und Wynn fehlte ihr. Die Tatsache, dass sie sich eine solche Regung überhaupt eingestand, machte sie wehrlos gegen all das, was vielleicht noch geschehen würde.

Sie trug ihren Laptop hinaus in die Dunkelheit und schloss leise die Balkontür hinter sich. Es hatte geregnet, aber jetzt war es warm und windstill, und die Luft war erfüllt von einem tropischen Chor. Jackie drehte ihren Stuhl so, dass sie über die Baumwipfel hinweg nach Norden schaute. Den ganzen Abend über hatte sie den Klang verhallender Kirchenglocken in der Ferne gehört. Jetzt saß sie da, nippte an ihrem Kaffeebecher und sah voller Trauer, wie Zeit und Abstand ihre römischen Erinnerungen bereits verblassen ließen. Die Fragen, die sie sich in Rom gestellt hatte, und das zarte Erwachen neuer Hoffnung waren zu schön, um ihr einfach zu entgleiten. Sie klappte ihren Laptop auf, begann eine neue Datei und nannte sie schlicht Essentials.

Sie hörte erst auf, als die Erschöpfung ihren Worten Bedeutung nahm. Der Wind, der mit der Nacht aufkam, raunte in der Sprache von Bäumen und Nachtvögeln, dass solche Gedanken zu wichtig seien, als dass ein schläfriges Herz sich ihnen widmen dürfe. Sie klappte den Laptop zu, reckte sich und fühlte sich so gut wie schon lange nicht mehr. Sie war noch nicht fertig. Genau genommen hatte sie gerade erst angefangen. Aber zuzugeben, dass es Grund genug gab, sich zu erinnern und Fragen zu stellen, war der größte Schritt, den sie seit Jahren gemacht hatte.

Jackie schlief so fest, dass sie zunächst glaubte, es sei Donner, was sie hörte. Dann erzitterte das Haus um sie herum, und wieder erfasste sie eine Angst, der sie nicht gewachsen war. Der Schrecken schleuderte sie aus dem Bett und gegen die Wand. Sie fiel zu Boden und landete hart auf einem Plastikgegenstand, der zerbrach. Sie schüttelte den Kopf, um die Sterne vor ihren Augen zu vertreiben, und kroch in die Küche, wo sie eine Schublade herauszog, die auf sie herabpolterte und so viel Lärm machte wie eine Baustelle im Hochbetrieb. Jetzt blieb ihr nichts anderes übrig, als zu schreien: «Ich habe eine Pistole!»

«Stopp, hey, nicht!» Die Silhouette draußen schrie fast so laut und sicher so schrill wie sie. «Ich bin's!»

«Eric?» Sie kroch nah genug an die Fliegentür, um ein altjunges Gesicht dahinter zu erkennen. Die Erleichterung verwandelte sich in solchen Zorn, dass sie ihn am liebsten durch das Drahtgitter erstochen hätte. «Haben Sie eine Ahnung, wie sehr Sie mich erschreckt haben?»

«Willkommen im Club. Legen Sie das Messer weg, ja? Und lassen Sie mich rein.»

Ihre Finger hatten Mühe, den Riegel zu öffnen. «Haben Sie's?»

«Wo ist der Brief von Shane?»

«Moment.» Sie knipste das Licht an, ging zu ihrem Schreibtisch und zog den Umschlag unter ihrem Laptop hervor. Auf dem Fußboden sah sie die Trümmer ihres Handys. «Haben Sie den Code wirklich?»

«Legen Sie das Messer weg, okay? Ja, ich habe ihn.» Er faltete ein Stück Papier auseinander. Sein Gesicht war blutleer. «Aber das war's auch, ja? Kein weiterer Kontakt, und nicht, dass Sie sich's anders überlegen. Ich will Sie nie wieder sehen.»

«Ja.» Sie tauschten die Papiere aus, und dann betrachtete sie die spärliche Zeichenfolge. «Das ist alles, was ich brauche?»

«Solange Sie wissen, was Sie tun, ja.» Er riss den Umschlag auf, überflog hastig den Brief und sagte verbittert: «Wenn der Betrunkene sich an mich erinnert oder wenn der andere Kerl zwei und zwei zusammenzählt, bin ich tot.»

«Wovon reden Sie?»

«Nicht so wichtig. Wichtig ist, dass ich Sie nie wieder sehen muss. Richtig?»

«Was mich betrifft, ist die Sache erledigt.»

«Sie werden Hayek nichts sagen?»

«Kein Wort.»

«Okay.» Er wandte sich zur Tür und sagte dann: «Kann sein, dass der Code verschlüsselt ist. Sie wissen schon, die ersten drei Stellen eine Ziffer weiter, die nächsten drei zurück. So mache ich es. Und seien Sie vorsichtig, wenn Sie auf den Computer zugreifen; es kann sein, dass ein lautloser Alarm ausgelöst wird, wenn der falsche Code eingegeben wird. Einmal hat einer bei uns den Code vom vorigen Quartal benutzt. Da hat's nur so gewimmelt von Security.»

Jackie folgte ihm hinaus, sah zu, wie er die Treppe hinunterpolterte und davonlief. Sie ließ sich auf die oberste Stufe sinken und massierte sich die Stirn, mit der sie gegen die Wand geprallt war. Ob es ihr passte oder nicht, sie musste ein Versteck finden. Noch ein paar solche Terrorattacken, und Hayek würde nichts mehr finden, was er zerfleischen konnte.

61

Dienstag

Am nächsten Morgen kam Colin zwei Stunden früher als sonst in Hayeks Zentrale an. Unbestimmte Sehnsüchte und zerschlagene Träume hatten ihn aus seinem Apartment getrieben und waren mit ihm über graue und leere Straßen gefahren. Jetzt saß er im Wagen auf dem Parkplatz und sehnte sich nach einer Welt, die er nur in Lisas Blick gefunden hatte.

Der Tag hatte kläglich angefangen. Er hatte nicht schlafen können, und so hatte er kurz vor sechs seinen gewohnten Datei-Scan bei der Havilland vorgenommen und sich jählings aus einer völlig unerwarteten Richtung attackiert gesehen. Die Wut hatte ihn von seinem Stuhl gerissen, und er hatte sich die Haare gerauft und stumme Schmähungen gegen die Havilland geschleudert, gegen Lisa, gegen diesen verrückten Ort und die verrückte Zeit.

Jackie Havilland hatte eine neue Datei namens Essentials eröffnet. Es war, als habe Lisa über Raum und Zeit hinweg zu einem letzten Schlag gegen ihn ausgeholt. Irgendwie war Jackie Havilland an dem gleichen Punkt angelangt wie Lisa und hatte angefangen, die gleichen Fragen zu stellen. Das konnte er nicht achselzuckend als bloßen Zufall abtun. So einfach ließ sich dieses Rätsel nicht beiseite wischen. Die blinde Hand des Schicksals konnte nicht einfach zwei so verschiedene Menschen gepackt und in die Finsternis geschleudert haben, nur um sie dann beide dieselben Schlüsse ziehen zu lassen. Colin starrte auf seinen Monitor, und Jackie Havillands verzweifelter Wunsch, dieselbe unmögliche Vision festzuhalten, erfüllte ihn mit unendlicher Qual.

Als er jetzt durch die Morgendämmerung ging, sehnte er sich nicht nach einem Wispern, sondern nach der Stimme der Frau, die einmal von zeitloser Liebe zu ihm gesprochen hatte. Nach einer Stimme, die so melodisch war, dass sie nur in sein Ohr zu hauchen brauchte, um ihn himmlische Musik hören zu lassen. Ihre Abwesenheit konfrontierte ihn mit seiner inneren Leere.

Er war fast erleichtert, als er die Firma betrat und sah, dass der Tag bereits auf Hochtouren lief. Alex und der massige Derivattrader standen am Empfang und sprachen mit einem grau gekleideten Mann, den er noch nie gesehen hatte. Überall im Foyer saßen Cheftrader. Aller Augen waren auf ihn gerichtet. Angespannte Blicke, harte Züge. Gesichter vom Parkett.

Alex winkte ihn heran. «Möchte Sie mit Thorson Fines bekannt machen. Leiter der Kapitalmärkte-Abteilung drüben bei der First Florida. Das hier ist unser Elektronik-Guru, Colin Ready.»

Ohne ihn anzuschauen, begrüßte Thorson ihn mit dem kurzen Händedruck, den Trader den Leuten vorbehielten, die nicht zu ihrem Stamm gehörten und deshalb nicht einmal Verachtung verdienten. «Aha.»

Alex hielt ihn fest, weil Thorson ihn loswerden wollte. «Wir haben alle einen Anruf von der Gurkenfrau bekommen. Sie wissen, wen ich meine?»

Colin nickte. Hayeks Sekretärin.

«Sie hat uns um viertel vor fünf geweckt. War's nicht um die Zeit, Barry?»

«Keine Ahnung», sagte der Derivattrader und musterte Fines wie einen Fisch, der schon viel zu lange tot war. «Ich weiß bloß, dass das Telefon sich anhörte wie die Glocken des Jüngsten Tages.»

«Was denn?», sagte Fines. «Ziehen wir jetzt die Backroom-Knechte ins Vertrauen? Erzählen denen, dass wir in einer Angelegenheit hier sind, die nach allem, was ich höre, streng vertraulich ist?»

«Miss Prunella hörte sich an, als säße sie schon stundenlang am Schreibtisch.» Alex ignorierte Fines' Einwurf. «Die Lady schießt sich wahrscheinlich um Mitternacht Kaffee in die Vene, damit sie auf den Beinen bleibt. ‹Mr Hayek wünscht Sie pünktlich um halb sieben zu sehen. Halten Sie sich bereit›, sagt sie. Als ob ich alle Tage mit der Hose auf Halbmast nach oben ginge. ‹Bereit für was?›, frage ich sie. Aber da hatte das alte Herzchen schon aufgelegt.»

«Alex hat uns von dem Überfall auf dem Parkplatz gestern Abend erzählt», sagte Barry zu Colin.

«Der Kleine hat meinen Arsch gerettet», bestätigte Alex. «Muss sehen, ob ich nicht einen Sonderbonus arrangieren kann.»

«Das ist wirklich nicht nötig.»

«Hat die Alte Sie etwa auch angerufen?», wollte Barry wissen.

«Nein.»

«Was ist denn los? Kommen Sie immer so früh?»

Aber da öffnete sich die Aufzugtür, und Hayeks Sekretärin sagte: «Bitte sehr.»

Colin wartete, bis die Cheftrader gehorsam im Aufzug verschwunden waren, und dann ging er durch den Handelsraum nach hinten. Ein paar Trader, zweifellos von ihren Bossen alarmiert, saßen schon an ihren Tischen. Sie starrten auf ihre Monitore und informierten sich bei Kontakten in Fernost, wo der Handel schon lange im Gange war. Lauthals brüllend teilten sie ihren Verbündeten an verschiedenen Stellen auf dem Parkett den Stand weltweiter Positionen mit. Schon war das ganze Gebäude von der aufgeladenen Atmosphäre eines Tages erfüllt, der am Rand eines Unwetters stand. So sehr vibrierte die Luft, dass Colin bereit war, sich eines seiner eigenen Glieder abzubeißen, wenn er nur gewusst hätte, welches ihn an diesen Ort kettete.

Eine Viertelstunde später kam Alex zu ihm in sein Kabuff. «Hayek hat von dem Überfall auf dem Parkplatz gehört. Er wollte wissen, ob alles noch funktionsfähig und an seinem Platz ist.»

«Deshalb hat er Sie kommen lassen?»

«Unter anderm. Außerdem wollte er uns Thorson als Mitglied des Clans vorstellen. Sie verstehen?»

«Alle sind eine große Familie.»

«Eine Familie, die im Geld schwimmt. Wir kriegen heute noch mal zwei Milliarden, vielleicht mehr. Hayek gibt es bekannt wie ein König, der seine Gunst verteilt. Als ob es alles sein eigenes Geld wäre.»

«Will er, dass Sie noch mehr Dollar kaufen?»

«Ich vermute, er will den Markt anheizen. Aber ich begreife nicht, aus welchem Grund. Der Dollar steht so hoch, dass die Investoren bei der nächsten schlechten Nachricht wie die Lemminge die Flucht ergreifen werden, und dann krachen die Märkte durch den Boden.» Die bevorstehende Anspannung machte ihn schon jetzt weiß wie eine Wand. «Als ich diese Möglichkeit ansprach, hat der Kerl tatsächlich gelacht. Klang ein bisschen rostig, weil er es sonst nie tut.»

«Was wollen Sie von mir?»

«Wie wär's mit einer kleinen Backdoor-Operation? Könnten Sie sich in den Glaskäfig da oben schleichen und gucken, was sie da treiben? Hayek hat Thorson noch dabehalten, als wir gingen. Ich wollte oben noch ein bisschen rumtrödeln, aber Miss Prunella hat mich rausgeschmissen.»

«Sie wollen, dass ich mich in ihr Netz einschleiche und feststelle, ob sie Dollars kaufen wie Sie», stellte Colin fest

«Können Sie das?»

«Nicht direkt. Aber ich könnte vielleicht die ausgehenden Telefonleitungen anzapfen und sehen, mit wem sie reden. Und Ihnen dann ein paar Nummern geben, die Sie selbst anrufen können.»

Alex nickte grimmig. «Ein paar Kontakte reichen schon. Gerade genug, um sicher zu sein, dass wir alle im selben Team arbeiten. Aber machen Sie's kurz, damit man Sie nicht erwischt.»

Colin saß schon am Keyboard und bereitete die Attacke vor. «Geben Sie mir eine halbe Stunde.»

Fünfundvierzig Minuten später kam Colin durch den Hintereingang in den Handelsraum. Brüllendes, kreischendes Delirium. Keine individuellen Stimmen, keine Worte. Nichts. Nur noch ein gewaltiges, massives Heulen.

Jeder Trader hielt zwei Telefone in der Hand und schrie in Mikrofone. Die Cheftrader, die sich im Lärm der jüngeren, lauteren Stimmen kein Gehör mehr verschaffen konnten, begnügten sich mit Handzeichen. Lautsprecher waren voll aufgedreht und plärrten durch die Wut der Trader. Auf der Wand zur Rechten floss der Bloomberg-Ticker in feurig goldenen Lettern über einen blutroten Hintergrund.

Colin sah Alex mitten im Kassabereich, wie er in sechs Richtungen gleichzeitig deutete und fuchtelte. Colin wartete und hoffte auf einen ruhigen Moment, aber er wartete auf Sonnenschein in einem Tornado aus Geld.

Colin ging hinüber zu Eric, der vor seinen Monitoren saß und an einem Stift kaute. Aus der Nähe sah man, dass die Platzwunde, die Erics Augenbraue spaltete, sich in einer roten Furche über die Wange hinunter zog und in einem allmählich verheilenden Riss an der Lippe endete. Der junge Trader verströmte eine Anspannung, die alle Nonchalance der Welt nicht verbergen konnte. Sein Blick flackerte über das Parkett und die Monitore und hinauf zu dem Glasbalkon. «Hast du Platzverweis?», fragte Colin.

«Alex hat mir Euro-Yen gegeben. Das ist heute das andere Ende des Futtertrogs. Sieh sie dir nur an. Mir entgeht der ganze Spaß.»

Colin musste schreien, um sich verständlich zu machen. «Was ist denn los?»

«Der Dollar ist auf dem Höhenflug und bereit für den Absturz. Seit Handelsbeginn um zwei Cent gestiegen.» Er nahm den Stift aus dem Mund und inspizierte ihn auf Beschädigungen. «Armer alter Dollar.»

Colin wollte weitergehen, aber er musste sich den Weg um ein Trio herum erkämpfen, das brüllend den Gang blockierte. Alex kam vom anderen Ende des Ganges heran, schob sie auseinander und schrie so laut, dass die rasenden Blicke der drei für einen Moment stumpfer wurde. «Prügelt euch in eurer Freizeit! Jetzt will ich einen Kurs. Dollar gegen alles! Jeden Kurs! Bewegt euch!»

Als sie wieder an ihren Plätzen waren, winkte er Colin mit einer Kopfbewegung zu sich. «Was haben Sie erreicht?»

«Nichts. Ich habe gar nichts.» Es fiel ihm schwer, seine Niederlage einzugestehen. «Ich habe jeden Schleichweg probiert, den es gibt. Das System ist verbarrikadiert wie die FEMA.»

«Aber sie haben Sie nicht erwischt.»

«Nein. Ich war vorsichtig.»

Alex redete laut, aber der Lärm ringsum verschluckte seine Worte fast, ehe sie Colins Ohr erreichten. «Ich habe selbst ein bisschen telefoniert. Die Jungs da oben kaufen ebenfalls. Aber schauen Sie mal vorsichtig rauf.»

Colin tat es. Dort oben herrschte Geschäftigkeit, aber kein Chaos. Er erstarrte, als er den Blonden mit den toten Augen sah, der sein Kabuff verwanzt hatte.

Alex starrte stirnrunzelnd nach oben. «Wie die Geier, die auf ihr Opfer warten.»

Der Anruf aus dem Handelsraum war so panisch, dass Colin nicht begriff, was das Problem war – nur, dass man ihn dringend benötigte. Dass er überhaupt kam, war zugleich gut und schlecht. Gut, weil er so Gelegenheit hatte, Eric zu retten. Schlecht, weil damit der Countdown zu seiner eigenen Vernichtung in Gang gesetzt wurde.

Er und ein zweiter Techie aus dem Backroom versuchten hektisch herauszufinden, weshalb der Handelsraum plötzlich den Kontakt zu Bloomberg verloren hatte. Dieser Tickerservice war eine entscheidende Informationsquelle mit einer runden halben Stunde Vorsprung vor den Fernsehnachrichten. Das elektronische Schriftband lief oben an der linken Wand entlang, sichtbar für jeden Traderposten. Bei jeder signifikanten Entwicklung lief ein Alarm über den Ticker, der die Trader auf bevorstehende Neuigkeiten aufmerksam machte. Das war zumindest das Prinzip. In Wirklichkeit strömten unaufhörlich zahllose Seiten Informationen herein, von Bloomberg, von Fernsehmonitoren mit Vierundzwanzig-Stunden-Nachrichtensendungen, von Telefonen, von den Monitoren der Trader und von dem, was von einem Tisch zum andern gebrüllt wurde. Der Handelraum war in jedem Augenblick nur einen Schritt von einer Datenkernschmelze entfernt.

Der zweite Techie hielt Colin die Leiter und reichte ihm Werkzeug herauf, damit er die Steckverbindungen wieder schließen konnte, die sich auf irgendeine Weise gelöst hatten. Vom Parkett stieg heiserer Jubel auf, als die Laufschrift wieder mit normaler Geschwindigkeit weiterging. Alex schaltete die Lautsprecheranlage ein und verkündete, was er jeden Tag um diese Zeit zu verkünden hatte: «Okay, zuhören, Leute. Zeit für den Vormittags-Check-up.»

Colin blendete die Zusammenfassung von Devisenpositionen und Zinsspreads aus, und auch Alex' Einschätzungen der Auswirkung, die aktuelle Nachrichten im Laufe des Tages auf ihre Positionen haben würden. Aber jeder Trader auf dem Parkett hörte aufmerksam zu und konzentrierte sich vollständig auf die Munition, die da geliefert wurde.

Auf seiner Leiter war Colin der Einzige im Saal, der die vier Gesichter sehen konnte, die sich hinter der Glaswand der Galerie bewegten.

Eines gehörte dem Mann mit den toten Augen, Brant Anker, diesmal ohne Sonnenbrille. Ein zweiter Trader stand daneben. Jim Burke, der Unabomber, stand neben dem Unbekannten, und neben Anker stand der Security-Chef, Dale Crawford. Der Unbekannte deutete in den Handelsraum hinunter und redete wortreich. Der Sicherheitschef antwortete etwas. Ein zweiter Sicherheitsmann kam dazu. Die ganze Aufmerksamkeit war auf einen Tisch auf dem Parkett gerichtet. Colin brauchte sich nicht umzudrehen, um zu wissen, welcher es war.

Er nahm sich Zeit mit dem Hinuntersteigen, um keine Aufmerksamkeit zu erregen. Er gab dem anderen Techie sein Werkzeug und sagte so ruhig, wie es ihm möglich war: «Räum das hier weg, ja? Ich muss mich um was anderes kümmern.»

Er schlenderte den hinteren Gang entlang, langsam und gemächlich, und ignorierte den allmählich wieder zunehmenden Lärm des Parketts. Eric blickte nicht auf, als er kam. Colin stellte sich so, dass man den jungen Trader vom Balkon aus nicht sehen konnte, und stieß ihm den Daumen in die Rippen.

«Hey!» Eric fuhr herum – für alle, die es sehen konnten, ein gewöhnlicher Trader, dessen Welt auf vier Monitore und drei Telefone zusammengeschrumpft war. Aber der Striemen in seinem Gesicht war noch da, die Lippe noch geschwollen, und in seinem Blick spukten noch immer Gespenster. «Was zum …»

«Hau ab.» Mit einer kaum merklichen Kopfbewegung deutete Colin zum Balkon hinauf. «Sofort.»

Er spazierte zum hinteren Ausgang, drehte sich um und schleuderte einen stummen Fluch gegen den ganzen Tag. Eric saß immer noch an seinem Platz und starrte ihn mit stumpfer Miene an. Colin warf einen Blick nach oben und sah, dass der Balkon leer war. Zu Eric und dem alles umfassenden Chaos gewandt, sagte er: «Schlimmer und immer noch schlimmer.»

Dann flüchtete er.

Hätte er mehr Zeit zum Nachdenken gehabt, hätte er vielleicht gar nichts getan. Einfach zugelassen, dass Eric ergriffen und in Stücke gerissen würde. Aber jetzt hatte er nur Zeit zum Handeln.

Er galoppierte zurück zu seinem Kabuff. Er klappte einen Materialkasten auf und richtete eine notdürftige Firewall ein. Zwei rotierende elektronische Augen, so groß wie Streichholzschachteln und so geneigt, dass sie die Gänge und die Tür zum Handelsraum überwachen konnten, kamen auf die Trennwände seines Kabuffs. Er legte ein eigens für diesen Fall vorbereitetes Bild auf seine vier Monitore, ein Gewirr von Zahlen und Codes, das für den Uneingeweihten aussah, als sei hier Arbeit im Gange.

Colin zog den schnellsten Rechner unter seinem Tisch hervor und stöpselte seine jüngste Neuerwerbung ein, ein Geschenk von einem Kontakt in der Hardware-Branche. Der Vertreter hatte ihm High-End-Versuchsmaterial überlassen, weil er hoffte, dass Colin dann beim nächsten Upgrade des Parketts ein gutes Wort für ihn einlegen würde. Das neue Brillendisplay sah aus wie die glotzäugige Sonnenbrille des Typen aus San Francisco. Es war ein 3D-Display, das für Computerspiele entwickelt worden war. Aber die Displays vor seinen Augen waren so fein geeicht, dass er damit Schrift lesen konnte. Er gab den Zugangscode für den Gebäudesteuerungscomputer ein. Dann klinkte er sich in das Überwachungskamerasystem ein und warf einen Blick in den Handelsraum. Er fluchte leise: Er sah, wie Dale Crawford und noch ein Sicherheitsmann mit Burke zusammen in den Handelsraum kamen.

Colin sah hilflos zu, wie sie sich Eric von beiden Seiten näherten und ihm den Fluchtweg abschnitten. Eric schaute ihnen mit ohnmächtigem Entsetzen entgegen. Erst als der Sicherheitschef ihn bei der Schulter packte, fing er an zu schreien. Die Kamera erfasste den aufgerissenen Mund, die angstvollen Augen, Erics Hände, die sich an seinen Stuhl, seinen Tisch, seinen Nachbarn klammerten. Sie rissen ihn los und schleiften ihn über den Boden. Burke schrie irgendetwas, aber Colin konnte nicht hören, was es war. Die anderen Trader erstarrten.

Explosionsartig kam ihm ein Gedanke. Er schaltete von der Kamera, die den Handelsraum zeigte, hinüber zu einer, die das Empfangsfoyer überwachte. Er sah, wie Eric lautlos schrie und sich vergebens sträubte, während Crawford und der andere Gorilla ihn festhielten und auf den Aufzug warteten. Colin arbeitete rasend schnell, tippte Kommandos ein und wusste endlich einen vernünftigen Grund dafür, dass er so viele Stunden in den diversen Systemen des Gebäudes zugebracht hatte.

Er war bereit, als die Aufzugtür sich öffnete. Sein Timing war exakt, die Sekunden sorgfältig eingeteilt, als sei er über einen Verstärker mit Eric verbunden. Nicht da draußen, wo er schrie und die Absätze über die Granitfliesen schleifte. Aber trotzdem zugegen.

Dale Crawford trat in den Lift und wollte Eric mit hineinziehen. Aber Eric hatte es geschafft, einen Arm um die nächststehende Säule am Empfangstisch zu schlingen. Während der zweite Sicherheitsmann versuchte, seine Finger aufzubiegen, trat Burke in den Aufzug, packte eins von Erics Beinen und bemühte sich zusammen mit Crawford, Eric loszureißen.

Colin ließ die Aufzugtür zufahren. Hart.

In der Ferne gingen Alarmglocken los. Auf Colins Kommando öffnete sich die Aufzugtür wieder. Crawford hatte Erics Bein fahren lassen und lehnte verdattert an der Rückwand der Kabine. Aber der Unabomber, den die Tür ebenfalls halb zerquetscht hatte, hielt immer noch Erics Bein gepackt. Also schloss Colin die Tür noch einmal. Noch härter.

Die hübsche Empfangsdame, bekannt für ihr eisiges Benehmen und ihre unerschütterliche Ruhe, war in Panik. Sie war hinter ihren Stuhl gesprungen, die Haare standen ihr zu Berge, und sie schrie unhörbar. Die Aufzugtür glitt wieder auf, aber nur so weit, dass Burke zu einem kraftlosen, besiegten Häuflein zusammensacken konnte. Hastig schloss Colin die Tür, ehe der Sicherheitschef herausspringen konnte, und schickte den Lift in den Keller. Und wartete.

Der letzte Sicherheitsmann war kein Gegner für den rasenden Eric. Der panische junge Trader ließ die Säule los, packte den Messingpapierkorb und hämmerte damit auf den Wachmann ein. Dann tat er sein Bestes, um den Unterkiefer des Mannes, seine Nase und die rechte Schläfe neu zu arrangieren. Beim dritten Schlag taumelte der Wachmann zurück. Eric schleuderte den Eimer hinterher und floh durch den Vorderausgang.

Gerade rechtzeitig. Burke und der Security-Chef kamen die Treppe heraufgestürmt, und einen Moment später waren zwei weitere Sicherheitsleute bei ihnen. Burke humpelte. Er stützte sich am Empfangstisch auf und schrie etwas zu dem Mann hinüber, der ausgestreckt in der Ecke lag, aber der war von Erics Schlägen viel zu betäubt, um zu reagieren. Sie wandten sich der entsetzten Empfangsdame zu, die mit zitternder Hand zum Ausgang zeigte.

Aber Colin war vorbereitet. Die Türen waren verschlossen.

Er sah zu, wie sie vergebens versuchten, das kugelsichere Glas zu zertrümmern, und wie sie sich dann umdrehten und schrien und nach hinten zeigten. Dies war für Colin der Augenblick, das 3D-Display abzunehmen, seine Monitore abzuschalten und wie alle andern in den Eingang seines Kabuffs zu treten, um mit offenem Mund zuzuschauen, wie der Unabomber und die Gorillas brüllend vorbeitobten. Krachend stürmten sie durch die Hintertür und waren verschwunden.

Colin beteiligte sich indessen nicht mehr am nachfolgenden Geplapper. Er machte sich keine Illusionen. Früher oder später würden sie auf ihn kommen. Wie sie auf Eric gekommen waren. Er kehrte an seinen Platz zurück und tat, als arbeite er. Kein Zweifel. Er war erledigt. Nur eine Frage der Zeit.

62

Dienstag

Kay erwischte Wynn, als er und Carter gerade den Ausschusssaal betreten wollten. «Haben Sie etwas von unserer Freundin in Florida gehört?»

«Seit gestern Abend nicht mehr.» Er fügte nicht hinzu, dass er am Morgen zweimal versucht hatte, Jackie anzurufen. Ihr Festnetzanschluss war besetzt gewesen, und am Handy hatte sie sich nicht gemeldet. Sie fehlte ihm sehr. «Warum?»

«Ich klammere mich an Strohhalme. Wir verlieren.»

«Aber es ist immer noch Zeit für eine Wende, oder?»

«Um Zeit geht es nicht mehr. Was wir brauchen, ist ein Wunder, und zwar gestern. Die Sache ist am Kippen.»

Eine Stimme rief von hinten: «Kay, einen Augenblick, bitte.»

Die Miene der Senatorin verhärtete sich noch mehr. «Das ist im Moment nicht gerade das, was ich brauche.»

Jackson Taylor war kein gut aussehender Mann. Normalerweise zeigte er sich geschliffen genug, um seine wahre Natur zu verbergen, nämlich die eines Mannes, der andere tyrannisiert und bedrängt und so viele unternehmerische Schlachten geschlagen hat, dass sein Gesicht die Spuren davon nicht mehr verbergen kann. Aber heute riss die Wut seine Fassade in Fetzen. «Sie halten es nicht für notwendig, die Anrufe Ihres eigenen Parteivorsitzenden zu erwidern?»

«Ich bitte um Entschuldigung, Jackson. Aber wir haben unglaublich viel zu tun, wie Sie sehr wohl wissen.»

Jackson stellte sich Wynn in den Weg, als dieser in den Ausschussraum gehen wollte. «Sie bleiben bitte, wo Sie sind. Ihnen habe ich auch noch etwas zu sagen.» Er wandte sich wieder Kay zu. «Sie haben Ihren Fall ja äußerst beredt vertreten.»

«Mr Chairman …»

«Moment. Jetzt habe ich das Wort, und ich habe Ihnen etwas zu sagen. Wir haben uns guten Glaubens bemüht, Ihnen zu helfen. Aber dieser spezielle Antrag hat keine Chance.»

«Mit allem Respekt, aber ich stimme Ihnen nicht zu.»

«Haben Sie eigentlich die leiseste Ahnung, was für eine Stinkbombe Sie da losgelassen haben? Wie konnten Sie erwarten, dass ich Ihre Haltung zu diesem Gesetz unterstütze?» Mit einer weiten Armbewegung umfasste er alle ihre unsichtbaren Gegner. «Die Banken haben allen Einfluss in der Welt. Ihre Lobbyisten wimmeln hier um den Laden herum wie Kakerlaken in Gucci-Klamotten.»

«Sie brauchen uns nicht zu unterstützen, Mr Chairman», sagte Kay gelassen. «Es reicht, wenn Sie uns nicht in die Quere kommen.»

«Sie haben nicht zugehört, Senatorin. Die Sache ist gestorben. Ich will, dass Sie mir helfen, sie so unauffällig wie möglich zu begraben.»

Kays Stimme bekam einen verzweifelt beschwörenden Klang. «Das internationale Bankengeschäft muss strenger reguliert und kontrolliert werden. Aber die Natur der modernen Bestie hat sich geändert. Das Finanzwesen ist globalisiert. Die einzige Möglichkeit, es zu kontrollieren, besteht darin, das Gleiche zu tun. Und gäbe es einen besseren Weg als die

Verknüpfung mit einem Schuldenerlass, mit dem den extrem armen Staaten geholfen wäre?»

«Verschonen Sie mich, ja? Wir sind hier fertig.»

«Ich ziehe den Ergänzungsantrag nicht zurück, Jackson.»

«Dann werden wir Sie mit ihm zusammen begraben. Ich stelle mich auf die Seite der Opposition und bereite eine Mittelzuweisung für den Notfall vor, um die Verluste durch das Bewilligungsgesetz auszugleichen, wenigstens vorläufig.»

«Ich glaube, Sie machen einen schrecklichen Fehler.»

«Ist das Ihre Reaktion?» Er schlug sich mit den Fäusten auf die Hüften, um sonst niemanden zu schlagen. «Was ist aus Ihrem politischen Verstand geworden, Kay? Ich dachte, ich könnte mich darauf verlassen, dass Sie zur Vernunft kommen, solange Sie noch können.»

«Entschuldigen Sie mich, Mr Chairman», sagte sie steif und wandte sich zur Tür. «Ich muss eine Ausschusssitzung leiten.»

Jackson Taylor wartete, bis sie verschwunden war, und richtete seinen Zorn dann auf Wynn. «Wer steckt denn bei Ihnen hinter diesem Irrsinn?»

«Diese Frage könnte ich Ihnen auch stellen.»

«Es ist Ihnen gelungen, ein paar unserer wichtigsten Spender zu verärgern. Sie mögen ja von Politik nicht viel verstehen, aber ein Mann mit Ihrer Erfahrung sollte doch wissen, dass man seine Topklienten nicht einfach auf dem Trockenen sitzen lässt.» Er verringerte den Abstand zwischen ihnen und trat so dicht heran, dass Wynn die winzigen Pünktchen in seinen Augen sehen konnte. «Jetzt ist Zahltag für all den Ärger, den Sie mir und meinem Unternehmen zugefügt haben. Wenn ich könnte, würde ich Eintrittskarten verkaufen für das Vergnügen, Sie abstürzen und brennen zu sehen.»

63
Dienstag

Orlando erlebte einen Vorgeschmack auf den Sommer, ein feuchtes, klebriges Jammerklima, das die letzten Überwinterer in ihre Buicks trieb und sie durch die schwüle Luft auf der I-95 davonrasen ließ. Für den Nachmittag war Regen angesagt, aber Jackie wusste, dass die Hitze erst mit den September-Hurrikanen wirklich nachlassen würde. In den kommenden fünf Monaten würde sie wieder mehr und mehr zu der Überzeugung gelangen, dass Alaska keine schlechte Gegend zum Leben wäre.

Sie saß in ihrer abgeschnittenen Jeans und einem Tanktop am Esstisch und arbeitete. Die Anspannung, die von ihr ausging, war ebenso intensiv wie die Hitze draußen. Ihr Laptop war auf der Trastevere-Website eingeloggt, aber bisher waren ihre halbstündlichen Messages an den Boatman ohne Antwort geblieben. Der weiße Monitor wurde allmählich Furcht erregend. Sie hatte keine Ahnung, wie sie auf Hayeks Computer zugreifen oder den Zugangscode benutzen sollte. Es war ihr ein Gräuel, dass sie so abhängig von einem Geist war, von einem Mann, den sie nur ein einziges Mal gesehen hatte und der ihr bis jetzt immer nur noch mehr Rätsel und Geheimnisse präsentiert hatte. Aber es gab sonst niemanden. Was sollte sie tun? Zu ihren Washingtoner Freunden gehen und sagen, sie wolle mit einem gestohlenen Passwort in den Mainframe-Computer eines Hedgefonds einbrechen?

Sie schaute auf das Buch auf ihrem Schoß. Seit fast einer Stunde hing sie auf derselben Seite fest und war der Antwort auf die Frage, was sie zu den alten Lehrbüchern gezogen hatte, noch kein Stück näher gekommen. Und alles wurde noch schlimmer dadurch, dass die Nachwirkungen des Schreckens über Erics nächtliches Erscheinen jetzt jedes Geräusch von draußen zu einem dämonischen Angriff werden ließen.

Sie schlug das Buch zu, holte aus und schleuderte es gegen die Wand. Dann sprang sie auf, trat gegen die verstreuten Bücher auf dem Boden und stampfte durch das Zimmer. Sie stieß die Fliegentür auf und schüttelte die Fäuste gegen den trüben Himmel. «Wir sind doch im selben Team, oder? Wie wär's mit ein bisschen Hilfe?»

Sie ließ die Fäuste sinken, als die Hintertür des großen Hauses sich knarrend öffnete. Millicent Kirby schob sich heraus und blinzelte im Licht, als sähe sie es seit Monaten zum ersten Mal. Seufzend ging Jackie die Treppe hinunter und rief hinüber: «Alles in Ordnung. Ich habe mit mir selbst gesprochen. Ist einfach ein schwieriger Morgen.»

Die alte Frau wartete, bis Jackie an der verrotteten Hintertreppe stand, ehe sie fragte: «Kommen die bösen Männer wieder?»

Jackie hatte nicht die Kraft zum Lügen. «Vielleicht.» Sie spürte, wie sich ihr Innerstes angstvoll zusammenkrampfte bei dem Gedanken, man könnte sie auffordern zu verschwinden.

Aber Millicent Kirby zupfte nur an einem Muttermal an ihrem Hals und starrte in den hitzedurchtränkten Tag hinaus. «Es ist schwer, im Dunkeln allein zu sein, nicht?»

Als der Donner über den Nachmittagshimmel grollte, trat Jackie wieder hinaus, um mit dem Sturm Zwiesprache zu halten. Sie lehnte sich ans Treppengeländer und fächelte sich mit dem verschwitzten T-Shirt den Bauch. Wenn das Gewitter vorbei und der Regen in kühlende Gleichförmigkeit übergegangen wäre, würde sie einen langen, energischen Dauerlauf machen.

Dann entdeckte sie die Gestalt, die hastig die Zufahrt heraufkam. Der Mann rannte wie ein magerer Hamster, der seinen

Käfig suchte. Zweimal blieb er stehen, um zu schnuppern – so jedenfalls sah es für Jackie aus. Sie blinzelte, als es so nah blitzte, dass der Donner sofort loskrachte, ein machtvoll knatterndes Dröhnen, das sie panisch die Treppe hinunterpoltern ließ.

Der junge Mann kauerte in der Mitte zwischen der Rückseite des großen Hauses und der Garage. Jackie sah nichts Bedrohliches in seinem Gesichtsausdruck oder in der Art, wie er den Kopf unter seine Jacke zog. «Sind Sie gestört?», schrie er ihr entgegen.

Donner krachte, und im selben Moment erkannte sie die Stimme mit dem leichten Akzent. Das Gewitter erschien ihr desto passender. «Boatman?»

«Stundenlang habe ich versucht, Sie anzurufen. Ihr Festnetzanschluss ist dauernd besetzt, und Ihr Handy ist abgeschaltet.» Seine rot geränderten Augen waren so farblos wie der Himmel, und seine hageren Züge hatten etwas Wächsernes. «Jetzt sagen Sie bloß, das war keine Absicht.»

Jetzt war sie an der Reihe, wütend zu werden. «Wo haben Sie gesteckt?»

«Ich war beschäftigt. Und glauben Sie mir, mehr wollen Sie nicht wissen.» Er zog den Kopf ein und ließ den Regen auf sich niederprasseln, als wären es Schläge. «Ich hoffe, dass Ihr Computer funktioniert. Ich musste überstürzt verschwinden. Das Einzige, was ich bei mir hatte, war mein Telefon. Was mir überhaupt nichts genützt hat.»

«Der Computer funktioniert.»

«Ausgezeichnet.» Er hastete weiter. «Gibt es irgendwo einen sicheren Ort, wo wir arbeiten können?»

«Ich weiß es nicht genau. Was die Sicherheit angeht, meine ich.»

64
Dienstag

Jackie stand in der Tür und konnte kaum fassen, dass er wirklich da war und sogar einen Namen hatte. «Damit ich Sie richtig verstehe. Sie waren ein Hacker, bevor Sie einer von Hayeks Computerfreaks wurden?»

Colin Readys Hände öffneten in fliegender Eile auf Jackies Laptop den Weg ins Internet. «Die Unternehmen tun gern so, als wären sie vollständig abgesichert. Die Banken sind die schlimmsten. Die Welt soll glauben, dass sie absolut unbesiegbar sind und nie einen Fehler machen. Tja, und wir sind die Kobolde, die ihnen die dringend benötigte Dosis elektronische Wahrheit verpassen. In einer fairen Welt würde man uns dafür bezahlen, dass wir der Menschheit einen Dienst erweisen. Aber wer hat gesagt, dass die Welt fair ist?»

«Fragen Sie mich?»

«Ich habe angefangen zu hacken, als ich zwölf war. Mit vierzehn war ich zum ersten Mal über die Telefonleitung in einem fremden System. Das nennt man phreaken. Da wusste ich schon, dass ich dieses Leben von allem andern getrennt halten musste. Ich arbeitete hart an der Maske namens Leben und sorgte dafür, dass sie alles war, was die Außenwelt sehen konnte. Innerlich wusste ich es besser. Nach der Scheidung meiner Eltern wurde ich zu einer Schachfigur in der Schlacht, die sie schon vor meiner Geburt begonnen hatten. Die Außenwelt war reinstes Elend, soweit es mich betraf. Ich stieg in einen Bus, brauchte eine Stunde für fünf Meilen im Stadtverkehr, und das alles nur, damit ich eine Schule besuchen konnte, wo die Kids von Dates träumten, damit sie erwachsen werden und streiten könnten wie meine Eltern, oder von Autos, um damit in noch mehr Verkehr stecken bleiben könnten.

Was für ein Leben war das? Aber dann ging ich nach Hause, drückte auf ein paar Tasten und erforschte die andere Seite der Welt. Betrat neue Universen. Baute magische Königreiche, die mir ganz allein gehörten. Oder, was das Beste war: Ich schlich mich durch die Minenfelder des Feindes, tötete seine Drachen, stahl seine Schlüssel und drang in seine geheimen Reiche ein. Das war das einzige Leben, das zu leben lohnte.»

«Wie hießen Sie denn? Ich meine, was war Ihr Hackername? Doch nicht Boatman.»

«O-zone. Was soll ich sagen. Ich war vierzehn.» Ungeduldig strichen seine Finger über die Kanten des Keyboards. «Dieser Download dauert ewig. Ich komme mir vor, als wäre ich in die Steinzeit zurückversetzt. Ist eine Ewigkeit her, dass ich ein Telefonmodem benutzt habe.»

«Etwas anderes haben wir nicht.»

«Dann muss es genügen.» Er fing an zu tippen. «Wir gehen durch eine Backdoor hinein, die ich vor ein paar Wochen eingerichtet habe, um auf das hier vorbereitet zu sein. Ich habe mich in die Federal Reserve Bank in Atlanta gehackt.»

«Sagen Sie mir, dass das ein Witz ist.»

«Nicht in den Geldverkehr. Da haben sie Wachhunde mit Titanzähnen. Nur in die externe Kommunikation. Diese Drohnen verteilen die täglichen Verlautbarungen der Bundesbank an sämtliche Regionalbanken. Ich war verblüfft, als ich die laxen Sicherheitsvorkehrungen gesehen habe. Da reinzukommen, war ein Kinderspiel.» Seine ruhige Stimme hatte keinerlei Verbindung zu den Fingern, die über das Keyboard flogen. «Aber die Adresse ist dieselbe, was bedeutet, dass jede Lokalbank uns als Signal von ganz oben erkennen wird.»

«Das ist eine schreckliche Vorstellung.»

«Keine Angst. Wir gehen nicht direkt hinein. Erst phreaken wir uns einmal um den Globus und legen eine falsche Spur.»

Als sie mit fest vor der Brust verschränkten Armen stehen blieb, hielt Colin inne. Er sah nicht auf. «Sind Sie dabei oder nicht? Jetzt haben Sie noch Zeit.»

«Kann ich darauf vertrauen, dass Sie uns nicht beide um Kopf und Kragen bringen?»

«Das ist mein Job», antwortete er schlicht.

«Okay.» Sie zog sich einen Stuhl heran. «Ich bin dabei.»

«Gut.» Er wandte sich wieder seinem Keyboard zu. «Zuerst müssen wir uns in eine sichere Verbindung phreaken.» Er zögerte wieder. «Wollen Sie es hören, oder soll ich einfach loslegen?»

«Ich sage doch, ich bin dabei. Dann will ich alles.»

«Okay. Wie alle Computerfertigkeiten hat das Phreaken sich über Bazillionen von Generationen seit Erfindung des Computers entwickelt. Es geht längst nicht mehr darum, Verbindungszeiten zu stehlen. Heute ist der Phreaker darauf aus, sich nicht aufspüren zu lassen.»

Sie sah, was über den Bildschirm flirrte, als er tippte, lauter Zeichen, die sie noch nie gesehen hatte. «Ist das Sanskrit, was Sie da schreiben?»

«Nur ein kleiner Code. Entspannen Sie sich. Okay, jetzt wähle ich eine 800er-Nummer, die ich schon gecheckt habe. Eine von der Sorte, die wir als High-Impact-Leitung bezeichnen. High Impact bedeutet dauernden Zugriff. Da sind ständig Hunderte von Leuten drin.»

«Wissen Sie, wer das ist?»

«Natürlich.» Ein bisschen von seiner eigenen Aufregung schimmerte durch. «Soweit es die Außenwelt betrifft, rufen wir soeben die Zentrale der glücklichen Autofahrer an.»

Der Computer gab ein Läuten von sich. Er lehnte sich zurück. «Okay. Jetzt lade ich Dateien von meiner eigenen sicheren Website herunter. Wenn das erledigt ist, werden wir die Digitalaufzeichnung einer tonalen Message abspielen. Bei diesen Tönen handelt es sich um eine Serie von Messages, mit denen viel beschäftigte Vertreter einen Code versenden können, der ihnen Zugang zur 800-Leitung ihrer Firma für ausgehende Telefonverbindungen eröffnet. Können Sie mir folgen?»

«Vielleicht.»

«Dieses Unternehmen hat vielleicht zweihundert Außendienstmitarbeiter. Jeder von denen kann über die kostenfreie 800-Nummer in der Firma anrufen und diesen Code eingeben, und dann bekommt er eine Auswärtsverbindung über die firmeneigene Fernleitung.»

«Was der Firma die Kosten für Ferngespräche erspart. Clever.»

«Genau.» Auf dem Computer leuchtete das Wort Verbunden auf. «Um sicherzugehen, werden wir diese Verbindung benutzen, um eine andere Firma anzurufen.» Er rief eine Liste auf, scrollte herunter, bis er sich für einen Eintrag entschieden hatte, und sagte: «Hongkong. Ausgezeichnet. Und schon sind wir drin. Und jetzt noch mal. Wie finden Sie Zürich?»

«Unglaublich.»

«Jetzt sind wir so weit. Versteckt hinter den Telefonnetworks von drei verschiedenen Unternehmen, reisen unsere Daten zehntausend Meilen weit in jede Himmelsrichtung. Zeitverschiebung weniger als fünf Minuten. Und das Ganze mit einem Nonserver-System, dessen Geschwindigkeit um einen Tick über der Schneckenpost liegt.»

«Jetzt geben Sie an.»

«Ein bisschen vielleicht.» Seine Finger wirbelten über die Tasten wie die eines Klaviervirtuosen. «Jetzt gehen wir zur Federal Reserve Bank in Atlanta. Und … drin. Deren Computer befolgt brav alle Anweisungen. Wir lassen ihn jetzt den Mainframe der Hayek Group anrufen.» Einen Augenblick später erschien auf dem Display das Hayek-Logo, ein goldener Phönix, der sich aus den Flammen erhob. «Ich habe oft gedacht, es wäre eine nette Geste gegen die Menschheit, wenn ich dieses Logo verändere – in einen Aasgeier, der auf einem Kadaver hockt.»

Jackie beugte sich vor, um sein Gesicht besser sehen zu können. «Warum hassen Sie ihn?»

«Vermutungen hauptsächlich.» Er streckte die Hand aus. «Geben Sie mir den Code.»

Sie faltete Erics Zettel mit dem Passwort auseinander. «Nur Vermutungen?»

«Bis jetzt, ja. Vielleicht können wir das ändern.» Er gab den Code ein. «Wir sind drin.»

«Was ist, wenn sie diese Verbindung überwachen?»

«Darum haben wir Vorsichtsmaßnahmen ergriffen. Diese Verbindung nennt man Flash Link; es ist absolut unmöglich, sie unbemerkt aufzuspüren. Wenn sie uns jagen, hat der Computer bei der Fed in Atlanta Anweisungen, die ich ihm bei einem früheren Besuch eingegeben habe. Er wird die Verbindung unverzüglich trennen und alle Dateien, die damit zusammenhängen, löschen.» Er tippte schneller, als er sprechen konnte. «Die gute alte Drohne.»

«Erzählen Sie mir von sich und Hayek.» Als er einfach weiterarbeitete, drängte sie: «Das ist sehr wichtig, Colin.»

«Ich habe Lisa Wrede auf einer Tagung über Computersicherheit kennen gelernt. Sie war Researcherin in der Library of Congress. In ihrer Freizeit hat sie für Sant'Egidio gearbeitet. Auf Nabil Saads Bitte fing sie an, über internationale Hedgefonds und Devisenhändler zu recherchieren. Als sie erfuhr, dass ich für Hayek arbeitete, wollte sie Schluss machen. Vielleicht hätte ich sie gehen lassen sollen. Das Leben wäre viel, viel leichter gewesen. Aber es war zu spät.» Seine Stimme wurde matt. «Wir haben uns nur noch gestritten. Sie warnte mich unentwegt, ich würde verbrennen, wenn ich so dicht am die Flamme kreiste. Aber ich war zu heiß auf dieses Leben und das Geld und den Kick. Und am Ende war sie diejenige, die dafür bezahlt hat.»

Colins Finger wurden langsamer und hielten dann inne. «Sie haben sie vom Dach gestürzt. Hayeks Leute. Und es war meine Schuld.»

«Das können Sie nicht wissen.»

«Ich war es, der die geheime Datei namens Tsunami als Erster erwähnt hat.» Er zwang sich, den Zettel in die Hand zu nehmen und weiter zu tippen. «Wir sind drin.»

Sie rückte nah genug heran, um den Bildschirm und seine starre Selbstbeherrschung zu sehen. «Es tut mir Leid wegen Ihrer Lisa.»

«Danke.» Eine Ader an seinem Hals pulsierte im Takt ihres eigenen rasenden Herzschlags. «Jetzt wollen wir uns aber auf den Angriff konzentrieren, ja?»

65

Dienstag

Hayeks Sekretärin hatte schon Feierabend gemacht, als Jim Burke an seine Tür klopfte. Von drinnen war nichts zu hören. Er ging hinein und fragte sich, was er vorfinden würde. Im Handelsraum herrschte frenetische Aktivität, aber hier oben wirkte die Luft immer irgendwie rein, als habe der King eine Möglichkeit gefunden, den Schweiß und die Angst herauszufiltern. Heute jedoch war es anders. Die Luft roch nach einem Staub, der so fein war, dass er seine Zunge überzog, ehe er sprechen konnte. «Haben Sie einen Augenblick Zeit?»

Hayeks Haltung war wie immer. Er stand am Fenster hinter seinem Schreibtisch und betrachtete ein Panorama, das an jedem anderen Tag prachtvoll gewesen wäre. Der steinerne Hof glitzerte vom Regen. Der See in der Mitte schimmerte. Der Himmel war tiefgrau; nur durch einen Spalt im Westen bohrten sich die Strahlen der Sonne. Dort standen die Wolken in Flammen, und alle Tropfen, die das Licht erfasste, verwandelten sich in Feen, die zur Musik des Donners tanzten. Hayek sagte kein Wort; er machte nur eine winzige Handbewegung, mit der er Burke hereinwinkte.

«Ich habe etwas für Sie.» Eine merkwürdige Wortwahl. Als ginge es um einen Dolch in Geschenkverpackung. Er winkte den beiden Leuten im Vorzimmer. «Kommen Sie herein.»

Hayek straffte sich, als der Trader aus San Francisco eintrat. Ankers gewohnheitsmäßig spöttisches Lächeln hatte etwas Aufgesetztes. Hinter dem Trader schlüpfte der Sicherheitschef ins Zimmer und verzog sich in eine Ecke. Trotz seiner Größe konnte Dale Crawford sich mit der Verstohlenheit eines Meuchelmörders bewegen.

Hayek deutete mit dem Kopf auf Anker. «Ich habe strenge Anweisung gegeben, das gesamte Team zu isolieren.»

«Ich habe ihn gebeten, herzukommen. Es ging nicht anders.» Burke wartete, aber die eisige Wut, mit der Hayek auf jeglichen Widerspruch reagieren konnte, kam diesmal nicht auf. Burke sah den Trader an. «Erzählen Sie.»

«Wir haben tagelang versucht, in Colin Readys System einzudringen. Aber seine Firewalls sind zu gut. Von außen sind wir nicht hineingekommen.»

«Was soll dieser Unsinn? Sie bringen mir diesen Mann her, damit er mir erzählt, dass einer der Leute, die für die Computersicherheit verantwortlich sind, seine Arbeit tut?»

Burke zögerte. Nicht wegen der Nachrichten, die er selbst zu überbringen hatte, sondern wegen Hayeks Reaktion. Der kläffende Ton war da, aber nicht das Feuer. Sein Tradergespür sondierte die Veränderungen bei dem Mann und in der Atmosphäre. Und fand die einzig mögliche Erklärung. «Sie wissen es schon?»

«Was gibt es denn zu wissen? Dass Colin Ready als Spion arbeitet? Darüber haben wir längst geredet. Dachten Sie, die Brasilianer und die Russen und die Japaner geben uns einfach so ihre Milliarden?»

Aber da war noch mehr. Burke sah, wie Hayek in sein graviertes goldenes Etui griff und eine Zigarre herausholte, und wusste, dass der Mann etwas brauchte, das seine zitternden Finger festhalten konnten. Zum ersten Mal, seit er Hayeks Welt betreten hatte, bekam Burke Angst. Er wandte sich an Anker. «Sagen Sie es ihm.»

Anker schluckte so angestrengt, dass Burke es hören konnte. «Colin Ready ist heute früh verschwunden.»

«Gleich nach der Sache mit dem jungen Trader», ergänzte Burke.

«Wir haben seine Passwörter umgangen und sind über sein eigenes System eingedrungen», berichtete Anker. «Wir haben Stunden gebraucht, aber schließlich hat es geklappt. Wir fanden eine Message von Jackie Havilland. Sie behauptet, sie hat den Zugangscode von einem unserer Trader.»

«Ich habe das System bereits abgeschaltet», sagte Burke. «Wir wissen nicht, wie lange sie drin waren oder ob sie überhaupt hereingekommen sind. Aber jetzt kann nichts und niemand mehr herein. Heute Abend werden wir das gesamte System neu konfigurieren. Morgen früh bekommt jeder ein neues Passwort.»

Hayek griff nach seinem schweren Tischfeuerzeug und veranstaltete ein umständliches Ritual; er zündete seine Zigarre an, inspizierte die glühende Spitze und blies Rauch von sich, wieder und wieder, stundenlang, wie es Burke erschien. Schließlich schaute er Anker zum ersten Mal an. «Kein Wort davon zu niemandem.»

«N-nein, Sir. Nicht im Traum würde ich ...»

«Verschwinden Sie.» Mit einer stechenden Bewegung seiner Zigarre hielt er Burke an seinem Platz. Als Anker gegangen war, fuhr er fort: «Haben Sie die Meldungen bereit?»

«Ja.»

«Lancieren Sie sie, wenn die Morgenzeitungen schon gedruckt werden, aber rechtzeitig für die Fernsehnachrichten. Die werden sich auf die Gelegenheit stürzen, eine so gewaltige Story vor den Zeitungen zu veröffentlichen.» Er warf einen Blick in die Ecke zu Crawfort. «Sie haben die Adresse der Frau?»

«Ja», sagte Crawford. «Habe nur auf grünes Licht von Ihnen gewartet.»

«Dann los.»

«Ich möchte mitgehen», sagte Burke. «Ich möchte sehen, wie Colin und diese Havilland bezahlen.» Als Hayek nicht antwortete, fuhr Burke sich mit der Zunge über die Lippen und kostete noch einmal von der dünnen Luft. Er fand keinen Trost darin, keine Beruhigung. «Sie hatten die ganze Zeit Recht. Die Frau war Gift.»

66

Dienstag

Als sie im Wagen saßen, sagte Burke: «Geben Sie mir eine Pistole.»

Crawford schaute herüber und schenkte ihm sein patentiertes kleines Lächeln, ohne etwas zu sagen. Er war ein seltsamer Mann, und seine Bewegungen waren so gedämpft wie seine Stimme. Durch nichts aus der Fassung zu bringen, beobachtete er die Welt mit der Häme eines Menschen, der schon alles gesehen und getan hat.

«Was denn, glauben Sie, ich kann damit nicht umgehen?» Nicht nur die Hitze schlug sich auf Burkes Magen. Alles, was Hayek Angst machte, brachte sein eigenes Universum bedrohlich ins Wanken und musste unverzüglich eliminiert werden. «Ich will …»

«Interessiert mich nicht, was Sie wollen.» Crawford lenkte den unauffälligen Chevy in eine belebte Tankstelle und schaltete den Motor ab. «Pistolen sind dazu da, Statements abzugeben. Pistolen hinterlassen Botschaften.»

«Das wollen wir doch.»

«Ich war da, genau wie Sie. Ich habe nicht gehört, dass der Mann etwas von Statements gesagt hätte. Werden Sie mir jetzt nicht superschlau. Haben Sie gehört?»

«Aber diese Leute sind eine echte Gefahr.»

«Das sind sie doch alle.» Crawford stieg aus. Er wollte davongehen, aber dann beugte er sich noch einmal herunter. «Versuchen Sie daran zu denken, dass das hier nur ein Job ist. Nichts weiter. Dann kann nichts passieren.»

Burke sah Crawford nach, als er die Tankstelle betrat, und erinnerte sich an das letzte Mal, als er ihn in Aktion gesehen hatte. Damals war Burke gegen Hayeks Wunsch mitgegangen, ohne selbst genau zu wissen, weshalb er dabei sein wollte. Genau genommen war ihm nicht einmal klar gewesen, warum Hayek überhaupt auf der Sache bestanden hatte. Aber als er die Anweisung an Crawford übermittelt hatte, hatte er sie um die Lüge ergänzt, dass Hayek ihn als Zeugen dabei haben wollte. Crawford hatte wie immer schmallippig gelächelt, aber nichts weiter gesagt. Hatte Burke das Gefühl gegeben, er wisse besser als dieser selbst, was in seinem Kopf vorging.

An diesem Tag hatte die alljährliche Demonstration gegen IWF- und Weltbankkongresse in Washington zum dritten Mal stattgefunden. Wie vorhergesagt, hatte sich der Protest diesmal sehr viel erfolgreicher gezeigt als bei den vorhergehenden Gelegenheiten. Sie hatten die Frau aufgegriffen, als sie an diesem frostigen Frühjahrsmorgen ihre Wohnung verlassen hatte, und das Verkehrschaos in der City als Tarnung genutzt, um in die verlassene Tiefgarage eines Hotels in der Stadtmitte zu fahren, in dem Crawford ein Zimmer gemietet hatte. Vom Dach aus hatten sie zugesehen, wie die Stadt sich in ein sechs Meilen langes Straßenfest verwandelt hatte. Die Polizei hatte den strengen Befehl, das Ganze halbwegs unter Kontrolle zu halten, ohne Gewalttaten zu provozieren, wie sie in Seattle so viel internationales Aufsehen erregt hatten.

Die Demonstration war um die Ecke gebogen, wo Lafayette Park an die Sixteenth Street grenzte. Dort hatten die Anführer begonnen, den Protest anzuheizen und die Lautstärke aufzudrehen. Burke hatte in einigem Abstand dagestanden, sich am Geschehen geweidet, zugeschaut, gelernt. Jetzt erst war ihm aufgefallen, dass Crawfords Augen von einem verwaschenen Braun waren, als geize der Mann sogar mit Farbe. Sein Lächeln war das Schlimmste an ihm.

Und jetzt lächelte Crawford, als er die Frau am Rand des Daches festhielt. Da, wo Burke stand, konnte er die Menge unten hören, aber nicht sehen; die Dachkante ragte so weit vor, dass sie ihm den Blick nach unten versperrte. Für eine Frau am Rande der Vernichtung hatte Lisa Wrede eine bemerkenswerte Haltung gezeigt. Sie hatte sich geweigert, einem von ihnen ins Gesicht zu sehen; stattdessen hatte sie in den Himmel gestarrt, und zwar mit einer Intensität, bei der es Burke aus irgendeinem Grund geschaudert hatte.

Die Protestversammlung jubelte dem Sprecher mit dem Megafon zu. In dieser Höhe zerriss das Geschrei die kühle, frische Luft und verlieh den Ereignissen des Tages zusätzliche Wucht. Trommeln, Schreie und Pfiffe verschmolzen krachend miteinander, als kauere da unten eine wilde Bestie in dem engen Steincanyon, die brüllend ihre nächste Mahlzeit forderte.

Crawford warf Burke einen Blick zu und sprach zum ersten Mal mit ihm. «Treten Sie noch ein Stück zurück. Wir wollen ja nicht, dass die Hippies da unten irgendetwas anderes sehen als unsere Missy hier.»

Dann packte er eine Ecke des Klebstreifens, mit dem er ihr den Mund verschlossen hatte. Burke hörte das reißende Geräusch und sah, wie Lisa Wrede zusammenzuckte. Aber sie gab keinen Laut von sich, als habe sie so profane Dinge wie einen vorübergehenden Schmerz längst hinter sich gelassen.

Crawford schnitt die Handfesseln durch und packte sie dann fest bei den Armen. Er straffte sich, und jeder Muskel spannte sich hart bis hinauf zu den Sehnen an seinem Hals.

Lisa Wrede starrte weiter zum Himmel hinauf, als sei sie fasziniert von den Wolken dort oben.

Der Mann schob sich so nah an sie heran, dass sein pockennarbiges Grinsen ihr Blickfeld ganz ausfüllte. «Jetzt sei ein braves Mädchen. Zeig uns, wie du schreien kannst.»

Sie blinzelte einmal und richtete den Blick wieder zum Himmel. Und dann sprach sie mit dünner Stimme. «O Gott, du bist mein Gott.»

Bei diesen Worten war es, als bekomme Crawford Krämpfe, und er schien eher zurückzufahren, als sie von sich zu schleudern. Lisa Wrede flog über die Dachkante.

Burke fühlte sich nach vorn gezogen. Mit einem kurzen Blick erfasste er dort unten eine wahrhaft riesenhafte Menge. Dann wurde Lisa Wrede von sanften Fingern aus Luft und Wind erfasst und gedreht, sodass sie den Himmel noch einmal sehen konnte. Ihre Kleider breiteten sich um sie herum aus wie die Schatten unsichtbarer Flügel.

Burke sah zu, wie Crawford zwei Fünf-Gallonen-Kanister Benzin in den Kofferraum stellte. Dann fuhr der Security-Chef scheinbar ziellos durch die Gegend, ehe er an einer zweiten, ebenso belebten Tankstelle anhielt. Als Crawford mit zwei weiteren vollen Benzinkanistern zum Wagen kam, stieg Burke aus. Crawford hob die Kanister in den Kofferraum und sagte nur: «Viele alte Häuser da in Winter Park. Nichts brennt so schnell wie trockenes Zypressenholz.»

Burke schwieg und schaute wie gebannt auf das, was sonst noch im Kofferraum lag. In einer schmalen Lederhülle steckte ein Präzisionsgewehr mit einem Langstreckenzielfernrohr, und aus einer Wolldecke ragten drei Axtstiele hervor. Crawford lächelte ihn wieder schmal und wissend an. «Kann nicht schaden, auf alles vorbereitet zu sein.»

Sie parkten in der Straße, in der Jackie Havilland wohnte. Es hatte für den Augenblick aufgehört zu regnen. Die ganze Welt roch nach kühler, nasser Erde. Crawford ging zielsicher um das Haupthaus herum und den Kiesweg hinauf. Mit einer Handbewegung wies er Burke an, neben dem Kies auf dem Rasen zu laufen, damit man ihre Schritte nicht hören konnte.

Burke blieb neben ihm stehen und spähte hinauf zu dem Apartment über der Garage. Aus allen Fenstern fiel helles Licht. Deutlich waren zwei Stimmen zu hören, eine männliche und eine weibliche. Ein junger Mann rief ein einzelnes Wort. «Erstaunlich!» Es genügte, um ihn als Colin Ready zu identifizieren. Burke ging auf die Treppe zu.

Crawford hielt ihn mit eisernem Griff zurück. Dann ging er hinüber, trat vorsichtig auf die unterste Stude und stockte, als das alte Holz knarrte. Er wandte sich zu Burke um und hob warnend den Finger, bevor er in der Dunkelheit verschwand.

Als er gleich darauf zurückkam, trug er mit jeder Hand zwei Kanister. Als Burke ihm einen abnehmen wollte, schüttelte er den Kopf. Er ließ Benzin auf die Treppe schwappen, dann reckte er sich, so hoch er konnte, und stellte einen offenen Kanister auf eine Stufe. Als sie leise knarrte, starrten die beiden Männer zu der erleuchteten Fliegentür hinauf, aber sie sahen nur die vergilbte Decke. Die Stimmen drinnen schwatzten weiter.

Rasch goss Crawford eine Bahn aus Benzin rund um die Wände. Er spritzte die Flüssigkeit hoch an die beiden Remisentore, und dann ging er um die Ecke und goss den Inhalt des letzten Kanisters unmittelbar unter den kleinen Balkon. Burke nickte, als er erkannte, dass der Mann einen zweiten Flammpunkt unter der einzigen anderen Fluchtroute vorbereitete.

Crawford zog Burke zurück zur Treppe, griff in die Tasche und reichte ihm ein Streichholzheftchen. Der Mann stank nach Benzin. Burke würde das Feuer anzünden müssen.

Burkes Herz hämmerte so heftig wie nur jemals auf dem Handelsparkett. Ein ganz neuer Kick, der sich hier offenbarte. Er riss ein Streichholz an und warf es auf die Treppe.

Die Flammen loderten mit einem stillen kleinen wuuusch empor, einem winzigen Puffen nur, das Burke ebenso deutlich fühlte wie hörte. Keine Hitze, nur ein weiches Licht, das um den Schuppen herumtanzte und sich so mühelos bewegte, dass man kaum begriff, wie schnell die Flammen sich bewegten.

Crawford stieß ihn gegen die Schulter, deutete mit dem Finger in die Nacht, auf die Straße. Burke schüttelte den Kopf und wandte sich ab, um die Flammen zu beobachten.

Crawford packte ihn beim Arm und zog. Burke riss sich los, ohne das Feuer aus den Augen zu lassen.

Crawford zischte einmal, wandte sich dann ab und rannte los.

Einen Augenblick später hörte Burke einen Motor anspringen und Reifen knirschen. Aber er drehte sich nicht um. Schon wurden die Flammen so heiß, dass er sich in den Schatten zurückziehen musste, den die umstehenden Bäume jetzt warfen. Das Benzin aus dem Kanister an der Rückseite des Hauses explodierte mit gewaltigem Puffen. Flammen schossen über das Dach hinaus. Drinnen erhoben sich erschrockene Stimmen. Burke wich weiter unter die Bäume zurück. In der Ferne hörte er eine Sirene, dann noch eine. Er zog sich weiter zurück, aber nicht allzu schnell. Er stolperte über eine Wurzel und wäre beinahe gefallen. Und ließ das Apartment nicht aus den Augen. Wartete auf die Schreie.

67

Dienstag

Der Tag war so hektisch, dass Wynn nicht Schritt halten konnte, nicht einmal mit sich selbst. Radio, Fernsehen, Zeitungen, Illustrierte – er wies niemanden ab. Die ungewohnte Aufgabe schlauchte ihn, obwohl er nichts weiter zu tun hatte, als das, was er sich aus den Akten angelesen hatte, mit eigener Überzeugungskraft weiterzugeben. Carters Gesicht war sorgenvoll, und die übrigen Mitarbeiter beäugten ihn ehrlich beunruhigt. Er fasste es als Kompliment auf und kämpfte weiter.

Mehrmals an diesem Tag wurde er gefragt, ob er gegen das Gesetz verstoßen habe. Wynn wischte diese Fragen beiseite und bestand darauf, sich ausschließlich auf den Hutchings-Antrag zu konzentrieren. Zu seiner Überraschung beließen sie es dabei, sodass er den Eindruck hatte, als verfolgten sie lediglich ein nicht weiter erhärtetes Gerücht. Bis jetzt. Den ganzen Nachmittag über wartete er auf das Cruise-Missile, das sich nicht mehr würde ablenken lassen.

Aber als Kay um halb sieben anrief, war es immer noch nicht gekommen. «Sie haben sich wohl überlegt, dass heute ein guter Tag zum Sterben ist, ja?»

«Ich tue nur meinen Job.»

«Ihr Job», antwortete sie, «besteht nicht darin, dass Sie sich Ihr eigenes Grab schaufeln und Reporter zu Sargträgern machen.»

«Ich habe heute Morgen den Parteivorsitzenden gehört, genau wie Sie.»

«Und?»

«Die Angelegenheit ist jetzt so heiß, dass irgendjemand den Kopf dafür wird hinhalten müssen. Also stelle ich mich auf den Sockel, damit alle ein leichtes Ziel haben.»

«Zum ersten Mal in meinem Leben weiß ich wirklich nicht, was ich sagen soll», erklärte Kay.

Wynn brachte ein Lächeln zustande. «Ich habe auch nicht geahnt, dass es so anstrengend sein könnte, mich als Zielscheibe anzumalen.»

«Hören Sie, warum kommen Sie nicht heute Abend herüber zu Graham und Esther und geben mir noch eine Chance, die richtigen Worte zu finden und Ihnen zu danken?»

Er lächelte immer noch, als Carter die Tür öffnete und fragte: «Sind Sie für das FBI zu sprechen?»

«Einmal noch, und dann ist Schluss. Ich muss mich eine halbe Stunde aufs Sofa legen.» Er griff nach dem Telefonhörer. «Wynn Bryant.»

«Agent Welker, Congressman. Wir haben uns nach der Überführung Ihrer Schwester erkundigt. Wie es aussieht, werden sie die sterblichen Überreste irgendwann nächste Woche freigeben. Präziser können es unsere Leute in Kairo nicht in Erfahrung bringen, sagen sie.»

Wynn rieb sich das Gesicht. Überreste. «Danke.»

«Ich kann Ihnen gar nicht sagen, wie Leid es mir tut. Ich

wollte Sie nur wissen lassen, dass wir weiter am Ball bleiben.»

«Ich verstehe.»

«Darf ich Sie mit noch etwas anderem belästigen?»

«Jeder andere hat heute auch schon zuschlagen dürfen. Also machen Sie schon.»

«Ich habe von unserem Freund bei der Bundesbank gehört, dass die Hayek Group unglaubliche Dollarpositionen aufgebaut hat. Er hat Berge von Dollars gekauft.»

«Aber Sie können ihn nicht verhaften?»

«Dollars zu besitzen ist nicht illegal, soweit ich weiß. Wir haben uns nur gefragt, ob Ihre V-Frau etwas für uns hat.»

«Sie ist keine V-Frau, und ich kann sie nicht erreichen.»

«Wenn Sie wollen, schicken wir zwei Agenten bei ihr vorbei, damit sie nachsehen, ob alles okay ist.»

Nach kurzem Zögern entschied Wynn, dass es Zeit für drastische Maßnahmen war. «Sie heißt Jackie Havilland.» Er las ihre Adresse und ihre Telefonnummern vor. «Sagen Sie mir Bescheid, wenn Sie etwas erfahren haben?»

«Sobald wir etwas wissen, melde ich mich.»

In einer fließenden Bewegung streifte Wynn Jackett und Krawatte ab und streckte sich auf dem Sofa aus, wohlig umgeben von den Geräuschen aus seinem Büro, das langsam zur Ruhe kam. Leute redeten, Telefone klingelten ein letztes Mal, jemand meldete sich mit seinem Namen. Die Geräusche gaben ihm Substanz und einen Ort, an den er gehörte. Zumindest noch für ein paar Tage.

Er hatte nicht das Gefühl, wirklich einzuschlafen. Er wusste die ganze Zeit, wo er war – dass er auf dem klumpigen Ledersofa lag und die glatte Armlehne hart am Hinterkopf spürte. Er fühlte sogar, wie seine Brust sich hob und senkte. Aber nach und nach legte sich eine Patina auf ihn, das gleiche trockene Gelb, das die Fenster in der Botschaft in Kairo verfärbt hatte.

Die Szene entfaltete sich weniger vor seinen geschlossenen Lidern, als vielmehr über all seine anderen Sinne hinweg. Er lauschte und hörte, wie der Wind allmählich zunahm, bis er in seinem Büro ebenso laut heulte wie auf der Rückfahrt durch die Westliche Wüste. Der Sturm peitschte seine Haut. Gelb und ockerfarben brüllte der Sturm dicht über ihm.

Er wurde immer stärker, wurde zu einem kreischenden Klagelied, heulte schluchzend Worte, die er beinahe verstehen konnte. Die Totenklage der Wüste drang ihm in die Nase, bedeckte seinen Körper mit eingetrockneten Tränen. Der Druck auf seiner Brust nahm zu, bis er kaum noch atmen konnte. Er wollte sich wehren, aber er wurde niedergepresst, gefangen, unfähig, sich zu bewegen oder wenigstens zu weinen. Während er noch dalag und wünschte, er könnte die Kraft finden, sich vor dem Sturm in Sicherheit zu bringen, fühlte er ein flüssiges Rot brennend auf seinen Händen. Die glühenden Flammen liefen an seinen Armen entlang, über seine Brust, sein Gesicht, seine Augen, sein Herz.

«Wynn?»

Er schrie auf – so kam es ihm wenigstens vor – und saß aufrecht, noch ehe seine Augen ganz offen waren. Carter stand in der offenen Tür und betrachtete ihn sorgenvoll. «Sind Sie sicher, dass Sie es noch schaffen, bei den Hutchings vorbeizufahren?»

Statt zu antworten, stand er auf, zog sein Jackett über, stopfte sich die Krawatte in die Tasche und strich sich über die Ärmel. Klopfte nicht Staub herunter, sondern den Nachhall seines Traums, der dort noch hing. Als das nichts half, winkte er Carter, vorauszugehen. Fand sich mit der Tatsache ab, dass er das Blut seiner Schwester nie würde abwaschen können.

Die Taxifahrt kam ihm endlos vor. Carter sprach ein paar Mal zu ihm, aber seine Worte verloren sich in einem Wind, der immer noch drohend flüsterte. Bei jedem Lidschlag spürte er, wie der Wüstenstaub auf seinen Augäpfeln knirschte, seine Sicht trübte und ihm den Atem nahm.

Als Esther ihnen die Tür öffnete, schob er sich an ihrem Lächeln und ihrem Willkommensgruß vorbei und betrat das überfüllte Wohnzimmer. Mindestens ein Dutzend Leute waren da; viele von ihnen kannte Wynn aus den Ausschusssitzungen. Grahams Rollstuhl stand an seinem gewohnten Platz, und auf dem Sofa daneben sah man noch eine Mulde, wo Esther gesessen hatte. Wynn ging hinüber und setzte sich

Aus der Nähe sah Graham wirklich verwüstet aus. Aber seine Augen leuchteten heller als alles an diesem Tag. Esther setzte sich neben Wynn und schob ihm eine Schachtel Papiertücher herüber. «Man muss ihm damit manchmal das Gesicht sauber wischen. Das Schlucken macht ihm solche Mühe.»

Auf dem Sofa gegenüber saß Kay, umgeben von Beamten und Mitarbeitern. Als Wynn hinüberschaute, fragte sie: «Alles in Ordnung mit Ihnen?»

«Ja.»

«Ich habe auf dem Weg hierher eins Ihrer Interviews gehört. CBS hat es als Aufmacher benutzt – das und die explosionsartige Entwicklung der Finanzmärkte. Der Bankensprecher hat Sie für praktisch alles außer der Beulenpest verantwortlich gemacht. Im Vergleich dazu klangen Sie sehr solide. Sehr vernünftig.»

Eine junge Frau, die auf einem der Esstischstühle saß, meinte: «Wenn ich das alles richtig interpretiere, Senatorin, dann sollten wir sie frontal angehen, meine ich. Sollten erklären, dass es die Devisentrader der Hedgefonds und der Private Equity Fonds sind, die die finanzielle Gesundheit unseres Landes in Gefahr bringen. Nicht wir.»

«Nein», sagte Carter. «Das alles interessiert den Durchschnittsbürger nicht. Unsere einzige Hoffnung besteht darin, dass wir etwas finden, womit wir der ganzen Sache ein Gesicht geben können, das die Leute erkennen. Eine Bedrohung, auf die sie deuten können und bei der sie sagen, das könnte mich teuer zu stehen kommen.»

«Einmal abgesehen von einer schweren Rezession», sagte Kay. «Oder einem Zusammenbruch des Bankensystems. Diese beiden Möglichkeiten sollten wir vermeiden.»

Wynn richtete seine Aufmerksamkeit wieder auf den Mann im Rollstuhl. Graham streckte die bewegliche Hand aus, ein bebendes Blatt, das gegen seine eigenen Stürme zu kämpfen hatte. Wynn nahm sie sehr behutsam und ließ seine eigene Hand auf die Armlehne des Rollstuhls ziehen. Unter Grahams Haut konnte er jeden Knochen fühlen. Aber an der Seite dieses Mannes, der kaum mehr tun konnte, als dazusitzen und darauf zu warten, dass der Tod zum letzten Schlag ausholte, fand Wynn Frieden. Der Zorn des Windes verstummte. Er konnte das Leid herunterschlucken, das aus all seinen nichtswürdigen Tagen geboren war, und wieder frei atmen.

Das Telefon klingelte. Esther stand auf und ging hin. Gespräche kreisten durch den Raum. Vor dem Fenster leuchteten winzige Lichter in der Nacht; sie kamen, trotzten der Dunkelheit eine Weile und verschwanden wieder. Wynn blieb, wo er war, und lauschte den Lektionen, die der alte Mann unausgesprochen ließ.

«Wynn?»

Esther stand vor ihm, das Telefon mit beiden Händen an die Brust gepresst. «Es ist etwas Schreckliches passiert.»

68

Dienstag

«Unsere Agenten haben das Haus gefunden, weil das Feuer im Regen so hell leuchtete.» Agent Welker klang düster wie die Neuigkeit, die er überbrachte. «Die alte Bude hat gebrannt wie eine Fackel. Der Regen zischte nur so auf dem Dach. Die Ortspolizei hat einen einzelnen Mann festgenommen, der einen Chevy mit gestohlenen Nummernschildern fuhr. Roch, als hätte er in Benzin gebadet. Und hatte ein stattliches Arsenal im Kofferraum. Wollte sich nicht ausweisen. Sie halten ihn wegen Verdachts auf Brandstiftung fest.»

Das Zimmer um ihn herum bestand nur aus Augen. «Was ist mit Jackie?»

«Tut mir Leid, Congressman. Tut mir wirklich Leid. Die Agenten haben versucht, die Treppe hinaufzukommen. Aber es war wie im Hochofen. Es sind tüchtige Männer, glauben Sie mir; ich habe mich erkundigt. Wenn sie sagen, sie haben es versucht, dann haben sie es auch getan.»

Ein Trillern ertönte in seiner Jacke, die über der Sofalehne hing. Wynn machte eine Handbewegung: Jemand sollte sein Telefon herausholen. Carter begriff als Erster. «Ich verstehe.»

«Anscheinend hörten die Agenten Musik und, wie sie glauben, auch eine Stimme. Aber wer wirklich da drin war, werden wir erst wissen, wenn die Feuerwehr die Asche untersucht hat.»

Carter kam herüber. «Das ist Jackie.»

Der Agent hörte es. «Sie haben die Frau auf einer anderen Leitung?»

«Moment», sagte Wynn und wechselte die Telefone. «Bist du okay?»

«So gerade. Wir hätten fast einen Herzinfarkt gekriegt. Wir

saßen da und arbeiteten und kümmerten uns um nichts anderes, und plötzlich: Puff! Das ganze Haus ging hoch wie eine Bombe.»

Jackie klang nicht im Geringsten beunruhigt. Im Gegenteil, wenn Wynn ihren Tonfall hätte beschreiben müssen, so hätte er ihn begeistert genannt. «Wo bist du?»

«Oben bei Millicent Kirby, im ersten Stock. Wir wollten in ein Hotel gehen, aber Millicent will ihr Haus nicht verlassen. Wir wussten, dass sie uns bemerkt hatten, als sie die Verbindung zu Hayeks Mainframe unterbrachen. Aber da hatten wir schon genug Material. Fast alles, genau gesagt. Colin hat eben riesige Dateien auf den Bildschirm geholt. Seitdem versuchen wir eigentlich bloß noch herauszukriegen, was es eigentlich ist, was wir da vor uns sehen.»

«Ich verstehe kein Wort, Jackie.»

«Colin ist ein Genie. Er hat mein Telefon so verdrahtet, dass es über meine Stereoanlange lief, wir haben alle Lampen angelassen, und dann haben wir hier bei Millicent gearbeitet und über sein Handy die Nummer meines Apartments angerufen. Hinten auf der Veranda konnten wir uns selbst reden hören. Genial.» Sie hustete. «Millicent war seit zwanzig Jahren nicht mehr hier oben. Wir haben stundenlange Niesanfälle gehabt. Hier stinkt's nach Schimmel und Katzenpisse, und wir kriegen das Fenster nicht auf. Grässlich.»

«Kenne ich diese Frau?»

«Sie ist meine Vermieterin. Komplett verrückt. Aber ein Schatz.» Hinter Jackie sagte jemand etwas. Anscheinend musste sie ein Lachen unterdrücken, als sie weiterredete. «Colin sagt, ich muss jetzt weiterarbeiten. Kümmere dich nicht um mich. Ich bin ganz aus dem Häuschen, weil ich nicht zur Knusperschwarte verschmort bin. Gar nicht zu reden von dem, was wir hier entdeckt haben.»

Das Telefon in Wynns anderer Hand begann wütend zu

krächzen. «Moment», sagte Wynn, hob es an sein anderes Ohr und fragte: «Fragen Sie Ihre Agenten, ob da eine Frau namens Kirby nebenan wohnt.»

«Hier sind mehrere Straftaten verübt worden», sagte Welker gepresst, «und Sie wollen Fragespielchen spielen?»

«Das ist Jackies Vermieterin. Jackie sagt, sie versteckt sich dort mit jemandem namens Colin im Obergeschoss.»

«Mit wem?»

«Ich habe keine Ahnung. Ach, und sagen Sie Ihren Leuten, diese Kirby ist anscheinend nicht ganz dicht.»

Ein kurzes Schnauben. «Warum sollte sie anders sein als der Rest?»

Wynn sprach wieder in sein Handy. «Was habt ihr herausgefunden?»

«O Mann», sagte Jackie. «Das ist so wunderbar. Wirklich wunderbar.»

69

Mittwoch

Wynn wartete bis fünf Uhr am nächsten Morgen, ehe er Gerald Bowers von der Federal Reserve Bank weckte. So lange hatten Jackie und Colin gebraucht, um das Datenmaterial zu sichten und etwas daraus zu machen, was sich verwerten ließe. Etwas, das sie den Leuten zeigen konnten, um sie davon zu überzeugen, dass sie nicht einfach ein Haufen Spinner waren. Dazu kam eine halbe Stunde, die sie gebraucht hatten, um das Ganze in so einfache Worte zu fassen, dass Wynn und Kay und Carter es auch verstanden.

Aber als er den Bundesbanker an der Leitung hatte, starrte Wynn auf die Seiten, die da vor ihm lagen, als enthielten sie die Keilschrift einer außerirdischen Rasse. Als er Bowers geweckt hatte, sagte er deshalb nur: «Sir, ich habe Grund zu der Annahme, dass heute Morgen ein Angriff auf das nationale Finanzsystem unternommen werden soll.»

«Das passiert jeden Tag um neun, Congressman.» Das Krächzen des Mannes passte vollkommen zu seiner Erscheinung. «Wenn in der Wall Street die Glocke geläutet wird.»

«Nein, Sir. Es ist etwas anderes. Das denken wir zumindest. Oder dachten wir.» Wynn warf einen hilflosen Blick durch das Zimmer. Das Wohnzimmer der Hutchings sah noch ungefähr genauso aus wie bei seiner Ankunft. Graham lag nebenan im Bett, aber als Wynn das letzte Mal nach ihm gesehen hatte, waren die Augen des alten Mannes offen und hellwach gewesen. Ein Mitarbeiter war der Müdigkeit erlegen und schnarchte auf dem Boden neben Grahams Bett. Die Tische waren übersät von Papieren und Kaffeetassen. «Kann mir hier mal jemand helfen?»

Carter lächelte nur. Kay beobachtete ihn mit der grimmigen Zufriedenheit, mit der man zur Kenntnis nimmt, wie ein Knabe zum Mann wird. «Sie machen das prima.»

«Dreißig Sekunden», knurrte Bowers schließlich. «Dann lege ich auf, aber nur, um Welker anzurufen, damit er Sie in einen Käfig sperrt.»

«Zu spät. Welker sitzt in dem FBI-Jet, den sie hinuntergeschickt haben, um Jackie und Colin abzuholen.»

«Wen?»

«Sie dürften gegen sieben auf dem National Airport landen», sagte Wynn. «Warum kommen Sie nicht hin? Lassen sich alles aus erster Hand berichten.»

«Und warum um alles in der Welt sollte ich das tun?»

«Weil», verkündete Wynn, «weil sie Tsunami gefunden hatten.»

Der Regen hörte mit der Morgendämmerung auf. Nicht, dass Jackie weiter darauf geachtet hätte. Ein Konvoi von drei FBI-Fahrzeugen stand in Millicents Vorgarten. Zwei Männer mit Schrotgewehren standen zu beiden Seiten der Vorderveranda auf Posten. Welker wartete in der Diele, als erst Jackie, dann Colin das Bad im Erdgeschoss benutzten und unter einem Rinnsal von rostbraunem Wasser versuchten, Erschöpfung und Angst abzuwaschen.

Als Jackie aus dem hinteren Zimmer kam, klebte ihr nasses Haar an demselben Hemd, das sie am Tag zuvor getragen hatte. Und die ganze Nacht. Es war alles, was sie noch hatte. Alles andere war den lodernden Flammen im Garten zum Opfer gefallen. Aber Welker interessierte sich nicht im Geringsten für ihre Kleidung. Er sah auf die Uhr und wiederholte: «Wir müssen wirklich los.»

«Bin gleich so weit.» Jackie schlüpfte an dem Agenten vorbei und ging den Flur entlang nach hinten. Millicent war immer noch da, wo sie gewesen war, als die Agenten ihr Haus gestürmt hatten. «Werden Sie zurechtkommen?»

«Mrs Kirby wird nichts passieren», sagte Welker, der ihr nachgekommen war. «Wir werden ständig einen Agenten hier Wache halten lassen.»

«Mit Ihnen habe ich nicht gesprochen.» Jackie setzte sich neben Millicent und nahm ihre Hand.

«Ms Havilland, wir müssen unverzüglich los.»

Jackie massierte Millicents Hand und rutschte näher zu ihr, bis sie so nah wie möglich an das Zentrum ihres umherirrenden Blicks gerückt war. «Wissen Sie noch, wie Sie mir erzählt haben, Sie hätten Angst allein im Dunkeln? Der nette Mann da wird hier bleiben, damit das nicht nötig ist.»

Der Blick war so zersplittert wie das Sonnenlicht auf einem windgepeitschten Gewässer, aber die Stimme war ganz da. Leise, präzise und voller Angst. «Die werden mich in ein Heim stecken.»

«Nie im Leben.»

«Das wissen Sie doch nicht. Die werden mich beobachten, und sie werden sehen, was sie sehen wollen.»

«Millicent, schauen Sie mich an.» Jackie wartete, bis die Frau ihren Blick halbwegs unter Kontrolle hatte. «Wie fänden Sie es, wenn ich oben einziehe?»

Die zerbrechlichen Schultern hoben sich kaum merklich. «Sie wollen bei mir wohnen?»

«Nicht für immer. Ich weiß nicht, wo ich landen werde, wenn das hier vorbei ist, aber hier wird es wahrscheinlich nicht sein.» Jackie schob jeden Gedanken an eine Zukunft jenseits der nächsten paar Stunden beiseite. «Ich werde ein bisschen Geld bekommen. Das glaube ich wenigstens. Wir könnten ein paar Leute kommen lassen, die mir da oben ein kleines Apartment einrichten, das ich benutze, wann immer ich hier bin. Würde Ihnen das gefallen?»

Mit der freien Hand strich sich die winzige Frau die Haarsträhnen rechts und links von der Nase aus dem Gesicht. «Wir könnten die besten Freundinnen werden.»

«Genau.» Jackie stand auf, beugte sich über Millicent und küsste ihr den Scheitel. Ihr Haar fühlte sich an wie gesponnenes Glas. «Ich komme zurück, sobald ich kann.»

Sie wandte sich dem FBI-Agenten zu und nickte knapp. Welker hob das Handgelenk zum Mund und sagte: «Achtung. Es geht los.»

70
Mittwoch

Burke betrachtete die Morgendämmerung vor seinem Fenster. Mit der Nacht war auch der Regen vergangen, und die Sonne stieg in einen jungfräulichen Himmel hinauf. Er griff nach seinem Telefon und wählte Hayeks Privatnummer. Die Hand, die das Telefon hielt, stank nach Benzin und verkohltem Holz. Seit er zu Hause angekommen war, hatte er viermal geduscht und konnte es doch immer noch riechen.

Hayek selbst meldete sich. «Was gibt's?»

«Ich will mich nur vergewissern», sagte Burke, «dass ich weitermachen soll wie geplant.»

«Ja, Burke. Ich will, dass Sie genau das tun, was wir besprochen haben. Erledigen Sie die zwei Anrufe. Berichten Sie mir dann. Und sagen Sie mir jetzt genau, welchen Teil der Sache Sie nicht verstanden haben.»

«Aber Crawford ist nicht zurückgekommen. Vielleicht ist er verhaftet worden. Und wir wissen immer noch nicht, was Colin Ready hat stehlen können, und ob er…»

«Angst, Burke. Wenn Sie anfangen, den Lauf der Dinge in Frage zu stellen, dann denken Sie daran. Je größer ihr Schrecken, desto größer unser Gewinn.»

Die Worte waren dieselben, aber die Macht nicht mehr. Burke hatte das Gefühl, dass Hayek selbst nicht mehr so recht glaubte, was er sagte. «Tut mir Leid, ich weiß nicht…»

«Chaos. Aufruhr. Panik. Das ist es, worauf wir es abgesehen haben. Denken Sie immer daran. Unser Erfolg hängt nur von einem ab: vom Umfang der Panik des Marktes.» Als Burke nicht antwortete, fuhr Hayek fort: «Ein Krieg wird nicht nur durch Gewalt gewonnen. Sie müssen uns kommen hören wie Trommeln aus dem Urwald, und sie müssen fürchten, was sie weder sehen noch verstehen können. Auf diese Weise ist die Schlacht schon entschieden, ehe wir aufeinander treffen.»

Burke unterbrach die Verbindung. Mechanisch befolgte er Hayeks Anweisungen und versuchte das Argument zu ersticken, das er seinem Boss nicht vortragen konnte. Dass sie sich zu weit hinausgelehnt hatten, dass sie über dem Abgrund schwebten. Und das Unbekannte war immer noch da draußen, die Bedrohung immer noch nicht ganz gebannt.

Er wählte Thorson Fines' Privatnummer. Als der Mann sich meldete, sagte er: «Halten Sie sich bereit, weitere Dollar-Terminkontrakte zu kaufen.»

«Aber das neue Geld ist noch nicht da.»

«Es kommt.»

«Wann?»

«Heute Morgen.» Sobald die Märkte crashen, hätte Burke beinahe hinzugefügt. Aber es war nicht nötig, die Karten jetzt auf den Tisch zu legen. «Sobald der Markt öffnet. Fünf Milliarden fließen geradewegs auf Ihre Konten. Und denken Sie daran, benutzen Sie nur die Interbank. Kreditfinanzierung im vollen Umfang. Treiben Sie jede Kreditlinie auf das Maximum.»

Fines zögerte. «Es passiert also wirklich?»

Burke legte auf. «Das will ich hoffen», sagte er in das leere Büro.

Er schloss seine unterste Schublade auf und holte die geheime Akte heraus. Es war eher ein Pfeifen als eine Stimme, die sich meldete. «Harris, Devisen.»

«Burke hier.»

Schnelles Einatmen, dann: «Melde mich in fünf Minuten.»

«Schneller.» Aber der Mann hatte schon aufgelegt.

Als Burkes Telefon klingelte, atmete er ein paar Mal heftig durch, ehe er sich meldete. An und für sich war es kein großer Schritt, aber er hatte Angst. Wovor, konnte er nicht sagen. Er tat, was er immer getan hatte: Er befolgte die Anweisungen seines Herrn. Aber heute war das Fieber nicht dabei, und er sah seine Handlungen mit der kalten Klarheit eines Menschen, der völlig davon losgelöst war. Vielleicht auch eines Menschen, der schon verloren hatte. Trotzdem hatte er keine Wahl. Also sagte er einfach: «Ja.»

«Okay.» Die Atemlosigkeit ließ auf einen schnellen Spurt zu einem Münztelefon außerhalb des Gebäudes schließen.

«Grünes Licht.»

Das Atmen setzte kurz aus und ging dann weiter. «Grünes Licht?»

«Genau wie wir es besprochen haben.»

«Und das Geld?»

«Wie versprochen. Die zweite Hälfte kommt, sobald bestätigt ist, dass die Sache lanciert ist wie geplant.»

«Ich kann die Sachen nur schreiben und herausgeben; ich kann nicht dafür garantieren, dass die Presse oder das Fernsehen sie auch bringen.»

Burke wollte erwidern, dass er sich nicht wegen der Presse Sorgen machte, aber dann kam er zu dem Schluss, dass er diesen Umstand nun wirklich nicht hinausposaunen müsse. «Tun Sie, was Sie können.»

71

Mittwoch

Der FBI-Jet landete auf dem National Airport unter einem aus Blau und blassestem Gold gehämmerten Morgenhimmel. Auf dem Flug war Jackie zusammen mit Colin die Daten noch einmal durchgegangen und hatte sich so viel wie möglich ins Gedächtnis eingeprägt. Aber als sie jetzt sah, wie die Maschine von den Hauptterminals weg und auf einen Konvoi von dunklen Autos mit Männern in grauen Anzügen zu rollte, hatte sie Mühe, sich noch an ihren eigenen Namen zu erinnern.

Es war eine unbedeutende Hilfe, dass Wynn der Zweite war, der die Treppe heraufkam, gleich hinter dem FBI-Agenten, der sie begrüßte. Er umarmte sie heftig genug, um das Zittern ein wenig zu beruhigen, wenigstens für den Augenblick. «Alles okay?»

«Nein.»

«Du siehst fantastisch aus.»

«Nein, gar nicht. Ich trage seit sechsunddreißig Stunden dieselben Sachen, ich habe seit Rom keine Nacht mehr anständig geschlafen, und ich bin so voll von verkochtem Kaffee, dass sie mich ins Airportsystem einspeisen und die Landebahn mit mir beleuchten könnten.»

Die Kerbe an seinem Kinn wurde so tief wie mit der Axt geschlagen, so breit war sein Grinsen. «Ich glaube, damit bin ich selbst auch ziemlich gut beschrieben.»

Sie streckte die Hand aus und zog Colin nach vorn. «Das ist der Mann persönlich. Colin Ready, das ist Congressman Bryant.»

Der junge Mann stammelte: «Ich bin nicht sicher, dass ich auf das alles vorbereitet bin.»

Wynn nickte zustimmend. «Wer ist das schon?»

Eine Stimme von unten schrie: «Ich warte!»

Wynn verstaute sein Grinsen. «Achtung.»

Jackie schaute an ihm vorbei und sah einen Mann, neben dem Carter Styles ausgesehen hätte wie das Covermodel von Vogue. «Wer ist der Frosch?»

«Gerald Bowers von der Federal Reserve Bank.» Wynn nahm sie bei der Hand und führte sie die Treppe hinunter. «Die Sache läuft nicht so, wie ich gehofft hatte.»

Der Mann, der unten auf sie wartete, tanzte umher wie ein

Maikäfer auf einer Herdplatte. Er konnte nicht stillstehen, während er Jackie entgegenschaute, die auf ihn zukam. «Mal sehen, ob ich das jetzt richtig kapiert habe. Sie rufen mich mitten in der Nacht an, um mir zu sagen, dass ich das komplette Finanzsystem der Vereinigten Staaten abschalten muss – wegen ihr?»

«Wenn Sie nur einen Augenblick …»

«Moment, ich bin noch nicht fertig. Sie behaupten, Hayek will an unseren Finanzmärkten eine Kernschmelze auslösen, und Ihre einzige Grundlage für diese Behauptung ist ein Hacker und eine mickrige Angestellte, die gemeinsam eine schwere Straftat begangen haben, indem sie in das Tradingsystem eines Fonds eingedrungen sind? Woher zum Henker wollen Sie wissen, dass Hayek diese Daten nicht einfach als Köder ausgelegt und nur darauf gewartet hat, dass sie sich da reinschleichen und sie stehlen?» Bowers wäre an seiner Wut fast erstickt. Er brüllte: «Was immer diese Schakale im Kongress am Ende mit Ihnen anstellen werden, ist noch lange nicht genug!»

Jackie zog ihre Hand aus Wynns und trat dich an Bowers heran. «Wer von uns beiden mickrig ist, wäre wohl noch zu klären, Freundchen.»

Der Mann lief cholerisch rot an. «Junge Frau, bleiben Sie mir vom Leib, oder ich werde diese Agenten veranlassen, Sie mit dem örtlichen Justizvollzug bekannt zu machen.»

Sie trat noch dichter an ihn heran, sodass er gezwungen war, zu ihr aufzublicken oder zurückzuweichen. «Versuchen Sie diesen herablassenden Ton noch einmal, und ich erwürge Sie mit Ihrem Schlips.»

Bowers fuhr herum und starrte Wynn an. «Das ist Ihr Kontakt? Das ist die Starzeugin? Eine Frau ohne Referenzen, auf die Sie scharf sind?»

Jackie packte den kleinen Mann beim Revers und riss ihn

zu sich herum. «Wenn Sie es fertig bringen, für zwei Sekunden die Klappe zu halten und zuzuhören, dann könnten Sie vielleicht etwas erfahren, was Sie benutzen können!»

«Wollen wir uns nicht alle mal ein bisschen einbremsen?», schlug Wynn vor.

Jackie ignorierte, dass Bowers hilflos auf ihre Hand an seiner Jacke einschlug, und hielt ihn weiter fest. Als die Agenten auf sie zustürzten, sagte sie hastig: «Wir wissen, dass die Daten kein Köder sind, weil wir den Zugangscode eines Traders benutzt haben, um in Hayeks Mainframe zu kommen!»

Zwei Paar Arme packten sie von hinten und rissen sie zurück. Ebenso gut hätte sie an einen Berg gekettet sein können. Sie schrie den Mann an: «Hayek hat nicht zwei Fonds. Er hat drei!»

«Moment mal. Lasst sie los.» Achselzuckend rückte Bowers sein Jackett zurecht. «Was sagen Sie da?»

«Erst pfeifen Sie diese Gorillas zurück!»

«Es ist alles in Ordnung, Gentlemen. Wir haben uns alle ein bisschen hinreißen lassen.» Bowers kam einen Schritt näher. «Drei Fonds.»

«Ganz recht.» Jackie drehte sich um und rief Colin, der immer noch oben in der Luke des Jets stand. «Kommen Sie schon her!»

Er zeigte keine Eile, sich von der Stelle zu rühren. «Mir gefällt es ganz gut, wo ich bin, vielen Dank.»

«Colin Ready ist derjenige, der Ihnen die Details erläutern kann. Ich interpretiere nur, was er gefunden hat.»

«Bleiben wir einstweilen bei Ihnen.» Wieder ein vorsichtiger Schritt nach vorn. «Drei Fonds.»

«Soweit ich es übersehe, ist es das alte Hütchenspiel. Man versteckt die Erbse mit geschickten Händen, nicht wahr?»

Ein Hauch von Aggressivität kam wieder zum Vorschein. «Wir reden hier von vielen Milliarden Dollar, junge Frau.»

«Ihr Name ist Havilland», fauchte Wynn. «Nennen Sie sie gefälligst auch so.»

Wynns Anwesenheit war ein kleiner Trost für Jackie. «Angeblich hat Hayek alle seine Mittel an den Dollar gebunden, und er hat Milliarden gekauft.»

«Richtig.» Der Bundesbanker ließ jetzt den Ursprung seines Zorns erkennen; er zog ein Taschentuch hervor, wischte sich damit die Hände ab und knetete das Tuch zusammen, bis es ganz verschwunden war. «Wir können nicht einmal feststellen, wie viel er wirklich gekauft hat. Aber was es noch schlimmer macht, ist die Tatsache, dass der ganze Markt ihm nachgelaufen ist.»

«Und genau das hat er geplant. Heute wird Hayek seine Dollars abwerfen. Sobald der Markt öffnet. Alles.»

Bowers' Gesicht sah aus wie ein Abfluss, aus dem der Stöpsel herausgezogen worden ist. «Dann wird er massakriert.»

«Nicht», sagte Jackie, «wenn er noch ein Team hat, das in den Kulissen darauf wartet, sie zurückzukaufen.»

In der K Street tickten die Uhren schneller als im restlichen Washington. Als der Beltway und die örtlichen Interstate Highways ihre tägliche Staudosis erhielten, saßen die meisten Lobbyisten schon seit mehreren Stunden an ihren Schreibtischen. Trotzdem hatte Valerie für diese Konferenz im Morgengrauen einen Caterer beauftragt, denn viele der älteren Teilnehmer waren die Härten einer K-Street-Attacke nicht gewohnt. Hinter dem Sitzungstisch stand ein Buffet mit Räucherlachs, Eiern Florentine, Körben mit frischem Brot, geschlagener Butter, Obstsalat und Stapeln von Filet Mignon. Sie wartete, bis das Team sich niedergelassen hatte und sagte dann: «Gestern Abend war ich auf einem Empfang im Presseclub. Im Laufe des Abends wurde ich von Senator Alfons beiseitegenommen.»

Sie widerstand dem Drang, zu strahlen – so heftig war die Reaktion. Diese Neuigkeit ließ die Hände am Tisch mitten in der Luft erstarren. Senator Alfons aus New York war einer der treuesten Verbündeten des Präsidenten, und New York hatte eine Schlüsselbedeutung für die Wiederwahl des Präsidenten. Sie schwelgte noch einen Augenblick im Scheinwerferlicht der Erwartung und verkündete dann: «Senator Alfons wird gegen den Ergänzungsantrag Stellung beziehen.»

«Sauber!»

«Das ist Dynamit», stimmte ein anderer zu.

«Das Timing könnte gar nicht besser sein», fuhr Valerie fort. «Soweit wir wissen, wird der Ausschuss heute Morgen über das Gesetz abstimmen. Bevor die Sitzung beginnt, müssen wir uns in möglichst viele Büros hineinkämpfen. Ins Finanzministerium, in den Wirtschaftsrat, ins Weiße Haus. Und alle müssen das Gleiche zu hören bekommen: dass dieser Antrag die Souveränität Amerikas empfindlich beeinträchtigt, und dass jede Unterstützung die Chancen des Präsidenten zur Wiederwahl irreparabel beschädigen wird. Der Präsident kann sich nicht erlauben, sich auf eine andere Seite als die des Senators zu stellen.»

«Jeder, der für dieses Ding stimmt», prophezeite ihr ehemaliger Boss, «verdient sich damit eine einfache Fahrkarte zurück nach Iowa.»

Valerie lehnte sich zurück, nippte an ihrer Tasse und lächelte über das Geplapper, das sie kaum hörte. Der Seniorpartner, der weiter unten am Tisch saß, nickte ihr kaum merklich zu. Die Sache lief eindeutig in ihrem Sinne.

«Hayek spielt eine Hochfinanzversion des alten Hütchenspiels», wiederholte Jackie und drehte sich zu Bowers und Wynn auf dem Rücksitz. «Bewegt die Erbse vor aller Augen, aber schiebt sie hin und her, bis niemand mehr weiß, wo sie ist.»

Sie deutete nach hinten zu Colin, der im nächsten Wagen saß. Sie standen so dicht hintereinander im Stau, dass sie sehen konnte, wie sorgenvoll verkniffen sein blasses Gesicht aussah. «Colin Ready hat mir erzählt, wie Hayek ein zweites Handelsparkett über dem ersten angelegt hat. Er brachte ein neues Team ins Haus. Alles meuterte. Er tat, als gebe er nach und verlegte die Leute in die Bank, die er gerade gekauft hatte. Zumindest für eine Weile. Aber beide Fonds wuchsen in einem unglaublichen Tempo, und diese Woche erzählt Hayek den Leuten, in der Bank sei nicht genug Platz, und er müsse die neuen Leute wieder zurückholen. Aber solange beide Fonds im Geld schwimmen – wer wird sich da beklagen?»

«Dass Hayek der Eigentümer der First Florida ist, ist noch nicht offiziell bestätigt worden.» Bowers' kläffender Tonfall war gedämpft, aber noch hörbar.

Jackie schwieg lange genug, um ihm einen Blick zuzuwerfen, und fuhr dann fort. «Erst gestern Abend fügte sich plötzlich alles zusammen. Ich habe mir das Gehirn zermartert, um drauf zu kommen. Colin hat etwas gesagt, das mir den zündenden Funken geliefert hat. Dass drüben in der Bank immer noch Betrieb sei. Eine Menge Geld, die da in der Hinterhand behalten werde. Nicht einmal in den Büchern. Geld auf Offshore-Konten, das nur auf Hayeks Signal wartet.»

«Ich kann nicht mehr folgen», gestand Wynn.

«Es ist ein Trick, den Rothschild zur Vollkommenheit entwickelt hat. Anfang des neunzehnten Jahrhunderts war er der König der europäischen Finanzwelt. Wenn er etwas sagte, folgte ihm im Grunde der gesamte Markt. Kurz vor Napoleons Niederlage bei Waterloo fragten sich die Banken, ob dies wirklich das Ende sei. Rothschild äußerte sich nicht, aber es sprach sich herum, dass er verkaufte. Und ich rede von einer echten Panik; er verkaufte alles, was er hatte, und ging stattdessen in Gold und Diamanten. Genau das, was man erwartet, wenn einer aus einem Land flüchtet, das einen Krieg verlieren wird.» Jackie blinzelte müde in die aufgehende Sonne. «Die Märkte stürzten ins Bodenlose. Aber was die Leute nicht wussten, war, dass Rothschild das alles zu Preisen wie im Räumungsverkauf zurückkaufte.»

«Und Sie sagen, Hayek besitzt eine dritte Bank?» fragte Bowers.

«Die braucht er nicht. Ein großer Handelsraum ist nötig, wenn man verschiedene Arten von Geschäften machen will und wenn es schnell gehen soll. Aber wenn man nichts als Terminkontrakte durch die Interbank hat, kann eine Hand voll Händler innerhalb weniger Stunden Milliarden abstoßen.»

Bower beugte sich nach vorn und schnarrte den Fahrer an: «Können Sie diesen Verkehr nicht aus dem Weg räumen.»

Agent Welker war hochrangig genug, um angesichts von Bowers' Zorn nicht die Ruhe zu verlieren. «Sir, wenn Sie nicht gerade im Konvoi des Präsidenten sitzen, können Sie den Washingtoner Stoßverkehr nur mit dem Gewehr aus dem Weg räumen.»

Bowers trommelte mit den Fingern ans Fenster und knirschte mit den Zähnen. «Wir müssen handeln», sagte er schließlich. «Es passt mir nicht, aber wir können nicht riskieren, dass Sie Recht haben. Ich werde veranlassen, dass meine Leute ein Team zusammenstellen. Aber auf der Grundlage solchen Materials können wir nicht in den Markt einsteigen. Wir müssen abwarten und sehen, ob Hayek anfängt, Dollars abzustoßen.»

Jackie hatte das Gefühl, ihre Augenlider seien überzogen vom Sand aus dem Stundenglas entgangenen Schlafes. «Vielleicht haben wir ja noch mehr. Aber vorher eine Frage. Wie reagiert der Markt auf die Berichterstattung über das vorliegende Gesetzesvorhaben?»

«Panisch. Entsetzt. Stellen Sie sich vor, dass man Öl in eine glühende Pfanne gießt.»

«Colin hat da etwas gefunden, oder doch einen Teil von etwas. Wir wurden getrennt, bevor wir alle Dateien downloaden konnten. Sie haben den Zugang von außen abgeschaltet. Aber was wir gefunden haben, hat uns doch nachdenklich gemacht.»

Als Jackie ihre Befürchtungen umriss, nahm Bowers die Neuigkeit auf, als wäre es die Nachricht von seinem eigenen Hinscheiden. Lange Zeit massierte er sich die Brust, und dann trat er hart gegen den Vordersitz. «Erschießen Sie jemanden, wenn es nötig ist. Aber bringen Sie uns in die Stadt. Sofort.»

72
Mittwoch

«So vieles von dem, was Colin mir gestern Abend erzählt hat, konnte ich einfach nicht auf die Reihe bringen», sagte Jackie. «Hayek ist einer der erfolgreichsten Devisenhändler der Welt. Er lebt und atmet kontrolliertes Risiko. Risiken beherrscht man nur durch kalkulierte Logik; einen anderen Weg gibt es nicht. Aber es gab keine logische Erklärung für vieles von dem, was Colin entdeckt hatte.»

Wynns Blick ging zwischen Jackie und Bowers hin und her. Das Benehmen des Bundesbankvorstands hatte sich drastisch verändert. Bowers betrachtete Jackie jetzt beinahe ehrfürchtig.

Sie saßen in der Kommandozentrale im Keller der Federal Reserve Bank. Die Wände des fensterlosen Raums waren vom Boden bis zur Decke mit Monitoren, Fernsehschirmen, Computertowern, Kabeln, Tastaturen, Skalen, Servern und dem

Summen kollektiver Anspannung ausgefüllt. Es war eng. Zwei Techies aus dem Haus arbeiteten unter Jackies Leitung. Colin saß neben ihr. Auf dem langen Tisch vor ihnen standen vier LCD-Monitore und zwei Keyboards. Zum ersten Mal seit der Landung auf dem Flughafen wirkte Colin einigermaßen entspannt. Er konzentrierte sich ausschließlich auf die eingehenden Daten und überließ es Jackie, mit den Anwesenden umzugehen.

Bowers saß auf der anderen Seite neben Jackie. Wynn stand mit dem Rest des Teams zusammen, einer Ansammlung von leitenden Mitarbeitern aus Finanzministerium und Federal Reserve Bank. Kay Trilling und Carter waren auch da. Die beiden Techies von der Bundesbank hockten zwischen dem Arbeitstisch und den Geräten an der Wand, behielten alles im Auge und justierten gelegentlich etwas. Die Lautstärke der Fernseher war ein bloßes Murmeln; überall liefen die morgendlichen Talkshows, daneben MSNBC, BBC World News und CNN. Über die Schriftbänder von Reuters und Bloomberg liefen endlose Datenströme. Über Colins Monitore scrollten immer neue Nachrichten. Die Wanduhr zeigte elf Minuten vor neun.

«Colin sagte, Hayek sitze angeblich auf einer Story, die so groß sei, dass sie die Märkte weltweit erschüttern würde, wenn sie bekannt würde. Aber dabei gab es zwei Probleme. Erstens, auf einem so großen Knüller konnte niemand wochenlang sitzen. Vielleicht ein paar Minuten. Einen Tag, wenn er Glück hätte. Aber wochenlang?»

«Kommt vor», sagte Bowers. «Nicht oft. Und nicht wahrscheinlich. Aber es könnte sein.»

«Vielleicht», sagte sie zweifelnd. «Aber da wäre noch ein zweiter Faktor.»

«Nämlich?»

«Das Timing. Wie konnte er den genauen Augenblick für

das Bekanntwerden der Nachricht bestimmen? Es geht hier nicht um etwas, wovon Hayek hofft, dass es passiert, wenn er will. Er ist sich sicher. Er hat alles darauf gesetzt.»

Bowers rutschte nervös hin und her. Es widerstrebte ihm, dass er fragen musste: «Und zu welchem Schluss sind Sie gekommen?»

«Hayek wird eine Falschmeldung lancieren.»

Die Leute um Wynn herum fingen an zu murmeln und mit den Füßen zu scharren. Wynn war erleichtert, als Kay ihn davor bewahrte, selbst fragen zu müssen. «Erklären Sie das bitte.»

«Der Handel mit derart hohem Einsatz hat ein paar parasitäre Nebenerzeugnisse hervorgebracht. Eins davon ist der Realtime-Journalismus. Früher bedienten die Nachrichtenticker nur wenige Verwerter: Fernsehen, Zeitungen, Wochenschriften, Finanzpresse. Das heißt, dass alle wichtigen Nachrichten, die aus dem Ticker kamen, überprüft und meist auch redigiert wurden, bevor sie an die Öffentlichkeit kamen. Aber mit dem explosiven Wachstum des Devisen- und Derivathandels hat sich das alles geändert.»

Wynn sah, dass ein paar Leute in dem Team zwischen ihm und Kay die Köpfe drehten und einander fragten, wer diese Frau sei, die da in ihrem ärmellosen, hochgeschlossenen Baumwolltop und den engen schwarzen Jeans vor dem Tisch saß. Jackie war die Einzige hier, die nicht das Standardgrau der Bürokraten trug. Er sah das Achselzucken und die erstaunten Gesichter und bemerkte, wie Kay Jackies Hinterkopf mit dem Ausdruck reinsten Wohlgefallens betrachtete. Am liebsten hätte er die Hände nach ihr ausgestreckt, sie an sich gezogen und tagelang im Arm gehalten.

«Bloomberg ist führend im Realtime-Journalismus», bestätigte Bowers und sah dabei Kay an. «Innerhalb von nur zehn Jahren haben sie ihren Abonnentenbestand um zweitausend

Prozent steigern können. Heute beschäftigen sie neunhundertfünfzig Leute in neunundsiebzig Büros. Sie konkurrieren Kopf an Kopf mit etablierten Agenturen wie Dow Jones, Reuters, AP und Bridge News.»

«Sie alle verkaufen das Einzige, was in der Tradingwelt von Wert ist. Schnelligkeit.» Jackie schien nicht zu merken, dass die Erschöpfung ihre Worte zu verschleifen begann. «Es ist ein beständiges Wettrennen, vierundzwanzig Stunden am Tag, rund um den Globus im Takt der kontinentalen Handelszeiten.»

«Die Finanznachrichtenagenturen erhalten Presseerklärungen in der Regel eine Viertelstunde vor der allgemeinen Bekanntgabe. Für einen Trader, der mit frischen Daten bewaffnet ist, kann eine Viertelstunde eine Ewigkeit sein», bestätigte Bowers. «Senatorin, möchten Sie sich nicht setzen?»

«Nein, danke», sagte Kay und fragte dann Jackie: «Und was hat das mit Hayek zu tun?»

«Das Problem beim Realtime-Journalismus ist die Masse der Daten. Blitzmeldungen können vor der ersten Veröffentlichung nicht immer überprüft werden. Die Zeit, die ein Tickerservice brauchen würde, um zu telefonieren und sich eine neue Story bestätigen zu lassen, würde bedeuten, dass jemand anderes den Knüller als Erster bringt. Zu oft auf Platz zwei, und der Service verliert Abonnenten und Einkünfte.»

Bowers stöhnte nur ein einziges Wort. «Emulex.»

Jackie nickte. «Letztes Jahr verbreiteten die Agenturen eine Blitzmeldung, in der es hieß, der Emulex-CEO sei zum Rücktritt gezwungen worden, und das Unternehmen werde eine Gewinnwarnung herausgeben. Späte erwies sich, dass die Meldung frei erfunden war, und zwar von einem Hacker, der die Aktien der Firma short verkauft hatte. Trotzdem rauschte der Kurs der Emulex-Aktie senkrecht in den Keller.»

Wynn sah den Schrecken der Umstehenden, die plötzlich gesteigerte Anspannung, die Erkenntnis, dass es einen neuen

Grund gab, die Monitore im Auge zu behalten. Bowers beugte sich vor. «Sagen Sie, hätten Sie möglicherweise Interesse an einem Job in unserer Organisation?»

Jackie klappte den Mund auf, aber es kam kein Wort heraus. Sie schaute Wynn an, und in ihrer Angst bekam sie Augen wie ein Reh. Er konnte nur lächeln und sie ermuntern, vorwärts zu schauen und zu akzeptieren, was sich da vor ihr entfaltete. Er hoffte nur, dass in ihrem Leben dann noch Platz für ihn sein würde.

Colin ersparte ihr die Antwort. «Achtung.»

Jackie fuhr herum. «Wer ist es?»

«Harris. Neu auf der Szene. Berichterstattung auf der unteren Ebene, und das bedeutet auch untere Gehaltsebene. Perfekt.» Colin beugte sich vor und fragte einen der Techies: «Können Sie ein Erfassungssignal für das Wort Cisco setzen?»

«Kein Problem.»

Bowers sprang von seinem Stuhl hoch. «Was wollen Sie damit sagen?»

«Harris hat eine Blitzmeldung losgelassen», begann Colin, aber die Sprecherstimme von MSNBC dröhnte plötzlich mit voller Lautstärke: «Soeben erfahren wir, dass der Vorsitzende von Cisco Systems unbestätigten Meldungen zufolge heute Vormittag bekannt geben wird, dass die Gewinnerwartungen für dieses Quartal maßlos überzogen dargestellt wurden und dass das Unternehmen sich tatsächlich Verlusten gegenübersieht, die den bisherigen Jahresgewinn übersteigen.»

«Da schmiert der Nasdaq ab», rief die Frau neben Wynn. Sie sah Wynns verständnislosen Blick und erklärte: «Seit Microsoft mit der Justiz im Clinch liegt, ist die Aktie von Cisco Systems der führende Wert im Nasdaq.»

Bowers war bereits am Telefon. «Den Chairman der Nasdaq», befahl er. «Es ist mir egal, wie spät es ist, und es ist mir egal, was Sie tun müssen, um ihn zu kriegen. Schaffen Sie ihn ran, sofort.» Er schlug auf die Gabel, schaute zu dem Guru aus dem Finanzministerium hinüber und fragte: «Sind wir uns hier einig?»

«Wenn wir keine offizielle Bestätigung bekommen, dass diese Meldung stimmt – absolut.»

Bowers richtete den Zeigefinger auf seine Leute im Team. In den letzten paar Minuten war er um zehn Jahre gealtert. «Checkt das.»

Colin deutete auf einen seiner Monitore. «Eine neue Blitzmeldung.»

«Was ist es jetzt?»

«Wieder Harris», sagte Colin zu dem Techie, der vor ihm hockte. «Chase Manhattan.»

Die Frau neben Wynn murmelte: «Der Dow Jones fällt.»

Diesmal war es CNN. In ernstem Ton hieß es: «Nach einer soeben eingehenden Agenturmeldung hat die japanische Tochter der Chase Manhattan Bank, die kürzlich übernommene Bank of Sapporo, bisher unveröffentlichte Verluste im Devisengeschäft eingestanden, die sich auf...» Der Sprecher blinzelte auf das Blatt in seiner Hand. «... über sechs Milliarden Dollar belaufen. Das ist mehr als das Doppelte des gesamten Vorjahresgewinns der Bank.»

Die Frau neben Wynn sagte: «Der Dollar wird abstürzen.»

Bowers wandte sich an einen Assistenten. «Schicken Sie Ihr Team an die Arbeit. Telefonieren Sie mit dem gesamten Interbank-Network. Weder Hayek noch die First Florida dürfen Kredit bekommen. Alles sperren. Jede Kauforder, die sie tätigen, muss zu hundert Prozent gedeckt sein. Und dann informieren Sie Hayek, dass wir ihm unsere Inspektoren schicken.»

Der Assistent wetzte aus dem Raum. Bowers wandte sich an alle Anwesenden. «Wir können die Devisenmärkte nicht schließen. Sie sind zu groß und zu global. Wenn diese Glücksspieler ihre Wetten nicht in New York platzieren können, tun sie es in London. Uns bleibt nur die Hoffnung, dass die Sperrung seiner Interbankkredite ihn wenigstens bremst.»

Er griff zum Telefon. «Verbinden Sie mich mit dem Präsidenten. Jawohl, sofort. Sagen Sie ihm, es geht um eine potenzielle Krise.»

«Jackie.» Wynn beugte sich über sie und sagte leise: «Sag mir, was hier passiert.»

Sie drehte sich kaum um und ließ die Monitore nicht aus den Augen. «Was Realität ist, hat in wirtschaftlicher Hinsicht weniger Bedeutung als das, was der Markt für real hält. Oder, noch wichtiger: was nach dem Glauben des Marktes morgen real sein wird.»

«Und?»

«Die meisten Wirtschaftsexperten glauben, dass ein Abwärtstrend bevorsteht. Das wahrscheinlichste Szenario ist das, was die Ökonomen als weiche Landung bezeichnen. Das Wirtschaftswachstum schwächt sich ab, stagniert eine Zeit lang und nimmt dann allmählich wieder zu. Solche Wellenbewegungen sind Teil einer normalen Ökonomie. Okay bis jetzt?»

«Ja.»

Aus der Nähe erschienen die dunklen Flecke unter ihren Augen, an den Mundwinkeln und Schläfen wie Blutergüsse. Sie griff nach ihrem Becher, verzog das Gesicht beim Geschmack des kalten Kaffees und trank dann trotzdem. «Aber unter einem präzise ausgeübten Druck könnte sich die weiche Landung in einen mörderischen Absturz verwandeln. Ein Minus von zwanzig Prozent im Dow Jones, und die internationalen Anleger würden in Panik geraten und alles abstoßen, was sie haben – das gleiche Szenario, das den Börsenkrach am Schwarzen Montag zu Beginn der Weltwirtschaftskrise hervorgerufen hat. Dieselben Experten erwarten, dass ein fünfzehnprozentiger Kursverlust beim Dollar die Fondsmanager veranlassen würde, sich unverzüglich in internationale Gewässer zu flüchten. Die daraus resultierende Panik würde die Kurse von Aktien und Anleihen zum Absturz bringen und einen unkontrollierbaren Dollarverfall einleiten. Und wer immer gegen die Lemminge wettet, würde ein Vermögen verdienen.»

Ein Assistent kam hereingestürzt und schrie: «Cisco dementiert die ganze Sache. Chase ebenfalls.»

Bowers hatte sich so weit aufgerichtet, wie sein Bauch und die krummen Schultern es gestatteten. «Mr President, ich rufe Sie an, um Ihnen mitzuteilen, dass wir die Börsen schließen. Jawohl, Sir. Alle.»

73

Mittwoch

Bowers bestand darauf, dass die Presse sich im Ausschusssaal im Dirksen Building versammelte. Kay platzierte Wynn an ihrer Seite auf den Ehrenplatz, der normalerweise dem Kongressältesten im Ausschuss vorbehalten war. Aber die anderen Ausschussmitglieder hatten nichts dagegen gehabt, sich mit einer niedrigeren Stufe zu bescheiden. Nicht, nachdem Bowers die Konferenz mit der Bekanntmachung eröffnet hatte, dass sämtliche Geld- und Warenbörsen der Vereinigten Staaten vorübergehend geschlossen worden seien, dass ein Haftbefehl gegen Pavel Hayek erlassen worden sei und dass man sämtliche unter Hayeks Management befindlichen Vermögenswerte eingefroren habe.

Das harte Licht der Fernsehscheinwerfer bestrahlte sie alle und offenbarte jede Furche in den Gesichtern, die ganze Angst. Jackie lehnte hinten neben Carter an der Wand. Die beiden sahen aus wie wandelnde Verwundete. Wynn fühlte sich auch nicht besser. Als Bowers zum Schluss kam, sagte er leise zu Kay: «Ich schaffe das nicht.»

«Zu spät für einen Rückzieher», sagte Kay, fast ohne die Lippen zu bewegen. «Bereiten Sie sich auf Ihren Auftritt vor.»

«Sie könnten es viel besser…»

«Das ist Ihr Baby, Wynn. Sie haben ihm seinen Namen gegeben, und Sie werden es jetzt schaukeln.» Ihre Mundwinkel hoben sich ein wenig. «Betrachten Sie es einfach als den wahrscheinlich wichtigsten Augenblick in Ihrem Leben. Das sollte helfen.»

Bowers wandte sich der Ausschussvorsitzenden zu, und als sie den Hammer hob und auf Wynn deutete, sagte er: «Ich übergebe das Wort jetzt an Congressman Bryant, der versuchen wird, die hier entstandene Krise in die Beratung dieses Ausschusses über das vorliegende Gesetzesvorhaben einzubinden.»

Als Wynn sich erhob, langte Kay herüber und nahm ihm die hastig zusammengekritzelten Blätter aus der Hand. «Die nehme ich.»

«Was soll das?»

«Ich bewahre Sie davor, hier aufzutreten wie einer, der den Brief eines anderen vorliest.» Mit funkelndem Blick brachte sie seine Einwände zum Schweigen. «Sie kennen das ganze Zeug, Wynn. Jetzt stellen Sie sich da hin und geben Sie es ihnen.»

Wynn stolperte und wäre vor aller Welt der Länge nach hingefallen, wenn nicht zwei Hände ihn aufgefangen hätten. Er erreichte das Rednerpult, starrte auf das nackte, blanke Holz, zuckte knapp und resigniert die Achseln. In seinem derzeitigen Geisteszustand hätten die Notizen ihm wahrscheinlich ohnehin nicht geholfen.

Er blickte auf und sah ein Meer von Gesichtern vor sich, blitzende Kameras, gleißende Fernsehscheinwerfer. Er tat sein

Bestes, um all dem die Stirn zu bieten. «In der Zeit unmittelbar nach dem Zweiten Weltkrieg entwickelten Vertreter Großbritanniens und der Vereinigten Staaten ein Abkommen, das heute als das Abkommen von Bretton Woods bekannt ist. Es handelte sich um eine von zwei westlichen Schlüsselmächten vorangetriebene Bestrebung mit dem Ziel, dafür zu sorgen, dass die durch die Weltwirtschaftskrise angerichteten Verwüstungen sich nicht wiederholten.

Das Abkommen gab den Regierungen die Hauptverantwortung für die Beherrschung ihrer eigenen Finanzsysteme und nahm den Banken die Macht, sich selbst zu regulieren und ihr eigenes Geld zu drucken – zwei Hauptgründe dafür, dass die Wirtschaftskrise überhaupt hatte zustande kommen können. Natürlich waren die Banken und andere einflussreiche Kräfte der Finanzwelt entschieden dagegen. Aber die für die Abfassung des Abkommens Verantwortlichen konnten ihre Regierungen trotzdem überzeugen. Sie machten klar, dass die finanziellen Institutionen ohne solche Beschränkungen die Macht hätten, die Politik des Staates zum Vorteil ihres eigenen Profits zu beeinflussen, selbst wenn dadurch das Wohl der Öffentlichkeit beeinträchtigt würde. Und nicht nur das: Es bestand die sehr reale Gefahr, dass die Banken so sehr an Größe und Einfluss gewinnen würden, dass am Ende die Regierungen schließlich ihnen gegenüber rechenschaftspflichtig wären und nicht umgekehrt.»

Vielleicht war es eine Täuschung, die durch das grelle Licht hervorgerufen wurde, vielleicht auch nur die Folge von Anspannung und Erschöpfung – jedenfalls schienen die Schwärme von Lichtern zu einem einzigen, strahlenden Licht zu verschmelzen. Ein alles umfassendes Gleißen beherrschte sein Gesichtsfeld, löschte alles andere aus, gab ihm Gelegenheit, sich selbst zu hören und zu wissen, was gesagt werden musste. «In den vergangen zwei Jahrzehnten haben die finanziellen Institutionen einen Zangenangriff gegen diese Gesetze geführt und versucht, die Regulierungsmaßnahmen außer Kraft zu setzen, die zu unserem Schutz beschlossen worden waren. Sie haben die Gesetze durchlöchert, bis die Schlupflöcher so groß waren, dass sie straflos handeln konnten. Und das Gelddrucken haben sie durch etwas ersetzt, das ebenso tödlich ist – durch ein ganzes Sortiment von hochriskanten Papieren, die unter der Sammelbezeichnung Derivate gehandelt werden. Die Banken haben sich dem kontrollierenden Zugriff jeglicher Regierung entzogen, und das nennen sie Fortschritt. Sie verwüsten die Wirtschaft ganzer Staaten und nennen es Globalisierung.

Der Hutchings-Ergänzungsantrag soll dieser Gefahr an zwei Fronten gleichzeitig begegnen. In einer konzertierten Aktion, die dem ursprünglichen Abkommen von Bretton Wood gleicht, ist eine Gruppe von etwa zwei Dutzend Staaten dabei, neue Gesetze zu verabschieden. Eine globale Instanz soll den internationalen Devisenhandel beaufsichtigen und seine Transaktionen auf ein vernünftiges Maß reduzieren. Die finanziellen Institutionen eines Landes, das diesem Abkommen nicht beitritt, werden von allen Geschäften mit denen der Mitgliedsstaaten ausgeschlossen. Überdies wird jedes Devisen- und Derivatgeschäft mit einer Steuer belegt, die nicht so groß ist, dass sie den Fluss echter Geschäfte zum Stocken brächte, aber groß genug, um der wüsten Flut der Risiken Einhalt zu gebieten. Und die Einkünfte aus dieser Steuer sollen dazu dienen, die Schuldenlast der ärmsten Nationen der Welt zu verringern.»

Erst als Wynn eine Atempause einlegte, merkte er, dass er schon genug gesagt hatte. Ein Politiker mit mehr Erfahrung hätte einen kraftvolleren Abschlussakkord gefunden. Aber als er jetzt blinzelte, löste sich das Licht wieder in seine Bestandteile auf, die Gesichter starrten zu ihm herauf, und er wollte nur noch weg.

Als er wieder auf seinem Platz saß, war er sicher, dass er alles verpatzt hatte. Aber bevor er sich entschuldigen konnte, griff Kay nach seiner Hand und drückte sie fest. Mit der anderen Hand hob sie den Hammer, schlug auf den Tisch und verkündete: «Ich rufe den Ausschuss zur Ordnung und bitte um Anträge zur Abstimmung über das Bewilligungsgesetz.»

Wynn zog Kraft aus der Hand, die auf der seinen lag, und erklärte: «Ich beantrage die Annahme des Gesetzes in der vorliegenden Fassung.»

«Ich unterstütze den Antrag.»

«Der Antrag ist gestellt und unterstützt.» Sie hob Wynns Arm mit ihrem eigenen, und Fernsehkameras und Fotografen erfassten die Senatorin und den Kongressabgeordneten, als sie in grimmiger Genugtuung die Hände über den Kopf erhoben und Kay verkündete: «Wer dafür ist, dass das Gesetz in der vorliegenden Fassung, einschließlich des als Hutchings-Ergänzungsantrag bekannten Zusatzes, diesen Ausschuss passieren soll, der sage jetzt Aye!»

74
Mittwoch

Hayeks Chauffeur polierte geschäftig den Bentley, als Burke vorfuhr. Die kreisrunde Zufahrt war von Zedern überschattet, die so gepflanzt waren, dass sie wie eine Postenkette entlang des muschelkiesbedeckten Fahrwegs standen. Das Licht der Morgensonne flutete zwischen den hohen Bäumen hindurch und malte ein verschlungenes Muster auf Hayeks Rasen. Hayeks Reich war makellos und geordnet wie immer. Aber Burke ließ sich nicht länger täuschen.

Der muskulöse junge Mann, der ihm die Tür öffnete, führte ihn geradewegs ins Frühstückszimmer, dessen Glasfenster einen Ausblick auf die Koppel und die Felder dahinter boten. Als er hereinkam, blickte Hayek von seinem Journal auf und sagte nur: «Einen Kaffee für meinen Gast, Samuel. Und noch eine Tasse für mich.» Er winkte Burke auf den schmiedeeisernen Stuhl an seiner Seite. «Haben Sie die Spitzenmeldung von heute schon gesehen? Anscheinend haben diese Schwachköpfe in Brüssel sich tatsächlich in den Kopf gesetzt, eine europäische Armee zu schaffen. Unter Führung der Franzosen natürlich. Die ihre militärischen Fähigkeiten in zwei Weltkriegen auf glorreiche Weise demonstriert haben.»

Burke blieb stehen. «Unsere Interbankkredite sind gesperrt worden. Die Börsen sind geschlossen. Unsere Meldungen sind dementiert worden. Die Federal Reserve Bank schickt Inspektoren von Washington herunter.»

Hayek schien ihn gar nicht zu hören. Stirnrunzelnd spähte er zur leeren Tür, und dann griff er nach einer kleinen Silberglocke und schüttelte sie heftig. Als niemand kam, verfinsterte seine Miene sich weiter. «Dieser junge Mann ist entlassen.»

«Sie verschwinden, nicht wahr?»

«Wie bitte?»

«Es ist alles vorbei. Sie verlassen die Vereinigten Staaten.»

Hayek schaute ihn zum ersten Mal an. «Und wenn?»

«Nehmen Sie mich mit.»

Das Lächeln kam und ging so schnell, dass Burke es nur als wortlose Zustimmung deuten konnte. Aber ehe er reagieren konnte, sagte eine Stimme hinter ihnen: «Ich fürchte, es ist zu spät für Reisepläne, Gentlemen.»

Burke drehte sich um und erblickte den Cheftrader der Devisenhandelsabteilung. Alex war von zwei dunkelhäutigen Männern flankiert, die beide immer noch ihre grauen Blazer trugen. Burke starrte ihn sprachlos an.

Hayek reagierte gelassener. «Sie waren es, von Anfang an. Natürlich.»

«Wollte immer schon meinen eigenen Fonds führen», antwortete Alex. «Die Brasilianer und ihre neuen russischen Partner müssen ihr Geld ja irgendwo parken. Warum nicht bei mir?»

Er winkte die beiden Gorillas nach vorn. «Ich bin ziemlich sicher, diesmal machen sie ihre Arbeit richtig.»

Epilog

Wynn merkte gar nicht, dass er Jackies Hand hielt, bis der Gedenkgottesdienst zu Ende ging. Der Park in Melbourne war so voll, der Wind so stark, dass die Worte, die Sybels Tochter sprach, fast verflogen waren, ehe sie ihn erreichten. Aber er hatte keine Lust, näher heranzugehen. Um ihn herum am hinteren Rand der Menge drängte sich eine zweite Gruppe von Trauernden. Sie waren ärmlich gekleidet und verwittert von einem Wind, der wütender wehte als der, der hier durch die Versammlung strich. Aber es waren Sybels Leute, und Wynn fand Trost darin, hier zwischen ihnen zu stehen und seine eigenen Abschiedsworte zu sprechen. Am anderen Ende des Parks waren Leute dabei, ein Gedächtnisessen für diejenigen auszupacken, die Sybel als ihren speziellen Clan betrachtet hatte.

Als die Versammlung allmählich auseinander ging, spürte er Jackies Blick auf sich. «Das alles hat hier angefangen», sagte er.

Sie lächelte so sanft, dass der Trost ihm bis ins Mark ging. «Du musst Frieden schließen, Wynn», sagte sie, und als er sich nicht rührte, fügte sie hinzu: «Deine Schwester würde es wollen.»

Er schaute über ihren Kopf hinweg zu Grant, der inmitten der besser gekleideten Trauergäste stand. «Ich werde es tun, wenn die Kameras weg sind. Außerdem müssen wir los.»

Sie fuhren schweigend zum Gefängnis. Von Zeit zu Zeit schaute er zu Jackie hinüber, aber ihrem Gesichtsausdruck konnte er nichts entnehmen. Erst als sie vom Beeline Expressway herunter auf den Parkplatz des Gefängnisses fuhren, sagte sie: «Was dagegen, wenn ich von hier aus zuschaue?»

Er ließ den Blick über den fast leeren Parkplatz wandern. Über dem Maschendrahtzaun bebte der Stacheldraht im

Wind, und das Sonnenlicht blitzte auf seiner Oberfläche wie elektrische Funken. «Durchaus nicht.»

Sie wollte die Hände nach ihm ausstrecken, aber dann lenkte sie ihre Bewegung um und verschränkte sie fest vor der Brust. «Danke, Wynn.»

Der Gefängnisdirektor war im Torhaus und begrüßte ihn. «Ist mir eine Ehre, Sie kennen zu lernen, Congressman. Sie sind bereits als Besucher registriert, und die Leute sind versammelt, also können wir gleich anfangen, ja?»

Wynn folgte ihm hinüber zu der Betonhalle. Alle Tische waren zur Seite geschoben, nur einer stand noch in der Mitte, an dem vier Leute saßen. Vor ihnen saß ein einzelner Mann auf einem kleinen Plastikstuhl. Er warf einen nervösen Blick nach hinten zu Wynn und dem Direktor und wandte sich dann wieder den Vieren zu.

«Shane Turner, man hat Sie zu einer außerordentlichen Sitzung des Bewährungsausschusses geladen. Auf Congressman Bryants ausdrückliches Ersuchen gewähren wir Ihnen die Freilassung auf Bewährung aufgrund von guter Führung.»

Wynn musterte ihn wie einen neuen Gegner. Was er sah, war ein zu gut aussehender Mann in Gefängniskleidung, der seinen Ohren nicht traute. «Sie werden die nächsten neunzig Tage in einer Rehabilitationseinrichtung verbringen und in den nächsten drei Jahren strengen Bewährungsauflagen unterliegen. Sie werden sich eine Gewinn bringende Beschäftigung außerhalb der Finanzbranche suchen und sich wöchentlich bei Ihrem Bewährungshelfer melden. Haben Sie noch Fragen?»

Das Meeting im Weißen Haus wurde von Polk Hindlestiff organisiert, dem professionellen Königsmacher. Sein Stuhl im Flur vor dem Oval Office stand mit Absicht in einiger Entfernung zu den AIM-Vertretern und den Lobbyisten, die ihn engagiert hatten. Seine Haltung sowohl in dem, was er sagte, als auch in dem, was er nicht sagte, verriet kalte Verachtung. Die beiden hochrangigen Wall-Street-Banker, die die Gruppe anführten, machten finstere Gesichter und äußerten verkniffenen Protest. Valerie brauchte sich ihnen nicht zu nähern, um zu wissen, was sie sagten. Schließlich hatten sie Hindlestiff fünfundvierzigtausend Dollar gezahlt, und dafür hatte er nur zwei Telefonate getätigt. Aber fünfundvierzigtausend Dollar genügten anscheinend nicht, um den Respekt des Alten zu kaufen.

Valerie ging so weit den Flur hinunter, wie die Secret-Service-Agenten es ihr gestatteten; dann drehte sie sich um und pirschte zurück. Dass sie auf diesem kleinen Ausflug dabei war, machte ihre Niederlage nur noch schmerzhafter. Es wurmte sie, dass man nicht nur ihre Pläne vereitelt, sondern auch sie selbst besiegt hatte. So dicht am Feuer, war sie gebrandmarkt von all dem, was sie fast erreicht hatte.

Die Secret-Service-Agenten standen plötzlich stramm und erregten damit ihre Aufmerksamkeit. Der Präsident kam durch den langen Korridor, gefolgt von seinem Stabschef und drei weiteren Agenten. Den Mann, der sie alle zusammengebracht hatte, begrüßte er mit den Worten: «Ich wusste nicht, dass Sie da mit drinstecken, Polk.»

«Nur oberflächlich, Mr President.»

Der beinahe entschuldigende Tonfall erboste die Banker erneut. Valeries Boss trat vor, ehe die beiden die Situation noch weiter verderben konnten. «Mr President, wir sind Ihnen äußerst dankbar für diesen kurzen Augenblick Ihrer Zeit.»

«Mehr als einen Augenblick werden Sie auch nicht bekommen.»

«Jawohl, Sir.» Es war offensichtlich, dass sie nicht näher ans Oval Office herankommen würden. «Wir haben Unterlagen vorbereitet, aus denen deutlich hervorgehen wird, was für ein schrecklicher Fehler es wäre, dieses Gesetzesvorhaben mit Ihrer Unterschrift in Kraft treten zu lassen.»

«Ich brauche Ihre Unterlagen nicht, um Ihnen zu sagen, was ich davon halte», sagte der Präsident. «Sie sind heute hier, weil Sie mir eine scharfe Granate in die Hand drücken wollen. Und ich bin hier, um Ihnen zu sagen, dass ich sie nicht annehme.» Er wartete, bis er sicher war, dass er sie zum Schweigen gebracht hatte. «Nachdem das geklärt wäre, wird Frank hier Ihnen einen Knochen anbieten. Ich rate Ihnen, nehmen Sie ihn an und rennen Sie weg. Einen guten Tag noch.»

Als der Präsident um die Ecke verschwunden war, breitete sein Stabschef grimmig die Arme aus. «Gehen wir doch in mein Büro.»

Aber er nahm nicht Platz. Stattdessen lehnte er sich an seinen Schreibtisch, verschränkte die Arme und erklärte: «Der Präsident wird dieses Gesetz unterschreiben, und mehr ist dazu nicht zu sagen.» Eine erhobene Hand genügte, um die Einwände der Banker zum Schweigen zu bringen. «Sie haben mit dem Präsidenten gesprochen, und jetzt haben Sie neunzig Sekunden mit mir. Wenn Sie lamentieren wollen, bitte sehr. Sie können sich aber auch anhören, wie die Dinge stehen.»

Als er sicher war, dass sie ihren Protest im Zaum halten würden, nickte er. «Gut. Dieses Bewilligungsgesetz ist ein Gesetzesvorhaben von entscheidender Bedeutung, und mehrere der damit verbundenen Ergänzungsanträge sind unerlässlich für die Durchsetzung der Ziele dieser Administration. Gar nicht zu reden von der Tatsache, dass Hayek Ihre gesamte Industrie als Feind der Nation dargestellt hat.»

«Wenn Sie uns eine Sekunde Zeit geben, Sir, dann können wir Ihnen erklären ...»

«Fangen Sie gar nicht erst an. Die Nation ist nicht in der Stimmung, Ihnen zuzuhören. Also sind wir es auch nicht.» Als wieder Ruhe eingetreten war, fuhr er fort: «Also. Wenn

Ihre Meute sich ein rundes Jahr lang von ihrer besten Seite zeigen kann, dann können Sie in der nächsten Legislaturperiode versuchen, Ihre Verbündeten im Kongress so weit unter Druck zu setzen, dass sie die Aufhebung des Gesetzes beantragen. Der Präsident gibt Ihnen sein Wort, dass er Ihnen dann nicht im Weg stehen wird. Sie werden freie Bahn haben. Aber Sie werden im Scheinwerferlicht der internationalen Aufmerksamkeit stehen.»

Er stieß sich vom Schreibtisch ab, ein Zeichen dafür, dass das Meeting beendet war. Als sie hintereinander hinausgingen, klopfte der Stabschef dem führenden Fondsmanager auf die Schulter – das Anerkenntnis seines Potenzials als Wahlkampffinanzier. «Achten Sie nur darauf, dass Sie auf die richtigen Pferde setzen, bis der Kongress wieder zusammentritt. Wir werden es durchziehen. Verlassen Sie sich darauf.»

Wynn hörte das Gefängnistor dröhnend hinter sich zufallen und atmete befreit auf. Als er zum Wagen kam, beendete Jackie eben ein Telefongespräch. «Alles in Ordnung?» fragte er durch das offene Fenster.

«Eine Gruppe, die für das FBI das Internet beobachtet, hat Colin einen Job angeboten.» Während Wynn im Gefängnis gewesen war, hatte Jackies Gesicht sich verfinstert. «Er wollte meinen Rat.»

Wynn stieg ein. «Es ist erledigt. Shane wird auf Bewährung freigelassen.» Als sie sich ihm nicht zuwandte, sondern weiter zuschaute, wie Sonnenlicht und Schatten auf der Windschutzscheibe tanzten, fragte er: «Bereust du es?»

«Ein bisschen vielleicht.» Ihre Antwort war ein Seufzen, aber darin lag nicht Furcht, sondern Erleichterung. «Können wir jetzt bitte weg von hier?»

Wynn fuhr zurück zum Beeline Expressway, zögerte nur ganz kurz und bog dann nach Osten. Nach Merritt Island, zum Meer, nach Hause. Wind kam auf und verwandelte das Dünengras und die Palmettos in silbrige Messerklingen am Rande von Seen, grau wie gehämmertes Zinn. Wolken jagten einander über den blauen Horizont, und nicht einmal der dichte Verkehr auf dem Highway konnte den Duft von Sturm und Meer übertönen.

Jackie betrachtete weiter stumm die Wolken und das Licht. Wynns Mut hielt bis zur Mautstation. Als er bezahlt hatte, fuhr er an den Straßenrand und hielt an. «Wo genau wollen wir hin, Jackie?»

Sie rutschte herüber, bis sie mehr auf seinem als auf ihrem eigenen Sitz saß, als habe sie die ganze Zeit nur darauf gewartet, dass er diesen Schritt täte. «Ich glaube, manchmal kommt man nur dann voran, wenn man dem Unmöglichen eine Chance gibt.»

Wynn nickte langsam; er war froh, dass sie Worte für Vorstellungen finden konnte, die bei ihm selbst erst halb Gestalt angenommen hatten. Jackie schien mit seiner stummen Zustimmung zufrieden zu sein, denn sie schlang einen Arm um ihn und strich ihm mit der anderen Hand das Haar aus der Stirn. «Kennst du eine Stelle, wo man Segelboote mieten kann?»

«Ein Stück weiter unten an der Küste, ja.»

Da küsste sie ihn. Ihre Lippen streiften einander nur; der Augenblick war zu voll für irgendetwas anderes. Aber sie musste den Funken auch gespürt haben, denn sie bebte leise in seinen Armen. «Ich glaube, es wird Zeit, dass du lernst, auf dem Wind zu reiten.»

Danksagungen

Wie jeder, der mit dem Devisenhandel vertraut ist, sich denken kann, hat die Mehrheit meiner Kontakte nur unter dem Siegel strenger Anonymität mit mir gesprochen. Ich muss mich trotzdem bei ihnen bedanken. Es war ebenso ermutigend wie erschreckend, zu entdecken, dass eine ganze Anzahl von Tradern und Investmentbankern meine Sorgen nicht nur teilten, sondern sie in die Realität des internationalen Derivatemarktes von heute kleiden konnten. Danken muss ich den Managern der Investmentbankabteilung der Bank of America, die mich unterrichtet, mir ihre Verbindungen eröffnet und mich durch ihre Handelsräume geführt haben. Auch den Tradern der neuerdings computerisierten LIFFE-Börse in London bin ich äußerst dankbar; sie haben sich an unglaublich hektischen Handelstagen Zeit genommen und einem Novizen geholfen, zu lernen, welche Fragen er stellen musste.

Robin und Darryll Bolduc waren Devisenhändler bei großen Banken. Robin betreibt jetzt ihren eigenen Devisenfonds, und Darryll hat kürzlich sein Jurastudium aufgenommen. Drei Tage lang sind sie mit mir durch das düstere Labyrinth des Devisenhandels gewandert und haben mir geholfen, den Gespenstern dort Namen zu geben. Bei den Recherchen zu jedem Buch gibt es eine Quelle, die sich als besonders wertvoll erweist. Robin und Darryll haben mir geduldig die Antworten beschafft, die ich so verzweifelt gesucht habe.

Timothy Canova, Assistant Professor für Recht an der University of New Mexico, war meine erste Quelle, die mir geholfen hat, die Verbindung zwischen der neuen Bankensituation, der Gesetzgebung und dem Recht herzustellen. Wer gute Interviews führen will, muss wissen, welche Fragen die richtigen sind. Seine Fachkenntnis hat mich in die Lage versetzt, die

Funktionsträger in Capitol Hill trotz ihrer knapp bemessenen Zeit anzusprechen und mit meinem Hintergrundwissen hinreichend zu beeindrucken, sodass sie mich durch die Hallen der Macht führten.

Congressman Joseph Pitts und Congressman Dave Weldon haben mich in meiner Arbeit überaus freundlich unterstützt. Von Herzen danken muss ich auch ihrem unglaublich tüchtigen Stab, besonders Stuart Burns, Stephen Piepgrass, Bill Wichterman, Brian Chase, Jimmy Broughton und J.B. Kump.

Es überrascht nicht, dass die K-Street-Lobbyisten, mit denen ich gesprochen habe, mit einer einzigen Ausnahme ungenannt bleiben wollten. Nichtsdestoweniger war ich erstaunt, wie offen und freimütig sie über ihre Taktiken geredet haben. Tim Powers, der Chef von Podesta, ist ein sehr belesener politischer Stratege, und die Zeit, die ich mit ihm verbracht habe, war ein faszinierender Lehrgang in machiavellischer Taktik. Von Herzen dankbar bin ich auch Douglas Domenech, zuständig für Regierungsangelegenheiten beim NCHE, und Mike Ferris, dem Direktor der HSLDA, sowie Daniel J. Monaco, Richter im Ruhestand, der mir mit Geduld und Gründlichkeit erläutert hat, wie existierende Gesetze durch Ergänzungsanträge nach und nach ihrer Substanz beraubt werden können.

Bei manchen Menschen macht es mir mehr Mühe, mich zu bedanken, als bei andern – meistens, weil sie mich so tief beeindruckt haben. Ziki Zaki ist solch ein Mensch. Eine Frau mit vielerlei Fähigkeiten, hat Mrs Zaki von der ägyptischen Niederlassung einer amerikanischen Mainframe-Computer-Firma bis zu einer der führenden Kairoer Kunstgalerien schon alle möglichen Unternehmungen geleitet. Trotzdem hat sie sich die Zeit genommen, mir ihr Haus und ihr Leben zu öffnen, mich durch Kairo zu führen und mir tausend Türen zu öffnen. Die ganze Zeit habe ich von ihrer Weisheit lernen können, während sie sich bemühte, mich die Stadt mit den Augen eines Ägypters sehen zu lassen. Viele der Erinnerungen, die sich in diesem Buch finden, sind in Wirklichkeit ihre. Ihr, ihrem Mann Hussein und ihrer Tochter Magda schulde ich ergebenen Dank.

Sameh Mina ist seit mehr als zwanzig Jahren mein Freund. Er ist ein überaus feinsinniger Mann, der am deutlichsten durch sein eigenes Vorbild lehrt. Seine Freundschaft ist immer noch ein Geschenk Gottes.

In den Anfangstagen meiner geschäftlichen Laufbahn, als ich vor über zwanzig Jahren in Afrika arbeitete, hatte ich das Glück, mich mit dem Nahost-Verantwortlichen einer großen britischen Bank anzufreunden. Cyril Price nahm einen naiven jungen Amerikaner unter seine Fittiche und hat mir dabei in beruflicher Hinsicht mehr als ein Dutzend Mal den Kopf gerettet. Inzwischen sind er und seine Frau Nancy zwei meiner besten Freunde. Ich stehe immer in beider Schuld.

Zwei andere Menschen, deren Erinnerungen an Kairo mir den Hintergrund zu einigen Szenen geliefert haben, sind Dr. Muhammed A. Allam, der Vizepräsident der American University, und Dr. Tim Sullivan, der Rektor der Universität. Ihre offenen Diskussionen und tiefgründigen Einsichten haben mir bei der Arbeit geholfen und mich persönlich bereichert. Es war eine Ehre, diese beiden vornehmen Gentlemen kennen zu lernen.

Dalia Mabrouk ist zuständig für die Öffentlichkeitsarbeit der American University in Kairo. Sie hat mir eine bemerkenswerte Begeisterung für die Region und ihr Erbe vermitteln können. Professor Nazli Shabik ist eine in Amerika geborene Ägypterin, die im zarten Alter von vierzehn Jahren nach Ägypten zurückgekehrt ist. Sie ist Englischdozentin an der American University und war so freundlich, mich an ihren ersten

Ägyptenerfahrungen teilhaben zu lassen; diese wertvollen Informationen haben mir geholfen, die Welt zu gestalten, die Sybel kannte.

David Ballard ist Presseattaché an der amerikanischen Botschaft in Kairo; er hat sich noch am Tag vor seiner Abreise in die USA die Zeit genommen, mich auf dem Gelände der Botschaft herumzuführen und mir zu erklären, welche Behandlung ein unerfahrener Kongressabgeordneter bei einem Besuch dort wohl zu erwarten hätte.

Meinen neuen Freunden von Sant'Egidio sage ich: Ich kann nur hoffen, dass dieses Buch in Euren Augen ein würdiger Versuch ist.

Je länger ich mit Doubleday und Waterbrook arbeite, desto länger wird die Liste der Personen, in deren Schuld ich stehe. Als Erstem gebührt mein Dank Eric Major, meinem Lektor und Freund. Danken will ich auch Steve Rubin, Michael Palgon, Elizabeth Walther, Harold Grabau und Dan Rich. Die Aufzählung endet hier nur, weil die Bedeutung, die diesen Namen zukommt, verringert würde, wenn ich fortfahren wollte. Sie haben mir auf zahllose Arten geholfen, mich gelehrt und geleitet. Mein Dank gehört aber auch der Außenlektorin, die immer mehr zu einer guten Freundin und wertvollen Lehrerin wird: Judy Kern.

Und schließlich gilt meine immer während Dankbarkeit meiner Frau Isabella. Ihr kluger Einfluss findet sich auf jeder Seite dieses Buches und meines Lebens. Sie ist eine echte Partnerin.

John F. Case

Der Schatten des Herrn

Band 51953

Als der todkranke Wissenschaftler Baresi zur Beichte geht, ist seine Sünde so fürchterlich, dass der Pfarrer ihm die Absolution verweigert. Kurz darauf ereignet sich in Washington ein schrecklicher Mord an einer allein erziehenden Mutter und ihrem kleinen Sohn. Eine Spur führt die Ermittler zu «Umbra Domini», einer sektenähnlichen Organisation konservativer Katholiken – und in den Dschungel der modernen Medizin …

scherz

Aino Trosell

Die Taucherin

Band 51913

Fünf Taucher werden
zur Klärung eines rätselhaften
Ölschwundes auf eine
Bohrinsel gerufen. Als sich die inter-
nationale Crew trifft, erfahren
die vier Männer, dass ihr fünfter Mann
eine Frau ist. Doch lange können
sie sich darüber nicht streiten, weil sie
nach einer U-Boot-Katastrophe
schnelle Hilfe leisten müssen.
Für die Taucherin Ingrid Larsen wird
der Einsatz zur Bewährungsprobe,
die sie mehr als nur Mut und Nerven kostet...

«Ein unglaublich
spannendes Buch, man vergisst
beim Lesen fast das Luftholen.»
Elle

scherz